Tiziano Terzani
Buonanotte, Signor Lenin

SAGGISTICA

GW00370959

Tiziano Terzani nasce a Firenze nel 1938. Compiuti gli studi a Pisa, mette piede per la prima volta in Asia nel 1965, quando viene inviato in Giappone dall'Olivetti per tenere alcuni corsi aziendali. La decisione di esplorare, in tutte le sue dimensioni, il continente asiatico si realizza nel 1971, quando, ormai giornalista, si stabilisce a Singapore con la moglie (la scrittrice tedesca Angela Staude) e i due figli piccoli e comincia a collaborare con il settimanale tedesco «Der Spiegel» come corrispondente dall'Asia (una collaborazione trentennale, durante la quale Terzani scriverà anche per «la Repubblica», prima, e per il «Corriere della Sera», poi). Nel 1973 pubblica il suo primo volume: *Pelle di leopardo*, dedicato alla guerra in Vietnam. Nel 1975, rimasto a Saigon insieme con pochi altri giornalisti, assiste alla presa del potere da parte dei comunisti, e da questa esperienza straordinaria ricava *Giai Phong! La liberazione di Saigon*, che viene tradotto in varie lingue e selezionato in America come «Book of the Month». Nel 1979, dopo quattro anni passati a Hong Kong, si trasferisce, sempre con la famiglia, a Pechino. Nel 1981 pubblica *Holocaust in Kambodscha*, frutto del viaggio a Phnom Penh compiuto subito dopo l'intervento vietnamita in Cambogia. Il lungo soggiorno in Cina si conclude nel 1984, quando Terzani viene arrestato per «attività controrivoluzionaria» e successivamente espulso. L'intensa esperienza cinese, e il suo drammatico epilogo, dà origine a *La porta proibita* (1985), pubblicato contemporaneamente in Italia, negli Stati Uniti e in Gran Bretagna.

Le tappe successive del vagabondaggio sono di nuovo Hong Kong, fino al 1985; Tokyo, fino al 1990 e poi Bangkok. Nell'agosto del 1991, mentre si trova in Siberia con una spedizione sovietico-cinese, apprende la notizia del golpe anti-Gorbačëv e decide di raggiungere Mosca. Il lungo viaggio diventerà poi *Buonanotte, signor Lenin* (1992), che rappresenta una fondamentale testimonianza in presa diretta del crollo dell'impero sovietico. Un posto particolare nella sua produzione occupa il libro successivo: *Un indovino mi disse*, che racconta di un anno (il 1993) vissuto svolgendo la «normale» attività di corrispondente dall'Asia senza mai prendere aerei.

Dal 1994 è a Nuova Delhi e nel 1998 pubblica *In Asia*, un libro a metà tra reportage e racconto autobiografico, che traccia un vasto profilo degli eventi che hanno segnato la storia asiatica degli ultimi trent'anni. Nel marzo 2002 interviene nel dibattito seguito all'attentato terroristico di New York dell'11 settembre, pubblicando le *Lettere contro la guerra*, e rientra in Italia per un intenso periodo di incontri, conferenze e dibattiti dedicati alla pace, prima di tornare nella località ai piedi dell'Himalaya dove da qualche anno passa la maggior parte del suo tempo. Due anni dopo pubblica *Un altro giro di giostra*, per raccontare il suo ultimo «viaggio»: quello attraverso la malattia e il mondo che la circonda.

Terzani muore a Orsigna, in provincia di Pistoia, nel luglio 2004.

Nel 2006 esce da Longanesi *La fine è il mio inizio*, il suo ultimo libro in cui «racconta» al figlio Folco di tutta una vita trascorsa a viaggiare per il mondo alla ricerca della verità.

Tiziano Terzani
Buonanotte, Signor Lenin

*Con quarantasette fotografie
dell'autore*

Opere di Tiziano Terzani
pubblicate in questa collana:

Buonanotte, signor Lenin

In Asia

Un indovino mi disse

Lettere contro la guerra

Pelle di leopardo
(*insieme con* Giai Phong! La liberazione di Saigon)

La porta proibita

TEA - Tascabili degli Editori Associati S.p.A., Milano
www.tealibri.it

Prima edizione TEADUE aprile 1994
Prima edizione Saggistica TEA marzo 2004
Nona edizione Saggistica TEA aprile 2006

Buonanotte, Signor Lenin

Alla memoria di mio padre,
che sognava

Sommario

1. Un viaggio inaspettato   9
2. Sul fiume Amur   16
3. A Mosca!... A Mosca?   49
4. Intanto sulla sponda cinese...   62
5. Una città di fantasmi   81
6. Un cadavere introvabile   98
7. Siberia: la terra che dorme   121
8. Kazakhstan: il nonno delle mele   127
9. Il poligono maledetto   148
10. Kirghisia: che fai, tu, luna, in ciel?   160
11. Una bomba a tempo   179
12. Uzbekistan: l'ultimo Stato di polizia   202
13. Samarcanda: il profeta in fondo al pozzo   218
14. Tagikistan: in nome di Allah   244
15. Esecuzione all'alba   265
16. Bukhara: la bellezza dello spirito   277
17. Ritorno a « Città Lunedì »   306
18. Turkmenia: scomparso senza traccia   315
19. Azerbaigian: una spia d'altri tempi   340
20. Georgia: giocando alla guerra   370
21. Armenia: buone notizie, cicogna?   386
22. Mosca: sulla Piazza non più Rossa   402

Indice dei nomi   415

1. Un viaggio inaspettato

COME spesso capita con le più belle avventure della vita, anche questo viaggio cominciò per caso. Nel febbraio del 1991 ero riuscito a ottenere un visto per andare nelle Curili, le isole alla fine del mondo, l'ultima frontiera dell'impero sovietico, i « Territori del Nord », come li chiama il Giappone che, ostinatamente, li reclama per sé. In quelle isole lontanissime, avvolte in misteriosi, eterni banchi di nebbia, in mezzo all'Oceano Pacifico, avevo passato quasi un mese affascinato da una incredibile, selvaggia natura fatta di montagne ghiacciate e di laghi che ribollono, coinvolto nel destino di quella straordinaria razza di uomini e donne andati laggiù, per lo più dalla Russia, con l'idea di costruirci un avamposto del socialismo e ora, disorientati dalla fine di quel sogno, abbandonati a se stessi, a fare i conti con le loro vite sprecate, senza più una patria cui tornare, senza una storia di cui vantarsi, ma con sulla pelle tutte le tracce di sacrifici e durezze che nessuno è più disposto a riconoscere loro.

Le Curili, così come l'anno prima un lungo viaggio nell'isola di Sakhalin, ripercorsa non a caso nel centenario della visita di Čechov, mi avevano rimesso davanti a quella vicenda umana che da anni, in varie parti dell'Asia, mi ha coinvolto: il fallimento del socialismo, visto attraverso gli occhi di quelli che ci han creduto o di quelli che ne sono stati vittime: gli uni e gli altri ora eguali, fra le macerie di questo disastro, a spartire la comune miseria.

« La Siberia. La Siberia. Là sì che ne vedrai, di vite sprecate! » mi diceva un giovane giornalista della *Komsomolskaya Pravda* di Mosca, incontrato per caso a Kunašir, una delle quattro isole sovietiche che i giapponesi rivorrebbero per sé. E lì per lì nacque l'idea di un viaggio, di qualcosa di speciale da fare assieme in Siberia. Dopo alcuni mesi mi arrivò la proposta: partecipare a una spedizione lungo l'Amur, il grande fiume siberiano che segna il confine fra l'Unione Sovietica e la Cina; dalla sorgente alla foce, circa 4350 chilometri lungo una delle più estese frontiere del mondo, una delle più sensibili, una delle più remote. Un viaggio sull'acqua con tappe sulle due sponde. Gli altri membri della spedizione: tre giornalisti sovietici e tre cinesi di un quotidiano di

Pechino. Non era esattamente quel che volevo, ma l'idea di percorrere zone romanticamente famose agli inizi del secolo, quando l'Amur era la via di comunicazione più diretta fra il Giappone e la Russia, l'idea di essere uno dei primi stranieri a riattraversare regioni che, a causa della vittoria comunista in Cina nel 1949 e ancor più della disputa cino-sovietica negli anni '60, sono state chiuse per decenni ai visitatori, mi attirava. Comunque la spedizione mi dava una buona ragione per rimettermi in viaggio, per riprovare quella gioia unica che solo i drogati di partenze capiscono, quel senso di libertà che prende nell'arrivare in posti dove non si conosce nessuno, di cui si è solo letto nei libri altrui, quell'impareggiabile piacere nel cercare di conoscere in prima persona e di capire.

Così, agli inizi di agosto, da Bangkok dove ora vivo, mi misi in viaggio verso il Nord, con quel ristrettissimo bagaglio con cui – ho scoperto – posso funzionare dovunque: un sacco in spalla con il mio «ufficio» – un computer, una stampante, la mia vecchia Leica M2 comprata a Saigon nell'aprile del 1975 da un ladro che l'aveva appena rubata a un americano che scappava – e una borsa a mano con un cambio di vestiti e le scarpe da ginnastica per i quattro o cinque chilometri di corsa quotidiana, che faccio tanto per mantenere il fiato, visto che in questa mia professione di giornalista, pur elettronizzata, l'essere in grado di fare un balzo e scappar via può ancora essere una questione di *vitale* importanza.

Mi aspettavo di star via due settimane. Sono stato via due mesi. Pensavo di andare semplicemente lungo un fiume verso la fine geografica dell'impero sovietico e mi son ritrovato, invece, a viaggiare nella fine storica di quell'impero.

Quando all'alba del 19 agosto, a Mosca, i golpisti trasmisero il comunicato che destituiva Gorbacëv e metteva tutto il potere nelle mani della giunta, sul fiume Amur, dove il mio battello viaggiava, erano le 13 e 42, tanta è la differenza di fuso orario a ottomila chilometri dalla capitale. La stessa voce che stava in quello stesso momento dando la notizia a duecentosettanta milioni di cittadini sovietici rimbombò metallica dagli altoparlanti del battello e io vissi quei tesissimi minuti attraverso la commozione dell'equipaggio e dei membri sovietici della spedizione.

Pur nella assoluta, pacifica indifferenza del fiume e della natura attorno, mi fu subito chiaro che quella notizia segnava una svolta non solo per l'Unione Sovietica, ma per il resto del mondo e fui preso da quella strana febbre che colpisce quelli del mio mestiere ogni volta che la Storia ci passa vicina e non si può resistere al desiderio di starle dietro, di seguirla, anche solo per poterne raccontare un dettaglio.

Così, una volta raggiunta con la spedizione la cittadina di Nikolajevsk, alla foce dell'Amur, all'estremità orientale del continente sovietico, lasciai il gruppo e mi misi in cammino da solo, con l'idea di vedere che cosa la storia di Mosca voleva dire per la gente delle province, quali cambiamenti provocavano nelle varie repubbliche gli straordinari avvenimenti nella capitale. Viaggiai semplicemente verso occidente, facendo tappa in Siberia e poi attraversando l'Asia Centrale. Lì, visitando a una a una le repubbliche che, nel disfacimento dell'impero, si dichiaravano indipendenti, ho visto l'esplosione di un nuovo pericoloso nazionalismo, ho visto le prime espressioni di vitalità di quella vecchia forza destinata a giocare un nuovo, importantissimo ruolo in quella parte del mondo: l'Islam.

In questa marcia verso l'Ovest, fatta in parte a ritroso lungo la Via della Seta, sono andato a rivisitare i luoghi della Storia e a ricercare le radici di antichi conflitti che, tenuti repressi da decenni di regime totalitario comunista, oggi riesplodono paurosamente fra le genti di quelle regioni. Sono voluto andare a Samarcanda e Bukhara, città i cui nomi hanno sempre risuonato attraenti nella memoria e dove oggi la storia di secoli fa torna pesantemente alla ribalta.

Dall'Asia Centrale sono passato nelle repubbliche del Caucaso, dove la fine del regime repressivo sovietico e la ritrovata libertà si esprimono in varie guerre civili che ora dominano la vita quotidiana della gente. Per farmi un'idea di questa nuova situazione ho attraversato le linee del pericoloso fronte che divide gli azeri dagli armeni e le barricate meno rischiose e più teatrali che dividono nella Georgia gli armati del governo da quelli dell'opposizione.

Viaggiare oggi in quel paese, che fino a poco tempo fa era la rigidissima Unione Sovietica, è piuttosto facile. Se si hanno dei dollari in tasca e tanta pazienza si riesce ad andare dovunque. In questi due mesi ho preso decine di aerei – spesso col cuore in gola –, mi sono mosso in treno, in elicottero, in battello, in auto. Un tempo, come in ogni altro paese totalitario, bisognava avere uno speciale visto per ogni località sovietica che si voleva visitare. Teoricamente è ancora così, ma oggi si trova sempre qualcuno disposto a scrivere qualcosa a mano su un pezzo di carta e a mettere un timbro. La corruzione è dilagante e un viaggiatore se ne può servire per raggiungere la sua meta. La mia era di non farmi fermare, di andare di città in città, di vedere, parlare con la gente, scrivere note nei miei taccuini e, la sera, trasferirle e ampliarle nel mio computer.

Spesso basta avere un filo da seguire per capire il mondo. Durante i cinque anni che ho passato in Giappone, una volta il nostro cane, Baoli, scappò di casa. Ci misi tre giorni per ritrovarlo nell'efficiente labirinto della burocrazia giapponese incaricata di un tale affare, ma alla fine ebbi la sensazione che, cercando il cane, avevo capito aspetti di quel paese cui non sarei arrivato altrimenti. Questa volta, viaggiando in Unione Sovietica, cercavo qualcosa di molto più evanescente, ma anche di molto più sostanziale: il cadavere del comunismo. E quella ricerca m'ha portato lontano. Per caso, durante tutto il viaggio m'è capitato di cercare del sapone da barba, e anche quella ricerca m'ha fatto capire qualcosa. Per viaggiare leggero ne avevo preso solo per due settimane e così, alla fine della spedizione sull'Amur, a Nikolajevsk mi son ritrovato senza. Ho voluto ricomprarlo, ma: «*Niet. Niet*», no, no, mi hanno risposto le commesse di tutti i possibili negozi di quella piccola cittadina sulla costa dell'Oceano Pacifico. Ebbene, da allora, per altre sei settimane sono andato a chiedere del sapone in tutti i paesi, città e capitali sulla mia via. «*Niet. Niet*», è sempre stata la risposta. La conclusione è semplice: nell'estate del 1991, per un qualche disguido nella produzione, milioni di cittadini sovietici, e io con loro, non sono riusciti a farsi bene la barba. Il sapone comunque era solo una delle tante cose che in quel periodo mancavano nei negozi e di cui, io come i sovietici, ho imparato a fare a meno. In Georgia per esempio non c'erano le lampadine elettriche. In Uzbekistan era impossibile comprare dei blocchetti di carta. Dovunque era difficilissimo trovare dei rullini in bianco e nero per fotografie.

In tutti i miei precedenti viaggi nell'Unione Sovietica ero sempre stato incuriosito dalle decine di statue di Lenin, piccole, grandi, medie, gigantesche, in bronzo, in marmo, in cemento che avevo visto adornare le solite piazze al centro di ogni città e ogni villaggio di questo immenso, ma, in ciò, monotonissimo paese. Lenin era sempre lì, dovunque presente con il berretto o il giornale in una mano e l'altra alzata per indicare il futuro o semplicemente l'orizzonte vuoto. Le sorti di quelle statue hanno marcato questo mio ultimo viaggio. A Dušanbe, la capitale del Tagikistan, ero l'unico straniero quando la folla medievale di contadini e *mullah* ha abbattuto, in nome di Allah, il primo grande bronzo di Lenin dell'Asia Centrale; ad Ašhabad sono arrivato la mattina in cui la città si svegliava per scoprire che il governo locale, nottetempo, senza dire nulla a nessuno, senza dare spiegazioni, aveva rimosso la grande statua del padre della Rivoluzione che adornava la strada principale.

Un intero mondo cadeva con quelle statue attorno a me. Incredibile! Pur in maniera diversa, da un capo all'altro di questo immenso continente settant'anni di comunismo finivano così, davanti ai miei occhi, e l'emozione era immensa. Ero partito alla volta di una Unione Sovietica in crisi, piena di problemi, ma in cui il Partito Comunista era ancora al potere e in cui il comunismo restava la colla che teneva tutto assieme. D'un tratto mi ritrovavo a viaggiare in un paese dove il partito non esisteva più, in un sistema che, persa la colla, stava andando a pezzi. Il comunismo morto? Un pensiero, fino a poco tempo fa, impensabile.

Non sono mai stato comunista, ma da quando mio padre, che lo era, venne braccato dai fascisti e io lo vidi mettersi in salvo, saltando il muro del giardino di casa a Firenze e scappando nei campi, la mia vita in un modo o nell'altro è stata segnata da quell'idea e dalle speranze che suscitava. « Un giorno si smura », sentivo dire dagli amici di mio padre quando, frustrati dalla povertà del dopoguerra, dai celerini che reprimevano gli scioperi, aspettavano il giorno della loro rivoluzione e l'ordine di andare a togliere dai muri, dove li avevan nascosti, avvolti nella carta oleata, i mitra con cui avevano fatto la Resistenza.

Fortunatamente quella rivoluzione non venne mai. Fortunatamente, perché le rivoluzioni costano carissime, richiedono immensi sacrifici e perlopiù finiscono in spaventose delusioni. Ne ho vissute varie e le ho viste tutte finire male: la rivoluzione vietnamita, quella cambogiana, quella cinese. Tutte fatte in nome del comunismo, tutte andate in malora, nonostante i milioni di morti e le sofferenze e i sacrifici dei sopravvissuti, nonostante la pervicace convinzione di tanti di stare andando verso quel brillantissimo futuro additato dal braccio levato di quell'ultimo profeta sopravvissuto alle cadute di tutti gli altri miti del comunismo: Lenin.

Per questo, dopo aver viaggiato attraverso tutta l'Unione Sovietica, dopo aver visto nove delle quindici repubbliche che facevano l'Unione, son voluto andare fino a Mosca. Non per parlare con gli esperti, non per vedere i colleghi o ragionar coi diplomatici, ma semplicemente per passare un'ora sulla Piazza Rossa, per tornare là dove tutto è cominciato, per entrare in quel mausoleo dove lui, Lenin, è rimasto per decenni a fare da simbolo ispiratore di tutto, a fare, così imbalsamato, da modello per tutte le altre mummie del comunismo, da Ho Chi Minh, piantato ora nel cuore di Hanoi, a Mao, messo in un sarcofago di vetro nel centro del centro della Cina. È certo su ispirazione delle statue di Lenin che sono nate quelle, più grandi e più pesanti, di Kim Il Sung nella Corea del Nord. Ora il modello è finito, ma sopravvivono le copie: vietnamiti, cinesi e nordcoreani restano, assieme ai cubani, gli ultimi comunisti del mondo. Ma anche loro, per quanto?

Entrando nel mausoleo di Lenin, sotto gli sguardi duri delle guardie che ancora scrutano ogni visitatore e perquisiscono le sue tasche e: « Ssss... Sssss », ordinano perentorie con l'indice al naso, perché anche i passi siano leggeri e quel cadavere, avvolto nel silenzio e levitante nell'oscurità, continui a incutere timore e rispetto, ero felice perché sentivo di assistere a qualcosa che presto sarà solo un ricordo. Lì, dinanzi a quel cadavere ormai anche lui destinato a morire, mi è tornata in mente l'assurda domanda che m'ha arrovellato durante tutto il viaggio: come è possibile che, per decenni, l'Occidente abbia avuto paura di questo paese?

M'è tornata in mente anche la rabbia che durante questo viaggio m'ha preso, a volte, contro i miei predecessori, giornalisti o no, vissuti qui. Mi pareva m'avessero tradito non raccontandomi quanto fosse povera, squallida, disorganizzata questa Unione Sovietica e come disperata e misera vivesse la sua gente.

Cercando di evitare la rabbia di chi mi seguirà, proverò nelle pagine che seguono a buttare giù tutto: le cose viste, sentite, le reazioni istintive, i pensieri che passano incontrollati nella testa e anche le paure così come se le è ricordate, strada facendo, la memoria del mio computer.

2. Sul fiume Amur

ANCHE a occhi chiusi ormai riconosco il socialismo. Forse è l'odore della benzina mal raffinata, ma appena mi affaccio al portellone dell'aereo che mi ha portato qui, nella capitale dell'Estremo Oriente Sovietico, da Niigata nel nord del Giappone, so che sono arrivato in uno di quei paesi dove i poliziotti ti guardano come se tu avessi appena commesso un delitto, dove bisogna fare attenzione a quel che si scrive nella dichiarazione della dogana, dove bisogna pensare che i telefoni sono ascoltati, dove i dollari, unica vera moneta del mondo, specie di quello non capitalista, valgono una certa cifra al cambio ufficiale e un'altra al mercato nero... Ormai ci ho fatto l'abitudine. Lo so. Apro gli occhi e tutto il resto segue all'odore del socialismo: la confusione, la sporcizia, le urla, i pacchi legati con lo spago, gli eterni lavori in corso, i tubi per terra su cui si inciampa, una pericolante passerella di legno su una fossa aperta e mai richiusa, proprio davanti all'uscita dell'aeroporto e che ora tutti i passeggeri in partenza e in arrivo debbono attraversare.

Dalla folla si stacca un uomo sulla quarantina con un piccolo sacco in spalla e mi viene incontro come mi conoscesse. «Benvenuto. Sono Saša, l'interprete della spedizione.» Pallido, il naso affilato, gli occhi azzurrissimi, le spalle larghe, si muove con fermezza. Dice di essere un giornalista venuto apposta da Mosca. Io ho l'impressione, il sospetto che sia un militare. Sta per far buio. Pioviggina e la città mi si presenta nel suo più struggente squallore. Lungo le strade sembra che gli autobus non siano passati da ore. A ogni fermata gruppi folti di gente aspettano in silenzio. Ogni persona che vedo mi pare avere una sporta in mano. Gli alberi aggiungono un tocco di freschezza all'aria vecchia e romantica della città. Habarovsk ha poco più di centocinquant'anni, ma le tracce della sua fondazione zarista sono visibili un po' dovunque e imbellettano il grigiore delle nuove costruzioni socialiste. La città si estende su tre colline e il saliscendi delle sue strade attenua quell'impressione di noiosa piattezza che è di così tante altre città sovietiche.

Habarovsk è alla confluenza di due fiumi: l'Amur e l'Ussuri. È la capitale dell'Estremo Oriente Sovietico e la sede del più importante comando militare dell'URSS. Per questo è anche la base della nostra spedizione. Il nome viene da Habarov, un capo dei cosacchi, che alla metà del Seicento discese l'Amur e arrivò fin qui. Non ci restò molto. I cinesi, che consideravano loro queste terre, mandarono delle truppe a cacciar via gli « invasori dalle barbe rosse » e i russi dovettero ritirarsi in buon ordine. Almeno quella volta.

La spedizione sull'Amur è organizzata dalla *Komsomolskaya Pravda*, nominalmente il quotidiano della gioventù comunista, ma oggi anche uno dei più liberi e spregiudicati giornali dell'Unione Sovietica. Grazie a questo legame siamo alloggiati nella « foresteria del partito » di Habarovsk. Dal nome mi immagino un posto di *élite*, ma mi sbaglio. È la pensione per i funzionari comunisti delle province, i quadri bassi che vengono in città: si sta in due per camera, i cessi sono sporchi, la carta igienica è del tipo lucido, il sapone quello da bucato, i letti sono corti, molli e con una grande buca nel centro. In ogni camera c'è l'altoparlante di una radio sintonizzata su un'unica stazione. Prendere o lasciare.

Ceniamo nell'albergo per stranieri Intourist per celebrare l'inizio del viaggio e per le reciproche presentazioni. Il capo della spedizione, quello che ha la responsabilità di tutta l'organizzazione, è Volodja, il corrispondente da Habarovsk della *Komsomolskaya Pravda*, un uomo sulla cinquantina, robusto, forte, sereno. Poi viene Saša, l'interprete. Il terzo giornalista sovietico è Nikolaj, redattore di un giornale di Habarovsk, esperto di criminalità. Cosa ci faccia in questa spedizione non mi è chiaro.

Come sempre in queste situazioni, ognuno cerca, a volte nemmeno troppo delicatamente, di farsi un'idea dell'altro, di capire dove sta, per chi veramente lavora. Giornalista? Solo giornalista?

Saša è quello che mi incuriosisce di più. Parlando viene fuori che è stato per tre anni corrispondente a Pyeongyang di Novosti, l'agenzia di notizie sovietica, spesso usata all'estero dal KGB per dare una copertura ai suoi agenti, e che alla fine è stato espulso dalla Corea del Nord. Saša lavora ora alla redazione esteri della *Komsomolskaya Pravda*. Parla l'inglese, ma in modo lento e incerto, come una lingua non usata da tempo. Così come Saša incuriosisce me, io incuriosisco terribilmente uno dei tre giornalisti cinesi, il signor Ren, un tipo sui quarant'anni, secco e allampanato, con dei bei denti che gli danno l'aria d'essere sempre sorridente. Mi si siede accanto e non smette di chiedermi perché parlo la sua lingua, dove l'ho imparata, se sono mai stato in Cina, se ho amici a Pechino. Mi guardo bene dal dirglielo, anzi mi diverto a essere vaghissimo e di tanto in tanto a fare riferimenti a cose e persone che solo uno che è vissuto a lungo nel suo paese può conoscere.

I tre cinesi sono tutti del giornale *Zhong Guo Nian Qin Ri Bao*, il quotidiano della gioventù, e sono la tipica « delegazione » da paese comunista: Wang, il corrispondente da Mosca, che parla russo e appare il più sofisticato, è chiaramente il « commissario politico » del gruppo; una signorina Liù è la figlia di un generale dell'Esercito di Liberazione, ovviamente in viaggio premio; il signor Ren è l'addetto alle informazioni: prende continuamente note, ha una macchina fotografica con cui fin dal primo momento immortala tutto e tutti. L'altro europeo del gruppo è Krsysztof, un giovane polacco, corrispondente da Pechino.

Volodja fa un brindisi al successo della spedizione e promette che, se questa andrà bene, ne potrà poi organizzare un'altra per... andare a caccia di tigri. Nella regione dell'Amur il numero di queste splendide bestie abituate a passare lunghi periodi sulla neve e sui ghiacci è talmente aumentato che ogni anno molte debbono essere abbattute.

Rientriamo a piedi nella nostra foresteria. Una macchina mi viene incontro coi fari abbaglianti e si ferma a un passo da me con stridio di freni. L'autista, un giovane biondo ubriaco, vuol vendermi la sua giovane compagna.

La città è carezzata da un vento estivo. Sulla strada principale, la via Karl Marx, decine di ragazze passeggiano a coppie, occhieggiando i possibili compagni o i clienti di una notte. La prostituzione occasionale sembra aver fatto qui grandi passi avanti da quando ci venni per la prima volta due anni fa. Possibile che ogni volta che l'austerità puritana di un sistema repressivo comincia a cedere, il primo segnale della libertà ritrovata debba sempre e dovunque essere questo? Ognuno sulla strada sembra in cerca di un affare da concludere. Il vento porta zaffate di povero, volgare profumo e odore d'ascelle.

Dalla finestra della mia camera vedo, nei riquadri illuminati della casa dinanzi, le ombre di gente che si lava i denti prima di andare a letto, vedo le lampadine che penzolano sconsolanti dai soffitti. È Ferragosto in Italia. Penso alla pulizia, all'eleganza della natura e della gente di casa.

Sabato 17 agosto

Donne in vestaglia da notte escono da camere soffocanti e si avviano al bagno comune. Per terra delle piattole solitarie scorrazzano sui pavimenti di legno verniciati a olio. Impossibile fare la doccia. Il rubinetto non funziona. C'è anche un problema di colazione – la foresteria non ha nulla da offrire – ma questo è presto risolto. Davanti alla foresteria è parcheggiata una di quelle autobotti gialle cariche di un amarognolo succo di un qualche frutto. Una donna in grembiule bianco pieno di patacche sta seduta su un panchetto ad aprire e chiudere un grosso rubinetto. Si fa la coda, si paga, si beve. I tre o quattro bicchieri che la donna riempie, dà e riprende son sempre gli stessi, mai sciacquati.

Mi colpisce la scena di un uomo che parcheggia la sua macchina e passa dei minuti a cercare di chiudere la portiera con la chiave. Lo fa con grande pazienza, come ci fosse abituato. Penso a quanto ha dovuto brigare, a quanto ha dovuto pagare per procurarsi quella macchina e a come ogni giorno deve affrontare il guaio di quella serratura difettosa: un quotidiano rammentargli che, pur con la macchina privata, è sempre nel socialismo.

Il programma di oggi è andare là dove comincia l'Amur per imbarcarci su un battello che ci sta già aspettando. Armi e bagagli, partiamo per l'aeroporto. La solita triste, malvestita, mal lavata umanità aspetta lungo i marciapiedi gli stessi autobus di ieri. Ognuno ha la solita sporta di finta pelle. Dentro mi immagino solo delle verdure vecchie. Ho appena visto una donna comprare una zucca che aveva tutta l'aria di essere marcia.

L'aeroporto di Habarovsk è uno dei più grandi dell'Unione Sovietica. Lungo le piste, nei parcheggi, nei prati attorno ci sono letteralmente centinaia di aerei, gli uni in fila agli altri: i jet con le alte code, e quelli a elica, spesso a doppia ala, del tipo che usava fra le due guerre, qui ancora usatissimi per le destinazioni di provincia. In Unione Sovietica viaggiare in aereo è come da noi andare in autobus. Le distanze sono immense e per molti centri abitati l'aereo è l'unico legame col resto del paese. I voli sono frequentissimi e costano relativamente poco.

L'aereo che ci è stato assegnato è un vecchissimo Antonov 26. È uno di quelli a disposizione delle squadre di pompieri che si paracadutano per andare a spengere gli incendi delle foreste. Per questo ha una grande porta che si apre sul dietro e solo rudimentalissimi sedili lungo la fusoliera. Volodja è amico del capo dei pompieri di Habarovsk e in qualche modo è riuscito a farsi affittare l'aereo per la spedizione. Si vola, rumorosissimamente, per un paio d'ore in direzione nord fino alla città di Zyr. Lì, in un piccolo aeroporto in mezzo a una foresta di betulle, ci aspetta un altro mezzo di trasporto dei pompieri: un elicottero la cui vernice arancione è completamente annerita dagli scarichi dei motori.

L'elicottero è pieno di ferraglia arrugginita, di aggeggi inutili, di arnesi dimenticati, di cose rotte che nessuno si è preso la briga di riparare. L'uomo, che da un vecchio camion cisterna pompa combustibile nella pancia dell'elicottero, fuma tranquillamente la sua sigaretta durante l'intera operazione. Il cartello che, perentorio, ordina: «Non fumare» è lì poco distante, sbiadito dalla pioggia.

Ieri, alla stessa ora, ero ancora in Giappone, nell'asettico aeroporto di Niigata, e l'ultima immagine di là, per contrasto, mi torna agli occhi: le squadre di donnine giapponesi in uniforme che aspettavano di buttarsi a pulire gli aerei in arrivo, gli scaricatori, i meccanici, gli addetti al combustibile, ognuno con una uniforme e un elmetto di colore diverso, a seconda della funzione, tutti con i guanti bianchissimi, ognuno con una sua silenziosa missione da portare a termine. E qui?

Si parte con grandi tremori e scossoni, e presto la natura con la sua purezza, la taiga con la sua grandezza a perdita d'occhio sollevano l'animo. Volodja racconta di essere nato da queste parti. Anche suo padre era di qui. «Razza siberiana. Forte. Forte», dice facendo il gesto di un sollevatore di pesi. Più che il giornalista gli sarebbe piaciuto fare il cacciatore.

Qua e là nella foresta ci sono enormi chiazze vuote: gli alberi sono tutti morti e i fusti bianchi e secchi delle betulle sono come infiniti stecchini da denti piantati nel verde smeraldo dell'erba alta. Volodja dice che qui, d'inverno, la temperatura cade anche a 50 gradi sotto zero e che molti alberi muoiono per questo. Saša viene a spiegare che stiamo sorvolando una regione con installazioni militari e che la nostra spedizione ha ottenuto il permesso di sorvolarla solo a condizione che nessuno faccia fotografie. Tutti guardiamo ora più curiosi che mai attraverso gli oblò sporchi dell'elicottero, ma non riusciamo a vedere che alberi. Saša insiste che quando atterreremo non dobbiamo tenere al collo le nostre macchine fotografiche ma nasconderle, per non creare problemi coi militari che incontreremo. Ridiamo del fatto che questi militari sovietici sembra non abbiano sentito parlare dei satelliti spia, non abbiano letto i resoconti della guerra elettronica condotta nel Golfo, insomma credano le nostre macchine fotografiche capaci di carpire chi sa quale loro segreto.

Sotto di noi lunghissimi treni serpeggiano attraverso la terra altrimenti deserta: la Transiberiana. Due locomotive tirano un numero infinito di vagoni carichi di legno, di carri-cisterna pieni di petrolio. Le ricchezze dell'Estremo Oriente Sovietico vanno verso i centri industriali della Siberia. Questa è la linea che corre parallela alla frontiera con la Cina, a venti, trenta chilometri di distanza dal confine. Siccome era estremamente vulnerabile – una semplice incursione avrebbe potuto tagliare le comunicazioni fra Mosca e queste regioni –, i sovietici, più di mezzo secolo fa, hanno costruito una seconda Transiberiana, la BAM (Bajkal-Amur Magistral) più all'interno, a un centinaio di chilometri di distanza, fuori della portata dell'artiglieria d'ogni possibile nemico oltrefrontiera.

Si vola per circa un'ora e mezzo su una foresta che si fa alla fine più densa e su una terra che si fa collinosa. Poi, improvvisamente, lo vedo, scintillante come un gioiello d'argento sotto il cielo grigio, l'Amur. Sull'acqua aleggiano nebbie biancastre. Sulla riva una manciata di case di legno dai tetti neri di catrame: Gialinda, un posto di pionieri, una tappa importante per chi viaggia sul fiume, perché da qui parte una linea ferroviaria che si innesta nella prima e nella seconda

Transiberiana e così lega Gialinda all'intero sistema sovietico di trasporti. Il grande nodo ferroviario di Skovorodino è ad appena 27 chilometri da qui. Fu costruito nel 1909. Le case edificate in estate non sopravvissero al primo inverno. Il gelo era tale che tutte le fondamenta si contorsero facendo crollare i muri e i tetti.

L'elicottero sorvola l'abitato, poi si posa su un piccolo quadrato di cemento al margine della foresta. Una manciata di ragazzini sporchi e robusti vengono vicinissimi per farsi sbatacchiare dal vento dei palettoni. Un gioco cui pare siano abituati. Non sono abituati però a vedere strani visitatori come noi e, quando scendo dalla scaletta con la mia Leica debitamente nascosta nel sacco in spalla, i ragazzi ammutoliscono, presi da una impaurita curiosità.

Strano posto, Gialinda! La foresta alle nostre spalle è densa e cupa. Quando l'elicottero spenge i suoi motori non si sente che il frusciare del vento, poi l'avvicinarsi di una moto con tre militari. Non fanno un sorriso. Sembrano contrariati. Uno dice solo di aspettare. Ci guardano come fossimo marziani. Ai loro occhi certo lo siamo. « Stranieri per loro vuol dire problemi », spiega Volodja. « State indietro e non fate vedere le macchine fotografiche, mi raccomando. »

Ho una gran voglia di fotografare quei ragazzini attoniti, infreddoliti, contro le nuvole basse e cariche di pioggia, ma mi trattengo. Due anni fa, durante la mia prima visita a Sakhalin, un pomeriggio nel cortile di un bel fabbricato nel centro della città, dietro una cancellata di ferro, vidi un'immagine che non potevo lasciarmi sfuggire: un corvo nero appollaiato su una testa di Lenin coperta di neve. Misi a fuoco e scattai, ma un attimo dopo fui bloccato da un soldato che si fece consegnare la Leica, il mio passaporto e il mio permesso di viaggio. La sera, in seguito all'intervento del governatore dell'isola che avevo appena intervistato, tutto mi fu riconsegnato, ma un mese dopo che ero ripartito il *Quotidiano delle Forze Armate* pubblicò la notizia di un soldato che aveva ricevuto una decorazione per aver « sorpreso il giornalista-spia Tiziano Terzani nell'atto di fotografare obiettivi militari a Sakhalin ». Un amico russo mi spedì quel ritaglio di giornale al mio indirizzo in Thailandia, ma la lettera non arrivò mai. Ho saputo della storia solo quest'inverno, quando son ripassato da Sakhalin sulla via delle Curili.

I tre soldati continuano a starci immobili davanti come avessero l'ordine di tenerci d'occhio. Poi arriva una jeep. Dal posto accanto all'autista scende, elegante, grande, grosso, un giovane ufficiale, gli stivali infangati e un grande berretto verde a padella in testa: KGB. Volodja gli va incontro con un gran sorriso, lo saluta, da lontano ci presenta, e comincia quel balletto di mano sulla spalla, parole sussurrate all'orecchio, passi lenti per appartarsi, fermate, altre parole... Una scenggiata che conosco dai miei tempi in Cina. È una classica forma di teatro comunista. La trama della *pièce* è sempre la stessa: nella società socialista nessuno ha mai diritto a nulla e le autorità – in questo caso il nostro capitano del KGB – hanno il compito di garantire che nessuno chieda nulla. Chi davvero vuole qualcosa – specie in nome di un gruppo di stranieri come nel nostro caso – deve allora spiegare la propria posizione, definire la propria importanza e poi dare una giustificazione dell'eccezionalità della richiesta. Nel nostro caso si tratta di lasciarci attraversare il villaggio e farci arrivare al fiume dove ci aspetta il battello che ci porterà fino al mare, migliaia di chilometri lontano da qui.

Il balletto-negoziato dura un buon quarto d'ora. Sento Volodja che ripete: «*Komsomolskaya Pravda*», per dare, col nome del suo giornale che è oggi il più venduto nell'Unione Sovietica, peso alla sua richiesta e sento l'ufficiale ripetere: «*Niet*». Sento Volodja dire: «giornalisti stranieri», «spedizione», come fossero quelle parole risolutive, magiche, ma l'ufficiale continua col suo «*Niet*». So bene che non c'è da preoccuparsi. Come in tutti i drammi, anche in questo ci ha da essere una soluzione. Eccola: in lontananza scorgo un autobus militare venire verso di noi. L'ufficiale ci fa un sorriso e ci invita a salire. Il compromesso cui è arrivato con Volodja è semplice: possiamo entrare in paese, ma non a piedi. La distanza è di appena qualche centinaio di metri e subito siamo nel «centro» di Gialinda.

Mi par di entrare in una stampa dell'Ottocento. Sulla strada principale, sterrata, pascolano delle mucche. Davanti alle case, tutte fatte di rozzi tronchi d'albero, maschiettati agli angoli, è accatastata la legna pronta per l'inverno. Duemila persone vivono qui, ma presto mi rendo conto che questi non sono normali abitanti e che questo non è un normale villaggio di provincia. Gialinda è la sede del comando della Mari-

Gialinda

na Fluviale dell'Alto Amur e qui non ci son che militari e le loro famiglie.

Alla manciata di ragazzi sporchi che ci avevano accolto all'elicottero se ne aggiungono altri in bicicletta che ci seguono dovunque andiamo. Alcuni mi parlano chiedendomi l'indirizzo, offrendomi vecchi francobolli e piccole cartoline-calendario già del 1992.

In fondo alla strada intravedo l'Amur, grigio e lento, che scivola via. Vado sulla riva, mi bagno, mi siedo e resto in silenzio ad ascoltarlo, questo fiume, prima per me così mitico e ora così vero.

I fiumi mi han sempre attirato. Il fascino è forse in quel loro continuo passare rimanendo immutati, in quell'andarsene restando, in quel loro essere una sorta di rappresentazione fisica della storia, che è, in quanto passa. I fiumi sono la Storia. Ci son paesi che non si possono capire senza percorrerne i fiumi. Un anno fa in Birmania mi parve di arrivare al cuore di quello struggente paese, tenuto in catene da una orribile, assassina dittatura militare, solo quando discesi lungo l'Irrawaddy da Mandalay a Pagan. Allo stesso modo il fatto di non essere mai riuscito in tanti anni di vita in Indocina a viaggia-

re a lungo sul Mekong m'ha lasciato con una grande frustra-
zione. E ora eccomi finalmente sull'Amur, straordinaria, storica frontiera fra due civiltà, due razze, due grandi imperi!

Per secoli i cinesi, espandendosi verso il Nord, e i russi,
allargandosi verso il Sud e verso l'Est, si sono incontrati e
scontrati lungo questo fiume e se ne sono contesi il controllo.
Poi, centotrent'anni fa, Pechino e Mosca si misero d'accordo
per considerare l'Amur e il suo affluente, l'Ussuri, il confine
fra i loro due domini. L'accordo non fu uno dei più giusti e i
cinesi l'hanno da allora definito un trattato « ineguale » come
quello con cui l'Inghilterra – in quegli stessi anni – si prese
Hong Kong. L'impero cinese era debole, era sotto la pressione di varie potenze europee che volevano concessioni, e d'un
colpo cedette a Mosca tutte le terre che i russi reclamavano,
compresa quell'immensa regione fra l'Ussuri e l'Oceano Pacifico in cui i russi si affrettarono a costruire una città il cui
nome resta finora una offesa alla Cina: Vladivostok, « il Conquistatore dell'Est ».

Se si pensa che oggi l'Inghilterra è costretta dalla Cina a
rivedere i trattati del secolo scorso e a restituire Hong Kong
nel 1997 è bene ricordarsi che nel 1858 e nel 1860, col trattato di Aigun prima e poi con quello di Pechino, la Russia si
appropriò di qualcosa come 300.000 chilometri quadrati di
territorio che era chiaramente cinese e che la Russia stessa
aveva, nel 1689, nel formalissimo trattato di Nerchinsk, riconosciuto come tale.

La storia certo non finì con quell'ultimo accordo e il conflitto territoriale fra russi e cinesi resta latente e potenzialmente esplosivo come un pericoloso vulcano. Nel 1969 fu la
disputa a proposito di una piccola, insignificante isola disabitata in mezzo appunto al fiume Ussuri a provocare uno scontro sanguinoso fra truppe cinesi e truppe sovietiche, e a portare i due grandi vicini comunisti a un passo da una terrificante guerra che sarebbe facilmente potuta diventare anche
atomica. La tensione non è affatto passata. Né passerà mai.

Il fiume scorre via silenzioso. La corrente è leggera. Dal-
l'alto dei loro torrioni di guardia sui tralicci di ferro, due soldati sovietici frugano coi loro binocoli la riva opposta del
fiume. La Cina sembra disabitata. Solo guardando bene fra il
fogliame della foresta dall'altra parte vedo delle casematte e
in quelle dei soldati di Pechino che scrutano questa parte coi

loro binocoli. La distanza fra una riva e l'altra è qui di un centinaio di metri appena. D'inverno il fiume diventa una lastra di ghiaccio. Attraversarlo allora è facilissimo, ma nessuno lo fa. L'Amur resta una frontiera di ostilità e sospetti. Fra cinesi e sovietici non ci sono contatti, non ci sono scambi commerciali, non ci sono scambi di visite.

I fiumi hanno avuto un importantissimo ruolo nella storia del popolo russo, così come per altri popoli il mare, le montagne o i deserti. I fiumi hanno tolto i russi dal loro isolamento, hanno aperto loro la via ad altre culture e hanno permesso loro la conquista di un impero. Il Don e il Dnepr li hanno messi in contatto con il mondo greco e, quando quello finì, con quel che restava della civiltà romana a Bisanzio. Il Volga ha aperto ai russi le porte dell'Asia Centrale, facendoli arrivare facilmente fino al Mar Caspio da dove allora partiva il tratto terrestre della Via della Seta. I fiumi siberiani hanno permesso ai russi l'avanzata verso l'Estremo Oriente e la conquista di quella immensa, ricchissima, deserta distesa di « Terra che dorme »: questo è il significato della parola Siberia.

Inglesi, portoghesi e spagnoli fondarono i loro imperi sul dominio del mare, i russi hanno fatto il loro sapendosi muovere lungo i fiumi. È stato il corso dei fiumi a determinare la direzione dell'espansione russa; mentre è stata la ricerca delle pellicce a determinare la logica economica dell'avanzata. Le pellicce della Siberia erano leggere e per questo facili da trasportare. Erano però pregiatissime e, una volta a Mosca, rappresentavano una vera ricchezza. È a caccia di pellicce che i pionieri russi si spinsero dagli Urali fino al Pacifico, e una volta arrivati lì, invece di mettersi in mare, come altri popoli avrebbero fatto, continuarono a spingersi sempre alla ricerca di altre pellicce verso l'Alaska. L'Alaska! Sarebbe potuta appartenere a Mosca ancora oggi, ma furono i russi stessi a venderla, nel 1867, agli americani per pochi centesimi al metro quadrato.

In questa corsa verso l'Est, quella dell'Amur è stata la via più naturale, la via più ovvia. I russi sapevano di non doversela mai far togliere da altri ed è per questo che i cosacchi vennero da Mosca a fondare villaggi e a piantare bandiere lungo tutto il corso di questo fiume. Ci piantarono anche le loro croci perché per loro l'Amur non era solo una estensione

L'Amur a Gialinda

della Russia, ma anche il confine fra la cristianità e il paganesimo.

Alta sulla costa, a dominare un'ansa del fiume, vedo i resti di una costruzione più grande, più elegante, più maestosa delle capanne socialiste in cui ora vive la gente di Gialinda. Indico le rovine e mi faccio il segno della croce per vedere la reazione dei ragazzi che ora mi stanno attorno. « *Da... da.* » Sì, sì, quella era la chiesa, distrutta tanto tempo fa. « I comunisti? » chiedo. « No. La Rivoluzione », dicono i ragazzi. Accanto, anche lei abbandonata, una sorta di torre in pietra. Alcuni dicono fosse il campanile, altri il deposito dell'acqua. Forse è stata sia l'uno che l'altro in tempi diversi.

L'Amur non ha una vera e propria sorgente e l'inizio del fiume è considerato il punto in cui l'Argun e la Silka uniscono le loro acque. Quella confluenza è 140 chilometri a monte di Gialinda. Avremmo dovuto partire da lassù, ma i fondali son bassi e la nostra nave non poteva rischiare di arenarsi. Già qui pare avremo bisogno di uno speciale pilota che aiuti il capitano a evitare le secche.

La nostra nave! Siamo tutti curiosissimi. Ci dovremo passare due settimane e non abbiamo un'idea di che cosa ci

La Propagandist

aspetta. « Eccola! Eccola! » urla Volodja. In lontananza, snella, tutta bianca, la vediamo venire verso di noi. Sulla fiancata, ridipinto di fresco, il nome che provoca in tutti noi una grande risata: *Propagandist*. Volodja spiega che la nave appartiene alla Lega Giovanile Comunista e che di solito è a disposizione dei funzionari che la usano per andare a fare il loro lavoro di propaganda nei villaggi lungo il fiume, per riposarsi, per organizzarvi le loro riunioni e le loro feste. « Questa nave conosce tutti i segreti del partito », dice Volodja. Alcuni di questi segreti non tardano a venire alla luce. Mentre ognuno di noi, dopo aver preso possesso della sua minuscola cabina, si gode la prima tazza di tè a bordo, Saša, in un armadietto della sala da pranzo, trova una decina di videocassette. Ne prende una, e tanto per vedere se il sistema funziona, la infila nel registratore. Le prime immagini che compaiono sul video sono quelle di una bionda, nuda, dagli enormi seni, indaffaratissima a letto con un robusto e baffuto signore altrettanto nudo. Schiantiamo tutti dalle risate. L'intera collezione di bordo a uso dei giovani comunisti è di film pornografici.

La prima tappa della nostra spedizione è Albazino, solo 15 chilometri a valle da Gialinda. Albazino è un nome mitico per ogni russo. È qui che i pionieri, coi tronchi delle foreste vicine, costruirono il primo grande forte nell'Estremo Oriente, è qui che i russi combatterono e persero la prima grande battaglia contro gli eserciti manciù, mandati da Pechino a bloccare l'avanzata di questi conquistatori nelle terre del Celeste Impero.

Mi piaceva l'idea di arrivare ad Albazino in battello, di vedere il forte dal fiume, così come lo vedevano i cosacchi che venivano a rafforzare le sue difese, ma il camion-cisterna che doveva rifornire d'acqua la *Propagandist* non è ancora arrivato, la nave non è pronta per l'agognata partenza, e Volodja decide di portarci ad Albazino con un autobus offertoci dalla Marina Fluviale. Peccato!

La strada sterrata, piena di pozzanghere e di vacche, corre tra filari di betulle basse. Viaggiamo per quasi un'ora e, quando Volodja dice che siamo arrivati, la domanda sulla bocca di tutti sembra essere: dove? La mitica Albazino è quasi inesistente: una dozzina di case basse, di legno, pali della luce tutti storti lungo la via principale, sagome di bambini che giocano nel fango. Questo è tutto. Che ci siamo venuti a fare? « Il museo! » dice Volodja, come ci avesse riservato una sorpresa.

« I musei nell'URSS sono come da voi le chiese. Vanno visitati per capire il paese », mi disse una volta, facendomi da guida attraverso le sue sale, il direttore dello straordinario museo nella capitale di Sakhalin. Assieme alle foto e ai documenti sulla storia dell'isola, c'erano interessantissime ricostruzioni della vita dei suoi abitanti originari, gli ainu, e una esposizione dei prodotti della moderna industria locale. La teca che conteneva le scatolette di sardine e di tonno, tutte ordinate in grosse pile, con le loro belle etichette, era una delle più frequentate, diceva il direttore. « Il museo è l'unico posto in cui la gente di qui può vedere questo tipo di prodotti! » Da allora visito devotamente ogni museo sovietico che mi capita.

Quello di Albazino è artigianale, modesto, ma suggestivo perché costruito sulla riva dell'Amur, esattamente là dove un tempo si ergeva il vecchio forte. Come un tempo il forte, il museo ha ora un recinto esterno fatto di enormi tronchi appuntiti. « Nel 1650, qui sul fiume c'era una piccola città », dice una iscrizione sul cancello d'ingresso. « Nel 1857 in questo posto vissero i cosacchi », dice una seconda. In quelle due date c'è tutta la storia di conquista, eroismo e pervicacia che ha portato queste remote regioni del mondo a essere parte della Russia. Perché questo è il fatto: siamo a circa ottomila chilometri di distanza da Mosca, siamo nel mezzo della taiga siberiana, ma siamo ancora in Russia. « Ho fondato questo museo per ricordare ai giovani il passato », dice Agrippina Doroscina, una vecchia di ottant'anni che, in questo posto sperduto, coi propri risparmi, ha voluto costruire un suo monumento alla gloria della Russia.

Il passato, come lo si racconta ad Albazino, è ovviamente di parte, ma la bella ragazza sui vent'anni, che viene convocata per farci da guida e che arriva truccata e trafelata in un vestito attillatissimo messo per l'occasione, l'ha bene imparato a memoria. « Nel 1632 i cosacchi fondarono Jakutsk, poi il loro capo, Habarov, si spinse lungo l'Amur e qui dove siamo fondò un forte. Lo chiamò Albazino dal nome di un re locale. Habarov visse qui tre anni. Nel 1685 il forte fu assediato dai manciù. A difenderlo c'erano 800 cosacchi. In capo a un anno non ne rimanevano che 60. Mosca e Pechino decisero allora di mandare dei loro rappresentanti nella città di Nerchinsk per negoziare un accordo e firmare la pace. Durante i negoziati però la delegazione russa venne continuamente minacciata dalle truppe cinesi appostate qui vicino e i russi alla fine non ebbero altra scelta che quella di abbandonare le loro posizioni. Il forte di Albazino venne distrutto e in base al trattato di Nerchinsk, firmato nel 1689, tutte le terre a nord dell'Amur divennero neutrali. Solo nel 1857 i cosacchi tornarono qui e da allora Albazino è tornata a vivere. » La ragazza, fiera di essere arrivata in fondo alla sua parte senza intoppi, apre la bocca in un grande sorriso, pieno di denti d'oro.

Nella sua versione della storia la parte più faziosa è quella in cui ha definito « neutrali » le terre da questa parte del fiume. Neutrali? Una strana parola per dire che i russi, col trattato di Nerchinsk, restituirono ai cinesi le terre che erano loro. Fino all'arrivo dei russi tutte le terre, a nord e a sud dell'Amur, appartenevano alla Cina. I russi avevano cercato di portar via quelle sulla sponda settentrionale, ma non c'erano riusciti. Almeno quella volta! Nel secolo scorso i cosacchi tornarono alla carica e, approfittando della debolezza del Ce-

Un torrione di guardia sulla riva sovietica

leste Impero, riuscirono allora a strappargli via 300.000 chilometri quadrati di territorio.

« Ma non è forse vero che i cinesi sono stati qui secoli prima dei russi e che prima dei russi sono scesi lungo il corso dell'Amur, arrivando fino a Sakhalin? » chiedo, cercando di non suonare provocatorio alla bella ragazza dai tacchi e dai fianchi altissimi. La ragazza mi rivolge il suo sorriso dorato e mi zittisce con una risposta lapidaria: « Io sono patriottica ».

La verità è che, per tutti i russi venuti dall'interno del paese fino a qui – per i cosacchi di un tempo così come per i comunisti di oggi –, il fiume è diventato la frontiera sacra della Madre Russia, che quel che c'era prima di loro non è storia e che tutto quel che c'è sulla sponda rimasta cinese non li interessa, non li riguarda, se non nella misura in cui da là viene l'unico possibile nemico.

Poco tempo fa degli archeologi russi sono venuti ad Albazino a fare delle ricerche, ma si son ben guardati dall'andare a cercare le tracce dei vecchi insediamenti cinesi e hanno scavato solo attorno a dov'era il forte cosacco. « Per i russi la storia comincia solo tre secoli fa », mi bisbiglia uscendo dal museo la signorina Liù, la giornalista cinese della spedizione. Non ha torto: i suoi antenati, già milletrecento anni fa, sono arrivati su queste rive, vi hanno costruito i loro forti e messo i loro mandarini a riscuotere, in nome dell'imperatore Figlio del Cielo, i tributi dalle popolazioni locali.

L'Amur scorre via indifferente. Dall'alto di un torrione di ferro, che si erge accanto al museo, un soldato sovietico scruta la sponda opposta: l'eterna, inscrutabile Cina, la Cina qui così a portata di mano, ma per i russi lungo l'Amur lontana come la luna.

Quando torniamo a Gialinda sta calando la sera. Frotte di ragazzini ci aspettano appostati alla scaletta della nostra nave. Alcuni provano le due parole d'inglese imparate a scuola, altri vogliono semplicemente guardare le nostre facce, le nostre scarpe, le cinture, le camicie. Siamo la cosa più esotica che si siano mai trovata davanti. « Siete mai stati dall'altra parte? Ci vorreste andare? » chiedo con l'aiuto di Saša. Mi guardano come se parlassi del diavolo. L'altra riva è tabù, una cosa proibita. Dopo qualche esitazione mi raccontano un gran segreto: l'anno scorso un giovane di qui, d'inverno, quando il fiume era diventato di ghiaccio, si è vestito tutto di bianco e, per scommessa, è andato avanti e indietro cinque volte fra le due sponde finché una guardia sovietica, dall'alto di un torrione, non gli ha sparato, ferendolo.

Passiamo la prima notte a bordo della *Propagandist* attraccata sotto la sagoma nera della chiesa in rovina. «È anche per te il primo viaggio da queste parti?» chiedo a Saša. «Sì. Sì. È la prima volta che ci vengo.» Forse è vero; forse proprio qui non c'è mai stato, ma Krsysztof, il polacco, che prima di Pechino era corrispondente a Pyeongyang con lui, mi ha appena detto che Saša parla cinese perché è stato ufficiale dell'Armata Rossa nella zona dell'Ussuri. Uno dei suoi compiti era quello di scrivere i volantini di propaganda anticinese.

Domenica 18 agosto

Non succede niente di particolare, ma il semplice fatto che il battello, all'alba, si metta finalmente in moto sull'acqua verde-grigia è una grande emozione e tutti, svegliati dal rumore dei motori, siamo sul ponte. Dalla foschia esce la costa cinese con un primo villaggio. Alte cataste di tronchi d'albero, appena tagliati, aspettano di essere portate via. Sulla riva si vedono i primi cinesi, dei giovani in uniforme verde. I tre giornalisti di Pechino sono eccitatissimi. «*Wo ye shi zhong guo ren!*» Sono cinese, sono cinese anch'io! «*Nimen hao?*» Come state? urlano più volte. Le loro voci si perdono sull'acqua. Poi, come al rallentatore, si vedono sulla riva delle braccia levarsi in un saluto. Il cielo è carico di pioggia. Le nuvole, basse e nere, fanno apparire ancora più bianchi i tronchi delle betulle nelle silenziose foreste lungo la sponda.

La nave si muove a 25 chilometri all'ora. A volte serpeggia letteralmente nel fiume, con grandi virate che sembrano quasi invertire la direzione di marcia per evitare le secche. Dei segnali, rossi sulla costa cinese, bianchi su quella sovietica, indicano al capitano le distanze e i passaggi più consigliabili. I villaggi cinesi si fanno sempre più numerosi e sempre più uguali. Stesse file di capanne, stesse cataste di legname sulla riva, stessi giovani in uniforme verde sotto il peso di enormi tronchi. «Stazione forestale numero 24», «Stazione forestale numero 25», leggo in lontananza. Presto mi rendo conto che questi non sono normali villaggi, ma campi di lavoro, prigioni dove il regime di Pechino manda i suoi oppositori a « rieducarsi ». Lo chiedo innocentemente al signor Wang, il « commissario politico » dei colleghi cinesi, ma quello, invece di rispondermi, mi chiede com'è possibile che io sappia il nome cinese di queste speciali istituzioni. Ho vissuto in Cina? In quali anni? Mi dà una gran soddisfazione rispondergli con altre domande e non dirgli una parola del fatto che, sette anni fa, anch'io ebbi l'occasione di provare che cosa vuol dire essere « rieducato », nel mio caso non « attraverso il lavoro », come i ragazzi là, lungo la riva, ma attraverso la scrittura e riscrittura di fasulle confessioni e interrogatori che in capo a un mese si conclusero con la mia espulsione dalla Cina.

Sotto la superficie piatta, l'Amur bolle e rigurgita. Il colore è verdastro, a volte marrone. I riflessi neri. L'acqua è fine e non carica di sabbia e fango come quella degli altri grandi fiumi dell'Asia. Passiamo dinanzi alla cittadina sovietica di Černaievo: il nostro capitano fa suonare la sua sirena, dalla riva ci rispondono quelle delle motovedette. Anche questo non è altro che un insediamento militare. Un altissimo torrione di guardia domina la piccola distesa di case-caserme dai tetti di cemento.

Più si viaggia e più mi rendo conto quanto poco normali sono gli insediamenti umani lungo questo mitico fiume. Non ci sono villaggi di pescatori, non ci sono mercati. Non ci sono tracce delle varie tribù mongole che hanno vissuto per secoli nella regione dell'Amur pagando tributi prima all'impero cinese, poi a quello zarista. A leggere la letteratura del secolo scorso questo era anche allora un fiume selvaggio, ma frequentatissimo. C'erano famosi battelli di linea che facevano un regolare servizio per passeggeri e merci fra il mare e l'interno del paese. C'erano posti di ristoro dove la gente si fermava.

Čechov, partito da Mosca per andare nell'isola di Sakhalin, allora una spaventosa colonia penale che lui voleva descrivere, fece esattamente il viaggio che sto facendo io su un battello che, assieme al suo carico di condannati, portava anche generali russi e funzionari dello zar in viaggio d'ispezione. Oggi l'Amur sembra più o meno deserto. Non c'è alcun servizio passeggeri che faccia l'intero percorso del fiume e le uniche merci che si vedono passare sono le cataste di tronchi sulle enormi zattere riempite sino a farle sembrare sempre sul punto di affondare. Lungo le sponde non ci sono che insediamenti militari. L'unica umanità che si vede è fatta di guardie e di prigionieri. Le uniche costruzioni sulle due rive che uno finisce per ricordare sono le alte torri di osservazione: cabine di legno in cima a esili tralicci di ferro quelle sovietiche; solide costruzioni in cemento quelle cinesi.

Un motoscafo della guardia fluviale cinese si affianca alla nostra nave. I due soldati ci vengono vicinissimi, poi ci salutano con grandi gesti delle braccia e sfrecciano via. C'è come una volontà di far sembrare che tutto è normale, di far credere che i rapporti fra la gente delle due sponde sono ora particolarmente amichevoli. Il capitano dice che questo atteggiamento è nuovo, che fino a pochi mesi fa le relazioni coi cinesi erano ancora tesissime e che la navigazione lungo il fiume era piena di problemi. Non esistevano accordi precisi sul traffico, i battelli cinesi non cedevano il passo a quelli sovietici, e viceversa, e spesso capitava che due imbarcazioni stavano bloccate per delle ore, l'una dinanzi all'altra, senza cedere il passo.

La verità è che i sovietici mantenevano nei confronti della Cina una politica di arrogante provocazione. Mosca rifiutava di accettare il principio, riconosciuto internazionalmente, secondo cui, quando un corso d'acqua segna il confine fra due Stati, la frontiera reale non è nel mezzo del fiume – il che renderebbe impossibile il passaggio di qualsiasi battello –, ma è costituita dalla « linea di navigazione », vale a dire dal percorso, determinato da secche e correnti, che le imbarcazioni dei due paesi hanno ugualmente il diritto d'utilizzare. La Russia invece, già dai tempi della firma del trattato di Pechino nel 1860, ha sempre preteso che il confine era sì l'Amur, ma che il corso d'acqua era tutto suo e che il confine correva lungo la costa cinese.

L'avvento di Gorbacëv al potere ha radicalmente cambiato questa situazione. Innanzitutto c'è stato, nel luglio del 1986, il discorso di Vladivostok in cui il segretario del PC sovietico ha riconosciuto la « linea di navigazione » come il vero confine. Poi c'è stata la firma, a Pechino nel maggio del 1990, di un accordo specifico che stabilisce, chilometro per chilometro, dove questa linea passa e a chi appartengono le centinaia di isole, piccole e grandi, che si trovano in questo come nell'altro fiume di frontiera, l'Ussuri.

La piccola guerra che cinesi e sovietici combatterono sull'Ussuri nel 1969 fu provocata appunto dal fatto che, dopo una grande piena, un isolotto aveva cambiato di posizione e non era più chiaro a chi appartenesse. I cinesi chiamavano quel pezzo di terra Chen Pao; i russi, Damanski.

La recente liberalizzazione della vita sovietica ha contribuito a chiarire alcuni dettagli su quell'episodio di cui finora non si erano avute che le versioni propagandistiche delle due parti. A marzo di quest'anno, per esempio, la rivista *Gioventù* ha pubblicato la testimonianza – apparentemente veritiera – di due ufficiali sovietici che presero parte alle operazioni sull'Ussuri.

Il conflitto, che a suo tempo fece pensare all'inizio di una grossa guerra fra i due giganti comunisti, cominciò quando alcune Guardie Rosse cinesi andarono sull'isola contestata a mettervi degli striscioni di propaganda antisovietica. « Abbasso il revisionismo! » era lo slogan maoista dell'epoca. Il primo scontro coi sovietici avvenne a cazzotti e bastonate; poi furono usate le armi da fuoco, alla fine intervenne anche l'artiglieria. I primi a usare i cannoni furono i sovietici. Avevano perso un carro armato e dovevano recuperarlo a tutti i costi. Era il modello più perfezionato e più segreto in dotazione all'esercito di Mosca. Attrezzato per operare di notte e con una radio capace di captare le comunicazioni avversarie, quel carro, unico nell'intera regione, veniva usato per raccogliere informazioni sui movimenti del nemico. I sovietici gli avevano fatto traversare la superficie ghiacciata del fiume per posizionarlo sull'isola, ma i cinesi, con un rapido contrattacco, l'avevano circondato, avevano ucciso il comandante, catturato il resto dell'equipaggio e cercavano ora di trascinarlo, con tutte le sue segrete apparecchiature di bordo, dalla loro parte del fiume.

Per il comando sovietico la perdita di quel carro armato era un disastro e i soldati di Mosca ricevettero l'ordine di distruggerlo, nel caso non fossero riusciti a recuperarlo. Fu così che, per la prima volta, venne usata in battaglia la « Tempesta di Grandine », una nuova arma sovietica capace di sparare con un sol colpo una grandinata di 700 piccoli razzi. Pechino non ha mai specificato il numero dei suoi morti nello scontro, ma è certo che la «Tempesta di Grandine» inflisse durissime perdite ai cinesi. Non aiutò però i russi a recuperare il loro carro armato.

La battaglia per Damanski durò circa un mese. I soldati delle due parti combatterono nelle condizioni più spaventose di gelo e di ghiaccio, ma il carro rimase intatto, là dove s'era fermato. Poi, una notte, i sovietici sentirono degli strani rumori metallici venire dall'isola, come colpi di martello contro l'acciaio. All'alba i sovietici si resero conto che i cinesi erano riusciti a trascinare sull'isola una grossa gru e che con quella stavano cercando di portar via il carro armato. Non ci riuscirono. Appena lo posarono sull'Ussuri, la lastra di ghiaccio, sotto il peso di quel pachiderma, schiantò e il carro finì in fondo al fiume.

La battaglia terminò così e la temuta guerra fra i due giganti comunisti non ebbe luogo. Nei venti anni successivi l'isola di Damanski rimase deserta, come fosse una terra di nessuno. Poi, dopo il discorso di Gorbacëv a Vladivostok, i cinesi se la sono ripresa, hanno costruito un ponte per legarla alla loro sponda e ci han fatto un monumento ai loro caduti.

La nostra spedizione passerà là dove l'Ussuri si getta nell'Amur e la mia richiesta di visitare Damanski è già stata inoltrata, attraverso Volodja, alle autorità cinesi. Avremo la risposta quando ripasseremo da Habarovsk.

Al tempo della battaglia sull'Ussuri, io studiavo lingua cinese e storia della Cina contemporanea alla Columbia University di New York. Ricordo con quale interesse si discuteva nei seminari di quel che succedeva in un posto allora per me così remoto da parermi fuori del mondo. Vista ora da qui, sull'Amur, dove Cina e Russia si stanno dinanzi da secoli, quella storia mi pare acquistare tutto un nuovo significato, un nuovo senso. Allora la guerra mi pareva soprattutto il risultato della disputa ideologica fra due paesi comunisti, una disputa sul diverso modo di fare la rivoluzione, di andare verso il comunismo. Oggi mi pare che quella fosse solo la scintilla di un conflitto che era sì impacchettato nell'ideologia, ma che aveva le sue radici profonde nella storia. Ce l'ha ancora. Quella fra Cina e Russia non è affatto una partita chiusa e un nuovo conflitto per il controllo di queste terre può scoppiare ancora, in qualsiasi momento.

Le ragioni son fin troppo semplici. Sulla riva sovietica del fiume ci sono terre ricchissime, poco sfruttate e in gran parte disabitate; dalla parte cinese la terra è più povera ed è affollata di gente che cresce in continuazione senza sapere dove andrà a nutrirsi. Nella sola Manciuria i cinesi hanno qualcosa come ottanta milioni di persone; i sovietici in tutto l'Estremo Oriente ne hanno appena otto milioni. Quanto potrà durare questo stato di pace fra le due rive, specie ora che l'impero sovietico comincia a dubitare di sé, a non credere più nella sua verità, e con ciò a indebolirsi?

A volte solo poche decine di metri separano le due sponde, ma la differenza, là dove sono arrivati gli uomini, è anche fin troppo evidente. Sulla sponda russa le case hanno il tetto alto, le pareti colorate, le finestre con cornici di legno intagliato, ma la gente che si vede è poca e le attività sono limitatissime. Dalla parte cinese, al contrario, le case sono tutte caserme, scarne e semplici, ma i giovani che si vedono a segare, a trasportare, ad accatastare i tronchi sono costantemente indaffarati.

I cinesi sono tanti e lavorano. I russi sono pochi e stanno a guardare. Per i cinesi quelle terre significano anche capacità di sopravvivere. Per i russi sono solo un esilio. Non è certo un caso che i soli insediamenti sovietici lungo l'Amur sono militari, che i torrioni di guardia sulla sponda sovietica sono molto più numerosi di quelli sulla riva cinese, che per ogni motovedetta cinese che si incontra sul fiume se ne incontrano almeno cinque sovietiche. C'è di più: i cinesi vanno e vengono tra il fiume e la loro riva, i russi no. Lungo tutto il corso dell'Amur, per centinaia e centinaia di chilometri, i sovietici sulla loro sponda hanno eretto un impressionante muro di filo spinato con cui si sono chiusi l'accesso al fiume. A volte il muro è doppio, fatto di due barriere di filo spinato, a volte è elettrificato, sempre è alto più di due metri e corre per chilometri e chilometri senza interruzione. Le uniche aperture sono quelle che danno accesso ai posti militari e agli insediamenti. Anche lì ci sono doppi cancelli di filo spinato che vengono chiusi al tramonto e riaperti solo all'alba.

Sta per calare il sole e la natura riprende la sua incredibile aria innocente, ignara com'è dei sentimenti umani. Guardo questo fiume che scorre con riflessi d'oro fra due sponde che la natura non distingue. Mi si avvicina Volodja e mi fa notare che sulla sponda cinese ci sono bellissimi boschi di betulle, mentre su quella russa ci son solo dei cespugli, degli arbusti bassi. « Eppure le betulle sono l'albero russo per eccellenza », dice. « Perché allora ce l'hanno loro e noi no? » Prima ancora che io tenti una risposta, Volodja mi spara la sua: « Ce le hanno rubate! » e ride divertito del suo scherzo. Uno scherzo in cui c'è tutto il sospetto e l'astio dei russi nei confronti dei loro vicini cinesi. I rapporti fra questi due popoli, temo, non potranno mai essere particolarmente cordiali.

« La frontiera sovietica è intoccabile », dice una enorme scritta fatta di tanti sassi bianchi piantati nella terra. Il capitano suona la nostra sirena, i soldati sovietici del posto di guardia ci rispondono con la loro. Stiamo per arrivare a uno dei passaggi più spettacolari lungo il corso dell'Amur, le Montagne di Fuoco, descritte da tutti i viaggiatori del passato, e l'aspettativa è grande. Anche i tre marinai della *Propagandist* e le due cuoche vengono sul ponte per godersi lo spettacolo.

A destra la costa cinese è bassa e verde, a sinistra quella russa si erge sempre più a picco sull'acqua. La corrente del fiume si fa vorticosa, con grandi mulinelli che sembrano voler risucchiare anche noi verso il fondo. Improvvisamente dinanzi al battello si para un grande anfiteatro di colline che sembrano bloccarci il passaggio. La terra è come sventrata da un'antica frana, rosa dai venti di secoli. Da alcune buche nere che spiccano qua e là fra i dirupi biancastri escono grandi zaffate di fumo grigio. « Di solito son lingue di fuoco. Forse è a causa della pioggia che la terra non brucia. Peccato! » dice Saša che ora sembra conoscere il fiume, esserci già stato.

Il fenomeno delle fiamme che escono dalla terra si dice sia dovuto ai depositi di carbone in formazione che sono venuti in superficie con lo spaccarsi delle colline. Quando la terra è secca, il carbone prende fuoco da solo. Davvero un peccato che sia piovuto! Capisco Saša. Deve essere strano vedere in mezzo alla costa questi fuochi fatui accendersi nell'oscurità e riflettersi nelle acque dell'Amur. Già quelle fumate grigie sono impressionanti nel silenzio della sera. Il battello naviga ora vicinissimo alla costa, quasi la sfiora. La muraglia di rocce, interrotta da frane di sabbia giallissima e colate di terra nera bruciata, ci scorre lenta e paurosa sulla fiancata sinistra.

Tratteniamo il fiato. Non si sente che il frusciare dello scafo nella corrente che s'è acquetata, poi il fiume si allarga e l'orizzonte si riapre. Sulla cresta corrosa delle colline che si allontanano si stagliano le sagome di alcuni abeti solitari contro il cielo opaco del tramonto.

Usciti dall'anfiteatro, l'Amur si distende e si popola. Stormi di uccelli bianchi, come piccoli gabbiani, si buttano sulla superficie piatta per pescare, lasciandosi dietro grossi cerchi sull'acqua che pare immobile. Il fiume si tinge di toni arancione che ravvivano il verde marcio del fondo. Si viaggia nella più assoluta solitudine. Le isole, verdissime in mezzo alla corrente, sono tutte deserte e coperte solo da cespugli. Gli alberi sembra non abbiano la forza di crescervi. Piove a scrosci. Poi torna un sole freddo. L'acqua passa, col mutare del cielo, dal grigio all'argento. Alle nove c'è ancora luce e l'orizzonte si anima di nuvole rosa e nere.

Il fiume diventa sempre più scuro. Il battello attracca a un pontone di legno che ha una qualche parvenza di civiltà. Su una sorta di baldacchino galleggiante, di legno dipinto di azzurro, c'è, scritto a grandi lettere rosse, il nome del posto a cui siamo arrivati: « Resurrezione ». Fu fondato da alcuni cristianissimi cosacchi venuti qui nel 1864 a cercare l'oro. Il posto è desolato. Contro il cielo si stagliano pali di legno e la solita barriera di filo spinato. Un cancellaccio di ferro dà accesso al pontone. Un vecchio dai grandi baffi bianchi si affaccia per prendere le nostre gomene e sistemare la passerella che gli porgiamo. Si scende, felici di mettere piede a terra... ma solo per un attimo. Improvvisamente siamo circondati, attaccati, punzecchiati, morsi da nugoli di insetti che paiono fitti come l'aria. Al primo momento l'esperienza è semplicemente spiacevole, dopo un po' diventa inquietante. Sono stranissime zanzare che non ho mai visto prima: hanno il corpo bianco, le ali grigie, due lunghe antenne posteriori, come fossero due strascichi di vestito, e lunghe zampe. Sono grandi il doppio di una normale zanzara. Entrano nel collo, nei capelli, nelle maniche della camicia, attaccano anche attraverso il tessuto del *krama* cambogiano che mi avvolgo attorno alla testa cercando di proteggermi.

Scappiamo tutti di nuovo verso il battello. A terra resta solo Volodja che si avvicina a uno dei pali di legno dietro il pontone, toglie un telefono da campo da una cassetta, lo innesta a una presa ai piedi del palo, e con la cornetta in una mano e nell'altra una grande frasca che agita nell'aria parla col comandante del posto di guardia. Gli chiede formalmente il permesso di attraccare, di farci scendere a terra ed eventualmente di visitare il villaggio vicino. Lo sento ripetere la litania che conosco, punteggiata dalle parole chiave « *Komsomolskaya Pravda* », « spedizione », « giornalisti stranieri ». Dopo un po': « Permesso accordato, possiamo andare dove vogliamo! » urla Volodja sempre facendo volteggiare in aria la sua frasca per scacciare le zanzare. Ma ormai nessuno è più interessato a lasciare la protezione del battello ed è l'ufficiale stesso che viene a trovarci a bordo.

Il maggiore Sergej Hodus, comandante di tutto il distretto militare qui attorno, deputato al locale consiglio municipale, è la più alta autorità della zona. Nato in Ucraina, laureato all'Accademia Militare della Guardia di Frontiera di Mosca, è stato mandato qui due anni fa con moglie e due figli. È un giovane alto, forte, dal petto largo come un armadio e con in testa il solito grande berretto verde a padella delle truppe del KGB, incaricate appunto della protezione delle frontiere. Mi sorprende che la camicia della sua uniforme abbia le maniche corte. Si siede a capotavola, si dà un colpo di pettine per aggiustarsi la pettinatura fitta e precisa, e si dice disposto a rispondere a qualsiasi domanda. « Non voglio offendere nessuno », dico io, « ma la mia prima domanda è sulle zanzare. Come è possibile vivere qui, come può la vita svolgersi normalmente, come fa la gente a lavorare, i bambini ad andare a scuola in mezzo a questi nugoli di zanzare? » « Ci si fa l'abitudine », dice il maggiore. « E, mi creda, nessuno usa repellenti o il DDT. La gente qui non si lamenta. »

« Resurrezione » – strano che i bolscevichi non abbiano cambiato questo nome una volta arrivati qui! – è un villaggio di 900 abitanti civili. Il numero dei militari? « È sufficiente a svolgere il compito di sorvegliare la frontiera », dice il maggiore, ben addestrato a mantenere i suoi segreti. La principale attività economica del posto è la produzione di carne e di latticini. Purtroppo recentemente il numero delle vacche è stato dimezzato da una improvvisa epidemia. Quante ne sono morte? « Non lo so. » Secondo il maggiore anche questo è un segreto militare.

A seicento metri da qui, sull'altra riva, c'è un villaggio ci-

L'Amur dopo le Montagne di Fuoco

nese con un paio di migliaia di abitanti. Fra le due comunità non ci sono contatti, né leciti, né illeciti. Nei due anni che il maggiore è stato qui nessuno ha mai tentato di attraversare il fiume. « Certo, se i rapporti continuano a migliorare, un giorno riusciremo ad aver degli scambi commerciali con quel villaggio », dice. « Noi da loro potremmo comprare infinite cose, e loro potrebbero comprare da noi materiale edile, materiale elettrico, attrezzi per l'agricoltura. Per ora è impossibile. »

Negli anni '50, quando erano alleati, sia Mao sia Stalin parlavano di questa come di una « frontiera di amicizia » e in alcuni tratti c'erano squadre miste di soldati cinesi e sovietici a pattugliarla. « Lei crede, maggiore, che un giorno potrà tornare a essere così? » chiedo. Questa volta il maggiore non fa mistero di quel che pensa. « Le frontiere sono una cosa naturale fra gli uomini. Guardi un villaggio: ognuno mette un recinto attorno alla propria casa, attorno al proprio orto. I paesi fanno lo stesso. Questa lungo l'Amur è una frontiera, e una frontiera resterà. »

Il maggiore riparte nell'oscurità piena di zanzare. Le uniche luci che si riflettono nell'acqua buissima sono quelle del nostro battello.

Lunedì 19 agosto

Ore 4 e 30. È ancora buio pesto, ma i motori si riaccendono e la nave riprende il suo ansimante viaggio verso sud. Esco dalla mia cabina per dare un ultimo sguardo a « Resurrezione », per immaginarmi come poco diverso questo posto doveva essere quando vi arrivarono i primi coloni bianchi. Pioviggina e le zaffate d'acqua e vento portano via le manciate di zanzare andate a schiacciarsi contro le lampade, gli oblò e ora accumulate, morte, in tutti gli angoli del ponte.

Strani, gli uomini che si inventano dei miti per proiettarsi avanti, per darsi delle mete, per illudersi di poter fare l'impossibile, l'insolito. L'Amur, l'Amur! Il misterioso, romantico Amur dei cercatori d'oro, dei cacciatori di pellicce, eccolo, piatto, silenzioso, senza pesci, senza uccelli! D'inverno gelido e scostante, d'estate infestato di zanzare. Eppure, qualcuno continua a sognarlo: l'Amur, l'Amur!

Non vedo sorgere il sole. Vedo solo una luce argentea che illumina l'orizzonte e qualche filo d'oro nell'aria. La nave scivola verso banchi fitti di nebbie che sembrano tagliarci la strada. Dalla riva russa si leva il canto solitario di un gallo. Dall'alto di un torrione un soldato col suo binocolo scruta la solitudine vuota. Vede che io lo osservo col mio e mi fa un cenno di saluto. Solidarietà di europei bianchi dinanzi al « pericolo giallo »? I russi chiamano ancora oggi i cinesi « Kitai », dal nome dei Kitani, le tribù mongole con cui, già nel X secolo, i primi esploratori russi si scontrarono, mentre la Corte di Pechino estendeva i confini settentrionali del suo impero.

Ore 13. La nave striscia fra due coste basse, verdissime, a volte belle. Le foreste non sono mai imponenti, le betulle mai tanto alte da essere maestose. Dopo ore di questo paesaggio non resta che il languore della solitudine, della quiete, della verginità della natura; il piacere di sapersi in una delle regioni più remote e meno conosciute del mondo.

Passo del tempo a leggere, ma la « biblioteca » che mi son portato dietro per questo viaggio è, per ragioni di peso, ridottissima. Ho un romanzo francese, *Sur le fleuve Amour*, scritto nel 1922 dal giovane anticonformista Joseph Delteil: un'azzardatissima storia d'amore di due giovani ufficiali bolscevichi, fra loro amanti, ma che presto s'innamorano, assieme, di

Ludmilla, una bellissima ragazza nata sulle rive di questo fiume e diventata comandante di un reggimento di donne dell'esercito zarista. La storia finisce in grandi drammi e con cadaveri travolti da questi flutti. Ho il diario di viaggio di Charles Vapereau, uno scienziato francese, professore all'Universita di Pechino, che nel 1892, invece di tornare a Parigi, come si faceva a quei tempi, attraverso la Mongolia, il deserto del Gobi e il lago Bajkal, decide di allungare la strada di 5000 chilometri e, con la moglie e un servitore cinese, parte da Tientsin in nave, va fino alla foce dell'Amur, risale il fiume esattamente come io ora lo ridiscendo, per poi attraversare l'intera Siberia in *tarantas*, la carrozza a cavalli dell'epoca, fino a Mosca, e arrivare finalmente a Parigi in 112 giorni. Che gente, quella!

Il mio terzo libro è *Anastasia*, un lunghissimo studio su quella strana donna smemorata che, dal 1920, quando fu tirata fuori, mezzo annegata, da un canale di Berlino fino alla sua morte nel 1981 in America, continuò senza un solo cedimento a pretendersi l'ultima Romanov, figlia dello zar, la sola sopravvissuta al massacro dell'intera famiglia imperiale per mano dei bolscevichi a Ekaterinburg.

Ore 13 e 42. Siamo tutti sul ponte a goderci il tiepido sole del pomeriggio. La nave scorre sul verde e il nero dell'acqua. Gli altoparlanti di bordo improvvisamente si mettono a parlare. Una voce metallica dice in tono commosso delle cose che non capisco. Penso che il capitano abbia acceso la radio per sbaglio. Ma non è stato uno sbaglio. Krsysztof, il polacco, corre verso di me. Il suo russo è perfetto; il suo inglese meno e mi dice: « *In Moscow there is a military cup. (Sic!) A military cup!* » C'è stata una « tazza militare » a Mosca? Capisco, ma non credo di capire. Guardo i colleghi russi. Con la testa fra le mani, come non volesse sentire, Saša, muto, sta in ascolto. Volodja diventa terreo, come se qualcosa di spaventoso gli stesse per succedere. Nikolaj fissa l'acqua come se là dentro vedesse qualcosa di assolutamente insolito. I cinesi sono interessatissimi, ma non manifestano alcuna emozione. Wang, il loro « commissario politico », traduce per gli altri. Niente passa sulle loro facce solo apparentemente indifferenti. La voce metallica continua a parlare, per un po' Krsysztof mi traduce, poi corre via a prendere la sua macchina fotografica: « È un momento storico! » ripete, mentre scatta immagini di questo strano gruppo, attonito, ad ascoltare gli altoparlanti della nave e le radioline che ognuno di noi ha tirato fuori dal proprio bagaglio. Anche nella cabina di comando tutti ascoltano in silenzio. La nave mi pare andare alla deriva.

È l'alba a Mosca. L'agenzia Tass ha appena annunciato che Gorbacëv, per ragioni di salute, non è più in grado di svolgere le sue funzioni di presidente e che è stato sostituito dal suo vice Janaev. È stato costituito un Comitato Esecutivo che ora ha preso in mano il governo e che, come prima misura, ha dichiarato lo stato di emergenza per sei mesi e la legge marziale in alcune regioni del paese. Abituato, per mestiere, a valutare il senso degli annunci ufficiali dei regimi comunisti, mi colpisce che il partito, di cui Gorbacëv resta il segretario generale, non si sia per il momento espresso. Un dettaglio importantissimo. Penso che questo è forse l'inizio d'una guerra civile.

Cerco di decidere che cosa fare, dove andare, in che modo saltare da questa nave che è, sì, nell'Unione Sovietica, ma dall'altro capo del continente in cui succedono le cose. Il mio visto è valido fino al 3 settembre. Come rinnovarlo? Guardo l'Amur. Controvoglia, annoto sul mio blocchetto di appunti che ci sono sulla costa sovietica decine di piccoli bunker in cemento, una volta forse usati per dar riparo ai soldati e ora abbandonati e demoliti dalla forza del fiume.

Come tante altre volte dinanzi a qualcosa di umanamente drammatico, mi colpisce la natura che non si commuove. A Mosca in questo momento sta cambiando la Storia, ma qui attorno tutto continua immutato. Anche il battello a scendere, col suo solito respiro, lungo il fiume.

La legge marziale in alcune parti del paese? Allora certo lungo le frontiere e certo qui al confine con la Cina. È possibile che i militari abbiano avuto l'ordine di interrompere la nostra spedizione, di arrestarci e farci lasciare il paese? Parliamo proprio di questo sul ponte, quando due motovedette della Guardia di Frontiera, ognuna con due ufficiali dai berretti verdi a padella, si staccano dalla riva, si affiancano alla nostra nave e salgono a bordo. Il polacco e io siamo convinti che vengano a prenderci per cacciarci dal paese e, anche quando gli ufficiali annunciano che siamo invitati a cena alla loro base, questa ci pare solo una cortesia con cui mascherare la nostra espulsione: tale è ormai l'atmosfera a bordo. Mi pare ovvio che gli autori di un colpo di Stato di questo tipo contro Gorbacëv – il primo nella storia dell'URSS – non vogliano avere troppi testimoni di quel che avverrà nei prossimi giorni; certo che hanno dato l'ordine di espellere tutti i giornalisti stranieri, specie quelli di una strana spedizione lungo la frontiera con la Cina! Per fortuna la mia analisi è completamente sbagliata.

I militari di Markovo hanno sentito la notizia degli avvenimenti di Mosca alla radio, come noi, non hanno ricevuto alcun ordine dalle nuove autorità e, per quanto li riguarda, il mondo va avanti come prima. Lo stesso vale per il programma di riceverci, spiegarci il loro lavoro e invitarci a cena. Il mangiare, a base di cetrioli, pomodori, formaggio, salame, bortsch, patate e spezzatino di maiale è delizioso.

Markovo ha 1100 abitanti. I militari comandano tutto. Per riceverci persino la sabbia sulla riva è stata pettinata. La caserma è ad appena una cinquantina di metri dal fiume. Ci si arriva attraversando la solita barriera di filo spinato, qui alta tre metri. La notte, per maggiore protezione, ci vien fatta passare anche l'alta tensione. La caserma è perfetta, pulitissima come niente di quel che fino a oggi ho visto in URSS. Le abitazioni degli ufficiali e delle loro famiglie, aperte su un cortile pieno di fiori e di rampicanti, fanno invidia. La camerata dei soldati, coi suoi lettini piccoli, bassi, coperti dai veli bianchissimi delle zanzariere, sembra più la corsia di una maternità che un dormitorio militare.

Obbligatoria è la visita al « museo », un'assurda collezione di sciocchezze sulla vita di un tale Puščinov, morto qui combattendo una notte di tanti anni fa contro alcuni contrabbandieri. Ci sono il suo letto con la bandiera rossa sulle lenzuola, la sua uniforme, la penna con cui scriveva. C'è la foto dei suoi familiari: paiono loro dei contrabbandieri. Nel cortile della caserma c'è un monumento al suo eroismo. La frase scolpita nel bronzo è ora il motto delle guardie di frontiera: « Un solo centimetro di terra che appartiene ad altri paesi non lo vogliamo, ma un centimetro di terra nostra ad altri non lo cederemo mai ».

Durante la visita passiamo dinanzi all'armeria con tutti i fucili mitragliatori in fila. Dietro un cancello di ferro, un soldato con la cuffia alle orecchie armeggia attorno a una radio e scrive attentissimo degli appunti su un pezzo di carta. Gli stanno arrivando ordini da Mosca? Gli stanno dicendo di arrestarci? Le mie preoccupazioni sono eccessive. Ovviamente, per Mosca Markovo sull'Amur non esiste e tanto meno esistiamo noi, piccolo gruppo di curiosi alla frontiera siberiana.

Salutiamo la guarnigione e torniamo a bordo. Il fiume presto si allarga e contro il cielo del tramonto appare sulla sinistra la *silhouette* di Heihe, la più grande città cinese sull'Amur, una sorta di piccola Sciangai sull'Heilongjiang, la « Corrente del Drago Nero », come i cinesi, da sempre, chiamano l'Amur. Quattro piccoli grattacieli più uno in costruzione si stagliano nel cielo che lentamente scurisce. Bagliori di fiaccole ossidriche si alzano dai cantieri navali, zaffate di fumo dalle ciminiere delle fabbriche. Di nuovo la stessa impressione delle prime ore. Sulla riva cinese la gente si muove, si agita, lavora. Su quella sovietica la gente sta a guardare. Il bagliore di Blagoveščensk coi suoi 210.000 abitanti è immobile. La città, indifferente a quel che succede nel mondo, è già come quietamente addormentata.

Ripenso ai racconti dei viaggiatori dell'Ottocento e alla loro comune impressione dei siberiani come di esseri oziosi, con pochissima voglia di lavorare. Lo scrisse per primo il marchese de Custine, che viaggiò nella Russia del 1839. Lo scrisse l'inglese Harry de Windt che ci viaggiò nel 1894. Qualcosa di vero ci dev'essere.

Poi mi prende un dubbio: che l'apparente immobilità, il silenzio di Blagoveščensk siano dovuti al fatto che è stata imposta la legge marziale? Che in città ci sia ora il coprifuoco? Che le strade siano presidiate dai carri armati? Questa dell'Estremo Oriente Sovietico è una delle regioni militarmente più sensibili dell'URSS non solo per il confine con la Cina, ma perché è da qui che passano le due ferrovie transiberiane che garantiscono i collegamenti fra la parte asiatica e quella europea del paese e trasportano verso Mosca le ricchezze della Siberia. È per questo che, con la fine della guerra fredda e la maggiore sicurezza lungo i confini occidentali, in questa regione ci sono oggi alcune delle più importanti concentrazioni di truppe. I dirigenti golpisti che hanno preso il potere a Mosca avranno ben pensato ad assicurarsene la fedeltà. Blagoveščensk è la capitale amministrativa dell'immensa regione che costeggia l'Amur e il controllo di questa città è decisivo per chi voglia controllare la Siberia.

Mentre la *Propagandist* si accosta alla riva, dal ponte, col mio binocolo, scorro la città, cercando segni di qualcosa di anormale. Non ce ne sono. La *Propagandist* attracca accanto a un'altra nave passeggeri. L'imbarcadero è una vecchia struttura di legno di una certa eleganza, ora svilita dal tempo e dall'incuria. Si esce a far due passi lungo il molo. Giovani malvestiti in blue jeans o tute da ginnastica bighellonano attorno alla banchina. Non c'è assolutamente niente di insolito. Anche qui sembra che tutte le ragazze che passano siano in vendita. Saša tira fuori un pacchetto di sigarette. Una ragazza gli si fa sotto per chiederne una, arriva un'altra ragazza, poi un'altra ancora. «Oggi è successo qualcosa, qui?» «No. Perché?» ci risponde uno dei giovani. Possibile che la distanza di questo posto da Mosca renda la gente così indifferente?

Torniamo a bordo per guardare il telegiornale della notte. Sullo schermo ricompare, dopo anni di assenza, la vecchia annunciatrice dei tempi di Brežnev che, con voce solenne, ripete l'annuncio che Gorbacëv, malato, è stato destituito. La stampa è stata sottoposta a censura e domani solo sei giornali saranno autorizzati a uscire. I colleghi russi capiscono immediatamente che il loro quotidiano, la *Komsomolskaya Pravda*, non sarà fra quelli e scaricano la loro rabbia inveendo contro la televisione.

Ogni ora ascolto la BBC. Da Mosca niente di drammatico. Mi addormento pensando a come andarci.

3. A Mosca!... A Mosca?

LE radio parlano di barricate che i dimostranti pro-Eltsin stanno erigendo nel centro di Mosca. Oggi cercherò di partire, ma è inutile per ora che mi affanni. È appena l'alba e un velo di pudica nebbia copre la superficie del fiume. Tutti dormono ancora. Dorme Volodja che dovrà fare per me biglietti e visti. Dorme Blagoveščensk. Ne approfitto per la mia corsa quotidiana e per fare così la conoscenza con questa città lontana ancora 2500 chilometri dal mare, un tempo agognata tappa di tutti i viaggiatori lungo l'Amur, famosa tra i cercatori d'oro per le miniere nei dintorni. Furono i cosacchi a fondarla nel 1857 e furono loro, cristianissimi, a darle, proprio perché era dinanzi all'immenso, ateo continente cinese, questo nome che vuol dire « L'Annunciazione ».

Illustri personaggi passaron da qui. Un busto di Čechov, sul muro di uno dei più vecchi edifici della città, ricorda il pernottamento dello scrittore il 27 giugno 1890. Un anno dopo fu la volta del giovane Nicola Romanov che sarebbe poi diventato zar, l'ultimo della dinastia. Lo zarevic veniva da Vladivostok dove aveva celebrato l'inizio dei ciclopici lavori per la costruzione della Transiberiana. Si fermò qui, ospite del governatore, solo per quarantotto ore, ma la città andò in estasi e le ragazze della buona società di Blagoveščensk fecero a pezzi le lenzuola nelle quali l'erede al trono aveva dormito, per avere, ognuna, una piccola reliquia. Il monumento che ricordava quella storica visita fu abbattuto, come tanti altri, quando i bolscevichi arrivarono qui, ma le tracce della vecchia eleganza zarista della città restano visibili, anche là dove la volgarità delle costruzioni socialiste ha fatto i suoi scempi.

Corro davanti al solito monumento ai caduti della seconda guerra mondiale, con la solita fiaccola del « fuoco eterno » che affumica il solito soldatone in bronzo. Una fila di blocchi di cemento, dipinti di bianco, gli danno qui una sua speciale drammaticità. Corro davanti a una motovedetta con le mitragliatrici e i cannoncini al loro posto, montata, a mo' di monumento, su uno zoccolo di cemento sul viale lungo il fiume.

« Questa e altre imbarcazioni dello stesso tipo aiutarono la Cina a liberarsi dal giogo giapponese », dice la scritta.

Dal 1931 al 1945 i territori sulla sponda cinese dell'Amur furono occupati dall'esercito di Tokio e divennero parte del Manciukuo, lo Stato fantoccio creato dai giapponesi, a loro uso e consumo. Quando, alla fine della guerra, Stalin ordinò all'Armata Rossa di attaccare il Giappone e di liberare la Manciuria per poi consegnarla a Mao, Blagoveščensk fu una delle basi da cui i soldati sovietici lanciarono l'offensiva. A guardarla ora, con la sua prua impennata verso il cielo, in direzione della Cina, quella motovedetta sembra il simbolo d'un avvertimento, d'una minaccia, piuttosto che quello dell'alleanza sino-sovietica durante la seconda guerra mondiale.

Corro davanti al solito monumento a Lenin sulla piazza centrale della città. Ai suoi piedi qualcuno, passato prima di me, ha deposto un mazzo di rose rosse, fresche. Un vecchio, fedele comunista? O un impiegato della municipalità che fa questo ogni giorno, prima di andare a spazzare le strade? Nei paesi totalitari è sempre così difficile distinguere quel che è spontaneo da quel che è programmato per parere spontaneo. La produzione di *trompe-l'oeil* è stata una delle specialità del comunismo.

Fu l'Unione Sovietica a modernizzare una vecchia invenzione dell'amante di Caterina di Russia e a perfezionare l'idea dei villaggi Potëmkin, i villaggi fasulli, messi in piedi esclusivamente per dare ai visitatori stranieri l'impressione che tutto andava bene nelle campagne russe. La Cina comunista raffinò quell'arte del falso al punto da far credere a centinaia di bendisposti stranieri, acritici pellegrini del maoismo, che il paese navigava nell'abbondanza, quando invece milioni di cinesi morivano di fame; che bastavano due aghi infilati in un orecchio per rendere indolore una operazione ai polmoni, o che bastava leggere a voce alta un paio di citazioni di Mao per guarire della sordità.

Forse anche la tranquillità di questa cittadina all'alba è un *trompe-l'oeil*. L'Unione Sovietica mi pare sull'orlo di una grande sventura, mi pare alla vigilia di un nuovo periodo di oscurantismo o di una sanguinosa guerra civile, ma qui è come se assolutamente niente fosse successo e niente stesse per succedere. La città sembra deserta. Solo dei barboni, già ubriachi all'alba, si alzano dalle panchine del parco per scaldarsi con la prima sigaretta sotto gli occhi severi di una fila di eleganti eroi, mezzibusti di bronzo. È una scena, questa, che mi colpisce sempre nell'Unione Sovietica: il contrasto fra i personaggi dei monumenti, sempre a petto in fuori, sempre con l'aria felice e determinata, e l'umanità grinzosa, triste e sbertucciata che si muove sotto di loro.

Passo davanti alla sede del Partito Comunista. Come abbiamo potuto pensare che questo partito, che per più di settant'anni ha regnato sul paese, si facesse mettere da parte senza reagire? Si lasciasse suicidare? Come abbiamo fatto a credere che Gorbacëv avrebbe potuto, dall'interno, convincere quel partito a rinunciare al suo monopolio e a spartire il potere con altri? Non era questa una illusione simile a quella che tanti si fecero quando, nella primavera del 1989, il Movimento per la Democrazia in Cina invase le piazze e molti credettero che Deng Xiaoping e i suoi vecchi compagni comunisti avrebbero accettato le richieste dei giovani e ceduto loro una fetta di potere? Io non ci credetti mai. Nelle settimane euforiche in cui si vide il Movimento per la Democrazia crescere, da una manifestazione di poche migliaia di studenti, in un movimento di massa che, almeno a Pechino e a Sciangai, dove passai due settimane, coinvolse gran parte della gente comune e molti membri stessi del partito, mi colpiva come molti osservatori dimenticavano o sottovalutavano la sperimentata capacità repressiva dell'apparato totalitario del regime. La risposta, così tanto temuta dalle Cassandre come me, venne puntuale e decisa, con l'intervento dell'esercito e il massacro sulla piazza Tien-An-Men all'alba del 4 giugno 1989.

Il golpe di ieri a Mosca è in fondo una reazione dello stesso tipo. È la risposta totalitaria di un sistema repressivo alla crescente domanda di democraticità e liberalizzazione. La differenza è che questa è una risposta senza massacro. Almeno per ora.

I dirigenti di Pechino sono entusiasti di quel che è successo a Mosca. Deng Xiaoping e compagni non hanno dimenticato che, durante la storica visita di Gorbacëv a Pechino, nel bel mezzo delle grandi manifestazioni per la democrazia, molti dei giovani che urlavano slogan contro di loro inneggiavano invece al segretario del Partito Comunista dell'URSS come fosse un loro eroe. Da allora Deng e compagni hanno fatto circolare all'interno del partito cinese documenti riservati che accusano esplicitamente Gorbacëv di essere un controrivoluzionario impegnato a distruggere il sistema socialista. Il colpo di Stato conservatore contro di lui è ora una sorta di vendetta storica per i dirigenti della Città Proibita in quanto riscatta la loro analisi della politica gorbacioviana dal 1985 in poi, giustifica le loro scelte repressive del giugno di due anni fa e finalmente elimina dalla scena politica mondiale un personaggio che, con la sua enorme influenza, minacciava la loro stessa sopravvivenza al potere.

Non è certo un caso che l'agenzia di stampa cinese, Xin Hua, che di solito, per prudenza, aspetta ore e a volte anche giorni interi prima di dare a un miliardo e trecento milioni di cinesi la notizia di un qualche importante avvenimento, ieri abbia trasmesso la notizia della presa del potere da parte del gruppo anti-Gorbacëv immediatamente dopo che essa era stata data dalla Tass e da Radio Mosca.

Volodja passa la mattina a cercare di estendere il mio visto e a includere Mosca fra le varie destinazioni del mio viaggio. Senza quel permesso mi è impossibile comprare un biglietto aereo. All'ufficio di polizia gli dicono di ripassare domani. Non ho altra scelta che continuare, per ora, col programma della spedizione.

Alle undici siamo ricevuti nel Palazzo del Governo sulla piazza Lenin. Avremmo dovuto incontrare il presidente del Consiglio locale, la più alta autorità civile per l'intera regione dell'Amur, di cui Blagoveščensk è la capitale amministrativa, ma quello non si fa trovare e siamo invece ricevuti dal vicepresidente.

Ogni popolo, in ogni epoca, ha dato ai detentori del potere certi simboli con cui questi possono essere riconosciuti per quello che sono: potenti. I centurioni romani andavano in giro con un'aquila in cima a un'asta; i mandarini cinesi con un sigillo imperiale; i loro successori maoisti, quadri del partito comunista o ufficiali dell'Esercito di Liberazione, prima che fossero reintrodotti i gradi, si facevano riconoscere dal numero di penne nel taschino della giacca che altrimenti era uguale per tutti. In Unione Sovietica fra gli attributi del potere ci sono: un ufficio con doppia porta d'accesso e imbottitura antisuono, una collezione intonsa di tutte le opere di Lenin negli scaffali della « biblioteca », una scrivania con vari telefoni, un microfono collegato direttamente con il sistema di altoparlanti pubblici, e un lungo tavolo per le riunioni. La misura e la raffinatezza di questi simboli variano a seconda dell'importanza della località e del detentore del potere, ma la combinazione è identica da un capo all'altro dell'impero, dall'ufficio del segretario del partito nel più remoto villaggio delle isole Curili, a quelli, mi dicono, del Cremlino, a quello del vicepresidente della regione dell'Amur.

Quando ci entriamo, al lungo tavolo delle riunioni sono già seduti due stranissimi personaggi: un uomo in una impeccabile uniforme militare da prima guerra mondiale, con al fianco sinistro una sciabola dall'elsa luccicante, un uomo alto, forte, coi capelli neri e gli occhi azzurrissimi, e un altro più piccolo, più anziano, con grandi baffi rossi, appuntiti, in abiti civili, ma dal portamento marziale. Il vicepresidente ce li presenta: il primo è l'*ataman*, il capo dei capi di tutti i cosacchi dell'Amur; il secondo è « l'ambasciatore dei cosacchi a Mosca ».

Per anni ho avuto a che fare con funzionari comunisti di vari paesi e il mio primo pensiero alla vista di quei due « marziani » è che sono lì per distrarre la mia attenzione, per farmi parlare di loro anziché del colpo di Stato e di quello che qui significa. Fingo così di ignorare la loro presenza e chiedo al vicepresidente che cosa pensa dei fatti di Mosca, quali sono state qui le reazioni del partito, dell'amministrazione e soprattutto dei militari.

« La notizia degli avvenimenti di Mosca mi ha molto depresso perché ho sempre pensato che la lotta politica non deve provocare sofferenze alla gente comune », dice il vicepresidente. « Fra dieci giorni qui si riaprono le scuole e io sono responsabile di far tornare i bambini ai loro banchi. Gli ospedali della regione non hanno abbastanza medicine e io debbo trovare il modo per procurarne... Questi sono i problemi che io ho da risolvere. Sì, abbiamo ricevuto da Mosca l'ordine di mettere dei soldati davanti agli edifici pubblici e di pattugliare la città, ma non l'abbiamo fatto. Qui non ce n'è bisogno. La situazione è normalissima. »

Se tutto il resto del paese ha reagito così, se tutte le autorità locali hanno ignorato gli ordini di Mosca come hanno fatto quelle di qui, allora il colpo di Stato è destinato a fallire, mi dico. E i militari? « Per ora non ci sono stati movimenti di

truppe », risponde il vicepresidente. E il KGB? « Ci hanno assicurato che seguiranno solo gli ordini della Federazione
Russa. »

Per anni all'estero l'Unione Sovietica c'è parsa un monolito e, benché il nome stesso URSS ci abbia sempre ricordato
che si trattava di una « Unione delle Repubbliche Socialiste
Sovietiche » – 15 repubbliche per l'esattezza –, anch'io ho
sempre percepito questa divisione come fittizia e ho sempre
pensato all'URSS come a un'unica entità. Quando anni fa
viaggiavo in Manciuria e visitavo, per esempio, una città cinese come Harbin, che è a poche centinaia di chilometri dall'Amur, per me quel che c'era di là dal confine era semplicemente « l'Unione Sovietica ». Solo in questi ultimi giorni mi
son reso conto dell'errore: da questa parte non c'è l'Unione
Sovietica, ma la Russia, la più grande, la più importante, la
più ricca, la più popolosa repubblica dell'Unione. Bisogna
guardare una carta per capire esattamente la situazione: tutta
la Siberia, tutto l'Estremo Oriente Sovietico, tutte le isole,
compresa Sakhalin, grande come metà dell'Inghilterra, le
Curili, e la penisola di Kamciatka, tutto questo è parte della
Russia e russa è anche la stragrande maggioranza della gente. È per questo che Eltsin, in quanto eroe russo, è popolare
qui come lo è a Mosca ed è per questo che le autorità locali si
sentono qui già più legate alle nuove strutture di potere messe in piedi dalla Russia che non a quelle vecchie dell'Unione
che faceva capo a Gorbacëv e ora ai golpisti.

« Eltsin è il nostro presidente. L'abbiano eletto. Il Parlamento russo è l'autorità che riconosciamo. L'assemblea
straordinaria è convocata per domani e noi seguiremo le decisioni dei nostri deputati », dice il vicepresidente della regione dell'Amur.

Parlando si rivolge ai due strani personaggi che gli stanno
a fianco e quelli annuiscono. Il vicepresidente è deferente
verso di loro. Dice d'essere qui solo da dodici anni, mentre i
cosacchi ci sono da almeno tre generazioni. « Siamo venuti
per assicurare alle autorità l'appoggio dei cosacchi », dice
l'*ataman*, tenendo la mano sull'elsa luccicante della sua ingombrantissima sciabola. L'ambasciatore dei cosacchi a Mosca annuisce. La scena è assurda: in un ufficio comunista,
sotto il ritratto di Lenin, questi due personaggi sembrano
usciti da una foto di un libro di storia. A loro modo, lo sono.

I cosacchi nacquero circa quattro secoli fa come coloni militarizzati, mandati nelle regioni di frontiera a difendere le terre via via conquistate. Furono i cosacchi russi e ucraini, stabilitisi lungo le rive del Volga, del Dnepr e del Don a fermare le invasioni dei turchi e dei tartari nel xvi secolo. Furono i cosacchi ad aprire la via dell'Oriente, a scendere lungo l'Amur e a esplorare le regioni lungo il fiume allora abitate da tribù di pescatori e cacciatori che l'impero cinese considerava suoi sudditi.

All'origine diventare cosacco era una scelta di vita. Alcuni erano idealisti in cerca di avventura, giovani che volevano sfuggire al controllo della monarchia e sentirsi liberi. Molti erano criminali che, diventando cosacchi, sfuggivano alla giustizia ed evitavano così di scontare le pene cui erano stati condannati.

Questi diversi tipi di « fuggiaschi » costituirono le loro comunità, svilupparono le loro tradizioni, una loro speciale lingua, un loro modo di vita modellato su quello dei militari. Ivan il Terribile fu costretto a riconoscerli come un gruppo etnico indipendente. Ottenuto questo riconoscimento, i cosacchi si misero al servizio dell'impero e divennero grandi proprietari terrieri. La Rivoluzione d'Ottobre li considerò « nemici di classe » e presto cercò di sopprimerli, confiscando le loro terre e privandoli dei loro privilegi.

Col passare degli anni anche il regime sovietico ha finito per riconoscere i cosacchi come gente a sé e ha permesso loro di vivere in comunità e di mantenere certe loro tradizioni. Ai giovani cosacchi è permesso di fare il servizio militare in speciali unità cosacche dell'Armata Rossa.

I cosacchi nella regione dell'Amur, discendenti di quelli che si installarono qui una prima volta tre secoli fa e poi definitivamente a metà dell'Ottocento, sono oggi 15.000. Vivono in villaggi loro con leggi e abitudini proprie. Ogni comunità alleva, in maniera spartana, sin dall'infanzia un certo numero di ragazzi destinati a diventare soldati.

Il recente indebolimento del regime comunista sovietico e il rinnovato interesse per il passato russo hanno ridato vitalità ai cosacchi e alle loro tradizioni guerriere; hanno riattualizzato la storia di quando i cosacchi, proprio qui in Siberia, si batterono accanitamente per i « bianchi » contro i « rossi » bolscevichi, negli anni incerti della guerra civile, dopo il 1917.

In qualche modo oggi i cosacchi si rivedono di nuovo nel ruolo di difensori della libertà e della fede cristiana contro l'ateismo comunista ed è forse di questo che i due strani personaggi son venuti a parlare con il vicepresidente della regione.

« Per noi questo è un momento importante, un momento di rinascita », dice *l'ataman* che è stato appena eletto a questa posizione di responsabilità dal *kruck*, l'assemblea dei capi di tutte le comunità cosacche dell'Amur. « In tutto il mondo ci sono cosacchi e discendenti di cosacchi emigrati molti anni fa. Quel che ora vogliamo è ristabilire i contatti con loro. »

Usciamo dal Palazzo del Governo. Il vicepresidente, affiancato dai due strani personaggi, ci accompagna sulla scalinata. « Non crede che questa faccenda finirà in una guerra civile? » gli chiedo. « Non lo escludo affatto, ma spero davvero che riusciremo a evitarla. » I cosacchi sembrano meno preoccupati dall'idea.

Passo il pomeriggio in giro per la città. Verso le tre cominciano a comparire per le strade migliaia di volantini con il resoconto degli avvenimenti di Mosca e con i vari editti di Eltsin. Di ora in ora i volantini vengono aggiornati. Si formano capannelli di gente che legge quelli affissi agli ingressi dei negozi e alle fermate degli autobus. Verso le cinque compare *Il Corriere dell'Amur*, un improvvisato giornale « libero » ciclostilato, che alcuni giovani distribuiscono gratis estraendoli da borse stracolme: chiaramente è una pubblicazione che contravviene alle nuove regole di censura imposte alla stampa dai golpisti, ma nessun poliziotto, nessun soldato interviene. Solo una donna anziana, probabilmente veterana del partito, inveisce contro un gruppo di giovani che distribuiscono volantini:

« Perché lo fate? Lo sapete che è illegale! »

« Lo facciamo per la Russia. E tu, la Russia non l'ami? » le risponde uno. I passanti approvano.

Nel centro di Blagoveščensk alcuni dei vecchi edifici del passato zarista sono stati riadattati a uso socialista, ma non hanno perso la loro eleganza. Uno tutto adorno di colonne e di statue, un tempo il più grande negozio della città, è ora la Casa dei Pionieri ed è vuoto. La sede della società di commercio tedesca Kunst und Alberts è ora la sede del museo cittadino, un museo tutto dedicato alla gloria della Russia e alla conquista russa della Siberia. I visitatori restano estasiati dinanzi alla gigantesca, molto suggestiva riproduzione a olio della famosa battaglia di Albazino in cui i cosacchi son tutti belli ed eroici, mentre i loro avversari manciù sono brutti e truculenti barbari dall'aria selvaggia e sanguinaria. È qui che imparo che, per mancanza di mano d'opera, anche la Transiberiana fu in gran parte fatta col lavoro forzato dei detenuti. La cattedrale di Blagoveščensk, costruita nel 1913, fu anch'essa opera di prigionieri. In quel caso si trattò di polacchi.

La mancanza di mano d'opera è un problema che ha afflitto da sempre la Siberia. Lo zar cercò di risolverlo mandando quaggiù tutti gli assassini, i ladri e i rivoluzionari che i tribunali dell'Impero avevano condannato a lunghe pene detentive. Stalin ne fece uno dei centri del suo GULAG e ci mandò milioni di prigionieri politici, di dissidenti e di appartenenti a gruppi etnici sospetti di infedeltà al suo regime.

Ora che quei campi di concentramento sono stati chiusi, il problema della mancanza di mano d'opera torna a farsi acutissimo ed è, secondo alcuni, la principale ragione della stagnazione economica di questa regione. Negli ultimi anni varie municipalità hanno cercato di risolverlo importando operai da altri paesi socialisti: più di 10.000 cinesi lavorano ora nella sola zona di Blagoveščensk, mentre migliaia di vietnamiti sono impiegati nelle varie segherie lungo l'Amur. Anche questa però è una soluzione temporanea e assolutamente insufficiente.

È interessante notare che, nonostante questa cronica mancanza di mano d'opera, le genti della Siberia non hanno cercato un modo loro di risolvere il problema, non hanno cercato di automatizzare certi lavori o di esplorare altre vie. Sostanzialmente non hanno granché aguzzato il loro ingegno. E perché? Forse a causa della pigrizia di cui parlavano i miei viaggiatori dell'Ottocento e certo anche per colpa del comunismo che ha impedito a tutti, specie qui, di pensare.

Al tramonto, rientrando sulla nave, mi aspetta una sorpresa: due cosacchi in alta uniforme di vecchio stampo, calzoni blu, con larghe strisce rosse e gialle, infilati negli stivali di cuoio, camicia di flanella grigio-verde abbottonata alta, cinturone a tracolla e un grande berretto a padella. Uno è un ufficiale. Sul petto ha una piccola aquila a due teste, simbolo degli zar; il più giovane ha le mostrine di soldato dell'Armata Rossa. Nessuno dei due ha addosso un distintivo con la

Due cosacchi

falce e il martello o una stella rossa che altrimenti adorna le uniformi di tutti i militari sovietici. Tutti e due hanno i baffi, tutti e due sono formalissimi.

« Siamo venuti a trovarla per ordine dell'*ataman*. Abbiamo un favore da chiederle. » Li porto nella sala da pranzo del battello e offro loro un bicchiere di vodka. Si mettono sugli attenti. Si fanno il segno della croce, prendono ciascuno il proprio bicchiere, alzano il braccio destro in modo che il gomito sia all'altezza della spalla, fanno un piccolo inchino e tracannano la vodka in un sol colpo. Poi posano il bicchiere, si rimettono sugli attenti e ringraziano. Da una borsa, l'ufficiale tira fuori una larga busta bianca e a due mani, molto formalmente, me la consegna, mentre il giovane resta accanto, impettito, col cappello sotto il braccio sinistro: « A nome dell'*ataman* le consegno questa lettera perché lei, italiano, quando rientra in patria la rimetta al Papa ». I cosacchi, mi spiegano, sono rimasti fermamente cristiani e vogliono dal Pontefice una speciale benedizione. L'*ataman* è sicuro che io trasmetterò la loro richiesta. Mi viene quasi da mettermi sugli attenti e giurare che lo farò.

I due salutano militarmente, mi danno la mano e marciano

via. Matti? Non proprio. Si sentono gli autentici discendenti della vecchia Russia che, secondo loro, sta oggi per rinascere sui resti del comunismo e loro, come ai vecchi tempi, si vedono come i suoi difensori, i suoi paladini armati. Se ci fosse da battersi per lei, sono dispostissimi a farlo, ma con la dovuta benedizione.

Battersi contro i golpisti? A giudicare da questa cittadina a 8000 chilometri di distanza da Mosca dove stasera all'ora di cena tutti i dancing sono come sempre pieni della loro assordante musica e del puzzo delle loro polpette, pare proprio che non ce ne sarà bisogno. Il colpo di Stato contro Gorbacëv sembra avviato al fallimento. Per ignavia.

Mercoledì 21 agosto

Ancora un'alba senza drammi. I giornali autorizzati sono nelle edicole, tutte le stazioni radio trasmettono. Non ci sono dimostrazioni. Non ci sono scioperi. Nessuno è stato arrestato. Blagoveščensk è ancora governata dalla solita amministrazione anziché da un « Comitato di Emergenza » come vorrebbero le nuove autorità golpiste. A quelle nessuno sembra più dar molto peso.

Volodja torna orgoglioso dalla sua « missione » in città: ha il mio visto per Mosca e un biglietto aereo. Il primo volo diretto è stasera alle sei. La *Propagandist* oggi, secondo il programma, dovrebbe lasciare Blagoveščensk per andare ad attraccarsi sulla sponda cinese. I membri della spedizione dovrebbero restare in Cina per tre giorni, visitare la città di Heihe, il Fiume Nero, proseguire in macchina fino al prossimo porto fluviale cinese di Dongjiang, la Stessa Corrente, e lì reimbarcarsi sulla *Propagandist*. Volodja decide però di rimandare la partenza per aiutare me ad andare a Mosca.

Krysztof, il polacco, ha scoperto la sede del giornale « libero » *Il Corriere dell'Amur* e ha fissato un appuntamento con quelli che lo fanno. Alle tre l'intera redazione ci aspetta. Non in una cantina segreta, ma nel Centro Culturale della Municipalità. In altre parole, « la resistenza » al colpo di Stato trova ospitalità nelle sedi del potere locale. I « resistenti » sono una tipica collezione di nuovi russi: giovani intellettuali barbuti, ragazze liberate, un anarchico, un paio di funzionari del partito che hanno voltato gabbana nell'ultimo anno, e alcuni rappresentanti della vecchia generazione di dissidenti che hanno sofferto e pagato e che ora si sentono vendicati dal fatto che tanti giovani la pensano come loro.

Nei giovani democratici, qui come in Cina, c'è qualcosa di ingenuo e di pateticamente ripetitivo: non sognano che l'Occidente, considerano Bush il loro «salvatore» e prendono acriticamente per modello tutto ciò che viene dal mondo capitalista. Un loro «libero» settimanale femminile si chiama *Madonna*; sulla copertina di un altro campeggia Elvis Presley.

La sera, accompagnato da Volodja, vado all'aeroporto, ma l'aereo per Mosca non c'è. Deve venire dalla città di Nikolajevsk e ha un paio di ore di ritardo. Ci aggiriamo per le sale d'aspetto piene di gente che bivacca fra bagagli, bambini, cani randagi e fagotti. Ogni volta che mi trovo dinanzi una massa sovietica mi prende una grande tristezza: non vedo che gente mal vestita, mal pettinata, avvilita. Tante facce stanche di risvegli senza una doccia, spesso senza neppure una manciata d'acqua in faccia per rinfrescarsi. Al suo posto invece una sigaretta.

Mi incuriosisce il fatto che tutti i bagagli, prima di essere consegnati per il *check-in*, debbono essere portati al bancone dove alcuni operai li avvolgono in grandi fogli di carta da pacchi, ci fanno dei buchi per i manici, li legano con lo spago, si fanno pagare e li restituiscono al proprietario. «È normale, è così dappertutto», dice Volodja. Con la massa di gente, sempre carica di valigie e borse, che viaggia sugli aerei in Unione Sovietica, mi immagino la quantità di carta che viene sprecata così. A che serve? «A dar lavoro agli impacchettatori», mi spiega Volodja. «C'è una mafia che controlla quest'affare in tutti gli aeroporti dell'Unione Sovietica.»

Passa un'ora. Ne passano due. Poi tre. Finalmente si ha conferma che l'aereo è partito da Nikolajevsk e sta per arrivare, ma.... non può atterrare. Una squadra di operai, incaricata di alcune riparazioni all'unica pista di qui, è arrivata all'ora in cui non avrebbero dovuto esserci più voli, non ha tenuto conto del ritardo dell'aereo da Nikolajevsk e s'è messa, puntuale e imperterrita, a gettare il catrame. Così vanno le cose in Russia! Il prossimo volo per Mosca? Domani sera alle sei. Torno, delusissimo, sulla *Propagandist*, accolto dai saluti calorosi dei compagni di spedizione che si erano sentiti un po' traditi dal mio partire.

Una splendida, grande luna piena, arancione, si alza, schietta, sulla costa cinese, facendo brillare l'acqua nera dell'Amur di riflessi dorati. Nella mia cabina cerco di scrivere note nel computer. I colleghi sovietici, col capitano, sono nella stanza da pranzo a seguire alla televisione quel che succede al Parlamento russo. Improvvisamente sento delle grandi urla, sento lo sbatacchiar di seggiole che cadono. Corro e vedo Saša e Volodja che si abbracciano, Nikolaj che riempie di vodka i bicchieri e tutti che brindano, felicissimi, urlando: « Russia!... Russia! »

Eltsin ha giusto annunciato che il *putsch* è finito, che alcuni dei capi golpisti sono scappati, che Gorbacëv sta per rientrare a Mosca.

A Blagoveščensk è ormai notte fonda e la gente dorme. Nel silenzio assoluto della città si sentirebbe anche un solo urlo di gioia. Non ce ne sono. Nessuno scende in strada a chiamare i vicini, nessuno apre una finestra per sventolare una bandiera. Non c'è alcuna reazione. L'Unione Sovietica ha corso un rischio enorme. Il pericolo è passato. Come è possibile che solo tre giornalisti russi e un vecchio marinaio siano qui a sbronzarsi di felicità? Mi viene in mente Čechov che, viaggiando lungo l'Amur, a proposito delle genti di qui scriveva nel suo diario: « Se vuoi annoiare un abitante dell'Amur e farlo sbadigliare a morte parlagli di politica, parlagli del governo russo o dell'arte russa ». Possibile che, cento anni dopo, e dopo settant'anni di socialismo e di politicizzazione, la gente qui sia ancora così indifferente al proprio destino?

Dal ponte della nave sento solo il frusciare dell'Amur contro lo scafo. La costa cinese sembra vicinissima nel chiarore della luna che fa scintillare le acque eterne del fiume. Dinanzi al glorioso splendore della natura è davvero come se niente fosse mai successo in questa lontana frontiera dell'impero sovietico. Solo la luna. Solo la luna conta.

Volodja la guarda, alza le mani verso il cielo e fa come il gesto di tirarla giù. « Perché deve essere dalla parte cinese? Portiamola di qua! La luna è russa! » urla ridendo.

4. Intanto sulla sponda cinese...

ALBA limpida, senza timori, senza trepidazioni. Ascolto la BBC. Mosca esulta. La paura è passata. La drammaticità del momento anche. Mi pare inutile partire ora. Meglio restare a vedere cosa succede qua. In questa regione remota ma importante dell'Unione Sovietica, sono uno dei pochi testimoni occidentali; a Mosca sarei uno dei tantissimi giornalisti che ora convergono lì. Meglio proseguire con la spedizione e fare le sue tappe che ora, alla luce degli avvenimenti di Mosca, diventano ancora più interessanti. Innanzitutto la Cina.

Prima di partire, ognuno di noi si è fatto rilasciare dall'ambasciata cinese del paese in cui risiede un visto per la Repubblica Popolare. A me, a Bangkok, era stato anche chiesto come, dove e quando sarei entrato in Cina e avevo risposto esattamente: in nave, nella città di Heihe sull'Amur, il 21 agosto. Il visto che mi è stato poi dato è valido per tre mesi, fino al 1° novembre. Dal canto suo la *Komsomolskaya Pravda*, organizzando la spedizione in collaborazione con il *Quotidiano della gioventù* di Pechino che ha appunto mandato tre giornalisti suoi, aveva dato all'ambasciata cinese a Mosca la lista dei partecipanti che da Blagoveščensk sarebbero passati dall'altra parte del fiume.

Quando, a colazione, Volodja si fa dare tutti i passaporti, compresi quelli dell'equipaggio, per mandarli con una motovedetta sovietica al posto di guardia cinese, nessuno pensa che ci saranno imprevisti. Siamo, per colpa mia, in ritardo di un giorno, ma già ieri Volodja ha mandato alle autorità cinesi un messaggio dicendo loro di aspettarci oggi.

Passa un'ora e la motovedetta ritorna... con tutti i passaporti. Le autorità dell'altra riva rifiutano di far entrare in Cina gli stranieri del gruppo. Mandano a dire che Heihe non è un normale posto di frontiera: ci possono passare le merci, ma non le persone. Una menzogna, ovviamente. I cinesi, preoccupati degli ultimi sviluppi politici a Mosca, hanno semplicemente chiuso la frontiera. Il fallimento del colpo di Stato conservatore è per loro gravissimo. Il fatto che Gorbacëv torna ora, vittorioso al potere, rafforza enormemente la

tendenza riformatrice e pro-democratica nell'Unione Sovietica. E questa è una tentazione politica da cui i dirigenti cinesi
vogliono assolutamente tener lontana la loro gente. Chiudere
la frontiera è stata una reazione istintiva.

Volodja non si dà per vinto e chiede di andare a trattare
personalmente. I tre giornalisti cinesi sono terribilmente im-
barazzati, hanno l'impressione di « perdere la faccia » col resto del gruppo e Wang, il « commissario politico », decide di
accompagnare Volodja. La motovedetta sovietica va avanti e
indietro sul fiume. Inutilmente. I cinesi non cedono: i membri sovietici e ovviamente quelli cinesi della spedizione possono scendere a Heihe, i cittadini di « paesi terzi », vale a dire io e Krsysztof no.

Niente da fare. Salutiamo la *Propagandist* che fa rotta verso l'altra sponda del fiume e ci avviamo verso una « foresteria del partito » dove, grazie a un giro di telefonate fatte da
Volodja, siamo ora alloggiati. Fortunatamente la « foresteria » è per quadri alti – qualcuno dice che ci ha pernottato anche Gorbacëv durante la sua visita nell'Estremo Oriente Sovietico – e la sistemazione è di prima qualità o almeno ne ha
tutte le pretese: pavimenti di legno luccicanti, tappeti, tende
fino a terra alle finestre, coperte damascate, comodissime
poltrone. Il solo problema è che le porte non si chiudono – il
legno ha preso l'umido ed è ingrossato – e che l'acqua non
arriva al terzo piano, dove io ho un vero e proprio appartamento con un ampio salotto dominato da un grande, bian-
chissimo frigorifero.

Questa « foresteria », col suo giardino affacciato sul lungofiume, ha tutta l'aria d'una vecchia villa, ma nessuno sembra ricordarsi a chi appartenesse prima della Rivoluzione. A
leggere la descrizione della residenza del governatore zarista
fatta dal mio « amico » e grande compagno di viaggio, Mon-
sieur Vapereau, il francese che cento anni fa venne invitato a
prendervi il tè, mi pare proprio di riconoscere il posto. Mi diverte pensare a quei fantasmi.

Nascosta nel giardino, scopro una bella, moderna costruzione in legno per la sauna. La porta è chiusa col lucchetto.
Si tratta di procurarsi la chiave. Questo delle chiavi è un
aspetto importantissimo della cultura comunista. Fra le tante
cose che il comunismo è, certo è anche una società di chiavi.
Ce ne sono per ogni oggetto e per ogni circostanza. Ci sono

chiavi per le porte, per le scrivanie, per i cassetti, per gli armadi, ci sono chiavi per i lucchetti delle biciclette, delle valigie, dei frigoriferi, della cassette postali e delle gabbie per gli uccelli. Il problema in Cina, così come in Vietnam e ovviamente nell'Unione Sovietica che all'origine ha fatto da modello a tutti, è di trovare il detentore delle chiavi. Costui, di solito, è una persona di poco conto nella gerarchia locale ma, grazie alle chiavi, ha un enorme potere anche sui veri potenti. Capita per esempio che a un importante banchetto i commensali non riescano a bere perché l'uomo con la chiave del deposito alcolici è già andato a casa.

In tutti gli alberghi dell'Unione Sovietica gli ospiti sono praticamente ostaggi delle *digiurnaje*, le donne che a ogni piano, col loro tavolino piazzato strategicamente dinanzi alla porta dell'ascensore, non solo controllano chi va e chi viene, ma hanno l'assoluto monopolio delle chiavi. Uscire con la propria chiave in tasca è assolutamente proibito, così come è proibito, una volta tornati in albergo, andare al cassetto a prendersela da soli. L'unico modo per entrare in camera è mostrare alla *digiurnaja* il proprio lasciapassare e, con quello, farsi dare la chiave. Se la donna per qualche ragione non c'è, si aspetta, impotenti: un modo come un altro per abituarsi alla democrazia del socialismo.

Un uomo non sovietico – lo capisco subito dal suo Rolex d'oro, i calzoncini corti e gli occhiali di tartaruga – mi vede, perplesso, dinanzi alla porta chiusa della sauna e, con un gesto d'orgoglio, tira fuori la chiave e me la apre. È un coreano, anche lui ospite della « foresteria », ma già da due settimane. Al secondo piano c'è tutta una delegazione di coreani venuti da Seul. Son qui a costruire una grande fabbrica di bacchette per mangiare. Il legno in questa regione è abbondante e costa poco e loro contano, dall'inizio dell'anno prossimo, di far partire ogni giorno almeno due *containers* pieni di bacchette, da esportare soprattutto in Giappone. Dicono di essere stati col fiato sospeso durante i tre giorni del colpo di Stato. Temevano che tutti i loro piani e i loro primi investimenti qui andassero in fumo. Ora sono sollevatissimi.

Alla « foresteria » non c'è ristorante e stamani il problema è come fare colazione. Mi son ricordato d'aver visto in città un albergo moderno, l'Hotel Zea, ovviamente per turisti stranieri che pagano in valuta pregiata, e penso che lì si possa mangiare. « *Niet* », sentenzia il portiere, quando chiedo dov'è il ristorante. Ormai ho imparato a non fidarmi di queste perentorie negazioni. Mi guardo intorno, vado al primo piano e lì vedo varie persone che, a delle tavole imbandite, fanno la loro abbondantissima colazione con salame, formaggio, yogurt, frittata e dolce alla panna. « *Niet* », sentenzia la cameriera: la colazione è solo per i « prenotati » delle varie unità. Capisco che è il momento di fare una delle scene che, fin dai tempi cinesi, mi riescono così bene. Fingo di arrabbiarmi, dico che se il socialismo non funziona non è colpa mia, che non ho fatto colazione da due giorni.... Ah! questo basta. « Si accomodi! »

Nel socialismo il diritto a mangiare è sacro. Ha priorità su tutto. Per mangiare, la gente interrompe qualsiasi cosa stia facendo. Per dar tempo ai piloti di mangiare, gli aerei vengono fatti partire con ritardo. Una volta, in Cina, fui fermato dalla polizia con mio figlio Folco, che allora aveva dodici anni, perché, senza il dovuto permesso di viaggio, eravamo andati in bicicletta, nel mezzo della provincia dello Shantung, a cercare il luogo dove duemilaquattrocento anni fa era nato il filosofo Mencio. Era giusto l'ora del pranzo e il grande problema che i poliziotti discutevano fra di loro era come mangiare e come spartire con noi, « imprevisti ospiti », quel poco che avevano. Quando dicemmo loro – mentendo – che avevamo già mangiato e che non dovevano preoccuparsi di noi, erano così sollevati che ci lasciarono andare, ci indicarono la strada per il posto dove l'illustre filosofo era nato e loro si misero, finalmente in pace, a mangiare.

La colazione all'Hotel Zea è magnifica, ma quando cerco di pagare, con rubli o con dollari, la ragazza rifiuta fermissimamente. Impossibile: sono stato messo nella lista dei « prenotati ».

L'albergo comincia a riempirsi di altri strani « prenotati »: cinesi con enormi borse piene, che vengono a far colazione. Sono residenti di Heihe. In base a un accordo con le autorità sovietiche traversano il fiume, vengono a Blagoveščensk e ci restano un'intera giornata senza bisogno di visto. Ogni giorno ne arrivano quattrocento. Un numero simile di sovietici va da qui in Cina. I cinesi arrivano verso le nove del mattino e ripartono prima del tramonto. Poter passare da una parte all'altra del fiume è un enorme privilegio perché è un modo facile per fare soldi. Le liste d'attesa sia dei cinesi sia dei sovietici sono lunghissime. Di solito la gente aspetta circa un anno per il proprio turno. Questa escursione di un giorno viene ufficialmente chiamata, sulle due sponde dell'Amur, « turismo ». In verità si tratta di contrabbando autorizzato.

Una volta fatta colazione – il costo è compreso nel prezzo del biglietto –, i cinesi, a bordo di otto autobus scortati da macchine della polizia sovietica, si recano al cosiddetto « centro per gli scambi personali », un tipico eufemismo socialista per dire il « mercato libero ». La scena lì è fra le più sorprendenti: cinesi e russi, che, ancora venti anni fa, poco lontano da qui, sull'isola di Damanski, sull'Ussuri, si prendevano a cannonate, ora se le danno a colpi di pantaloni, orologi e cappotti. Gli autobus non fanno in tempo a parcheggiare su uno spiazzo di cemento poco lontano dalla vecchia cattedrale che i « turisti » cinesi vengono letteralmente presi d'assalto da una marea urlante di sovietici che offrono loro le merci più varie, dai tritacarne ai binocoli, dai rasoi elettrici ai tagli di stoffa, ai cappotti militari, ai baveri di pelliccia... Gli affari vengono fatti velocemente, ma senza passaggio di soldi. Cinesi e russi si scambiano semplicemente le cose: l'unità di misura sono le scarpe da ginnastica *made in China*, di cui son piene le borse dei « turisti » venuti di là dal fiume. Un rasoio vale un paio di scarpe, un cappotto quattro, una canna da pesca una scarpa e mezzo.

All'interno del mercato c'è un po' più d'ordine. I sovietici sono allineati in due lunghissime file con in mano quel che ognuno ha da offrire. I potenziali compratori passano in mezzo, toccano, chiedono e proseguono. Colpisce la tristezza sulle facce delle donne, molte giovanissime, sporche, impiastrate di rossetto. Una vende solo un barattolo di caffè in polvere. Un'altra, venuta da Mosca, ha una borsa piena d'orologi; un'altra ancora mette in mostra solo un samovar e delle posate in uno sgangherato carrozzino per bambini. Dei giovani camminano tra la folla con addosso tutto quel che hanno da vendere: in testa due o tre cappelli di pelliccia, sulle spalle tre o quattro cappotti infilati l'uno sopra l'altro.

La diffidenza e i reciproci pregiudizi sopravvivono: una ragazza russa racconta che è stata a Heihe e che i cinesi son sporchi e infidi. Un cinese che mi ha indicato la via del mercato mi dice di fare attenzione perché fra i russi ci sono tantissimi ladri. I cinesi hanno una gran paura di venir derubati; si muovono a coppie e tengono ben strette sotto il braccio le loro sporte piene di roba. A volte non serve. Sotto i miei occhi un ragazzo russo strappa via di mano a un cinese il cappotto che quello aveva appena comprato e pagato con le sue paia di scarpe. Quando, dopo qualche ora, la carovana degli autobus riparte, sempre scortata dalla polizia, gli ultimi affari vengono fatti attraverso i finestrini e le porte che si chiudono.

I rapporti fra cinesi e sovietici lungo questa frontiera non sono mai stati particolarmente buoni e difficilmente lo saranno in futuro. Quando i russi si presero le terre a nord dell'Amur, la Corte di Pechino chiese che i suoi cittadini potessero rimanere a vivere là dov'erano vissuti da secoli. I russi accettarono e molti cinesi rimasero. Ancora alla fine della seconda guerra mondiale circa 90.000 cinesi vivevano in territorio sovietico lungo l'Amur, ma non vi restarono a lungo. Una clausola del primissimo accordo fra Stalin e Mao fece sì che tutti i cinesi di qua dal fiume fossero deportati in Cina.

Durante la Rivoluzione Culturale la tensione fra le due sponde crebbe e i cinesi presero a bombardare ventiquattro ore su ventiquattro la sponda sovietica con gli altoparlanti della loro propaganda. Da Mosca dovettero mandare degli psicologi a studiare l'effetto che questo continuo lavaggio del cervello e delle orecchie aveva sulla popolazione di Blagoveščensk.

Tutto questo ormai è acqua passata, ma le due sponde restano lontane. Anche i progetti che potrebbero essere di comune interesse son visti con diffidenza. Ci sarebbe bisogno di un ponte fra le due rive. Se ne parla a Gialinda, se ne parla qui, ma in qualche modo i progetti restano sulla carta. È come se dall'una e dall'altra parte dell'Amur ci fosse un comune interesse a non congiungere le due rive.

Passo il pomeriggio a prendere il sole sul lungofiume assieme a decine di ragazzi e ragazze che si tuffano dai parapetti e nuotano nelle acque fredde dell'Amur. Improvvisamente vedo, in lontananza, la sagoma della *Propagandist* che ritorna dalla Cina. Con un giorno di anticipo! La nave è diventata una sorta di casa e son felicissimo al pensiero di tornare a bordo. I colleghi sovietici sembrano altrettanto contenti di rientrare nel loro paese. La spedizione in Cina è finita prima del previsto e con una grossa delusione. Anche a loro i cinesi hanno fatto grosse difficoltà. A un certo punto pareva che non potessero mettere piede a terra: i timbri dei visti sui loro passaporti, dicevano i cinesi, non erano stati messi al posto giusto. I colleghi sovietici erano partiti pieni di soldi e di lunghe liste di cose da comprare per sé e per gli amici, ma hanno finito per comprare poco o nulla. La moglie di Saša gli aveva ordinato del latte in polvere – a Mosca non ce ne sarà, quest'inverno – e una camicetta di seta. Il latte era introvabile e le camicette erano tutte troppo piccole. Tutti sono scandalizzati dal fatto che, pur essendo solo in tre, sono stati costantemente accompagnati da otto cinesi che non li hanno lasciati un momento.

Wang, il «commissario politico» dei colleghi di Pechino, deve aver ricevuto a Heihe un nuovo ordine di marcia da parte dei suoi capi, perché improvvisamente lascia la spedizione e torna a Mosca.

Una grande nave passeggeri viene ad attraccare a fianco della *Propagandist*. Porta 360 sovietici in crociera lungo l'Amur. È la prima volta che una nave così grande arriva fino a Blagoveščensk. La nave, costruita nella Germania dell'Est, si chiamava fino a poco tempo fa *Trentesimo anniversario della* DDR. Ora è stata ribattezzata con un nome più adatto alle sue rotte: *Vladimir Arsen'ev*.

Arsen'ev era uno scrittore, vissuto fra il 1872 e il 1930, che ha viaggiato a lungo in Siberia. Il suo romanzo più famoso, *Dersu Uzala*, è la storia di un Nanai, membro di quelle tribù che, un tempo, vivevano lungo l'Amur, e del suo rapporto con un gruppo di esploratori russi. Il Nanai fa loro da guida e li affascina col suo straordinario rapporto con la natura. Il Nanai parla al vento, all'acqua. Quando il fuoco dei falò si fa troppo forte, lui gli chiede di abbassarsi. Alla fine, arrivati alla loro meta di Habarovsk, i russi lasciano che il Nanai torni dalla sua gente e, per riconoscenza, gli regalano un bel fucile. Quel fucile, simbolo ovviamente della nuova civiltà che si impianta sulle rive dell'Amur e spinge via le antiche genti del posto, è la sua sventura. Sulla via di casa il Nanai incontra dei banditi russi che, per rubargli appunto il fucile, lo ammazzano.

Arsen'ev, da artista, aveva intuito giusto: con l'arrivo dei russi le minoranze etniche che abitavano in queste regioni della Siberia sarebbero scomparse. Così è stato: alcune non esistono praticamente più, di altre non restano che pochissimi sopravvissuti. Oggi, negli 800.000 chilometri quadrati della regione dell'Amur, i Nanai, gli Evenki, i Nifki, gli Ulci e gli Evenni, tutti assieme, non arrivano a 25.000 persone. La Rivoluzione d'Ottobre ha dato a queste razze, di per sé già destinate a estinguersi, il colpo di grazia. Avevano per religione lo sciamanesimo e i bolscevichi lo proibirono; avevano delle loro lingue e il nuovo regime impose loro il russo. Volevano vivere, come avevano fatto da sempre, di caccia e di pesca, isolati dal mondo, e la logica socialista impose loro di assimilarsi. Mischiandosi e russificandosi, hanno smesso di essere quel che erano. Alcuni mesi fa un gruppo di Nanai dell'Amur andò in Cina per incontrare i Nanai che vivono dall'altra parte del fiume. Fu una brutta esperienza perché i due gruppi non parlavano più la stessa lingua e non riuscirono a intendersi. Per giunta, avendo gli uni assunto nomi russi e gli altri nomi cinesi, non riuscirono nemmeno a ricostruire i loro legami di parentela.

Resto fino a tardi a guardare la televisione con le varie apparizioni di Gorbacëv, tornato a Mosca. La sua ricostruzione del *putsch* è così drammatica e convincente che, se in realtà lui fosse stato al corrente del colpo di Stato e lo avesse lasciato accadere per avere poi una buona scusa per eliminare i suoi avversari conservatori, come qualcuno suggeriva nei giorni scorsi, sarebbe un grandissimo attore.

Dalla *Arsen'ev*, attraccata accanto a noi, vengono fino a tardi suoni di feste e di balli. Due grasse donne russe in minuscole mutandine e abbondanti reggipetti neri, già un po' ubriache, nella cabina di fronte alla mia fanno gesti osceni per invitarmi a bere con loro. Alla fine si accomodano con uno dei nostri marinai.

Torno sul ponte della *Propagandist*. Guardo l'Amur pensando a questi due paesi, l'Unione Sovietica e la Cina, così legati e così divisi dal socialismo. Quanto durerà ancora questo sogno ormai svuotato?

Verso Habarovsk, 24 agosto

La nave si rimette a ronfare. In un'alba grigia e nuvolosa lasciamo Blagoveščensk diretti a sud. Ci stacchiamo dall'amata banchina e presto la *Arsen'ev*, col suo carico di tristi gaudenti, appare come una collina di luci in lontananza. Mancano 900 chilometri a Habarovsk: a una velocità media di 25 chilometri all'ora ci restano quasi due giorni e due notti di navigazione.

La giornata scorre senza emozioni. L'acqua oggi è color ocra chiaro. La costa cinese continua a essere punteggiata di villaggi, fabbriche, contadini, cavalli, donne che lavano sulla riva. La costa russa continua a essere deserta, tranne nei posti di guardia con le loro sproporzionate torri di osservazione. Nel fogliame vedo ogni tanto la barriera di filo spinato che continua a correre tutto lungo la sponda sovietica e impedisce alla gente di arrivare all'acqua. Che costo! Che spreco! Sulla costa cinese non c'è filo spinato, non c'è barriera. Il confine sono i cinesi stessi. Uno straniero che cercasse di approdare fra loro verrebbe subito riconosciuto, subito identificato come un intruso.

Le ore passano in letture e in chiacchiere, per lo più su quel che è successo a Mosca. La bottiglia di vodka è sempre aperta. La tavola è sempre imbandita con piatti pieni di cetrioli, pane, burro, pomodori, fette di salame e formaggio. Nel samovar l'acqua è sempre calda per il tè. Siamo da quasi dieci giorni in viaggio su uno dei grandi fiumi del mondo, ma abbiamo ancora da mangiare del pesce fresco!

Mezzanotte. Una grande luna gelida domina le sagome nere delle montagne che si rispecchiano nell'acqua di mercurio. Stiamo passando fra i monti Kitane. L'Amur pare davvero un enorme drago nero, così come lo vedono i cinesi che, appunto, lo chiamano Heilongjiang. Per uno scherzo del fiume che fa delle grandi serpentine, per un po' la luna è sulla costa russa. Volodja me la indica soddisfatto: « È nostra! È nostra, stasera! » Non per tanto. La nave prosegue, il fiume fa un'ansa e la luna torna a essere là dove è solita essere: sulla Cina.

Le montagne si fanno più alte. Il fiume si restringe, a volte fra riva e riva non ci sono che poche decine di metri. Il cielo s'è coperto di nuvole nere, cariche di pioggia, e la luna resta un bagliore di acciaio freddo dietro un ribollire di neri e di grigi. La nave striscia via leggera. Dal ponte si sente più il frusciare dei flutti tagliati dalla chiglia che il palpitare dei motori. Le montagne si mescolano al riflesso di se stesse nell'acqua. Non riesco a vedere dove finisce la realtà e dove comincia la sua rappresentazione e, d'un tratto, mi pare d'essere dinanzi, dentro, a una enorme macchia di Rorschach.

A volte sembra che la nave stia per restare intrappolata in un cerchio di giganti, poi continua ad ansimare e trova finalmente una strettoia attraverso cui passare. Cina e Russia si mischiano qui nella notte, nero contro nero. Non ci sono villaggi, non ci sono torrioni. Gli unici segni di vita sono quelli delle lampadine che tremolano nell'acqua e a mezza costa per indicare il cammino.

Continuo a leggere *Anastasia*. Prima di spengere la luce sento ancora una volta la radio come faccio quasi ogni ora. Il bollettino della BBC sta per finire, quando la corrispondente da Mosca riprende la linea: Gorbacëv ha dato le dimissioni da segretario generale del PCUS, il Comitato Centrale è dissolto. Dopo settantaquattro anni di potere, il Partito Comunista non è più la forza centrale della politica sovietica. E pensare che solo poco tempo fa un qualche professore americano – in verità era uno di origine giapponese – aveva sentenziato la « fine della storia ». Si sotterri quel Francis Fukuyama! La storia? Mi pare che proprio ora quella ricominci da capo e mi chiedo che cosa ci faccio qui, su questa piccola barca dal nome già così fuori moda, invece di essere là, a Mosca, dove la storia fa figli!

Domenica 25 agosto

Le grandi nuvole della notte si sono sciolte in tanti veli finissimi e grigi che stanno sospesi sull'orizzonte. Il fiume s'è allargato al punto da dare l'impressione che stiamo viaggiando su un grande lago. Nella corrente affiorano isolotti, banchi di sabbia, capanne mezzo affondate, sulla costa sovietica si vedono posti di guardia abbandonati. Il livello dell'acqua è salito enormemente a causa delle piogge e ci sono stati grandi allagamenti. Succede così quasi ogni anno, ma cinesi e russi non sono ancora riusciti a mettersi d'accordo per controllare il flusso di queste loro acque comuni. Tantomeno son riusciti a mettersi d'accordo sul come sfruttarle. Un progetto di costruire una diga e una centrale idroelettrica nella zona dei monti Kitane è stato bocciato proprio di recente. La scusa è stata l'opposizione degli ecologisti sovietici, ma è molto più probabile che nessuna delle due parti fosse davvero interessata.

Quando l'Amur dilaga, minacciando i centri abitati lungo il suo corso, alla gente non resta altro che aspettare che l'acqua si ritiri. Una volta la piena fu tale che uno dei battelli fluviali finì per navigare lungo la strada principale di Blagoveščensk. Nessuno dei progetti per la costruzione di canali che, dall'Amur, portino le acque direttamente nello stretto dei Tartari, è mai stato realizzato.

Sulla destra si intravede la città cinese di Dongjiang: le ciminiere delle fabbriche, un'alta antenna della televisione, le antenne di un comando militare. Poi appare la foce del Sungari, il Sunghuajiang, il Fiume delle Orchidee, come lo chiamano i cinesi che già milleduecento anni fa, al tempo della dinastia Tang, quando queste terre erano loro, avevano costruito alla confluenza fra l'Amur e il Sungari un forte e un tempio. Ancora negli anni '30 un visitatore attento come Owen Lattimore riuscì a trovare le fondamenta di quel tempio e con ciò la riprova dell'antica presenza cinese qui. Qualcuno, da allora, ha fatto scomparire quelle tracce.

L'incontro fra questi due fiumi è drammatico. Il Sungari viene dal ventre della Cina, ha percorso la Manciuria, è passato per la città di Harbin. Le sue acque sono limacciose, gialle, e quando si gettano nell'Amur intorbidiscono la purezza siberiana di quello, gli tolgono la sua trasparenza, lo rendono denso e sporco. Improvvisamente l'Amur non è più lo stesso. Ha perso la sua dolcezza. Nei flutti ormai opachi, marrone, schiumosi, galleggiano enormi pezzi di legno, detriti di segherie, rifiuti.

La vastità del fiume permette ai venti di spazzare liberi. I giunchi lungo la riva si piegano, mostrando i loro risvolti d'argento, la loro anima bianca. Si alzano onde come fossero quelle del mare. Sulla costa cinese si infittiscono i posti di guardia, si fanno più alti e di cemento armato. Quelli sovietici restano fragili torrette di ferro con in cima piccole capanne. Ogni volta che la nave si avvicina a una di queste torri, il soldato di guardia ci osserva col binocolo, poi corre dentro. Forse a trasmettere per radio il nome che ha letto sulla nostra fiancata.

Mi colpisce che sul fiume non ci sia molta vita. Nessuno pesca, nessuno rema. Non c'è fauna. Non si vedono uccelli. Aumenta invece il numero e la grandezza delle motovedette delle due parti. Il fiume si sfascia in un enorme acquitrino, diventato ora più vasto a causa delle alluvioni. Macchie di verde, a volte punteggiate di case semiaffogate, affiorano sull'acqua. Degli alberi si vedono solo le chiome: un disastro cui la gente qui sembra abituata. La città di Birobidžan, la capitale ebraica dell'URSS, è pochi chilometri a nord.

Ai primi ebrei che arrivarono in questa regione alla fine degli anni '20 la « terra promessa » dovette apparire così: una desolata palude infestata da mosche e zanzare. L'idea era stata di Stalin. In tutta l'Unione Sovietica c'erano circa tre milioni di ebrei, divisi fra Russia, Ucraina e Bielorussia. Molti, con la nazionalizzazione del commercio, s'eran visti chiudere i loro negozi, proibire i loro affari ed erano rimasti senza lavoro. Perché non metterli tutti assieme? Perché non dare loro la possibilità di rifarsi una vita in un posto tutto per ebrei? Erano gli anni in cui si parlava molto delle varie nazionalità che componevano l'Unione Sovietica e del diritto di ognuna all'autodeterminazione. Erano anche gli anni in cui il regime bolscevico aveva deciso di sviluppare la Siberia, e là il più grande problema era la mancanza di popolazione.

Così, con un gesto che pareva di grande generosità, Stalin offrì agli ebrei sovietici una regione tutta loro, una terra in cui avrebbero potuto svilupparsi come una comunità a sé, appunto in Siberia. Stalin indicò quel posto su una carta geografica: a nord dell'Amur, a ovest di Habarovsk, attorno a una piccola fermata della ferrovia Transiberiana chiamata Birobidžan. La zona era pressoché deserta, ma il nome che le venne dato era altisonante e attraente: Regione Autonoma Ebraica.

All'estero, in certi settori della sinistra, c'era ancora molto entusiasmo per quel che succedeva nell'Unione Sovietica e molti ebrei furono affascinati dal progetto staliniano di una Israele socialista. Alcune comunità ebraiche mandarono soldi per finanziare l'esperimento, alcuni ebrei americani ed europei lasciarono tutto quel che avevano per venire a vivere a Birobidžan. Un gruppo arrivò da Filadelfia, uno dal Canada. Una cinquantina di ebrei vennero dall'Argentina per fondare qui una comune agricola.

Contrariamente alle genti di altre nazionalità che Stalin fece semplicemente deportare nelle zone a loro assegnate, gli ebrei sovietici andarono a Birobidžan volontariamente e, nonostante la iniziale delusione di trovarsi in un posto deserto, senza infrastrutture e dove tutto doveva essere costruito da zero, l'afflusso di gente che cercava di rifarsi una vita continuò per qualche anno finché circa 200.000 ebrei si furono installati nella regione. Poi, con la fine degli anni '30, cominciarono le epurazioni e gli ebrei furono fra i primi a esserne colpiti. Dopo di quelle venne la campagna contro il «cosmopolitismo» e di nuovo gli ebrei, tipici rappresentanti di questa peste ideologica, furono fra le principali vittime. Migliaia di loro finirono nel GULAG. La terra promessa si dimostrò maledetta come tutte le altre, e l'emigrazione degli ebrei a Birobidžan finì. La regione però continuò a chiamarsi col suo nome altisonante e nel 1990 ci fu persino chi propose di farne la Repubblica Indipendente Ebraica.

Avevo sentito parlare di Birobidžan da un giovane ebreo che mi aveva fatto da guida durante la mia prima visita a Habarovsk, e l'inverno scorso, ripassando da quella città, sulla via delle isole Curili, avevo voluto andarci. La mia giovane guida aveva telefonato a un cugino che era professore in una scuola ebraica di Birobidžan e quello era venuto a prendermi alla stazione con il direttore del quotidiano locale, uno degli ultimi giornali al mondo ancora in *yiddish*: *La Stella di Birobidžan*. Ero in buone mani.

Il treno aveva impiegato quasi quattro ore a fare i 170 chilometri da Habarovsk e la prima impressione di Birobidžan era davvero quella di un posto lontano dall'Unione Sovietica. Già il nome, scritto a caratteri cubitali sull'edificio della stazione, non era in cirillico, ma in caratteri ebraici. E poi la città aveva l'aria più pulita, più vivace, più vivibile delle solite città sovietiche. Fuori degli edifici pubblici tutte le insegne erano ugualmente in ebraico. «Presto saranno pezzi da mu-

seo!» aveva detto il direttore del giornale, Vladimir Belinkev, cinquant'anni, nato qui da genitori ebrei venuti a Birobidžan con la prima ondata di entusiasti. « A saperle leggere
siamo rimasti in pochi.»

Ancora negli anni '30 lo *yiddish*, una lingua molto simile
al tedesco antico, ma scritta in caratteri ebraici, era la lingua
ufficiale della città e i russi stessi che abitavano qua avevano
finito per impararla. Col passare del tempo, però, la popolazione ebraica è progressivamente diminuita e il mantenimen-
to dello *yiddish* è diventato soprattutto una questione di identità per i pochi ebrei che restano. *La Stella di Birobidžan*
stampa solo 3000 copie al giorno; 500 di queste vengono
spedite all'estero, nei paesi dove la gente di qua è emigrata.
Birobidžan ha oggi una popolazione di 85.000 persone. Gli
ebrei sono solo 8400. Negli ultimi tre anni altri 1500 sono
emigrati. I più in Israele.

« Prima, la quinta riga era la riga della discriminazione.
Ora è diventata la riga del privilegio. È grazie a quella che si
riesce ad andarsene », mi diceva Vladimir, tirando fuori dalla
tasca della sua giacca a vento il *passport*, come si chiama qui
il documento d'identità che ogni cittadino deve avere, ma
che vale solo per viaggiare da una repubblica all'altra dell'U-
nione Sovietica. Sotto la fotografia del titolare ci sono varie
righe. La prima è per il « nome di famiglia », la seconda per
il « nome proprio », la terza per la « data di nascita », la quar-
ta per il « luogo di nascita », la quinta per la « nazionalità ».
Qui, a mano, i funzionari comunisti hanno per decenni scritto
il gruppo etnico cui il titolare del documento appartiene. In
tutta l'Unione Sovietica ci sono più di centocinquanta « nazionalità ». Quella di Vladimir, nel suo *passport*, era descritta
come « ebrea ». Secondo lui è ormai solo grazie a quella parola alla quinta riga che un cittadino sovietico può sperare di
emigrare.

Io appartengo a quella generazione di europei che trova la
parola « ebreo » pesante, quasi impronunciabile. Sono cresciuto in un tempo in cui il semplice fare la distinzione fra
chi era e non era ebreo suonava razzista e certo uno non voleva essere preso per tale. Per cui a Birobidžan trovavo interessante come quella stessa parola fosse diventata una sorta
di formula magica, un « apriti sesamo » per la porta della prigione sovietica.

« C'è una incredibile rinascita della cultura ebraica, ma i più se ne servono per prepararsi a partire », mi diceva Nikolaj Borodulin, il professore, cugino della mia guida. Nella sua scuola centocinquanta giovani studiavano l'ebraico, una macelleria aveva per la prima volta nella storia di Birobidžan incominciato a vendere carne kasher e due rabbini, venuti da Israele, tenevano corsi serali per insegnare alla gente a essere buoni ebrei. « Dai nostri genitori non abbiamo imparato nulla », raccontava Nikolaj. « Erano sì ebrei, ma erano anche dei convinti comunisti e non volevano avere niente a che fare con la religione e la tradizione ebraiche. »

Pur essendo la capitale della Regione Autonoma Ebraica, Birobidžan non aveva mai avuto una sinagoga e gli ebrei praticanti dovevano riunirsi in una vecchia casa siberiana di tronchi d'albero dipinti di bianco e celeste che apparteneva ai *subotnik*, gli « Uomini del giorno di Shabbath », un gruppo religioso che risale ai tempi di Pietro il Grande. Boris Kofman, un uomo di quarantunanni con una barba da profeta e uno zucchetto da rabbino, era il custode di quella « sinagoga » e di una vecchia copia della Torà.

Anche i suoi genitori eran venuti a Birobidžan, credendo di andare nella terra promessa, ma non ammisero mai di essersi sbagliati. « Mio padre morì dicendo che le zanzare e le mosche erano i peggiori nemici degli ebrei e che, non fosse stato per quelle, qui avrebbero potuto davvero costruire una nuova Israele », mi raccontava Boris.

Già, non ci fossero state le mosche! Guardo l'acquitrino che, col procedere della nave, mi scorre dinanzi a perdita d'occhio e penso a quanta forza e quanta ironia dovettero avere le migliaia di ebrei che arrivarono qui e si trovarono dinanzi questa desolazione.

A pranzo propongo che, in ragione dei cambiamenti storici che hanno luogo nel paese, la nave su cui viaggiamo venga ribattezzata: invece di *Propagandist*, si chiami *Fantasia*.

Passo il pomeriggio al sole e con la radio all'orecchio ad ascoltare la BBC. Gorbacëv ha sciolto il Comitato Centrale, ha nazionalizzato le proprietà del partito e proibito ogni sua attività nell'esercito, nella polizia e nel KGB. Con questo il comunismo nell'Unione Sovietica è praticamente finito. Un

Il rabbino di Birobidžan

momento storico. Mancano ancora sei ore di navigazione fino a Habarovsk. Sono curiosissimo di vedere là, in una grande città, che cosa tutto questo significa.

Guardo la costa cinese scorrermi sotto gli occhi e mi chiedo come queste stesse notizie vengano recepite da quella parte del fiume. I dirigenti di Pechino debbono essere enormemente preoccupati di quel che succede in questo paese che non è più possibile chiamare « Unione Sovietica ». Con la fine del comunismo di qua loro stessi diventano più vulnerabili, visto che non possono più contare su alcuna, anche vaga, solidarietà ideologica su questa sponda del fiume.

In passato la frontiera era impenetrabile e questo giovava, in maniera pur diversa, ai due regimi. Giovani sovietici, che volevano evitare di andare a combattere in Afganistan e cercavano scampo in Cina, venivano regolarmente arrestati dalle autorità di Pechino, messi in galera per due anni e poi restituiti per altra galera al loro paese. Lo stesso succedeva a chi cercava di lasciare la Cina. Non un solo dissidente del Movimento per la Democrazia ha cercato di sfuggire alla polizia segreta cinese passando questo fiume. I sovietici l'avrebbero semplicemente rimandato indietro. Non sarà più così in futuro e la permeabilità di questo corso d'acqua diventerà un grande rischio per la Cina.

L'arrivo a Habarovsk, dove l'Amur si incontra, si mescola, si unisce e scorre via con l'Ussuri, è uno spettacolo glorioso. Sulla costa sovietica cala lentissimo un sole che sembra non voglia morire. Il cielo diventa di un arancione violetto, caldo e forte, il fiume si scurisce in toni di profondo azzurro. Sulla costa cinese si alza una immensa, calmissima luna. All'orizzonte le luci della città sembrano una manciata di diamanti.

Sbarco di corsa per andare all'albergo Intourist a cercare un telefono con cui rientrare in contatto col mondo. Davanti all'imbarcadero una decina di macchine e taxi aspettano con gli autisti che fumano al volante. Nessuno vuol prendermi. Tutti sembrano presissimi a non far nulla. Solo quando mostro due biglietti da 25 rubli c'è la lotta per togliermi il sacco di spalla. Che cosa non muovono questi « magici » biglietti da 25 rubli!

L'albergo è la solita tristezza: poliziotti che flirtano con ragazze in calzamaglia cui permettono o non permettono di andare a caccia di clienti nel ristorante per stranieri; camere piccole da 120 dollari a notte con letti di cui è utile solo il materesso, una volta disteso per terra.

Impossibile chiamare l'Europa. Posso prenotare per la mattina alle quattro o andare direttamente alla posta centrale. Prenoto e poi vado anche alla posta. Mezz'ora a piedi. Quando arrivo in un seminterrato umido, fumoso, sporco, con decine di persone che aspettano sedute sui pancacci di legno, la donna che prende le ordinazioni mi guarda e, come nulla fosse, mi dice: «*Saftra*», domani. Domani alla stessa ora posso tornare per avere la mia comunicazione. Rinuncio. Decine di altri poveri clienti dei telefoni restano invece ad aspettare ognuno il suo *saftra*.

Resto a dormire in albergo per aver la telefonata del mattino. Mi sveglio alle cinque. La telefonata che ho prenotato per le quattro non mi è stata ancora passata e siccome dall'apparecchio in camera non posso chiamare l'operatrice – così funzionano qui le cose! – scendo nella hall.

Un giovane giapponese, sanguinante e pesto in faccia, chiede la sua chiave alla donna dietro il bancone. È accompagnato da due poliziotti che l'hanno raccolto per strada e che ora vogliono sapere cosa gli è successo.

«È stato un gatto», dice lui. La donna fa finta di non conoscerlo e dice che per lui non c'è nessuna chiave.

«Sto nella camera 816! Sono qui da due settimane», piagnucola quello. La donna gli chiede nome e cognome, poi armeggia fra i passaporti, trova il suo, ma anche questo non le basta. La sua faccia non è come quella nella foto del passaporto.

«Sì, certo», spiega lui, «ora non sono esattamente come lì.»

«Perché? Perché?» chiede la donna. Anche lei si mette a interrogarlo. Quando è arrivato? Quando intende partire? Che cosa gli è successo?

«Un gatto. Un gatto!» ripete lui.

«Un grosso gatto», suggerisco io in giapponese. Lui mi guarda come se improvvisamente si sentisse finalmente al sicuro, capito.

«Sì, grosso, molto grosso!» sottolinea e, con la bocca insanguinata, mi fa la smorfia di un sorriso complice. Una storia di donne e di ricatti, suppongo. Pare che succeda ormai spesso, specie coi giapponesi.

La telefonata arriva, ma quel che mi viene passato non è il numero che ho chiesto. L'operatrice, invece di fare un 3, ha fatto un 4. Mi debbo rimettere in lista per... *saftra*, domani. Ci rinuncio.

5. Una città di fantasmi

FORSE è perché questo fiume scorre impietoso come il tempo e fa di tutti gli avvenimenti umani delle inezie sulla bilancia dell'eternità; forse è perché tutti i monumenti qui, come nel resto della Siberia, son dedicati a guerre e a morti e la gente è ormai stanca di eroismi; forse è semplicemente perché Mosca è a quasi 9000 chilometri da qui: il fatto è che questa città, alta sulla sponda dell'Amur, capitale dell'Estremo Oriente Sovietico e importantissimo centro militare, non ha reagito al colpo di Stato, non ha reagito al suo fallimento e non reagisce ora agli straordinari avvenimenti che stanno cambiando l'Unione Sovietica e con ciò il mondo.

Sulla piazza Lenin su cui si affacciano i palazzi del potere sovietico, la statua di bronzo del Padre della Rivoluzione, col braccio alzato, continua a indicare, come fa da settant'anni, un futuro che è oggi più improbabile che mai. Sul viale Karl Marx si muovono indolenti le masse della solita affaticata umanità, impegnata come ogni giorno a sprecare gran parte della vita nelle solite, socialiste attese di qualcosa: l'autobus, l'apertura di un negozio, l'arrivo di una partita di cocomeri.

Habarovsk, una città storica, bastione dell'impero russo col nome di un pioniere cosacco avventuratosi qui alla metà del Seicento, non s'è né mossa, né commossa per quel che avveniva a Mosca. Qui non c'è stata né una grande manifestazione di protesta, né una di giubilo. « Siamo una città di burocrati e militari e per questo profondamente conservatrice », dice Michail Kolbasko, il capo redattore del giornale locale. La redazione è al terzo piano del grande edificio di marmo che domina piazza Lenin; la sede del Partito Comunista è all'ottavo, ma le porte sono sbarrate.

« C'è qualcuno? » chiedo. Un uomo anziano, con uno di quei patetici sorrisi siberiani fatti di tanti denti di ferro e un paio d'oro, incrocia gli avambracci in un gesto che chiaramente vuol dire « chiuso ». Per ordine di Mosca, anche qui tutte le proprietà del partito sono passate sotto il controllo delle locali autorità civili. Qui però questa sorta di « confisca » è avvenuta alla chetichella, senza alcuna pubblicità.

È come se in fondo nessuno credesse davvero a quel che è successo a Mosca, come se nessuno volesse esporsi prendendo oggi decisioni che potrebbero costar care domani.

C'è voluto un parlamentare dissidente del Fronte Popolare, Vladimir Popov, per andare stamani sul tetto dell'edificio di marmo a togliere la bandiera rossa con la falce e il martello e metterci al suo posto quella tricolore della Repubblica Russa, una cosa che a Mosca è stata fatta già cinque giorni fa. « Qui tutto avviene con grande ritardo », diceva Popov quando l'ho incontrato per le scale, mentre, « per ricordo », metteva via in una valigetta nera il vecchio, sbiadito vessillo. « È l'ultima, l'ultimissima bandiera rossa ad aver sventolato su Habarovsk! » Ero il solo testimone del suo entusiasmo.

Il problema qui, come in altri centri di questa regione, è che il Partito Comunista è rimasto estremamente conservatore, che i democratici nelle amministrazioni civili non hanno maggioranze sicure, che i militari e il KGB sono divisi e che la popolazione, pur con simpatie pro-Eltsin, non ha ancora né l'abitudine né il coraggio di esprimerle apertamente. Nessuno si sente del tutto sicuro. Qualcuno lo dice con una vecchia espressione: « Non è ancora sera ». Altri lo dicono più esplicitamente: « Questo colpo di Stato non può essere l'ultimo... A Mosca la partita non è ancora chiusa ».

Anch'io ho i miei dubbi. Un conto era sentire dal ponte della *Propagandist* i bollettini della BBC e di Radio Mosca con gli editti di Eltsin e le urla entusiaste dei dimostranti nella capitale sullo sfondo. Un altro conto è essere coi piedi in terra, in una grande città che per più di settant'anni è stata gestita dai comunisti e che, dovunque guardo, è ancora tutta marcata da questa storia. È possibile che ora, unicamente in seguito a un semplice, brevissimo colpo di Stato fallito che non ha fatto grandi vittime e che, fin dall'inizio, ha dato l'impressione di essere malpreparato, è mai possibile che ora, solo per questo, il Partito Comunista venga spazzato via e quelli che hanno per così tanto tempo avuto il potere lo cedano senza resistere, senza opporsi?

Nel bene e nel male quella dell'ottobre 1917 è stata una grande rivoluzione. Quel che seguì è stato uno dei periodi più difficili, controversi e alla fine anche più neri nella storia dell'umanità. Ma è mai possibile che tutto questo finisca così, con una semplice operazione burocratica che trasferisce i beni, le proprietà, il potere dalle mani dei comunisti a quelle dei deputati eletti dal popolo nei Parlamenti locali? E se tutto questo fosse un *trompe-l'oeil*? All'interno del partito, dell'esercito, dei servizi di sicurezza, del KGB, ci debbono essere centinaia di migliaia di persone che non accettano questa resa incondizionata, questo deporre le armi senza almeno una garanzia di quel che capiterà loro, dopo. Che sta facendo quella gente, ora? Che trama? Che prepara?

Ho passato la giornata a cercare di ricostruire che cosa è successo qui, a Habarovsk, nei tre giorni del *putsch*, in modo da vedere, in piccolo, quel che probabilmente è avvenuto, in grande, nel resto dell'Unione Sovietica, a parte Mosca.

Alla notizia del colpo di Stato, il partito della città ha reagito immediatamente chiamandolo un « avvenimento straordinario », e il segretario del partito ha definito i membri del Comitato d'Emergenza che avevano preso il potere a Mosca: « grandi uomini in grado di riportare ordine nel paese ». Il Parlamento locale ha preso una posizione più neutrale, raccomandando ai giornali di pubblicare senza commento le notizie ufficiali provenienti da Mosca, in modo da evitare manifestazioni di protesta e con ciò l'intervento dei militari. I militari, per parte loro, erano divisi. I comandanti di alcune unità, fra cui le guarnigioni di Komsomol sull'Amur e dell'isola di Sakhalin, avevano già mobilitato i loro uomini per intervenire a favore dei golpisti, e c'è voluto l'intervento diretto del comandante di tutto l'Estremo Oriente Sovietico, il generale Novožilov, per tenere gli uomini nelle caserme.

Una inchiesta è attualmente in corso per stabilire chi stava con chi, ma i risultati sono incerti perché, come dicono qui, la situazione era: « metà e metà ». Lo stesso è stato vero per il KGB: anche quella temuta e di solito monolitica organizzazione s'era spaccata in due.

È per questo che la gente ha ancora paura. Habarovsk è una città di 610.000 abitanti, ma quando gli attivisti pro-Eltsin hanno indetto una loro manifestazione, solo un paio di migliaia di persone si son fatte vive. I più non possono ancora credere che le cose sono davvero cambiate, che i comunisti hanno perso il potere. Non han torto: la sede del partito è stata sì confiscata, ma tutto il resto rimane, anche all'occhio, immutato.

« Il comunismo è il fondamento della pace, della eguaglianza, del benessere e della felicità sulla terra», dice uno slogan a caratteri cubitali. Oggi questa sembra una battuta di spirito, anche se macabra, per tanta gente di qui.

La Siberia è stata terra di GULAG. Ogni città ha la sua collezione di storie dell'orrore. Ferrovie, porti, strade in questa regione sono stati costruiti col lavoro forzato di centinaia di migliaia di detenuti. Anche se ufficialmente i nomi di questi luoghi sono, come al solito, « Lenin, Karl Marx, Comunismo eccetera... », la gente parla di « Via delle Ossa », di « Strada dei Teschi », tanti sono stati i prigionieri morti durante la loro costruzione.

Fu in Siberia che Stalin cercò di realizzare il suo sogno di sviluppo socialista. Fu qui, per svegliare questa « Terra che dorme », per estrarre le immense ricchezze di questa regione, coperta per metà dell'anno da una coltre di ghiaccio, che Stalin mandò centinaia di migliaia delle sue vittime.

I campi di concentramento sono stati chiusi – alcuni solo recentemente –, ma quella eredità resta. La gente non è ancora libera. Ha quel ricordo nella pelle. Ed è per questo che, in qualche modo, la Siberia continua a dormire, ora politicamente. La gente non può credere che il partito, le cui sedi vengono ora occupate dagli oppositori, si dia per vinto; non può credere che gli uomini del KGB, temuti per così tanti anni, siano ora diventati degli alleati. Da qui la voce che il colpo di Stato della scorsa settimana è stato solo il primo e che ce ne saranno altri. Da qui i timori e la prudenza.

Volodja annuncia che la nostra richiesta di andare a visitare l'isola di Damanski sull'Ussuri è stata rifiutata. I cinesi hanno fatto sapere che la « stagione non è adatta ». Che altro c'era da aspettarsi?

La sera, alla televisione, Gorbacëv nel suo discorso al Soviet dice di essere in parte responsabile del *putsch*. Gli uomini che l'hanno fatto erano stati messi ai loro posti da lui. Col passare dei giorni, quell'aura da vincitore che aveva al suo ritorno a Mosca mi pare rarefarsi e il suo potere diventare sempre più fragile.

Martedì 27 agosto

Un'alba d'argento. Argento il cielo, argento il fiume. L'Amur ha perso i suoi limiti. Sembra un mare di cui non si vede

Nel villaggio cosacco di Slavjanka

la fine. In quella che ora pare una baia sono ancorate tantissime navi, petroliere, rimorchiatori. All'orizzonte le macchie verdi delle isole allagate. I marinai di due battelli attraccati accanto al nostro cambiano, divertiti, la bandiera. Tolgono quella rossa con la falce e il martello dell'URSS e issano quella tricolore della Russia.

Le acque del fiume son fredde, ma alcune decine di uomini e donne si tuffano a nuotare. Dei pensionati buttano le lenze per pescare piccoli pesci verdi che pare siano buonissimi da mangiare.

Habarovsk è una città di lisa eleganza. Alcune dignitose costruzioni prerivoluzionarie lungo il fiume, coi loro tetti verdi di vecchio rame, le danno il suo carattere. Una luce particolare, riflessa dal fiume, avvolge l'intera città, amalgamando anche i nuovi, brutti palazzi moderni nel suo charme. Lungo l'Amur i pontoni galleggianti, fatti ancora di legno e dipinti d'azzurro e di verde, hanno un'aria ottocentesca. La gente sembra aver tempo per passeggiare, vagabondare, aspettare che qualcosa cambi. La BBC annuncia il suicidio di un secondo golpista e l'indipendenza delle repubbliche baltiche.

Alle nove del mattino, dopo aver caricato provviste da un magazzino galleggiante, la nave si rimette in viaggio. Mancano ancora quasi mille chilometri fino al mare. Ora l'Amur è tutto in territorio sovietico. Sovietiche sono le due sponde, ed ecco, infatti, appena fuori Habarovsk, il primo ponte che traversa il fiume, il primo in oltre duemila chilometri, come se cinesi e russi avessero avuto paura di qualcosa di fisico che li legasse sopra quelle acque comuni. È il ponte della ferrovia Transiberiana che viene da Vladivostok e va a Mosca, ancora a una settimana di distanza da qui. Ci si passa sotto. Poi per ore e ore si scivola su una regione completamente allagata, dove il fiume sembra aver perso i suoi argini.

Al tramonto la nave attracca a un pontone galleggiante. « Slavjanka », dice un cartello, annunciando il nome del posto. Tre uomini ubriachi siedono indifferenti su una panchina. Dietro di loro una manciata di basse case, fatte di travi annerite dalle intemperie. Vacche, maiali, cani e alcuni bambini dai vestiti lerci pascolano e giocano fra le pozzanghere e il fango della strada principale. È un vecchio villaggio di cosacchi, oggi con 150 abitanti. Ci siamo fermati qui perché

Il monumento ai pionieri a Komsomol sull'Amur

l'amministrazione locale ha costruito una sauna per attirare i turisti in viaggio sull'Amur e noi siamo i primi a sperimentarla. Piacevolissima: tutta di legno odoroso, con belle pietre infuocate, che, spruzzate d'acqua, producono densi vapori bollenti. Nudi, ci frustiamo a vicenda con mazzi di frasche di vari alberi della foresta vicina, poi, dopo una doccia gelida avvolti in grandi lenzuoli bianchi, beviamo del tè fatto con una pianta siberiana, una sorta di liana, con un fortissimo sapore di limone.

Il prezzo di quel piacere lo si paga, tornando alla nave: nel buio veniamo assaliti dalle solite orribili, tenacissime, mordacissime zanzare. Una vera tortura!

Viaggiamo tutta la notte. La prossima tappa è Komsomol sull'Amur, una città il cui nome, col suo ricordo di orrori staliniani, fa rabbrividire la gente; una città per decenni chiusa agli stranieri. Ci arriveremo all'alba.

Sotto un cielo grigio e pesante, un sinistro agglomerato di costruzioni in cemento si presenta acquattato sulla riva destra. Il molo è grigio; grigie sono le file di case popolari, come caserme, all'orizzonte. Komsomol sull'Amur è stata costruita dal GULAG, da migliaia di prigionieri politici condannati da Stalin ai lavori forzati in Siberia. Lo si sente, lo si vede. Qui non c'è una sola traccia di quel passato romantico che invece è ancora così presente e forte a Habarovsk o a Blagoveščensk.

Sul lungofiume, appartato, dimenticato, circondato di bottiglie rotte e calcinacci, un bel monumento a quella che avrebbe dovuto essere la gloriosa conquista siberiana. Neri personaggi di bronzo, di dimensioni sovrumane, svettano nel cielo: un intellettuale che posa per terra il suo sacco da montagna, una donna dai capelli al vento, un soldato, un ingegnere coi suoi strumenti di misurazione; tutti con le spalle al fiume, tutti pronti a marciare verso l'ignoto, gettano un ultimo sguardo indietro, con le braccia alzate, le mani in aria, come a salutare la nave che li ha appena scaricati o i compagni che proseguono per altre conquiste. Persi, dispersi anche loro nel labirinto del GULAG.

La storia dell'orrore comincia qui agli inizi degli anni '30. Il Giappone ha appena esteso il suo controllo sulla Manciuria. I soldati dell'esercito imperiale sono appostati sulla riva meridionale dell'Amur e Stalin teme che il prossimo obiettivo di Tokio possa essere la Siberia con le sue ricchezze. In questo non ha torto.

Dal momento della loro modernizzazione, alla fine dell'Ottocento, i giapponesi, confinati nel loro arcipelago povero e sovrappopolato, hanno perseguito con straordinaria determinazione una politica d'aggressione intesa a espandere i propri confini e a mettere le mani sulle risorse naturali dei loro vicini. Nel 1895 hanno tolto alla Cina l'isola di Taiwan. Nel 1910 sono riusciti a impossessarsi della Corea facendone una colonia; nel 1931 si impossessano della Manciuria, la staccano dal controllo di Pechino e ne fanno uno Stato fantoccio asservito a Tokio. La Siberia, disabitata e ricchissima, è ovviamente il loro prossimo obiettivo. La « Terra che dorme » ha tutte le risorse naturali di cui i giapponesi hanno bisogno per alimentare la loro espansione e imporsi come la nuova grande potenza dominatrice dell'Asia.

Molti generali dell'esercito imperiale giapponese vedono la conquista della Siberia come la condizione essenziale per qualsiasi altra operazione militare nella regione e per lungo tempo, preparandosi a quella che sarà la seconda guerra mondiale, Tokio è indecisa fra lanciare un attacco di sorpresa a nord contro i sovietici o uno a sud contro gli americani e gli inglesi. Il problema di Stalin è come prepararsi a una possibile offensiva giapponese e come difendere questa importantissima parte dell'URSS, la Siberia.

I bolscevichi hanno ereditato questa enorme, spopolata distesa di terra dall'impero zarista. La presenza russa è ancora estremamente limitata. Agli inizi degli anni '30 nell'intero Estremo Oriente Sovietico, che comprende la Siberia più i 300.000 chilometri quadrati delle regioni marittime sottratti alla Cina, ci sono appena quattro milioni di abitanti. Il novanta per cento di questi vivono nella striscia di terra tra il fiume Amur e la ferrovia Transiberiana: un corridoio largo appena dai 15 ai 50 chilometri, ma lungo 2500. A nord di quella striscia non ci sono che rari e piccoli insediamenti, tipo quello dei cercatori d'oro sul fiume Kolyma. Jakutsk, la capitale amministrativa di una regione grande quanto l'intera Russia europea, non ha che 50.000 abitanti. Il resto è selvaggio, senza strade. Quando, durante un volo senza scalo da Mosca, un'aviatrice russa è costretta a paracadutarsi in questa regione, cammina per dieci giorni nella stessa direzione senza incontrare un abitato, senza incrociare un semplice sentiero.

Negli anni '30 in questa regione la rete delle comunicazioni sovietiche è estremamente vulnerabile. La vecchia ferrovia della Cina Orientale, che da Vladivostok va dritta a Čita, attraverso la Manciuria, è di proprietà russa, ma è ormai caduta in mano ai giapponesi. La Transiberiana che lega l'Estremo Oriente a Mosca è, sì, tutta in territorio sovietico, ma corre così vicino alla frontiera cinese da rischiare costantemente di venir tagliata da un attacco nemico. Ugualmente vulnerabile e indifesa è la lunghissima costa sovietica sul Pacifico. Se il Giappone decidesse di attaccare, un contrattacco sovietico sarebbe difficilissimo. Il solo trasporto di truppe e mezzi dall'Europa alla Siberia prenderebbe dei mesi.

Stalin corre ai ripari decidendo di mettere nell'Estremo Oriente Sovietico stesso le basi della sua difesa e di creare in questa regione un centro strategico di produzione bellica capace di sfornare tutti i carri armati, le navi, i cannoni e le munizioni di cui l'Armata Rossa ha bisogno per essere autosufficiente. L'energia necessaria ad alimentare queste industrie dovrà venire dai pozzi petroliferi di Oha, sull'isola di Sakhalin.

Stalin cerca dunque sulla carta un posto dove andare a fondare questo centro strategico. Deve essere un posto sufficientemente lontano dalla frontiera con la Manciuria e abbastanza vicino a Sakhalin, un posto non attaccabile dal mare, ma collocato sull'Amur in modo da facilitarne le comunicazioni. È così che, nel 1932, nasce Komsomol.

La storia ufficiale racconta che Stalin lanciò un appello al Komsomol, la gioventù comunista, e che decine di migliaia di volontari accorsero a costruire dal nulla questa città cui venne appunto dato il loro nome. La verità è che, quando i pochi volontari arrivarono (3000 il primo anno, 4000 il secondo), parte della città e delle fabbriche era già in piedi, fatta col lavoro forzato dei prigionieri. Stalin definì Komsomol sull'Amur « la capitale del socialismo nell'Estremo Oriente », la gente invece la chiamò « la capitale dei lager ». L'amministrazione di tutti i campi di concentramento dell'Estremo Oriente, il DALAG, aveva sede qui. Qui arrivavano i treni carichi di detenuti che venivano smistati e assegnati ai vari cantieri della regione.

La BAM (Bajkal-Amur Magistral), la seconda ferrovia Transiberiana, quella costruita parallela alla prima, ma, per ragioni di sicurezza, molto più all'interno del paese, fu fatta per intero col lavoro forzato dei prigionieri.

Nel 1940 Komsomol sull'Amur ha 100.000 abitanti senza contare i detenuti. Negli anni '40 è qui che vengono mandate decine di migliaia di ucraini accusati di essere pro-nazisti. Gruppi di ragazze vengono assegnati in residenza coatta a questa città. L'associazione « Memorial », fondata dalla vedova di Andrej Sacharov per ricostruire la storia dell'orrore staliniano, calcola che fra il 1932 e il 1955, quando il sistema del DALAG venne finalmente abolito, il numero dei prigionieri passati da Komsomol sia stato di oltre un milione. Molti di questi ci son morti.

Nel 1945 ai prigionieri politici sovietici vengono ad aggiungersi i prigionieri di guerra giapponesi: circa mezzo milione di soldati dello sconfitto esercito imperiale passano da Komsomol sull'Amur e da qui vengono distribuiti in tutta la Siberia. I resti di uno dei loro campi sono stati recentemente riportati alla luce e vengono ora offerti da una intraprendente agenzia privata di viaggi sovietica come meta di pellegrinaggio per turisti giapponesi.

Anche la nostra spedizione deve fare del turismo. Un autobus, con una guida locale, viene a prenderci sulla banchina per portarci... in una cittadina a sessanta chilometri da Komsomol. « Perché andiamo là? » chiedo a Volodja, sospettando una trappola. « Andiamo a visitare uno dei centri minerari più importanti dell'Unione Sovietica. Andiamo a incontrare un nuovo tipo di manager del nostro paese », è la risposta. Resto col sospetto che sia un modo per tenerci lontani dalla città che siamo venuti a visitare e che forse le locali autorità non vogliono farci vedere.

Komsomol è un posto ancora oggi completamente dominato dai militari. Dei suoi 300.000 abitanti più di 50.000 – cioè quasi tutta la popolazione attiva – lavorano nelle fabbriche che continuano a produrre carri armati e navi da guerra. Saša, che sembra esserci stato di recente, dice che Komsomol vive ancora come se la guerra fredda non fosse finita: « Hai l'impressione che a ogni angolo di strada si nasconda un agente del KGB pronto a portarti via. È come a Mosca venti anni fa », dice, aumentando ancora di più la mia curiosità e la mia attenzione per quel che vedo dai finestrini dell'autobus che ci porta via.

Abbiamo appena lasciato la città che, sulla destra della strada, noto un lunghissimo reticolato di filo spinato e, dietro, una palizzata fatta di grandi tronchi d'albero appuntiti e incatramati, con una torretta d'osservazione ogni venti, trenta metri. Ovviamente è il recinto esterno di un lager. « Sì. Sì », dice la guida. « Era un campo di lavoro, ma è stato chiuso già tre anni fa. Quello nuovo, per i criminali comuni, è laggiù », e con la mano indica un qualche posto in lontananza. Intravedo solo grandi cataste di tronchi. I detenuti lavorano evidentemente in una segheria.

Dopo pochi altri chilometri passiamo accanto a un campo militare sovrastato da una fitta foresta di strane antenne.

« Servivano per creare interferenze nelle trasmissioni delle radio straniere », dice la guida. « Ora non più. »

Lungo la strada incrociamo una lunga colonna di camion con i fari accesi e scortati da jeep della polizia con le luci azzurre che ruotano intermittenti. I camion sono di quelli fatti per caricare terra, ma questi, così scortati, che trasportano? Materiale nucleare? Nessuno risponde.

Si attraversa un ponte e giù vedo centinaia di soldati che stanno posando le rotaie di una ferrovia che corre lungo il fiume. Si passa dinanzi a una serie di fabbriche. Molte sono abbandonate: gusci vuoti di cemento e ferraglia arrugginita. Anche quelle in funzione, e da cui escono fumi e vapori, sembrano in uno stato di sfacelo. Gli edifici son grigi e sporchi, i vetri delle finestre riparati con pezzi di plastica, i buchi nelle tubature esterne tappati con pezzi di stoffa e fil di ferro. Dovunque ci sono cumuli di avanzi, scarti, legname, spazzatura, pezzi di macchinari abbandonati, tubi mai usati.

In nessuna parte del mondo ho visto tanto disordine, tanta indifferenza, tanta poca cura per il posto di lavoro come in questo paese dove, per la prima volta nella storia, i lavoratori sono stati padroni. Una conseguenza del carattere della gente o del carattere del sistema? Forse è proprio in questa combinazione dei russi col socialismo che è da vedersi la grande sfortuna di entrambi. Già in Cina la combinazione sembra aver più successo. Là, in qualche modo, il sistema socialista funziona meglio e i cinesi – certo anche per cultura e tradizione – sono più rispettosi di quel che è patrimonio comune e più coinvolti in quel che fanno.

A volte penso a quel che sarebbe stato del mondo se, invece che in Russia, il socialismo avesse fatto i suoi primi passi in Giappone. Già oggi, pur senza quel sostegno ideologico, il Giappone è – mi piace dirlo – l'unico paese al mondo in cui il comunismo funziona, nel senso dell'aver messo in piedi un efficientissimo sistema che da un lato è assolutamente totalitario, ma dall'altro anche relativamente egalitario. Immaginiamoci se i giapponesi si fossero anche visti come i missionari di una rivoluzione mondiale!

Presto arriviamo a destinazione: Solechny, la « Città del Sole ». Di nuovo un eufemismo socialista per mascherare o imbellettare qualcosa di orribile. Questa volta si tratta di coprire, col nome della città utopica sognata da Campanella, lo squallore di un sinistro agglomerato di grigie case, tutte uguali, e di fabbriche e uffici lungo larghissime strade sporche, in un desolato paesaggio senza alberi e senza colore: un campo di lavoro per prigionieri che si credono liberi. Solechny ha 17.000 abitanti. Son loro che producono il 60 per cento di tutto il piombo dell'Unione Sovietica.

La sede dell'azienda di Stato da cui dipendono le miniere e gli impianti di arricchimento del minerale sembra il set di un film dell'orrore: palazzaccio in cemento, corridoi lunghissimi e bui.

« Questa è una delle regioni più ricche dell'Unione Sovietica. Nelle viscere della terra qui attorno ci sono, in grandi quantità, più della metà dei metalli classificati nella scala di Mendeleev. Il problema è che noi non siamo ancora in grado di sfruttarli tutti. Ci manca la tecnologia. Potremmo produrre molto meglio e molto di più, ma abbiamo bisogno di capitali », dice l'ingegnere, che dirige tutto il complesso. « Vogliamo che delle aziende straniere vengano qui a investire, che ci aiutino a rifare le nostre infrastrutture. È l'unico modo per poter crescere, svilupparci. »

E i giapponesi non sono interessati ad aiutarvi? chiedo io.

« Certo. Varie delegazioni sono già venute qui e il primo contratto è firmato. »

Gli chiedo se questo rinnovato interesse dei giapponesi per la Siberia non lo preoccupa, se non è parte del vecchio progetto di Tokio per avere il controllo delle risorse della « Terra che dorme ». L'ingegnere mi guarda sorpresissimo.

« I giapponesi ci hanno offerto ottime condizioni per la cooperazione », dice.

Certo, posso immaginarlo: all'inizio le condizioni sono favorevolissime; poi, quando hanno la situazione in mano, le condizioni diventano un capestro. I giapponesi fanno sempre così. Ma l'ingegnere non lo sa, o finge di non saperlo. La storia non lo interessa, la politica internazionale gli sfugge. Lui e tantissimi altri come lui, nell'Unione Sovietica, sono così presi dalla loro tragedia, dal disastro delle loro vite che non si rendono conto di quanti avvoltoi son pronti a nutrirsi delle loro spoglie. Quel che colpisce in incontri come questo è l'assoluta spoliticizzazione della gente, come se, dopo tanti anni di marxismo-leninismo, una delle poche, indubbie verità di quella visione del mondo – cioè che tutto in fondo è politica – venisse assolutamente rifiutata.

« Noi dobbiamo occuparci del nostro lavoro, non di politica. I politici facciano la politica, noi facciamo gli affari », dice il direttore. Questo è un atteggiamento che sta dilagando nell'Unione Sovietica.

Risaliamo sull'autobus per andare – non capisco perché – in cima a una collina a contemplare l'allucinante panorama di Solechny. La strada è disastrata, l'autobus fa manovra sul bordo di un precipizio. La struttura di una vecchia fabbrica abbandonata domina la valle. Il vento sbatte fra le lamiere sconnesse. « Qui potremmo farci una stazione di sci », dice l'ingegnere. La ragione di questa strana escursione viene presto fuori. « Il nostro obiettivo è di sviluppare qui un centro turistico e procurarci così della valuta straniera, ma non abbiamo esperienza in questo tipo di industria. Mi dica... » continua l'ingegnere come fosse imbarazzato a chiedermi una « consulenza » per cui non può pagare, « voi stranieri preferite sciare o andare a caccia di orsi e cinghiali? » Poveretto! La corsa al capitalismo crea sogni allucinanti. Quello di fare un centro turistico sulla collina di Solechny è uno dei più folli che ho finora sentito.

« E quello che è? » chiedo all'ingegnere, indicandogli in lontananza, protetto da una lunga diga di cemento, uno strano vasto lago di fango grigio chiaro che occupa mezza valle. « Sono i resti del processo di lavorazione del piombo. Quel fango contiene ancora tantissimo magnesio e argento, ma noi non abbiamo ancora la tecnologia adatta all'estrazione. Nell'attesa di procurarcela conserviamo tutto il materiale », dice l'ingegnere. Ogni giorno il lago aumenta in attesa che qualcuno venga ad aiutare questi ingenui, disperati sognatori della « Città del Sole ».

Uno che non ha aspettato è Valerij Tatarov, quarantaquattro anni, ingegnere minerario, membro del partito ed ex sindaco di Solechny. Un anno fa ha lasciato l'azienda di Stato che qui dà lavoro a tutti, e ha fondato con capitali suoi e di alcuni amici la prima società privata di questa zona. Come ogni cittadino sovietico, Tatarov sapeva quanto difficile sia per la gente normale procurarsi anche il più semplice materiale da costruzione in questo paese e ha avuto un'idea brillante: usare gli scarti delle miniere per fare dei mattoni. Gli è andata bene. L'azienda ha già 200 impiegati e oggi, oltre ai mattoni, la Solarius produce gioielli e mobili, gestisce un ristorante e costruisce case, al momento solo per i propri dipendenti, ma presto da vendere anche sul mercato libero. « Difficile è fare il primo milione. Gli altri vengono da sé », dice il primo capitalista di « Città del Sole ».

Cerco di convincere Volodja ad abbreviare il programma a Solechny per tornare a Komsomol, ma non c'è niente da fare. Ci aspettano un enorme banchetto e un incontro con altri funzionari della città che vogliono avere consigli su come sviluppare... il turismo qui.

Quando rientriamo a Komsomol è già buio. Riesco ancora a incontrare uno dei deputati democratici del Consiglio comunale. Mi spiega che il partito locale era molto forte e che praticamente detiene ancora il potere. Siccome gli operai qui ricevono dei bonus speciali, i loro stipendi sono una volta e mezzo, o due volte, più alti di quelli di Mosca. Criticare il partito vuol dire perdere il posto e con quello anche i bonus, e questo spiega l'estremo conformismo della gente di qui.

La maggior parte delle industrie di questa zona produce materiale bellico. I direttori delle varie fabbriche sono legatissimi all'*establishment* militare e molti di loro hanno preso posizione a favore dei golpisti durante il colpo di Stato contro Gorbacëv. Alcune di queste industrie cercano ora di riconvertirsi alla produzione civile – chi costruiva navi da guerra cerca di produrre pescherecci, chi sfornava aerei cerca di produrre deltaplani –, ma questo al momento non fa che aumentare l'insicurezza della gente e la loro docilità. « Qui siamo tutti ostaggi del complesso industrial-militare », dice il deputato democratico.

I militari qui hanno fatto pressione perché la popolazione non prendesse posizione al momento del colpo di Stato. Immediatamente dopo l'annuncio del *putsch* il comandante delle truppe stazionate ha mandato in giro per la città convogli di camion carichi di soldati. Per evitare che la gente ascoltasse notiziari diversi da quelli ufficiali, i militari, durante i tre giorni del golpe, hanno disturbato le trasmissioni radio di tutte le stazioni straniere... compresa quella della Corea del Nord.

Alle nove di sera a Komsomol sembra ci sia il coprifuoco. Le strade son deserte. Solo alla Posta Centrale si affolla la solita umanità di soldati, commercianti armeni, autisti azerbaigiani, giovani bionde avvolte in nuvole di profumo da pochi soldi, donne che cercano di telefonare ai mariti da qualche altra parte dell'Unione Sovietica, uomini soli in cerca di compagnia. Io tento di mandare un messaggio al mio giornale, ma sembra impossibile. Il telex non esiste. « Non ce n'è bisogno », dice Saša. Le aziende di Komsomol sono tutte militari e non hanno contatti con l'estero. La gente di qui meno ha a che fare con il resto del mondo e meglio è.

Anche le comunicazioni telefoniche sono ridottissime e difficili, « per evitare che informazioni sulla città e quel che qui si produce passassero al nemico », mi spiega Saša. Provo a prenotare una chiamata ad Amburgo e ci mettiamo ad aspettare. Saša ne approfitta per chiamare la moglie a Mosca. Lei gli racconta che là si è scatenata una sorta di caccia alle streghe per identificare tutti quelli che nei giorni di crisi non si sono schierati subito per Eltsin. Molti stanno perdendo il posto di lavoro. A Mosca tutto cambia, dice la moglie di Saša. A Komsomol, invece, non cambia nulla. Sembra davvero di vivere ormai in due paesi diversi.

Passano delle ore. Il capitano d'un battello che aspetta, come me, di telefonare, quando finalmente ha avuto la sua comunicazione e se ne va, mi regala, con tanto di dedica, il libro con cui s'è fatto compagnia: un giallo di Georges Simenon... in russo.

Una vecchia viene con quaderno e penna a chiedere consiglio a Saša: lavora da quarant'anni in una delle fabbriche militari. Già nel 1962 ha fatto domanda per avere un appartamento tutto per sé. Da allora le han detto di aspettare, di aspettare, di aspettare. Ora quell'appartamento che lei voleva è stato dato a un giovane che è entrato in fabbrica solo otto anni fa. Una ingiustizia! Ma come protestare? In passato sarebbe andata al partito, ma, ora che il partito non esiste più, che deve fare? A chi deve rivolgersi?

Saša parte. Aspetto ancora fino alle due di notte, poi rinuncio. Torno verso il molo dove è attraccata la nostra nave, attraversando a piedi la città deserta. Camminando sotto le file degli alberi piantati sessant'anni fa, quando qui non c'era nulla, mi pare che il buio si popoli di tantissimi fantasmi. Me li sento tutti attorno, i volontari, i condannati, i morti disperati del passato e i tristi vivi di oggi: una collezione di sprechi. Il sistema per cui hanno lavorato e lavorano ancora sta per scomparire e di tutte le loro misere vite, senza grandi piaceri e senza grandi soddisfazioni, non resterà che il desiderio di far soldi, imitando il primo capitalista di questa zona.

Nel buio penso a quanto è spaventoso e triste che tutti i sacrifici e le sofferenze che questa città trasuda finiscano così: nel nulla della banalità. Sinistra Komsomol! Simbolo del comunismo sovietico, esempio di questo immenso sforzo che ha finito per mettere assieme un mostro il cui destino è ora quello d'essere abbattuto.

6. Un cadavere introvabile

NEL mezzo della notte abbiamo lasciato la banchina di Komsomol con le sagome nere dei giganteschi pionieri di bronzo sul loro piedistallo di granito nello sfondo. L'Amur è sempre larghissimo e punteggiato da decine di isole e isolotti disabitati. Questa è la regione in cui, prima dell'arrivo dei cosacchi, vivevano, divisi in tribù, vari popoli di origine mongola dediti soprattutto alla pesca e alla caccia. Dinanzi all'avanzare della « civiltà » russa, hanno fatto la fine degli indiani d'America. Alcuni gruppi si sono estinti, altri sono stati assimilati. Negli anni '30 Owen Lattimore, il grande studioso americano dell'Asia, visitò il basso Amur, descrivendo la vita e le tradizioni di uno di questi gruppi: i Nanai. A quel tempo ve n'erano ancora alcune decine di migliaia. Oggi sono al massimo 10.000. La nostra prossima meta è un villaggio sul fiume dove vivono ancora alcune di queste minoranze.

La colazione è spesa a discutere l'ultimo grande problema della spedizione: la scomparsa della macchina fotografica del signor Ren, uno dei due colleghi cinesi rimasti, quello curiosissimo sulla mia vita in Cina, quello che, fin dalla prima ora del viaggio, ha passato quasi tutto il suo tempo sul ponte della *Propagandist* a fotografare ogni torre d'osservazione e ogni dettaglio della costa sovietica: un'impresa inutile, mi pare, ma forse lui credeva di fare qualcosa di molto patriottico.

Ieri sera, quando il gruppo è tornato con l'autobus dalla « Città del Sole », la macchina che il cinese aveva portato con sé e con cui aveva anche là fotografato tutto e tutti, non c'era più. I colleghi sovietici dicono che deve averla dimenticata nell'autobus. A me diverte pensare che qualcuno dei servizi di sicurezza di Komsomol, una città che vive ancora nel clima della guerra fredda e con l'ossessione delle spie, gliel'ha portata via per punirlo della sua eccessiva curiosità. Volodja si sente responsabile e si preoccupa. A causa di questa macchina fotografica il nostro programma subisce una variazione: ci fermiamo al primo villaggio sul fiume per telefonare alle autorità di Komsomol e chiedere loro che facciano

Un'abitazione siberiana nel villaggio di Dudi

delle ricerche. Sono contento di scendere a terra in un posto che non ci aspetta e dove niente è previsto per noi.

Il villaggio si chiama Dudi: una cinquantina di case siberiane di legno, seminate sulla collina. Ho un'ora per andarci in giro. Gli abitanti, tutti russi, sono strani, scostanti e sospettosi. Persino un gruppo di bambini finge di non vedermi quando passo. Dovunque guardo c'è il solito disordine, spreco e sporco sovietico. Blocchi di cemento, pezzi di tubi, vecchie pompe e vecchi motori giacciono abbandonati per terra. Colpisce la mancanza di una logica organizzativa, di un anche minimo senso dell'armonia, del bello. Il villaggio non ha un suo deposito della spazzatura e dovunque ci sono cumuli di vecchie scatolette, di bottiglie rotte e arnesi arrugginiti. Sopra una costruzione di tronchi più grande delle altre un cartello dice: « Biblioteca ». Guardo dentro una delle finestre, ma vedo solo una stanza disadorna con al centro un biliardino. La porta è chiusa con un grosso catenaccio e un lucchetto.

Ogni giardino ha una sua staccionata, alta più d'un uomo. Per proteggersi da chi? Davanti a ogni porta c'è la solita confusione russa di pentole, scarpe, bacinelle e vasi. Il traffico del villaggio consiste di alcune moto. Tutte hanno il *sidecar*.

Nessuna ha la targa. Vengono usate per trasportare roba: una bombola del gas, del legname, un bidone vuoto. Ogni famiglia sembra avere una sua motocicletta funzionante e un paio di altre, rotte, parcheggiate senza ruote davanti a casa, da cannibalizzare via via che a quella buona viene a mancare un pezzo.

Il relitto più impressionante del villaggio è un enorme, moderno hangar di alluminio, di cento metri per dieci, misteriosamente non finito. Dal tetto penzolano lastre di materiale isolante. Doveva servire da deposito per la fabbrica che qui sotto inscatola il pesce o a nasconderci dei missili?

Come in ogni altro villaggio lungo il fiume, anche qui la presenza dei militari è forte. Gruppi di soldati lavorano attorno a una grossa antenna in cima alla collina. Molta gente ha addosso uniformi smesse dell'esercito. È ovvio che qui attorno deve esserci una qualche importante installazione militare.

L'ora è passata e torno sulla *Propagandist*. Torna anche Volodja: deluso. Ha trovato un telefono, ma non è riuscito a chiamare. La linea è guasta a causa delle inondazioni dei giorni scorsi.

Una piccola barca, di quelle dallo scafo di metallo e un potente motore, che da ieri vedo sfrecciare sul fiume, si accosta alla nostra fiancata. A bordo ci sono due uomini minuti e tozzi, dalle facce mongole.

« Siete Nanai? » riesco a chiedere.

« *Niet.* »

« Siete Nifki? »

« *Niet. Niet.* Ulci », dice il più vecchio con una espressione di offeso disgusto, come se avessi insistito a chiedere a un inglese se è australiano.

I nostri son chiaramente tempi di neo-nazionalismo, ma qui c'è la riprova che questo è un sentimento inversamente proporzionale alla consistenza di un gruppo e che aumenta più quello diventa piccolo. I Nifki sono ormai solo 2800, gli Ulci 2700, ma – a quanto pare – guai a confonderli! Nanai, Ulci, Nifki, Evenki, Evenni e altri appartengono tutti allo stesso ceppo etnico e le loro differenze stanno solo in certi dettagli dei loro costumi tradizionali, in certi modi di cucinare, e nella lingua. Ma a quelle differenze tengono moltissimo, anche se la lingua quasi nessuno la parla più, i vestiti tradizionali sono praticamente scomparsi e i cibi caratteristici di ogni gruppo vengono preparati solo in occasioni particolari.

Già nel secolo scorso alcuni viaggiatori stranieri avevano notato come queste minoranze tenessero moltissimo alla loro identità e come, pur avendo ormai perso la partita, insistessero a difendere le loro usanze e la loro cultura. Fu certo perché si sentivano minacciati dalle sue prediche che dei Ghiliaki, in un villaggio qui vicino, nel 1837 ammazzarono un malcapitato missionario francese venuto a convertirli... e se lo mangiarono.

I due Ulci affiancatisi alla *Propagandist* hanno, con noi, tutt'altre intenzioni: vogliono venderci dei salmoni seccati. Krsysztof discute per un po', in russo, sul prezzo, e presto l'accordo è fatto: venti bellissimi pesci dalla pelle argentea e la carne rosa-arancione, salati e messi in un bel barile di legno, in cambio di... una bottiglia di vodka. Ai due pare d'aver fatto un affare d'oro e per un pacchetto di sigarette ci danno anche un grosso storione appena pescato, dal muso appuntito e dalle dure spine lungo il dorso grigio e bianco. Quel che assolutamente non vogliono è essere fotografati: l'affare che abbiamo concluso è assolutamente proibito e loro non vogliono lasciare in giro prove del loro « delitto ». Tutto ciò che proviene dal fiume, compreso il pesce, appartiene allo Stato; loro sono membri di un kolchoz, una cooperativa di pescatori, e il venderci questi salmoni equivale a un furto.

Noi siamo felicissimi del nostro ruolo di « ricettatori »: dopo quasi due settimane a bordo di una nave, stasera finalmente assaggeremo del pesce e non avremo i soliti tasselli di carne grassa e dura, a quanto pare considerata qui l'indispensabile ingrediente di ogni buon pasto.

Riprendiamo a navigare, lasciandoci alle spalle Dudi. Visto in lontananza, con le sue case di legno affogate nel verde e le macchie gialle, splendenti, dei girasoli sulla riva, anche questo villaggio-immondezzaio acquista un'aria romantica e pulita.

Lasciamo il corso centrale dell'Amur e sulla destra entriamo in un piccolo braccio d'acqua che serpeggia in mezzo a banchi di vegetazione. La *Propagandist* fa una specie di slalom nell'acquitrino. Un cielo drammatico, ora popolatosi di

Piazza Lenin nel villaggio di Solonsi

tanti albatros, fa da sfondo a una catena di colline blu. Uno straordinario temporale, improvviso, violento e caldo come quelli dei tropici, ci si rovescia addosso, ma dura solo pochi minuti e dinanzi a noi, nell'aria ora pulitissima, si para una costa punteggiata di casette.

Solonsi è una piccola comunità di 950 pescatori; la metà sono Ulci. Alta sulla collina, spicca la testa d'un soldato con l'elmetto: un monumento ai caduti della guerra 1941-45. «Il nome di Lenin e le sue gesta vivranno per sempre», dice una grande scritta che campeggia su uno spiazzo che qui fa da piazza Lenin. Il posto è piccolo e invece della solita statua del Padre della Rivoluzione qui c'è solo un profilo, in bassorilievo, della sua testa, di cemento, con sopra una mano di vernice dorata. «Tutto il nostro lavoro è per te, Madre Patria», dice l'altro slogan sulla piazza.

«Che è successo qui con il partito?» chiedo al presidente del kolchoz, la cooperativa di pesca. «Ne avete confiscato tutte le proprietà?»

«La sola cosa da confiscare qui era una piccola scatola di ferro col lucchetto, ma dentro non c'era nulla», risponde. Come in molti altri posti, «confiscato» e «confiscatore» sono la stessa persona: lui, segretario del partito, presidente del kolchoz e presidente del governo locale. Un russo.

Fino al 1925 questo era un posto abitato esclusivamente da Ulci e Nifki. La loro principale attività era la pesca del salmone. I primi russi ad arrivarci furono quelli venuti a spiegare alle minoranze che cosa era la rivoluzione e a imporre loro il collettivismo. Poi nel 1938 un'altra strana massa di gente venne a lavorare le terre che per secoli erano state loro e a pescare nel loro fiume: 70.000 prigionieri politici, mandati qui dalla Bielorussia e dall'Ucraina. Il lager era a pochi chilometri dal villaggio. Nel 1956, tre anni dopo la morte di Stalin, il campo venne chiuso, ma alcuni di quei disperati e i loro figli, ormai senza più relazioni coi posti da cui provenivano, sono rimasti nella zona. Là dove c'era il lager, ora c'è un gran campo di patate. L'alluvione ha spazzato via le ultime tracce del recinto, del suo filo spinato e delle baracche di un tempo.

Costretti dalle circostanze a mischiarsi coi russi, gli Ulci hanno perso gran parte delle loro tradizioni e della loro identità. Ormai anche loro nascono, si sposano, fanno figli e muoiono con gli stessi riti e le stesse cerimonie dei russi. Al massimo, alla loro vecchia maniera cucinano una volta all'anno uno speciale piatto a base di pelle di pesce, rispettano gli orsi che considerano come i loro antenati, e mettono un corvo morto sopra la porta di casa per impedire ad altri corvi di venir a mangiarsi i pulcini appena nati.

Nel villaggio c'è una grande agitazione. Attorno al porto decine di uomini sono indaffaratissimi con barili di sale, cumuli di ghiaccio e carichi di paglia. Domani all'alba i salmoni che vengono dal mare e risalgono la corrente cominceranno ad arrivare in questa zona del fiume, dando così il via alle due intensissime settimane di pesca di cui il villaggio vivrà per il resto dell'anno.

Alla sera un Ulci viene a proporci del caviale « illegale ». Faccio io l'affare: un chilo per cento rubli, l'equivalente di tre dollari.

Venerdì 30 agosto

Mi alzo alle cinque sperando di vedere l'inizio della pesca, ma riesco soltanto a osservare uno splendido, pulitissimo sole sorgere all'orizzonte. Gli uomini son già partiti e sono lontani sul fiume. Il villaggio è quieto.

Ripenso alla incredibile storia di questi giorni, alla fine del comunismo, a quello che anche qui deve voler dire, e confronto questi pensieri con quel che vedo. Anche qui niente è cambiato. I monumenti, gli slogan, la piazza Lenin, tutto è esattamente come prima. Ma come è possibile?

Quel che è successo in seguito al fallito colpo di Stato – lo smantellamento del partito, la confisca dei suoi beni e il divieto di fare attività politica – è una vera e propria rivoluzione, ma questa, stranamente, non ha nessuno dei drammi e dei ribaltoni che le rivoluzioni portano di solito con sé. È forse perché i fatti degli ultimi giorni sono la conclusione di un processo incominciato tanto tempo fa? È possibile che questa rivoluzione sia invisibile perché in verità non è avvenuta ora, perché il comunismo non è morto la settimana scorsa, ma è morto lentamente, a tappe? Questo comunismo cominciò a morire con la morte di Stalin, continuò a morire col rapporto segreto di Chruščëv, e avanti, con frenate e accelerazioni, fino all'ascesa al potere di Gorbacëv e al suo editto di scioglimento del partito. Alla fine, il comunismo sovietico era come la cassetta col lucchetto di questo piccolo villaggio sull'Amur: c'era, ma dentro non conteneva più nulla.

La nave riprende il viaggio. Alle dieci, puntuale, capita quello strano fenomeno che tutti i viaggiatori del secolo scorso hanno descritto in questo tratto di fiume: improvvisamente si leva un vento fortissimo, che fa increspare le acque e alza onde minacciose. D'un tratto abbiamo l'impressione d'essere su un mare in tempesta. Dopo un po', ugualmente all'improvviso, il vento cessa, l'Amur si riacquieta e la navigazione riprende pacifica.

Nei flutti intravedo i guizzi argentei dei banchi di salmoni che risalgono la corrente. Che rito, il loro, di tornare dopo anni là dove sono nati per deporre nuove uova e morire! Incrociamo dei battelli di pescatori con le stive colme della loro preda.

Ormai manca solo mezza giornata alla meta finale della spedizione e pregusto il piacere di arrivare alla foce dell'Amur, al mare.

Ore 18 del pomeriggio

Il tempo è glorioso, le colline verdissime, l'acqua del fiume diventa quasi azzurra. All'orizzonte finalmente l'agonizzata Nikolajevsk... Ma che peccato! Un tempo le città, pur piccole che fossero, si annunciavano già da lontano ai viaggiatori con le sagome dei loro campanili, le cupole delle loro chiese, i tetti dei palazzi o delle case. Ora, invece, anche questa remota Nikolajevsk si annuncia con due grosse ciminiere socialiste che sputano fumo. La chiesa c'era – l'ho vista nelle vecchie fotografie – ma anche quella, come tante altre belle cose del passato, deve essere avvampata nel fuoco della rivoluzione bolscevica.

Attracchiamo a un molo sconnesso, e di corsa, con Volodja, andiamo a cercare la Posta Centrale. Io voglio mettermi in contatto col mio giornale e dettare un pezzo che ho scritto sulle impressioni di questi giorni, Volodja deve telefonare per la macchina fotografica del signor Ren.

Dopo l'orribile Komsomol, Nikolajevsk è un sollievo. Quella era una città staliniana, questa è zarista. Là le case erano caserme di cemento, qui sono di legno, a due piani, dipinte di blu e di bianco, con le finestre incorniciate da vecchi intarsi. Le strade sono piccole e fiancheggiate da grandi alberi. Anche qui, al tramonto, la gente fa la coda socialista per il pane fresco.

La Posta è un vecchio edificio costruito prima della Rivoluzione. Anche le apparecchiature che vedo entrando sembrano essere dell'epoca e capisco subito che non sarà facile comunicare con l'Europa. Il telex non esiste. Il telegrafo funziona, ma un testo non può contenere più di 300 parole e quelle vanno da qui a Habarovsk, da Habarovsk a Mosca e da lì alla sua destinazione all'estero; ogni lettera deve essere convertita in alfabeto cirillico e battuta su una vecchia tastiera. Per il telefono ci sono lunghissime liste d'attesa; ogni comunicazione deve passare attraverso il centralino di Vladivostok e poi da Mosca, ma è l'unica speranza che mi resta.

Volodja fa il suo solito, convincentissimo discorso, punteggiato dalle parole magiche, «*Komsomolskaya Pravda*», «giornalista», «spedizione», «situazione urgente»... Nel giro di un'ora ho il centralino del giornale all'altro capo del filo e posso cominciare a dettare in un magnetofono lontano le mie note. Una folla esterrefatta di soldati, pescatori, donne alticce e qualche bambino osserva questo marziano che apre una strana scatola di metallo e che, da una sorta di specchio di luce bluastra, legge, in una incomprensibile lingua, un fiume di parole, fra le quali ogni tanto loro riconoscono quelle familiari come « comunismo », « KGB », « *putsch* »... Tutto fila liscio, poi, improvvisamente, non sento più nel telefono l'eco lontana della mia voce. La linea è caduta. Faccio dei gesti disperati, urlo: « Pronto... Pronto! » Niente da fare. « Riproveremo nel mezzo della notte », dice l'operatrice.

I miei spettatori restano impassibili. Nessuno chiede nulla. Tutti fanno come se io, il mio computer e la telefonata interrotta fossimo la cosa più naturale del mondo... finché vado a pagare e metto sul tavolo quel che per loro è lo stipendio di un mese. Sento un borbottio di stupore. Per me sono appena otto dollari.

La cena è tesa: la scomparsa della macchina fotografica del signor Ren amareggia ormai le relazioni sino-sovietiche. Le telefonate di Volodja non sono servite a nulla. La macchina è introvabile e il signor Ren è fuori di sé. Dice che la macchina non è sua, che è dello « Stato cinese », e che, se torna a Pechino senza quella, avrà un sacco di problemi. Parlando si rivolge continuamente a me, perché, in quanto « conoscitore » della Cina, lo sostenga quando dice che una cosa simile nel suo paese non sarebbe mai successa, che le ricerche là sarebbero iniziate all'istante e che la macchina – in un modo o nell'altro – sarebbe saltata fuori... Non è vero?

Sì, forse ai vecchi tempi, quando i camerieri degli alberghi cinesi inseguivano i clienti per render loro le monetine lasciate in un portacenere o un paio di calzini col buco buttati nel cestino dei rifiuti. E poi dipende da chi ha preso la macchina! A me gli agenti dei servizi cinesi per la Sicurezza dello Stato hanno ancora da rendere tutto ciò che, nottetempo, portarono via dal mio appartamento di Pechino, compresi due quadri fatti dai miei figli (con dei commenti ironici sulla lunga vita del Partito Comunista!) che vennero usati come prove dei miei crimini « controrivoluzionari » e le « antichità », fra cui un manifesto del Victoria and Albert Museum di Londra, con cui avrebbero provato che avevo « esportato » all'estero dei tesori nazionali. Come avevo potuto esportare cose che erano ancora in Cina non è chiaro, ma va preso atto che la logica di certe organizzazioni non è la stessa dei comuni mortali.

A mezzanotte torno, questa volta con Saša, alla Posta. La nuova telefonata ci tiene lì fino alle tre del mattino e le ragazze dell'ufficio vengono a farci compagnia, offrendoci tè, salsicce, frittelle e caramelle dolcissime. Sono perplesse su quel che è successo negli ultimi giorni. Credono nella forza dell'animo russo e sostengono che mai il capitalismo, né quello americano né quello giapponese, riuscirà a piegare la Russia. Si rendono conto che il comunismo ha ridotto il paese alla miseria, ma non credono che la loro vita migliorerà solo perché qualcuno a Mosca decide di cambiare sistema economico. Al massimo saranno i loro figli a profittarne e a viver meglio. « I miei genitori dicevano la stessa cosa a proposito del socialismo », ricorda una di loro.

Rientriamo per strade deserte. Incontriamo degli ubriachi. Dal buio esce un giovane dell'Azerbaigian, venuto qui come autista, che ci chiede delle sigarette. Fra gli alberi di un piccolo parco svetta la figura minuta dell'ammiraglio Nevelskoj ricoperta di vernice argentea.

Fu Nevelskoj, nel 1849, a scoprire che Sakhalin era un'isola e non una penisola, come s'era creduto fino ad allora. Partito da Nikolajevsk, l'ammiraglio entrò dal nord nello stretto dei Tartari e trovò che fra la terraferma e Sakhalin c'era un passaggio largo almeno sei chilometri. Questa scoperta fu tenuta segreta e pochi anni dopo, durante la guerra di Crimea, fu di grande aiuto a una squadra navale russa che sfuggì così a un agguato tesole dalle navi da guerra inglesi.

Poco lontano dalla statua di Nevelskoj, alta su una colonna di pietra grigia, c'è in miniatura la replica in bronzo della sua nave, la *Baikal*. Ai piedi del vecchio monumento l'iscrizione dice: « Là dov'è stata piantata una volta, la bandiera russa non sarà mai ammainata ». Un tempo, sotto la frase c'era anche la firma del suo autore, ma i bolscevichi già mezzo secolo fa grattarono via il nome. Era quello dello zar Alessandro.

Quel che non è cambiato con la Rivoluzione è la sostanza dell'impegno espresso in quella frase. La bandiera russa fu piantata qui il 1° agosto 1850. Allora era bianca con due strisce trasversali azzurre. Ora è bianca rossa e blu, ma sempre bandiera russa è, la stessa che Eltsin, il nuovo zar russo, ha ora riportato sui pennoni di tutto il vecchio impero.

Nikolajevsk, 31 agosto

Ho visto l'Amur buttarsi nel mare! Ho toccato l'altro capo di questo continente! La commozione era grande. Il fiume si allarga, si apre come a prepararsi a questo enorme, tanto atteso abbraccio con l'oceano. Le acque rallentano, tremolano argentate nel vento e finalmente, con l'Amur, anche questa immensa, dura Siberia trova la sua pacifica, dolce fine nel mare.

Una volta, tanti anni fa, ero stato sulla Punta do Inferno, il lembo più occidentale d'Europa, là dove i portoghesi vanno a fare la *saudade* e passano ore a guardare l'Atlantico nel ricordo delle straordinarie imprese dei loro antenati, salpati da lì per conquistare il mondo. In quel promontorio, a precipizio sull'oceano, m'era parso di sentire tutta la nostalgia europea per l'avventura, ma anche l'incertezza delle partenze, l'apprensione per ciò che potrà accadere. Oggi, coi piedi sul promontorio di capo Osbach, all'altra estremità dello stesso continente qui battuto dal Pacifico, ho sentito vibrare il rovescio di quella storia. In una manciata di case di legno c'era il coronamento dell'aspirazione cosacca al mare, la certezza di essere arrivati. Peccato che nel disordine e nella sporcizia, nei cumuli di ruote e di vecchie scatolette arrugginite sparse attorno a quelle case, ci fosse anche tutta la solita, disperante pratica del socialismo sovietico!

Un mare marrone rovesciava onde sporche contro una spiaggia piena di rifiuti, ma il rumore dei flutti era coperto da quello di una centralina che, a pochi metri dalla spiaggia, produce elettricità per la piccola comunità di pescatori che vive lì. No! Non vive. La gente è accampata, come fosse ancora in un lager da cui deve scappare. Quel che ha attorno non sembra interessarla. Tutto è lasciato nella più incredibile incuria: costruzioni incominciate e mai finite, pezzi di muri cadenti, vecchi materassi nei prati. La spiaggia e la terra attorno alle case sono tutt'una immensa discarica di rifiuti: cavi di ferro con cui sono state legate le navi, ruote di autobus, resti di motori, di barche, legname e tanto, tantissimo vetro a pezzi, bottiglie, barattoli. Fa pena vedere una così drammatica natura in mano a questa strana, rozza razza di pionieri.

Uomini forti e sporchi caracollano lungo i camminamenti di legno che d'inverno servono da marciapiedi. Stivali da pescatori, jeans, golf lunghi a volte fino alle ginocchia, pieni di macchie, di unto, capelli lunghi incollati al cranio dalla sporcizia e berretti che sembrano non essere mai tolti. Le donne sono grasse, hanno ventri flaccidi e brutte pezzole a fiori in testa. Bambine bionde con bei fiocchi di raso giocano ad acchiappino fra i rottami. Per rincuorarmi mi son dovuto immaginare l'emozione dei tre gesuiti europei che arrivarono qui quattrocento anni fa. Vennero da Pechino, discendendo l'Amur con una spedizione voluta dall'imperatore Kang Xi, e da questo stesso promontorio videro l'« Isola degli Spettri Vaganti », come i cinesi chiamavano allora Sakhalin. L'ho vista anch'io oggi, come un'ombra blu nel cielo chiarissimo.

Sulla strada del ritorno, a bordo di un camion militare abbiamo attraversato uno degli ultimi affluenti dell'Amur. Questo era appena un torrente. Sui sassi lungo le sue rive, a pancia all'aria, erano sparpagliate decine di salmoni. Erano venuti a mettere le uova e son rimasti intrappolati nell'acqua troppo bassa. A decine e decine. Strane bestie, questi salmoni, con i loro occhi vitrei e tristi, sia da vivi sia da morti! Nascono nei fiumi freddi della Siberia e nuotano verso il mare dove vanno a perdersi. Poi, dopo tre o quattro anni, ognuno di loro, misteriosamente, ritrova la foce del suo fiume e per chilometri e chilometri lo risale fino a tornare alle origini e depositare lì, fra i ciottoli levigati dalla corrente, migliaia di uova, il caviale, con cui il loro ciclo continua. Esausti da questo strano pellegrinaggio, i salmoni vengono a galla e muoiono. Dei loro corpi si nutrono gli orsi delle foreste.

Nikolajevsk dipende completamente dal fiume. Il fiume è il suo legame col mondo. Anche d'inverno, quando gela completamente, il fiume – a parte l'aereo, quando può volare – resta il modo più sicuro per andare a Habarovsk. Sulla superficie dell'Amur, diventata un'autostrada di ghiaccio, i camion fanno i mille chilometri da qui alla capitale come fossero sui pattini. I pneumatici sono senza chiodi. Gli autisti spericolatissimi. Il viaggio dura due giorni e due notti.

La città, oggi abbastanza isolata, presa soprattutto dai suoi salmoni, vive di pesca, di navigazione e di un cantiere navale che fa riparazioni di battelli piccoli e medi. La presenza militare è minima.

Al momento del *putsch* nemmeno qui ç'è stata molta reazione. « Siamo lontanissimi da Mosca. È sempre successo così. Perfino la Rivoluzione dell'ottobre 1917 arrivò qui sei mesi dopo », dice il direttore locale della compagnia di navigazione che ci fa da guida. Il Partito Comunista qui era molto conservatore e per questo aveva perso parte della sua influenza sulla popolazione. Già dall'anno scorso molti membri del partito, pur senza dare le dimissioni, avevano smesso di pagare le quote. Anche qui, come nel resto del paese, sembra ci sia una forte tendenza a ritornare ai propri piccoli interessi privati e a dimenticare la politica. « La politica non è vita vera », dice il direttore. « Vita è quando la gente può farsi i fatti suoi e perseguire liberamente i propri interessi. » Il segretario del partito ha dato le dimissioni. La sede del partito è chiusa. Aspettano istruzioni da Mosca.

Nikolajevsk ha avuto vari alti e bassi nella sua storia. Nel 1890, quando Čechov passò di qui sulla via di Sakhalin, non riuscì a trovare un letto in cui dormire. Un anno dopo, il mio « compagno di viaggio », Charles Vapereau, trovò le strade della città invase dalle erbacce. Nikolajevsk era in piena decadenza. Poi, attorno al 1910, ebbe il suo momento di gloria. La città aveva solo 17.000 abitanti, ma vantava due teatri, tre consolati stranieri (cinese, inglese e giapponese) e persino un circo. Aveva dei bordelli con prostitute giapponesi, malesi e anche alcune francesi. Quelle signore non erano l'unica cosa che veniva da Parigi. Nella biblioteca locale si conserva ancora la collezione di *Le Monde Illustré* cui la città di Nikolajevsk era allora abbonata. Un numero è particolarmente interessante: quello interamente dedicato all'anno 2000, in cui si prevede che i cinesi, dopo aver conquistato tutta l'Asia, compresa Nikolajevsk, saranno alle porte di Parigi. Col senno di oggi, quella sembra – almeno per l'anno 2000 – una previsione sbagliata, ma lo « storico » del Museo Municipale – una deliziosa collezione di propaganda comunista e di begli oggetti ricordo – continua a parlare dei cinesi come dell'unica, grande minaccia in questa regione.

Gli anni '20 furono per Nikolajevsk particolarmente violenti e drammatici. Fu da qui che i giapponesi partirono per il loro primo tentativo di impossessarsi della Siberia. Il governo di Tokio controllava già la parte meridionale dell'isola di Sakhalin e con la scusa di proteggere quel possedimento aveva stanziato una sua guarnigione appunto a Nikolajevsk. Per i bolscevichi questa presenza straniera era una minaccia e, quando occuparono la città, massacrarono i cinquecento giapponesi che caddero nelle loro mani. Questo dette a Tokio un'ottima giustificazione per mandare sul continente un corpo di spedizione di 13.000 uomini e per intervenire direttamente a fianco dei «bianchi» nella guerra civile contro i «rossi».

All'inizio i soldati giapponesi ebbero notevoli successi. Una volta ripresa Nikolajevsk, si spinsero verso occidente, arrivando fino al lago Bajkal e diventando i protettori della Repubblica Indipendente Siberiana, messa in piedi dall'ammiraglio «bianco» Kolčak. Poi cominciarono i rovesci e nel 1922, dopo la presa di Vladivostok da parte dei bolscevichi, le truppe giapponesi dovettero abbandonare il continente. Questa ritirata del Giappone dai suoi possedimenti al di là del proprio arcipelago continuò anni dopo: nel 1945, quando l'URSS intervenne nella guerra contro il Giappone, Tokio dovette rinunciare anche alla parte sud di Sakhalin e alle isole Curili.

Di tutta questa storia era rimasto a Nikolajevsk il monumento costruito dai giapponesi per le loro vittime del massacro. Quel monumento era sopravvissuto al regime bolscevico e alla seconda guerra mondiale, non è però sopravvissuto alla visita di un segretario del Partito Comunista venuto da Habarovsk nel 1978. Vide il monumento, disse che era assurdo ricordare le vittime giapponesi e ordinò che fosse abbattuto.

Sulla *Propagandist*, la sera a cena, si celebra la fine della spedizione con la solita retorica socialista sulla reciproca amicizia. I cinesi danno a tutti, in ricordo, un portachiavi, un ventaglio e una borsa di plastica. I russi regalano un goliardico diploma rilasciato da Nettuno, «re dell'Amur», in una cartella rosso e oro. Mi vergogno un po'. Non ho niente da offrire tranne la mia scettica sorpresa dinanzi ai regalini socialisti. La tavola è imbandita con ogni sorta di specialità, compreso del *kaluda* crudo, il pesce dell'Amur che – si dice – vive quanto un uomo.

Le due cuoche sono vestite a festa, il capitano indossa la sua uniforme: pantaloni marrone e blusotto di nylon giallo con i galloni d'oro. Non posso tirarmi indietro dal fare un discorso sulla «storicità» della spedizione. Non perdo l'occa-

sione di ringraziare Volodja per tutti i problemi saggiamente
risolti e accennare all'ultimo che rimane: quello della macchina fotografica del signor Ren. Lui non si accorge della
mia ironia e mi sorride, grato della comprensione.

Nikolajevsk, domenica 1° settembre

Ultima corsa attorno al porto. Vedo figure intabarrate di
donne e uomini che vanno svogliatamente al lavoro. Sulla
costa la replica in miniatura della nave di Nevelskoj. Le uniche voci son quelle dei gabbiani che stanno appollaiati sui
tronchi marci abbandonati lungo la riva.

L'addio alla *Propagandist* è fortunatamente svelto. Tutto
l'equipaggio è allineato a salutare, ma siamo in ritardo e il
camion militare che parte con noi sobbalzando verso l'aeroporto abbrevia i rituali delle strette di mano e le promesse di
non dimenticarsi. Nessuno potrà. Spesso uno lega certi avvenimenti storici al ricordo di quel che faceva nel momento
in cui ne venne a conoscenza. Io non posso pensare all'assassinio di Kennedy senza ricordarmi di un giornalaio in rua de
la Misericórdia, nel centro di Lisbona, dove lessi quella notizia a caratteri cubitali nella bacheca. Per ogni membro della
spedizione la fine del comunismo nell'Unione Sovietica sarà
legata al ricordo della *Propagandist* che scende lungo l'Amur, al ricordo della tavola imbandita, all'odore del caviale
sulle uova sode a colazione.

Corriamo verso l'aeroporto e solo quando ci arriviamo, ci
viene annunciato che il nostro volo per Habarovsk ha alcune
ore di ritardo. Penso di utilizzare questo tempo andando a vedere in città il vecchio segretario del partito e un rappresentante dei democratici. Volodja fa una serie di telefonate e ritorna con una lapidaria analisi della situazione: « Il partito
comunista è ormai nella clandestinità e i democratici son tutti
nelle loro dacie lungo il fiume a pescare salmoni ».

L'aeroporto è un edificio modesto, ottocentesco, in legno
dipinto d'azzurro con le cornici delle finestre in bianco. Una
grande insegna rossa su tutta la facciata dice: « Compagni, vi
auguriamo un felice viaggio ». La piazza è piena di buche.
Tre bambini sporchi e pezzenti vengono a chiedere l'elemosina. Do loro 25 rubli e quelli scappano via urlando di gioia

L'aeroporto di Nikolajevsk

col loro « tesoro ». « Figli di alcolizzati », dice Volodja. Ne ho visti altri nelle varie città in cui ci siamo fermati.

L'aereo che ci riporta a Habarovsk è quello dei pompieri delle foreste, tremante e rumoroso. Arriviamo a Habarovsk nel mezzo del pomeriggio. Ho chiesto di vedere il generale che comanda tutte le truppe della regione e l'appuntamento è per domani. Ho chiesto a Volodja di andare dai suoi amici del KGB per farmi prolungare il visto di soggiorno di almeno un mese e per farmi dare un permesso di viaggio per tutte le repubbliche dell'Asia Centrale e del Caucaso. Il mio piano è di partire da questo lembo dell'Estremo Oriente Sovietico e di traversare a ritroso tutto l'impero per vedere quel che ne resta.

Godo di essere a Habarovsk. È la decima volta che ci torno negli ultimi due anni. Vado a fare due passi lungo il fiume. Pioviggina, e il pesticciare sulle prime foglie delle betulle che cadono a grandi folate sull'asfalto mi riempie di tristezza. L'estate è stata appena un soffio ed è già autunno.

Habarovsk, lunedì 2 settembre

« ... E il cadavere dov'è? » mi chiedo, guardandomi attorno in questa vecchia, dignitosa, lisa città russa nel cuore dell'Estremo Oriente, con i suoi palazzi zaristi affacciati sul fiume, le sue strade mosse dal saliscendi delle colline, tutta pervasa da quella intensissima storia che l'ha marcata fin dal giorno della sua nascita, centocinquant'anni fa.

« Il comunismo è morto », mi ripetono tutti, dal locale segretario del partito, ora disoccupato, al generale che comanda le centinaia di migliaia di soldati sovietici in questa regione. Ma in qualche modo, in tutto quel che vedo, ancora non riesco a cogliere l'enormità di quest'annuncio funebre, non riesco a sentire l'immensità del vuoto lasciato da questo decesso. Sì, il comunismo sovietico è morto, ma nessuno sembra sapere esattamente dove, quando, come. Nessuno sembra rimpiangerlo, ma nemmeno rallegrarsi che se ne sia andato. Quanto alla salma, quella davvero nessuno l'ha vista.

Nelle ultime due settimane, viaggiando lungo l'Amur, il pensiero di quella morte mi ha continuamente accompagnato, ma è sempre rimasto un pensiero. In realtà non ho mai visto niente che mi abbia fatto sentire quella morte. Eppure, proprio qui, quella morte avrebbe dovuto essere celebrata. E con gioia.

« Siediti sulla riva del fiume, e aspetta. Un giorno vedrai il cadavere del tuo peggiore nemico passarti dinanzi », si son detti per secoli gli asiatici, consigliandosi prudenza dinanzi alle avversità e dandosi, per il domani, una speranza di rivalsa contro oppositori oggi apparentemente invincibili. Ebbene, se c'è una terra in cui il comunismo è stato il peggiore nemico di milioni di uomini è proprio questa: la Siberia, terra di GULAG. Se c'è un fiume sulle cui sponde milioni di disperati, non seduti, ma costretti ai lavori forzati, hanno per decenni aspettato di veder scivolar via quel cadavere, è proprio l'Amur.

Sia dalla parte cinese sia da quella sovietica per centinaia e centinaia di chilometri gli unici insediamenti son stati per decenni quelli dei prigionieri politici mandati ad aprire queste terre vergini, mandati praticamente a morire, d'estate mangiati dai nugoli delle impietosissime zanzare e d'inverno dai geli senza tregua. Prigionieri cinesi, prigionieri sovietici: due umanità diverse, vittime della stessa disumana logica del comunismo, installatosi a Mosca nel 1917 e attecchito poi, nel 1949, anche a Pechino.

I lager sovietici sono stati chiusi anni fa. Quelli cinesi sono ancora tutti lì, lungo l'alto corso dell'Amur, a pochi metri dalla riva, affollati da squadre di giovani in uniforme con le teste rapate, che vanno avanti e indietro sotto il peso di enormi tronchi, da caricare sulle zattere. Fra di loro ci son certo anche molti dei ragazzi che conoscemmo in piazza Tien-An-Men, visto che in Cina il comunismo non morì sulla piazza nel centro di Pechino il 4 giugno 1989. Chi per un po' lo credette possibile, paga ancor oggi per quella illusione.

« Certo che il comunismo è morto! Questo paese ha chiuso con la proprietà collettiva, cioè con l'idea della responsabilità collettiva che vuol solo dire mancanza di qualsiasi responsabilità. La privatizzazione è la sola scelta che ci resta. » Victor Novožilov, cinquantadue anni, generale dell'Armata Rossa, comandante dell'intero Estremo Oriente Sovietico, uno dei più importanti personaggi dell'*establishment* militare sovietico, su questo non ha dubbi.

« Che effetto psicologico ha per la sua generazione, generale, questa morte del comunismo? » gli chiedo.

« Alle idee del comunismo i miei colleghi e io avevamo smesso di crederci da tempo. Avevamo solo paura a dirlo apertamente. »

Ho incontrato Novožilov oggi pomeriggio nel suo quartier generale, un palazzotto fine secolo di mattoni rossi nel centro di Habarovsk, con lunghi corridoi dove il parquet di legno scricchiola sotto la moquette rossa e dove le enormi doppie porte di cuoio nero, imbottite e trapunte, attributi del potere, sono guardate da elegantissimi colonnelli.

Fra i predecessori di Novožilov ci son stati tre ministri della Difesa: Malinovskij, Žukov e Jažov, quello del *putsch* contro Gorbacëv; e ci fu Blucher, comandante fra il 1928 e il 1938, prima di cadere vittima delle epurazioni staliniane.

Novožilov comanda oggi il gruppo più importante dell'esercito sovietico: ai suoi ordini ha 160.000 uomini, 6000 carri armati e altrettanti pezzi di artiglieria. A queste forze, nello scacchiere estremorientale, si aggiungono i 25.000 soldati della guardia di frontiera agli ordini del KGB; la flotta del Pacifico con base a Vladivostok; l'aviazione e le unità missilistiche stanziate soprattutto a Sakhalin e nelle Curili. Per Mosca questo dell'Estremo Oriente è il settore militare più importante, vista la presenza in questo scacchiere delle forze di vari altri paesi come gli Stati Uniti, il Canada, la Cina, il Giappone, le due Coree, l'Australia.

Se il *putsch* contro Gorbacëv è fallito è stato in gran parte grazie a un uomo come Novožilov che si è rifiutato di eseguire gli ordini datigli direttamente dal suo ministro della Difesa, membro della giunta golpista. « Mi è stato detto di diventare il governatore militare di Habarovsk, di chiudere le stazioni radio e di prendere in mano tutti i mezzi di comunicazione. Ho semplicemente risposto che questo non era affar mio... In altre parole, ho disobbedito », racconta il generale.

Uscendo dal palazzotto di Novožilov, noto le lapidi che ricordano i martiri del socialismo in questa regione. Una è dedicata a Sergej Lazo, comandante « rosso », che i giapponesi, alleati dei « bianchi », catturarono e uccisero, infilandolo nella fornace di una delle loro locomotive, come fosse un ciocco di legna.

La Rivoluzione dell'ottobre 1917 arrivò nella parte orientale del continente con quasi un anno di ritardo e la guerra civile continuò fino negli anni '20.

« Anche la morte del comunismo arriverà qui con ritardo, per questo tu, che cerchi il cadavere, ancora non lo vedi », mi dice Feliks Kupperman, un vecchio giornalista ebreo di Habarovsk. « Vai al mercato, e guarda cosa è rimasto del comunismo! »

Lo chiamano « il bazar ». Su uno squallido spiazzo, pieno di pozzanghere e fango, dopo le prime grandi piogge autunnali che hanno trasformato le albe nebbiose sul fiume in dolci affreschi di grigi, vagolava una inquieta, malandata massa di gente in cerca di un affare. La miseria del socialismo mondiale sembra lì a raccolta. Minute, ossute ragazze vietnamite, i capelli neri in lunghe trecce sulla schiena, venute a migliaia, soprattutto da Hanoi e dintorni, a svolgere nelle fabbriche di qui i lavori che i sovietici non voglion più fare, offrono false magliette Gucci e Benetton, prodotte in Thailandia, a grasse donne russe. Giovani armeni espongono, in scatole di cartone, delle stecche di *chewing gum* della loro repubblica e sigarette bulgare; altri offrono pellicce di astrakan a gruppi di « turisti » cinesi, venuti da Harbin con sacchi pieni di scarpe da ginnastica *made in China* che anche qui – come a Blagoveščensk – la gente sembra preferire ai dollari. Vecchi russi e ucraini espongono su fogli di giornale, distesi su lastre di cemento avanzate da chi sa quale costruzione, bicchierate di mirtilli e lamponi del loro orto, preoccupati di tutti quelli che, passando, allungano la mano, assaggiano e se ne vanno.

L'Hotel Intourist in cui alloggio è una sorta di cimitero dei buoni propositi del passato, uno specchio di quella anarchia dominata dai soldi che sta velocemente riempiendo il vuoto lasciato dal comunismo. La sera, nella hall, sotto gli sguardi ormai rinunciatari di vecchi cerberi in pensione cui non sono rimasti che il cappello a padella da poliziotto e qualche sbiadita decorazione sul petto, giovanissime ragazze in calzamaglia vengono offerte da biondi, muscolosi magnaccia russi a funzionari cinesi in visita ufficiale o a uomini d'affari sudcoreani. Il prezzo è sui cento dollari: lo stipendio d'un anno d'una segretaria.

Nel ristorante uno dei capi della nuova mafia locale, camicia nera e giacca bianca a righe grigie, capelli a spazzola e gesti da duro, intrattiene con vodka e piatti colmi di caviale altri energumeni russi.

Man mano che lo Stato rinuncia a certe sue attività, man mano che i negozi pubblici si svuotano di merce e che i vecchi controlli sociali si allentano, fioriscono le iniziative di gruppi spregiudicati che, garantendo al pubblico beni e servizi altrimenti inaccessibili, ammassano in poco tempo grandi fortune. In una città come Habarovsk è ormai possibile comprare di tutto: da un'auto usata a un fucile mitragliatore; da una ragazzina alla droga. La droga viene dalle regioni dell'Asia Centrale sovietica; le armi vengono dai soldati dell'Armata Rossa che lasciano i paesi dell'Europa dell'Est o le repubbliche baltiche: il grande centro di questo contrabbando è oggi il porto di Vladivostok; le auto vengono dal Giappone.

La città di Niigata, sulla costa occidentale dell'isola giapponese di Honshu, è il centro di raccolta di tutte le auto usate che, secondo la legge di Tokio, dovrebbero essere sottoposte a revisione, ma di cui i proprietari preferiscono disfarsi. Marinai sovietici e acquirenti delle varie organizzazioni mafiose le comprano a Niigata per prezzi che vanno dai 200 ai 500 dollari e le rivendono per tre o quattro volte tanto nel primo porto dell'URSS in cui le fanno arrivare. Spesso le macchine, specie quelle importate dai privati, non fanno in tempo a essere scaricate, che già sono passate di mano o sotto la minaccia di un fucile o con un'offerta in denaro che il proprietario non osa rifiutare. Queste auto vanno poi fino nelle repubbliche più lontane, come l'Azerbaigian e l'Armenia.

La rivalità per il controllo di questo e altri mercati, come quello della prostituzione e della droga, è tale che ci sono state già varie sparatorie fra le diverse bande. I mafiosi, con la loro ostentazione di ricchezza e spavalderia in un paese che resta povero e represso, sono il fenomeno più appariscente della nuova Russia. Sono loro i nuovi eroi, il segno di vitalità in una società al tramonto, come i vermi che escono vivi dalla carogna di un animale. Dinanzi a loro, ai loro soldi, al loro potere, i segretari del partito, ora disoccupati, gli ufficiali dell'Armata Rossa, gli ingegneri e i funzionari coi loro stipendi fissi e i loro piccoli privilegi non contano più nulla.

È triste pensare a tutta quella gente semplice e onesta che nei settant'anni passati ha avuto fede nel socialismo, che per il socialismo ha lavorato duro e che ora vede quel sogno andare in frantumi, vede se stessa ridicolizzata per averci creduto, e vede il posto dei vecchi eroi preso da nuovi idoli, simboli di successo: i mafiosi, i gangster, i profittatori.

Nella hall dell'albergo, che a tutte le ore del giorno è come un grande porto di mare, un punto di incontro per ogni tipo d'affare e d'avventura, continuo a vedere gruppi di giapponesi, turisti o no, che arrivano a ondate. Alcuni vengono armati di palette con cui vanno a scavare nelle colline qua vicino. Sono vecchi reduci della seconda guerra mondiale e vengono a cercare le ossa dei loro compagni morti qui, prigionieri dei sovietici. « La collina dov'era il lager non c'è più. È difficile riconoscere i luoghi », mi dice uno.

I giovani *sarary-men*, gli uomini-salario delle grandi aziende giapponesi, soldati della nuova invasione, sono meno sentimentali. L'aereo che fa la spola fra Habarovsk e Niigata è sempre pieno di questi signori, nelle loro nuove uniformi da banchieri che scrivono i loro rapporti, fanno calcoli, introducono nuove informazioni nei loro computer portatili e fanno segni sulle carte geografiche della regione. I giapponesi non hanno rinunciato a svegliare la « Terra che dorme » e a sfruttare le sue enormi risorse naturali. Fallirono una volta. Ora ci riprovano. Sono già dappertutto. Comprano, vendono, corrompono.

« I giapponesi? » dice una ragazza di Habarovsk. « Sono come la droga. Uno la prende una volta e ci rimane attaccato. Coi giapponesi si fanno affari, si cambia mentalità, non si pensa ad altro che a fare affari. » Mi ricorda la giovane prostituta filippina di *Ermita*, l'ultimo romanzo di Frankie Sionil, che, parlando dei suoi vari clienti, dice: « I giapponesi sono di gran lunga i migliori. Sono puliti, svelti e non fanno mai storie sul prezzo ».

Sempre nella hall incontro un americano il quale, credendomi suo connazionale, mi viene a chiedere qual è la situazione politica nell'Unione Sovietica. È stato per quasi due settimane nei boschi attorno a Magadan ed è appena tornato.

Cacciava gli orsi. È venuto da Rhode Island con due amici, i suoi fucili e le sue cartucce. Ha pagato 13.000 dollari per cacciare un orso. Ne avesse presi altri avrebbe dovuto pagare ancora 3000 dollari per orso. Si è accontentato di uno la cui pelle, pesantissima in un sacco di plastica, viene ora caricata su un camioncino che riporta il gruppo e i suoi fucili all'aeroporto.

Molti sovietici assistono preoccupati a tutto quello che cambia sotto i loro occhi. Le novità li lasciano perplessi. Il vecchio sistema comunista, con tutti i suoi difetti e orrori, era una cosa conosciuta, al limite familiare. A quel sistema s'erano adattati e sapevano muovercisi dentro. Il nuovo non è affatto chiaro come sarà. I primi problemi che produce sono già evidenti a tutti: disoccupazione, aumento dei prezzi, inflazione, fine di quelle garanzie su cui gli elementi più deboli della società, come i vecchi o le vedove, potevano contare. Altri problemi sembrano più banali, ma sono ugualmente importanti. «Chi pagherà le pensioni ai militari sovietici che per anni sono stati di stazione in una delle repubbliche baltiche ora diventate indipendenti?» mi diceva per farmi un esempio il generale Novožilov. «Quei militari hanno lavorato lì, ma ora le repubbliche diranno: 'Non nelle nostre forze armate!'» Lo stesso problema si porrà per generazioni di operai, per centinaia di migliaia, forse milioni, di russi che si troveranno a dover lasciare i posti in cui vivono per tornare verso una «casa» che non hanno più.

A vederla dall'alto della mia finestra sull'Amur, Habarovsk, con le sue luci, le sue navi alla rada, la sagoma elegante dei tetti verdi di rame, sembra una città non toccata da questi problemi, sembra ferma nella bellezza senza tempo del fiume. Eppure so che fra quelle luci, quelle strade, anche questa, come tutte quelle che ho visto finora, è una città di tombini scoperchiati, di buche non riempite, di rifiuti, di rottami e soprattutto di gente delusa, affaticata e spenta.

Il cadavere del comunismo? Forse è qui, tutto attorno a me, morto da tempo.

7. Siberia: la terra che dorme

L_A Siberia fa paura tanto è immensa e vuota. L'aereo che parte dall'estremo confine orientale vola per ore e ore verso occidente su una terra scura, selvaggia, ostile, segnata da grandi corsi d'acqua, laghi, e quasi senza una traccia di presenza umana. È come se laggiù la natura fosse ancora tutta padrona di sé e solo qua e là l'uomo fosse riuscito ad aprire un sentiero in una foresta, a seminare, in una valle, una manciata di case i cui vetri ora luccicano in lontananza, coi riflessi del tramonto. Fa impressione pensare alla determinazione con cui i russi hanno attraversato e conquistato questa terra, decisi a non farsi fermare da fiumi o da montagne, per arrivare sino al confine del mare e poi tenere tutto assieme, in un impero che ora, ultimo fra tutti gli altri imperi coloniali, finiti da tempo, sta a sua volta andando miseramente a pezzi.

La spinta imperiale russa cominciò al tempo degli zar. La Rivoluzione del 1917 l'interruppe solo brevemente. I comunisti la continuarono, a volte con ancor più successo dei loro predecessori. In questa avanzata, intesa ad allargare i propri confini, a proteggere le proprie terre, annettendo quelle dei vicini, gli zar dei secoli scorsi e i segretari del Partito Comunista di questo secolo, occupando simbolicamente lo stesso palazzo del Potere, il Cremlino, sono riusciti a estendere enormemente il loro dominio: a est sono arrivati fino nel mezzo del Pacifico, occupando le isole Curili, a ovest fino al centro dell'Europa, a sud fino alla Cina, all'Afganistan, all'Iran e alla Turchia, russificando prima, e comunistizzando poi, genti di varie razze. Son queste genti periferiche che ora, approfittando della debolezza del centro, rialzano la testa, riaffermano la loro identità e vogliono in qualche modo essere di nuovo indipendenti da Mosca.

Il comunismo è stato una sorta di colla che teneva tutti assieme. Ora che quello è morto, i pezzi di questo enorme *puzzle* sovietico di terre e di popoli si scollano, creando enormi drammi e lacerazioni.

L'aereo è pieno della solita folla di passeggeri, carichi di fagotti. Guardo le mani del mio vicino: enormi, callose, forti.

Guardo quelle degli altri e tutte mi paiono uguali, quelle degli uomini come quelle delle donne, delle mani immense, abituate a martelli, a vanghe, a picconi, mani abituate allo sporco, agli sforzi. Sforzi sprecati. Vite spese con tanta fatica, in fondo per raggiungere poco. La Siberia è davvero una collezione di sprechi.

Di tutta la gente che ho incontrato nei miei vari viaggi nell'Estremo Oriente Sovietico non ricordo che storie di fatica, di scommesse perse. La terra è sì ricca, ma da sempre sa di sangue, di sudore, di sofferenza. Sulla mia scrivania tengo un sasso che presi sulla spiaggia di Duè, sulla costa occidentale di Sakhalin dove, alla fine del secolo scorso, le navi dello zar venivano a buttare sull'isola il loro carico di « spazzatura umana », di assassini, ladri, falsari, stupratori e rivoluzionari condannati all'esilio. Quella pietra, liscia e rossastra, aveva visto tutta quella storia e mi pareva me la raccontasse.

Eppure non tutta la gente della Siberia era feccia e non tutta era mandata lì a forza invece che essere data in mano al boia. Accanto ai condannati – quelli dello zar prima e quelli di Stalin poi –, accanto a quelli che andavano nelle terre vergini semplicemente per rifarsi una vita, c'erano i credenti, gli idealisti, quelli che, specie all'inizio, eran davvero convinti di andare a costruire qualcosa di nuovo, di contribuire a un qualche progresso dell'umanità. Davvero non bisogna dimenticare che, nonostante tutti i suoi orrori, il comunismo è stato anche una sorta di religione che ha avuto i suoi missionari e i suoi santi. Il sistema messo in piedi con quell'idea è stato terribile, ma la gente che ci ha creduto non lo era e certo non lo erano alcuni dei princìpi sui quali il sistema diceva di fondarsi.

Il fatto che il sistema si sia così pervertito e che alla fine sia così miseramente fallito permette ora ai suoi vecchi avversari, specie in Occidente, di cantare tronfiamente vittoria, e ai nuovi mercanti di vecchie idee di sfruttare il disorientamento delle masse confuse.

Il mio vicino, con le sue mani enormi, tira fuori dalla borsa un grosso libro nero e lo mostra al giovanotto che sta seduto alla sua sinistra. È una Bibbia. L'uomo è un testimone di Geova, sta andando a un congresso della setta e approfitta del viaggio per fare proseliti. L'altro ascolta. Mi pare interessatissimo. Nel clima di confusione ideologica e morale in cui

L'aeroporto di Čita

si trova l'Unione Sovietica, i venditori di religione hanno ora dinanzi a sé un immenso mercato. Per i missionari dell'Occidente è una grande occasione. Per quelli delle sette soprattutto. Se ne trovano di tutti i tipi. L'unica che non mi pare molto attiva è la Chiesa cattolica.

L'aereo atterra a Čita. La prima impressione è di essere arrivati in un posto abbandonato dagli uomini. Branchi di cani randagi dormono, si inseguono, giocano e tornano a dormire sotto le ali di decine e decine di jet e vecchi Antonov a elica parcheggiati sulla immensa distesa di cemento. Il vecchio edificio dell'aeroporto, con l'orologio fermo a qualche ora del passato, è vuoto, lasciato a marcire. La vita dell'aeroporto è trasferita in un nuovo edificio costruito poco lontano, ma anche quello è già mezzo marcio. Molte delle vetrate sono a pezzi, il tetto fa acqua e la sporcizia ha conquistato ogni angolo. Nell'immensa hall migliaia e migliaia di persone si trascinano dietro bambini, scatoloni e valigie legate con lo spago. La gente fa lunghissime code per mangiare una coscia di pollo fritto nel grasso e bere una *compotte*, una sorta di succo di frutta in cui navigano pezzi di albicocche bollite. Altri aspettano che si aprano gli sportelli di quelle misere boutique dove si vendono brutti blue jeans, pettini di plastica, bottigliette di orribili profumi.

Anche la nostra attesa è lunghissima. Pilota ed equipaggio sono andati a mangiare. Quando finalmente torniamo a bordo, vedo che il vicino del mio vicino non è più lo stesso. Quello di prima è sceso e appena il nuovo passeggero gli si siede accanto, il mio vicino tira di nuovo fuori la sua Bibbia e ricomincia la sua lezione, aiutandosi ora con un libretto pieno di illustrazioni a colori con cui spiega il significato delle storie che racconta.

Si vola ancora per ore sulla massa sempre più scura della Siberia, poi l'aereo atterra di nuovo: a Barnavo, a sud di Novosibirsk. La prima impressione è d'essere arrivati esattamente là da dove siam partiti. L'aeroporto è identico a quello di prima: stessa costruzione, stesse scale, stesso materiale, stessa sporcizia, stessa gente che fuma, che aspetta, che ciondola dinanzi alle stesse botteguccie, in coda dinanzi allo stesso « posto di ristoro ».

Mi distraggo a pensare che cosa provo io ogni volta che, dopo una lunga assenza, torno a Firenze in treno. Penso a quell'attimo in cui, dopo il cartello che annuncia la stazione di Santa Maria Novella, vedo la cupola del Duomo e la cima del campanile di Giotto e ogni volta riconstato che il campanile è più basso perché Giotto morì mentre i lavori erano ancora in corso, nessuno osò continuare la sua opera e la decisione più saggia fu quella di mettere un tetto là dove il campanile era arrivato. Che effetto fa a qualcuno, nato e vissuto qui, tornare a casa dopo essere stato via degli anni? Che cosa lo commuove? Uscendo dalla porta centrale dell'aeroporto non vedo che casacce di mattoni grigi, pali della luce in cemento, macchine parcheggiate alla rinfusa, taxi che sembrano non volere clienti, barboni che finiscono di fumare le sigarette buttate via da altri, gruppi di giovani che ridono e giocano dandosi spintoni, ognuno tenendo in mano una bottiglia di vodka con cui si prepara ad affrontare la solita noia della sera.

Anche questa non è una città, ma un campo di lavoro a cui nessuno può essere veramente legato o affezionato. In tutto quel che vedo non c'è una traccia di bellezza, un segno che qualcuno abbia voluto abbellire un angolo, aggiungere un dettaglio con cui farsi piacere.

Finalmente torniamo sull'aereo. Il mio vicino è ancora lo stesso, il suo vicino invece è cambiato di nuovo. Questa volta è una donna pallida con una pezzola in testa, ma il mio missionario non desiste, anzi sembra più deciso che mai, quando apre la sua Bibbia, legge un passaggio, chiede alla donna cosa ne pensa e poi le fa vedere le belle figurine a colori del suo libretto di spiegazioni.

Atterriamo ad Alma Ata. Finalmente. Siamo in viaggio da dodici ore. Il buio protegge il segreto di questa capitale dallo strano nome. Alma Ata nella lingua dei kazakhi vuol dire « il nonno delle mele ». Furono i sovietici a ribattezzare così, nel 1921, un vecchio forte che i russi avevano fondato qui nel 1854 e che era poi diventato città col nome di Vernyj. L'aeroporto è moderno con scritte al neon in russo e in kazakho.

« Questa? È una città europea », dice orgoglioso Sergej, venuto a prendermi.

Prima di partire da Habarovsk ho fatto con gli amici della *Komsomolskaya Pravda* un accordo per il resto del mio viaggio. Dovunque andrò mi potrò mettere in contatto col loro corrispondente e quello mi aiuterà, sul posto, a trovare un interprete, a prendere gli appuntamenti con la gente da vedere, a spiegarmi di volta in volta la situazione. Ad Alma Ata, capitale del Kazakhstan, il corrispondente è una donna, Evgenija, e lei ha mandato il marito, Sergej, a incontrarmi all'aeroporto.

« Città europea », dice. « Tutto quel che è bello è fatto da noi russi. I kazakhi sono pastori. » Sergej dice di essere di Leningrado. Ha fatto per un po' il produttore alla televisione di Stato. Ora si è messo in proprio e fa di tutto. Per i prossimi giorni il suo lavoro sarà occuparsi di me.

« Nato a Leningrado? » chiedo io.

No. No. Solo il nonno era di Leningrado, o meglio di San Pietroburgo, come si chiamava la città prima della Rivoluzione. Fu mandato qui ai lavori forzati perché era un « reazionario ». Già i genitori di Sergej sono nati qui e lui anche. « Ma il cuore è sempre là. Un giorno ci tornerò », dice come se qui si sentisse in esilio.

Le grandi migrazioni di Stalin hanno creato i grandi problemi di ora. Milioni di russi mandati nell'Asia Centrale, gente dell'Est mandata all'Ovest, quella dell'Ovest mandata all'Est e ora ognuno rivuole il suo, vuol tornare là dove crede di appartenere.

I bagagli impiegano esattamente un'ora per arrivare dall'aereo alla hall VIP dove mi hanno fatto accomodare e dove tre ragazze dell'Aeroflot vengono a farmi compagnia. Per loro la rivoluzione dei giorni scorsi è stata una grande delusione. Si aspettavano qualcosa di eccitante, si aspettavano di assistere a grandi cambiamenti, invece – dicono loro – tutto è rimasto come prima. Una occasione mancata.

Arriviamo in albergo. Mentre consegno il mio passaporto e il mio permesso di viaggio in portineria, incontro un funzionario del governo tedesco, venuto qui per stabilire dei contatti con le organizzazioni giovanili del Kazakhstan. « Un posto sorprendente », dice. « Ci sono più di cento diverse nazionalità. Vanno d'accordo, tutto funziona, tutto è stabile. »

La *digiurnaja* del mio piano – il quattordicesimo – non sembra dello stesso parere. Ha bloccato con dei grossi manici di scopa tutte le uscite di sicurezza e le porte che conducono alla scala esterna dell'albergo. Quando mi vede andare in camera viene a dirmi di chiudermi bene a chiave per la notte. In giro ci sono tantissimi banditi e bisogna fare – dice lei – assolutamente attenzione.

8. Kazakhstan: il nonno delle mele

UN risveglio sublime. Dalla finestra che ho lasciato spalancata perché mi entrasse l'aria tiepida della notte e cacciasse via i soliti mille puzzi del socialismo che sfidano, restando identici, ogni distanza, mi godo lo spettacolo glorioso delle Montagne del Cielo, come ritagli di carta blu mare contro un pallidissimo orizzonte appena rischiarato dal bagliore d'un sole che ha ancora da sorgere: una straordinaria corona di vette forti e scoscese, alcune alte più di settemila metri, attorno a una immensa valle ancora affogata nel buio. La stessa catena di monti che mi impressionò così tanto sullo sfondo dei deserti del Xinjiang, in uno dei miei primi viaggi in Cina. Le stesse vette, ora semplicemente viste dall'altro versante, dall'altra parte della frontiera.

Varie volte, negli anni passati, ho viaggiato lungo i confini occidentali della Cina, e, ogni volta che mi avvicinavo alla fine del Celeste Impero, l'impressione era che al di là ci fosse sempre e dovunque l'immensa, indistinta massa dell'impero sovietico. Mai, uscendo dalla straordinaria Kashgar, tutta di fango, ho pensato che, andando a nord, sarei arrivato in una terra chiamata Kirghisia; mai mi son reso conto che, seguendo la valle del fiume Ili, a ovest di Urumqi, sarei finito in uno Stato detto Kazakhstan. Le stesse carte geografiche con cui si viaggiava non facevano mai queste distinzioni. Non le feceva neppure la nostra testa. Il « di là », l'« *hic sunt leones* », non solo visto dalla Cina, ma anche dall'Europa, era sempre e semplicemente un'entità chiamata: « Unione Sovietica ».

Solo di recente, col risorgere della Russia e con la spinta nazionalista dei vari territori all'interno dell'Unione, queste varie repubbliche hanno cominciato ad acquistare ognuna la propria identità, a uscire, ognuna con le proprie caratteristiche, dalla grande, appiattente ombra dell'URSS.

Succede lo stesso a questa città, Alma Ata, che il buio della notte mi ha tenuto nascosta e che ora, col primo sole, affiora dalla penombra della valle in tutta la sua sorprendente, faraonica grandezza. Possenti edifici di granito e di marmo, molti coi tetti dai tegoli color oro, sorretti da gigantesche colonne, si levano perentori nella piana. Le piazze son vaste, lastricate a pietre e punteggiate da fontane che zampillano bianche nell'aria. Le strade son larghe e fiancheggiate da due, a volte tre, quattro filari di possenti querce. File di pioppi costeggiano i canali fragorosi d'acqua. Dovunque sembran crescere dei fiori. Autobotti gialle strisciano lungo i marciapiedi a innaffiare l'asfalto.

Esco a correre. Per metà mi do la collina con, in cima, la torre della televisione che domina la città. La gente che vedo alle fermate degli autobus è meglio vestita di quella che ho visto finora in Siberia. Il cibo nei negozi di alimentari che stanno aprendo mi pare abbondante. Solo la vodka, lo zucchero e il sapone – ho letto in un recente ritaglio di giornale – anche qui sono ancora tesserati. In nessun modo qui mi sento assalito dallo squallore solito delle altre città sovietiche e l'impressione è davvero di essere arrivato in un altro paese. Tutto quel che vedo mi fa piuttosto pensare a Pyeongyang, la assurdamente grandiosa, pomposa, moderna capitale della comunistissima Corea del Nord.

Là l'ostentazione di ricchezza è intesa a coprire la miseria del resto del paese, a sanare il complesso di inferiorità che il Nord ha per i successi economici del Sud e a dare un fondamento di legittimità alla dittatura di Kim Il Sung che ora vuole avere come successore suo figlio e così fondare la prima dinastia rossa della storia. Ma qui?

Con me, verso la vetta della collina corrono decine di giovani, di uomini e donne di mezza età, tutti in colorate tute da ginnastica. Dall'alto il carattere faraonico della città è ancora più appariscente. Tutta l'architettura ha un che di mastodontico, di inutilmente appariscente. Mi vien da pensare che dietro questa pretesa di grandezza c'è il tentativo dei russi, impiantatisi qui piuttosto di recente, di soddisfare il sentimento nazionale dei kazakhi, gli abitanti originari, di renderli orgogliosi d'una repubblica che, pur portando il loro nome, in verità non è più loro.

Il Kazakhstan, letteralmente « la terra dei kazakhi », è, dopo la Russia, la repubblica più grande dell'Unione Sovietica: 2,7 milioni di chilometri quadrati. È anche quella più ricca e con ciò una delle poche che – se volesse – avrebbe il potenziale per diventare uno Stato a sé, completamente indipendente. Il problema è che i kazakhi sono ormai una minoranza a casa loro. L'intera popolazione del Kazakhstan è di 16 milioni. Di questi i kazakhi sono appena 7 milioni. Altri 7 milioni sono i russi, gli ucraini e i bielorussi. Gli altri 2 milioni sono un misto di varie altre razze.

I kazakhi sono un vecchio popolo mongolo, convertito all'Islam attorno al IX secolo. Originariamente erano pastori nomadi. La loro lingua è molto simile al turco. Guidati da un nipote di Gengis Khan, i kazakhi si stabilirono nell'attuale Kazakhstan attorno al 1300. Alcuni russi cominciarono ad arrivarci duecentocinquant'anni fa, ma la grande immigrazione russa in questa regione è del nostro secolo.

Il rapporto fra questi due popoli, nonostante i settant'anni di politica socialista e di pudori marxisti-leninisti, resta sostanzialmente quello fra colonizzati e colonizzatori. I tentativi di mascherare questo fatto – se non altro anche ideologicamente inaccettabile – sono stati vari. Alcuni sono apparenti, e me ne rendo conto perdendomi sulla via del ritorno verso l'albergo. Il centro della città è punteggiato da bei, pretenziosi monumenti a ignoti sapienti e poeti locali ai quali vengono dedicate statue grandi come quelle di Lenin. È ovvio in tutto questo lo sforzo di chi, avendo il potere, ha cercato di nascondere, con la retorica delle forme («Gli eroi siete voi, kazakhi»), la realtà della sostanza («I padroni siamo noi, russi»).

Puntualissimo, ben rasato, camicia di seta venuta da Hong Kong, pantaloni larghi alla moda, alle nove arriva Sergej. Sergej, incaricato dalla moglie di organizzare la mia visita qui, ha preso il suo compito serissimamente e, per prima cosa, ha organizzato una enorme colazione con vari tipi di salami, formaggi e una bottiglia di champagne. Gli spiego che preferirei solo un caffè, ma lui insiste: «Giornalista. Giornalista internazionale. Champagne, champagne!» Il suo inglese è elementare, ma divertentissimo. Sergej ha un vocabolario estremamente limitato, ma con quello riesce a dire tutto quel che vuole. Lo dice nella maniera più semplice, ma con ciò anche la più chiara. «Comunismo? Comunismo?» ripete. «Finito. Finito. Ora? Dollari... Dollari», e con quel suo stranissimo accento allunga così tanto la «o» e la «a» come volesse con ciò aumentare il valore di quella sua agonizzatissima moneta.

Nonostante tutto, la sua educazione è comunista e Sergej si preoccupa di stabilire un programma preciso, di fare la lista delle persone che voglio vedere, così da organizzare – alla maniera comunista – ogni ora delle mie giornate. Io invece preferisco lasciarmi andare un po' al caso, sentire il polso della città, incontrare gente normale piuttosto che quella della *nomenklatura*. Per dargli soddisfazione gli chiedo un'intervista col presidente della repubblica, Nursultan Nazarbaev, l'uomo forte di qui, quello cui Gorbacëv aveva anche offerto di diventare vicepresidente dell'URSS (lui ha rifiutato), ma in cuor mio spero che sia occupatissimo e che ci dica di no. Non è certo parlando con lui che capirò come stanno le cose in questo posto. A forza di fare questo mestiere sono arrivato alla conclusione che, a parte la necessità giornalistica di avere dai « potenti » la versione ufficiale della storia, è di solito dai loro impotenti cittadini, spesso dai loro oppositori o nemici, che viene il maggiore aiuto alla comprensione.

Dico a Sergej che voglio assolutamente visitare il Museo di Storia. Lui insiste perché incontri il « primo banchiere privato di Alma Ata », un uomo di cui Sergej parla come del suo migliore amico, e di cui dice con ammirazione che « ha un suo telex personale e ha installato il primo fax della città ». « Dooollaari... dooollaari », ripete Sergej, parlando di lui.

Verso la fine della colazione arriva Elena, una donna sui quarant'anni che Sergej, non fidandosi del proprio inglese, ha assunto come interprete. Lavora in un'azienda di telecomunicazioni, il suo capo è in viaggio e questo le permette di lavorare alcuni giorni per me.

Cominciamo col museo. Sergej si scusa di non avere la macchina. Ogni sera, per sicurezza, parcheggiava l'auto della *Komsomolskaya Pravda* nel garage del Comitato Centrale del Partito Comunista, ma ora che il partito è stato dichiarato illegale e che tutte le sue proprietà sono state confiscate, anche quella è finita in mano ai funzionari della municipalità e Sergej ha problemi a farsela ridare.

Per molti anni il museo di Alma Ata era nella vecchia cattedrale della città; poi, nel 1983, gli fu costruita una sede sua: un edifico imponente con enormi spazi vuoti e una hall enorme piena di luce. Con noi entrano gruppi di bambini con i fazzoletti rossi al collo e distintivi con falce e martello appuntati sul petto delle camicie bianche. «Pionieri comunisti!» dice Sergej facendo una smorfia di disgusto, come fossero degli appestati. In verità è strano pensare che il comunismo è morto e che questi bambini continuano ad andare in giro, ovviamente senza saperlo, portandone addosso ancora in vecchi simboli.

Il museo è interessantissimo. Come tutti i musei che ho finora visto nell'Unione Sovietica, da quello del forte di Albazino a quello di Nikolajevsk sulla foce dell'Amur, anche questo si presenta con una sua suadente accoglienza. La storia, raccontata sostanzialmente per aneddoti ed evocantissimi *tableaux vivants*, è convincente, rassicurante. Il messaggio di questo museo, con le sue foto di zar e generali russi, di condottieri kazakhi, con i suoi esempi di tappeti e ceramiche, è semplice: il Kazakhstan è una terra antica («la città di Otrar, distrutta dai mongoli nel 1219, aveva una biblioteca con oltre centomila volumi, seconda solo a quella di Alessandria», dice il vecchio kazakho che ci fa da guida); l'annessione di questa terra da parte della Russia avvenne su esplicita richiesta delle popolazioni locali.

Il primo punto è vero, il secondo ovviamente no, ma è in questa versione che la storia viene ora raccontata.

«Nel 1731 i kazakhi chiesero allo zar di venire a proteggerli contro le continue invasioni delle tribù dzungarie», continua il vecchio. «E così, in due riprese, la Russia si annesse il Kazakhstan». Io ascolto, aspetto la traduzione e prendo appunti sul mio taccuino. Il vecchio mi fissa negli occhi e improvvisamente, con un gran sorriso, aggiunge: «Finora questa annessione è sempre stata definita pacifica, ma ora abbiamo scoperto i documenti che provano il contrario e presto, prestissimo, li tireremo fuori e li pubblicheremo». Mi guarda come per accertarsi che l'abbia capito bene.

Il viaggio attraverso la storia, raccontata secondo il copione ufficiale che la guida conosce a memoria, continua, e presto si arriva a quella contemporanea.

«All'inizio di questo secolo lo zar incominciò a mandare qui sempre più gente russa e questo ebbe l'effetto di portare progresso e modernità nella nostra terra», dice il vecchio kazakho a voce alta. I giovani pionieri, col fazzoletto rosso al collo, ci seguono e stanno anche loro a sentire. «Furono i russi a sviluppare l'agricoltura del Kazakhstan e a portare qui le prime macchine», dice indicando la riproduzione in dimensioni naturali dell'interno di una vecchia casa di contadini russi e uno strano assortimento di oggetti, simboli di modernità: un grammofono, una macchina per cucire, una pompa per l'acqua. Poi mi prende sottobraccio, con l'altra mano tira a sé Elena per esser sicuro che io non mi perda la traduzione e aggiunge: « Altro che modernizzazione! Quella russa è stata una vera e propria colonizzazione e questo museo presto dovrà essere tutto riorganizzato! »

Non sarà la prima volta. Già quando il museo dovette traslocare dalla cattedrale a questa sede, vari documenti prima esposti vennero allora fatti sparire e sostituiti con altri. È andata sempre così e il vecchio kazakho, che fa la guida dal 1969, ha già dovuto impararsi varie successive versioni della stessa storia. Credo che alla fine sarà difficilissimo venire a capo di come sono davvero andate le cose e sapere quali, fra i documenti esposti e nascosti, sono quelli autentici e quali quelli falsi. Il riscrivere la storia di ieri fa parte della storia di oggi.

Usciamo per andare a fare un giro in città. « Questa è piazza Lenin? » chiedo a Elena, immaginando che anche qui, come altrove, la grande spianata, ovviamente fatta per le parate, i comizi, le celebrazioni del regime, sia dedicata al Padre della Rivoluzione. Ma anche questa ha cambiato vari nomi in pochi anni. Aveva incominciato con l'essere la piazza della Rivoluzione. Poi, dopo che Brežnev era stato segretario del partito del Kazakhstan, la piazza fu dedicata a lui. Quando Brežnev passò di moda, la piazza diventò semplicemente piazza Nuova. Ora è appena stata ribattezzata piazza della Repubblica. Forse è perché è complicato tener dietro a questi mutamenti che nelle librerie della città è praticamente impossibile trovare, a parte le tipiche *brochures* socialiste con le foto a colori di gente sorridente, di mele mature e i grafici sull'aumento della produzione, una semplice cartina di Alma Ata o un libro sulla sua storia.

Nelle librerie tutte le venditrici sono russe. Alla posta tutte le impiegate son russe. Tutti i guidatori di autobus e di taxi sembrano essere russi. Per le strade di Alma Ata la stragrande maggioranza della gente che vedo passare è russa. E i kazakhi dove sono? chiedo a Sergej.

« Loro amano le uniformi », risponde e mi indica i due poliziotti che marciano avanti e indietro davanti a quella che era la sede del Comitato Centrale del Partito. Ha ragione. Improvvisamente mi rendo conto che fra i poliziotti che passano in motocicletta, quelli fermi agli angoli delle strade, quelli stazionanti fuori del mio albergo e davanti agli edifici pubblici, non ci sono praticamente che kazakhi. Secondo le statistiche ufficiali, ad Alma Ata i kazakhi sono il 25 per cento della popolazione, eppure guardandosi attorno si ha l'impressione che siano molti di meno e che quei pochi siano davvero tutti in uniforme.

« Loro stupidi », dice Sergej. « Per loro difficile essere ingegneri, uomini d'affari. Solo poliziotti. KGB no. KGB solo russi. »

L'atteggiamento di Sergej verso i kazakhi è quello tipico di un membro di un gruppo sociale o razziale predominante verso i membri degli altri gruppi. La realtà gli dà ragione. Quel che gli sfugge è che quella realtà è, fra l'altro, anche il risultato della repressione da parte del suo gruppo. È vero che i kazakhi nascono nomadi, che tradizionalmente preferiscono la vita nelle campagne e che, una volta costretti a venire nelle città, possono far poco di più che i poliziotti, contenti di una uniforme e d'una pistola al fianco, simbolo di un qualche potere. Quel che è altrettanto vero è che la stragrande maggioranza degli investimenti di Mosca va nelle città dove abitano soprattutto i russi e che la popolazione delle campagne, fatta quasi esclusivamente di kazakhi, resta povera, arretrata e generalmente meno istruita dei russi. Per un giovane kazakho diventare ingegnere o medico è davvero più difficile che per un russo, ma Sergej può permettersi di dire: « Kazakhi amano campagna, essere cow-boy, e mangiare sempre carne, carne, carne. Poi, quando vengono in città, vogliono essere capi ».

Passo il pomeriggio ad annoiarmi nei palazzi faraonici del potere, pieni di colonne e di stucchi, con dei funzionari dell'ex televisione di Stato – cioè del partito – che ora, per ordine dello stesso, stanno smembrando la vecchia struttura e convertendola in vari canali privati.

« Vogliamo fare dei programmi per le famiglie, programmi commerciali. Molto spettacolo e poca politica », mi dice uno dei direttori. Certo che la televisione di Stato non era ideale, ma l'ideale di questa che ora sta prendendo il suo posto non è neppure molto edificante. Qui, come altrove, il rigetto della « politica » sembra la reazione principale della gente. « Politica » è ormai una parola che sta a indicare qualcosa di negativo, di sporco, di antiquato, mentre tutto ciò che non è « politica » è buono, giusto, moderno, nuovo, desiderabile.

« Qui non ci sono ritratti di Lenin », annuncia Ustinov, il « primo banchiere privato di Alma Ata » e grande amico di Sergej, facendomi entrare nel suo ufficio. « L'unica cosa che voglio mettere in cornice è questa », dice, tirando fuori da un cassetto della scrivania il biglietto verde di un dollaro americano. « È il primo che ho fatto! »

Ustinov è il simbolo del nuovo russo di successo. Più che un banchiere sembra un sarto alla moda: abbronzato, camicia di seta verde, aperta al collo, giacca e pantaloni di Hugo Boss, comprati durante un viaggio d'affari in Germania, fazzoletto rosso al taschino. Racconta di aver fatto il suo primo dollaro e una manciata di altri producendo *Satana*, un film girato due anni fa il cui tema era profetico: raccontava la storia di un *putsch* militare nell'Unione Sovietica. Ustinov è riuscito a vendere il film all'estero e quindi a incassare dei pregiatissimi « dooooollaaaari ». Con quelli ha messo su una fabbrica di diamanti sintetici che ora vende in tutto il mondo, incassando sempre più dollari.

« Per avere valuta bisogna esportare. Il problema è tutto lì », spiega Ustinov. Secondo lui, un dollaro investito oggi in una fabbrica di utensili, per esempio, frutta un dollaro all'anno purché i prodotti possano essere venduti all'estero. Il vero segreto del successo di Ustinov sta nell'aver capito che le varie aziende di Stato del Kazakhstan avevano a loro disposizione enormi capitali che non sapevano come utilizzare. Ustinov, sfruttando le sue conoscenze, ha avuto accesso a quei soldi, con quelli ha avviato « la banca » e ha finanziato le proprie attività. Ai suoi investitori Ustinov il primo anno ha pagato un interesse del 19 per cento, quest'anno ne pagherà uno del 30 per cento.

Secondo Ustinov, il Kazakhstan, con le sue enormi risorse naturali (soprattutto di rame, petrolio, carbone) e la sua agricoltura (già durante la seconda guerra mondiale questa repubblica tenne in vita il resto del paese con le sue consegne di carne e di pane), è oggi una delle regioni più stabili dell'Unione Sovietica: il movimento radicale separatista è praticamente inesistente e la *leadership* della repubblica è fermamente nelle mani di un gruppo dirigente noto soprattutto per la sua moderazione. La stragrande maggioranza della gente qui vuole tenere il Kazakhstan legato all'Unione (nel recente referendum il 90 per cento della popolazione ha votato a favore) e un generale desiderio di continuità sembra dominare la scena politica. Nonostante alcuni mutamenti di superficie, il *putsch* e il suo fallimento non hanno provocato qui alcun cambiamento.

Subito dopo il ritorno di Gorbacëv a Mosca, l'uomo forte del Kazakhstan, il presidente Nazarbaev, ha dato le dimissioni da segretario del partito, ha chiuso le sedi comuniste e ha ordinato che venissero confiscate le proprietà, ma è rimasto presidente della repubblica. Allo stesso modo in Parlamento sono rimasti al loro posto i deputati: il 70 per cento eletti nelle liste comuniste. Il potere non è dunque passato di mano. Prima lo detenevano quelli che si dicevano comunisti. Ora non si chiamano più così, ma son sempre loro. Come se avesse voluto rassicurare tutti che qui non c'è stato e non ci sarà alcun cambio della guardia, Nazarbaev ha giusto nominato come ministro dell'Informazione del suo governo il vecchio capo dell'ideologia del partito.

Nazarbaev è l'eroe di Ustinov. « Ci siamo potuti muovere e fare i primi passi perché eravamo sotto la sua protezione », dice. « È stato lui a far approvare la prima legge che garantisce la libertà del *business*. E questa è l'unica cosa che conta: la libertà di fare affari. » Nazarbaev è una figura popolarissima. I kazakhi lo vedono come una espressione del loro orgoglio nazionale (Nazarbaev ha rimesso il Kazakhstan sulla carta del mondo); i russi lo vedono come il solo dirigente capace di tenere a bada i kazakhi più radicali, come la sola garanzia contro l'esplosione qui di quel conflitto razziale che sembra invece così inevitabile nelle altre repubbliche.

« Macché conflitto razziale! Questa repubblica è ricca e c'è da lavorare e da mangiare per tutti », dice Ustinov che, non a caso, è voluto andare a mettere la sede della sua banca, dallo strano nome, Technopolice, in quella che sino a due settimane fa è stata la Scuola del Partito, uno dei faraonici edifici in cemento e marmo nel centro della città. Per ora la banca non occupa che alcune stanze nello scantinato, ma Ustinov conta di avere presto tutto l'edificio per sé e di sancire così anche simbolicamente quel che lui chiama « il cambio della guardia: dal comunismo al capitalismo ».

Le sue aspettative non sono forse esagerate. L'inefficienza del regime passato fa ora di personaggi come Ustinov i veri nuovi potenti del paese; la gente come Sergej li vede già come i *guru* di una nuova religione. « Grande uomo! Grande uomo, non è vero? » mi chiede, quando usciamo, orgoglioso di avermelo presentato.

Sergej mi piace. Ho una naturale simpatia per lui. Penso a come è cresciuto, alle cose che ha dovuto imparare, ai valori che gli sono stati messi in testa e a come ora, alla svelta, deve buttare tutto alle ortiche, riconvertirsi, crearsi un nuovo ruolo, ascoltare nuovi maestri, imparare nuove maniere e nuovi pensieri. Lui sembra adattarcisi benissimo e mi diverte vederlo con la sua borsetta di cuoio sotto il braccio, il suo blocco degli appunti e il pacchetto delle Marlboro sempre a portata di mano. « Sigarette sovietiche? Merda! » ripete. Ogni volta che vede un telefono corre a controllare se funziona, per chiamare chi sa chi, per restare in contatto, per non perdere l'occasione di un affare. « Comunismo finito! Finito, vero? » mi chiede, come volesse essere rassicurato che non corre pericoli e non sta sbagliando tutto.

L'incontro con Ustinov invece mi lascia perplesso. Trovo che nel suo ottimismo senza ombre c'è quel tocco di falso tipico delle *brochures* turistiche, e chiedo a Sergei se non possiamo incontrare un intellettuale, uno che abbia dubbi, uno che sul futuro si ponga qualche problema.

Sergei fa una serie di telefonate, si consulta con la moglie che è ancora in ufficio alla *Komsomolskaya Pravda* e alla fine mi trova esattamente l'interlocutore di cui avevo bisogno: Grigorij Bregin, cinquantasei anni, ebreo, ex regista della televisione di Stato, ora giornalista indipendente. Dalla cantina di un vecchio palazzo, da appena un mese e mezzo produce *Karavan*, un settimanale democratico che già vende sulle 50.000 copie.

Piccolo, grasso, calvo, molto sveglio, Grigorij è felicissimo di parlare. Non ha reticenze. La sua storia personale è di per sé un interessante riassunto dei problemi di una generazione di russi emigrati in questa repubblica. Grigorij nasce e va a scuola a Mosca. Il Partito Comunista è l'unico veicolo di promozione sociale, ma essendo ebreo ha enormi difficoltà a entrarci. Dopo vari tentativi ci riesce, ma non fa molta carriera. Durante il servizio militare viene mandato nel Kazakhstan. Qui incontra la figlia di altri emigranti russi, si sposa e per trentadue anni vive ad Alma Ata e lavora come giornalista. Poi un giorno di tre anni fa, il segretario del partito lo chiama, gli spiega che alla televisione di Stato i russi sono molto più numerosi dei kazakhi e che, per evitare conflitti, lui deve cedere il suo posto di produttore a un collega kazakho. Grigorij risponde dando le dimissioni sia dal partito sia dalla televisione.

« Per anni son vissuto nel Kazakhstan tranquillamente, ma da allora mi ci sento sempre più a disagio. Ho qui i miei figli, i miei nipoti. Le mie radici qui sono profonde, ma ormai sono come un albero che ha paura del vento », dice.

Elena traduce. A sentirlo parlare, lei stessa, russa, si commuove e vuol raccontare la propria esperienza. « Nessuno osa dirlo apertamente, ma questo è quel che noi russi proviamo! Io sono nata qui; i miei genitori sono sepolti qui, ma questa non è più casa mia. »

La situazione di Elena e Grigorij è simile a quella di milioni e milioni di altre persone andate nel corso degli anni a vivere da una parte all'altra dell'Unione Sovietica che ora va a pezzi. Molti sono emigrati volontariamente, altri vi sono stati costretti. Nel Kazakhstan i più vennero da vittime, mandati a lavorare come prigionieri del GULAG, deportati da altre parti del continente perché sospettati di un qualche tradimento antisocialista. Nel corso degli anni '30 tutti i coreani e tutti i cinesi che vivevano nella Siberia Orientale furono, per ordine di Stalin, strappati alle loro case e spediti a occidente, soprattutto qui, nel Kazakhstan.

Una delle tante ragioni per la scelta di questa destinazione era che nel 1932 la politica agricola di Stalin aveva provocato nel Kazakhstan una spaventosa carestia e che più di metà della popolazione era stata spazzata via. Ancora nel 1930 i kazakhi erano 8 milioni, nel 1933 erano ridotti a poco più di 3. Gli altri erano stati sacrificati sull'altare della collettivizzazione.

Era stata questa una cinica manovra di Stalin per indebolire o addirittura eliminare questo popolo e togliergli il controllo di una delle terre più fertili dell'URSS? Alcuni kazakhi ne sono assolutamente convinti. Certo è che con Stalin il Kazakhstan divenne la dimora forzata di varie altre popolazioni estranee a questa repubblica e che i kazakhi si ritrovarono a essere una minoranza a casa loro. Poco prima dello scoppio della seconda guerra mondiale, migliaia di polacchi e di turchi vennero deportati in Kazakhstan. Lo stesso successe a tutti i tedeschi che vivevano nelle regioni del Volga.

A parte i cinesi, che Mao si fece « restituire » da Stalin nel 1950, tutti gli altri « emigrati » sono ancora qui e tutti hanno ora la stessa, nuova, inquietante sensazione di non essere più benvenuti, di essere di troppo, come ospiti trattenutisi più del dovuto e la cui presenza comincia a puzzare.

Da quando è così? Da quando è cambiata la situazione? Tutti sono d'accordo che la svolta si ebbe nel dicembre 1986, quando il Partito Comunista del Kazakhstan nominò, dopo una serie di segretari generali russi, fra cui appunto Brežnev, di nuovo un russo come suo capo. Bande di giovani kazakhi scesero allora per le strade a protestare. Ci furono scontri con la polizia. Ci furono vittime. « Da allora la nostra vita non è più quella di prima », dice Elena.

Le manifestazioni del nazionalismo kazakho sono aumentate e si sono da allora fatte più esplicite. La lingua kazakha s'impone sempre di più come lingua ufficiale, mentre vari posti nell'amministrazione locale vengono tolti ai russi e dati ai kazakhi. Quando recentemente una società commerciale pubblicò la lista dei suoi direttori – tutti russi – qualcuno telefonò per « consigliare » l'aggiunta di almeno un nome kazakho. « I kazakhi non hanno più paura a dir quel che pensano », dice Grigorij « E lo dicono con la voce sempre più alta. »

Secondo Grigorij, a parte il revanscismo kazakho, ci sono varie altre incognite nel futuro di questa regione. Una è la questione delle frontiere. Nel nord del Kazakhstan, per esempio, c'è una regione in cui quasi tutti gli abitanti sono russi e questi hanno già chiesto di staccarsi, con le loro terre, e di far parte della Russia. Eltsin stesso ha alluso all'esistenza di questi « problemi irrisolti ».

« Problemi di confine sono sempre problemi di sangue »,

dice Grigorij. «Non escludo affatto che un giorno qualcuno cerchi di risolverli con una guerra.»

La preoccupazione più immediata dei russi è quella della lingua. Nessuno di loro ha mai seriamente pensato a imparare il kazakho e ora, anche se volessero farlo studiare ai loro figli, la cosa non sarebbe facile. Una settimana fa, per esempio, si sono riaperte le scuole e negli asili di tutto il Kazakhstan sono stati introdotti corsi speciali di lingua kazakha; i bambini russi però vengono esclusi.

«Ho provato a mandarci mia figlia, ma l'hanno trattata come una spia», dice Elena che ha dovuto ricorrere a una insegnante privata. «Se vogliamo restare qui non ci resta che imparare la lingua.»

Molti russi invece pensano già ad andarsene. Sono convinti che il governo locale ha segretamente varato una politica di «kazakhizzazione» della repubblica e che alla lunga qui non ci sarà più posto per loro. Una delle voci che corrono è che, da alcune settimane, ogni richiesta di immigrazione da parte di russi viene rifiutata dalle autorità di Alma Ata, mentre invece starebbe per essere lanciata una campagna per far ritornare in patria le migliaia di kazakhi emigrati all'estero, offrendo loro varie facilitazioni finanziarie. Dieci giorni fa, nel corso di una manifestazione di giovani kazakhi per le strade di questa città sono comparsi per la prima volta dei cartelli con la scritta: «Russi, tornate a casa vostra!» Grigorij dice che quei giovani appartengono a un movimento nazionalista chiamato «Azat».

«Voglio incontrare uno dei suoi dirigenti», dico a Sergej. L'idea lo disgusta e cerca di dissuadermi. Dice che quella è gente che non conta niente, che sono solo dei matti e che comunque non saprebbe neppure dove andarli a cercare. Insisto, e dopo una serie di telefonate Sergej torna, pur contrariato, con la notizia: l'appuntamento coi «matti» di Azat è per domani mattina.

Alma Ata, 5 settembre

«Il Kazakhstan è stato usato come la pattumiera dell'Unione Sovietica. Mosca ci ha mandato tutta la sua spazzatura, quella umana e quella nucleare. Se oggi siamo una minoranza non è certo perché le nostre donne fanno meno figli delle russe. » Michail Isimalev, sessantatré anni, uno dei vicepresidenti del movimento nazionalista kazakho, Azat, non si fa pregare a spiegare le ragioni che hanno spinto lui e altri intellettuali kazakhi a mettersi alla testa di questo gruppo.

Azat ha la sua sede in un piccolo ufficio nel palazzo del ministero della Pesca, in via Kirov. Su una parete c'è il simbolo del movimento – una stella gialla a otto punte in campo celeste chiaro –, su un'altra ci sono i ritratti di vari eroi kazakhi del passato, tutti capi di rivolte antiruse, e la foto in bianco e nero di un giovane che sarebbe stato ucciso dalla polizia nei famosi scontri del dicembre 1986.

Secondo Isimalev, il processo di russificazione del Kazakhstan è stato deliberato e micidiale. Secondo lui Mosca, con gli zar prima e col Partito Comunista poi, ha sempre perseguito la stessa politica: quella di togliere questa terra al controllo dei suoi abitanti originari. Lo ha fatto da un lato riducendo il loro numero: per Isimalev la carestia del 1932 fu voluta; dall'altro russificando i sopravvissuti. « Guardi il mio nome », dice. « La famiglia si chiamava ovviamente Ismail, ma i russi ci fecero diventare Isimalev. Quanto a Michail, fu così che quando nacqui mio padre cercò di darmi un nome arabo, ma era analfabeta e non si rese conto che il funzionario del villaggio, un russo ovviamente, non gli dette retta e mi iscrissse nei registri con un nome russo. »

Azat è una parola kazakha. Significa libertà. Il movimento è nato solo quattordici mesi fa, ma ha già sedi in 16 delle 19 regioni della repubblica, ha già alcune centinaia di migliaia di membri e produce un settimanale che vende sulle 40.000 copie. Il programma politico del gruppo è di battersi per la completa indipendenza del Kazakhstan (« la repubblica deve aver un suo esercito, un suo KGB; le armi nucleari però debbono per il momento restare sotto il controllo di Mosca »); per la protezione delle frontiere, la proibizione di tutte le armi nucleari sul suo territorio, per liberi scambi economici con l'estero.

Quanto alla questione delle nazionalità, Azat vuole che il Parlamento del Kazakhstan adotti una legge che impedisca l'immigrazione da altre repubbliche. « Non siamo contro nessuno, ma noi kazakhi, nella nostra terra, rappresentiamo solo il 40 per cento della popolazione e questo deve cambiare. È stata la politica di Mosca a ridurci a una minoranza. Ora si tratta di rovesciare quella politica. In passato della gente inutile, buona a nulla, veniva mandata qui solo perché era russa. Il risultato è che la nostra gioventù ha perso la propria identità, ha dimenticato la propria cultura e non conosce più la propria storia. I nostri figli sanno tutto sugli eroi occidentali e sugli zar russi, ma non sanno niente di Oblai Khan che due secoli fa guidò una grande rivolta kazakha contro i russi. »

Isimalev ha ragione. In tutta Alma Ata non c'è una sola statua di Oblai Khan e tutti i personaggi kazakhi cui sono dedicati i grandi monumenti della città sono praticamente stati – diciamo così – dei « collaborazionisti ». La più bella statua nel centro, per esempio, è dedicata ad Abai Kunabaev, un poeta kazakho dell'inizio del secolo, famoso soprattutto per aver convinto i suoi connazionali a russificarsi come mezzo per diventare moderni.

« Se noi kazakhi non vogliamo finire nel libro rosso delle razze in via di estinzione, dobbiano darci da fare. La legge che fa della nostra la lingua ufficiale esiste, ma deve essere applicata. Questa è terra kazakha e chi viene qui deve rispettare le nostre tradizioni », dice Isimalev.

Adattandomi alla situazione mi faccio insegnare la mia prima parola di kazakho: *Rachmad*, grazie.

Elena esce da questo incontro piuttosto scossa: « Non fosse perché son venuta da interprete, non avrei incontrato persone come quelle. Eppure esistono! » Sergej, invece, insiste a dire che non contano nulla, e che solo quelli come il suo amico Ustinov alla fine vinceranno.

È ovvio che quello razziale sarà uno dei principali problemi che questa repubblica dovrà affrontare. Per ora è ancora allo stato latente. Le *élites* politiche, sia quella kazakha sia quella russa, sembrano per ora determinate a che rimanga tale. Al vertice, fra kazakhi e russi sembra esserci un'intesa a procedere assieme e a non provocare rotture che alla fine sarebbero costose per entrambe le comunità. Per le *élites* un'intesa è abbastanza naturale. Hanno studiato nelle stesse università, hanno vissuto secondo la stessa logica del potere, si intendono nella stessa lingua – il russo – nella quale, gli uni come gli altri, hanno studiato le scienze, l'ingegneria e il socialismo. Il problema si pone invece per quelli della base sot-

Lo scrittore kazakho Tahavi Ahtanov

to di loro, per i russi meno sofisticati, come Sergej e i kazakhi incolti, che sono poi la maggioranza. Tutto dipenderà dal
modo in cui gli interessi degli uni verranno conciliati con gli
interessi degli altri, e da come la grossa torta della ricchezza,
per ora comune, verrà spartita.

Stanno arrivando in città i delegati al Congresso del Partito Comunista, di cui si sa già che si concluderà con un suici-
dio-rinascita. Il partito cambierà nome per restare quello che
è, e soprattutto per restare al potere. Fra i vari delegati ci sono alcuni noti intellettuali kazakhi e chiedo a Sergej di organizzarmi un incontro con Tahavi Ahtanov, l'autore di *Buran*,
un romanzo che negli anni '60 ebbe un notevole successo,
anche all'estero.

Ci incontriamo in albergo. Ahtanov ha sessantasette anni,
i capelli bianchi, lunghi, un corpo forte e un aspetto da grande saggio. Come molti della sua età, Ahtanov si trova ora a
dover rimettere in discussione tutta la sua vita e molte delle
cose in cui ha creduto. Nonostante questo, non sembra affatto un uomo in crisi. Al contrario.

« Negli ultimi decenni la semplice parola nazionalismo era tabù, era impossibile perfino sussurrarla. Ora la si può urlare e questo fa un gran bene ai polmoni », dice. Ahtanov divenne membro del Partito Comunista nel 1943. L'anno scorso ha dato le dimissioni. « Essere uno scrittore kazakho non era facile. A volte, anzi, era penosissimo perché il mio compito era di scrivere della propaganda socialista di cui sapevo che era intesa a distruggerci come kazakhi, come popolo a sé. »

Nel suo romanzo *Buran*, uscito nel 1965, Ahtanov cercò di affrontare il problema dell'alienazione kazakha. *Buran* (Un vento carico di neve) è la storia di un soldato kazakho che, nel corso della seconda guerra mondiale, viene fatto prigioniero dai tedeschi e portato in Germania dove soffre terribilmente la lontananza da casa. Rilasciato alla fine della guerra, torna nel Kazakhstan, ma presto scopre che qui è ancor più solo e disperato perché, essendosi arreso al nemico, viene considerato un traditore; essendo vissuto in Germania, viene sospettato di essere una spia, sicché la sua vita finisce per essere ancor peggio di quella di altri suoi compatrioti finiti nel frattempo nel GULAG.

La posizione di Ahtanov è oggi più o meno quella di Azat. « Per duecento anni siamo stati vittime della repressione russa. Prima ci hanno preso le nostre terre, poi hanno cercato di prenderci la nostra identità », dice. Ancora all'inizio del secolo c'era una *intellighenzia* kazakha, ma i bolscevichi fecero di tutto per eliminarla. Secondo Ahtanov il sistema sovietico è stato molto più efficiente di quello imperiale nel soggiogare le minoranze. Anche lui è convinto che la carestia del '32 fu volutamente provocata da Stalin e che la politica di sviluppo di Mosca nel Kazakhstan ha giovato solo alla popolazione russa. « Il paese è ricco, ma la nostra gente è ancora povera. Perché? »

Ahtanov racconta che fin dai tempi in cui lo zar cominciò a distribuire i migliori campi del Kazakhstan ai suoi soldati perché venissero a installarsi qui, i kazakhi si ribellarono e che le rivolte antirusse cessarono solo con la seconda guerra mondiale. « La repressione staliniana è stata efficientissima e ha avuto la meglio su ogni tipo di opposizione. È ovvio che ora il movimento antisocialista coincide da noi con il movimento nazionalista », dice.

Se mai i nazionalisti di Azat avessero la meglio, sarebbe

possibile per il Kazakhstan rompere tutti i suoi rapporti con la Russia? chiedo. Ahtanov pensa di no. Pensa che un taglio netto sia impossibile, ma teme molto per il futuro perché non esclude affatto che la ridefinizione del rapporto fra russi e kazakhi possa passare attraverso episodi di grande violenza.

« E l'Islam? » gli chiedo.

« La religione non ha alcun ruolo nella formazione della identità kazakha », risponde e sembra convintissimo.

Accompagno Ahtanov all'ingresso dell'albergo. Elena, che ha tradotto ininterrottamente per ore, torna a casa a occuparsi della figlia. Sergej e io andiamo a fare due passi. Sento che Sergej vuol parlarmi di qualcosa e che cerca le parole per farlo. Finalmente attacca: conosco degli uomini d'affari italiani? Be', sì, forse, ma perché? Ebbene, lui da due anni sta lavorando a un progetto straordinario per il quale cerca dei *partners* commerciali. Meglio se sono nell'industria cosmetica. Industria cosmetica? Che progetto, Sergej? La faccia gli si illumina di un sorriso compiaciuto.

« Placenta! »

« Placenta? » chiedo io.

Sergej scambia il mio sbigottimento per stupore circa le sue abilità.

« Sì. Io posso esportare placenta... Placenta, capisci? »

« Sì, capisco » e penso agli allevamenti di vacche di questi « kazakhi-cow-boy », come li chiama Sergej. « Placenta di vacche? » chiedo ancora.

« No, no », risponde Sergei, ora scandalizzato. « Placenta di donne! »

Sergej racconta di aver lavorato per un po' di tempo in alcuni ospedali del Kazakhstan – si occupava dei casi di paralisi cerebrale provocata dall'inquinamento nucleare – e di aver fatto lì una grande scoperta: dopo ogni parto, le placente... plaff! – e accompagna questa parola con una smorfia di disgusto –, vengono buttate via! Buttate via, quando un chilo di placenta può valere 20 dollari! E ripete questa parola « dollari » in cui la « o » e la « a » si allungano ora più che mai.

Sergej dice di aver già studiato il sistema per andare a fare incetta di placente e di aver già trovato le celle frigorifere per conservarle. Gli ci vuole solo qualcuno all'estero che sia interessato a investire nell'impresa e a comprare queste placente di donne kazakhe da mettere nelle creme di bellezza per le donne europee.

Sergej non ha tutti i torti a cercare una strada per entrare nel mondo del *business*. Il Kazakhstan si sta aprendo, la possibilità di grandi affari è nell'aria e lui non vuol essere lasciato fuori. La corsa per mettere le mani sulle ricchezze, presto libere, di questa repubblica è già cominciata.

Nella hall dell'Hotel Kazakhstan dove sono alloggiato, tra la folla dei funzionari del partito affluiti qui per l'ultimo Congresso, si notano già gli esploratori del grande *business* mondiale. Nel giro di poche ore incontro un americano venuto a vendere macchinari per delle segherie di legno, un altro interessato all'industria petrolifera, e un giapponese della più grande azienda import-export di Tokio.

L'albergo è una sorta di grande piazza di paese, un mondo di continue piccole e grandi tresche. Mi diverte osservare, per esempio, come viene amministrato il semplice diritto di metterci piede. Davanti agli ascensori c'è il solito ex soldato con il suo berretto militare e qualche vecchia medaglia al petto che blocca l'accesso a tutti i non-residenti. Per salire si deve mostrare una cartolina con il numero della propria camera. Ovviamente ci sono tantissime eccezioni. Eccone una: un giovane energumeno in giacca e blue jeans, simbolo qui di un qualche potere, entra nella hall, si dirige dal guardiano, gli offre una sigaretta da fumare subito e una per dopo, gli bisbiglia qualcosa nell'orecchio e se ne va. Poco dopo entra una ragazza in minigonna, fa un cenno di saluto al vecchio ed entra nell'ascensore.

Chiedo a Sergej se posso invitarlo con sua moglie e Elena nel migliore ristorante della città. Si chiama The Silk Road, la Via della Seta, e pretende di essere un ristorante cinese, benché sia un'operazione tutta russa messa su con capitali privati. La combinazione è micidiale: tende rosse, tappeti sdruciti, cavolo pepatissimo e le solite polpette, servite « alla cinese », come fossero il ripieno di grossi ravioli.

Al tavolo accanto al nostro mangiano tre giovani banditelli georgiani venuti in « viaggio d'affari », che intrattengono tre ragazze russe. A un altro tavolo c'è un gruppo di delegati al Congresso comunista: i privilegiati di ieri e quelli di oggi.

Sia agli uni sia agli altri la cena costerà lo stipendio mensile di un operaio. Capisco che i funzionari del partito riescano ancora a permettersi una serata così, ma i giovani georgiani, che sembrano tanto a loro agio in questo tipo di « lusso », come fanno? Quale tipo di affari procura loro così tanti soldi?

« Droga! » dice Sergej, spalancando gli occhi, come a far da contrappunto alla mia sorpresa. « Sì. Droga! » Sergej racconta che trecento chilometri a sud-est di Alma Ata, nella valle del fiume Ciù, in una regione desertica chiamata Jambul, cresce una particolarissima pianta, una sorta di marijuana, le cui foglie, una volta seccate e fumate, sono fortemente allucinogene. La regione, che si estende per alcune migliaia di chilometri quadrati, si trova a cavallo fra la Kirghisia e il Kazakhstan ed è presidiata solo da una quarantina di miliziani.

Il governo ha cercato a varie riprese di distruggere le distese di quella pianta che là cresce liberamente. È stato usato il kerosene, sono stati usati i defolianti, ma, racconta Sergej con una certa soddisfazione, quella pianta è indistruttibile: basta che ne sopravviva una radice e da quella ne spuntano tre! Attorno alla regione di Jambul ci sono dei villaggi di minoranze etniche, per lo più di uzbeki, che raccolgono le foglie e le seccano. A prenderle vengono poi dei corrieri da tutta l'Unione Sovietica. Sergej dice che è una pianta particolarissima e facilmente riconoscibile. Ha sentito dire che se ne sono già trovate tracce in Ungheria e in Polonia. Sul posto un bicchiere di queste foglie secche vale solo qualche rublo, ad Alma Ata ne vale già 50, mentre a Mosca lo stesso bicchiere vale 250 rubli. Secondo Sergej molti dei giovani che vengono ad Alma Ata da altre repubbliche e si fermano alcuni giorni, frequentando le discoteche e i migliori ristoranti della città, fanno proprio questo tipo di lavoro. I più appartengono ad alcune organizzazioni mafiose che ormai hanno in mano le fila del grosso traffico. Per ogni viaggio un corriere riceve 2000 rubli.

Guardo con ancor più interesse i giovani georgiani al tavolo accanto. In un angolo un'orchestra suona canzoni europee. La ragazza al microfono intona in italiano, in mio onore: « Che sarà, che sarà della mia vita chi lo sa? » L'invio di due dollari di ringraziamento al maestro fa ripetere quelle note sino alla fine della serata.

Saluto tutti e prendo un taxi per tornare in albergo. L'autista cerca di fare conversazione. « *Sprechen Sie deutsch?* » mi chiede, dopo aver provato invano a parlarmi in russo. Finalmente ci intendiamo. Fu deportato qui che aveva appena tre anni e non sogna che di tornare in Germania. Come lui, in giro per il Kazakhstan c'è un altro milione di questi tedeschi che abitavano un tempo nella regione del Volga e che Stalin, per tema che fossero una quinta colonna di Hitler, fece deportare in massa. È stranissimo qui, nel cuore dell'Asia Centrale, sentir parlare questa lingua da gente che con la Germania non ha praticamente mai avuto rapporti e che con i tedeschi di oggi non ha assolutamente niente in comune. Forse neppure la lingua. La loro è vecchia, arcaica, quasi una lingua morta.

Stamani, quando con Sergej siamo andati a fissare un appuntamento col capo del movimento antinucleare del Kazakhstan, abbiamo parlato col portiere del palazzo: ebreo, anche lui tedesco, finito qui da bambino. Dopo la guerra i suoi genitori si erano rifiutati di parlare il tedesco, ma a lui, nel fondo della memoria, di quella lingua della prima infanzia erano rimasti alcuni versi della poesia *Die Lorelei* imparati all'asilo e si è messo a recitarli.

« *Ich weiss nicht, was soll es bedeuten, dass ich so traurig bin...* » Con la faccia non rasata da giorni, le dita delle mani dure e tese di chi ha la pressione alta, gli occhi acquosi, stava dietro una misera scrivania, incaricato della chiave dei gabinetti, a ripetermi parole di cui non conosceva più il significato: « Non so cosa possa voler dire che io ora mi senta così triste... »

Alla fine a sentirmi triste ero io e sapevo anche perché.

9. Il poligono maledetto

Alma Ata, 6 settembre

All'alba corro giù per la collina, fino al monumento ai Ventotto Gladiatori di Panfilov.

Nel novembre del 1941 Mosca stava per cadere. Un gruppo di soldati di Alma Ata, comandati da Ivan Panfilov, venne messo a difendere Dubosekovo, un villaggio alla periferia della capitale, contro l'avanzata di una colonna di carri armati tedeschi. La battaglia durò quattro ore. Alla fine tutti i soldati e il loro comandante giacevano sul terreno, morti. Da allora i « Ventotto Gladiatori » sono diventati un mito e l'impressionante, ciclopico monumento di bronzo costruito in loro onore è diventato il cuore della città. Uno strano cuore, continuamente spazzato, lucidato, innaffiato, accudito da una squadra di vecchi guardiani, uomini e donne, tutti russi: un cuore trapiantato, perché il vero cuore di Alma Ata era un altro, era la vecchia cattedrale lì accanto, tutta di legno, magnifica nel primo sole del mattino, con le sue croci scintillanti, alte sulle cupole d'oro a cipolla, con le sue torri rosa e il corpo giallo e bianco; un gioiello di architettura inizio Novecento, simbolo della fede portata qui dai russi ed eccezionalmente lasciato intatto dai bolscevichi che invece, nel resto dell'Unione Sovietica, non si peritarono di dare alle fiamme del loro fuoco rivoluzionario altre chiese e altre cattedrali. Questa forse la risparmiarono perché, nonostante il suo valore religioso, era anche un grande esempio di cultura russa in terra kazakha e, come tale, serviva ai bolscevichi stessi a rammentare alle popolazioni locali la missione civilizzatrice dei colonizzatori.

Col tempo, i bolscevichi circondarono la cattedrale, diventata museo, coi cannoni delle guerre da loro vinte, e con la fine della seconda guerra mondiale piazzarono dinanzi alla raffinata, quasi trasparente, struttura, tutta di tavole, della vecchia chiesa, il simbolo del loro potere: il monumento ai Ventotto Gladiatori, un ammasso nero di bronzo da cui escono figure gigantesche di soldati lanciati all'attacco con mitra e trombe.

Nel granito rosso delle pareti che fiancheggiano la fiaccola eterna, sono scolpiti i nomi delle battaglie e dei caduti: moltissimi sono quelli di kazakhi morti per difendere il potere sovietico fra il 1917 e il 1945. Una strana combinazione di simboli, un ibrido che non potrà durare. I colonizzatori qui non vogliono essere presi per tali, il potere venuto da fuori cerca di mostrare rispetto per tutto quel che è locale, e il messaggio che ogni monumento sembra ripetere è: siamo uniti da sempre e uniti dobbiamo restare.

Nel parco, anziane signore russe e ragazze kazakhe fanno esercizi di ginnastica davanti alla cattedrale, ora usata come sala di concerti; un gruppo di operai russi in magliette da ginnastica è impegnato in una qualche conversazione. Le aiuole sono letti di rose, gigli e garofani; l'erba è tagliata di fresco. Lo splendore attorno è insolito, inaspettato. Per terra le pietre son lucide, non c'è un mozzicone di sigaretta, non una buca, non una sbavatura. Anche la città, al di là di questo recinto sacro, è piacevole, coi suoi giardini curati e i parchi pubblici ombreggiati da centinaia di alberi. Dovunque c'è del riposantissimo verde. Persino i soliti brutti casermoni di cemento delle abitazioni popolari ad Alma Ata diventano attraenti e quasi eleganti, coperti come sono di fiori e rampicanti che spuntano da ogni terrazza e si inerpicano su per le pareti.

Ho chiesto di visitare la fabbrica di tappeti della città, sperando di vedere qualche vecchio esemplare di tappeto kazakho, ma mi sono sbagliato. La fabbrica produce un milione e quattrocentomila metri quadrati di tappeti all'anno, ma questi sono quasi tutti intesi per il mercato interno, la loro qualità è mediocre e persino nella « sala delle esposizioni » non è in mostra niente di speciale. Come sempre, però, anche da questa visita imparo qualcosa.

« Potremmo produrre molto di più e impiegare molta più gente », dice la direttrice, Clara Niasbayava, una bella, robusta signora di padre uzbeko e madre ucraina, « ma i giovani non si interessano più a questo genere di lavoro. Il sogno della gioventù è il commercio: comprare qualcosa per rivenderlo a un prezzo più alto. Questo è quello che tutti vogliono fare: guadagnare alla svelta, senza lavorare. » Lei non è mai stata membro del partito. « Solo i robot possono essere contenti nel comunismo », dice ed è felice di poter lavorare ora senza la supervisione politica del segretario comunista che prima era anche il suo vicedirettore. In qualche modo però ha nostalgia dei tempi in cui la gente era motivata al lavoro non solo da ragioni economiche. « C'è qualcosa di profondamente sbagliato in questa idea di guadagnare senza produrre. Non è certo il modo di sviluppare un paese. Ma come spiegarlo ai giovani? Vedono che i commercianti sono pieni di soldi e vivono bene, pur non producendo nulla, mentre gli operai, che producono qualcosa, hanno appena da mangiare, ed è ovvio che cosa finiscono per pensare! »

La fabbrica, fondata nel 1933, la sola di tappeti in tutto il Kazakhstan, impiega oggi circa duemila operai. Lo stipendio medio è sui 750 rubli, l'equivalente di 30.000 lire al mese.

Sergej trova la direttrice antiquata, passata di moda, ed è felice di portarmi a incontrare invece i dirigenti della prima azienda commerciale privata di Alma Ata, fondata già due anni fa, ma solo negli ultimi mesi entrata veramente in funzione. La storia di questa piccola impresa spiega alla perfezione quel che, con la fine del socialismo, sta succedendo nell'intera Unione Sovietica. Spiega anche gli immensi problemi cui l'intero paese va incontro nella transizione da un sistema, che, anche se inefficiente, aveva una sua logica, a uno ancora tutto da sperimentare e la cui logica è solo quella della giungla.

Per sommi capi la storia è questa. Il Kazakhstan ha grandi depositi di rame. In passato le aziende di Stato incaricate della sua estrazione dovevano consegnarlo alle fabbriche incaricate di utilizzare quel rame per fare, fra le tante cose, semplice filo elettrico. Siccome il piano economico era concepito a livello nazionale, cioè dell'intera Unione Sovietica, spesso capitava che le imprese di manifattura, quelle cioè che lavorano le materie prime per trasformarle in prodotti, non erano situate nella stessa repubblica in cui le stesse materie prime venivano estratte. Il rame del Kazakhstan per esempio veniva consegnato alle fabbriche dell'Ucraina, la quale appunto produceva filo elettrico per tutte le repubbliche.

Con la liberalizzazione dell'economia, le aziende incaricate dell'estrazione del rame sono diventate autonome e perciò in grado di vendere parte del loro prodotto sul mercato libero, al fine di autofinanziarsi. Siccome queste aziende non hanno alcuna esperienza nel settore delle vendite, sono nate le prime società commerciali. Questa di Alma Ata ha dunque comprato, pagandolo in rubli, il rame e l'ha venduto alla Cina, facendosi pagare in dollari. Con una parte di quei soldi ha comprato in Australia una fabbrica di mattoni che ora conta di impiantare qui. Ottimo affare? Certo, se non si tiene conto del fatto che il rame venduto alla Cina non è andato alle fabbriche dell'Ucraina e che ora in tutta l'Unione Sovietica, compreso il Kazakhstan, manca il filo elettrico.

Per la stessa ragione mancano oggi nei negozi sovietici migliaia di prodotti che prima erano negli scaffali. A questo punto è ovvio che una organizzazione che abbia a disposizione materie prime preferisca venderle all'estero e riscuotere così dei bei dollari, piuttosto che utilizzarle per produrre qualcosa. Quel qualcosa comunque non potrebbe mai essere venduto all'estero, perché sarebbe di pessima qualità, mentre la sua vendita sul mercato interno non apporterebbe che degli inutili rubli.

Per questo oggi tanti negozi dell'Unione Sovietica son vuoti, mentre fra la gente dilaga l'insoddisfazione e cresce e prospera una nuova razza di « uomini d'affari » – di solito giovani – i quali, forti di un piccolo capitale, vanno in una parte del continente a comprare qualcosa che lì c'è, per rivenderlo in un'altra parte dove quella cosa manca.

Alla lunga, le forze di mercato riusciranno a ristabilire nuovi equilibri e a riportare anche il filo elettrico nei negozi dell'URSS, ma nel frattempo bisogerà affrontare enormi problemi e conflitti, e ci saranno quelli che sfrutteranno questa situazione a loro vantaggio personale. « Il comunismo? » conclude il vicepresidente dell'azienda commerciale di Alma Ata. « Il comunismo ci aveva portato fuori strada e ora, lentamente, dobbiamo ritrovare la via della civiltà. » La « civiltà » ai suoi occhi è oggi quella del profitto.

Il mio prossimo appuntamento è con un prete: padre Jugen Bobelev, parroco di San Nicola, una vecchia, bella chiesa russo-ortodossa alla periferia di Alma Ata. Tutta di legno, costruita nel 1909, chiusa nel 1936, la chiesa è stata usata dai boscevichi prima come stalla per una unità della loro cavalleria, poi come tribunale militare. Da una decina d'anni è tornata a essere una chiesa. Alla messa della domenica assistono regolarmente più di un migliaio di fedeli. Le lezioni di catechismo sono frequentate da trecento bambini.

« In tutta la Russia la gente ha celebrato con gioia la morte del socialismo, ma non qui, perché, ora che il *putsch* è fallito a Mosca, il comunismo si sposta verso il sud, verso l'est del paese, si salda con il nazionalismo e la combinazione è pericolosissima. » Padre Jugen è molto preoccupato. « Quel che sta nascendo ora nel Kazakhstan e nelle altre repubbliche di questa regione è un movimento antirusso e non passerà molto tempo che i rapporti fra la popolazione russa e quella locale esploderanno con violenza ».

Padre Jugen è una straordinaria figura. Alto quasi due metri, magrissimo in una tunica blu chiaro, ha capelli biondi lunghissimi, legati in una coda di cavallo, e una barba rada su una faccia fine e pallida. È nato qui nel 1963. Il padre era russo, un uffficiale dell'Armata Rossa, la madre una kirghisa. Da ragazzo era membro della gioventù comunista. Studiando fisica all'università ha incominciato a interessarsi di religione, ma solo dopo la laurea è entrato in seminario.

La religione gli pare l'unica colla ancora capace di tenere assieme una società come questa che anche lui vede andare alla deriva.

« Come idea, il comunismo è finito. La sua struttura repressiva, però, resta, e quella verrà distrutta solo quando i nuovi rapporti economici diventeranno dominanti e il capitalismo avrà ben messo le sue radici », dice padre Jugen. « L'espandersi del capitalismo distruggerà lo Stato, e la religione resterà come unica, ultima fede. La sua forza sta nel credere all'esistenza di un giudice supremo. »

La chiesa di San Nicola, dove vive padre Jugen, è oggi anche la sede amministrativa regionale della Chiesa ortodossa. Quella sede avrebbe dovuto già da tempo trasferirsi nella vecchia cattedrale, ma, nonostante tutte le richieste e le petizioni, la cattedrale non è stata ancora restituita.

« Prima erano i comunisti a non volercela ridare, ora sono i nazionalisti. In sostanza è sempre la stessa gente. Prima c'erano ragioni ideologiche, ora è perché non vogliono veder rinascere questo simbolo russo in mezzo alla loro capitale kazakha », dice padre Jugen e racconta che uno dei ministri del governo Nazarbaev durante un recente incontro con l'arcivescovo gli ha detto: « Vi ridaremo la cattedrale quando noi avremo finito di costruire la nostra moschea ». Per il momento quella non l'hanno nemmeno cominciata.

Immediatamente dopo il fallimento del *putsch* una delega-

La chiesa di San Nicola ad Alma Ata

zione di ortodossi è andata dal presidente della Commissione Affari Religiosi della repubblica per ridiscutere della faccenda e quello non ha lesinato le parole: « Smettete di chiederci quella cattedrale. Meglio lasciare le cose come stanno. Se ve la ridiamo, gli estremisti finiranno per bruciarvela ». Una implicita minaccia?

Padre Jugen non ha dubbi. « Per fortuna i kazakhi non hanno un vero senso del divino e sono mussulmani solo per modo di dire, altrimenti, con il montare del nazionalismo, ci sarebbe da aspettarsi persino una guerra santa contro la presenza russa in questa repubblica. »

Sone le tre del pomeriggio e la chiesa si riempie di gente venuta per un matrimonio. Ai piedi della piccola scalinata d'ingresso delle donne anziane, grasse, dalla carne bianca e flaccida, con delle pezzuole in testa, sedute su cassette di legno, si fanno il segno della croce e chiedono l'elemosina. Sono una decina. Tutte russe. « Sono delle vedove », spiega padre Jugen. « Con l'aumento del costo della vita, le pensioni che ricevono dallo Stato sono diventate una miseria e non bastano più a sfamare nessuno. I mendicanti aumentano dappertutto. »

Sto andando a incontrare i dirigenti del movimento antinucleare del Kazakhstan e chiedo a padre Jugen che cosa sa lui delle conseguenze degli esperimenti atomici nella zona.

« Uno dei miei compiti è d'andare a far visita ai malati della parrocchia. Ebbene, di cinque che vado a trovare, tre hanno il cancro. Ecco quello che so. La gente è convinta che questa sia una conseguenza degli esperimenti nucleari. La gente dice anche che il livello di radioattività ad Alma Ata è uno dei più alti dell'intera Unione Sovietica, ma è impossibile sapere esattamente come stanno le cose. Ufficialmente questo tema resta un tabù. »

La prima bomba atomica sovietica esplose il 29 agosto 1949. Fu un avvenimento di enorme peso storico. Gli americani avevano iniziato i loro studi con anni di anticipo e con le bombe su Hiroshima e Nagasaki nell'agosto del 1945 avevano dimostrato di essere ormai padroni di un'arma terrificante e decisiva. La guerra fredda fra Stati Uniti e « mondo libero » da un lato, e Unione Sovietica e blocco socialista dall'altro era in pieno corso e la bomba sovietica riequilibrava una situazione di monopolio atomico da parte degli USA.

Quel monopolio era parso estremamente pericoloso anche ad alcuni scienziati occidentali che, pur non essendo necessariamente comunisti, arrivarono a tradire i loro paesi, pur di aiutare i sovietici a costruire la loro bomba.

La bomba fu fatta esplodere in una zona desertica del Kazakhstan, in una località non segnata su nessuna carta, ma conosciuta fra gli addetti ai lavori e fra la popolazione di qui come « il Poligono ». « Il Poligono » si trovava a centoventi chilometri da Semipalatinsk, « le sette case », una città nel nord del Kazakhstan, dove nel 1854, dopo quattro anni di esilio siberiano, Dostoevskij venne mandato come soldato in un battaglione di fanteria, e dove cominciò a scrivere *Memorie da una casa di morti*.

Dopo l'esplosione del 1949, nel « Poligono » – un'area di circa 20.000 chilometri quadrati – gli esperimenti sono continuati per altri quarant'anni: 266 bombe sono state fatte esplodere nell'aria e 300 nel sottosuolo. Il KGB e i militari sono riusciti per decenni a mantenere un assoluto silenzio su quegli esperimenti e sulle loro conseguenze sul mezzo milione di persone che vivevano nella zona. Già al tempo della bomba del '49 alcuni scienziati sovietici proposero a Stalin di trasferire altrove la popolazione della regione, ma il dittatore lo impedì. Anche durante gli esperimenti successivi veniva evacuato solo chi viveva in un raggio di cento chilometri dal « Poligono » e solo per pochi giorni. Soltanto nel 1963 venne creato a Semipalatinsk il primo Centro per lo Studio degli Effetti Nucleari. Solo da allora un campione di 40.000 persone venne sottoposta a vari test dopo ogni esperimento. Questi studi venivano fatti per conto del ministero della Difesa, perciò erano trattati come « materiale segreto ». Sono rimasti tali fino a oggi.

Soltanto con la *perestrojka* e la fondazione del Movimento antinucleare Nevada si è potuto cominciare a parlare pubblicamente del problema dell'inquinamento atomico e delle sue conseguenze. Anche gli scienziati hanno solo recentemente potuto dire quel che pensavano. « Prima la pressione dei militari e del partito era tale che non si poteva aprir bocca sull'argomento », dice Marina V., una biologa di Semipalatinsk che è nella direzione di Nevada.

Secondo le sue ricerche, i casi di cancro al fegato e alla gola fra la gente della regione di Semipalatinsk sono sette volte più numerosi della media nel resto dell'Unione Sovietica. I danni al sistema genetico sono cinque volte più alti. Nel villaggio di Sargeal con i suoi 1500 abitanti, dove prima del 1949 non c'era stato un sol caso di nascita deforme, dal '49 a oggi il tasso di malformazioni congenite nei neonati è stato di 44 su 1000. Ci sono stati inoltre 22 casi di giovani suicidi. Grazie alla *perestrojka* e al processo di democratizzazione, sono venute alla luce le conseguenze degli esperimenti nucleari: deformazioni genetiche, altissima incidenza di cancro, danni al sistema nervoso.

Olzhas Suleimanov, un noto scrittore kazakho, ha lanciato nel 1989 un movimento popolare per la chiusura del « Poligono », con una petizione firmata da due milioni di persone. Da allora la parola « Poligono » è entrata nel linguaggio quotidiano della gente. Già nel 1989 fu presa la decisione di cessare gli esperimenti. Poi, il 29 agosto di quest'anno, dopo il fallimento del *putsch*, il presidente Nazarbaev ha ordinato per decreto la chiusura del « Poligono ». Verrà distrutto.

« Quando lanciammo la nostra campagna non immaginammo certo di poter vincere così presto », dice Oraz Rimhanov, membro di Nevada e autore di un impressionante documentario sul « Poligono ». « Il nostro prossimo obiettivo è l'eliminazione di tutte le armi atomiche dal territorio del Kazakhstan. »

Il Kazakhstan è una delle repubbliche in cui l'esercito sovietico ha accatastato parte delle sue riserve di missili a testata nucleare. Il numero di queste armi aumentò moltissimo al tempo della disputa ideologica con la Cina, quando una guerra fra le due superpotenze comuniste sembrò per un po' una vera possibilità. Quelle armi sono ora più pericolose che mai. Col tramonto dell'Unione Sovietica e con lo sgretolarsi del potere centrale, chi controlla questi missili, chi ha l'ultima parola sul loro uso? L'ipotesi di un conflitto locale, combattuto con queste armi, è terrificante.

Torniamo a piedi. Sergej mi fa passare da via della Tulebaeva dove fra boschetti d'alberi alti, bei cancelli di ferro battuto, un parco con fontane che spruzzano altissime e rinfrescano l'ambiente attorno, vive la *nomenklatura*. Uno dei vecchi segretari del partito, Muhamed Kunaev, ora in pensio-

ne, ha qui la sua villetta. Per i suoi meriti di patriota ha ricevuto due decorazioni e il diritto a un monumento e a una
piazza in suo nome. Lui s'è fatto costruire il tutto davanti a
casa. Dalle sue finestre, nel mezzo della « piazza Kunaev »,
si gode ora il suo busto, in cima a un piedistallo.

Ceniamo all'Hotel Dostick, costruito una decina d'anni fa
dagli italiani. Orribile. Le poltrone sono già sgangherate, le
seggiole del ristorante sono sfondate. Il servizio è pessimo.
Dopo cena, nella penombra del bar, vedo ai vari tavoli la solita nuova gioventù dorata dei piccoli commercianti e delle
loro facili compagne russe.

Rientrando, per strada, un uomo sulla cinquantina si avvicina per chiedermi, con gran cortesia, una sigaretta.

Alma Ata, 7 settembre

Questo del giornalista è uno straordinario mestiere. Vengo
pagato per fare quel che molti altri pagano per fare: viaggiare
il mondo e cercare di capirlo. Il problema è che ogni tanto
debbo anche scrivere e oggi è uno di quei giorni. Esco così
solo per correre, all'alba, per quella mezz'oretta che per me
equivale alla meditazione. Avrei potuto andare ad assistere al
Congresso del Partito Comunista del Kazakhstan, che si riu-
nisce oggi per l'ultima volta in uno dei palazzi dinanzi al mio
albergo, invece debbo passare la giornata davanti allo schermo del mio computer. Dall'alto della mia finestra non mi
perdo però lo spettacolo dei delegati, tutti vestiti liturgica-
mente di scuro, che entrano nel palazzo, che escono a prendere una boccata d'aria negli intervalli e che la sera si riaf-
facciano ancora più lugubri, le giacche ormai al braccio e le
loro donne al fianco. Per una mezz'ora rimangono lì, a capannelli, a confabulare sul lastricato dinanzi al palazzo che
era la Scuola del Partito e che Ustinov reclama come sede
per la sua banca.

Ho davvero la sensazione di assistere a un funerale e il
tempo sembra contribuire a questo clima da fine epoca. È
stata una giornata senza sole e prima della notte le montagne
diventano di tantissime gradazioni di grigio. Una tempesta
lontana ne vela alcune di nebbia e di pioggia, la neve che copre le vette più alte si confonde con le nuvole. Si alza un leg-

gero vento che non cambia la tiepida temperatura della sera. È come se soffiasse solo per portarsi via dal Kazakhstan il comunismo. Così, senza drammi, senza gioia e senza rammarichi.

Sergej viene a dirmi che tutto è già stato deciso, ma che l'annuncio ufficiale verrà domani. Il Partito Comunista cessa di esistere e al suo posto ne nasce uno che si chiamerà « Socialista ». Le proprietà del primo vengono ereditate dal secondo. Ovviamente anche il potere.

Ceniamo al ristorante Shalom sotto l'ufficio del telex. È il posto più piacevole della città. Una piccola sala pulita, senza puzzi, con luci soffuse alle pareti e una grande stella di David che pende dal soffitto come un lampadario. Alle finestre, dei candelabri a sette braccia. In un angolo, due uomini sulla trentina, piccoli, grassocci, con grossi nasi, capelli e barbette nere, con fusciacche di seta bianca con ricami di parole ebraiche in filo blu al collo: l'orchestra. Uno suona su una tastiera computerizzata, l'altro è violinista. Le canzoni sono zigane ed ebraiche. A volte, su richiesta di un rumorosissimo gruppetto di giovani kazakhi, fra cui spicca una bella ragazza dagli occhi nerissimi, suonano canzoni locali.

Il ristorante è privato. È stato aperto un anno e mezzo fa dai due ebrei dell'orchestra. Fanno ottimi affari. Molti dei loro compagni sono partiti per gli Stati Uniti o Israele. Loro invece contano di restare. I giovani kazakhi si mettono a ballare al centro del piccolo locale. La bella ragazza mi distrae dal pensare ai problemi delle minoranze e dell'inquinamento nucleare e mi tiene occupato tutta la serata con la sua eleganza, i suoi occhi mongoli e un corpo minuto e agile.

Usciamo per andare a vedere la più vecchia casa di Alma Ata, poco lontano da qui. Fu costruita nel 1892 quando la città si chiamava Vernyj, « Fede », e gli abitanti erano solo 24.333. Era la casa di un tale Eduard Baum – in tedesco il suo cognome vuol dire « albero » – che, guarda caso, era il funzionario del governo responsabile delle foreste del Kazakhstan. Baum fece un lavoro straordinario. Andò a cercare o si fece mandare da ogni angolo dell'impero russo centinaia di semi e piante da coltivare qui. Fu lui a importare e a rendere famoso il tipo di mela che ha poi dato il nome alla capitale. Fu lui a fare di questa città un enorme giardino fitto di alberi ora centenari.

Di notte Alma Ata è straordinaria. A parte i soliti ubriachi che caracollano in mezzo ai viali vuoti, la città è deserta e diventa come un grande bosco abitato solo da fantasmi. Fantasmi di soldati, scrittori, generali, rivoluzionari, semplici comunisti, fantasmi del passato che sbucano dall'ombra per stare immobili, nei coni di luce dei lampioni, su imponenti piedistalli che ormai garantiscono solo una caduca eternità. Alma Ata è una città di monumenti. Ce n'è ancora uno dedicato a Dzeržinskij, il famigerato fondatore della polizia segreta diventata poi il KGB. A Mosca la sua statua è stata una delle prime a cadere. Qui è ancora in piedi: lui avvolto in un lungo cappotto, pieno di forza, minaccioso, sotto le fronde di una quercia dinanzi alla Centrale di polizia. I fiori che qualcuno ha messo ai suoi piedi sono ancora freschi.

Se uno volesse mai aver un monumento di sé dovrebbe forse provare a vivere qui. Ce ne sono per tutti. C'è un monumento a un poeta il cui unico vanto è quello d'aver tradotto dal russo le poesie altrui; uno al direttore di una fabbrica, offertogli dalle maestranze; uno a un ingegnere che per primo ha montato un certo impianto; uno all'anonimo operaio stacanovista. Sono questi fantasmi, in pietra, in bronzo, tutti su dei begli zoccoli di granito rosso, a popolare le notti di Alma Ata, dove le fontane continuano a spruzzare, imperterrite, per nessuno, nel centro delle piazze, davanti ai palazzi pubblici, davanti al palazzo dell'Opera. Alma Ata: una città che mi appare sempre più bella, pulita, piacevole.

Domani parto per la Kirghisia. Mi addormento facendo il bilancio di questa visita. Sono arrivato qui senza sapere granché su questa repubblica e con la semplice idea che era una delle quindici che fanno l'Unione Sovietica. Sono rimasto qui appena quattro giorni, ma ho l'impressione d'aver imparato un sacco di cose, d'aver intravisto l'identità di un nuovo Stato che con l'Unione Sovietica non ha più molto a che fare, e di aver annusato i suoi problemi.

Anche nel Kazakhstan il comunismo è morto. Qui il rischio è di vederlo risorgere sotto altre, ugualmente terribili spoglie: il nazionalismo.

10. Kirghisia: che fai tu, luna, in ciel?

Biškek, 8 settembre. La sera

NEL silenzio della notte riconosco la voce: il fruscio dei pioppi e il gorgogliare delle acque nei fossi. La voce dell'Asia Centrale. La stessa di Kashgar, dall'altra parte della frontiera, in Cina; la stessa di Aksu e delle altre oasi attorno al terribile deserto che le genti locali chiamano da secoli Taklamakan, « ci entri dentro e non ne esci vivo ». La luce è la stessa, carica di polvere rosa, a volte d'oro. Il cielo, più alto, più limpido che in ogni altra parte del mondo, è lo stesso: il cielo dell'Asia Centrale che ha fatto sognare i poeti di varie civiltà. Le montagne sono maestose, le valli fertilissime, i deserti micidiali.

L'Asia Centrale, crocevia di infiniti popoli in bilico fra due continenti, è una terra carica di storia, in gran parte dimenticata dalla gente che ora ci vive. La Via della Seta passava da qui, ma le cittadine fiorenti dove le carovane di cammelli facevano sosta son state riconquistate dalla sabbia. I discendenti degli antichi popoli che occupavano questa terra ci sono ancora, ma poco o nulla è rimasto del loro passato. I nomadi, dediti alla pastorizia, si muovevano con le loro tende senza lasciare traccia di sé; i sedentari, dediti all'agricoltura, costruivano case di fango che il tempo ha ridotto in polvere.

Delle grandi religioni del mondo che hanno avuto qui i loro fedeli, resta qua e là il mozzicone di un minareto, la base di un tempio buddista, una lapide nestoriana. Ma per lo più il tutto è stato travolto e fagocitato dall'avvento distruttivo della più recente religione arrivata settant'anni fa: il comunismo.

Statue di Lenin in bronzo, falci e martelli, stelle, slogan dalle lettere di ferro adornano oggi ogni piazza, ogni edificio pubblico dell'Asia Centrale sovietica. Lo stesso è avvenuto, dopo il 1949, dalla parte cinese. Non potrò dimenticare quanto fuori posto era l'enorme statua di Mao, in granito, al centro di Kashgar, la vecchia città del Xinjiang, dove tutto, dalle case alle tombe, alle strade, era fatto di fango seccato al sole.

« Asia Centrale » è un'espressione geografica. Definisce un vastissimo territorio oggi diviso fra l'Unione Sovietica e la Cina. I primissimi coloni che si impiantarono qui venivano dalla Mesopotamia. Poi l'intera regione fu travolta da orde successive di cinesi, mongoli, tartari e turchi. Ognuno di questi popoli occupò l'Asia Centrale per qualche secolo, finché non venne cacciato e soppiantato dal prossimo invasore. Gli antichi chiamavano questa regione Bactria, i greci la conoscevano come Scitia, i romani come Tartaria. L'impero russo la chiamò Turkestan, dal nome degli ultimi conquistatori, i turchi. All'origine anche loro pare fossero una tribù di nomadi del deserto cinese, finché non passarono il Bosforo per installarsi nell'attuale Turchia, per poi, da lì, tornare sui propri passi. Oggi i loro discendenti più diretti sono i turkmeni; quelli più lontani, perché mischiatisi nel corso dei secoli ad altre razze, sono i kazakhi, gli uzbeki, e gli abitanti della repubblica in cui mi trovo, i kirghisi.

Sono arrivato qui nel primo pomeriggio con un taxi preso in affitto ad Alma Ata. La distanza era di soli 237 chilometri, ma andando piano e fermandoci varie volte lungo la strada, abbiamo finito per impiegare mezza giornata. Il paesaggio attraverso il quale abbiamo viaggiato era brullo e riarso dalla calura estiva. Alla nostra sinistra avevamo sempre le vette del Tien Shan, le Montagne del Cielo; davanti e sulla destra, a perdita d'occhio, la pianura ondulata che un tempo era abitata dai nomadi e ora viene lavorata dai kolchoz, le cooperative agricole. La terra era gialla e polverosa, qua e là solcata dalle macchine agricole appena passate. Donne kazakhe vendevano yogurt e cocomeri alle fermate degli autobus. All'orizzonte si vedevano uomini a cavallo che radunavano grandi mandrie di buoi. Per chilometri e chilometri non s'è visto un albero. Sulla strada quasi nessuna macchina. La nostra meta era la città di Biškek, capitale della Kirghisia, ma quella destinazione pareva inesistente perché sui cartelli indicatori lungo tutto il percorso il nome usato è ancora quello di un tempo: Frunze.

Il confine fra le due repubbliche è segnato dal corso del fiume Ciù. A un capo del ponte una scritta dice: « Qui finisce il Kazakhstan ». All'altro, lettere in ferro, sporgenti da un alto palo, dicono semplicemente: « Kirghisia ». Quelle fra le repubbliche non sono vere frontiere. Non ci sono guardie, non ci sono controlli. Neppure un semplice posto di polizia.

La città si annuncia con una periferia di case basse, in legno, circondate da pioppi. «In quelle con tanti alberi ci stanno i russi, in quelle senza, i kirghisi o i kazakhi», diceva l'autista, anche lui un russo, anche lui con una naturale tendenza a trovare gli abitanti non-russi di queste regioni più pigri, più rozzi, più incolti della gente della sua razza. Avevo sempre pensato che il socialismo, con tutta la sua retorica sull'eguaglianza, con tutto il suo rimescolamento di razze, avesse almeno risolto questo problema. Al contrario. Mi pare che il razzismo sia un sentimento diffuso qui come altrove e che i conflitti razziali saranno una delle conseguenze più esplosive dello sfasciarsi dell'impero sovietico.

Si arriva a Biškek, ma il cartello all'ingresso della città continua imperterrito ad annunciare: «Frunze». L'appuntamento che Sergej ha fissato per telefono col mio prossimo *chaperon*, il corrispondente locale della *Komsomolskaya Pravda*, è – per non sbagliarsi – ai piedi del monumento a Lenin, ovviamente sulla piazza principale della città. Anche questa è oceanica. Ho appena il tempo di guardarmi attorno, che un pulmino bianco si ferma, un uomo mi invita a salire e dice al mio taxi di seguirlo.

L'uomo responsabile della mia visita qui è Farid Niazov, quarantun anni, magro, faccia affilata, un kirghiso. Fino a pochi mesi fa era incaricato dell'organizzazione del partito, ora è a capo dell'ufficio della *Komsomolskaya Pravda* in questa repubblica. Non parla bene l'inglese e si è portato dietro Miša, un ebreo barbuto e pallido che fuma in continuazione, confezionandosi da solo con carta e tabacco una sigaretta dopo l'altra. Miša è nato qui, ma è di origine bielorussa. Mi bastano pochi minuti per capire i loro rapporti. Farid è un «commissario politico», sa tutto su tutti, è attentissimo a quello che dice, non è giornalista. Miša è uno che è vissuto sempre in sordina, ha studiato l'inglese da solo ascoltando la radio e con l'aiuto di mezzo dizionario. «La parte inglese-russo mi bastava. Come potevo immaginarmi che un giorno avrei incontrato degli stranieri e che mi sarei trovato a tradurre dal russo in inglese?»

Anche fisicamente Miša è l'espressione perfetta dell'*outsider*, del dissidente: gli occhi nerissimi, ma mesti; i capelli radi; una barba nera ritagliata attorno alla mascella; dei baffi con una grossa macchia marrone là dove brucia l'eterna sigaretta. I due si conoscono appena. Miša lavora come redattore in un giornale femminile. Oggi era libero ed è stato ingaggiato da Farid per aiutarlo. Non ha informato di questo i suoi capi ed è preoccupato. Domani deve tornare al solito lavoro. Dinanzi a Farid si comporta con circospezione, a volte quasi con un po' di timore. Si vede che l'uno è abituato al potere, l'altro invece è abituato a starne lontano per evitare di ricevere delle bastonate.

Il pulmino sul quale viaggiamo, pulitissimo, con le copertine bianche immacolate, seguito dal mio taxi, sta filando dritto su un larghissimo viale che conduce fuori città. « Vedrai, vedrai! » dice Farid quasi volesse farmi, non so come, una sorpresa. Non ho niente contro le sorprese, ma il mio istinto mi fa fiutare una trappola. In una *brochure* dell'Intourist ho letto che Biškek ha quattro alberghi e che sono tutti più o meno nel centro della città. Quello verso cui stiamo andando non è certo uno di quelli. Mi mettono forse in una foresteria del partito? Una di quelle lontane da tutti, da dove non posso muovermi, dove dipendo completamente dai loro mezzi di trasporto, dove finisco per essere come prigioniero?

I cinesi, quando viaggiavo nelle province, facevano regolarmente così, costringendomi a scavalcare muri, a fare chilometri a piedi per procurarmi un qualche mezzo di trasporto, prima di finire « ritrovato », ripreso in custodia e rimesso in una macchina per un appuntamento con qualche funzionario. Eh, sì! Succede così anche qui! Presto costeggiamo un alto muro di cinta, poi il pulmino si ferma dinanzi a un grande cancello di ferro dipinto di blu, che lentamente comincia ad aprirsi. Quattro guardie armate compaiono da dentro, salutano Farid e fanno cenno all'autista d'entrare. Il taxi deve restare fuori. Siamo nella cittadella proibita della *nomenklatura*. Qui vivono i più alti funzionari della repubblica e le misure di sicurezza sono rigidissime. Solo le macchine la cui targa è registrata nella lista del giorno possono varcare quella soglia. Tolgo il mio bagaglio dal taxi, pago e rimando l'autista ad Alma Ata.

Il pulmino bianco viaggia su un bel viale asfaltato che serpeggia in mezzo a un boschetto, costeggia dei frutteti e dei corsi d'acqua chiarissima. Il posto è come fuori del mondo.

Tutto quello che vedo è ben tenuto, pulito, ordinato. Da nessuna parte ci sono quelle tracce di incuria, di mezzo fatto, di caotico che sembrano essere gli attributi necessari di ogni socialismo. La bella residenza in cui vengo alloggiato non ha nessuno dei soliti puzzi. Odora invece di cera e di vernice fresca. Ho tutto per me un appartamento di tre stanze con due gabinetti e due bagni. Tutto funziona. Gli asciugamani sono di lino. Le poltrone comode. Il televisore enorme. La mobilia è di cattivo gusto, ma solida. Niente è sbocconcellato, incrinato. Un letto così grande e duro, un normale cittadino sovietico non riesce neppure a sognarselo! Non ho mai visto niente di simile nei negozi sovietici. È come se tutte queste cose venissero fatte in altre fabbriche, fossero distribuite per canali diversi da quelli cui hanno accesso i comuni mortali di questo paese.

« Certo », dice Miša. « Tutto questo appartiene al partito e il partito è uno Stato dentro lo Stato. » Anche lui è sbalordito. Ha trentotto anni, è nato e vissuto in questa città, ma è la prima volta che entra in questo *sancta sanctorum*, che vede questo mondo di sogno.

Il pranzo è stato preparato in una stanza separata. La tavola è immacolata. Il mangiare ottimo. Due ragazze kirghise ci servono in silenzio, in modo impeccabile. « Mi sento almeno come un segretario provinciale », dice Miša, molto soddisfatto di poter assaporare una volta il piacere dei potenti. Stasera avrà davvero qualcosa da raccontare alla moglie!

Miša: i suoi bisnonni vennero qui dall'Ucraina all'inizio del Novecento. Non li costrinse nessuno. Solo la fame. Erano contadini senza terra e vennero nella Kirghisia, da volontari, nella speranza di farsi una nuova vita nelle terre vergini. Non andaron più via. Il membro più interessante della famiglia fu la nonna materna. Entrò giovanissima nel partito e diventò una delle prime donne pilota dell'aviazione militare sovietica. Poi, negli anni '30, venne la Grande Epurazione e lei fu fra le vittime. La arrestarono e la misero in un campo di concentramento vicino alla città di Osh. Dopo alcuni anni la liberarono, ma solo per arrestarla di nuovo qualche mese dopo. Rimase nel GULAG fino alla morte di Stalin, nel 1953. Nonostante tutto questo, restò fedele al partito sino alla fine dei suoi giorni.

Ora che il comunismo è finito, c'è nella famiglia un qualche desiderio di vendetta? La voglia di fare i conti col passato?

« Assolutamente no », dice Miša. « I conti non si possono più fare perché è ormai impossibile distinguere fra i boia e le vittime. Guarda Tuchačevskij. Ho sempre sentito dire che era stato una delle principali vittime della Grande Epurazione con cui Stalin fece scomparire milioni di persone. Ora però viene fuori che prima di allora lo stesso Tuchačevskij era stato responsabile della fucilazione di alcune migliaia di contadini ribellatisi contro la collettivizzazione. E allora: è vittima o è boia? »

Miša non è mai stato comunista e in passato ha avuto anche dei problemi con le autorità, ma la fine del comunismo, di cui tutti parliamo, lo lascia abbastanza indifferente. È come se ancora non fosse completamente convinto di quel decesso.

Il comunismo è ufficialmente morto a Biškek, capitale della Kirghisia, il 31 agosto, quando il presidente Askar Akaev ha dichiarato l'indipendenza di questa repubblica da Mosca, ha sciolto il partito e ha confiscato tutti i suoi beni, mettendoli sotto il controllo del governo locale. Sulla carta è stata una vera rivoluzione. In realtà è stata una cosa da poco, perché tutto il governo era fatto di comunisti e quelli, una volta dimessisi in massa dal partito, hanno continuato a usare gli stessi uffici, le stesse residenze, le stesse auto, gli stessi fondi e a gestire lo stesso potere di prima. La sola differenza è che prima erano militanti di una organizzazione politica che faceva capo a Mosca e in qualche modo rappresentava gli interessi dell'intera nazione sovietica, mentre ora sono diventati militanti di una ancora informale, ma già chiarissima, struttura nazionalista locale, intesa a difendere gli interessi esclusivi del popolo che a questa repubblica dà appunto il suo nome: i kirghisi.

Tutti gli altri abitanti della Kirghisia, dai russi agli ucraini, dai coreani alle migliaia di rappresentanti degli altri popoli dell'Asia Centrale che vivono qui, ne sono preoccupatissimi.

« Quelli del Fondo Slavo sostengono che siamo diventati cittadini di seconda categoria », dice Miša.

Il Fondo Slavo? Sì! Proprio nei giorni scorsi è nata una organizzazione per la « difesa » della popolazione di origine europea: russi, ucraini e bielorussi. Gruppi simili si stanno

creando per la « difesa » dei coreani e delle altre varie minoranze che d'un tratto si sentono minacciate dall'ondata di nazionalismo kirghiso. La situazione è tesa e molti temono che
diventi esplosiva. Il fatto è che con la fine del comunismo e
l'allentarsi della morsa repressiva che teneva sotto controllo
tutti i conflitti, la storia torna ora a bussare alle porte dell'A-
sia Centrale. Tutti i nodi lasciati da un complicato e a volte
tragicissimo passato tornano ora dolorosamente al pettine.

Per la sua posizione al centro della massa asiatica, grosso
modo circoscritta a sud dalla catena dell'Himalaia, a nord
dalle steppe siberiane, a est dai deserti cinesi e a ovest dal
Mar Caspio, questa terra è stata da sempre una via di passaggio di vari conquistatori. I soldati di Alessandro Magno arrivarono qui fin sulle sponde del fiume Talas, le orde di Gengis
Khan passarono da qui nella loro marcia verso Vienna. Negli
occhi a volte azzurrissimi, sopra gli zigomi mongoli, di alcune genti di questa regione restano ancora oggi visibili i segni
di quella grande mistura di razze e di civiltà che ha avuto
luogo qui.

Quando, due secoli fa, l'impero russo cominciò a espandersi in questa direzione, l'Asia Centrale era popolata da vari
gruppi etnici. I principali erano, come lo sono oggi, i kazakhi, i kirghisi, i tagiki, gli uzbeki, i turkmeni. Ognuno di questi gruppi – ugualmente presenti in territorio cinese – aveva
le proprie caratteristiche. In comune avevano che le loro lingue erano tutte di ceppo turco, che essi potevano intendersi
fra di loro, che erano tutti mussulmani e che tutti scrivevano
in arabo. Una volta annessi all'impero russo, questi popoli
vennero governati come un'unità a sé, chiamata Turkestan,
in cui i vari gruppi vissero gli uni accanto agli altri, senza de-
limitazioni di frontiere ed economicamente interdipendenti. I
kirghisi, da pastori quali erano, producevano carne e latticini;
gli uzbeki, contadini, producevano grano e cotone; mentre i
tagiki, ottimi fabbri, si dedicavano all'artigianato producendo fra l'altro i migliori coltelli.

Fu solo nel 1924, quando il potere sovietico, dopo aver
soffocato nel sangue varie rivolte locali, si installò fermamente nell'Asia Centrale, che, con la tipica politica del « divide et impera », i vari gruppi vennero separati. A ogni « nazionalità » venne assegnato un suo specifico territorio e l'A-
sia Centrale venne divisa in cinque repubbliche appartenenti

all'Unione Sovietica: il Kazakhstan, la Kirghisia, la Turkmenia, il Tagikistan e l'Uzbekistan. I confini erano assolutamente innaturali, la divisione era artificiale, ma il tutto servì
a spezzare la resistenza locale contro il dominio di Mosca e a
facilitare la rapida sovietizzazione dell'intera regione. L'I-
slam venne messo al bando, le scuole d'arabo chiuse e le varie lingue locali non vennero più scritte nell'alfabeto del Profeta, ma in quello cirillico dei nuovi padroni. La politica di
« russificazione » dell'Asia Centrale, già iniziata dagli zar
con vaste migrazioni di popoli dalla Russia europea, venne
intensificata da Stalin con la deportazione di milioni di abitanti da altre parti dell'Unione Sovietica in queste terre.

L'attuale situazione in Kirghisia, come nelle altre repubbliche, è il risultato di questa storia. La Kirghisia ha 4 milioni e mezzo di abitanti. Quasi la metà di questi (il 48 per cento) sono non-kirghisi, vedono i kirghisi affermare sempre di
più la loro identità e sono preoccupatissimi per il proprio futuro. Per i russi, i bielorussi e gli ucraini tutto quel che oggi
cambia è come un segno dell'ondata di nazionalismo da cui
temono di essere spazzati via. Per i kirghisi invece i mutamenti sono un modo di fare i conti con un passato nel quale
si sono sentiti oppressi.

La storia del nome di questa città, per decenni chiamata
Frunze e ora ribattezzata Biškek, è un caso tipico.

Michail Frunze era un rivoluzionario bolscevico della prima ora. Nato nel 1885, prese parte alla rivolta antizarista del
1905. Nell'ottobre del 1917 comandava le Guardie Rosse
che espugnarono il Cremlino occupato dai controrivoluzionari. Durante la Guerra Civile combatté nell'Asia Centrale e
finì per diventare commissario, cioè ministro, per l'Esercito e
la Marina. Alla morte di Lenin nel 1924, Frunze era considerato un serio pretendente al potere e quindi un rivale di Stalin. Nel 1925 morì misteriosamente nel corso di una operazione allo stomaco che gli era stata « ordinata » dal Politburo.
Quella strana morte, avvenuta dopo due ugualmente strani
incidenti di macchina in cui l'autista di Frunze era rimasto
ucciso, suscitò molti sospetti. Fu ordinata un'inchiesta, ma
anche quella non andò lontano perché nel giro di poco tempo
tutti i medici che avevano preso parte all'operazione moriro-
no a loro volta misteriosamente. Uno scrittore che aveva cer-

cato di ricostruire la fine di Frunze in un romanzo intitolato
La storia della luna, finì presto anche lui morto ammazzato.

Frunze era ovviamente stato vittima di Stalin e, come avveniva a quei tempi, venne celebrato dal suo stesso assassino
come un grande eroe. « Li ammazzava e poi dedicava loro
una strada o una piazza. Frunze era così importante che Stalin gli dedicò una intera città », dice Miša. Frunze era nato
qui, nella capitale della Kirghisia, e così nel 1926 questa città
venne ribattezzata Frunze.

Da allora per i kirghisi quel nome è stato il simbolo della
sovietizzazione della loro terra e, appena hanno potuto,
l'hanno cambiato. Nel febbraio di quest'anno, senza consul-
tare nessuno, senza che ci fosse un referendum, il Parlamento
locale ha passato una mozione che sostituiva il nome Frunze
con Biškek, una vecchia parola kirghisa. I russi hanno preso
quel cambiamento come una indicazione del loro potere in
declino e si consolano ironizzando sul fatto che quella parola, *biškek*, in turco antico vuol dire « il bastone con cui si ri-
mesta il latte di cavalla », o, secondo altri, « il bastone con
cui la donna si consola in assenza del marito ». Miša dice che
per ora nessuno chiama la città col suo nuovo nome e certo
non la chiamano così le donne kirghise che arrossirebbero
imbarazzate a pronunciare quella parola in pubblico.

Fatto sta che i nazionalisti kirghisi avevano bisogno di far
vedere alla loro gente che, con la nuova democrazia, anche
loro si davan da fare per riaffermare l'identità kirghisa. L'assurdità è che molti kirghisi non hanno molta voglia di farsi
« svegliare » e che l'attuale riscoperta della identità kirghisa
è in parte artificiale e non necessariamente nell'interesse della gente. Che senso ha, per esempio, reimporre l'uso di una
lingua come quella kirghisa? Alla lunga servirà solo a rallentare il progresso delle genti locali che con quella lingua si
isolano ancor più dal resto dell'Unione Sovietica e con ciò
anche dal mondo.

La Kirghisia è ricca. Fra le sue risorse naturali ci sono il
mercurio, il wolframio, l'uranio, l'oro. Il tabacco è un prodotto tradizionale della sua agricoltura. Fino a vent'anni fa le
piantagioni di Stato attorno al lago Issyk-Kul producevano
anche dell'ottimo oppio, ma Brežnev, su pressione di Washington e delle Nazioni Unite, fu costretto ad abbandonarle.
Il governo kirghiso sta ora considerando di riattivare quelle

piantagioni, se non altro per riprendere il controllo della loro produzione che gruppi di uzbeki e di kirghisi hanno comunque portato avanti illegalmente. Varie organizzazioni mafiose si occupano del trasporto di questo oppio sovietico ai porti di Odessa e Batumi. Da lì lo fanno poi arrivare in Europa.

Chiedo a Farid e Miša se è vera la storia della marijuana nella valle del fiume Ciù raccontatami da Sergej.

« Certo. È una pianta che da noi cresce un po' dappertutto. Ce n'è persino lì », risponde Miša divertito e indica l'aiuola ai piedi della statua di Lenin dove ci siamo dati appuntamento con Akmatov.

Ci sono due famosi scrittori kirghizi viventi. Uno è Cinghiz Aitmatov, l'attuale ambasciatore sovietico a Bruxelles; l'altro è Akmatov e vive qui. Quando ho chiesto a Farid di organizzarmi un incontro con lui, Farid gongolava. S'era immaginato che un giornalista straniero in visita qui avrebbe voluto vedere il loro più famoso intellettuale e aveva già fissato un appuntamento. Anche il presidente della repubblica, Akaev, è stato messo sulla lista. L'appuntamento con lui è per domattina alle dieci.

Kazat Akmatov, quarantanove anni, nato sulle rive del lago Issyk-Kul, orfano di guerra – sia il padre sia il padrino furono uccisi dai tedeschi sul fronte europeo –, entrò giovanissimo nel Partito Comunista e finì per diventare il responsabile dell'ideologia in Kirghisia.

« Solo come membro del partito era possibile avere un ruolo nella società », mi racconta. « Una volta raggiunto il vertice, però, mi resi conto che la mia vita era tutta una enorme contraddizione: di giorno lavoravo per far funzionare il sistema; di notte scrivevo per distruggerlo. »

Akmatov cominciò con lo scrivere testi teatrali. Quello più controverso fu *La notte del divorzio*, la storia di un funzionario del partito completamente corrotto. Appena uscito, fu messo al bando. Poi venne un romanzo, *Il tempo*, sulla repressione dei valori etnici negli anni '30. Fece la stessa fine. Nel 1989 Akmatov organizzò il Movimento per la Democrazia nella Kirghisia. Gli obiettivi del movimento erano la creazione di una repubblica indipendente, lo smantellamento delle strutture dittatoriali del regime sovietico e la « rinascita nazionale » attraverso la riaffermazione della lingua e della cultura kirghise, entrambe « vittime della repressione ».

Akmatov parla, parla, e dopo un po' non riesco più a starlo a sentire. Più che un intellettuale che cerca di pensare qualcosa di nuovo, mi pare un politico che ripete le cose di moda. Mi distraggo a guardare l'enorme sala delle riunioni del Palazzo del Governo in cui ci incontriamo, il grande ritratto del Padre della Rivoluzione che campeggia sulla parete. Mi perdo a pensare quant'è umanamente particolare questo momento storico nell'Unione Sovietica. Il sistema comunista, che per decenni ha determinato la vita di tutti, e spessissimo anche la loro morte, sta crollando. Ma d'un tratto è come se quel sistema fosse stato imposto da qualcuno venuto dallo spazio, come se nessuno quaggiù avesse contribuito a tenerlo in piedi. La corsa all'« io non c'ero e, se c'ero, ero una vittima » è pateticamente incominciata.

Non c'è nessuno che faccia un'analisi intelligente di quel che è successo? Nessuno che distingua fra quelle che erano le intenzioni e quella che è stata la loro realizzazione? In questi giorni incontro solo gente che da sempre è stata comunista e che ora scopre di aver da sempre odiato il comunismo. Akmatov è uno di questi. Lo ascolto e, prima ancora che mi arrivi la traduzione delle sue parole, mi immagino come, in questa stessa sala, sotto lo stesso Lenin, Akmatov avrebbe potuto ricevermi alcuni anni fa, e mi pare di cogliere nei suoi discorsi di ora, capo dei democratici, lo stesso tono di falsità e di ipocrisia di quelli che mi avrebbe fatto allora, da capo ideologo del partito.

Questo sarà uno dei grandi problemi del futuro nel paese che solo formalmente è ancora l'Unione Sovietica. Ci vorrà del tempo prima che la gente impari a ripensare con la propria testa, che si riabitui alla sincerità, che si liberi del servilismo intellettuale, della codardia umana di cui ha avuto in passato bisogno per sopravvivere.

Guardo Akmatov, orfano di guerra, poeta kirghiso, e mi vergogno della mia disattenzione, del mio essere irritato dai suoi discorsi. E come potrebbe essere diversamente? Questi uomini sono nati, cresciuti e sopravvissuti nel comunismo. Non hanno conosciuto altro che il suo modo di ragionare e molti di loro – ne son convinto – prendono gli avvenimenti di questi giorni come una delle tante campagne politiche del passato, come un altro periodo di epurazioni, quando d'un tratto chi era osannato viene vilipeso, quando gli slogan vengono rovesciati e una politica, difesa a spada tratta per anni, viene da un giorno all'altro condannata. Il comunismo diventa anti-comunismo? In verità è solo una questione di parole. Quel che non cambia è la mentalità totalitaria, l'assenza di dibattito, di sincerità. Per ora, il più resta immutato, compreso il pericolo di un'altra insofferenza e di un'altra intolleranza.

Questo è un momento in cui sarebbe utile la riflessione, sarebbero importanti degli intellettuali che aiutassero a capire, a ritrovare la strada della ragione, a dare alla gente nuove – o anche vecchie – mete. Quel che alla gente invece tocca sentire spesso non è che un nuovo tipo di propaganda.

Akmatov continua a parlare della politica di repressione sovietica e di come, lentamente, nei funerali, nei matrimoni, nella vita quotidiana, le tradizioni kirghise furono messe da parte in favore di quelle russe.

« Ma quanto forti erano queste tradizioni? » gli chiedo, e Akmatov si mette a parlarmi della circoncisione.

« Era un'antica tradizione dei kirghisi, ma i bolscevichi la proibirono e i membri kirghisi del partito che la praticavano sui loro figli venivano puniti », dice.

« Giustamente! » mi vien da esclamare. La circoncisione veniva tradizionalmente fatta dal barbiere del villaggio in condizioni così poco igieniche da mettere a repentaglio la vita del bambino, e la decisione di proibirla mi sembra avere una sua logica che non è necessariamente quella di reprimere le tradizioni kirghise! Il fatto di aver reintrodotto la circoncisione tre anni fa non mi pare poi quella gran riconquista di libertà che Akmatov vanta!

Da quando, nelle repubbliche dell'Asia Centrale, sento parlare di « indipendenza », mi chiedo se, invece dello spezzettarsi della regione, una possibile soluzione non potrebbe essere la ricostituzione del vecchio Turkestan, vale a dire di una unione delle repubbliche oggi accomunate non solo dalla religione e dalla lingua, ma anche dall'essere state vittime della colonizzazione russa e di quella comunista. Lo chiedo ad Akmatov. La sua risposta è ambigua.

« Sì », dice. « Ci sono fra di noi quelli che la pensano così, che vedono il Turkestan come il prossimo grande impero mussulmano nel centro dell'Asia, ma io sono scettico perché noi kirghisi finiremmo per tornare a essere vittime. »

« Vittime di chi? » chiedo.

« Il nuovo grande pericolo è quello del nazional-bolscevismo. Per noi kirghisi la vera minaccia sono gli uzbeki. »

I rapporti fra le due razze sono pessimi. La minoranza kirghisa che vive in Uzbekistan si sente perseguitata e ci sono già stati vari scontri fra le due comunità. Nel giugno dell'anno scorso nella regione di Osh, cinquecento chilometri a sudest di Biškek, c'è stato un vero e proprio massacro: nel giro di tre notti più di trecento uzbeki sono stati bastonati e sgozzati da bande di giovani kirghisi.

« Kirghisi, che vuol dire? » chiedo ad Akmatov quando già ci stiamo dirigendo verso la porta.

« Quaranta ragazze », dice lui e mi racconta una storia come i vecchi kirghizi la raccontano ai bambini. « C'era una volta un cacciatore che aveva quaranta figlie. Un giorno quelle andarono nella foresta e, quando fecero ritorno, il loro villaggio non c'era più. Era stato distrutto dai nemici. Tornarono nella foresta e per marito si presero dei lupi. I loro discendenti sono i kirghisi ».

« Chi erano i nemici di questa leggenda? » chiedo.

« Gli stessi di oggi: gli uzbeki », risponde Akmatov.

Scendiamo le scale e una delle solite piazze socialiste senza storia e senza fantasia ci si para dinanzi. Gli edifici, le colonne, le fontane sembrano ordinati a un supermercato dell'architettura totalitaria. Il palazzo di Lenin somiglia al mausoleo di Ho Chi Minh a Hanoi, quello del Parlamento con le sue colonne altissime è la solita copia di tutti i Parlamenti socialisti costruiti con in cuore la voglia di avere un proprio Pantheon.

Alzo gli occhi da queste brutte tracce umane e il cielo è consolante. È il vecchio, grande cielo alto dell'Asia Centrale, con banchi di nuvole rosee appena sfiorate dal sole che sta scomparendo dietro altissime file di pioppi.

Dimenticati da quarant'anni, mi tornano in mente i versi imparati al ginnasio: « Che fai tu, luna, in ciel? dimmi, che fai, / silenziosa luna? / Sorgi la sera, e vai, / contemplando i deserti; indi ti posi. / Ancor non sei tu paga / di riandare i sempiterni calli?... »

Biškek, lunedì 9 settembre

Esco per correre e capisco che cosa volesse dire Miša ieri, quando parlava del partito come di uno Stato dentro lo Stato. Eccomici dentro! La villa in cui sono alloggiato è al centro di un enorme, splendido terreno tutto recintato da un alto muro e cui si accede solo attraverso porte di ferro guardate da poliziotti armati. Dentro questo recinto c'è un vero e proprio Stato a sé con una sua popolazione, le sue fabbriche, i suoi campi coltivati, il suo piccolo esercito che lo protegge. Qui il partito – o meglio i suoi dirigenti – ha tutto: residenze, sale per i congressi, alberghi per gli ospiti. È qui che, per pochi privilegiati, vengono prodotte le cose che i comuni cittadini non possono avere, vengono coltivate le frutta introvabili nei negozi, le verdure cui non vengono dati i concimi chimici. Il partito non esiste più, ma i potenti di ieri, rimasti al potere sotto nuove spoglie, continuano a gestire questa *enclave* e a tenerla gelosamente separata dal resto della città.

Il recinto è straordinario. Corro in salita. Sulla destra ho delle splendide colline giallo-verdi, calve e soffici, davanti ho le vette dure del Tien Shan, alcune bianche di neve. Corro in un bosco di betulle, poi attorno a un lago artificiale, ovviamente il deposito dell'acqua per questo « Stato nello Stato ». Qua e là, nascoste nella vegetazione, intravedo delle ville. Alcune hanno viali e giardini che paiono miniature di vecchi giardini europei, con macchie di rose, siepi d'alloro e di bossolo scolpite con le forbici. Tutto è strano. È come se il socialismo si fosse fermato alle soglie di questa *enclave* in cui vivono i suoi capi locali. Forse è proprio perché questo recinto non è di tutti, ma esclusivamente di un piccolo gruppo, che è curato così.

Continuo a chiedermi perché una così importante rivoluzione come quella che ha messo fine al comunismo non abbia scosso nessuno, non abbia provocato movimenti popolari, non abbia portato la gente comune ad assaltare questa cittadella dei privilegiati. La verità è forse che questa rivoluzione contro il partito non è venuta dal basso con una grande, spontanea esplosione; al contrario, è cominciata dall'alto e dall'alto è stata gestita. A forza di esplosioni controllate, la naturale carica di rabbia popolare si è spenta. Quando è stato

tolto il coperchio, il contenuto di quella pentola era già lentamente sbollito.

Ore 10. Appuntamento con il presidente della repubblica
della Kirghisia, Askar Akaev, nel suo enorme ufficio. Insisto
ad avere Miša come interprete e Farid fa tutte le necessarie
telefonate per convincere i suoi capi al giornale femminile
che Miša deve essere messo « in vacanza » finché io resto in
Kirghisia. Farid è abilissimo. Grazie al fatto di aver lavorato
per molti anni nella organizzazione del partito, conosce tutti
quelli che contano e sa a chi rivolgersi per risolvere ogni sorta di problema. Capisco perché la *Komsomolskaya Pravda* lo
abbia assunto per dirigere l'ufficio che il quotidiano di Mosca ha a Biškek. Dovunque si vada, Farid è come a casa sua,
e anche le guardie del palazzo del presidente lo salutano come fosse un frequentatore abituale.

Il palazzo è di marmo. Di marmo sono le scale, i corridoi,
i bagni. Sulle porte dei vari funzionari ci sono ancora i cartelli che indicano quella che era la loro posizione nel partito.
Me lo fa notare Miša che entra in questo posto come entrasse
in un sogno. Quando traduce « segreteria del Comitato Centrale », lo fa come se dicesse: « Qui sta san Pietro ». È passato dinanzi a questi palazzi, ma non c'è mai entrato; questa
gente l'ha vista, ma da lontano, senza mai poterci parlare.
Oggi per la prima volta si trova a faccia a faccia col presidente della repubblica.

Akaev lavora fra quattro pareti rivestite di bellissimo legno d'olmo. La sua scrivania sta davanti a una grande bandiera della repubblica kirghisa. Manca il ritratto di Lenin. Al
suo posto è appeso un tappeto con al centro la faccia di un
famoso bardo kirghiso dell'Ottocento, Toktogul.

« Nei miei uffici non ho mai avuto ritratti di personaggi
politici », dice Akaev. « Quando ero presidente dell'Accademia delle Scienze qui, tenevo solo ritratti di scienziati. »

Akaev è un uomo piccolo, calvo, con una bella faccia ton-
da marcata da due sopracciglia nerissime che formano due
perfetti semicerchi sugli occhi tipicamente mongoli. Akaev è
un fisico, ma il suo aspetto è quello di un *apparatciki* comunista: il completo di poliestere beige, un po' luccicante, la
camicia bianca, la cravatta scura, una cintura con una fibbia

d'ottone un po' troppo grande. Il suo sorriso è pieno di denti d'oro e d'argento, ma in qualche modo mi lascia freddo. Tutto quel che dice suona giusto e vero, ma quel che mi pare strano è che sia lui, fino a poco tempo fa membro del Partito Comunista, a dirmelo.

« Per settant'anni siamo stati convinti di creare una società migliore di quella capitalista. Ora ci siamo resi conto che sbagliavamo. I paesi capitalisti hanno realizzato il socialismo meglio di noi. Marx era certo un grande economista, ma Adam Smith era ancor meglio di lui. »

Akaev mi racconta che qui già un anno fa fu presa la decisione di togliere dal nome ufficiale della repubblica sia la parola « socialista » sia quella « sovietica ». « Eran due veli che servivano solo a nascondere la dittatura », dice. Con lo stesso fiato, poi mi parla della Corea del Sud come di un paese da prendere quale modello di sviluppo.

E quella non è forse stata una dittatura? penso io. Su una consolle, in una teca di vetro, alle spalle di Akaev c'è una bellissima corona con tanti ciondoli d'oro. La riconosco come una delle preziose riproduzioni di antichi gioielli che si fanno a Seul.

« Sì, mi è stata regalata da una delegazione sudcoreana che è venuta in visita », dice il presidente.

Ecco un altro grande problema nel futuro di queste repubbliche: i loro dirigenti escono dall'isolamento, non hanno una grande esperienza del mondo, tranne magari di quello socialista, e ora, senza una visione propria di quel che i loro paesi dovrebbero essere, come dei contadini ingenui davanti a qualche venditore di pozioni magiche a una fiera di paese, sono pronti a farsi convincere dal primo arrivato di questa o quella formula che porterà loro benessere e prosperità.

« Non solo la Corea », dice Akaev recependo le mie obiezioni, « ma anche il Giappone è per noi un grande esempio. È dando alla gente una forte coscienza nazionale che il Giappone è tanto progredito economicamente. Questo è quel che dobbiamo fare anche noi. »

Ormai non si sente parlare d'altro: economia e progresso economico! Non ci sono altre mete, non ci sono altri obiettivi di sviluppo. Non ci sono altri ideali. Il ragionamento è ormai solo questo: il socialismo è fallito nell'economia; se impariamo dal capitalismo ci tireremo fuori dai problemi.

« È così, non è vero? » chiedo ad Akaev. « Possibile che nessuno dica mai che il socialismo è fallito perché non ha rispettato la libertà dell'uomo; che il problema ora non è solo quello di riempire le pance della gente, ma anche quello di ridare un senso alla loro vita; che, oltre a stimolare la benedetta economia, vanno stimolate anche le teste, va stimolata la fantasia, va incoraggiata la poesia? Questo passare da un materialismo a un altro non preoccupa nessuno? Non è pericoloso? »

Akaev interrompe la mia tirata. « Pericoloso? Certo! Il pericolo più immediato è che la struttura totalitaria comunista venga ora usata dai nazionalisti. Il pericolo è che sono circondato da tanta gente che ha appena voltato gabbana, che ieri... » dice, e a me esce dalla bocca il pensiero che ho avuto in testa da quando sono entrato nel suo ufficio.

« Scusi, sa? Ma non è anche lei uno di questi? E come può la gente fidarsi di dirigenti come lei, che fino a ieri hanno detto una cosa, e oggi improvvisamente cambiano tono e dicono il contrario? »

La bocca gli si apre in un gran sorriso punteggiato dai denti d'oro e d'argento: « Sì, sono stato comunista, ma, mi creda, in cuor mio ho sempre pensato che Adam Smith fosse meglio di Marx! »

Patetico, il mio presidente! Questa sembra essere la sua battuta preferita. È la stessa che disse il 23 agosto, due giorni dopo il fallimento del colpo di Stato, quando annunciò alla sua gente che lui lasciava l'odiato partito in cui aveva militato, con successo, per tutta la vita. Eppure qui nessuno gli ha fatto questo rimprovero, nessuno ha messo in discussione la sua sincerità. Il comportamento da grande nazionalista, tenuto da Akaev nei giorni drammatici del colpo di Stato, l'ha come assolto dalla « colpa » di essere stato legato per decenni allo strumento del potere coloniale qui, il Partito Comunista.

« Sono a casa mia e non mi faccio dare ordini da nessuno », fu la risposta di Akaev al generale Fuženko, comandante della regione militare dell'Asia Centrale, che gli telefonava da Taškent per dirgli di dimettersi e di ritirare dalle strade di Biškek le forze della milizia locale cui Akaev aveva appena ordinato di prendere in consegna i vari edifici pubblici e di difenderli da un eventuale intervento dell'esercito sovietico. Da parte di Akaev quella era stata una decisione coraggiosa.

Nel pomeriggio del 19 agosto, subito dopo l'annuncio del *putsch* a Mosca, il capo del KGB della Kirghisia, un russo, aveva dichiarato che la sua organizzazione appoggiava la giunta di Mosca e che le truppe sovietiche nella regione facevano lo stesso. Akaev non aveva messo tempo in mezzo. Era corso nell'ufficio in cui ora ci incontriamo, aveva firmato un decreto che licenziava il capo del KGB e aveva fatto scendere in strada la sua milizia. Ai kirghisi la decisione di Akaev era piaciuta moltissimo e ancor più piacque loro la sua risposta a Fuženko che al telefono da Taškent gli urlava: « Indipendenza della Kirghisia? Me ne frego della vostra indipendenza! » e minacciava di far marciare su Biškek le sue truppe, se il presidente kirghiso non obbediva ai suoi ordini.

Alla lunga, se l'esercito si fosse davvero mosso contro di lui, Akaev con la sua forza di 12.000 miliziani, tutti kirghisi, non ce l'avrebbe fatta, ma gli bastò tener duro per due giorni. Il 21 agosto venne l'annuncio che il *putsch* era fallito e lui poté presentarsi, non più come l'uomo del Partito Comunista dell'Unione Sovietica, ma come il Padre della nuova repubblica kirghisa indipendente.

« Che è successo a Fuženko? » chiedo ad Akaev.

« È ancora comandante della regione militare a Taškent. Non l'ho più sentito, ma so che cerca di far dimenticare il suo ruolo di quei giorni », dice, aprendo la bocca nel suo gran sorriso d'oro e d'argento.

Akaev è ora popolarissimo in Kirghisia, così come il suo collega Nazarbaev lo è nel Kazakhstan. Come Nazarbaev, è abbastanza nazionalista da piacere alla gente locale e abbastanza moderato da rappresentare una garanzia di stabilità per la gente degli altri gruppi etnici.

« Quanto forti sono gli estremisti kirghisi, quelli che vogliono cacciare da qui tutti i russi, gli ucraini, i coreani, gli uzbeki? » gli chiedo.

« Una minoranza », risponde. « Ma sono influenti! Sono loro che, quando il Parlamento ha approvato la nuova legge per la riforma agraria, son riusciti a far passare un articolo che praticamente dava il diritto di proprietà in questa repubblica soltanto ai kirghisi. L'ho dovuto bloccare col veto presidenziale. Ma in un modo o nell'altro ci riproveranno. »

Capisco la preoccupazione di tutti i non-kirghisi che hanno dubbi sul loro futuro e capisco Akaev che, accompagnan-

domi alla porta, dice: « I prossimi dieci anni saranno diffici-
lissimi e io dovrò battermi contro i vari estremismi ». In questo mi è parso assolutamente sincero e quelle parole mi restano nelle orecchie scendendo le scale di marmo del palazzo.

Un sole a picco batte sulle pietre e sulla imponente statua
nera di Lenin che rende miseri e piccoli gli uomini che gli
passano sotto.

« Ormai nell'Unione Sovietica non si incontra più un comunista neanche a pagarlo a peso d'oro. Possibile che lui sia
l'unico rimasto in tutto il paese? » dico a Miša, indicando il
Padre della Rivoluzione.

« Ti sbagli a credere che non ce ne siano più », risponde.
« I comunisti sono come i fanatici religiosi, sanno nascondersi, riorganizzarsi e magari è quello che stanno facendo ora
nella clandestinità. Ho letto che in Italia per anni avete avuto
le Brigate Rosse. Ebbene, se qui le cose vanno avanti troppo
in fretta, ce ne saranno anche da noi. »

Il sole è forte, e per aspettare Farid e il pulmino che ci
riporti nel recinto dei privilegiati ci sediamo all'ombra di
Lenin.

« E tu, con questa statua che faresti? » chiedo a Miša.

« È il simbolo di tutto quello che ho odiato in vita mia »,
risponde. « Per anni ho solo sognato che la buttassero giù.
Ma ora? Ora voglio che Lenin resti al suo posto perché, se da
qui se ne va via lui, allora me ne debbo andare anch'io. Nemmeno io sono kirghiso. »

11. Una bomba a tempo

Ascolto la bbc e la *Voice of America*. I vari giornalisti stranieri che trasmettono da Mosca continuano a parlare della « rivoluzione che sta sconvolgendo l'Unione Sovietica » e io mi chiedo se non sono per caso nel paese sbagliato. Attorno a me per ora non vedo niente di sconvolgente. Tanto meno la rivoluzione.

Quando a Saigon nel '75 i comunisti presero il potere, la rivoluzione arrivò in ogni angolo della città e con quella venne una generale, drammatica, a volte anche ingiusta, ma naturale e comprensibile, resa dei conti. C'erano enormi debiti di sangue da pagare, e creditori e debitori erano lì, gli uni davanti agli altri, coi loro ricordi vivi, le cicatrici fresche. Qui, stranamente, è come se tutto il problema di questa rivoluzione – perché non c'è dubbio che la fine del comunismo è una rivoluzione – fosse ridotto a una resa dei conti con le statue. Si toglie o non si toglie la statua di Lenin dalla piazza? Si abbatte o non si abbatte quella dedicata al fondatore del kgb? I ricordi della gente sembrano appannati, le ferite risarcite. Nessuno fa i conti con nessuno. Questa è una rivoluzione senza catarsi. Può allora essere una rivoluzione? I comunisti non ci sono più, è vero, almeno in apparenza, ma forse è altrettanto vero che non ci sono mai stati e che la cosiddetta fine del comunismo ora – almeno nell'Asia Centrale – non è nient'altro che la fine di un regime coloniale.

Nel Kazakhstan e ora qui in Kirghisia, ogni volta che incontro qualcuno che non sia russo, sento sempre e soltanto parlare della repressione delle popolazioni locali da parte di Mosca, del tentativo prima zarista e poi bolscevico di distruggere le culture indigene e di imporre la cultura russa. Lo so che tutto questo non è semplice propaganda, diventata ora di moda per sostenere l'indipendenza delle varie repubbliche, ma vorrei avere su questo argomento una versione un po' più scientifica e meno conformista di quella che mi danno i politici. Vorrei che qualcuno mi spiegasse meglio se questa della repressione culturale era davvero una politica deliberatamente perseguita da Mosca, o se invece è stato il semplice contatto fra due culture, una vecchia e più evoluta – quella russa – e una più debole e recente – quella delle minoranze –, a far sì che l'una dominasse l'altra. Ho chiesto per questo di vedere uno storico dell'Asia Centrale, possibilmente un kirghiso.

L'appuntamento è all'Accademia delle Scienze. Anche in questo caso la tradizione comunista resta: un incontro testa a testa è impossibile e l'uomo arriva portandosi dietro come testimoni due giovani donne, anche loro storiche, che mi presenta come le sue assistenti.

Per spiegarmi la repressione comincia scrivendo su un pezzo di carta una serie di parole: Baki (il nome di suo padre), nulu («figlio») Imel (il suo nome proprio), tegin («clan»), Moldebai (nome del clan). In kirghiso, dunque, lui si chiama Imel figlio di Baki del clan dei Moldebai. Per l'anagrafe invece è semplicemente Imel Moldebaev. I funzionari dello zar già alcune generazioni fa russificarono il nome del clan, aggiungendovi un «ev» finale, e ne fecero il cognome della famiglia. Repressione? Ai suoi occhi, sì. Chiedo date, fatti, ma presto mi accorgo di quello che forse è il grande problema: la storia non esiste. Il passato è soltanto uno strumento del presente e come tale è raccontato e semplificato per servire gli interessi di oggi.

«L'annessione della Kirghisia avvenne a tappe fra il 1856 e il 1870», dice una delle due assistenti. «Ma per dare alla gente una data sola, una data facile da ricordare, fu presa una data di mezzo: il 1863. In tutti i libri di scuola, in tutti i musei della repubblica il 1863 è diventato la data dell'annessione.»

«E la chiamate storia?» chiedo io.

«In settant'anni di potere sovietico abbiamo imparato a pensare così», risponde l'assistente. La storia dell'annessione della Kirghisia non fu sempre pacifica. Nel 1898, per esempio, ci fu una grande rivolta antirussa nella regione di Andižan. L'interpretazione di questi fatti da parte dei sovietici è sempre stata controversa.

«Per anni i nostri storici hanno discusso se chiamare queste ribellioni 'sollevamenti popolari', 'rivolte nazionali' o semplicemente 'episodi di violenza'», dice Moldebaev. «Finché erano contro lo zar, le rivolte potevano chiamarsi 'progressiste'. Ma come definirle dopo, quando le rivolte furono contro i bolscevichi?»

Uno degli episodi più interessanti e per ora più misteriosi dell'Asia Centrale fu la grande rivolta dei *bassmacci*, i guerriglieri mussulmani – oggi si chiamerebbero *mujaheddin* – che volevano la costituzione di uno Stato islamico e indipendente nell'Asia Centrale. La ribellione cominciò nel 1916 proprio qui in Kirghisia, quando alcune migliaia di giovani presero le armi per opporsi alla politica dello zar che mandava sempre più russi e ucraini a occupare le loro terre. La risposta fu durissima e la ribellione venne soffocata nel sangue.

« Fu un genocidio », dice Moldebaev, usando quella parola a sproposito, come ormai tutti fanno. « Più della metà dei kirghisi che abitavano nelle regioni del Nord vennero massacrati. Alcune decine di migliaia sopravvissero solo perché riuscirono a rifugiarsi in Cina. » La storiografia ufficiale ha sempre sostenuto che furono i bolscevichi a ispirare quella rivolta e ad aiutare le popolazioni locali a ribellarsi contro lo zar.

« È vero? » chiedo ai miei storici.

« No. Recentemente abbiamo scoperto che tutti i documenti, usati per provare quella versione, erano falsi », dice Moldebaev.

« Falsi, falsi », insistono le due assistenti.

« E perché? »

La spiegazione che mi danno fa senso. I *bassmacci* erano popolarissimi fra la gente dell'Asia Centrale e, quando i bolscevichi, dopo la Rivoluzione d'Ottobre, vennero a prendere il controllo della regione, fu nel loro interesse pretendere che erano gli alleati dei guerriglieri. I ribelli kirghisi però rifiutarono di riconoscere le nuove autorità venute da Mosca, convinsero le altre popolazioni della regione a fare lo stesso e i *bassmacci* divennero gli eroi della resistenza anticomunista attraverso tutta l'Asia Centrale.

I *bassmacci* – il nome all'origine era peggiorativo e voleva dire « banditi » – si ispiravano alla comune tradizione dei popoli turchi e dicevano di lottare per un Turkestan unitario e islamico. Fino al 1922 i *bassmacci* costituirono una seria minaccia al potere bolscevico; quando uno dei loro capi più carismatici, Enver Pascià, un turco di straordinarie qualità, una sorta di Che Guevara mussulmano, venne braccato, e ucciso sulle montagne del Tagikistan dagli uomini che Lenin gli aveva messo alle calcagna, i *bassmacci* persero la loro carica. Di loro rimase solo il ricordo di grandi eroi popolari, nei racconti tramandati a voce fra la gente. Madamin Beck, il capo dei *bassmacci* kirghisi, anche lui ucciso dai bolscevichi, è ancora oggi famoso e rispettato, benché per decenni sia stato proibito persino fare il suo nome in pubblico e in tutta la repubblica non esista un solo monumento in suo onore.

Il potere sovietico aveva capito bene quanto pericolosi erano i *bassmacci* e quanto rivoluzionaria poteva essere quella loro idea panturca che improvvisamente univa in una guerra santa contro Mosca i kirghisi e gli uzbeki, i tagiki e i kazakhi. Per questo, dopo aver sconfitto i *bassmacci* militarmente, il Cremlino si preoccupò di separare politicamente, una volta per tutte, i vari popoli del Turkestan. Nel 1924, in nome dell'autodeterminazione dei popoli, Stalin divise abilmente l'Asia Centrale in cinque repubbliche distinte e potenzialmente ostili l'una all'altra.

« Ora che il potere sovietico si sfascia è possibile ricostituire il Turkestan? » chiedo allo storico e alle sue assistenti.

La risposta è unanime: « Questa è la speranza nel cuore di tutti noi mussulmani! » Alle vecchie ragioni se ne aggiunge una nuova: con la disgregazione dell'Unione Sovietica, lo Stato che emerge ora come il più forte, il più ricco, il più popoloso, il più moderno è la Russia, e soltanto un'Asia Centrale unita potrà far fronte a questo colosso, potrà bilanciare il suo potere e impedire che si ripeta in futuro, pur sotto altra forma, l'attuale rapporto di tipo coloniale fra Mosca e i popoli di questa regione.

« Un nuovo Turkestan sarebbe la soluzione logica a tutti i nostri problemi. Ma è un sogno, un sogno difficile da realizzare », dice una delle assistenti. Poi precisa: « Almeno per ora... »

Settant'anni di storia sovietica giocano ora a sfavore di una rapida unificazione dell'Asia Centrale. Le diversità fra i vari popoli anche. I kirghisi, per esempio, sono relativamente nuovi in questa regione in cui si stabilirono solo attorno al XVI secolo. In origine erano pastori, per cui nomadi. Non avevano una lingua scritta e la loro tradizione era affidata a un *epos*, il *Manas*, tramandato oralmente e che fu messo per iscritto solo a metà dell'Ottocento... da un russo!

Quanto alla religione, i kirghisi erano originariamente

sciamanisti e il loro abbracciare l'Islam, attorno al Seicento, non significò mai granché. Erano sempre in movimento, vivevano lontani dalle moschee e dagli *iman* e, al contrario degli uzbeki e dei tagiki, che erano sedentari, non diventarono mai veri credenti. Stranamente furono i russi, nel secolo scorso, a decidere che i kirghisi dovevano essere dei buoni mussulmani. Mosca vedeva la religione come un modo di controllare queste genti e mandò qui dei *mullah* a occuparsi di loro. Ma nemmeno quelli ebbero molto successo. Le donne kirghise, per esempio, non portarono mai il *chador*.

Di tutti i popoli dell'Asia Centrale i kirghisi sono, anche nell'aspetto, i più mongoli. Sono inoltre i meno numerosi, il che spiega facilmente perché sono estremamente sospettosi nei confronti degli altri gruppi etnici ed estremamente reticenti a unirsi a loro in una entità politica che ovviamente finirebbe per essere dominata dal gruppo più forte, più militante, più mussulmano e più numeroso: gli uzbeki. I kirghisi in tutta l'Unione Sovietica sono appena tre milioni, gli uzbeki invece sono circa venti.

Chiedo a Miša di portarmi in una libreria a vedere se possiamo comprare una carta geografica, una guida o una storia, anche fasulla, della regione. Niente da fare. La porta della libreria è sbarrata. « Chiuso per consegna merci », dice un cartello scritto a mano.

« Certo non consegnano quel che cerchi », dice Miša. « Libri come li vuoi tu, non ne ho mai visti. Quanto alle carte, son segreti militari! »

Anche il museo dedicato alla vita di Michail Frunze, nel centro della città, sarebbe chiuso, ma Farid, risolutore di tutti i problemi, riesce a chiamare il direttore, a spiegargli la eccezionalità del visitatore e col solito balletto che ormai conosco a memoria – « giornalista europeo », *Komsomolskaya Pravda* –, riesce a ottenere il permesso di visitarlo. Ci guida Mark Žetinëv, capo dell'Ufficio Propaganda del Museo, che ha una enorme fretta e guarda continuamente l'orologio perché si avvicina l'una e le sue due belle assistenti stanno preparando, sul bancone dell'ingresso, una appetitosissima insalata di pomodori.

« Il museo è chiuso perché deve essere completamente ristrutturato », dice Žetinëv. « Finora qui abbiamo raccontato solo la storia di Frunze, e anche quella solo nella versione falsa, voluta dal partito. In futuro vogliamo invece che questo sia il museo della storia della città. »

Che peccato! Io trovo che il museo andrebbe lasciato proprio così com'è, perché è un esempio perfetto del *kitsch* e delle falsità comuniste. Una volta che tutti i musei come questo saranno « ristrutturati », come sarà possibile spiegare l'abilità con cui un regime totalitario come quello sovietico è riuscito a deformare ogni cosa, dalla storia al gusto, dal cervello ai sentimenti della gente, generazione dopo generazione?

Il museo di Frunze è una struttura di cemento e granito, costruita attorno a una casetta modesta dalle pareti bianche e il tetto di paglia, che sarebbe stata – guarda caso, proprio qui nel centro della città! – « la casa natale del generale Michail Frunze, Grande Leader del Partito Comunista e del Governo Sovietico », come avverte una lapide in kirghiso e in russo, all'ingresso.

La « casa natale » è come quella dei capi storici della rivoluzione cinese e quella di Kim Il Sung nella Corea del Nord: completamente fasulla, ma fatta in modo da suscitare nei visitatori simpatia per l'eroe e ardore rivoluzionario. I dettagli sono curatissimi. I tappetini per terra, gli armadi, la tavola, la culla in cui Frunze neonato dormì nel 1885 sono in perfetto ordine, puliti. Il cappotto del padre medico militare (lui era moldavo, la madre russa), appeso nel corridoio, è uno che la gente di qui si metterebbe volentieri anche oggi, data la sua buona qualità. L'impressione è quella di visitare un luogo sacro.

Il museo contiene tutti i possibili cimeli di Frunze oltre ai cimeli di tutte le fabbriche e istituzioni – compresa un'accademia militare – fondate in suo onore e a una collezione di tutti i prodotti, da una mitragliatrice alle scatole di fiammiferi, che portano il suo nome.

Frunze morì il 31 ottobre 1925, ufficialmente di infarto postoperatorio.

« Siamo ormai convinti che l'operazione non era necessaria e che fu Stalin a ordinare la sua uccisione », dice Žetinëv. « Per decenni nel museo sono stati conservati i documenti del partito su questa faccenda, ma ora ci siamo resi conto che sono tutti falsi. »

Anche qui! Dev'esserci stata una vera e propria industria per la produzione di falsi! Che questa fosse la principale occupazione degli storici sovietici?

Non voglio troppo approfittare della gentilezza dell'affamato capo della propaganda del museo, e presto lo saluto perché vada a raggiungere le sue assistenti e la loro insalata di pomodori. Mi rimugina in testa una frase che Žetinëv ha detto, a proposito delle difficoltà di ristrutturare il museo: «Per decenni abbiamo raccontato solo delle bugie e non è facile ora, tutt'a un tratto, mettersi a dire la verità. Abbiamo bisogno di tempo per abituarci».

Che straordinaria, spaventosa constatazione! E che problema, quello che questo mondo ex comunista deve ora affrontare!

Con Miša e Farid andiamo a prendere un caffè alla mensa degli impiegati del Parlamento locale. La donnona dai capelli rossi che ci serve è felicissima di sentire che vengo dall'Europa. Ha una domanda da farmi.

«Mi guardi bene», dice mettendosi le mani sui fianchi e sporgendo ancora di più il già sporgentissimo seno. «Se vado in Germania, trovo ancora marito?» Ha quarantatré anni e un figlio di sedici. I genitori eran tedeschi del Volga, deportati in Kirghisia. È stata sposata, ma due anni fa è rimasta vedova e ora ha paura a restare qui da sola. «Davvero non m'ero mai chiesta se ero russa o no, ma dopo i fatti di Osh mi sento minacciata, mi sento tedesca. Sono disposta a lavorare dalla mattina alla sera pur di stare in pace, pur di non aver più paura. Mi dica proprio la verità: se vado in Germania, trovo marito?»

Non parla una parola di tedesco, sul suo passaporto alla «quinta riga» c'è scritto «russa», perché il marito morto era un russo, e le sarà quindi difficile convincere i funzionari di Bonn a darle un visto per emigrare, ma non la voglio deludere.

«I tedeschi non lo so, ma certo gli italiani adorano le donne corpose», dico facendo ridere tutte le cuoche e le cameriere della mensa riunitesi attorno a me e alla «tedesca».

I fatti di Osh. Ogni volta che qualcuno vuol spiegarmi che cosa è cambiato in Kirghisia negli ultimi tempi, si rifà ai fatti di Osh. Osh segna una svolta. Osh è stato il brutto risveglio dal sogno dell'armonia razziale in questa repubblica. Chiedo a Farid se è possibile andarci. Se ne occuperà lui! Farà il permesso di viaggio per me e il biglietto aereo per tutti e tre. Per tre? Ma certo: Miša come interprete e lui come «commissario politico» per prendere contatto con le varie autorità, convincerle a vedermi e a raccontarmi quel che è successo.

«È una storia complicata. Nessuno ne parla volentieri», dice Farid. Poi, dopo un attimo di esitazione, come rivelasse un segreto, aggiunge: «Il partito. Il partito è stato responsabile di tutto».

Vado all'ufficio del telex: anche lì le impiegate sono tutte russe; vado in altre due librerie: anche lì le carte sono introvabili. Biškek è una città ricca di monumenti. Monumenti alla Rivoluzione, monumenti alla Vittoria e monumenti ai vari anniversari di entrambe: il decimo, il ventesimo... Tutti sempre in bronzo. Montagne di bronzo per dare solidità a una menzogna. «Evviva il glorioso Partito Comunista», dice una scritta a grandi lettere di ferro sul tetto dell'edificio dove ha sede *La voce della Kirghisia*, il principale giornale di Biškek.

«Aspettiamo di poter vendere quello slogan a qualche collezionista occidentale», dice il direttore, Aleksandr Malievanij. «Vale almeno quanto un pezzo del muro di Berlino.» Se sono interessato posso avere «per ricordo» la sua tessera del partito. «Vendere la tessera è ormai l'unico modo di sopravvivere per un vecchio comunista come me.» Finalmente ne ho trovato uno!

Malievanij è russo, è venuto qui trent'anni fa ed è convinto oggi, come lo era allora, che l'unica soluzione per le varie repubbliche sia quella di restare legate. «L'impero è finito, ma bisogna ricostruire una unione su basi economiche. L'indipendenza è una sorta di malattia. Se non ne guariamo presto, l'intero paese finirà male», dice. «I kirghisi sono orgogliosissimi d'essersi dichiarati indipendenti, ma non hanno fatto bene i loro conti. L'indipendenza costa cara. Alla Kirghisia costerà sui 22 miliardi di rubli all'anno. Questa è la cifra che Mosca paga per rifornire la repubblica di tutto quello di cui ha bisogno e che non produce. Ma d'ora in poi, chi pagherà?» In Kirghisia già manca la farina per fare il pane. In passato veniva dalla Russia, dall'Ucraina e dal Kazakhstan, ma quelle repubbliche vogliono rinegoziare i vecchi contratti e, in attesa di sapere che cosa riceveranno in cambio, hanno sospeso le consegne.

Secondo Malievanij i conflitti razziali saranno il grande problema del futuro. Tutti i vari gruppi etnici stanno riscoprendo il nazionalismo e questo non può che causare guai. I russi sono preoccupati e se ne stanno già andando. L'esodo è cominciato con i fatti di Osh ed è aumentato con la spinta kirghisa all'indipendenza: solo negli ultimi sei mesi ne sono partiti 74.000. «Ed è tutta gente di cui la Kirghisia ha oggi più bisogno di prima», dice il mio direttore. «Perché ad andarsene sono gli ingegneri, i tecnici, gli operai specializzati.» Secondo Malievanij questa partenza dei quadri non farà che aumentare la crisi dell'industria locale. Era impegnata soprattutto nella produzione militare e quella ora è stata bloccata. La principale fabbrica di Biškek produceva le parti di un mitra; ora cerca di fare pezzi di ricambio per le auto, ma la riconversione non è facile.

Farid con aria raggiante entra nell'ufficio del direttore. Ha il permesso di viaggio e i biglietti per Osh. Abbiamo appena il tempo di correre alla foresteria a prendere i miei bagagli. Sulla via dell'aeroporto (si chiama Manas, come l'*epos* kirghiso) Farid mi indica la più grande moschea di Biškek. Sembra la riprova di tutto quel che mi è stato detto sulla poca religiosità dei kirghisi: non ha neppure un minareto.

Prendiamo uno dei soliti affollatissimi, caotici aerei, coi sedili sgangherati e le toilette senza carta e senz'acqua. L'unica novità è che in questo le hostess offrono ai passeggeri dei rudimentali giochini elettronici e dei Walkman sovietici per ascoltare delle cassette con più fruscii che musica. L'affitto di uno di questi aggeggi per tutta la durata del volo è di due rubli. Appena l'aereo parcheggia sulla pista di Osh, degli operai accorrono con degli idranti a spruzzare le nostre ruote con getti d'acqua. Sono completamente lisce e forse questo forzato raffreddamento impedisce che l'aria, riscaldatasi nell'attrito dell'atterraggio, faccia esplodere le gomme.

Dinanzi all'uscita dell'aeroporto c'è un piccolo bazar. Giovani dalle facce mongole, in piedi dietro bracieri fumanti, cuociono appetitosissimi spiedini di manzo e di pecora. La folla che si muove nelle nuvole di fumo dell'arrosto è fatta di donne in lunghi vestiti colorati e di uomini con begli stivali di cuoio e berretti mussulmani.

Le telefonate di Farid hanno messo in moto l'organizzazione locale e l'accoglienza è quella classica, prevedibile: un altro pulmino bianco, un altro commissario politico. Muhamad Askarbek, cinquantaquattro anni, kirghiso, fino a due mesi fa comunista, ora membro del Movimento per la Democrazia, è il tipico funzionario di partito. Ne ha tutte le maniere, il sorriso imbonitore, la prepotenza. Lungo il percorso mi racconta che Osh è la seconda città della repubblica, che ha 220.000 abitanti, che l'economia della regione si basa soprattutto sull'agricoltura, che l'unica risorsa naturale è il mercurio.

« E i rapporti fra i vari gruppi etnici? » chiedo.

« Tornati normali », dice. I miliziani armati delle forze speciali « Omon », di guardia attorno all'albergo in cui andiamo a stare, sembrano contraddirlo.

Fra i giovani che bighellonano davanti all'albergo ce n'è uno con un enorme melone giallo sotto il braccio. « Straordinario », dico io. « Uno grande così non l'ho mai visto! »

Askarbek va diritto verso quel ragazzo, gli strappa via il melone e lo porta a me.

« Regalo del popolo kirghiso », dice con quel suo falso sorriso e io, imbarazzatissimo, ho una ragione in più per odiarlo.

A cena chiedo di visitare il posto dove sono avvenuti gli scontri più gravi. Askarbek dice che il grande massacro fu a Uzghen, una cittadina 48 chilometri a est da qui, ma che lì vige ancora la legge marziale, che per andarci occorre un permesso speciale e che non abbiamo il tempo di procurarcelo. Il programma di domani comunque è già fatto! « Si incomincia subito dopo colazione, alle nove », dice Askarbek. « E ora tutti a letto a riposarsi! »

Mi sento in trappola, ma sono anche stanco, e rimando a domani la ricerca di un modo per uscirne.

Osh, mercoledì 11 settembre

Mi alzo presto e decido di saltare corsa e colazione pur di vedere senza « commissario politico » il bazar della città che, ho sentito, è a un paio di chilometri dall'albergo. Faccio ap-

Al bazar di Osh

pena in tempo a mettermi sul bordo della strada e a mostrare un « biglietto magico », che una macchina si ferma con stridor di freni. L'uomo al volante è ciarliero. Faccio sfoggio delle dieci parole di russo che so e quello si lancia in lunghissimi monologhi. Faccio con le mani il gesto di uno scontro, dico le parole « uzbeko, kirghiso », e quello incomincia un dettagliatissimo racconto in cui riconosco solo la parola « carri armati » e la mimica di gente che spara. È una di quelle situazioni in cui maledico di non sapere la lingua del posto in cui mi trovo.

Il bazar è affollato di gente e di merci. Fra i banchi carichi di frutta, di verdura, di patate, di spezie, di meloni, passa un vecchio gobbo che tiene in mano una padella in cui brucia dell'erba medica. I venditori con la mano aperta si buttano addosso zaffate di quel fumo, fanno il gesto di passarselo nei capelli e pagano qualche copeco per questo servizio chiaramente inteso a cacciar via gli spiriti maligni e augurarsi una giornata di buoni affari. Dai diversi cappelli degli uomini mi rendo conto che quasi tutti i venditori del bazar di questa, che è la seconda, città della Kirghisia, sono uzbeki.

Mi compro una ruota di pane, dei fichi e mi siedo al banco d'un uomo che vende bicchieri colmi di tè. Ma la mia gioia è breve e la colazione in libertà viene interrotta dall'arrivo di Askarbek, Miša e Farid che, non vedendomi in albergo, si sono messi a cercarmi per portarmi al primo appuntamento del programma, quello col vicesindaco della città. Costui si chiama Ali Isabaev ed è uzbeko. Questa è una regola di tutte le municipalità multirazziali: il sindaco appartiene al gruppo etnico della maggioranza; il vicesindaco all'altro; il terzo nella gerarchia è di solito un russo.

Isabaev è un uomo sulla cinquantina. Mi riceve con lo stesso piacere con cui uno si appresta a bere un veleno. Non riesce neppure a sorridere quando io, cercando di rompere il ghiaccio, gli chiedo se sa quanti italiani, dopo Marco Polo, son passati da questa città che nei tempi antichi era una tappa importante sulla Via della Seta. Lui vuol farmi un discorso sull'economia della regione. Io invece voglio sapere dei fatti di Osh.

Che cosa è successo di così drammatico fra il 4 e il 7 giugno del 1990 da cambiare i rapporti fra i gruppi etnici di questa repubblica e da scuotere l'intera Asia Centrale?

Il vicesindaco è riluttante. Dice che, « grazie ad Allah, il problema razziale è stato risolto », che ora è meglio non parlarne, perché una sola parola sbagliata potrebbe riattizzare il conflitto, e che, se voglio saperne di più, lo chieda alla gente. Lui su questa faccenda non ha niente da dire.

Strano davvero! Di solito son quelli al potere a voler dare la loro versione dei fatti. « Non esiste una versione ufficiale? » chiedo.

« Sì, il numero ufficiale delle vittime è 297 », risponde.

« C'è anche un numero non ufficiale? » insisto.

« No! »

« Ci furono più morti uzbeki o più morti kirghisi? »

« Le vittime son vittime e non le abbiamo classificate a seconda della loro nazionalità. » L'uomo è irritato, guarda l'orologio, dice che deve ricevere altri visitatori e che purtroppo non ha più tempo per me. Lo saluto.

Fuori della doppia porta imbottita dell'ufficio del vicesindaco di Osh, nella saletta d'aspetto, ci sono davvero altri visitatori: tre *mullah* venuti dall'Arabia Saudita. Elegantissimi nei loro lunghi caftani di seta nera, con i *kafir* bianchi retti da un finissimo cordone rosso, le folte barbe nere, i tre sono una stranissima apparizione in quell'ufficio di poltronucce di plastica, circondati da premurosi funzionari kirghisi, ancora sovieticissimi nei loro poveri pantaloni di poliestere e le corte cravatte socialiste sulle pance obese. Per un attimo penso che siano le comparse di un film storico. Figure fuori tempo. Fuori posto. Niente affatto! Sono venuti a offrire di portar via con sé cinquanta bambini di qua da educare nelle scuole coraniche della Mecca. Più che al passato, quei *mullah* mi paiono appartenere al futuro di questa regione. Magari come protagonisti.

Askarbek racconta che Osh ha già ospitato varie delegazioni provenienti dall'Arabia Saudita, che gli arabi sono generosissimi, che offrono aiuti incondizionati per la ricostruzione delle moschee della zona e che hanno regalato decine di migliaia di copie del Corano. Ripenso al mio missionario indigeno, il testimone di Geova dalle grandi mani, mio vicino di posto nel volo attraverso la Siberia. Lui, con la sua Bibbia e il suo libretto con le figurine, era un venditore artigianale di religione. Questi, in confronto, sono grandi industriali. Hanno soldi, hanno potere, e quel che hanno da offrire andrà a ruba sul mercato delle anime dell'Asia Centrale: la rinascita dell'Islam.

Benché si trovi nella repubblica kirghisa, Osh è una regione tradizionalmente abitata da uzbeki che da secoli praticano l'Islam. La collina Suleiman, solitaria e brulla, che domina la città con la sua sagoma che par quella di un uomo con le braccia incrociate, è stata per secoli la meta dei pellegrini che venivano da varie parti del mondo mussulmano. Si arrampicavano lungo le sue pendici per visitare la modesta capanna di pietra in cui sarebbe vissuto da eremita il grande condottiero e poeta Babur, fondatore della dinastia dei Moghul in India; poi andavano a riposarsi nel fresco della grotta « sacra » sulla cima.

« Sono stati i *mullah* a raccontare che la collina era sacra tanto per attirare pellegrini e arricchirsi sempre di più », dice la bella donna kirghisa che ci fa da guida nella caverna trasformata in museo di animali imbalsamati e polverosi.

Nel 1961 una misteriosa esplosione distrusse la casa di Babur e l'intera zona venne chiusa ai visitatori. « Ci veniva troppa gente e i comunisti vollero metter fine a quel pellegrinaggio », dice uno dei bei vecchi barbuti ed eleganti che stanno di guardia al poco che resta della moschea Ravat Abdulla Khan, la più antica di Osh, ai piedi della collina. La moschea è del XIII secolo, ma è stata più volte distrutta e ricostruita. L'ultima ricostruzione è appena cominciata. Un gruppo di operai sta razzolando fra i cumuli di terra nel cortile per recuperare le vecchie mattonelle azzurre, mentre giovani geometri misurano i mozziconi di archi a mattoni in cui si riconosce l'antica eleganza.

« Siete uzbeki o kirghisi? » chiedo al gruppo dei vecchi che ci accompagna, cercando di portare la conversazione sul tema che mi interessa.

« Il Profeta non conosce etnie », risponde uno di loro, che ha una bella barba grigia e un lungo caftano azzurro. « È stato il Partito Comunista a dividerci. » Askarbek mi segue passo passo, preoccupato.

« Ma lei non è stato, come tutti, membro del partito? » chiedo al vecchio.

« No, mai », risponde come disgustato e guardando Askarbek fisso negli occhi.

Il mio « commissario politico » è imbarazzatissimo. Si rivolge al vecchio con tono gentilissimo e gli parla a lungo, prima in uzbeko, poi in russo, così che Miša possa tradurre per me. La sostanza è questa: anche lui, Askarbek, non avrebbe mai voluto essere membro del partito, ma per aver un posto nell'amministrazione della città dovette diventarlo. «Era l'unico modo per poter aiutare la mia gente», si giustifica.

L'episodio è per me rivelatore. Dimostra la crescita di potere dei religiosi e la necessità dei funzionari ex comunisti di farsi ora accettare da loro.

L'incontro alla moschea coi vecchi religiosi mi è utilissimo. Askarbek è diventato improvvisamente molto più conciliante e io ne approfitto, con l'aiuto di Farid, per convincerlo a organizzarmi il viaggio a Uzghen. Per questo, lui e Farid hanno bisogno di tornare alla municipalità per fare delle telefonate alle varie autorità, e per ottenere dalla polizia il permesso. Nel frattempo Miša e io possiamo finalmente restare soli a parlare coi vecchi e farci raccontare la loro versione dei «fatti di Osh».

Eccola: la scintilla degli scontri fu una questione di terre. L'amministrazione comunale aveva bisogno di costruire delle case popolari per alcune centinaia di nuovi immigrati kirghisi venuti a lavorare a Osh, e decise di farlo su un terreno sulla strada dell'aeroporto. Quel terreno però apparteneva a una comune agricola uzbeka e gli uzbeki del posto protestarono. Il 4 giugno due folle, una di uzbeki e una di kirghisi, separate soltanto da una decina di miliziani che spararono qualche colpo in aria e scapparono via, si affrontarono proprio su quel terreno e lì ci furono i primi morti, una ventina. I più eran kirghisi. Nei giorni che seguirono, bande di giovani kirghisi attaccarono, per vendetta, le comunità uzbeke della zona, facendo dei massacri. Il peggiore fu appunto quello a Uzghen.

Uzghen. Pomeriggio

Lungo la strada, tutta fiancheggiata da altissimi pioppi, che si dirige verso est i villaggi sono misti. Alcune case appartengono a kirghisi, altre a uzbeki. Le due genti parlano praticamente la stessa lingua e i loro figli, da generazioni, vanno nelle stesse scuole. Passiamo vari posti di blocco tenuti da miliziani che perquisiscono le macchine in cerca di armi.

Arriviamo a Uzghen in poco più di un'ora e subito capisco a cosa son servite le telefonate che Farid e Askarbek dicevano di dover fare. Sulla piazza del paese, all'ombra di un bell'albero di gelso, dinanzi a un Lenin qui di dimensioni umane, ma tutto verniciato d'argento da farlo parere un astronauta in tuta spaziale, c'è una intera delegazione di funzionari ad aspettarci. Il sindaco, Mamarasul Abak Zhanov, tarchiato, forte, con in testa una papalina nera e la faccia butterata da un vecchio vaiolo, è uzbeko; il suo vice è kirghiso; il numero tre è un timido e riservatissimo russo.

Per metterli a loro agio comincio con l'interessarmi al bel minareto restaurato di fresco, che qui fortunatamente domina anche il Lenin-astronauta, e il sindaco, sollevato, si improvvisa con piacere guida turistica. Il minareto è dell'XI secolo. In origine era altissimo, ma nel XVII secolo un terremoto ne fece crollare quasi la metà. È ancora impressionante, tutto di bei mattoni rossi. Uzghen ha una storia di oltre duemila anni. Il nome – dice il sindaco – viene da *ugen*, la parola che i soldati di Alessandro Magno usavano per dire « collina ». La città per un certo periodo fu la capitale della dinastia mussulmana dei Karakhanidi. Oggi gli abitanti sono 40.000; l'85 per cento sono uzbeki.

Lentamente porto la conversazione sugli scontri e il sindaco ha la risposta pronta: i morti furono circa 150, le case bruciate 250, ma son già state tutte ricostruite.

« Duecentocinquanta case rifatte in un anno? » dico io, capendo che con questa scusa non mi faranno andare a giro per la città a cercare le tracce di quel che è successo davvero e a parlare con qualche testimone. « Siete l'amministrazione socialista più efficiente che conosco! »

Il sindaco è imbarazzato. Sento che tra i funzionari venuti a ricevermi aumenta la tensione, come se qualcuno volesse parlare, ma avesse paura di farlo davanti agli altri. Racconto di aver letto che, subito dopo gli scontri, venne qui in visita Cinghiz Aitmatov, il famoso scrittore kirghiso, ora ambasciatore in Belgio, il quale, sconvolto da quel che aveva visto, disse: « Non credevo che la mia gente potesse essere così barbara ». Al sindaco viene da dire: « Aveva ragione! » ma il suo vice, il kirghiso, dice che Aitmatov aveva parlato senza conoscere bene i fatti. La tensione nel gruppo si fa a fior di pelle.

Il sindaco dice che finora nessuno ha saputo spiegare perché gli incidenti siano avvenuti qua. Poi allude al fatto che, al momento dei disordini, nella città non c'erano né poliziotti né miliziani: erano stati tutti mandati a controllare la situazione a Osh. Pura coincidenza? O qualcuno ha voluto lasciare libero il campo agli assassini kirghisi venuti da fuori? Questa è una zona di confine; la Cina è a poche decine di chilometri da qui e l'intera regione è disseminata di caserme dell'Armata Rossa. Perché non furono fatti intervenire i soldati?

A un certo punto il sindaco usa la parola « organizzatori ». Gli chiedo chi sono, ma la sola cosa che risponde è: « Questa terra è nostra da secoli. Ci è stata data da Allah; per noi è sacra. Da qui non ce ne andremo mai ».

Il sindaco insiste poi perché io vada in cima al minareto ad ammirare il « bel panorama ». Salgo con Miša su per delle scale buie e pericolose. Il panorama è orribile, grigiastro e polveroso. Presto mi accorgo che dietro di noi è venuto anche il numero tre del municipio, il russo, e lassù, senza tanti altri testimoni, è più facile parlare di quel che successe la sera del 5 giugno.

« Sentii bussare alla porta. Era una banda di giovani kirghisi armati di bastoni. Non erano di qua. Erano arrivati con dei camion. Mi dissero che cercavano gli uzbeki, che non ce l'avevano coi russi, e se ne andarono », racconta. « La caccia agli uzbeki durò due giorni e due notti. Furono uccisi per strada, nei campi, nelle case poi date alle fiamme. Nessuno impedì la carneficina. L'esercito intervenne solo la mattina del 7. »

« E perché? » chiedo.

Anche a lui si chiude la bocca.

« Andiamo a bere un bicchiere d'acqua nel municipio », dice il sindaco quando scendiamo. Il municipio era stato dato alle fiamme dai dimostranti ed è stato appena rifatto e ridipinto di un celeste chiaro. Nella stanza del sindaco, il tavolo delle riunioni è coperto di piatti colmi di grappoli d'uva, di mele rosse, di pere gialle e di ruote di quel delizioso pane azzimo che mangiano le genti di queste parti. Il « bicchiere d'acqua » è un banchetto cui mi abbandono con piacere. Dopo un'ora chiedo di fare un giro della città.

« Certo. »

« A piedi! » dico io.

« No! Meglio col pulmino ».

Facciamo appena qualche centinaio di metri che il pulmino, ora agli ordini del sindaco e seguito da due macchine con
i membri della delegazione municipale a bordo, entra nel
cortile di un ristorante e si ferma.

« Prendiamo un caffè », dice il sindaco.

Saliamo per una scala ed entriamo in una stanza al centro
della quale c'è una tavola completamente coperta di frutta,
pane, riso, carne, cocomeri, meloni, bottiglie di birra e alcolici di ogni tipo. Un'altra trappola! Mangio per rabbia e finisco
per sentirmi male.

Ora che non lo bombardo più di domande e che i suoi colleghi mangiano e bevono tranquilli, il sindaco mi racconta
dei problemi della città. Uzghen ha più di 5000 disoccupati.
È un guaio comune a tutta l'Asia Centrale e una delle principali ragioni di ciò è il grande aumento della popolazione. A
Uzghen 2000 famiglie hanno più di cinque figli. Un'altra
causa di disoccupazione è stata la campagna contro l'alcolismo, voluta da Mosca. Nel maggio del 1985, per ordine di
Ligacëv, anche qui tutte le vigne d'uva da vino vennero distrutte e la grande distilleria della città venne chiusa. « Una
cosa da barbari », dice il sindaco. Poi, senza che io glielo
chieda, torna a parlarmi del dramma di quella notte dell'anno
scorso, di come il fratello minore gli morì fra le braccia, di
come lui stesso se la cavò per miracolo con una pallottola in
una spalla. È un uomo molto cordiale e intelligente.

Quando si riparte per Osh, il sindaco ci vuole accompagnare sino al confine della sua municipalità. Il sole cala dietro una collina bassa e lunghissima che fiancheggia la valle
di Fergana: una valle mitica, uno dei passaggi obbligati sulla
Via della Seta. Un tempo ci si allevavano i famosi cavalli che
i cinesi venivan fin qui a comprare per i loro imperatori. Si
diceva che avessero le ali, tanto eran veloci. Nella polvere
rosa dell'orizzonte, al tramonto, mi par di vedere le ombre
delle grandi carovane del passato. Il suono d'un battaglio che
tintinna al collo d'un vecchio mulo che passa contribuisce a
creare il miraggio. La valle è oggi uno dei famosi frutteti del-
l'Asia Centrale.

Al confine fra Uzghen e Osh il pulmino si ferma davanti a

un grande edificio di cemento fatto a *yurta*, la tenda dei nomadi. « Andiamo a prendere un tè, prima di salutarci », dice il sindaco. Si entra e ci sono due tavole imbandite di frutta e di grandi ravioli ripieni di carne e di zucca che ci aspettano. Una rabbia sorda mi monta nel petto. I vari membri della delegazione fanno a gara a mettermi nel piatto tutto quello che non voglio più mangiare. Esasperato, mangio e mi sento ancora più male. Mi rendo conto che, a forza di banchetti, ho passato una mezza giornata a Uzghen senza parlare con qualcuno che non fosse un funzionario governativo, senza vedere la città, senza farmi un'idea di quel che vi è successo e tanto meno di quel che vi succede adesso. Oggi pomeriggio in quella cittadina avrebbe potuto benissimo esserci stato un massacro e io non me ne sarei accorto.

Ripartiamo. Gli abbracci sono calorosissimi. L'intera delegazione si schiera al fianco del pulmino e, con la mano destra sul cuore, tutti fanno un leggero inchino di saluto. Li guardo dal finestrino aperto e, tranne il russo, mi paiono tutti uguali, uzbeki e kirghisi.

Dopo cena, mentre sto scrivendo nel computer le mie note della giornata, sento bussare alla porta. Vado a vedere e mi trovo dinanzi un uomo sulla sessantina, alto, stempiato. Ha gli occhi mongoli d'un uzbeko... o forse di un kirghiso? Fa cenno di voler entrare. Lo faccio sedere e vado a chiamare Miša che sta fumando la sua ennesima sigaretta prima di dormire.

L'uomo dice di aver sentito della mia presenza in città, della mia curiosità per quel che è successo qui l'anno scorso e vuole parlarmi. Un provocatore? Possibilissimo. Questo di dover sempre sospettare di tutti, di non poter credere, per principio, a nulla, è un aspetto antipatico della mia professione. L'uomo ha una bella faccia, un'aria interessante. Quel che mi racconta lo è ancora di più.

« La storia delle case popolari da costruire nel campo contestato sulla via dell'aeroporto è vera », dice. « Ma le radici del conflitto fra uzbeki e kirghisi sono ben più vecchie. Risalgono alla Rivoluzione del 1917 e soprattutto alla divisione dell'Asia Centrale in cinque repubbliche nel 1924. Fino ad allora kirghisi e uzbeki non erano mai stati veramente separati e i due popoli, con lingue molto simili, avevano vissuto vite comuni ed economicamente integrate. Gli uzbeki coltivavano i campi, producevano gli strumenti di lavoro; i kirghisi si occupavano delle greggi, producevano la lana e i tappeti. La divisione in repubbliche creò una bomba a tempo. In base ai nuovi confini, voluti da Stalin, mezzo milione di uzbeki rimasero in tre *enclaves* all'interno della repubblica formalmente assegnata ai kirghisi; un altro milione rimase nel territorio assegnato ai tagiki. La bomba è esplosa solo con la *perestrojka* quando nelle varie repubbliche si è cominciato a parlare di indipendenza e le frontiere, che dal 1924 in poi erano esistite solo sulla carta, con la gente che andava avanti e indietro liberamente, hanno improvvisamente acquistato una enorme importanza. »

La sua analisi mi pare ineccepibile.

« E il partito? » gli chiedo. « Che ruolo ha giocato il partito negli avvenimenti di Osh e di Uzghen? »

« Un ruolo determinante », risponde l'uomo. « Il partito, qui in Kirghisia come nel resto dell'Unione Sovietica, stava perdendo potere e ha creduto di poter sfruttare e manipolare il conflitto razziale per presentarsi poi come l'arbitro della situazione e tornare a essere la forza dominante sulla scena politica. » Secondo l'uomo è stato un vecchio gruppo conservatore all'interno del partito a provocare la tensione fra kirghisi e uzbeki, a mettere in giro voci di massacri reciproci mai avvenuti e a far sì che alla fine le due comunità si scannassero a piacere senza che la polizia, la milizia e l'esercito intervenissero in tempo.

Miša traduce lento, ma preciso, arrotolando e fumando in continuazione le piacevoli sigarette autarchiche cui mi sto abituando anch'io. Seduto sulla sponda del mio letto, l'uomo mi pare sempre più autentico. Non ho alcun modo di verificare quel che dice, ma la sua versione dei fatti ha senso e soprattutto spiega sia le allusioni di tanti interlocutori di questi giorni, sia le reticenze di tutti i funzionari a parlare della faccenda. L'uomo aggiunge che, in seguito al suo formale scioglimento, il partito non agisce più in quanto tale, ma che quelle che lui chiama « le forze sotterranee locali » continuano a essere attivissime e a perseguire un loro fine ben preciso.

« Quale? »

« La creazione di una repubblica monoetnica, una Kirghi-

Piazza Lenin nella città di Osh

sia fatta solo di kirghisi. Parrà strano, ma in mezzo a noi ci sono già vari agenti di Mosca che mestano ormai in questo senso», continua l'uomo. «I kirghisi, per avere una repubblica tutta loro, debbono cacciare la gente di tutte le altre nazionalità. Questo non farà che aumentare i conflitti razziali e rimandare indefinitamente la creazione di un Turkestan indipendente. Sapendo benissimo che l'unione dei popoli dell'Asia Centrale finirebbe per essere un'unione islamica e antirussa, Mosca sta già facendo di tutto per impedirla.»

Parliamo fino a notte inoltrata e mi convinco sempre più della sincerità di quest'uomo che alla fine mi dà il suo nome, il suo indirizzo e mi racconta la sua storia, pur chiedendomi di non scriverla.

«Dire la verità è ancora pericoloso. Oggi si parla molto di democrazia, ma è un gioco, un gioco, a essere come voi occidentali. Diciotto milioni di comunisti non spariscono così, nel nulla, nel giro di due settimane. La morte del comunismo è solo un'illusione!»

Osh, giovedì 12 settembre

Passo la giornata a scrivere. Mi fa impazzire il fatto di stare in una camera d'albergo dove il lavandino è messo in modo da non potercisi lavare la faccia. Alle cinque Askarbek viene col suo pulmino bianco a portarmi con Miša e Farid all'aeroporto. Io proseguo per Taškent, la capitale dell'Uzbekistan, loro tornano a Biškek. Askarbek propone che, prima di partire, si vada a prendere un tè nel suo ufficio. Temo un altro banchetto, ma questa volta si tratta fortunatamente davvero solo di un tè e d'un gran piatto d'uva fresca. Askarbek ha una bella stanza con due telefoni all'ultimo piano del palazzo municipale. Dalle sue finestre si domina piazza Lenin, grande, vuota e con il solito, mastodontico monumento di bronzo.

«Sarà anche il Padre della Rivoluzione, ma non è certo il Padre della Kirghisia», dico io. «Ora che siete una repubblica indipendente, non pensate di mettere al posto di quella statua di Lenin una di Madamin Beck?»

Askarbek resta interdetto. È sorpreso che conosca il nome,

finora pubblicamente impronunciabile, del capo dei *bassmac-ci* kirghisi, ucciso dai bolscevichi.

« È presto, è presto. Però un giorno, chi sa? » dice, e cambia discorso.

Andiamo all'aeroporto. Ho chiesto varie volte ad Askarbek di mostrarmi il terreno che è stato all'origine del conflitto fra uzbeki e kirghisi e che ora dovrebbe diventare un Parco dell'Amicizia. Ma la strada è lunga e, a forza di parlare di cose inutili, Askarbek riesce a farmici passare accanto senza farmelo vedere.

12. Uzbekistan: l'ultimo Stato di polizia

Taškent, 13 settembre

Esco dall'albergo e noto una telecamera che, dal finestrino di un'auto parcheggiata, mi viene puntata addosso. Alzo la cornetta del telefono e fra i tanti strani suoni dei telefoni sovietici, sento anche il fiatare della spia addetta all'ascolto. Chiedo a un giornalista locale di mettermi in contatto con qualche rappresentante del Movimento per la Democrazia che qui si chiama Birlik, « Unità », e quello mi dice di non poterlo fare perché i democratici son gente « pericolosa ». Quando finalmente, per altre vie, riesco a incontrarmi con il presidente di Birlik, a un indirizzo appena fuori città, la prima cosa che quello mi fa notare è un finissimo filo di metallo che passa sopra i grappoli d'uva matura nel giardino dove ci mettiamo a parlare. « Il KGB l'ha messo una settimana fa, quando sono venuto a star qui, ma non è grave: siamo già riusciti a neutralizzare il microfono », dice Abdul Rahim Pulatov.

Sono qui da appena ventiquattr'ore, ma l'impressione è che per l'Uzbekistan, una delle cinque repubbliche sovietiche dell'Asia Centrale, la rivoluzione di metà agosto a Mosca è come non fosse mai avvenuta. Qui i democratici vivono ancora nella semiclandestinità, alcuni dissidenti sono in prigione, i giornali indipendenti non esistono e persino il canale della televisione russa è stato messo a tacere, perché considerato « sovversivo ». Quanto al comunismo, dato per morto in tante altre parti dell'Unione Sovietica, qui è ancora vivo e vegeto, con la sua mentalità totalitaria e soprattutto con il suo apparato di repressione e di intimidazione. « No. No. Sono malato... Sto partendo per un viaggio... Sono impegnatissimo », mi son sentito rispondere al telefono ogni volta che ho cercato di contattare qualcuno che non fosse dei circoli ufficiali e perciò autorizzato a parlare con gli stranieri.

Il mio incontro con l'Uzbekistan è andato storto fin dal primo momento. Saša da Mosca mi aveva detto che la *Komsomolskaya Pravda* avrebbe mandato un suo uomo, Mirza, a prendermi all'aeroporto di Taškent, e che costui si sarebbe occupato di organizzarmi la visita qui con prenotazioni, visti e appuntamenti con tutti quelli che intendevo vedere.

Splendido! Sennonché, atterrato a Taškent, di Mirza non ho visto nemmeno l'ombra. Nella grande, sporca hall degli arrivi c'erano centinaia di persone a vagolare davanti alle solite vetrine polverose dei soliti negozietti di pettini e souvenir, ma nessuno che avesse l'aria di cercare uno straniero vestito di bianco e con un sacco sulle spalle. Quando, dopo un'ora, vengo finalmente avvicinato da un tipo che mi si rivolge con quattro malpronunciate parole di francese, non sono affatto certo che si tratti del mio uomo, ma non ho scelta: tutti i taxi sono partiti e la sua pare sia l'unica macchina disponibile.

Una volta al volante, l'uomo è spericolatissimo. Benché sia già notte avanzata e le strade siano deserte, i semafori continuano a funzionare, ma l'uomo si comporta come se non esistessero. « Vorrà depositarmi in albergo prima che chiuda », mi dico. La macchina caracolla sul fondo sconnesso di strade polverose ed entra nel centro della città. Mi aspetto le luci di un qualche Hotel Intourist, invece l'uomo svolta in una stradina secondaria, entra in un giardinetto scuro e ferma la macchina dinanzi all'androne buio e puzzolente di piscio di una casa popolare.

« Hotel? Hotel? » chiedo io, ma l'uomo è già sceso, ha già aperto il baule, ha preso i miei due bagagli e sta in piedi nella piena oscurità davanti alla porta di un ascensore che non arriva.

« Hotel? » chiedo ancora, sicuro ormai di essere caduto in una qualche trappola, ma anche curiosissimo di vedere come va a finire.

« No. No hotel. Banchetto! » dice l'uomo con un gran sorriso. E infatti! In cima alle scale – fatte a tentoni perché tutte le lampadine sono fulminate o non ci sono –, in un appartamento al sesto piano illuminato a festa, c'è una lunga tavola imbandita con decine di piatti e bottiglie di vini diversi, attorno alla quale stanno già vari commensali che aspettano il nostro arrivo, pronti, dopo le veloci presentazioni, a buttarsi finalmente sul « banchetto ». Oltre alla moglie, che continua a fare la spola tra la sala da pranzo e la cucina, gli altri invitati sono parenti e vicini, convocati per aiutare il padrone di casa a occuparsi di questo ospite « raccomandato da Mosca ». Due parlano un ottimo inglese.

Mirza è stato per alcuni anni giornalista alla *Komsomolskaya Pravda*, ma poi il giornale della gioventù comunista è stato accusato dalle autorità dell'Uzbekistan d'essere troppo indipendente, la redazione di Taškent è stata chiusa, il corrispondente cacciato, e Mirza non vuole assolutamente più essere identificato con quella testata. Quando Saša gli ha telefonato si è detto disposto a occuparsi di me, perché quello di aiutare i giornalisti in visita – specie quelli delle televisioni giapponesi – è diventato il suo nuovo mestiere.

Mirza si alza, va a una vetrina e tira fuori alcune vecchie ruote di pane azzimo segnate da grandi morsi. « È una nostra usanza. Si lascia l'impronta dei propri denti nel pane e con questo si è sicuri di tornare », dice, mostrandomi la sua collezione di pani con i morsi dei vari signori Tanaka e Suzuki che nei mesi passati son stati suoi ospiti e clienti.

Mirza non mi piace. È viscido, sfuggente, e il ritrovarmi in casa sua, nel bel mezzo di un banchetto, circondato da gente ai suoi ordini per occuparsi di me, invece che in albergo, mi insospettisce. La trappola non è quella del furto o dell'imbroglio che ho sospettato all'inizio, ma è pur sempre una trappola. Lo sento. Me ne accorgo col passare delle ore, con l'insistere che assaggi questo piatto o quel vino. Ogni volta che faccio delle domande politiche, che chiedo qualcosa sulla situazione di qui, Mirza risponde che tutto è organizzato, che stasera dormo da lui e che domani incominciamo con le interviste. La prima col ministro dell'Aviazione!

Il ministro dell'Aviazione? Ma chi ha chiesto di vederlo? Dormire qui? Assolutamente no.

La moglie porta altri spiedini, altre verdure. Chiedo a Mirza se può fissarmi un appuntamento con i capi del Movimento per la Democrazia. Invece di rispondere, mi riempie il piatto di altre leccornie che non voglio mangiare, il bicchiere di altri vini e vodke che non voglio bere. Semplicemente un caso di pance piene e teste vuote? O Mirza lavora per i servizi di sicurezza locali ed è stato incaricato di dirottarmi, di tenermi lontano da quel che succede qui e farmi ripartire al più presto possibile?

Insisto nel voler andare in un albergo. Mirza si lascia convincere, ma, prima di accompagnarmi, vuole assolutamente che lasci l'impronta dei miei denti in una ruota di pane che ha messo da parte apposta per me. Non ho nessuna voglia di rimetter piede in questa casa e mi rifiuto. Per giustificarmi dico che capisco la tradizione uzbeka di lasciare un pane morsicato là dove si vuol tornare, ma che lui deve anche capire la mia tradizione: dare un morso al pane, senza finirlo, porta male.

Ci rimettiamo a guidare per strade deserte. Taškent è una città vecchia. Recentemente ha celebrato il duemillesimo anniversario della sua fondazione, ma di quel passato non sembrano restare molte tracce. L'Uzbekistan è una regione soggetta ai terremoti – l'ultimo è stato nel 1966 – e la Taškent che vedo di notte, dal finestrino della macchina di Mirza, ha tutta l'aria di una città nata da poco. Dei tanti edifici del centro dinanzi ai quali sfrecciamo, uno solo mi pare abbia ancora un suo vecchio fascino. È il Teatro dell'Opera. Non è un caso. Fu completamente progettato e costruito dai prigionieri di guerra giapponesi, portati qui dopo il 1945, e ora quel palazzetto giallo con le sue belle colonne bianche, uno dei pochi edifici a essere sopravvissuto al terremoto, si impone con la sua raffinatezza sulla grigia banalità del resto.

L'albergo, il più grande della città, è uno di quelli tipicamente socialisti, in cui tutto sembra sia fatto per dissuadere gli ospiti dall'andarci a stare. Chiedere di avere una camera è come pretendere un privilegio, come domandare un favore. Per averne una debbo assistere pazientemente a tutta la sceneggiata del: « Non ci sono camere... Sì, forse... Ma lei paga in dollari?... Sì, ce ne potrebbe essere una, se paga in anticipo... In contanti ». Finalmente ho da dormire, ma in un posto che sento ostile e diverso da tutti quelli da cui sono passato nel corso di questo viaggio.

Prima di lasciarmi, Mirza mi riassume il programma di domani: intervista con il ministro dell'Aviazione. Gli dico che non sono interessato e che gli sarei grato se mi procurasse invece un permesso di viaggio per Samarcanda e un appuntamento coi democratici.

« I democratici? È gente pericolosa, meglio starne lontani », mi dice con un gran sorriso. Quanto a Samarcanda promette di occuparsene, ma sento già che non lo farà.

Così, stamani ho affrontato Taškent da solo, e questa è un'esperienza che tutte le volte mi ripiace. Di solito, quando arrivo da giornalista in un paese che non conosco, in una città in cui non ho contatti, la prima cosa che faccio è cercare un gesuita o, in mancanza di quello, un missionario. Trovarne uno vuol dire aver fatto metà lavoro, vuol dire farsi mettere addentro ai problemi, averne una intelligente interpretazione. Di questi sempre straordinari personaggi che hanno dedicato la loro vita a capire l'anima di altri popoli e che di solito son anche disposti a condividere le loro conclusioni con un viaggiatore di passaggio, ne ho trovati nei posti più disparati del mondo. A Dili un vecchio gesuita portoghese mi aiutò un giorno a capire il problema di Timor; uno ungherese, padre Laszlo Ladany a Hong Kong, mi ha aiutato per anni a capire la Cina.

Stamani sapevo che a Taškent purtroppo non avrei trovato nessun gesuita e così, come al solito, ho incominciato la giornata correndo all'alba, tanto per familiarizzarmi con la città. Poi, da bravo europeo della mia età che pensa ancora alle università come a sedi del sapere, sono andato alla facoltà di Storia. Lì, per caso, ho incontrato Aziz, studente uzbeko, ex soldato in Afganistan che parla un ottimo inglese, e l'ho subito assunto come interprete. Con lui sono ripartito e seguendo vari fili ho incontrato diversa gente e sono riuscito, credo, a farmi un'idea di quella che è la situazione qui.

Contrariamente alle altre repubbliche dell'Unione Sovietica dove, per la sua partecipazione al colpo di Stato, il Partito Comunista s'è visto congelare le sue attività e confiscare i suoi beni, in Uzbekistan il partito, che pur aveva preso apertamente posizione in favore del *putsch* anti-Gorbacëv, ha poi continuato imperterrito a funzionare e a impedire qualsiasi espressione politica di critica o di sfida al suo potere. Qui comizi e manifestazioni pubbliche sono ancora proibiti. Quando all'inizio del mese il movimento democratico Birlik ha cercato di organizzare una marcia per una maggiore democratizzazione della vita politica, il numero dei poliziotti in uniforme e in borghese era più alto di quello dei dimostranti e la faccenda si è conclusa in pochi minuti con qualche decina di arresti.

Ovviamente anche nell'Uzbekistan il Partito Comunista sente il bisogno di mettersi al passo coi tempi, per cui l'uomo forte di qui, il segretario del partito e presidente della repubblica, Islam Karimov, ha convocato per domani il Congresso del PC perché decida del proprio futuro. Tutti sanno già che, senza tante discussioni e autocritiche, il Congresso deciderà semplicemente di cambiar nome. Invece di comunista, il partito si chiamerà « democratico popolare ». Nella sostanza però non cambierà nulla, come non è cambiato nulla nelle altre repubbliche. Per evitare inutili confusioni, il nuovo partito si autodefinirà il « successore legale » del vecchio e ne erediterà automaticamente tutte le proprietà e i conti in banca. Ai 700.000 membri della vecchia organizzazione è già stato assicurato che potranno passare in massa a quella nuova, e così, con una semplice, velocissima operazione cosmetica, i comunisti resteranno al potere, e Karimov resterà l'uomo forte dell'Uzbekistan e l'oggetto di un culto della personalità di vecchio stampo staliniano.

« In America ci sono le riserve per gli indiani. Nell'Unione Sovietica abbiamo ora una riserva speciale per i comunisti: l'Uzbekistan », mi diceva, ironica, nel pomeriggio Ishahovar Dilarov, una poetessa appartenente a Erk, « La Volontà », un piccolissimo e moderatissimo partito democratico che, quando a Mosca è cominciata la *perestrojka* e il regime di qui dovette dare l'impressione di seguire la politica liberale del centro, ha ottenuto il permesso di esistere legalmente. « Ci tengono in vita tanto per provare che il loro non è un regime a partito unico, ma parlare liberamente diventerà sempre più rischioso anche per noi. La dittatura qui non farà che rafforzarsi. »

Ho incontrato la poetessa nella sede dell'Associazione Culturale di Taškent, un ufficio polveroso con tre scrivanie vuote e una decina di seggiole sgangherate « per le riunioni ». In tutto l'Uzbekistan, Erk ha solo 5000 membri e la sua influenza si limita ai circoli di intellettuali laici della capitale.

« È duro ammetterlo », dice la Dilarov, « ma i comunisti qui restano forti perché sono popolari, perché sono accettati dalla massa. » Secondo lei all'origine del potere, ancora oggi sorprendentemente incontrastato, del Partito Comunista in Uzbekistan c'è il fatto che questa è una delle regioni più conservatrici dell'Unione Sovietica, che la stragrande maggioranza della popolazione (venti milioni, di cui quattordici milioni di uzbeki) è impegnata nella coltivazione del cotone e che questo tipo di produzione mantiene viva fra la gente delle campagne quella che lei chiama « una psicologia da schiavi ». « Il maggiore ostacolo sulla via della democratizzazione è la mentalità della gente », dice.

Gli uzbeki sono tradizionalmente ligi al potere e noti per la loro apatia politica, due caratteristiche di cui i comunisti hanno saputo ben approfittare. Mosca ha gestito l'Uzbekistan attraverso alcuni locali *ras* del partito che nessuno ha mai osato sfidare (uno è rimasto al potere per venticinque anni di seguito), e ha imposto a questa repubblica la produzione quasi esclusiva del cotone, creando gravissimi squilibri economici e spaventosi problemi ecologici (l'Uzbekistan è la repubblica più inquinata dell'Unione). Tutto questo però non è bastato a dar vita a un movimento di opposizione di massa. Neppure con la *perestrojka*.

Un'altra ragione della sopravvivenza del Partito Comunista e della sua probabilissima permanenza al potere – anche i più ottimisti fra gli oppositori parlano di anni – sta nel fatto che l'unica vera alternativa politica al comunismo sembra essere l'Islam, e la prospettiva di una repubblica uzbeka religiosa e integralista preoccupa oggi la gente di qui ancor più che la continuazione della presente dittatura comunista. I comunisti sfruttano ora questa preoccupazione con grande abilità.

« Nel corso degli ultimi settant'anni ci siamo liberati del bigottismo religioso e siamo diventati una società moderna con ingegneri, scienziati, intellettuali. Un Ayatollah Khomeini uzbeko ci farebbe tornare al Medioevo », m'ha detto Goga Khidoyatov, professore di storia all'Università di Taškent, da anni membro del Partito Comunista. « Il presidente Karimov è l'unico che può proteggerci da questo terribile pericolo. » L'ho visto solo per pochi minuti, ma Khidoyatov, un uzbeko con una notevole esperienza internazionale – ha insegnato per un po' anche in Inghilterra –, è un brillante uomo di regime e ho preso un appuntamento per andarlo a trovare con calma alla sua facoltà, lunedì mattina.

È davvero possibile che il risultato di settant'anni di socialismo possa essere un Ayatollah Khomeini uzbeko? Ricordo come, durante una delle nostre chiacchierate a bordo della *Propagandist*, Saša, a proposito dell'Uzbekistan, diceva: « Quella repubblica è l'Albania dell'Unione Sovietica. Un giorno potrebbe diventare l'Iran ».

Che avesse ragione?

L'ora della preghiera a Taškent

Oggi era venerdì. Giorno di preghiera. Già verso mezzogiorno le viuzze contorte del vecchio quartiere di Taškent dietro il Mercato dei Quattro Fiumi, con le case basse e polverose, si animavano di uomini di ogni età, ognuno con in testa il suo zucchetto nero o un turbante, che si dirigevano verso la grande moschea per la cerimonia dell'una.

« Prima qui ci venivano solo i vecchi », m'ha bisbigliato Aziz, il mio interprete ex soldato, contemplando l'impressionante processione di gente intenta, disciplinata, che si toglieva le scarpe, faceva le genuflessioni, mormorava in coro le preghiere e ascoltava compunta la voce tonante di un *iman* che da un piccolo pulpito di legno dominava la marea delle teste. La scena era bella, ma al tempo stesso anche inquietante. Nella folla spiccavano i caftani colorati di certi vecchi, ma anche le espressioni fanatiche di alcuni giovani poco più che adolescenti.

Se mai l'Asia Centrale dovesse essere spazzata da una nuova ventata di radicalismo islamico, il punto di partenza sarà l'Uzbekistan, perché è fra le genti di qui, fra gli uzbeki, che l'Islam ha le sue radici più vecchie e più profonde. Samarcanda e Bukhara, i due centri religiosi in cui a partire dal ix secolo vissero alcuni dei più grandi santi e studiosi mussulmani, si trovano in questa repubblica. Taškent stessa è stata fin dal secolo scorso la sede del Gran Muftì dell'Asia Centrale, il capo spirituale di tutti i credenti della regione, la massima autorità della Idara, la Chiesa islamica. Ogni cinque anni gli *iman* delle varie repubbliche si riuniscono qui, a Taškent, per eleggere il Gran Muftì. A questa loro assemblea, ma senza diritto di voto, partecipano anche gli *iman* dell'Asia Centrale cinese, in particolare quelli della provincia del Xinjiang.

In passato quella del Gran Muftì era stata una carica di nessun potere, monopolio di un clan, i Babahan, strettamente legati al Partito Comunista. Recentemente però, in seguito alla *perestrojka* e alla libertà di religione voluta da Mosca e che il regime comunista locale non ha potuto completamente impedire, è venuta alla luce una nuova, militante corrente islamica che per decenni era rimasta nella semiclandestinità. Questa ha rovesciato i Babahan e ha eletto un muftì di grande prestigio intellettuale, educato in Egitto, amico di Gheddafi, e che negli ultimi mesi ha preso posizioni sempre più indipendenti dal partito. È lui, Yussuf Khan Shakir, il futuro Ayatollah dell'Asia Centrale? Chissà. Per il momento è l'unico antagonista del presidente Karimov.

La residenza del Gran Muftì è un edificio di mattoni rossi con un bel cortile pieno di fiori dinanzi alla moschea. Mentre l'*iman* continua il suo sermone, attraverso la strada e vado a cercare di incontrarlo. La residenza sembra deserta. Negli uffici non c'è nessuno. Finalmente un uomo che si dice segretario del Muftì spiega a me e ad Aziz che il muftì c'è, ma che non può riceverci. « Questo è un momento particolare, molto particolare », aggiunge per giustificarsi. Non capisco.

Torniamo nella moschea per assistere alla fine della preghiera e la spiegazione mi arriva bisbigliata all'orecchio da Aziz che traduce il sermone dell'*iman*. Quel che l'*iman* dice è una bomba: con la grande rinascita dell'Islam e l'aumento dei fedeli, una sola organizzazione religiosa mussulmana non basta più per tutta l'Asia Centrale. Per questo due giorni fa, nel corso di un'assemblea alla quale hanno partecipato mille *iman*, è stato deciso di creare una Idara speciale, incaricata per il momento degli affari religiosi di Taškent e in seguito di quelli di tutto l'Uzbekistan.

« Una mossa di Karimov », aggiunge Aziz, come parlasse di un gioco a scacchi. La mossa è abile. I comunisti, rendendosi conto che una Chiesa islamica unitaria, in rapida crescita, rappresenterebbe per loro una enorme minaccia, hanno fomentato una scissione, dimezzando così il potere del Gran Muftì.

Al sermone segue ancora una breve preghiera, poi la cerimonia finisce. Mentre le centinaia di fedeli sciamano via per la strade e capannelli di altri si accalcano attorno al nuovo capo per congratularsi con lui, per toccargli la mano, e lui, in un bellissimo caftano a strisce verdi e azzurre foderato di seta bianca, sorride, io mando Aziz a chiedergli di ricevermi.

Felicissimo! Per mezz'ora, in una stanza dalle pareti imbiancate di fresco, il nuovo capo della Idara di Taškent mi spiega che a partire da oggi questa moschea, la biblioteca e la residenza del Gran Muftì passano sotto il controllo della sua organizzazione, e che il muftì stesso sarà presto trasferito da un'altra parte. L'idea dietro questa divisione – l'*iman* insiste a non chiamarla « scissione » – è che l'Asia Centrale è divisa in cinque repubbliche indipendenti e che la Chiesa islamica deve fare altrettanto. Ogni repubblica, in altre parole, dovrà avere il suo Gran Muftì.

Il problema di Karimov oggi è quello di tutti i regimi comunisti del passato, era il problema di Mao Tse-tung quando prese il potere in Cina: i fedeli di una religione che viene praticata in altre parti del mondo, e che per questo mantengono dei rapporti con l'estero, indipendenti da quelli del regime, finiscono per diventare un grande polo di opposizione politica, influenzabile e controllabile dall'esterno. Mao risolse il problema dei cattolici cinesi proibendo loro di avere qualsiasi tipo di rapporto con la Chiesa di Roma e creando, per chi insisteva a voler restare credente, una speciale « Chiesa Patriottica Cinese », controllata dal partito e priva di legami, anche solo spirituali, con il mondo esterno. Quella resta ancora oggi l'unica Chiesa ammessa in Cina.

Karimov e i comunisti uzbeki – da domani formalmente ex comunisti – vedono ovviamente in una organizzazione islamica che non sia solo dell'Uzbekistan, ma di tutta l'Asia Centrale, un formidabile focolaio di opposizione al loro potere e cercano di tagliare per tempo i fili che legano i mussulmani locali a quelli delle altre repubbliche.

« I comunisti sono sempre stati contrari a una unione dell'Asia Centrale. Qui, negli anni '30, le principali vittime di Stalin furono gli intellettuali dei vari gruppi etnici che volevano ricreare l'unità del vecchio Turkestan. Le cose non sono cambiate », dice il direttore dell'Istituto di Studi Islamici dell'università dove ho passato parte del pomeriggio.

I visitatori stranieri a Taškent sono ancora rari e m'è bastato parlare con un portiere e dargli un mio biglietto da visita per essere immediatamente ricevuto dal direttore e dal suo assistente, due uomini sulla sessantina, entusiasti all'idea di parlare del loro lavoro e della loro religione a un infedele.

L'istituto, nato col compito di studiare gli antichi manoscritti reperiti nella regione, dedica al momento tutte le sue energie alla traduzione del Corano in uzbeko. In arabo solo il cinque per cento della popolazione può leggerlo. La decisione di pubblicarne, per la prima volta, una edizione nella lingua locale ha ovviamente grosse implicazioni politiche.

« Fa parte della rinascita islamica », dice il direttore. « Solo un centinaio di moschee erano ancora in piedi dopo la persecuzione comunista. Ora ce ne sono più di mille, tutte ricostruite dopo la *perestrojka*. Prima alla Mecca ci poteva andare solo una decina di fedeli all'anno. Quest'anno ce ne sono andati 1500. »

« Secondo lei sarà possibile tenere separati i mussulmani di qui da quelli delle altre repubbliche? » chiedo.

Il direttore non ha dubbi: « Impossibile! Anzi, succederà il contrario. L'Islam è stato per secoli l'elemento unificatore dell'Asia Centrale e continuerà a esserlo ».

L'Asia Centrale entrò in contatto con il mondo arabo nel VII secolo dopo Cristo. La conversione all'islamismo incominciò nel 710, con la conquista di queste terre da parte degli arabi. Erano i soldati a convertire la popolazione. I primi a diventare mussulmani furono gli abitanti di Bukhara, poi quelli della valle di Fergana. Per alcuni secoli la regione fra Samarcanda e Bukhara fu considerata sacra quasi al pari della Mecca dalle varie comunità mussulmane del mondo. Quando a metà del XIX secolo i russi arrivarono qui e imposero il loro governo, la situazione religiosa non subì alcun cambiamento. È famoso l'editto con cui, dopo la conquista di Taškent, il generale Černaev ordinò ai nuovi sudditi « in nome del grande zar bianco » di continuare a obbedire alle leggi dell'Islam, e ai *mullah* di continuare a insegnare la loro religione nelle scuole. Taškent divenne la sede del viceré russo (« mezzo-re », come lo chiamavano qui) e al tempo stesso quella del Gran Muftì.

« L'espansione dell'Islam in Asia fu facile, perché l'Islam è una religione che si adatta alle condizioni specifiche dei vari popoli », mi dice il direttore. Pur essendo d'accordo che gli uzbeki sono i più religiosi di tutti, che i kazakhi e i kirghisi lo sono di meno, dice che queste differenze delle varie etnie non sono grandi, né tantomeno sono un ostacolo alla futura unione politica delle repubbliche.

Neppure la divisione fra sunniti e sciiti, secondo lui, nell'Asia Centrale è seria. È una faccenda che risale alla morte di Maometto. Il Profeta aveva avuto quattro figli maschi, ma erano tutti morti piccoli, e come eredi diretti gli restavano solo quattro figlie. La disputa verteva sulla questione se le donne avessero il diritto a succedergli o no. Fu così che i fedeli si divisero fra quelli che rinunciarono all'idea di una discendenza religiosa e seguirono semplicemente la via indicata dal Profeta, e quelli che invece designarono come successore Alì che era cugino di Maometto e che per giunta ne aveva sposato una delle figlie. I primi si chiamarono sunniti, i secondi sciiti. La maggioranza dei mussulmani oggi nel mondo è sunnita. Gli sciiti però sono in maggioranza in alcuni paesi come l'Iran, l'Iraq, il Pakistan, l'Afganistan e l'Arabia Saudita. I popoli dell'Asia Centrale sovietica sono tutti sunniti, tranne i tagiki. Questi sono sciiti, come lo sono i mussulmani dell'Azerbaigian, nel Caucaso.

A parte questa divisione, all'interno del mondo islamico esiste poi la corrente dei fondamentalisti, di quei mussulmani, che, come l'Ayatollah Khomeini, vorrebbero riportare l'Islam alle leggi e alle regole dei tempi di Maometto e respingono tutte le innovazioni apportate nei secoli successivi alla morte del Profeta. L'Arabia Saudita che, come mi dice il direttore dell'Istituto, ha giusto regalato all'Uzbekistan un milione di copie del Corano, è retta da una setta fondamentalista, i wahabiti.

« È possibile che i mussulmani di questa regione cadano sotto l'influenza fondamentalista? » gli chiedo.

« Il pericolo c'è », risponde. « Proprio perché fin dalla Rivoluzione d'Ottobre l'Islam è stato perseguitato, è probabile che ora la sua rinascita venga accompagnata da fenomeni di radicalismo. »

L'arrivo dei bolscevichi al potere fu sconvolgente per i mussulmani dell'Asia Centrale, perché d'un tratto si ritrovarono a essere vittime di due convergenti politiche imposte da Mosca: una intesa a reprimere l'Islam; l'altra a russificare la regione più di quanto avesse fatto il regime coloniale dello zar. Gli uzbeki, essendo quelli più legati alla religione e quelli con una delle più lunghe tradizioni nazionali, furono i più colpiti. La loro terra, che era stata la culla dell'Islam nell'Asia Centrale, cessò di esistere come tale. Samarcanda e Bukhara, i grandi centri dell'islamismo in territorio uzbeko, vennero lasciati nell'abbandono. Le scuole coraniche vennero chiuse. La trascrizione araba della lingua uzbeka venne sostituita prima con quella latina, poi con quella cirillica, col risultato fra l'altro che i legami degli uzbeki, sia col proprio passato sia con gli altri uzbeki, loro simili e spesso parenti, in Afganistan e in Cina, furono tagliati. La lettura del Corano divenne impossibile man mano che sparivano le vecchie edizioni in arabo e non ne venivano stampate di nuove in cirillico. Il russo divenne la lingua comune e persino i nomi, qui tutti di origine turca, vennero russificati per comodità degli uomini di Mosca. I Suleiman d'un colpo divennero Suleimanov. La storia della regione venne riscritta a uso e consumo dei bolscevichi e per molti anni agli uzbeki fu persino proibito fare il nome di Tamerlano, il grande condottiero mussulmano del XIV secolo che gli uzbeki, magari a sproposito, amano pensare come un loro antenato.

La storia che i bambini uzbeki dovevano imparare nelle scuole era quella della Russia anziché la loro: una situazione tipicamente coloniale come quella che ho tante volte sentito maledire dai rivoluzionari vietnamiti, costretti da ragazzi a studiare su un famoso libro di storia che cominciava con la frase: « *Nos ancêtres, les gaulois...* » I nostri antenati, i galli...

Ora, con la fine dell'Unione Sovietica, quelle due politiche bolsceviche vengono completamente rovesciate attraverso due fenomeni che procedono di pari passo e a ritmo sempre più accelerato: la derussificazione della regione e la sua reislamizzazione. I russi rappresentano il 12 per cento della popolazione della repubblica. La loro presenza è vista con crescente ostilità.

« Arrivarono a centinaia per aiutarci a ricostruire la città dopo il terremoto », racconta Aziz. « Ma finirono per restare qui e per installarsi nelle case che dicevano di aver costruito per noi.» I comunisti uzbeki non scoraggiano questa ostilità. Anzi, è giusto la carta dell'etnonazionalismo quella su cui più puntano per mantenere la propria popolarità recentemente rafforzata dall'inaspettata, ma qui davvero benvenuta, dichiarazione di indipendenza da Mosca.

Persino negli anni duri del passato il partito uzbeko ha sempre cercato di mantenere una sua caratteristica locale. Stamani, correndo attraverso il parco dinanzi all'albergo, sono rimasto colpito dalla bella testa in bronzo di Karl Marx in cima a una colonna di granito. Con la sua fronte bombata e gli zigomi alti, sembrava il ritratto di uno dei tanti vecchi venditori del bazar. Era come se anche lui fosse stato uzbekizzato.

Da un lato i nazional-comunisti; dall'altro i mussulmani, possibilmente fondamentalisti. Sono queste dunque le scelte del futuro per la gente dell'Uzbekistan? E i democratici? Che davvero non ci sia alcuno spazio per una terza forza, liberale e laica?

Aziz non sa come rintracciare la gente di Birlik, ma ha un amico in un giornale locale e bastano un paio di telefonate e un quarto d'ora di taxi per arrivare davanti a un cancello verde con uno sbiadito numero « 8 » in fondo a una stradina di periferia e incontrare l'uomo che Mirza ha rifiutato di farmi incontrare: Abdul Rahim Pulatov, presidente di Birlik, il Movimento per la Democrazia dell'Uzbekistan.

« Mi dispiace riceverla così, ma siamo costretti a vivere nella semiclandestinità, visto che il governo rifiuta di riconoscerci come partito », dice Pulatov dopo le presentazioni e i convenevoli d'occasione.

Meglio in questa « semiclandestinità » che in qualche ufficio al centro della città, dico io, guardandomi attorno. Siamo seduti all'aperto su una sorta di grande letto di legno coperto da un vecchio tappeto *kilim*. Sulle nostre teste si allarga una bella pergola da cui penzolano grandi, turgidi grappoli d'uva nera e matura. Il padrone di casa, che da alcuni giorni ospita Pulatov, va e viene portando piatti carichi di frutta, ruote di pane e ciotole di tè che ci mette davanti. Un vecchio cane zoppica nel cortile. Non fosse per il filo luccicante, teso dal

KGB sopra la pergola per poter ascoltare le conversazioni di questo «pericoloso» democratico, la scena sarebbe assolutamente idillica.

Abdul Rahim Pulatov è uzbeko. Professore di cibernetica, è arrivato alla politica studiando all'Università di Mosca e interessandosi alla lotta dei popoli colonizzati. È uno dei fondatori di Birlik, un movimento che per fine dichiarato ha la creazione di un Uzbekistan indipendente («quella del Turkestan è una buona idea, ma è prematura», dice), laico («siamo decisamente per la separazione fra Chiesa e Stato») e democratico. Questa della democraticità sarà una delle qualità più difficili da raggiungere, riconosce Pulatov, visto che per settant'anni la tradizione politica è stata quella del totalitarismo. Birlik resta per il momento un movimento informale, senza membri fissi, ma Pulatov sostiene di poter contare in tutto l'Uzbekistan su almeno mezzo milione di aderenti. «Non è poco, su una popolazione di 20 milioni di persone», afferma. «In verità noi rappresentiamo la prima vera sfida politica al Partito Comunista.»

Una sfida che avrà successo? Non mi pare. Lasciando Pulatov nella sua piacevole semiclandestinità e tornando in taxi verso il centro della città, chiedo a Nasur, il guidatore uzbeko, se sa chi era il tipo da cui siamo stati. «Sì, Pulatov, democratico!» risponde facendo una smorfia come volesse dire: «Quel matto».

Riguardo le mie note, ripenso a tutto quel che ho visto e sentito e l'impressione è che almeno qui in Uzbekistan il futuro si giocherà fra comunisti e mussulmani e che i democratici non avranno modo di crescere nello spazio ristretto lasciato loro fra queste due forze.

I comunisti hanno buon gioco. Sono al potere, hanno l'appoggio popolare e uno splendido argomento di propaganda: «Senza di noi avrete Khomeini!» È agitando questo spettro che il Partito conta di bloccare qualsiasi sfida al suo potere e qualsiasi processo di democratizzazione della vita politica. Per questo, videocamere, spie e agenti del KGB, accantonati in gran parte dell'Unione Sovietica, da queste parti sono ancora tanto in vista. Ironicamente quello stesso apparato di repressione e di terrore, che il bolscevismo aveva per tenere l'Asia Centrale sotto il controllo di Mosca, viene ora usato dai nazional-comunisti locali per staccare questa repubblica dal processo di rinnovamento che a Mosca fa capo.

Rientro tardi in albergo. Guardo l'ora e noto anche la data: venerdì, 13 settembre. Un giorno infausto? Finora non m'era parso.

Entro in camera e trovo tutto allagato. Al piano di sopra è scoppiata una tubatura e l'acqua, grondando dal soffitto, m'ha inzuppato il letto, i vestiti e ha fatto pappa di alcune carte sulla scrivania. Terrorizzato, guardo le gocce che ticchettano sul computer con tutta la mia memoria di questo viaggio. Lo asciugo, lo accendo, e nella luce azzurrognola dello schermo finalmente riappare il cursore che batte come un piccolo cuore in mezzo alle parole. Vivo!

13. Samarcanda: il profeta in fondo al pozzo

L'IDEA era buona: venire qui per il mio compleanno, qui ripromettermi di non fumare più e vedere un'altra grandiosa realizzazione della razza umana.

Samarcanda: un nome che sembra cantare, una di quelle mete della fantasia che uno si porta in petto dall'infanzia. Strana parola: Samarcanda! Si può anche non sapere che è una città, non sapere dov'è, non conoscere la sua storia, non legarla a quella di Tamerlano, ma il suo semplice suono, Samarcanda, è una promessa. Almeno era stato così per me e il fatto di trovarmi a soli trecento chilometri di distanza da Samarcanda, il giorno del mio compleanno, m'ha convinto a farmela di regalo. E di nuovo, una delusione!

Lo champagne sovietico con cui brindo alla mia esistenza è tiepido, la puzza del ristorante aggressiva, la cena immangiabile, non solo perché la carne è dura come il legno, ma perché faccio appena in tempo a sedermi che i camerieri cominciano a spengere le luci e, quando chiedo di portarmi allora subito anche un pezzo di melone, uno di loro si mette a urlare.

Tutto questo può anche essere divertente, se si pensa che di compleanni col dolce e le candeline uno ne ha già passati fin troppi. La delusione è che di Samarcanda non resta che un nome che canta. La vecchia città è morta e una nuova, sovietica, di cemento, ha rosicchiato via spazio e fascino a tutto quel che era storico, lasciando solo qua e là alcuni monumenti del passato, come conchiglie vuote, come gli arredi dimenticati d'una *pièce* di teatro che da tempo non si rappresenta più. Le grandi moschee di Samarcanda dalle cupole color turchese, le famose *medressa*, le scuole coraniche dalle facciate ricoperte di mosaici, ci sono ancora, in parte anche restaurate, ma sono come cadaveri imbalsamati cui non resta più un filo della vita d'un tempo e con ciò solo un ricordo del vecchio splendore.

Samarcanda. Dal momento del mio arrivo a Taškent avevo pensato di venirci e avevo chiesto al terribile Mirza di procurarmi un visto di viaggio e una macchina.

« Ancora nessuna risposta. Bisogna aspettare », ha detto di nuovo stamani, venendo a trovarmi in albergo per colazione.

« Andiamoci senza », ho ribattuto.

« Impossibile. Oggi è sabato e tutte le macchine sono già prenotate. »

Ho detto a Mirza che avrei allora passato la giornata in camera a scrivere. In cuor mio avevo già deciso di partire comunque, senza permesso, in barba a Mirza che non muove un dito per aiutarmi e che anzi – ora mi è chiaro –, per ordine di qualcuno nei servizi di sicurezza di questo ultimo Stato di polizia, fa di tutto per ostacolare il mio soggiorno e incoraggiarmi a lasciare l'Uzbekistan.

Dico ad Aziz, venuto puntuale alle nove, che partiamo; non disdico la camera in albergo perché nessuno si chieda dove vado; entro nel taxi di Nasur, il giovane uzbeko magro, dai grandi baffi neri e gli occhi verdi, che ieri per tutto il giorno mi ha portato in giro per Taškent e, solo quando siamo già in marcia, gli annuncio che stiamo andando a Samarcanda e che staremo via un paio di giorni.

« Samarcanda? Non ho abbastanza benzina! » dice quello. La vista di un biglietto da cento dollari gli dà l'entusiasmo necessario per chiedermene altri cento (ci accordiamo per altri cinquanta), per trovare la benzina e risolvere ogni altro problema. Alle dieci siamo in cammino.

La strada fra Taškent e Samarcanda passa attraverso un paesaggio piatto a brullo. I primi soldati russi che vennero qui da invasori centoventitré anni fa la chiamarono « la steppa della fame », perché molti non uscirono vivi da questa piana riarsa, senza un albero e senza un corso d'acqua. A perdersi, ci si potrebbe morire di fame ancor oggi, perché, in qualunque direzione uno guardi, non si vedono a perdita d'occhio che campi di cotone. « E il cotone non si mangia! » dicono gli uzbeki accorgendosi ora di come i russi prima e i bolscevichi poi li hanno intrappolati nel sistema economico coloniale, imponendo loro la monocoltura del cotone e rendendoli così completamente dipendenti da Mosca per tutti i loro bisogni.

A vedere queste allucinanti distese di piantine basse e verdi, punteggiate dalle macchie rosse dei fiori e quelle bianche dei fiocchi che cominciano a spuntare, si ha un'idea del genio imperiale degli uomini del Cremlino. La loro formula era semplice: integrare l'economia e dividere la gente. Una formula di grande successo. Gli uzbeki e gli altri popoli dell'Asia Centrale dovevano coltivare cotone e non pensare ad altro. Nemmeno le mutande e le camicie potevano farsi da soli, perché le filande in cui il loro cotone veniva lavorato erano messe a bella posta a migliaia di chilometri di distanza da loro, nei territori di altre repubbliche! Alla gente di quelle si diceva: « Voi fate le mutande e non pensate ad altro », e così via.

Se poi questa gente voleva pensare a qualcosa, aveva da preoccuparsi dei suoi immediati vicini, di solito membri di una razza storicamente a lei nemica e che Mosca aveva deciso di mettere a piccole dosi in mezzo a loro. Se voleva pensare, poteva preoccuparsi di recuperare dei territori che erano stati suoi, ma che l'arbitraria divisione imperiale – l'ultima, quella fatta da Stalin – aveva assegnato a qualcun altro. Samarcanda? La gente del Tagikistan pretende che questa città è loro e che solo per una perfida ingiustizia si trova nel territorio dell'Uzbekistan. Ho sentito dire che a Samarcanda c'è ora un movimento clandestino, « Rinascimento », il cui obiettivo è quello di ricongiungere la città alla repubblica del Tagikistan.

Nasur guida a tutta velocità su una larga autostrada, praticamente deserta. Il paesaggio continua a essere polveroso e monotono. L'unica nota di piacere sono degli strani cespugli che crescono selvaggi ai bordi dei campi di cotone. Le punte delle foglie sono rosa e viola e a distanza danno l'impressione di nuvole, di onde spumose, di sbuffi colorati sul monotono fondo di verde.

Traversiamo una catena di colline desertiche, punteggiate da costoni di pietra nerissima, poi, lontana nella piana assolata, balugina la mitica « città dorata », « il giardino dell'anima », « lo specchio del mondo », il « gioiello dell'Islam »: Samarcanda.

Solo la gente ha mantenuto la grandiosità di un tempo. Gruppi di donne uzbeke nei loro coloratissimi caftani confabulano davanti alla moschea di Hazret dove Nasur parcheggia la macchina. Vecchi uzbeki con in testa gli zucchetti neri ricamati di bianco, le belle facce marcate da grandi baffi spioventi, siedono all'aperto sui vecchi, sdruciti tappeti di una casa da tè. Un giovane avvolto in una nuvola di fumo arrostisce spiedini di agnello su un braciere dinanzi ai loro occhi. Ne ordino dieci e mi siedo anch'io.

Nasur e Aziz vanno a cercare un posto per passare la notte. Siccome non ho il mio permesso di viaggio suggerisco di evitare l'Hotel Intourist. Tornano dopo una mezz'ora. Niente da fare. Nelle locande per « viaggiatori domestici » non ci sono posti. Aziz, sempre più preoccupato per la sua posizione di interprete non ufficiale, suggerisce che la miglior cosa è andare alla polizia, dire che sono qui, che intendo stare solo fino a domattina e farsi dare un permesso per avere una camera all'albergo per stranieri.

L'idea non mi piace, ma voglio tranquillizzarlo e così andiamo alla polizia. Fortunatamente è sabato pomeriggio e l'ufficio incaricato degli stranieri è chiuso e non riapre fino a lunedì.

Dall'altra parte della strada noto la cupola a cipolla di una vecchia chiesa ortodossa. Un giovane prete barbuto dice messa per un gruppetto di vecchie russe, figure di memoria ottocentesca con le loro pezzole fiorate in testa e i calzini bianchi ai piedi. Un giovane russo fa il giro della chiesa, prostrandosi per terra, alla maniera dei mussulmani, davanti a ogni icona e baciando poi i piedi del Cristo di ogni statua. Poveri russi! Che ci stanno a fare? Sono, anche solo fisicamente, fuori posto qui, come lo sono i cinesi in Tibet. I soldati dell'Armata Rossa che vedo in libera uscita per le strade della città hanno tutta l'aria d'appartenere a un esercito di occupazione.

Nasur, che conosce la città, vuole portarmi in macchina a vedere i vecchi monumenti. Io invece sono determinato ad andarci a piedi. Sul vialone che conduce al centro della vecchia Samarcanda mi attrae un antico negozio di alimentari dalla porta di legno. Appartiene, come tutti gli altri, allo Stato, ma il « direttore » è un grassissimo, cordialissimo ebreo la cui famiglia è vissuta qui da generazioni. Gli presento Aziz e, dopo aver soddisfatto la sua curiosità sulla mia nazionalità, il mio mestiere, le mie impressioni dell'Uzbekistan, la mia opinione sul futuro del comunismo, su quello di Gorbacëv e dell'umanità, chiedo se non ha un posto con un divano o una branda dove possiamo passare la notte. La ricompensa sarà in dollari. Il « direttore » è interessatissimo e dice ad Aziz di ripassare fra un'ora.

Il Registan, la piazza delle piazze, il centro della vecchia Samarcanda, è a un centinaio di metri e mi ci incammino con l'aspettativa di chi scala un monte e si immagina la straordinaria valle che vedrà dalla cima. L'impressione è grande. Le cupole e i minareti scandiscono la loro presenza nella luce del tramonto come fossero le note di una grande *ouverture*. Una visione di grandezza e di ordine. Mi viene in mente piazza San Marco a Venezia. Già, l'Europa! Che differenza! Da noi le piazze sono di solito costruite attorno a un monumento, orientate verso una chiesa, un palazzo comunale, una cattedrale. Qui la cosa straordinaria è che il Registan è una piazza in mezzo a tre cattedrali, tre *medressa*, le scuole coraniche, una più bella dell'altra.

Guardo in alto e le sagome che vedo contro il cielo immacolato sono quelle di secoli fa. Immutate. Guardo per terra, e mi rendo conto che il silenzio in cui è avvolto il Registan è un silenzio di morte. La vecchia piazza, una volta coperta di sabbia rossa (*registan* vuol dire appunto « il posto della sabbia »), era un affollatissimo, vivacissimo bazar, descritto come uno dei più colorati dell'Asia dai fortunati viaggiatori arrivati qui prima della Rivoluzione d'Ottobre. Ora la piazza è lastricata, chiusa da transenne di ferro e accessibile solo dopo aver comprato un biglietto d'ingresso. Il Registan è ormai un museo che vive, nelle ore d'ufficio, di turismo.

Il museo è chiuso, ma per una piccola mancia l'uomo di guardia mi lascia entrare. L'intero complesso, dove un tempo vivevano centinaia di studenti e di *mullah*, è completamente deserto. Dai minareti, alcuni pendenti come la torre di Pisa, nessuno più chiama la città alla preghiera. Le facciate delle *medressa* sono coperte di mosaici geometrici: affascinanti labirinti in cui l'occhio si perde. Scritti in piccole tessere di pietra nera, spiccano i versetti del Corano. Nessuno li sa più leggere, da quando i comunisti hanno proibito lo studio dell'arabo.

Il Registan è un cimitero e questo suo destino è una riprova di quel sacrilego desiderio dei rivoluzionari comunisti che han creduto di poter inventare un mondo nuovo e perfetto e son invece solo riusciti a togliere il grande soffio di vita e grandezza che c'era nel vecchio, pur imperfetto. In questo, sì, son riusciti. A Samarcanda, fino alla Rivoluzione, fioriva un grande artigianato. Ora non ci fiorisce più nulla. Nei negozi non si trova una sola cosa che valga la pena di comprare.

Ripassiamo dal « direttore » del negozio di alimentari. È imbarazzatissimo. Impossibile dormire da lui. La polizia verrebbe a sapere che ha ospitato uno straniero e passerebbe dei guai. È buio, sono stanco e non ho voglia di dormire in macchina come suggerisce Nasur.

« È meglio », dice. « Così siamo anche sicuri che i ladri non ce la portano via ».

Andiamo invece all'Hotel Intourist e lì faccio una delle mie sceneggiate. Incomincio comprando al bar, in dollari, due bottiglie di champagne sovietico. Poi vado dalla donna della portineria, le metto davanti agli occhi il mio passaporto, col dito puntato sulla mia data di nascita, le do una delle due bottiglie chiedendole di berla alla mia salute, le dico che vengo da lontano, che sono a Samarcanda senza permesso di viaggio perché pensavo di restare solo per la giornata, ma che mi sono perso in ammirazione della città, che ora è tardi per tornare a Taškent, che domattina potrei lasciare l'albergo all'alba, che le sarei grato... se desse una stanza a me e una ai miei compagni. Ed ecco un aspetto consolante del comunismo: le donne si lasciano ancora sedurre!

« D'accordo per due camere... Ma, domattina, partenza all'alba », dice sorridendo la donna, ovviamente divertita dall'insolito spettacolo.

« Non conosce per caso anche una buona guida che domani mi potrebbe portare in giro per la città? »

Ci proverà.

In compagnia dell'altra bottiglia, di Nasur e Aziz, mi preparo a fumare la mia ultima sigaretta e a celebrare in stile il mio primo compleanno a Samarcanda, ma i camerieri del ristorante non si fanno sedurre. Sono già le nove e il cuoco è andato a casa. Ci son solo delle polpette fredde e comunque è già l'ora di chiusura.

Nella hall dell'albergo due macchinette, come quelle dei casinò di Macao, che giocano automaticamente a poker con chi ci mette dei soldi, attraggono la curiosità di un gruppo di locali che son riusciti a passare il controllo del solito portinaio buttafuori. Anche lui, come tutti i suoi colleghi nel resto dell'Unione Sovietica, ha sul petto le solite medaglie da ve-

Samarcanda all'alba

terano. In testa, invece del cappello a padella, ha lo zucchetto nero coi ricami bianchi dei mussulmani.

Vado a letto depresso alla semplice idea che, essendo venuto a vedere Samarcanda, non avrò d'ora innanzi più modo di sognarla.

Domenica 15 settembre

Il sole mi ridà fiducia. Puntuale si rialza sull'orizzonte nero, tinge di arancione l'oscurità, dà forma al Registan che, con sorpresa, mi ritrovo improvvisamente davanti alla finestra spalancata della camera, indora i minareti e lentamente fa risplendere le cupole turchesi. Già, « turchese », ecco l'origine di questa parola: il colore dei turchi. Tutto attorno si risveglia anche la Samarcanda sovietica che incomincia la sua musica di clacson.

A colazione incontro i miei due compagni. Nasur, nonostante il bel letto in camera con Aziz, ha passato la notte in macchina per paura dei ladri. La donna della portineria è ancora di servizio – le impiegate dell'Intourist lavorano ventiquattro ore di seguito per poi avere due giorni liberi – e mi presenta Shoista, la « Figlia del Re », una bella ragazza sui trent'anni che oggi avrebbe dovuto fare da guida a un gruppo di turisti polacchi, ma che ora è disposta a guidare me.

Mi piace, perché è come un medico che dinanzi a un paziente non si chiede chi è, che mestiere fa, che cosa pensa, ma semplicemente che malattia ha. Per la « Figlia del Re » la maggior parte dei turisti soffrono di ignoranza, e secondo lei ci sono alcune cose che ogni straniero che arriva a Samarcanda deve sapere. Eccole.

Samarcanda – la parola vuol dire « città ricca » – fu fondata duemilacinquecento anni fa. Alessandro Magno, conosciuto qui come Iskander Khan, la conquistò nel 329 avanti Cristo e ci rimase un anno. I ricordi di quella invasione sono ancora dovunque. La città di Termez, a trecentosessanta chilometri da qui, al confine con l'Afganistan, porta ancora il nome che le dettero i soldati del Macedone. Nelle montagne del Pamir ci sono ancora dei villaggi la cui popolazione si crede discendere direttamente da quei greci.

Verso la fine del VII secolo arrivarono qui gli arabi che imposero l'Islam, spazzando via la vecchia religione zoroastriana e il buddismo. Nel 1220 arrivarono i mongoli e Gengis Khan distrusse Samarcanda. Nella seconda parte del XIV secolo entra in scena un'altra grande figura della storia asiatica: Tamerlano. Alla testa delle sue orde di nomadi, Tamerlano, fra il 1382 e il 1405, anno della sua morte, mise assieme un impero che andava dall'Europa all'India, ricostruì Samarcanda e ne fece la sua capitale. I suoi successori furono prima un figlio, poi un nipote, Ulug-Beg, che regnò per quarant'anni. Ulug-Beg era uno straordinario, coltissimo personaggio, un grande matematico e un astronomo. Venne spodestato da una congiura di fanatici mussulmani che lo decapitarono e distrussero l'osservatorio che aveva costruito.

« Tamerlano era un uzbeko? » chiedo alla « Figlia del Re ».

« Gli uzbeki dicono di sì, ma non è vero. Al tempo di Tamerlano gli uzbeki non esistevano ancora. Gli uzbeki, con quel loro nome che vuol dire 'padroni di se stessi', apparvero qui solo nel XVII secolo. »

Dalla sua risposta capisco che lei stessa non è uzbeka.

« No, no, sono una tagika. Tutti qui siamo tagiki, anche

Tamerlano lo era. Noi tagiki siamo i più vecchi abitanti di questa parte del mondo. » Secondo la « Figlia del Re » gli uzbeki queste cose non le vogliono sentir dire e persino le statistiche della città son fatte in modo da nascondere la verità. « Gli abitanti di Samarcanda », dicono le pubblicazioni, « sono 532.000. Il 47 per cento di questi sono uzbeki e tagiki, il 2 per cento ebrei, i rimanenti appartengono ad altre ottanta nazionalità. » I rapporti fra i vari gruppi etnici sono peggiorati, qui come altrove, negli ultimi due anni.

Parlando siamo arrivati alla moschea Bibi-Khanum. Era uno dei più raffinati monumenti islamici dell'Asia Centrale. Negli ultimi due secoli è stato prima danneggiato da un terremoto, poi dalle cannonate dei russi che occuparono Samarcanda nel 1868 e infine dall'incuria dei bolscevichi che, appena preso il potere, cacciarono dagli edifici religiosi tutti gli studenti e i *mullah* e sulle facciate delle *medressa* e delle moschee stesero grandi striscioni con su scritto: « La religione è l'oppio dei popoli ». La moschea Bibi-Khanum viene ora restaurata con fondi dell'UNESCO.

Per secoli le guide locali hanno raccontato ai visitatori la stessa leggenda. Starla ad ascoltare è sempre un piacere. Tamerlano voleva fare di Samarcanda la città più bella del mondo e, prima di partire per una nuova spedizione militare, ordinò che durante la sua assenza venisse costruito un grande complesso religioso con due moschee, una scuola coranica e un ostello per i pellegrini. Il tutto doveva essere fatto in onore della sua moglie preferita, una delle nove che aveva, una principessa mongola, appunto Bibi-Khanum.

L'architetto incaricato della costruzione era un persiano della città di Mashad, come lo erano allora la maggior parte dei maestri e degli artigiani che lavoravano a Samarcanda. L'architetto si innamorò perdutamente di Bibi-Khanum e minacciò di non finire in tempo la costruzione se lei non gli avesse almeno permesso di darle un bacio su una guancia. Bibi-Khanum era assolutamente contraria a questa intimità e per toglierselo dai piedi offrì all'architetto spasimante le donne più belle della città. Ma quello insisteva. « Forse che un bicchiere di vino è come uno d'acqua? » le mandava a dire.

Preoccupata che Tamerlano tornasse e che la costruzione a cui tanto teneva non fosse finita a causa dei ricatti dell'architetto, Bibi-Khanum finì per cedere alle sue voglie... e si lasciò baciare. Terribile errore! Quel bacio fu così focoso che sulla guancia di Bibi-Khanum rimase come una grande bruciatura. Così conciata non poteva certo presentarsi a Tamerlano! Bibi-Khanum ebbe allora un'idea brillante: si coprì la faccia con un velo e ordinò a tutte le donne della città di fare lo stesso.

Tornato a Samarcanda, Tamerlano non volle storie, tolse il velo alla moglie, vide quello scempio, si fece raccontare la verità e andò su tutte le furie. Ordinò che una parte della moschea, appena finita, fosse trasformata in una tomba e ci fece seppellire viva la moglie infedele. Poi mandò i suoi uomini a tagliare la testa al fedifrago. L'architetto però era andato a nascondersi in cima al minareto che aveva appena finito di costruire e, proprio mentre i soldati lo stavano per acchiappare, mise le ali e volò via, per tornare a casa sua nella città di Mashad. A Tamerlano non rimase che imporre a tutte le donne del suo regno di portare per sempre un velo sulla faccia. Da qui, secondo la leggenda, l'origine del *chador*.

« Almeno i comunisti vi han fatto il piacere di togliervi questo velo dalla faccia! » dico alla « Figlia del Re ».

« È vero. Ma ora, con la rinascita dell'Islam, c'è già chi parla di imporre di nuovo il *chador* alle donne e di separare nelle scuole i ragazzi dalle ragazze. » Secondo la « Figlia del Re » l'influenza dei fondamentalisti è in aumento e molti giovani mussulmani in città si dichiarano apertamente grandi ammiratori dell'Ayatollah Khomeini.

Nel cortile d'ingresso della moschea Bibi-Khanum c'è un grande leggio di pietra. Era qui che un tempo veniva posato uno specialissimo Corano: il più vecchio del mondo, tutto rilegato in oro e del peso di trecento chili. Era il Corano che Osman, il genero di Maometto e terzo successore del Profeta, stava leggendo quando venne assassinato. Le gocce di sangue di Osman, rimaste sulle pagine, avevano reso quella copia particolarmente sacra. L'aveva portata a Samarcanda un santo mussulmano e per secoli quel leggio era stato fonte di miracoli. Alle donne che non riuscivano ad avere figli bastava passare tre volte, a digiuno, sotto i suoi archi di pietra per rimanere presto incinte di un maschio.

Quando i russi invasero Samarcanda, quel Corano fu parte del loro bottino di guerra. Lo portarono via e presto finì nel museo di San Pietroburgo fra i grandi tesori dell'impero. È rimasto lì fino a poche settimane fa, quando le autorità sovietiche – ovviamente per ingraziarsi i mussulmani dell'Asia Centrale – hanno deciso di restituire quel Corano alla Chiesa islamica dell'Uzbekistan. Il Corano al momento si trova a Taškent.

Ai piedi della moschea Bibi-Khanum si stende il bazar di Samarcanda. I colori e gli odori sono quelli classici dei mercati dell'Asia Centrale, ma il tutto è come sterilizzato da un ordine poliziesco che assegna a ogni venditore il suo banchetto, e da un sistema economico che ha distrutto il piccolo artigianato locale. Nessuno produce più niente di suo, di originale; tutti sembrano vendere le stesse cose. Riesco solo a comprare una boccettina di un olio arancione che serve – almeno così dice il bel vecchio col turbante che lo vende – contro le bruciature. Dopo un po', anche la colorata folla del mercato mi appare monotona. Nessuno sembra avere un tocco di individualità, specie le donne, tutte vestite come sono di quella stessa, scintillante, pesante seta color arcobaleno, prodotta a chilometri, uguale per tutti, in qualche fabbrica sovietica « per minoranze etniche ».

La moschea Sah-i-Zinda, la moschea del Re Vivente, è la meta principale di tutti i pellegrinaggi che arrivano a Samarcanda. Ci andiamo a piedi. Si sale per una scalinata ripida, in pietra.

« Conti gli scalini », dice la « Figlia del Re ».

Conto: 73. La moschea è un vasto complesso funerario in cui Tamerlano fece seppellire la sua balia, due dei suoi figli e un'altra delle sue varie mogli. Gli uomini a destra, le donne a sinistra della strada. In quel posto era già stato sepolto un famoso santo mussulmano e Tamerlano lo scelse per metterci anche i suoi familiari, così che quelli fossero in buona compagnia. Chi fosse questo santo non è chiaro. Per alcuni era Kasim Ibn Abbas, per altri era Akhmed Zaaman, detto il Messia, cugino di primo grado di Maometto. Chiunque fosse, la leggenda vuole che il santo, venuto qui a combattere gli infedeli, fosse catturato e decapitato. Ma lui non se ne fece un cruccio. Raccattò la testa che gli avevano appena mozzata, se la mise sotto il braccio e andò a stare in fondo a un pozzo che era lì nei pressi. Il pozzo c'è ancora e la gente dice che il Re

Vivente è sempre laggiù che dorme e aspetta l'occasione per uscire e riprender la sua guerra contro gli infedeli.

Grazie alla presenza di questo santo addormentato, la moschea è stata per secoli una meta di grandi pellegrinaggi per i mussulmani di tutto il mondo. Tre viaggi qui equivalgono a uno alla Mecca e fanno di un fedele un *haji*.

Persino Gengis Khan era rimasto impressionato dalla storia di questo strano personaggio in fondo al pozzo e quando arrivò a Samarcanda alla testa delle orde mongole, una delle prime cose che fece fu di mandare due dei suoi uomini in fondo al pozzo a vedere se davvero laggiù c'era qualcuno che dormiva. I due tornarono su accecati. Così almeno raccontano gli uzbeki, i quali hanno deciso che il Re Vivente era dopotutto un uzbeko e ne hanno fatto un loro eroe nazionale. Che il Re Vivente stia per tornare alla luce e mettersi alla testa di una loro guerra santa?

I pellegrinaggi, proibiti per tanto tempo, sono ripresi. Un gruppo di vecchi uzbeki, veterani della seconda guerra mondiale con tutte le loro decorazioni e mostrine sul petto, sfilano nei vicoli della cittadella mortuaria. Vengono guidati in una piccola stanza – la più vecchia costruzione di Samarcanda, fatta solo cinquantadue anni dopo la fuga del Profeta – e lì, nella penombra, attorno a un sarcofago vuoto, si inginocchiano a pregare, con le palme delle mani rivolte al cielo. Un guardiano mi impedisce di seguirli. Li intravedo solo attraverso i ricami di pietra di una piccola finestra: dei vecchi attoniti, tutti presi dal fortissimo spirito del posto. Un piacere che è stato loro tolto per tutta la vita e che ora, con la nuova libertà di religione, riscoprono con gusto. Forse è proprio perché nel frammezzo ci sono stati tutti questi decenni di repressione religiosa, che la vecchia leggenda del Re Vivente torna a fiorire con la sua antica forza.

Esco di nuovo nel sole. Salgo su un muro diroccato di fango a guardare la piana ai piedi della moschea. L'antica Maracandra, la città di Alessandro Magno, era qui. È qui che il Macedone prese in moglie Rossane, qui che, ubriaco, uccise il suo migliore amico, Clito, reo d'avergli ricordato quanto relativa era la sua grandezza. Guardo la distesa di terra cercando di sentire l'incanto di tanta storia, ma mi distrae la volgarità d'un gruppo di brutte case popolari.

« Conti gli scalini! » mi dice, prima di scendere, la « Figlia del Re ».

Conto: 69.

« Ma come è possibile? »

« Dipende dallo stato d'animo », dice la ragazza. A quel punto uno non ha più voglia di rifare su e giù tutta la scalinata e si lascia convincere che in questi luoghi sacri dell'Islam anche la matematica è una questione di sentimenti.

Ai viaggiatori dell'inizio del secolo le guide locali mostravano la tomba di un altro strano personaggio sepolto a Samarcanda: Daniele, il profeta ebraico che, precursore di Freud, interpretava i sogni dei re. La sua tomba era a un paio di chilometri dalla città e le guide raccontavano che era stato Tamerlano, una volta conquistata la Persia, ad aver portato via dalla città di Susa, dove era veneratissima, la salma di Daniele. Le guide di allora raccontavano anche che, da quando era a Samarcamda, la salma non faceva che crescere di qualche centimetro all'anno, ma la « Figlia del Re » di Daniele non sa nulla.

È possibile che i bolscevichi non abbiano voluto averne troppi, di questi santi in casa, e che abbiano fatto dimenticare Daniele. Dopotutto pare che quella tomba non fosse comunque del Daniele della Fossa dei Leoni, ma di un altro Daniele, un vecchio *khan* di Samarcanda, e che l'omonimia, col passar dei secoli, abbia creato la confusione.

Mi diverto a pensare che il tutto potrebbe essere stato un colpo pubblicitario di Tamerlano. Voleva fare della sua capitale il centro del mondo e allora si inventò di sana pianta la storia del profeta in fondo al pozzo e quella di Daniele, in modo da creare due mete d'eccezione per attirare a Samarcanda i pellegrini del tempo. Promozione turistica, si direbbe oggi!

Tra la folla di visitatori locali che si appresta ad affrontare i misteriosi scalini della Moschea del Re Vivente – gli uomini nelle loro giacche e pantaloni neri, e gli stivali di cuoio; le donne nei loro vestiti simili a sacchi colorati – spicca la figura elegantissima di un arabo tutto in bianco, con sulle spalle una svolazzante gabbana di seta color crema dai bordi d'oro. I nostri sguardi si incontrano, ci riconosciamo per stranieri e, con quella strana complicità che si crea fra gente pur diversissima, ma che si sente ugualmente estranea in casa altrui, ci mettiamo a parlare. Viene dall'Arabia Saudita ed è affascinato dalla rinascita dell'Islam in questa parte del mondo. Trova solo strano che gli uzbeki insistano nel dire che il cugino di Maometto è sepolto qui. La sua tomba è a Damasco ed è sempre stata lì!

«Ma non bisogna deluderli», dice, riferendosi agli uzbeki, parlandone con condiscendenza, come di parenti poveri e ignoranti.

Il mausoleo di Tamerlano è sul viale Maksim Gor'kij. Il nome ufficiale è Gur-i-Mir, Tomba dell'emiro. Una strana luce, riflessa dalle pareti di onice, avvolge la grande cripta centrale. I colori dominanti sono il bianco e il grigio su cui spiccano le decorazioni geometriche in giallo e turchese. Solo la tomba di Tamerlano è in nero: un unico blocco di nefrite, incrinato al centro. Alla sua sinistra ci sono le tombe di due figli; alla sua testa, più grande di tutte le altre, c'è la tomba del suo maestro. Da una parte quella del nipote, il grande Ulug-Beg, l'astronomo e matematico che succedette al successore di Tamerlano. Appartata, c'è una quinta tomba di qualcuno finora rimasto sconosciuto.

Le tombe vere, spiega la guida, non sono le cinque che si vedono. I corpi sono nella cripta sotterranea. Basta alludere a una mancia per far apparire la chiave di una piccola porta nel muro esterno del mausoleo. Si scende per una scala stretta in una stanza di mattoni rossi. Sulla terra battuta stanno i tumuli, semplici, modesti. Lo spirito di Tamerlano – questo nomade che si costruì una capitale in cui non volle mai vivere e una grande tomba vuota solo per impressionare i suoi discendenti – mi pare sia tutto nell'anonimo tumulo di mattoni e fango, in una cripta che restò per secoli inaccessibile ai visitatori.

«Questo è il luogo dove riposa il più illustre e il più generoso monarca, il più grande sultano, il più potente guerriero, l'emiro Tamerlano, conquistatore di tutta la terra», dice una iscrizione destinata ai pellegrini che andavano ad ammirare la tomba in cui lui non era. Un'altra iscrizione spiega che l'emiro discendeva da una donna inseminata da un raggio di luce. Strano che questo mito della immacolata concezione abbia sedotto anche i mussulmani e che anche un uomo così terreno come Tamerlano abbia voluto darsi delle origini di tale celeste purezza.

Un lungo bastone con in cima una coda di cavallo è piantato in mezzo ai sarcofaghi di pietra per tenere lontani gli spiriti maligni. Quel bastone, lì da secoli, non è però riuscito a proteggere la pace delle salme dalla curiosità degli archeologi comunisti. Nel 1941 un gruppo, diretto dal professor Gerasimov, ottenne da Mosca il permesso di aprire le tombe per poter rispondere ad alcuni interrogativi posti dalla Storia. È vero che Tamerlano, « la tigre zoppa », era claudicante a causa di una ferita ricevuta in battaglia? È vero che a suo nipote, Ulug-Beg, quando fu deposto, venne mozzata la testa?

La notizia che gli archeologi sovietici eran venuti per aprire le tombe gettò la popolazione di Samarcanda nel panico. Un'antica profezia diceva che il giorno in cui Tamerlano fosse stato disturbato nel suo sonno, una grande sciagura si sarebbe abbattuta sul paese. Per evitare le reazioni della gente, Gerasimov e i suoi assistenti aprirono le tombe di Tamerlano e di Ulug-Beg di notte. Era la notte del 21 giugno 1941. Al mattino Samarcanda, assieme al resto del paese, venne colpita dalla notizia che Hitler aveva invaso l'URSS e che le armate tedesche avanzavano su tre fronti verso Leningrado, Kiev e Mosca. Per i sovietici era scoppiata la seconda guerra mondiale.

Quando gli esperti analizzarono i resti dei due grandi *khan* di Samarcanda, le storie tramandate di generazione in generazione si dimostrarono esatte: Tamerlano era davvero stato zoppo e a Ulug-Beg era davvero stata mozzata la testa.

Ulug-Beg era stato un grande scienziato e l'osservatorio astronomico che si fece costruire è oggi al centro di un museo in suo nome, in cima a una collina appena fuori dell'abitato di Samarcanda. Dall'alto la città appare come soffocata da una coltre di foschia giallognola.

« Sono le fabbriche chimiche », dice la « Figlia del Re ». « Ce ne sono 132! Loro le hanno costruite. Apposta per avvelenarci. Non le volevano a casa loro e ce le hanno messe tutte qui! »

« Loro ». Ogni volta che parla di qualcosa di ingiusto, di sbagliato, di qualcosa che non le piace, la « Figlia del Re » si riferisce a « loro ». « Loro » sono i responsabili di tutto quello che va male. Uno dei temi più scottanti del momento, nelle repubbliche, è quello della distruzione dell'ambiente, causata, si dice, dai metodi primitivi con cui il governo sovietico ha portato avanti lo sviluppo dell'agricoltura e delle varie industrie.

L'Uzbekistan è la più inquinata delle repubbliche; quella, dopo il Tagikistan, con la più alta mortalità infantile. Il lago di Aral, simbolo di uno dei più gravi disastri ecologici dell'Unione Sovietica, si trova in questa regione. Nel 1960 il lago aveva una superficie d'acqua salata di 67.000 chilometri quadrati. Ora ne ha solo 40.000. Allora il lago, al centro, era profondo 53 metri, ora solo 40. In trent'anni il volume delle acque è diminuito della metà. I pesci sono più o meno scomparsi. Fra la popolazione che vive attorno al lago i casi di bambini che nascono con orribili malformazioni genetiche sono particolarmente numerosi.

La causa di tutto questo sta nel cotone. Il cotone ha un enorme bisogno d'acqua e così, per annaffiare le coltivazioni dell'« oro bianco », tutti i corsi d'acqua della regione finiscono per essere più o meno svuotati. Per aumentare la produzione le piantagioni vengono inoltre trattate prima con fertilizzanti e poi con pesticidi. Siccome la terra non assorbiva più bene, questi prodotti chimici sono stati allora diluiti nell'acqua con cui s'irrigano i campi e questo è stato micidiale. Col passare del tempo sono penetrati in profondità, hanno raggiunto le falde d'acqua sotterranee, avvelenando le sorgenti e i fiumi dell'intera regione. L'abbassarsi del livello dell'Aral ha messo a nudo vaste superfici di terra che ora son coperte semplicemente di una finissima polvere di sale. A ogni colpo di vento, il sale si solleva e si sparge per chilometri e chilometri, avvelenando altre terre e causando penose malattie respiratorie fra la gente. Un vero disastro!

« Da quando son piccola ho sentito dire che il cotone è la ricchezza della nazione, ma non è vero. Il cotone è la tragedia della nazione, è quello che ci avvelena, è quello che ci dà tutto questo », dice la « Figlia del Re », indicando le foglie degli alberi coperte di polvere e il cielo opaco che pesa su Samarcanda. « La nostra ricchezza è l'oro che abbiamo sottoterra e la storia che abbiamo dappertutto. Questo ci sarebbe bastato, per vivere. »

L'osservatorio di Ulug-Beg è sulla collina dove, secondo la leggenda, i primi missionari mussulmani venuti in Asia si fermarono per decidere sul loro futuro. Avevano appena finito di bollire i pezzi di una pecora. Pescando dalla grande pentola, a caso, la testa dell'animale, uno decise di restare a Samarcanda; un altro tirò fuori il cuore e capì che doveva andare alla Mecca; il terzo pescò le zampe posteriori e andò a Bagdad. Da allora Samarcanda, con le sue scuole coraniche, è conosciuta come la testa dell'Islam; la Mecca come il suo cuore.

Ulug-Beg costruì l'osservatorio nel 1428. Di particolare aveva che era completamente sottoterra e che funzionava per mezzo d'un sistema di specchi. Dopo nove anni di lavori, grazie a un gigantesco sestante le cui rotaie impressionano ancor oggi, Ulug-Beg fu in grado di localizzare 1200 stelle e di compilare le sue famose tavole. Il clero mussulmano non era affatto favorevole a questo tipo di ricerca ed era irritato dal fatto che i sapienti di tutto il mondo venissero a trovare Ulug-Beg.

Nel 1449, al termine d'una congiura, ordita da un gruppo di fondamentalisti e cui partecipò persino suo figlio, Ulug-Beg venne spodestato e ucciso con un colpo netto di scimitarra che gli staccò la testa dal torso. L'osservatorio, come fosse stato un luogo di peccato e di perdizione, venne dato alle fiamme dalla folla, aizzata dai *mullah*. Fortunatamente la biblioteca di Ulug-Beg e quasi tutti i suoi scritti furono messi in salvo da un suo allievo, Mohamed Taragai, che riuscì a trasferire questi tesori in Turchia. Da lì le opere di Ulug-Beg furono portate a Oxford, in Inghilterra, dove nel 1665 vennero tradotte in latino. Nel 1908 l'osservatorio fu riscoperto da un archeologo russo, Vasilij Viatkin. La sua tomba è all'ombra di due abeti davanti all'ingresso al gigantesco sestante.

Torniamo in albergo ripassando per il centro della città. Dappertutto si leggono i vecchi slogan. « *Slata* CCP », lunga vita al partito comunista sovietico.

« Vita! Vita al partito! Il partito è l'unica cosa che è vissuta. Tutto il resto è morto », dice la « Figlia del Re ». « Loro ci hanno tolto la cultura, la tradizione, la religione. »

Di nuovo quel generico « loro ».

Le montagne del Pamir

« Loro chi? » chiedo.

« I comunisti, quelli della Rivoluzione d'Ottobre. Son loro che ci hanno tolto tutto. »

Strano contrappasso della Storia! Il bolscevismo arrivò al potere nell'Asia Centrale presentandosi qui, ancor più che altrove, come una forza liberatrice, un elemento di modernizzazione. All'inizio lo fu. Per le donne mussulmane, per esempio, l'arrivo dei comunisti fu davvero una ventata di libertà. Il *chador*, che erano costrette a indossare in pubblico, venne abolito per legge nel 1924. Il loro ruolo nella società divenne sempre più quello di eguali. Poi, anche qui, come altrove, comunismo ha voluto dire irrazionalità, arbitrio, arretratezza. La « Figlia del Re » racconta come anche qui la campagna lanciata da Mosca contro l'alcolismo ha causato danni enormi, non solo perché ha costretto le autorità a distruggere le vigne e a chiudere le fabbriche di vino, ma anche perché, venendo a mancare l'alcool, fra la gente è tornato di moda fumare l'oppio.

A est di Samarcanda, ad appena settantacinque chilometri di distanza, ci sono le rovine di Pendgikent, una delle più vecchie città dell'Asia Centrale. Era stata fondata venti secoli fa e fu il grande centro della civiltà sogdiana, raso al suolo nel 710 dagli invasori arabi. Pendgikent è nel territorio della repubblica del Tagikistan, ma non ci sono problemi di visto per andarci. Basta prendere un certo taxi e pagarlo 150 dollari, dice la « Figlia del Re ». Mi pare valga la pena. Ne offro 100 e l'affare è fatto.

L'antica Pendgikent era sulla riva sinistra del Fiume che Porta l'Oro. Le case erano di fango, a due piani. Non restano che i mozziconi dei muri lungo i tracciati delle strade e dei vicoli, ma la distesa muta, color ocra, di spazi vuoti contro lo sfondo del Pamir, è fortemente suggestiva. La montagna brulla dalle falde rosa e le forre scure sembra in se stessa fatta solo di sabbia, evanescente, pronta a scomparire come un miraggio. Soltanto una mandria di buoi che passa in lontananza, guidata da un pastore con un lungo bastone, rende il tutto più reale.

In un piccolo museo poco lontano sono raccolte alcune delle cose scampate al fuoco con cui gli arabi distrussero Pendgikent. Resto molto colpito dai resti carbonizzati della statua di legno di una donna. I fianchi tondi e pieni di quella figura senza testa che accenna a un passo di danza mi paiono il simbolo della civiltà sogdiana che l'islamismo mise a ferro e fuoco. A giudicare da quella statua, l'arte sogdiana era più varia e più ricca di quella islamica, tutta geometria e costrizione, che venne dopo. Guardo quella statua e mi immagino una civiltà più avanzata, più divertente e divertita di quella mussulmana che, di forza, prese il suo posto.

In qualche modo l'intera Asia Centrale rischia un'altra ondata di fuoco islamico fondamentalista. Se così fosse, che cosa resterà della odierna civiltà sovietica nel museo che qualcuno visiterà fra milletrecento anni?

Il museo è deserto. La donna che vende i biglietti – il mio è l'unico della giornata – passa il suo tempo sotto un grande ritratto di Rudaki, uno dei grandi poeti tagiki, a ricamare uno di quei grandi arazzi che un tempo i nomadi mettevano all'interno delle loro *yurte* per decorarle e per proteggersi dagli spifferi del vento. I fili con cui lavora son troppo brillanti, l'accostamento dei colori troppo contrastato. La donna mi

Il museo di Pendgikent

chiede se sono interessato a vedere uno degli arazzi antichi. Certo che lo sono. Quello che mi porta ha solo una trentina d'anni, ma il nero e il marrone sono addolciti dal tempo e l'impressione è di grande armonia. La donna chiede 250 rubli, l'equivalente di 80 dollari. Per lei, una fortuna; per me un piccolo peso da aggiungere con enorme piacere al mio bagaglio.

Tornando chiedo alla «Figlia del Re» se non conosce qualche membro del gruppo clandestino «Rinascimento» che vuole la scissione della città di Samarcanda dall'Uzbekistan e la sua annessione al Tagikistan. Dice che lo chiederà a un suo amico e che, se quello potrà aiutarmi, qualcuno mi verrà a trovare in albergo, stasera.

Qualcuno viene a cercarmi, ma forse c'è stato un equivoco. L'uomo mi fa entrare nella sua macchina, mi porta in una casa della periferia e mi fa sedere dinanzi al solito piatto d'uva. Ogni volta però che io porto il discorso sulla politica, che cerco di sapere qualcosa sulla situazione di questa repubblica, sullo stato dell'islamismo, sui rapporti fra tagiki e uzbeki, questo signore insiste nel volermi vendere un tappeto, nel «regalarmi» un ricamo o nel volermi per forza cambiare dei dollari.

Vado a letto presto, perché debbo alzarmi già alle tre per prendere il primo aereo per Taškent. Quando, in piena notte, arrivo all'aeroporto, tutto è deserto e l'aereo non c'è. Questa volta la ragione è ancor più semplice del solito: l'ora di partenza indicata sui biglietti è quella di Mosca, per cui «le quattro del mattino» in verità vuol dire «le sette ora locale». Tutti lo sanno, ma nessuno, dalla donna dell'Aeroflot alla «Figlia del Re», che pure mi ha accompagnato a prendere il biglietto e ha organizzato che il taxi venisse a prendermi nel mezzo della notte, ha fatto caso a questo dettaglio e mi ha avvisato.

Dormo per terra, usando il mio sacco come cuscino. Di Samarcanda mi restano i colori: il turchese delle cupole contro l'azzurro del cielo e un nome che, nonostante tutto, continua a cantare.

Taškent, 16 settembre

Quando rientro in albergo la maggior parte dei clienti dorme ancora. Al suo banco davanti all'ascensore, la *digiurnaja* sta ancora cercando di mettere ordine fra le decine di striscioline di carta delle telefonate fatte dai clienti del suo piano la sera prima e durante la notte. Per ogni telefonata c'è una strisciolina con il numero fatto e l'ammontare da pagare: da pagare non in portineria, assieme alla fattura dell'albergo, come sembrerebbe logico, ma da pagare a lei che altrimenti ci rimette quei soldi di tasca sua. Ogni mattina la *digiurnaja* è perciò impegnata in una vera e propria caccia all'uomo per farsi dare il dovuto e impedire che qualcuno lasci l'albergo dimenticandosi di saldare il conto.

A colazione incontro un paio di altri colleghi stranieri venuti a Taškent per seguire il Congresso del Partito Comunista. Ci sono un tale del *Financial Times*, una ragazza dell'*Independent* ed Ed Gargan, «di quel giornalino sulla riva orientale dell'Hudson», come dice lui, il *New York Times*. Tutti sono alloggiati sul mio stesso piano. Deve essere quello coi telefoni meglio «ascoltati» e con i microfoni più sensibili nelle pareti. Tutti hanno poco da scrivere. Il Congresso è andato esattamente come m'era stato detto che sarebbe andato: i comunisti si son ribattezzati socialdemocratici e il comunistissimo presidente Karimov, uno di quelli che si erano apertamente pronunciati a favore del *putsch* di agosto, è rimasto in sella, più saldo di prima.

Passo due ore alla polizia a chiedere il permesso di viaggio per Bukhara. Sembra complicato. Alle undici vado al mio appuntamento col professor Goga Khidoyatov, presidente della facoltà di Storia dell'università. È un uomo con una grossa testa su un corpo enorme. Indossa un elegante gessato grigio di fattura occidentale. È stato per decenni membro del Partito Comunista e ora, come tutti gli altri, è passato armi e bagagli al nuovo Partito Socialdemocratico. È un portavoce sofisticato del regime, per questo mi interessa. Il suo discorso è essenzialmente quello di un nazionalista uzbeko.

«Per noi comincia un nuovo periodo storico. L'Unione Sovietica non esiste più e vari nuovi Stati nascono al suo posto. L'Uzbekistan è uno. Abbiamo vari problemi da risolvere, ma io sono assolutamente contrario a farlo con l'aiuto dell'Occidente. Se vogliamo essere indipendenti, dobbiamo far da noi. Il primo problema è diventare autosufficienti. Solo quando saremo in grado di sfamarci potremo dirci sovrani. Per far questo dobbiamo immediatamente smantellare il sistema disumano dei kolchoz e procedere a una completa ristrutturazione dell'agricoltura. Il successo del Giappone ha le sue radici nella riforma agraria imposta dall'occupazione americana del generale MacArthur. Dobbiamo fare lo stesso. Siamo sostanzialmente un paese ricco. Oltre al cotone abbiamo oro, gas naturale, uranio. Dobbiamo solo scegliere una formula di sviluppo che si confaccia alle nostre condizioni. Abbiamo molto da imparare dal sistema capitalista che sembra aver risolto il problema delle contraddizioni di classe molto meglio del socialismo, coinvolgendo tutti nel benessere. Il più grosso pericolo che abbiamo dinanzi è quello dei fondamentalisti islamici. La loro influenza cresce a vista d'occhio. Avevano la loro base tradizionale nella valle di Fergana, ora sono forti anche nella regione di Samarcanda e Bukhara. Anche a Taškent i loro adepti si aggirano per i bazar a raccogliere i contributi dei mercanti. A chi offre un rublo, ne chiedono due. L'unica difesa che abbiamo contro questa influenza è il partito. Il partito è accusato di essere totalitario? Ebbene, solo un partito di questo tipo può far fronte ai *mullah*. L'Islam non è una ideologia progressista. I *mullah* lo usano per costringere le masse all'obbedienza. Noi siamo per la libertà di religione, ma non per dare il potere ai religiosi. »

Il progetto dei comunisti riciclati è chiaro: un regime politicamente totalitario con un'economia liberale; il sogno di tanti paesi in Asia. Certamente il sogno della Cina, cui piacerebbe diventare una immensa Singapore.

Martedì 17 settembre

A colazione vengo maltrattato dalla ragazza dell'*Independent* perché ho detto, scherzando, che i colleghi inglesi, quando lasciano l'albergo, farebbero bene a pagare i loro conti del telefono. Da quando il tipo del *Financial Times* è partito senza pagare il suo, è diventato ancor più difficile del solito chiamare l'estero perché la *digiurnaja*, temendo che ogni telefonata sia un rischio economico per lei, ogni volta che cerco di chiamare, dice che la linea è guasta o che il numero è occupato.

Passo la giornata a scrivere, e la sera a casa dell'unico personaggio interessante che Mirza è riuscito a presentarmi: Tok-

Il pittore uzbeko Tokhir Mirdjalilov

hir Mirdjalilov, pittore, il Salvador Dalí uzbeko. Tokhir, alto, forte, focoso, con una gran testa tutta nera d'una barba foltissima e di capelli lunghissimi, sembra il classico condottiero mongolo cattivo dei film storici girati da Hollywood. Non sembra, lo è. Alcuni anni fa, mi racconta, una troupe americana lo prese per fare proprio quella parte in un polpettone girato in Uzbekistan e da allora Tokhir si è affezionato a quella immagine di sé. Più che i suoi quadri, alla Dalí, mi colpisce il modo con cui, all'ultimo piano di uno dei blocchi anonimi di case popolari, al centro di Taškent, lui è riuscito a crearsi uno studio da artista dell'Asia Centrale. La porta del gabinetto che dà sulla stanza in cui stiamo è sempre aperta e l'acqua del lavandino scroscia in continuazione, « giorno e notte », dice Tokhir, come fosse quella dei canali lungo i filari dei pioppi.

« Senza quel suono un vero uzbeko non riesce a vivere. »

Mercoledì 18 settembre

Una giornata spesa a organizzare la prossima tappa del mio viaggio: il Tagikistan. Mi mancano pellicole fotografiche, taccuini per appunti e il solito sapone da barba. Giro per ore nei vari negozi, ma non trovo nulla.

Pranzo con Ed Gargan e Violetta, la sua interprete, una giovane studentessa armena. Le chiedo se è fidanzata.

« Sì. »

« Con un uzbeko? »

Mi guarda come se avessi detto: « Con un cane? » Apre la bocca in un gran sorriso soddisfatto.

« Con un russo », dice e con la mano fa un gesto per spiegarmi che il russo è socialmente su, in alto; l'uzbeko invece giù, in basso.

Mentre mi preparo a lasciare la mia camera, Aziz, che ascolta la mia radiolina portatile, mi traduce un discorso di Karimov. Il presidente annuncia alla sua gente che l'Uzbekistan ha deciso di seguire il modello di sviluppo cinese. È ovvio. L'Uzbekistan – fenice comunista sorta dalle ceneri dell'impero sovietico – e la Cina – ultimo paradiso di un'idea morta – hanno ora un grande interesse ad allearsi. I due Stati sono confinanti e i due Stati restano totalitari. Per gli uzbeki avere accesso al mercato e all'assistenza cinesi vuol dire non dover dipendere né da Mosca né dall'Occidente. Per i cinesi l'avere proprio alle loro frontiere uno Stato come l'Uzbekistan governato da comunisti riciclati, ma non pentiti, e decisi a battersi sia contro una possibile rivoluzione islamica, sia contro una democratica, è uno dei pochi risultati positivi dello sfasciarsi dell'impero sovietico. A parte Cuba, tutti gli altri paesi che restano oggi comunisti – Vietnam, Corea del Nord e ora Uzbekistan – si trovano lungo il confine cinese, ed è ovvio che Pechino farà di tutto per tenerli legati a sé e aiutarli a restare quel che sono. I cinesi debbono aver fatto offerte generose al presidente Karimov e questi li ripaga, anche formalmente, annunciando che l'Uzbekistan vuole ora imparare dall'esperienza cinese.

I cinesi sono preoccupatissimi per quel che succede nelle varie repubbliche ex sovietiche e mandano dovunque delegazioni politiche e commerciali a prendere contatti coi nuovi dirigenti. A ripensarci, mi rendo conto che ho incontrato funzionari cinesi a quasi ogni fermata di questo mio viaggio.

Vado dalla *digiurnaja* per pagare le mie telefonate. È disperata. La ragazza dell'*Independent* è partita senza pagare le sue. Il conto che ha lasciato è di 148 dollari!

14. Tagikistan: in nome di Allah

LASCIARE Taškent è stato un enorme sollievo. Fino all'ultimo momento mi son sentito addosso l'oppressione di un regime di polizia che, pur col mutare dei tempi, non è cambiato nemmeno nelle apparenze. Mentre scendevo la scalinata dell'albergo verso la piazza Karl Marx per andare a prendere un taxi, la solita macchina grigia coi vetri scuri mi è passata, lentissima, davanti. Da un finestrino semiaperto il solito uomo mi puntava addosso la sua videocamera. Il mio istinto è stato di saltargli al collo. Spiare d'accordo, ma a quel modo m'è parsa una sfida che andava accettata. Fortunatamente il suo autista ha dato gas e la macchina grigia è scomparsa... ma solo per fare il giro della piazza e tornare in posizione davanti all'albergo, mentre il mio taxi, sempre guidato da Nasur, partiva per l'aeroporto. Ogni volta che mi trovo dinanzi alla tracotanza di un qualche potere, si risveglia in me un'anima anarchica e la rabbia ribelle che mi sale alla testa offusca ogni ragione.

Il volo verso Dušanbe m'ha calmato. La grandezza della natura aiuta sempre a ridimensionare gli avvenimenti umani e la straordinaria, immensa distesa delle montagne del Pamir, viste dall'alto di un fragile aereo, m'ha rimesso in petto un giusto metro di paragone. Non sono religioso, ma le montagne mi son sempre parse la cosa più vicina al divino. Queste dell'Asia più di altre: purissime, apparentemente senza fine, al di là del bene e del male, al di sopra di ogni gioia o dolore. Solo la mente irriverente e sacrilega dei comunisti sovietici poteva pensare di dare a presenze così eterne e celesti dei nomi così caduchi e terreni come «picco del Comunismo» o «picco di Lenin».

Presto anche questi nomi verranno cambiati. Non sarà la prima volta. Il «picco del Comunismo», coi suoi 7495 metri, è la cima più alta dell'intera Unione Sovietica; un tempo si chiamava «picco Stalin».

Fin dal primo momento, diversamente da Taškent, Dušanbe m'è apparsa piacevole e accogliente. Già all'aeroporto le ragazze incaricate di ricevere i viaggiatori che pagano in dollari sono amichevolissime.

«Anche questo è uno Stato di polizia come l'Uzbekistan?» chiedo per prima cosa, entrando nell'ufficio Intourist.

«Ancora no, ma è possibile che presto cambino le cose», risponde, ridendo, una delle belle ragazze che chiacchierano dietro un bancone.

«Celebriamo allora», dico io e con un paio di bottiglie di aranciata, comprate lì per lì, brindiamo al mio aver messo, per la prima volta in vita mia, piede nel Tagikistan, la più piccola delle cinque repubbliche dell'Asia Centrale, mentre una delle ragazze va alla ricerca di un taxi. Nel Tagikistan manca la benzina e i taxi si son fatti rari.

«L'indipendenza costa», dice una delle donne, «e questo è uno dei prezzi da pagare». Lei comunque la macchina non ce l'ha e non si sente direttamente colpita. Il Tagikistan ha varie risorse naturali, ma non il petrolio. Fino a poco tempo fa i rifornimenti arrivavano regolarmente dalle altre repubbliche, ma ora quelle vogliono vender caro quel che hanno e, per alzare i prezzi, hanno interrotto le consegne. Il capitalismo è una scienza che tutti imparano alla svelta!

Contrariamente alle altre popolazioni dell'Asia Centrale, i cui tratti fisici rivelano l'origine mongola, i tagiki sono di origine persiana e hanno generalmente un aspetto molto simile agli europei del Sud.

Quello che le ragazze e poi anche il tassista, tutti tagiki, hanno da dire sugli uzbeki è negativo: sono rozzi, incolti, testardi, prepotenti e presuntuosi.

«Noi siamo poeti, loro son mercanti», dice una ragazza. L'antagonismo fra le due razze è di vecchia data. Il fatto però che ora gli uzbeki sono per giunta più numerosi, più ricchi e più potenti dei loro vicini di casa tagiki, non fa che aumentare l'antipatia. Il fatto che le due repubbliche confinanti sono ora indipendenti e che esistono fra di loro alcune sostanziali dispute territoriali rende la situazione potenzialmente esplosiva.

Anche a Dušanbe l'albergo principale della città non ha un nome di grande fantasia. Si chiama semplicemente Tagikistan. Come tutti gli altri alberghi Intourist, anche questo è retto da una mafia di donne. La «capa» qui è Lina: una corposa, anziana signora dai capelli tinti di rosso, mezzo russa e mezzo tedesca. Grazie a una lingua in comune ci intendiamo alla perfezione. A Dušanbe la *Komsomolskaya Pravda* non ha un suo corrispondente e io cerco una guida. Lina dice che me ne procurerà una lei. La polizia dell'Uzbekistan ha rifiutato tutte le mie richieste di visto, compreso quella per la città di Bukhara, che pur si trova in territorio uzbeko; ma Lina promette di farmi avere tutti i visti che voglio.

Dušanbe è una piacevolissima città moderna dalle strade larghe e alberate. Anche qui sembra esserci una sorta di ossessione con l'acqua: dovunque ci sono fontane che mandano in aria cortine bianche di spruzzi e diffondono un gradevolissimo senso di frescura.

Nel 1924 questo era un villaggio di 49 case e 293 abitanti, un posto di così poco conto che il bazar ci veniva fatto una sola volta alla settimana, appunto il... *dušanbe*, « il lunedì », come quel giorno è chiamato nella lingua tagika. Quando i bolscevichi decisero di farne la capitale del Tagikistan, con la loro solita, grande fantasia ribattezzarono questo posto Stalinabad, la « città di Stalin », ma col passar degli anni, e col mutare della situazione politica, Dušanbe, « lunedì », è tornato a essere il suo nome ufficiale.

Oggi Dušanbe ha 600.000 abitanti, ma basta andare a passeggio per un'ora nel centro della città, con una persona come la mia nuova guida, Ismail – un tagiko sulla quarantina, esperto di letteratura francese, laureato nella locale università e sempre vissuto qui –, per conoscere tutti i notabili del posto ed essere messo in contatto con tutti quelli che contano in questa repubblica.

Tutti hanno una gran voglia di parlare e di essere capiti. I tagiki si sentono emarginati, dicono che il mondo si interessa solo alle repubbliche come l'Uzbekistan e il Kazakhistan e che pochissimi stranieri vengono in visita da loro. Grosso modo la storia che tutti vogliono raccontare è quella che ho sentito anche altrove: il Tagikistan è stato per più di mezzo secolo una colonia di Mosca e la russificazione ha in gran parte distrutto la cultura locale; il problema ora è come fare del Tagikistan uno Stato veramente indipendente. Le forze politiche che si contendono il diritto di scegliere la via per raggiungere questo obiettivo sono sostanzialmente tre: i vecchi comunisti, che qui come altrove sono ancora al potere e cercano di restarci attraverso la solita operazione cosmetica;

i mussulmani, che vogliono rovesciare i comunisti e fare del Tagikistan una repubblica islamica; e i democratici, che sono alla ricerca di una « terza via », laica e democratica, che eviti i « due estremismi ».

La svolta nella storia di questa repubblica furono i fatti del 17 febbraio 1990. Dopo decenni di stabilità imposta con la forza dal potere sovietico, il Partito Comunista si vide per la prima volta contestato da una manifestazione popolare. Migliaia di dimostranti tagiki, guidati dai loro capi religiosi, gli *iman*, scesero in piazza per chiedere un aumento dei salari, le dimissioni dell'allora presidente Makhkamov e l'indipendenza della repubblica. Il Partito Comunista rispose facendo intervenire l'esercito e dandogli l'ordine di sparare sulla folla. Ventisette persone rimasero uccise dinanzi al palazzo del Comitato Centrale. Non c'erano testimoni stranieri e il massacro passò quasi inosservato.

Da allora però una dimostrazione è seguita all'altra. Il *putsch*, e poi il suo fallimento, ha accelerato i mutamenti. Il presidente Makhkamov è stato costretto a dimettersi e il 9 settembre 1991 il Tagikistan s'è dichiarato indipendente.

La toponomastica di Dušanbe è una indicazione di tutto ciò che, almeno nelle apparenze, è cambiato: la vecchia piazza della Rivoluzione si chiama ora piazza dei Martiri; il vialone del centro, che portava il nome di Ceslav Putovskij, un bolscevico mandato qui da Stalin a soffocare la rivolta dei *bassmacci*, è ora dedicato a Ismail Somoni, il grande emiro di Bukhara considerato qui il fondatore del primo Stato tagiko; il viale prima dedicato ai Sindacati Operai porta ora il nome di Avicenna, il grande filosofo e medico medievale. Solo la piazza Lenin porta ancora il suo vecchio nome.

Di tutti i popoli dell'Asia Centrale, i tagiki si ritengono i più antichi e i più colti. A parte scienziati come Avicenna, conosciuto qui col nome di Abu Ali Ibn Sina, i tagiki rivendicano poeti come Omar Khayyam, Firdusi e Rudaki, considerati di solito persiani. Ma i tagiki dal loro punto di vista non hanno torto. Fino al ix secolo in questa regione c'era un solo paese – la Persia –, una sola cultura – quella persiana – e i tagiki ne erano parte. Tagiki a quel tempo voleva semplicemente dire « i persiani dell'Est ». Furono i conquistatori turchi a separare i tagiki dal resto della Persia e da uno Stato che quelli consideravano loro. Fu anche a quel tempo che dall'antica lingua persiana-tagika nacquero tre lingue moderne, ancora oggi molto simili fra loro: il persiano parlato in Iran, il dari parlato in Afganistan e il tagiko.

Date le loro origini, i tagiki rivendicano un legame con l'Islam molto più profondo di quello degli altri popoli della regione, compresi gli uzbeki. E qui sta il gran problema. I tagiki sostengono infatti che alcuni dei più grandi studiosi dell'Islam erano tagiki e non uzbeki e che i due grandi centri dell'islamismo nell'Asia Centrale, Samarcanda e Bukhara, erano e rimangono città tagike.

Quando Stalin procedette alla divisione dell'Asia Centrale in cinque repubbliche, Samarcanda e Bukhara, dicono i tagiki, avrebbero dovuto essere incluse nel territorio del Tagikistan. Il fatto che invece venissero messe entro i confini dell'Uzbekistan non solo è un altro esempio della aberrante politica del *divide et impera* con cui i comunisti si imposero al paese, ma anche una ragione in più per i tagiki di sentirsi vittime d'una ingiustizia sovietica e per odiare gli uzbeki. Per più di mezzo secolo quelle frontiere non sono state contestate. Con l'inizio della *perestrojka* però i tagiki hanno incominciato a rivendicare sempre più apertamente quelle due città. Un gruppo di intellettuali di Dušanbe ha giusto scritto una lettera aperta a Gorbacëv chiedendogli di intervenire nella faccenda.

Il problema di Samarcanda e Bukhara è per ora sotto controllo, ma un giorno potrebbe esplodere e diventare una delle piaghe dell'Asia Centrale, così come il problema del Nagorno-Karabah è oggi nel Caucaso.

L'intera Unione Sovietica è oggi un enorme, ingarbugliato gomitolo che difficilmente verrà dipanato senza violenze e senza tagli. Gruppi di minoranze etniche sono stati trapiantati in mezzo a popoli che tradizionalmente li odiano; pezzi di terra sacri a un certo gruppo sono stati lasciati all'interno di repubbliche altrui. Un tempo tutto questo instabile equilibrio, con i suoi tanti potenziali conflitti, serviva a giustificare e a mantenere al potere un regime repressivo, ma ora che quel regime si sfascia e i vari tasselli del *puzzle* non sono più tenuti al loro posto dalla colla del terrore, i conflitti scoppiano liberamente. Lo scorporamento di queste popolazioni e di questi territori dalla loro attuale sistemazione sarà negli anni a venire un motivo di grande instabilità e disgregazione in quella che era l'Unione Sovietica.

Quello di assegnare Bukhara e Samarcanda alla repubblica dell'Uzbekistan non fu il solo misfatto perpetrato dagli uomini di Mosca, venuti a portare la rivoluzione ai tagiki.

« L'eresia peggiore fu di considerarci una delle tante minoranze della regione e di abbassare la nostra cultura, vecchia di quattromila anni, al livello di quella dei kazakhi, dei kirghisi e degli uzbeki che non avevano neppure una scrittura loro », dice lo scrittore Mumin Kanoat. Passando dinanzi alla Casa dei Poeti, Ismail ha sentito che era in corso un convegno di tutti gli scrittori della Repubblica e siamo entrati per incontrarne alcuni. « Per i russi eravamo, gli uni come gli altri, popoli primitivi da civilizzare. In questo ci hanno fatto danno. Eppure è altrettanto vero che i russi, arrivando qui, ci hanno portato anche la modernità e che di questa abbiamo tutti approfittato. »

Siamo seduti a dei tavoli di ferro nel cortile della Casa dei Poeti a bere caffè alla turca, e questa analisi di Kanoat, che è membro del Partito e si considera ancora comunista, scatena un'accesa discussione. La discussione verte sempre sul solito tema: quello dei rapporti fra colonizzatori e colonizzati. Gli argomenti son identici a quelli che ho sentito tante volte ripetere a proposito del Tibet. I cinesi e i loro adepti indigeni dicono d'aver « liberato » i tibetani dal giogo di un regime autocratico e medievale, d'aver avviato il paese alla modernità, costruendovi strade, ospedali e scuole. I tibetani rispondono che non hanno mai chiesto di essere liberati, che la modernità portata dai cinesi non è di loro gradimento e che, comunque, ospedali e scuole servono soprattutto ai cinesi venuti a stare nel Tibet, mentre le nuove strade servono solo a portar via dal paese le sue ricchezze e a dare mobilità all'esercito cinese d'occupazione. Nel Tibet tutto questo è vero e un giorno o l'altro i cinesi dovranno rinunciare a governare un territorio che non è mai stato e non potrà mai essere loro.

Nel Tagikistan la storia è molto simile. L'emiro di Bukhara che, col beneplacito dello zar, governava nella maniera più dispotica queste regioni fino all'avvento dei bolscevichi, non era certo il signore che la gente si augura e la sua fine, sotto le cannonate dei rivoluzionari comunisti, fu per molti una vera « liberazione ». Il regime che venne dopo fu, da vari punti

di vista, un progresso: sotto l'emiro il Tagikistan era poveris-
simo; non c'erano industrie e persino i chiodi dovevano essere importati. L'agricoltura era primitiva e gli aratri con cui i
tagiki lavoravano la terra erano ancora di legno. Nell'intera
regione non c'erano vere e proprie strade. Non c'era una ferrovia. Nel giro di pochi anni i bolscevichi cambiarono tutto
ciò. Dušanbe stessa divenne il simbolo di questa trasforma-
zione e, da piccolo bazar settimanale di pastori asiatici, fu
trasformata in una moderna cittadina di stile europeo.

« Questo è un contributo che non può essere negato », dice
Kanoat, ma i suoi colleghi non sono d'accordo. Uno, più giovane, spiega che il prezzo di quello sviluppo materiale portato dai russi fu altissimo per lo « spirito tagiko ». Tutta la letteratura tagika era in arabo e siccome l'arabo era la lingua
anche dell'Islam, ogni testo arabo fu considerato « religioso » e con ciò proibito. La gente ebbe paura a tenere in casa
questi libri e intere biblioteche di letteratura, di storia, di
scienze furono buttate nei fiumi o date alle fiamme. Son fatti,
questi, avvenuti ormai più di settant'anni fa, ma ne sento discutere come di un assassinio avvenuto ieri. « Tutte le opere
del x secolo andarono distrutte così e non ne esistono altre
copie », dice il giovane scrittore. « Tutta una sapienza fu az-
zerata. Dovremmo dimenticarcene? »

Dal 1989 il tagiko è tornato a essere la lingua nazionale.
L'arabo viene di nuovo studiato nelle scuole e, quando un
nuovo libro in arabo arriva nelle librerie, va a ruba nel giro di
qualche ora. Già il 20 per cento della popolazione della repubblica è di nuovo in grado di leggere nella vecchia scrittura. La rinascita dell'arabo ha portato naturalmente anche una
rinascita dell'Islam.

Esattamente come nelle altre repubbliche, anche qui i tagiki imputano al regime sovietico d'aver asservito l'economia
della loro repubblica agli interessi di Mosca. « Il nostro compito era di fornire materie prime all'Unione Sovietica », mi
dice Shadman Jussuf, il presidente del Partito Democratico.
« Per anni abbiamo fornito uranio, zinco, oro e argento. Ogni
anno consegniamo a Mosca un milione di tonnellate di cotone, ma nei nostri negozi non c'è abbastanza stoffa per fare un
lenzuolo in cui avvolgere i nostri morti. Il Tagikistan è un
paese ricco, ma il popolo tagiko è fra i più poveri. La ragione

è semplice: per decenni tutta la nostra ricchezza è stata succhiata via dal sistema coloniale sovietico. »

Passeggiando, abbiamo incontrato un giornalista, compagno di studi di Ismail. È membro del Partito Democratico e gli ho chiesto di presentarmi al presidente.

« Andiamoci subito », ha detto.

Dopo una decina di minuti eravamo dinanzi a una piccola casa di fango, dai pavimenti di legno. Il partito si è appena trasferito nella sua nuova « sede » e l'accoglienza per il primo ospite straniero è stata calorosa. Sotto una cannella d'acqua nel cortile, due membri del Comitato Centrale hanno lavato dei grandi grappoli di bella uva fresca e me li hanno messi dinanzi da piluccare mentre discutiamo. La scrivania, dietro la quale si siede il presidente, traballa. La cassaforte verde al muro è una di quelle dell'inizio del secolo. Mi chiedo quali segreti possa nascondere.

Il Partito Democratico – per il momento il solo dell'opposizione a essere legalmente riconosciuto – è stato fondato nel 1990 e Shadman Jussuf, un economista che fino al 1988 era iscritto al Partito Comunista, è stato uno dei fondatori. Gli faccio notare la differenza fra l'enorme palazzo di granito in cui ha ancora sede il PC e questa modestissima sede del suo partito, e chiedo se questa differenza riflette anche i rapporti di forza fra i due.

Jussuf accetta la provocazione. « Per ora è così », ammette. I comunisti hanno circa 70.000 membri, il suo partito ne ha solo 15.000. Ha sentito che all'estero si parla molto della morte del comunismo nell'Unione Sovietica, e si chiede come si possa essere così ingenui. « Nel Tagikistan il Partito Comunista è come un uomo che abbia avuto un colpo in testa. È svenuto, ma non è morto », dice, aggiungendo che i comunisti faranno di tutto per rimanere al potere. « Hanno persino nascosto delle armi da utilizzare in caso di bisogno. » Il programma immediato dei democratici è di fare del Tagikistan una repubblica davvero indipendente.

« È possibile dal punto di vista economico? » gli chiedo.

« È stata la propaganda comunista a far credere alla gente che siamo poveri e che da soli non possiamo farcela », dice Jussuf. « Siamo poveri perché i contadini che lavorano nei campi di cotone vengono pagati dai 20 ai 40 rubli al mese (dalle mille alle duemila lire), perché Mosca un chilo di cotone grezzo ce lo paga due rubli, mentre sul mercato internazionale vale in media tre dollari, cioè quaranta volte di più. Il Tagikistan è ricco. Le nostre riserve d'oro sono le seconde nel mondo. Abbiamo rame, abbiamo energia idroelettrica da vendere, abbiamo così tanto carbone che l'intera Asia Centrale potrebbe viver di quello per altri cinquecento anni. »

Le accuse di sfruttamento fatte a Mosca sono in gran parte vere. Le montagne del Pamir hanno prodotto enormi quantità di marmo pregiato – il mausoleo di Lenin a Mosca è fatto con quello –, ma dei dollari che l'Unione Sovietica ha ricavato dalla sua esportazione, il Tagikistan non ha visto neppure l'ombra.

Anche le immense quantità d'oro prodotte dalle miniere della repubblica sono finite direttamente nelle casse dell'Unione Sovietica. Ai tagiki però non era neppure permesso di lavorare in quelle miniere perché – dicono qui – Mosca non voleva che la gente del luogo sapesse quanto oro si produceva e si rendesse conto di come veniva derubata. Lo stesso è vero per le miniere di rubini dove finora solo i russi potevano essere assunti come operai.

In una libreria, dove cerco e, come al solito, non trovo una carta geografica della repubblica o una pianta della città, trovo invece una piccola *brochure* sul Tagikistan con tante foto e due sole pagine di testo in cui leggo: « Tutto quello che il popolo tagiko oggi possiede e di cui va orgoglioso è legato al nome di Lenin che unisce i popoli nell'inviolabile Unione delle Repubbliche Socialiste Sovietiche, sotto la saggia guida del Partito Comunista ». Possibile che una tale stupidità sia potuta sopravvivere così a lungo?

Il pericolo è che gente cresciuta con queste sciocchezze in testa finisca per farsi turlupinare da altre.

Ceno con Ismail e due giovani poeti al ristorante Vaksh, « Il Selvaggio », dal nome del fiume che scorre a sud di qui. L'atmosfera è orientalissima. In uno stanzone fumoso, fra alte colonne di legno che reggono un grande ballatoio, gruppi di uomini baffuti e duri mangiano e bevono a tavole cariche di cibo. Una strana orchestra di drogati o ubriachi suona senza posa musica tagika. L'uomo ai tamburi è un russo. A coppie, gli uomini vanno al centro della sala e ballano fra di loro una sorta di danza del ventre cui vengo anch'io invitato. In tutto il locale non c'è una sola donna, tranne due vecchie cameriere russe che servono pollastrini alla cacciatora e vodka locale.

Torno tardi in albergo e mi accorgo che è stato come invaso da strani gruppi di rumorosissimi afgani. Sono commercianti che passano la frontiera in convogli di camion. Portano soprattutto stoffe di fabbricazione giapponese importate attraverso lo Sri Lanka. Un tipo speciale fatto di poliestere, con un filo d'oro, usato qui per i matrimoni, vale 1000 rubli al metro. Con tutti i soldi che guadagnano, gli afgani comprano degli appartamenti a Dušanbe, danneggiando moltissimo i tagiki residenti che spesso sono in lista da anni per ottenere un alloggio.

« Un giorno o l'altro scoppierà una rivolta e questi afgani finiranno male. Verranno massacrati », dice Ismail con grande naturalezza.

Dušanbe, 20 settembre

Vado a correre nel parco davanti all'albergo, poi faccio una colazione a base di salame e yogurt. Prima di sedermi, cerco con lo sguardo un tavolo con qualcuno che abbia l'aria interessante e da cui possa farmi raccontare qualcosa di nuovo.

Il mio compagno di stamani è un tedesco anziano, membro di una setta protestante che aiuta a emigrare in Germania i discendenti dei « tedeschi del Volga » deportati nell'Asia Centrale. Il Tagikistan è la sua « parrocchia ». Ci è già venuto sei volte e ha già aiutato una decina di famiglie a partire e a sistemarsi in Germania. Condizione per farsi aiutare è quella di diventare membri della sua setta. Fra tutti i furfanti che oggi cercano di approfittare della miseria, del disorientamento, della ingenuità di questo paese, l'anziano tedesco mi pare uno dei meno peggio.

Scopro che appena dietro l'albergo c'è il vecchio bazar della città. Andarci a passeggio è una pura gioia degli occhi e del naso. Straordinari vecchi in splendide gabbane a strisce di tutti i colori dell'arcobaleno, bellissime donne dagli occhi verdi sotto le ciglia nere passeggiano in lunghi abiti di seta dalle vivaci fantasie fra le bancarelle, si chinano a guardare

Vecchi tagiki a Dušanbe

le mille cose esposte sulle stuoie stese sull'asfalto: una grande, tranquilla folla avvolta dal fumo degli spiedini d'agnello arrostiti sui bracieri e dalle zaffate delle spezie colorate in vendita lungo i marciapiedi. È un bel mercato, ma anche a questo manca la vitalità del bazar di Kashgar in Cina. In qualche modo i sovietici sono riusciti meglio dei cinesi a modernizzare le loro minoranze, ma con questo le hanno ancor più private del loro carattere originario.

A pochi passi dal bazar « medievale » dei tagiki, c'è il grande magazzino « moderno » dei russi. Cerco, come faccio ormai da settimane, il sapone da barba, ma anche qui la risposta è « *Niet* ». Uscendo vedo una gran ressa dinanzi a una piccola porta sul retro dell'edificio. Vado a vedere: una donna vende gli avanzi di una partita di scarpe di plastica per 30 rubli al paio. La gente si butta contro la porta, si dà spintoni, agita in aria la mano con i 30 rubli già pronti, cerca di agguantare le scatole di cartone che escono come manna dalle cantine. Quelle scarpe – mi spiega un passante – possono essere rivendute nei villaggi per almeno 100 rubli. Uno splendido affare!

La folla del bazar, composta quasi esclusivamente di mussulmani tagiki che vengono dalle campagne, è la base popolare della rinascita islamica e della possibile rivoluzione religiosa che un giorno qui potrebbe andare al potere. È di nuovo venerdì, giorno della grande preghiera, e ho un appuntamento per incontrare il cadì, il capo dei mussulmani di questa repubblica.

Arriviamo alla moschea Termizi all'una. Un sole forte picchia sul minareto in ricostruzione, sui muri di mattoni, sulla distesa di *toki* – gli zucchetti neri e bianchi – di alcune centinaia di uomini inginocchiati nella grande corte della moschea. Impressionante. Tutto è in disordine perché tutto è in rifacimento. Betoniere, impalcature, cumuli di sabbia e di mattonelle, macchine scavatrici danno l'impressione di un mondo *in fieri*, di qualcosa che nasce. Sulle bancarelle attorno alla moschea non ci sono che libri in arabo e copie del Corano regalate dall'Arabia Saudita, ma messe in vendita per 150 rubli.

Fra i libri esposti spiccano le copie di uno con la foto di Khomeini sulla copertina. «Pagine della Rivoluzione: il testamento politico dell'*iman* Khomeini, il grande dirigente della Rivoluzione Islamica», dice il titolo. Il libro è stampato in Iran. Ismail racconta che un mese fa gli iraniani sono venuti a Dušanbe per organizzare una «esposizione industriale». In verità le cinque tonnellate di materiale che si son portati dietro erano soprattutto libri su Khomeini.

Al momento della preghiera i ragazzini – ne noto uno che ha sul petto un bottone verde recante la parola «Allah», in arabo – stendono per terra un foglio di giornale, lo fermano con due sassi e si inginocchiano appoggiando la fronte sulla strada sterrata. I vecchi stendono i loro *joma,* gli scialli che tengono a mo' di cintura alla vita.

La preghiera finisce. Dalla porta centrale della moschea esce una marea di gente che solleva una grande nuvola di polvere. Il cadì passa tra i fedeli nel cortile. Alcuni si inchinano a baciargli la mano piena di biglietti da dieci rubli che lui distribuisce generosamente: una strana figura medievale, con gli stivali di cuoio nero e una sorta di cappotto grigio che gli arriva fino alle caviglie. L'impressione cambia quando entriamo nel suo ufficio con l'aria condizionata, con telefoni portatili, un fax, e una folla di vecchi che si tiene a rispettosa distanza, come se temesse di sfiorarlo. Il cadì è una grande autorità.

Akbar Turadzhon-zoda, trentasette anni, sposato, con sei figli, educato in Giordania, ha viaggiato in Europa e negli Stati Uniti. Non si è mai compromesso con il partito e gode di un enorme prestigio. È stato eletto cadì, « la testa », dall'assemblea dei *mullah* del Tagikistan nel 1988. A quel tempo le moschee aperte erano solo 17. Ora, grazie a lui, ce ne sono già 128. La sua residenza, che era prima un misero appartamento di due stanze, è ora un'intera ala della nuova moschea dal bellissimo minareto ancora in costruzione nel centro della città. Il cadì ha fondato anche una scuola coranica, legata all'Università Internazionale Islamica del Pakistan, la cui sede è anch'essa in costruzione. Spiritualmente il cadì sottostà al Gran Muftì di Taškent, ma la Chiesa mussulmana del Tagikistan, la Kadeat, è un'istituzione ormai separata. Il cadì finanzia la Kadeat attraverso i contributi dei suoi fedeli e non più, come avveniva in passato, coi fondi provenienti da Taškent, e, in ultima analisi, dal regime sovietico.

« Ora siamo completamente indipendenti dal potere politico », esordisce. « La separazione fra Stato e Chiesa è importante per entrambi. Se vogliamo sviluppare questa repubblica, dobbiamo rispettare questo principio. Il potere di governare deve essere degli esperti, non dei *mullah*. Che loro si occupino bene della terra e noi ci occuperemo bene del cielo! »

La porta si apre e, rispettosamente, in punta di piedi, senza le scarpe che tutti abbiamo dovuto lasciare nel corridoio, entra un giovane biondo, sui trent'anni, grassoccio, vestito con un paio di pantaloni, una giacca color albicocca e una camicia bianca: un russo, il solo, qui intorno. La sua faccia è pallidissima, gli occhi azzurrissimi sono arrossati come quelli di uno che ha passato ore sui libri. Si inginocchia davanti al cadì e inchina la fronte fino a posargliela sulla mano. In testa porta lo zucchetto bianco di un *haji*, del mussulmano che ha fatto il pellegrinaggio alla Mecca.

« Sergej », dice il cadì presentandolo, « il mio interprete. »

Sergej accenna un inchino verso di me e si accomoda su uno sgabello di cuoio vicino al cadì, come un cane accanto al padrone. Quando apre bocca, la mia sorpresa è grande. Il suo inglese è perfetto, il suo accento è chiaro e preciso, senza affettazioni, come l'inglese parlato dalla regina che fra gli stessi inglesi è diventato così raro.

Il cadì riprende il suo discorso. «In passato, per avere una qualsiasi posizione o anche un semplice lavoro da servo in una moschea, bisognava essere nominati dalla Commissione Affari Religiosi che, si sa, sottostava al KGB. Il partito controllava tutto e i dossier su tutti i vecchi *iman* sono oggi nelle mani del KGB. Dietro la manovra del presidente Karimov di dividere la Idara, la Chiesa mussulmana dell'Asia Centrale, c'è il ricatto di rendere pubbliche quelle informazioni. La sedizione contro il Gran Muftì di Taškent è guidata da dodici vecchi *iman* che per trent'anni sono stati clienti del KGB e son diventati così ricattabilissimi. È a causa loro che la Chiesa mussulmana aveva perso credibilità presso le masse dei fedeli. Ma anche questo sta cambiando. Nel 1988, gruppi di giovani mussulmani hanno deciso di mettere il potere nelle mani di una nuova generazione di *mullah* e da allora c'è stata la grande rinascita dell'Islam», dice il cadì, lui stesso frutto di questo fenomeno.

«Lei è favorevole alla ricostituzione del vecchio Turkestan?» gli chiedo.

«Mai. La lezione della storia va imparata. Il Turkestan finirebbe per essere un impero e noi non vogliamo più imperi. L'impero comunista è l'ultimo. *Inshallah!!*» Secondo il cadì il pericolo più immediato per il Tagikistan non sta affatto nel fondamentalismo, tanto temuto in Occidente, ma in una nuova dittatura comunista mascherata sotto una qualche formula socialdemocratica, come secondo lui sta avvenendo in Uzbekistan.

«Il mondo crede che il comunismo nell'Unione Sovietica sia finito, ma qui noi abbiamo ancora da sconfiggere gli ultimi dittatori», dice il cadì.

«Quello del Tagikistan come si chiama? Nabiyev?» chiedo, facendo il nome dell'uomo forte del partito e il candidato dei conservatori alla presidenza della repubblica.

«Nabiyev ha la testa comunista e non la cambierà mai.»

Parliamo ancora di comunismo, della Cina, degli sviluppi in Europa, e il tempo passa. Il cadì ha un leggero strabismo dell'occhio sinistro che accentua la sua aria di enigmatico *mullah*. L'uomo mi piace. Lo trovo forte, convincente, ma sono sconcertato dal suo atteggiamento verso chi gli sta attorno: i vecchi impiegati del suo ufficio che, come impauriti, si tengono a distanza; Sergej cui non viene data neppure una tazza di tè e che continua, pur traducendo, a dividere i grossi grappoli d'uva e a farne piccole ciocche per il piatto del cadì e il mio, senza osare però prenderne una per sé.

Esco con la sensazione di aver incontrato un uomo con un futuro, ma anche il rappresentante di una religione che continua a lasciarmi perplesso e inquieto per quel fondo di intolleranza, di poco rispetto umano che mi par di avvertire ogni volta che mi ci avvicino.

Più ancora del cadì mi ha colpito Sergej. Chi è questo giovane russo che conosce la lingua dei tagiki, scrive l'arabo, è mussulmano e parla l'inglese della regina? Sergej del Tagikistan, come Lawrence d'Arabia? Allevato magari dal KGB? O un intellettuale eccentrico e curioso? Per chi lavora? Lo voglio assolutamente rivedere. Ci diamo appuntamento per domattina.

Domani è un giorno fatidico. I comunisti, con a capo Nabiyev, hanno convocato il loro Congresso e l'opposizione, quella democratica e quella islamica, ha convocato i suoi seguaci per una grande dimostrazione di piazza. Col cadì e presidente del Partito Democratico ho conosciuto i capi di un fronte. Non mi resta che conoscere il capo dell'altro.

L'appuntamento con Rakhman Nabiyev, l'uomo forte del Partito Comunista, il possibile futuro « dittatore » del Tagikistan, era per le quattro, ma la conversazione con il cadì s'è prolungata molto più del previsto e io arrivo in ritardo.

L'incontro con Nabiyev avviene nella solita grande stanza col solito tavolo delle riunioni, la scrivania con telefoni e microfoni sotto l'immancabile ritratto di Lenin, qui fatto di legno, a mosaico. Gli assistenti fanno sedere me e Ismail. Poi Nabiyev, capelli bianchissimi, faccia rossa di uno con la pressione alta, camicia bianca che non gli si chiude completamente sulla pancia sformata, fa il suo ingresso da funzionario di partito abituato a ricevere.

« Mi permetta di darle il benvenuto con le parole di un nostro grande poeta, Rudaki: 'Nel mondo non c'è felicità più grande che vedere la faccia di un amico. Non c'è tristezza più grande che lasciare un amico'. »

Rakhman Nabiyev diventato presidente del Tagikistan

Falso e finto, penso e, senza tanti convenevoli, gli dico
che sono in ritardo perché ero dal cadì e che il cadì dice di lui
che ha la testa comunista e che non la cambierà mai. « Che
ne pensa di questo giudizio, signor Nabiyev? » chiedo. A
quella domanda, come a tutte le altre che gli ho posto in seguito, Nabiyev s'è guardato bene dal rispondere.

Nabiyev è un vecchio conservatore, nato stalinista e cresciuto brežneviano. Segretario per anni del partito in Tagikistan, si oppose alla *perestrojka* e fu lo stesso Gorbacëv a de-
stituirlo. Nabiyev però, con l'appoggio di moltissimi quadri
della vecchia guardia, è rimasto ai vertici del comunismo locale. Nabiyev appartiene a quella che qui chiamano la « mafia di Leninabad », un gruppo di comunisti di un'antica città
a quattrocento chilometri a nord di Dušanbe, che da decenni
ha il monopolio del potere nel Tagikistan. Questo gruppo usa
del linguaggio e della liturgia di Mosca tanto per tranquilliz-
zare il Comitato Centrale del partito dell'Unione Sovietica,
ma sostanzialmente – dicono qui – il suo fine è quello di mantenere il controllo della repubblica. All'origine di questa
« mafia » c'è il fatto che al tempo della Rivoluzione d'Ottobre, Leninabad – allora si chiamava Chodžent – trovandosi
nel nord del Tagikistan, fu una delle prime località a essere
« liberata » dai bolscevichi e per questo la sua gente, agli occhi di Mosca, è sempre stata più comunista e più di fiducia
degli altri. I principali funzionari del partito vengono da là e
sono particolarmente mal visti dal resto dei tagiki. Per giunta, a Leninabad e nella regione circostante la maggioranza
della popolazione è uzbeka e i tagiki delle altre regioni temono che la « mafia di Leninabad » possa un giorno fondere il
Tagikistan con l'Uzbekistan condannando i tagiki ad essere
fagocitati dai loro vicini più numerosi e più forti.

Chiedo a Nabiyev qual è secondo lui la forza del partito
islamico.

« Zero, zero », risponde. « Ora che i mussulmani hanno ottenuto la libertà di religione, i credenti sono soddisfatti e non
vedono perché dovrebbero, oltre alla loro Chiesa, avere anche un partito islamico. »

È ovvio che mente, ma mi pare inutile discutere. Gli chiedo invece perché lui e i comunisti si sono opposti al riconoscimento di quel partito.

« Semplicissimo: il partito islamico è illegale perché non è democratico. Lei sa che il partito vuole rimettere il *chador* alle donne e il turbante agli uomini? »

Nabiyev mente. Sa bene che le cose non stanno così, ma mi parla come se facesse un comizio in piazza. Forse pensa che è comunque inutile spiegarsi con uno straniero di passaggio. Non gli do torto, ma taglio corto e lo saluto.

Dopo l'incontro con Nabiyev non voglio più sentir parlare di politica, almeno per oggi.

« Ma non c'è un posto dove si possa respirare un po' di Storia? Un posto che non abbia niente a che fare con questa benedetta Rivoluzione del 1917? » chiedo a Ismail.

« Certo. La fortezza di Hissar », risponde, e subito ci mettiamo in viaggio. Trentacinque chilometri in direzione della frontiera uzbeka. La strada corre in una bella pianura. Una polvere rosa si alza dai campi al minimo vento sullo sfondo di splendide montagne lontane. È una zona soggetta ai terremoti. L'ultimo, terribile, fu nel 1976. In pochi secondi, fece più di 2500 vittime, molte in una piccola cittadina qui, lungo la strada. Le case eran di quelle prefabbricate e alla prima scossa crollarono come fossero castelli di carte. La gente non ebbe scampo e la cittadina divenne d'un colpo una grande tomba. Le autorità non rimossero nemmeno le macerie. Attorno alle rovine eressero un gran muro di cemento alto tre metri e lasciarono che il tempo e la vegetazione nascondessero le tracce di quel disastro.

« E i morti? » chiedo a Ismail, guardando dall'alto del muro quella distesa sconnessa di macerie e d'erbacce.

« Non so », dice distrattamente. A me pareva che fossero ancora tutti lì. Passiamo davanti a una base dell'aviazione militare sovietica. Sulle piste di cemento vedo decine di elicotteri. Afganistan? « Sì », dice Ismail. Questo era il principale centro di raccolta per i soldati feriti al fronte. Fino a poco tempo fa negli ospedali della zona non si vedevano che giovani mutilati. I morti invece li portavano a un'altra base.

La fortezza di Hissar, vecchia di secoli, ha avuto anch'essa un *lifting* socialista. La costruzione originale fu distrutta dal terremoto e quella che mi trovo davanti è il suo rifacimento fasullo, ideato da un qualche segretario del partito locale. I due torrioni di guardia a fianco della porta centrale sono più bassi e più tozzi di quelli originali. Sono per giunta anche storti e fatti con dei mattoni nuovi che non cercano neppure di confondersi con quelli vecchi, recuperati dalle macerie e inseriti qua e là.

La fortezza era la residenza tradizionale del *berg*, il signore feudatario locale, suddito dell'emiro di Bukhara, ed era protetta da possenti bastioni di terra entro i quali vivevano i familiari del *berg*, le sue guardie, i suoi servi e i suoi ministri. Quando i bolscevichi, guidati da Michail Frunze, presero Bukhara, l'emiro venne a rifugiarsi in questa fortezza. Il *berg* di Hissar gli dette ospitalità e lo aiutò a organizzare la resistenza anticomunista. Poi, un giorno temendo che prima o poi i bolscevichi l'avrebbero raggiunto anche qui, l'emiro decise di andare a rifugiarsi in Afganistan, ma non prima d'aver assassinato il povero *berg* e averlo derubato di tutte le sue ricchezze. Almeno così si racconta oggi a Hissar.

È difficile ormai immaginarsi come fosse un posto come questo, quand'era in vita. Dei bastioni di terra non rimangono che mozziconi. Dove un tempo c'era la residenza, ora c'è solo un prato su cui pascolano delle pecore. Fino a poche settimane fa all'ingresso della fortezza c'era una lapide. Diceva che la fortezza era del XIX secolo. Recentemente però le autorità locali hanno scoperto che le fondazioni originali risalgono al XII secolo e hanno fatto togliere quella scritta.

Fortunatamente in lontananza vedo caracollare un vecchio in groppa a un asinello, sullo sfondo della *medressa* locale, e quella sua figura, coi piedi che sfiorano terra, mi dà il senso di un passato anche qui grande. Nella valle ci sono i resti di un caravanserraglio e, poco lontano dalla fortezza, una vecchia casa da tè con una decina di letti di legno azzurri e piccoli tavoli sotto due giganteschi platani secolari alla cui ombra, la gente racconta, si sedette Tamerlano e, dopo di lui, tutti gli altri conquistatori e viaggiatori passati da questa valle. Mi ci siedo anch'io e trovo il tè delizioso.

Fra gli amici di Ismail che ieri abbiamo incontrato per strada, c'era Shody, un quarantenne, con una straordinaria barba nera, un naso aquilino, gli occhi scuri e un bel sorriso caldo. È uno studioso dell'antica cultura tagika. Gli ho chiesto di farmi da maestro, almeno per una sera, e l'ho invitato a cena in albergo.

Il ristorante è stato affittato per un lussuoso e rumorosissimo matrimonio e veniamo sistemati in una bella stanza da quadri del partito. Si mangia seduti per terra a un tavolo basso, sotto grandi tappeti e arazzi tagiki. Cominciamo col parlare del problema di Samarcanda e Bukhara. Secondo Shody è impossibile risolverlo. La soluzione ideale sarebbe che, una volta diventate due repubbliche islamiche indipendenti, l'Uzbekistan e il Tagikistan si uniscano, ma questa è l'ultima cosa che i tagiki vogliono perché sanno che finirebbero fagocitati dagli uzbeki.

« Solo se le popolazioni di Samarcanda e di Bukhara si ribellano potranno unirsi a noi », dice Shody, aggiungendo che esiste già un movimento clandestino. A Bukhara si chiama « Figli di Sogdian », a Samarcanda « Rinascimento ». Debbo fare molta attenzione a contattarli. Non gli dico che a Samarcanda ci ho provato, ma senza successo.

Shody ammette che senza Samarcanda e Bukhara ai tagiki non resta più nulla della loro storia... « tranne la fortezza di Hissar ».

« Lo stesso vale per gli uzbeki », osservo io.

« Già. Se ci restituissero Samarcanda e Bukhara, a loro però resterebbe il comunismo! » ribatte, divertito.

A proposito dell'Islam, Shody dice che molto del suo spirito originario è scomparso. Le persecuzioni ne hanno fatto qualcosa di molto elementare e superficiale. Non c'erano più libri, non c'erano più grandi maestri e nessuno ha più davvero studiato la teologia. Solo alcuni hanno continuato di nascosto a studiare le scritture da quelli che le conoscevano a memoria.

« Questa ignoranza ora rende possibile l'estremismo », dice Shody. « È un peccato, ma il pericolo è veramente serio. » L'unico modo per evitarlo è quello di educare i giovani, aprirli al mondo. Lui e un gruppo di intellettuali lavorano in questo senso.

Non pensa che col ritorno all'arabo i tagiki finiscano per isolarsi dal mondo moderno?

Si sono posti il problema e c'è stato persino un movimento che voleva tornare alla lingua sogdiana. « Il problema non è se l'arabo deve essere o no la nostra lingua. Vogliamo ristudiare l'arabo perché vogliamo tornare alle fonti della nostra cultura, alle nostre biblioteche, vogliamo riscoprire la nostra storia che è scritta nei documenti arabi. »

« E il russo? Volete rinunciarci? » chiedo.

« Non vogliamo escludere la cultura di nessuno. Non vogliamo rompere i contatti con nessuno, tanto meno con la Russia, ma io penso che, fra cinquant'anni, i miei nipoti parleranno il russo come una lingua straniera e non più come la parlo io. Sarà la Storia a decidere quale cultura sopravvive e quale soccombe. La Storia è un gran giudice », dice Shody.

Ma è anche un giudice giusto? mi chiedo.

Domani qui si giocherà un pezzo di storia. I protagonisti li ho conosciuti tutti: i democratici e i mussulmani che occuperanno la piazza per reclamare per sé il potere di decidere il futuro di questa terra e i comunisti che resteranno nei loro palazzi a cercar di difendere la loro autorità e i loro privilegi. Faranno intervenire l'esercito? Ci saranno dei morti come a febbraio?

Mi addormento mentre in testa continua a frullarmi la domanda provocata dalla conversazione con Shody: « La Storia è un giudice giusto? » Per istinto mi vien da rispondere: « No ».

15. *Esecuzione all'alba*

UNA insolita folla ha invaso la città ed è andata a sedersi, disciplinata, sull'asfalto dinanzi al palazzo del Comitato Centrale del partito. È una folla coloratissima di mussulmani asiatici che con le strade, le fontane, i palazzi di Dušanbe costruiti dai russi negli anni '20 non hanno niente a che fare. I più sono contadini, venuti da ogni parte della repubblica a chiudere formalmente un conto, vecchio di decenni, col partito che ha distrutto le loro moschee, bandito la loro religione e perseguitato i loro capi spirituali. Nella folla ci sono rappresentanti dei villaggi più remoti, alcuni nelle montagne del Pamir, altri nelle regioni al confine con la Cina e l'Afganistan. Molti, a causa della mancanza di benzina, hanno dovuto viaggiare giorni e giorni per arrivare in tempo nella capitale. Il Soviet Supremo, il Parlamento dell'Unione Sovietica, ha passato una risoluzione imponendo ai partiti comunisti delle varie repubbliche di sciogliersi e di nazionalizzare i loro beni. I mussulmani del Tagikistan, guidati dai loro *mullah*, sono venuti a Dušanbe ad accertarsi che questo avvenga.

Giovani mussulmani con bracciali verdi con su scritto in arabo *poshpon*, guardia, trattengono la gente negli spazi assegnati e smistano i nuovi gruppi che continuano ad arrivare. La metà della popolazione di Dušanbe è ancora russa, ma oggi è come se quella gente fosse tutta rintanata in casa. Solo un paio di poliziotti in uniforme fanno capolino dalle porte a vetri del palazzo, sede per settant'anni del potere sovietico. Un *mullah* da un microfono installato sulla scalinata prende la parola.

« Il Partito Comunista non ha fatto che succhiare il sangue del nostro popolo. I comunisti sono i vampiri del sangue tagiko! »

« Vampiri! » fa eco la folla.

« Queste sono le ultime ore del comunismo! » urla il *mullah* e la folla ripete: « Ultime ore... Ultime ore! »

Formalmente lo sono davvero. A un centinaio di metri di distanza, sullo stesso viale, nella platea del più grande cinema della città, si è appena riunito il Congresso del partito. La

Muhamad Sharif, capo del partito islamico

decisione da prendere è cosa fare con quella struttura di potere che per decenni ha gestito il paese e cui ora Mosca ha dato
l'ordine di suicidarsi. Alcuni giovani con dei bracciali rossi
stanno di guardia a controllare gli ingressi. I delegati, molti
in giacca e cravatta da *apparaticiki*, arrivano in macchina, si
salutano, si stringono la mano e scompaiono nell'edificio. I
loro bisbiglii sono coperti dal tuonare lontano del *mullah* al-
l'altoparlante:

« La storia del Partito Comunista è tutta una storia di ag-
gressioni. Ungheria, Cecoslovacchia, Afganistan... Ora è finita! » dice, e la folla fa eco: « Finita! Finita! »

Son come due diverse umanità a confronto; due popoli di
diverse epoche storiche. I comunisti con le loro macchine, le
loro giacche e cravatte, il loro darsi la mano, sono di oggi,
sono moderni; i mussulmani nei loro caftani multicolori, con
le loro grandi barbe, col loro mettersi la mano sul petto, sono
del passato, sono medievali. La cosa strana è che i primi sono senza carica, sono ideologicamente spenti. I secondi invece hanno forza, hanno convinzione. I primi non credono più.
I secondi credono profondamente, hanno princìpi, hanno una
fede, una loro spiritualità. I mussulmani non criticano il Par-

tito Comunista perché è fallito nell'economia; attaccano i comunisti perché sono seguaci di un diverso dio.

« Per i mussulmani Lenin è il diavolo, è il Male. La loro missione è di abbatterlo », diceva Shody ieri sera. In questo fanno anche paura.

L'uomo che ha portato a Dušanbe tutta questa gente è Muhamad Sharif, presidente del Partito per la Rinascita Islamica, una figura imponente, sulla quarantina, con una lunga gabbana marrone e una barba che gli corona la faccia. Mando Ismail a chiedergli di incontrarlo. Per evitare il rimbombo degli altoparlanti ci appartiamo dietro una fila di cipressi.

« Nabiyev dice che la ragione per la quale il vostro partito non è stato legalizzato è che siete antidemocratici e che volete rimettere il *chador* alle donne », incomincio.

« Quella di Nabiyev è una tipica menzogna comunista. Il Corano dice che la donna si deve coprire la testa e il collo, non la faccia, per cui non siamo per la reimposizione del *chador*. A schiavizzare la donna è stato il comunismo che ha messo le donne a lavorare come fossero uomini nei campi di cotone. Noi vogliamo liberare la donna », dice Sharif.

Mi guardo attorno: sulla piazza piena di gente non c'è una sola donna. « Il partito è stato fondato nel 1990 come partito di tutta l'Unione Sovietica. Nel Tagikistan i membri sono 10.000, ma i simpatizzanti molti di più », continua Sharif.

« Volete stabilire una repubblica islamica? » chiedo.

« Lo faremo solo se il popolo lo vorrà. »

Mi insospettisco sempre di queste formule. Quanti misfatti sono stati commessi in nome di un popolo cui di solito non è mai stato chiesto nulla! Glielo dico e la sua reazione è dura:

« Voi occidentali credete di conoscere la democrazia. Ma la democrazia dell'Islam è molto più avanzata, più sofisticata della vostra ».

« Qual è l'influenza del fondamentalismo sull'Islam in questa repubblica? » chiedo.

« Siete voi occidentali ad aver inventato questa parola. Da noi non esiste. E se fondamentalismo vuol dire seguire il vero Islam, allora siamo tutti fondamentalisti e orgogliosi di questa definizione. »

Ho l'impressione che non riuscirò a cavare molto di più da lui, ma sono contento di averlo conosciuto, questo *mullah* fanatico e capopopolo. Al suo confronto il cadì ha la raffinatezza di un cardinale.

« È vero che lei si fa chiamare emiro? » gli chiedo salutandolo. È stato Shody a dirmi questo di lui come esempio del fatto che l'Islam è regressivo, e che la nostalgia per il passato, per i tempi dell'emirato di Bukhara, è parte dell'ideologia dominante fra i mussulmani delle campagne.

« Certo, sono il presidente del Partito per la Rinascita Islamica. Come tale sono un dirigente, e questo nella nostra lingua si dice emiro ».

Vado alla moschea a incontrare Sergej. Gli operai stanno tirando su una grande palla d'oro che luccica in mezzo alle incastellature. È la cupola che deve essere sistemata in cima al minareto. Fino a due anni fa qui non c'era niente ed è strano vedere ora anche fisicamente crescere i simboli del nuovo potere.

Sergej, nel suo vestito color albicocca e gli occhi sempre arrossati, è puntualissimo. Mi fa fare un giro dei lavori in corso e mi parla del suo essere russo in mezzo ai tagiki.

« Fra i nostri due popoli c'è più incomprensione oggi di quanta ce ne fosse un secolo fa », dice. « All'inizio della colonizzazione, da Mosca son venuti qui degli intellettuali che avevano un interesse vero per la gente. Ora, la maggior parte dei russi qui sono ex prigionieri, delinquenti comuni che, dopo aver scontato la loro pena, son rimasti. Comunque, anche questa è già una storia di ieri. L'emigrazione russa qui è finita, il tasso di crescita della popolazione tagika è il più alto di tutta l'Unione Sovietica e i russi che son qui se ne stanno andando, a volte così in fretta da creare problemi in varie industrie, perché i russi sono i tecnici, gli ingegneri, e non è facile sostituirli con gente locale. »

Sergej ritiene che la rottura definitiva di questo legame coloniale fra l'Asia Centrale e Mosca è ora anche nell'interesse della Russia. « L'idea della colonizzazione era di aver accesso alle materie prime di questa regione. Ci sarebbe costato meno comprarle che venir qui a governare questi popoli e a finanziare il loro sviluppo. » Secondo Sergej il Tagikistan sarà presto una repubblica islamica, perché nelle campagne la popolazione è completamente controllata dai *mullah* e l'influenza dei democratici e degli intellettuali è limitata a Dušanbe.

Sergej del Tagikistan

« Bisogna uscire dalla città per capire. Nelle campagne l'Islam è primitivo, radicale », dice.

« Andiamo a vedere », propongo io e penso che non potrei lasciare la città perché non ho il visto di viaggio.

« Se prendiamo la macchina del cadì », dice Sergej, « nessun poliziotto ci fermerà! » Poco dopo lui e io nei sedili posteriori e il giovane fratello del cadì al posto di guida di una Lada blu viaggiamo in direzione dell'Afganistan verso la città di Kurgan-Tjube, un importante centro mussulmano. Ai lati della strada, larga e piatta da sembrare a volte più adatta all'atterraggio e al decollo di aerei da caccia che al traffico di qualche raro camion, si srotola il mondo del cotone. I campi sono verdissimi; qua e là si vedono i centri di raccolta, dove i fiocchi vengono accatastati in montagnole bianchissime sulle cui pendici lavorano uomini con grandi forche.

L'*iman* della moschea di Kurgan-Tjube è un grande amico del cadì ed è da lui che siamo diretti. La moschea si trova in un quartiere abitato soprattutto da uzbeki e si affaccia su una strada che, come fosse fatto per dispetto, si chiama anche qui via Lenin. Dinanzi alla moschea passa un fosso rumoroso. Su un ponticello sono sistemati due bei letti di legno celeste con al centro un tavolinetto. Dei vecchi ci fanno la siesta, piluccando dell'uva da un gran piatto e bevendo tè da ciotole. Il piazzale della moschea è coperto da una grande pergola dalla quale pendono grossi grappoli d'uva matura e alcuni ventilatori per rinfrescare l'aria all'ora della preghiera. Scendendo dalla macchina, Sergej tira fuori dalla tasca della giacca il suo zucchetto bianco di *haji* e se lo calca sulla testa.

« Ma sei mussulmano? »

« È bene che gli altri lo credano », risponde già inchinandosi cortesemente, con la mano destra sul cuore, all'uomo che ci viene a ricevere.

L'*iman* ha una cinquantina d'anni. Dinanzi a una tavola coperta di piatti d'uva, di fette di melone dolcissimo e di ruote di pane, ci parla dell'Islam in questa regione e della sua « grande » rinascita con la *perestrojka*. Persino negli anni duri del regime sovietico, nelle montagne qui vicino sono sopravvissute due « fratellanze » di sufi, cioè fedeli della corrente mistica dell'islamismo. Prima vivevano nella quasi clandestinità, ma ora anche loro si recano alla moschea per la

L'ora della preghiera in una casa di Kurgan-Tjube

preghiera del venerdì. A volte durante la cerimonia alcuni di loro vanno in *trance*.

« Ci sono varie vie all'Islam, il punto comune è il seguire la *sharia*, la legge », aggiunge l'*iman*. Con la *perestrojka* c'è stata una vera e propria esplosione di interesse per la religione, specie fra i giovani.

Passiamo il resto del pomeriggio con l'*iman* a un matrimonio e poi a zonzo per la città. Quando ripartiamo mi rendo conto di non aver imparato granché, tranne sulla vita – o almeno parte della vita – di Sergej. È nato a Minsk da genitori russi. Il padre è un colonnello d'artiglieria nell'Armata Rossa. Ha studiato lingue orientali a Mosca e poi è stato, grazie a una borsa di studio, per sei mesi a Londra. Vuole scrivere una storia del Tagikistan moderno, per questo è qui. Per campare fa il « ministro degli Esteri » del cadì. Se i servizi segreti di Mosca avessero bisogno di un uomo loro per tenerli informati sul movimento islamico in questa regione, non potrebbero inventarsene uno migliore e meglio piazzato.

L'autista guida come un forsennato. Racconta che alcuni anni fa se uno veniva fermato dalla milizia per eccesso di velocità, la punizione consisteva nell'esser mandati nei campi a raccogliere cinque chili di cotone prima di poter ripartire. Ora invece c'è una multa di 15 rubli.

Sfrecciamo davanti a vari villaggi. In ognuno noto una nuova moschea in costruzione. All'avvicinarsi delle cinque mi accorgo che l'autista guida più spericolatamente che mai. Sorpassa, suona, corre come un matto, poi esce dalla strada principale, si dirige verso un edificio in costruzione, blocca la macchina e corre dentro. È lo scheletro di una nuova vastissima moschea. Gli operai sono partiti e di guardia ci sono tre ragazzini. Tutti assieme si mettono dinanzi al muro in direzione della Mecca, si tolgono le scarpe, stendono un cencio per terra, e al comando dell'autista i tre ragazzini e Sergej recitano le preghiere, fanno le genuflessioni e mormorano a intervalli regolari: « Allah... Allah ». Penso al colonnello d'artiglieria, padre di Sergej. Se lo vedesse, questo suo figlio travestito da mussulmano! La cerimonia dura solo una decina di minuti.

« Cinque volte al giorno, a cominciare dalle quattro e mezzo del mattino, non manco mai una preghiera! » dice l'autista fiero, rivolgendosi a me che aspetto immobile in un angolo.

Quando si rientra nel centro di Dušanbe i dimostranti non

sono più davanti alla sede del Comitato Centrale. L'autista ferma la macchina, va a parlare con alcuni poliziotti rimasti di guardia davanti al palazzo e torna con le ultime notizie: il Congresso del Partito Comunista si è concluso; il partito è stato sciolto e ne è stato fondato uno nuovo che si chiama socialista e che eredita le proprietà del primo. La formula dell'Uzbekistan è stata dunque adottata anche qui.

La dimostrazione dell'opposizione, rafforzata da altri gruppi venuti da varie parti del paese, si è spostata ora sulla piazza Lenin dove il Padre della Rivoluzione ha ormai le ore contate. Il lungo braccio di una gru gli sta appostato sopra la testa, mentre un *mullah* intona la preghiera dei morti. Corro in albergo per prendere il mio flash.

In albergo l'atmosfera è pesante e depressa. Gli alberghi Intourist sono tipiche istituzioni sovietiche in cui gli impiegati sono soprattutto russi e membri del partito. Per loro, quel che sta succedendo è assolutamente inconcepibile. Al mio piano tutte le vecchie *digiurnaje*, vedendomi arrivare dalla piazza, si mettono il dito indice alla tempia per dirmi che i dimostranti sono matti. La donna incaricata delle chiavi cerca di spiegarmi che anche quelli che ora dimostrano contro Lenin hanno avuto moltissimo da lui e che l'attuale crisi è dovuta soprattutto all'ignoranza delle genti locali. L'incomprensione fra colonizzatori e colonizzati è ovviamente profonda e duratura. Una riconciliazione mi pare impossibile.

Sulla piazza niente è cambiato. A una gru ne segue un'altra. Sembra che nessuna sia abbastanza potente da smuovere quel bronzo, ma la folla è paziente. Prega, canta, urla, e alla fine qualcuno finisce anche per addormentarsi. Passo la notte all'addiaccio assieme a questa strana umanità.

Dušanbe, domenica 22 settembre

L'esecuzione è avvenuta all'alba. Esattamente alle 6 e 35, quando i primi raggi del sole spuntavano dietro il tetto del palazzo rosa-socialista del Parlamento locale, sulla piazza ora ribattezzata « della Libertà ». Gli hanno buttato una corda d'acciaio al collo, una grossa gru gialla si è messa a tirare, e Lenin, lento, come se non volesse lasciare quel piedistallo sul quale troneggiava da settant'anni, s'è piegato da una parte e s'è accasciato in frantumi: la prima statua, simbolo della Rivoluzione d'Ottobre, a essere abbattuta nell'Asia Centrale Sovietica. Un evento qui di importanza storica.

Il tonfo di quella massa di bronzo che cadeva sul marmo rosa del podio nessuno l'ha sentito, subissato com'era da un urlo antico che improvvisamente, come riaffiorato dalle viscere della terra, ha fatto tremare la piazza e, simbolicamente, tutta questa immensa regione di montagne e deserti nel cuore dell'Asia: « Allah... Allah... Allah Akbar », Allah è grande.

La più colorata e straordinaria folla che uno possa immaginarsi, tutta di uomini, era in piedi, in estasi, con migliaia di pugni e mani alzati, come ad aiutare quella caduta: vecchi dalle lunge barbe bianchissime e i caftani a strisce gialle, verdi e rosse; giovani in tabarri violetti e azzurri; *mullah* dalle tuniche marrone e grigie, tutti con in testa il loro zucchetto nero, quadrangolare, con fregi in bianco.

Quella massa di umanità, tutta mussulmana, che, quieta e disciplinata, aveva con pazienza vegliato tutta la notte aspettando l'arrivo delle fiamme ossidriche, poi della grande gru, che aveva ascoltato i discorsi, recitato le poesie, detto le preghiere e cantato vecchie canzoni, alla vista del vuoto che s'è improvvisamente aperto nel cielo, prima riempito da quella statua nera, ha ceduto, ha rotto le file e s'è buttata nella nuvola di polvere del Lenin morto a infierire sulle spoglie del Padre della Rivoluzione.

Ho visto alcuni giovani dargli dei calci, altri sputare sulla metà di faccia che era rimasta intatta per terra. Molti semplicemente prendevano in mano dei frantumi della statua, ammirati dalla pesantezza del bronzo, increduli della lucentezza del metallo sotto la patina opaca del tempo.

Dušanbe, coi suoi 600.000 abitanti, per la metà russi, dormiva ancora e a quella esecuzione, portata a termine da tremila, o al massimo quattromila, persone, non ha preso parte. Non ha neppure cercato di impedirla. I soldati dell'esercito sovietico sono rimasti nelle loro caserme, la milizia locale non s'è fatta vedere. Solo un paio di coppie di vecchi pensionati russi hanno osato affacciarsi sulla piazza a guardare, preoccupatissimi, quella strana folla multicolore che aveva invaso il centro della loro città per abbattere, in nome del profeta Maometto, il profeta della rivoluzione comunista.

La veglia è durata tutta la notte. A gruppi, i dimostranti facevano i loro turni di sonno. Si toglievano le scarpe, i grossi stivali di cuoio, e dormivano sull'asfalto uno con la testa sul fianco dell'altro, ordinatissimi, premurosi di non pesticciare l'erba dell'aiuola attorno al monumento. Il microfono non ha mai cessato di funzionare. Vari *mullah* si alternavano sul podio ad accusare il comunismo di aver corrotto la nazione e di aver impoverito la gente, altri recitavano poesie, vecchie, classiche poesie di Rudaki, di Omar Khayyam, che tutti sembravano conoscere a memoria, e alcune nuove poesie improvvisate da qualcuno sulla piazza e scritte lì per lì su dei pezzi di carta che passavano di mano in mano fino ad arrivare all'uomo col microfono.

« I poeti hanno uno speciale ruolo in questa società. Sono come i messaggeri del divino. Vengono usati per dire quel che la gente pensa », diceva Sergej.

Sotto una luna quasi piena e le colonne dei palazzi del potere sovietico allineate attorno alla piazza, quella che bivaccava sull'asfalto era davvero una strana umanità, calata qui come da un altro mondo: il mondo delle campagne, dei villaggi dove l'Islam, pur perseguitato, è sopravvissuto forte, nelle abitudini, nei riti della gente, nella loro determinazione a non cedere sulla propria identità.

Alla prima luce, mentre i bagliori azzurrognoli delle fiamme ossidriche rosicchiavano ancora i bulloni di bronzo ai piedi di Lenin, e dai cumuli multicolori di umanità per terra si alzavano i dimostranti, alcuni buttandosi in bocca delle foglie di tè verde e andando a fare le abluzioni alla fontana del parco vicino, mentre altri toglievano i giornali e spazzavano l'asfalto, i primi autobus carichi dei normali cittadini con le sporte vuote passavano sul fondo della piazza: senza apparenti emozioni, ma con una grande paura in cuore. Per i non-tagiki il futuro in questa repubblica, dove la lingua ufficiale non è più il russo e dove tutto si sta rapidamente islamizzando, è ormai incertissimo.

Durante la notte di veglia, una delle canzoni più frequenti che si sentivano sulla piazza era opera di un poeta pakistano. « Svegliati, popolo », intonava il *mullah* e la folla ripeteva: « Popolo, svegliati, svegliati ». Era strano sentire queste parole dinanzi al Lenin condannato a morte da un popolo che lui aveva voluto svegliare e che ora accusava lui di averlo addormentato. Povero Lenin, giustiziato da una religione che lui

Lenin abbattuto a Dušanbe

aveva voluto eliminare come oppio dei popoli e che ora tornava con tanta forza alla ribalta della storia dell'Asia Centrale!

« Secondo il calendario mussulmano, oggi è l'anniversario della nascita di Maometto », m'ha detto il cadì venuto anche lui a vegliare ai piedi del monumento. « Non le pare una strana coincidenza? » ha aggiunto col suo sguardo strabico e un gran sorriso.

Poco dopo, Lenin partiva a pezzi, la mezza testa rimasta intatta infilata nel buco apertosi nel torace, la mano che per tanto tempo aveva indicato un avvenire che non è mai arrivato buttata lì, a indicare il nulla, sulla piattaforma di un enorme camion chiamato per la bisogna. Su un lato della piazza, gruppi di dimostranti si toglievano dalla vita gli scialli che usano a mo' di cintura sui caftani, e li stendevano per terra per inginocchiarcisi sopra a pregare, con le spalle al sole, rivolti alla Mecca, ora più che mai convinti della grandezza di Allah. Dei vecchi contadini nei loro grandi cappotti a strisce e gli stivali di cuoio partivano appoggiandosi ai loro bastoni per tornare ai loro villaggi dove presto cadranno altre centinaia di statue di quell'uomo una volta chiamato Lenin.

16. Bukhara: la bellezza dello spirito

L'AEREO è mezzo vuoto. Un vecchio contadino carico di ferite e di medaglie della seconda guerra mondiale occupa tutta una fila di sedili accanto a me e, curiosissimo, non mi toglie gli occhi di dosso. Sotto di noi scivola di nuovo la straordinaria distesa d'oro delle montagne del Pamir dalle vette bianchissime e le valli polverose. È come osservare con un microscopio la pelle vecchia e grinzosa della terra. Su tutto aleggia una caligine violetta.

Uno dei piloti, annoiato da questo andare e venire per 500 rubli al mese su un vecchio aereo pieno di toppe e macchie d'olio, viene a sedersi accanto a me e a mettere alla prova le quattro parole d'inglese che ha imparato a scuola. È russo. È venuto a vivere qui dopo il servizio militare. Pensa che prima o poi dovrà lasciare il Tagikistan e tornare a vivere in Russia. Col suo mestiere non si preoccupa, troverà sempre da lavorare. «Il problema sarà dei tagiki, che non hanno abbastanza piloti», dice. Attraverso il finestrino mi fa vedere che Dušanbe è alla confluenza di due fiumi, il Dušanbe e il Karfinigan. In lontananza mi indica il picco del Comunismo.

Due sposini uzbeki in viaggio di nozze, seduti dietro di me, continuano a chiedermi che ore sono. Io credo di aver imparato a dire i numeri nella loro lingua e quelli si divertono forse a sentire il mio buffissimo accento.

Il vecchio contadino col suo petto coperto di medaglie, che tintinnano come i ciondoli di un lampadario ogni volta che fa un movimento, continua a guardarmi sorridendo. Non riesco a parlargli, ma il succo della sua storia è più che ovvio. Appartiene a uno dei popoli dell'Asia Centrale – dai suoi occhi fortemente mongoli mi pare uzbeko –, ha combattuto con l'Armata Rossa nella seconda guerra mondiale, è stato malamente ferito, ha una gamba completamente storta e la faccia tagliata da una grande cicatrice. Lo Stato sovietico, in riconoscimento del suo contributo alla difesa della Patria, gli ha dato una pensione che un tempo era decente, ma che ora, con l'aumentare del costo della vita, è ridotta a una miseria. Lo Stato gli ha dato anche quella serie di medaglie da sfoggiare con orgoglio, ma anche da usare come una sorta di biglietto da visita per ottenere piccoli privilegi e preferenze in una società che, fino a poco tempo fa, aveva ancora rispetto per gente come lui. Ma ora? Cosa succederà ora a questa gente? Presto questi vecchi saranno veterani di un esercito che non esiste più o, come nel suo caso, di un esercito straniero che, ora si dice, ha oppresso le popolazioni locali.

Che valore avranno allora quelle medaglie?

Quest'inverno, passando da Habarovsk sulla via delle isole Curili, vidi una mattina, fuori di uno dei grandi magazzini della città, una fila di questi pensionati con le medaglie sul petto che aspettavano al freddo l'ora dell'apertura. Andai a chiedere che ci facevano lì e qualcuno mi indicò un cartello. « I televisori vengono venduti prioritariamente ai veterani, agli invalidi, ai ciechi e ai sordi. » L'elenco di quelle categorie mi parve estremamente strano, specie per l'acquisto di un televisore, ma mi venne spiegato che era un modo per aumentare indirettamente le misere pensioni di questa gente e permetter loro di sopravvivere. Sfruttando il loro diritto di priorità, i veterani e gli invalidi potevano comprare – al prezzo di Stato – i pochi televisori disponibili in città e rivenderli poi al mercato libero a un prezzo molto più alto.

Ora che il sistema sovietico va a pezzi, come faranno a vivere i milioni di pensionati, di mutilati, di invalidi, che quel sistema in qualche modo finora proteggeva contro le « forze di mercato »?

Sono felicissimo di andare a Bukhara. Il fatto che gli uzbeki avessero rifiutato di darmi il permesso di visitare questa storicissima città al centro della loro repubblica m'aveva lasciato in bocca il sapore amaro d'una sconfitta. L'esser riuscito a ottenere quel permesso dalla polizia del Tagikistan è una piacevole rivincita su quegli antipaticissimi totalitari. A Taškent mi avevano detto che il permesso sarebbe dovuto venire da Mosca, che ci volevano giorni. Non ho mai capito perché facessero tante difficoltà. A Dušanbe, Lina, la mezzo tedesca, « capa » dell'albergo, mi ha procurato il visto in un giorno e per solo un paio di rubli.

Bukhara è uno di quei nomi che risuona di esotismo e di avventura ed è quasi scontato, ormai, che la mia prima im-

Sull' aereo per Bukhara

pressione sia terribilmente deludente. L'aeroporto è in piena campagna. Si arriva giusto a mezzogiorno, sotto un sole cocente. Manca la solita folla che di norma si trova ad aspettare l'arrivo di ogni aereo. All'uscita non c'è che un biondo, riccioluto giovanotto dagli occhi verdi che dice di essere un tassista. Lo assoldo immediatamente e in pochi minuti siamo nel centro della città.

« Bukhara? Bukhara? » chiedo al tassista scherzando, fingendo di credere che mi abbia portato nel posto sbagliato, quando si ferma su una desolata, allucinante, immensa piazza di cemento dominata da tre lugubri edifici grigi dalle pretese di grattacieli. Questa è Bukhara?

« Sì. Sì », conferma, divertito, il tassista. L'edificio più alto è la sede del Partito Comunista, gli altri sono il vecchio Hotel Intourist in cui debbo alloggiare e un nuovo albergo in costruzione. La piazza riverbera un calore anche per me, pur abituato ai tropici, quasi insopportabile. Tre donne russe in costume da bagno color verde elettrico sono distese su una lastra di cemento tra fontane spente e vasche vuote. Erbacce tipiche del deserto spuntano dalle crepe dell'asfalto.

Sento il totalitarismo appena metto piede in albergo. Sono di nuovo in Uzbekistan, lo Stato di polizia del presidente Karimov, e il clima è esattamente lo stesso di Taškent, inconfondibile. Il cosiddetto portiere, che poi è un baffuto agente del KGB locale, fa almeno dieci domande prima di darmi una camera, e solo per una notte.

Quel che mi rende sospetto è che viaggio da solo, che non ho una guida, che dico di voler andare da qui ad Ašhabad, capitale della Turkmenia, un posto cui, da qui, non va nessun aereo. Dico al portiere-spia che posso affittare una macchina, andare fino alla città di Čardžou, oltre il confine uzbeko, e da lì prendere uno dei voli giornalieri per Ašhabad. Il mio tassista ha già proposto di portarmici, ma non lo dico certo al portiere che potrebbe imporgli di scomparire e di lasciarmi a piedi. Gli chiedo invece se non può aiutarmi a ottenere il visto per Čardžou e mi rendo conto che ho toccato la corda giusta.

« Costa caro », dice quello.

« Quanto? »

« Non so bene. Debbo informarmi, ma... almeno 40 dollari. »

« Va bene », convengo. « D'accordo per 40 dollari. »

Ci siamo capiti benissimo. Per lui i 40 dollari che si metterà tutti in tasca, perché il visto non costa nulla, sono qualcosa come lo stipendio di tre mesi; per me, se lui mi impedisse di andare a Čardžou e mi obbligasse invece a tornare a Taškent, la spesa finirebbe per essere molto più alta.

Amici del « mio » portiere entrano ed escono in continuazione dall'albergo. Vengono da lui, gli stringono la mano, si bisbigliano uno di quei tanti segreti che solo il socialismo sembra avere, e se ne vanno. Sono tutti uzbeki, probabilmente tutti poliziotti in borghese, incaricati del controllo dei vari gruppi di turisti stranieri alloggiati in questo albergo. A confronto dei tagiki con le loro splendide maniere, col loro salutarsi continuamente con la mano destra sul petto e l'inchino, gli uzbeki mi paiono sempre più rozzi e meno simpatici. Il clima di totalitarismo che ritrovo in Uzbekistan, dopo quello libertario del Tagikistan, certo contribuisce a questa impressione.

Passo il pomeriggio a scrivere note e a tentare di chiamare al telefono l'Italia. Inutilmente. L'unica soluzione è prenotarsi e avere la linea al più presto... « fra due giorni ».

Quando fa buio, mi faccio indicare da un gruppo di americani che tornano in autobus dalla loro escursione il centro della vecchia città e mi incammino a piedi, tanto per respirare l'aria di questa Bukhara di cui ho finora solo letto nei resoconti dei viaggiatori di un tempo.

« Samarcanda è la bellezza della terra, Bukhara è la bellezza dello spirito », mi aveva detto Shody citando un vecchio adagio tagiko. Poi aveva aggiunto: « Ogni volta che diciamo Bukhara, ci aggiungiamo la parola *sharif*, la sacra ».

Per più di mille anni nel mondo mussulmano Bukhara fu considerata equivalente alla Mecca per il suo essere un grande centro di studi, per lo splendore delle sue moschee e il livello intellettuale delle sue *medressa*, le scuole coraniche. Le sue biblioteche rivaleggiavano con quelle di Bagdad. Ci viveva Avicenna che, per essere riuscito a curare il reggente, ebbe accesso ai suoi libri e diventò così uno dei personaggi più colti del suo tempo. All'apice del suo splendore, attorno al IX secolo, quando Bukhara era la capitale di un impero che comprendeva l'attuale Uzbekistan, l'attuale Tagikistan e parte degli attuali Iran e Afganistan, la città vantava 197 moschee. Nelle sue 167 *medressa* c'erano 20.000 studenti che venivano da ogni angolo del mondo mussulmano.

L'islamismo qui, a differenza delle regioni dei kazakhi e dei kirghisi, era diventato parte della vita. Anzi, la dominava. Prima della Rivoluzione d'Ottobre Bukhara aveva una sua polizia religiosa che andava in giro per le strade della città a chiedere alla gente di recitare certi versetti del Corano o a interrogarla su certi princìpi della *sharia*, la legge islamica. Chi non sapeva rispondere adeguatamente rischiava una multa, a volte anche una bastonata.

Questo aspetto religioso dell'emirato fu uno dei più grossi problemi che i bolscevichi dovettero affrontare quando vennero a portare qui la stessa rivoluzione che altrove. Bukhara cadde in mano all'Armata Rossa nel 1922, ma la resistenza contro i comunisti continuò per una intera generazione. I bolscevichi sapevano che, per decapitare la resistenza, per fare di Bukhara una città sovietica come le altre, avrebbero dovuto radere al suolo questa Mecca dell'Asia Centrale, ma non osarono farlo. Lasciarono intatte le sue mura, le sue 11 porte d'accesso e le sue 81 torri di guardia. Lasciarono anche che la popolazione soffrisse di una terribile carestia dovuta all'improvvisa ristrutturazione dell'economia e alla collettivizzazione dell'agricoltura. A Bukhara c'era il più grande bazar dell'Asia Centrale; i bolscevichi da un giorno all'altro lo chiusero.

I bolscevichi non distrussero nessuna delle moschee e nessuno dei grandi monumenti storici della città. Ne cambiarono solo l'uso. La più grande moschea, Kalian, divenne un deposito di scarpe, un'altra divenne il Circolo degli Operai. L'Ark, la vecchia cittadella, residenza dell'emiro e, per il nuovo regime, simbolo dell'oscurantismo, venne in parte trasformata in un museo degli orrori del vecchio regime, in parte adibita a scuola tecnica. Il Palazzo d'Estate divenne il centro amministrativo per la produzione del cotone che i bolscevichi imposero indiscriminatamente in tutta la regione.

Per nascondere i versetti del Corano scritti in arabo nei mosaici geometrici che ricoprivano le facciate dei palazzi e le torri della città, ci attaccarono degli striscioni con lo slogan: « Proletari di tutto il mondo, unitevi! » In cima al grande minareto fecero sventolare una enorme bandiera rossa.

I nuovi padroni del Cremlino sapevano che distruggere

Il caravanserraglio di Bukhara

Bukhara avrebbe solo indurito la resistenza dei *bassmacci* contro il loro potere e decisero perciò di strangolarla, di farla morire col tempo e con l'incuria. Ci riuscirono. Ella Maillart, la straordinaria viaggiatrice svizzera che ci arrivò nel 1932 – fortunata lei, a cavallo! –, trovò Bukhara una città cadente, in cui due case su tre erano distrutte e in cui solo 40.000 dei 150.000 abitanti di un tempo erano rimasti. La gente non parlava più di Bukhara come della « sacra », ma della « nobile ». I bolscevichi avevano imposto il cambio di appellativo.

La città al buio sembra deserta e presto mi trovo a camminare lungo vicoli di terra battuta che serpeggiano fra gruppi di case bassissime, dai tetti coperti di polvere. Improvvisamente sono su una grande piazza sconquassata, piena di fosse e tubi e cumuli di detriti. Debbo fare attenzione a dove metto i piedi, poi alzo gli occhi e la prima, indimenticabile immagine della Bukhara che ho cercato mi colpisce come un'apparizione. Contro il cielo immacolato si stagliano le sagome precise e pure di un altissimo, snello minareto, della grande cupola di una moschea, e i tetti di un caravanserraglio. Ombre nere scivolano via lungo i muri lontani di una *medressa*. La luce della luna ritocca con un filo d'argento i contorni degli edifici e fa come brillare le maioliche azzurre dei monumenti.

Mi sento sopraffatto da tanta silenziosa bellezza, ma presto anche da un senso di morte e di abbandono. Mi scopro a pensare che è un peccato che non sia nato cento anni fa e non abbia potuto arrivare qui in groppa a un cammello, che non abbia potuto vedere questa città ancora animata dalla sua gente anziché vuota come una conchiglia.

Quando ritorno in albergo, la porta d'ingresso è già chiusa col lucchetto. Il « mio » portiere è già andato via, il nuovo non mi conosce e debbo rispondere a una decina di domande, prima di poter andare in camera a sognarmi nato nella mia epoca preferita: almeno un secolo fa.

Bukhara, lunedì 23 settembre

L'autista riccioluto, assoldato all'aeroporto e al quale ho chiesto di arrivare alle sette, è puntualissimo. Non ho una guida, ma proprio quando vado dal « mio » portiere per dirgli di aiutarmi a trovarne una, un uomo sulla quarantina, capelli nerissimi, occhi affossati, e anche lui con la faccia segnata dal vaiolo, viene ad annunciare che si prende un giorno libero per andare alla cerimonia della circoncisione di tre suoi nipotini. Si chiama Soliman, parla il francese ed è – dice il « mio » portiere – la migliore guida della città. Lo convinco a occuparsi di me. « Ma solo fino a mezzogiorno... » dice lui. Si vedrà.

Soliman fa la guida da anni e, appena montiamo in macchina, attacca a recitare la tipica parte della guida socialista con dettagli sulle misure, le distanze, i costi di fabbricazione degli edifici e poca storia:

« Bukhara è a 600 chilometri da Taškent, a 270 da Samarcanda, a 480 da Hiva, a 133 dalla frontiera con la Turkmenia e la città di Čardžou. Il clima è continentale. In estate la temperatura può raggiungere i 40 e i 50 gradi. In inverno ci può essere la neve al massimo per una settimana. Il clima è secco e la terra va annaffiata spessissimo per renderla fertile e lavarla della sua salinità. La riconquista del deserto è stata interrotta, perché non c'è più abbastanza acqua da dedicare a questa impresa. Il cotone consuma tutte le riserve.

La città di Bukhara ha oggi 250.000 abitanti. L'intera regione 1.700.000. Il 75 per cento sono uzbeki e tagiki, il 13 per cento russi... »

Lo interrompo. «Come, il 75 per cento uzbeki e tagiki? Fra le due razze ci sono grandi differenze. Perché li mettete assieme? Quanti sono i tagiki? Quanti gli uzbeki? »

È come se avessi spento un registratore. Soliman smette con la sua recita, cambia tono di voce, traduce la mia domanda all'autista e tutti e due si animano notevolmente.

«Questa è la versione ufficiale. Quanti sono gli uzbeki e quanti siamo noi tagiki è un segreto», dice Soliman. «Guardi, guardi qui», interviene il tassista, tirando fuori quello sconsolante documento di identità chiamato «passaporto», con cui non può passare nessuna vera frontiera. «Io sono tagiko, ma qui mi hanno scritto uzbeko. Uzbeko, perché vivo nell'Uzbekistan, ma io uzbeko non sono. Sono tagiko». Il caso di Soliman è identico.

Racconto loro degli intellettuali di Dušanbe, che ora rivendicano Bukhara e Samarcanda per la nazione tagika, e chiedo se non sanno se qui c'è qualche membro dell'organizzazione clandestina «Figli di Sogdian», quella che vuole riportare questa città sotto la sovranità del Tagikistan. Ne hanno solo sentito parlare. Da questo momento il mio rapporto con i due cambia. Non sono più un turista da trastullare, ma uno da convincere della grandezza di Bukhara e della sua anima tagika.

«L'origine della città è antica», riprende a dire Soliman. «Recenti scavi hanno rivelato tracce del IV e V secolo avanti Cristo. Le fondamenta dell'Ark, la fortezza dell'emirato, sono del I secolo dopo Cristo.» Una versione della storia racconta che la città nacque attorno a un'oasi piena di alberi e di uccelli in cui la gente veniva a cacciare. Bukhara viene da Bikhara, che vuol dire «il convento». I persiani, Dario e Ciro, vennero qui nel VI secolo avanti Cristo. Son loro che portarono lo zoroastrismo. Poi venne Alessandro Magno, e i greci restarono qui fino al I secolo. Se Alessandro arrivò fino alla città di Bukhara, o se invece ci passò vicino, andando verso il Pamir, è una questione controversa. Per ora ci sono solo le prove che i greci vissero a quaranta chilometri da Bukhara su una collina chiamata Kisil Kir, dove recentemente sono state trovate delle spade greche. Alessandro fece sposare cinquecento dei suoi soldati ad altrettante donne locali nella città di Urgut. Un altro matrimonio in massa fu fatto nel Pamir dove la gente, sposatasi poi fra di sé per secoli, ha ancora tratti greci: capelli neri e occhi azzurri, o capelli biondi e occhi neri.

Dal I al IV secolo Bukhara fu al centro di un grande regno che comprendeva l'attuale Afganistan, l'Iran, e tutta l'Asia Centrale. Poco tempo fa alcuni archeologi russi hanno trovato vicino a Kabul una straordinaria collezione di gioielli fatti dagli artigiani di Bukhara ai tempi di quella dinastia.

Dal IV al V secolo sette piccoli Stati furono unificati in un regno chiamato « Eftaliti », Sette Stati. Nel VI secolo arrivarono i turchi e nel 709 vennero gli arabi a imporre la loro lingua e la loro religione. Il culto zoroastrico del fuoco resistette per qualche tempo, ma gli arabi prevalsero con la forza e fecero di tutti dei mussulmani.

Dal IX secolo in poi si succedettero varie dinastie. La più grande fu la prima, quella dei Samanidi, che regnarono dal IX al X secolo. Fu il tempo della grande cultura, della matematica e dell'invenzione dell'algebra. Fu il tempo di Avicenna, nato a trenta chilometri da qui, nel villaggio di Afshana, in una casa che non esiste più, ma che è stata rifatta e trasformata in un piccolo museo. Nel 1220 arrivano i mongoli e distruggono gran parte di Bukhara. Nel 1263 i mongoli vengono cacciati dai persiani e la città viene messa a ferro e fuoco una seconda volta.

Soliman racconta, e presto arriviamo sulla piazza in cui ero ieri sera.

L'impressione alla luce del giorno è grande come quella sotto la luna. La snella sagoma del minareto, il dolce arco della cupola danno un grande senso di pace. Ci sono, nella semplicità di queste cose inanimate, un ordine, una perfezione che sembran mancare negli uomini. Sono appena le otto del mattino e alcune donne tagike spazzano con lunghe scope la polvere dai cortili in terra battuta delle moschee e delle *medressa*. Mi colpisce il fatto che le loro minute figure, con le pezzole in testa, hanno con l'imponente sagoma del minareto lo stesso rapporto dei passanti con le torreggianti statue di Lenin sulle mille piazze di quella che era l'Unione Sovietica.

A pensarci bene, i bolscevichi, che in questo secolo hanno cercato di imporre il loro dio al posto degli altri, non sono

Poikalian, «Ai Piedi del Grande»

stati diversi dagli arabi che undici secoli fa costrinsero le genti di qui ad abbandonare il loro culto del fuoco e a convertirsi all'Islam. La differenza è che gli arabi riuscirono nel loro intento e finirono per lasciarsi dietro una intera civiltà, ancora presente nei ricordi, nelle nostalgie e nei monumenti. I bolscevichi, pur avendo inflitto uguali sofferenze, hanno fallito e alla fine si saranno lasciati dietro poco più che dei tralicci della luce, perché alla lunga la gente ricorda le moschee e le cattedrali e non le centrali elettriche e le autostrade, ricorda le preghiere o i versi di un poeta più che gli slogan dei politici o i discorsi di un segretario del partito.

Ai tempi dell'emiro di Bukhara, la vita della gente era dura e soggetta ai capricci di un despota che, come niente fosse, ordinava di tagliare la testa a uno o a cento dei suoi sudditi. L'arrivo dei comunisti mise fine a tutto questo e per molti versi quella fu una « liberazione ». Eppure, nonostante tutta la propaganda sulle atrocità del regime passato, gli abitanti di Bukhara parlano di nuovo di quei tempi come fossero stati tempi d'oro; parlano di nuovo del minareto come del « Grande » e non più come della « Torre della Morte », com'era stato ribattezzato dai bolscevichi perché, dall'alto dei suoi 47 metri, al tempo dell'emiro, i condannati a morte, rinchiusi in un sacco, venivano buttati nella piazza sottostante.

Il minareto è uno dei più vecchi monumenti della regione, uno dei pochissimi che sopravvissero all'invasione dei mongoli, entrati a Bukhara nell'anno 1220. La leggenda vuole che, arrivato ai piedi del « Grande », Gengis Khan alzò la testa per guardare la cima del minareto e che, così facendo, gli cadde il cappello. Non aveva mai visto niente di così imponente e dette ordine ai suoi soldati che stavano mettendo a ferro e fuoco la città di non toccare quella struttura.

Il minareto è tutto di mattoni cotti cementati assieme da una speciale colla fatta di latte di cammella e chiara d'uovo, che ha retto splendidamente al passare dei secoli. A ogni metro cambia la disposizione dei mattoni, creando così l'impressione di un ricamo che muta con l'ascendere verso il cielo. Per le carovane, « il Grande », visibile anche da grandi distanze, era come un faro e la tradizione voleva che di notte sulla sua cima fosse tenuto acceso un fuoco per aiutare i viaggiatori nel Kyzylkum, il Deserto delle Sabbie Rosse, a orientarsi.

Il complesso di monumenti attorno al minareto si chiama Poikalian, « Ai Piedi del Grande », e comprende quella che era la moschea dell'emiro e la *medressa* Mir Arab, la scuola coranica un tempo famosissima in tutto il mondo mussulmano per l'alto livello dei suoi studi.

La moschea, costruita nell'anno 900 e considerata allora il più grande tempio dell'Asia Centrale, perché poteva accogliere all'ora della preghiera fino a 10.000 fedeli, venne chiusa immediatamente dopo l'arrivo dei bolscevichi e trasformata in un deposito merci. Solo due anni fa è stata riaperta al culto e in parte restaurata. Soliman dice che un grande problema è stato quello di cercare, nei cumuli delle macerie di altre moschee, i tegoli color turchese da rimettere sulla cupola. Secondo lui quel colore serve a tenere lontane le mosche. Oggi nessuno è in grado di riprodurre la qualità dei tegoli di un tempo; anche perché, dice Soliman, « in passato per ottenere quel tipo di celeste gli artigiani aggiungevano del sangue umano alla maiolica, prima di cuocerla ».

Il cortile della moschea è largo, generoso, tranquillo. Nel mezzo c'è un grande, vecchio albero di gelso. Mi ricorda il tempio di Confucio nella cittadina di Kufu, in Cina, con l'albero di albicocco sotto il quale insegnava il Maestro. Tutte le religioni hanno un modo molto simile di concepire i luoghi in cui la loro sapienza viene trasmessa, di creare un particolare ambiente in cui i loro fedeli si ritrovano volentieri. Le varie *medressa* con le stanze degli studenti che danno su una corte con nel mezzo un pozzo e un albero o una pergola hanno lo stesso ritmo e la stessa armonia di un convento europeo col suo chiostro, la stessa compostezza di un monastero tibetano.

La *medressa* Mir Arab, costruita nel XVI secolo, non è stata praticamente mai chiusa, ma solo di recente gli studi hanno ripreso senza più il controllo di un commissario politico. Si entra dalla sua grande porta in un corridoio ombroso. Grandi finestre con le grate di ferro, come fossero pizzi, si affacciano sul giardino in cui passeggiano gli studenti. Ce ne sono 220 e vengono dalle varie regioni mussulmane dell'Unione Sovietica. Restano qui sette anni prima di essere assegnati come *iman* a una moschea.

Fra gli studenti sembra esserci un grande spirito di corpo. Hanno tutti fra i venti e i trent'anni. Escono dalla moschea e attraversano correndo la piccola piazza per entrare nella *medressa*. Portano pacchi di libri sotto il braccio, alcuni son vestiti con coloratissimi caftani, tutti hanno zucchetti bianchi in testa. La mia presenza, e poi la mia curiosità per i loro studi e le loro idee su come va il mondo, creano una grande eccitazione e presto una decina mi stanno attorno. Tutti sono devotissimi, tutti sentono la storicità del momento, tutti sembrano enormemente presi dal loro destino di capi religiosi in un paese cha ha giusto riscoperto la forza dell'Islam. Chiedo che cosa pensano della rivoluzione iraniana, e un giovane di Samarcanda, con una faccia forte e un sorriso pieno di denti d'oro, dice:

« Ammiro molto l'Ayatollah Khomeini perché ha riportato la religione nella vita dell'Iran ». Gli altri approvano. « Il nostro sogno ora è fare anche qui una repubblica islamica », continua il ragazzo di Samarcanda. « Una grande repubblica che comprenda tutti i popoli mussulmani dell'Asia Centrale. » Gli studenti del gruppo sono tutti d'accordo e sembrano anche credere che presto ci riusciranno.

Alcuni studenti mi lasciano per andare a lezione, altri arrivano. Ogni conversazione finisce con loro che domandano a me quanti milioni di mussulmani ci sono in Italia, in Francia, in Europa. Sembra che tutti partano dall'idea che l'Islam sta travolgendo il mondo e che dovunque crescono delle moschee. Grazie a Dio, no! mi vien da dire dentro di me.

In qualche modo non riesco a disfarmi di un pregiudizio da crociato nei confronti di questa religione le cui manifestazioni mi lasciano sempre con un velo di paura, un filo di inquietudine. Persino la conversazione con questi giovani mi lascia perplesso, perché alla fine mi pare che qui, in questa vecchia, splendida *medressa* nel cuore di Bukhara, questi futuri *iman* non vengano addestrati a pensare, ma a combattere. Più che una *universitas*, questa *medressa* mi dà l'impressione di essere un'accademia militare. Chiedo dell'influenza del radicalismo e tutti sembrano più o meno avere la stessa, diplomatica risposta:

« Il radicalismo non è un pericolo, non è di qui. Siamo tutti figli della stessa madre e dello stesso padre ».

Li lascio e li guardo correre verso la porta scura della *medressa*. Tutto quello che vedo attorno è del colore della polvere. Solo le cupole risplendono di turchese nel cielo azzurrissimo.

« Ce n'erano molte di più », dice Soliman. « Ma nel 1960 ci fu qui un segretario del partito che fece distruggere molti vecchi edifici. Anche una intera *medressa*. Pazzo. Pazzo, era! »

« E quelli che comandano ora? » chiedo a Soliman, indicando le strade e le piazze sconquassate dai lavori in corso. L'intero centro di Bukhara è sottosopra. È stato scoperto che tre, quattro metri sotto il piano delle strade ci sono le fondamenta di altri antichi monumenti e la municipalità ha ordinato di scavare dappertutto per riportare il livello là dov'era un tempo e rilastricare strade e piazze coi classici mattoni cotti di qui. Gruppi di vecchie, piccole case di fango sono ora come arroccate sugli scogli che spuntano dagli scavi e non riesco a immaginarmi quale sarà l'effetto finale di questa massiccia, forse disastrosa ristrutturazione.

Ho usato l'ultimo dei rullini in bianco e nero datimi da Volodja a Habarovsk, e debbo assolutamente procurarmene di nuovi. Non è facile, in questo paese. La pellicola, quando la si trova, viene venduta solo a rotoli di dieci o venti metri. È necessario per questo procurarsi anche delle bobine vuote dentro le quali arrotolarla, una volta che è tagliata a pezzi. Nei negozi di solito ci sono vecchie cassette di legno, come quelle che usavano i fotografi dell'Ottocento con mezzi manicotti neri in cui si infilano le mani, e alla cieca, dentro la cassetta così protetta dalla luce, si deve fare l'operazione di taglio e montaggio. Io non mi fido delle mie capacità in questo campo, temo di esporre la pellicola e chiedo a Soliman se può aiutarmi. L'autista si offre di risolvere il problema. Ha un cugino che fa il fotografo ambulante ed è sicuro che quello può procurarmi la pellicola e montarmela. Gli chiedo di farmene confezionare almeno venti rullini. Il tassista parte e Soliman e io andiamo a piedi a visitare l'Ark, la vecchia fortezza, residenza degli emiri di Bukhara.

L'Ark è costruita su una collinetta e l'ingresso, attraverso la grande muraglia che la circonda, è in salita, come quello del Forte Belvedere a Firenze. Sarà perché mi ricordo alcune delle storie di misfatti avvenuti qui, sarà perché la prima cosa che vedo, arrivando, sono le due aperture da cui i condannati venivano buttati nel « Buco Nero », una fossa piena di vermi carnivori, ma l'impressione che ho è quella di entrare in un posto di tenebra, un centro di oscurantismo, senza nessuna grandezza, tranne quella dell'orrore.

Dall'alto della muraglia si domina la distesa della città, ora non più circondata dalle sue grandi mura, fatte costruire da Tamerlano. Una serie di terremoti, le esigenze della modernizzazione e la miopia culturale degli amministratori comunisti più recenti hanno fatto qui gli stessi scempi che a Pechino, una volta anch'essa cinta da una maestosa muraglia. Qui, più che in ogni altra parte dell'Unione Sovietica che ho finora visitato, le pietre trasudano di storia, qui, più che in ogni altra città della Siberia e dell'Asia Centrale, sento il peso di un passato che in qualche modo è sopravvissuto.

Alle guide turistiche è sempre piaciuto raccontare che la città fu fondata da Alessandro Magno, ma questa è pura leggenda. Bukhara era già un grande centro abitato molto tempo prima che il Macedone passasse di qui, o vicino a qui, con i suoi eserciti. L'Islam ci arrivò nel 674 dopo Cristo, quando la città fu assediata da 24.000 arabi. Gli antichi dicevano che, contrariamente agli altri posti del mondo, dove la luce viene giù dal cielo, a Bukhara la luce si alzava dalla città. Gli storici arabi la chiamarono « il paradiso del mondo ».

La città ha sempre affascinato i viaggiatori. Marco Polo ci si fermò tre mesi, preso come fu dal suo splendore. Nel secolo scorso Bukhara divenne per i viaggiatori e gli avventurieri europei una delle mete più misteriose e irraggiungibili del mondo. Per chi ci arrivava, il rischio era quello di lasciarci la vita. Russia e Inghilterra si contendevano, in quel che venne chiamato « Il Grande Gioco », il controllo dell'Asia Centrale. Spie inglesi cercavano di infiltrarsi dall'India. Spie russe facevano lo stesso venendo dal Nord. I mussulmani della regione volevano mantenere la propria indipendenza e uccidevano quasi tutti gli infedeli su cui riuscivano a mettere le mani. Pochissimi tornarono da Bukhara a raccontare le loro imprese.

Uno di questi fu un italiano: Modesto Gavazzi. Era un commerciante di seta che nel 1863 arrivò a Bukhara per comprare le uova dei preziosi bachi. Fu catturato, messo in prigione e minacciato di morte se non si fosse convertito al-

L'Ark, la vecchia fortezza dell'emiro di Bukhara

l'Islam. Il Gavazzi se la cavò con tredici mesi di prigionia, ma fu durante quei mesi che venne a sapere della storia molto meno felice di un suo connazionale, un tale Giovanni Orlandi di Parma, che in quelle galere lo aveva preceduto.

L'Orlandi era finito nell'Asia Centrale a lavorare per un russo che lo aveva poi venduto come schiavo all'emiro di Bukhara. L'emiro volle innanzitutto che l'Orlandi si convertisse all'Islam e, quando questi si rifiutò, lo condannò a morte. L'Orlandi non si disperò. Offrì all'emiro di costruirgli un grande orologio da mettere fra i due torrioni all'ingresso della sua fortezza. L'emiro ne fu felicissimo e gli concesse la grazia. Dopo l'orologio, l'Orlandi mise assieme anche un telescopio con cui l'emiro adorava guardare le stelle. Un giorno però il telescopio cadde per terra e l'emiro mandò a chiamare d'urgenza l'Orlandi perché lo riparasse. L'Orlandi era ubriaco e l'emiro lo ricondannò a morte, ammenoché non si facesse mussulmano. L'Orlandi non ne volle sapere. L'emiro, per fargli vedere che la sua minaccia era seria, gli fece tagliare la gola, ma solo a fior di pelle, da un orecchio all'altro, e gli fece sapere che, se non cambiava idea, il giorno dopo gli avrebbe fatto tagliare la testa. L'italiano tenne duro e il giorno dopo venne decapitato qui, sulla piazza del Registan. Era l'anno 1851.

Il grande orologio dell'Orlandi, che per decenni ha decorato il frontone dell'ingresso della fortezza e che si vede in alcune rare foto di Bukhara dell'inizio del secolo, non c'è più, ma sul fianco di una delle due torri che incorniciano l'ingresso dell'Ark c'è ancora la finestra da cui l'emiro amava assistere al supplizio delle sue vittime.

Nel 1842 fu la volta di due ufficiali inglesi, uno reo di non essere sceso da cavallo entrando a Bukhara, l'altro di essere andato a ricercare il compagno scomparso. Dopo esser stati rinchiusi per dei mesi nel « Buco Nero », dove i vermi li avevano letteralmente scarnificati, i due vennero fatti uscire, ma solo per essere decapitati. L'emiro voleva celebrare così una vittoria militare contro certi suoi rivali locali.

Due anni dopo, un bizzarro reverendo di origine tedesca e di educazione romana, Joseph Wolff, arrivò a Bukhara, pagato dagli inglesi, per scoprire che cosa era veramente successo ai due malcapitati ufficiali di Sua Maestà. Il reverendo Wolff ebbe fortuna e ripartì con la testa sul collo e con le notizie che Londra voleva. Ci riuscì, innanzitutto perché impressionò tutti, arrivando vestito con gli abiti canonici da cerimonia, una mitra in testa, la Bibbia in una mano e il bastone pastorale nell'altra; e poi perché, una volta portato dinanzi all'emiro, invece delle tre genuflessioni richieste ne fece ben trenta e invece di dire: « Allah Akbar », come avrebbe dovuto, disse semplicemente: « Pace al grande Re », mettendo di buon umore l'emiro e la sua corte.

La sala del trono dove l'emiro dava udienza è completamente all'aperto, con un porticato retto da belle colonne di legno che si stringono al piede, di stile persiano. Per le grandi occasioni il pavimento veniva coperto da un enorme tappeto rosso che pesava una tonnellata.

« Fu bruciato durante l'attacco dei bolscevichi », dice Soliman. « Mia nonna c'era e mi ha raccontato tante volte quella storia. »

Avvenne il 2 settembre 1920. La mattina la gente sentì uno strano rumore in cielo e si sparse la voce che degli uccelli di ferro volavano sulla città, sganciando bombe sulla fortezza. Era la prima volta che la gente di qui vedeva l'aviazione. Gli aerei venivano dalla base di Kagan, la città « rossa », a tredici chilometri da Bukhara. Le truppe bolsceviche, comandate dal grande generale Michail Frunze, furono aiutate dall'interno da un piccolo gruppo di rivoluzionari locali. Il loro capo era Faisullah Khojayev. Suo padre era banchiere e ricchissimo, ma lui, essendo comunista, dette tutti i soldi della famiglia alla Rivoluzione. Per nulla. Nel 1937 fu ucciso per ordine di Stalin durante le epurazioni.

I vecchi di qui trovano che nella tragica fine di Khojayev c'è la conferma d'un antico modo di dire: «Se tuo padre non è contento di te, niente ti può andar bene nella vita». E suo padre certo non era contento di vedere tutta la ricchezza della famiglia data ai bolscevichi.

La sera Frunze mandò a Lenin un telegramma dicendo che la cittadella era stata presa d'assalto ed era caduta. Fino all'ultimo i bolscevichi credettero di averci intrappolato l'emiro, ma quello era già scappato nella fortezza di Hissar, da dove continuò a combattere prima di scappare definitivamente in Afganistan. Si dice che, quando lasciò Bukhara, l'emiro portò con sé in gioielli e in lingotti d'oro una fortuna valutata allora a 175 milioni di dollari. Era stato alla testa di uno Stato che si estendeva per circa 200.000 chilometri quadrati e comprendeva l'attuale Tagikistan, parte della Turkmenia e parte dell'Uzbekistan, inclusa la città di Samarcanda. L'ultimo emiro di Bukhara, Sasid Alim Khan, è morto nel 1947 in esilio a Kabul. I suoi discendenti vivono ancora lì e alcuni di loro, dice Soliman, sono venuti segretamente, da afgani, in visita a Bukhara.

Soliman torna a parlare dei danni provocati dal bombardamento della fortezza. «L'intera biblioteca di Bukhara finì nelle fiamme», dice. «La prima volta furono i mongoli a distruggere tutti i nostri libri; la seconda, esattamente settecento anni dopo, furono i bolscevichi.» Ogni occasione sembra ormai buona per criticare quel che è successo dal 1920 in poi.

Soliman è nato giusto qui vicino, all'ombra della fortezza, e tutta la famiglia vive ancora nella casa di fango che è stata dei nonni e dei loro nonni. «Quelle vecchie case sono fatte con tutti gli accorgimenti utili a questo clima. Le case di cemento che i comunisti costruiscono fanno venire i reumatismi e tante altre malattie!» dice Soliman mentre andiamo a raggiungere il tassista che nel frattempo, risolto il problema dei rullini, ci aspetta davanti alla fortezza.

La piazza era un tempo in pendenza e sterrata. Ora è lastricata a mattoni e adibita a parcheggio per gli autobus dei turisti. A un metro o due dalla superficie c'è la fossa in cui venivano buttati i corpi mutilati delle vittime dell'emiro. Mi commuove pensare che sto camminando sulle ossa di uno come quel povero Orlandi, venuto a farsi tagliare la testa in un posto così, a migliaia di chilometri da Parma, esattamente centoquarant'anni fa!

Davanti alla fortezza un gruppo di donne, nel cui aspetto io non vedo alcuna differenza col resto della popolazione, si riposano all'ombra, appoggiandosi a grandi scope. « Sono *gieghi* », dice Soliman. « Gli zingari di qui, una sorta di paria che fanno soprattutto gli spazzini. È gente che si dice mussulmana senza esserlo davvero, che giura sempre dinanzi a Dio una cosa per poi farne un'altra... Gente di cui non ci si può fidare. Ce ne sono alcune migliaia. Vivono segregati in un quartiere speciale della città. » Tutto questo dopo settant'anni di egalitarismo comunista!

Almeno è scomparso il quartiere dei lebbrosi. Fino alla Rivoluzione c'era un'area speciale di Bukhara in cui chiunque fosse sospetto d'avere la lebbra era obbligato a vivere.

« Era un modo per proteggerli », dice Suliman, « perché a quel tempo gli abitanti della città avevano il diritto di ammazzare qualunque lebbroso trovato fuori di quel quartiere. »

Un altro monumento che Gengis Khan non distrusse fu la tomba di Ismail Somoni, il fondatore dell'emirato di Bukhara, quello cui ora è anche intitolata la strada principale di Dušanbe. Era così rispettato dalla gente che il suo mausoleo divenne presto meta di pellegrinaggi. Quando gli abitanti di Bukhara videro gli invasori mongoli bruciare e distruggere tutta la loro città, corsero al mausoleo di Somoni e seppellirono l'intera costruzione sotto una collina di terra perché gli uomini di Gengis Khan non la vedessero. Nessuno tradì il segreto e un secolo dopo la tomba venne riportata alla luce. Oggi è un esempio unico di vecchia, elegante semplicità. L'intera struttura è senza un colore. Sulle pareti risalta solo un gioco di forme, a seconda della disposizione dei mattoni cotti, di color polvere.

Tredici chilometri a est di Bukhara c'è il mausoleo di Bagoud-din-Nachshbandi, uno dei fondatori del sufismo, vissuto qui nel XIII secolo. Il mausoleo era stato una meta di grandi pellegrinaggi. I mussulmani ci venivano da varie parti del mondo per bere l'acqua di un pozzo che si diceva miracoloso, le donne senza figli venivano per passare sotto i rami di un gelso che aveva fama di curare la sterilità. Con l'avvento dei comunisti il mausoleo fu chiuso e fino a tre anni fa era un luogo proibito, con poliziotti sempre di guardia lungo il suo recinto. Ora è di nuovo aperto, la gente si affolla di nuovo a bere l'acqua del pozzo e le donne a camminare sotto il tronco dell'albero che, pur morto e tagliato, sembra aver mantenuto le sue qualità terapeutiche.

Soliman mi dà la sua spiegazione della setta. « I sufisti sono dei mussulmani che passano questa vita pensando alla prossima. Si sposano non per piacere, ma per fare un solo figlio e così garantire la continuità della razza. Una volta che questo è nato, non vanno più a letto con la moglie e hanno con lei un rapporto da fratello a sorella. I sufisti non si vestono per la bellezza degli abiti, ma per mantenere costante la temperatura del corpo e mangiano solo per aver la forza di camminare. L'unica loro ricchezza è un piccolo tappeto per pregare, un asino per viaggiare, un cuscino per dormire. Il successore della quarantesima generazione vive ora in Turchia e recentemente è venuto qui in pellegrinaggio. »

Soliman racconta che una delegazione di funzionari turchi si è incontrata varie volte con le autorità di Bukhara per proporre loro un piano di sviluppo del turismo religioso attorno a questo mausoleo. I turchi avevano proposto di costruire a loro spese un aeroporto e un albergo per i pellegrini, ma i quadri locali del partito hanno rifiutato. « Sono atei e non voglion dar troppa importanza alla religione », dice Soliman. Ho l'impressione che anche questo presto cambierà.

Il cortile della *medressa* è bello. Attorno al pozzo, per terra, son posate delle brocche di peltro con l'acqua miracolosa. Un *iman* dice le preghiere per quelli che vengono. I visitatori si tolgono le scarpe, si siedono su una stuoia, e ascoltano tenendo aperte dinanzi a sé le palme delle mani. Nel muro esterno della tomba, dinanzi al pozzo, un tempo c'erano tre pietre nere venute dalla Mecca. Non ne resta che una. In una nicchia un giovane cieco recita a memoria, con lo sguardo vuoto rivolto alla tomba, una interminabile cantilena. Sono i versetti del Corano. Un vecchio *iman* dalla barba bianchissima, seduto accanto a lui con il libro sacro aperto sulle ginocchia, lo segue riga per riga e ogni tanto lo corregge.

Nella moschea, delle donne coi piedi nudi sui vecchi tappeti *kilim* strisciano lungo i muri, li toccano, si portano le mani, imbevute di quella sacralità, alla faccia, come a lavarsela, e proseguono toccando le colonne, gli scalini, per poi inginocchiarsi dinanzi alla *mirab*, la nicchia rivolta alla Mecca, e pregare.

Sulla via del ritorno Soliman insiste perché ci si fermi anche nella ex residenza estiva dell'emiro, quella per metà in stile europeo, dove l'emiro si era fatto mettere un vagone ferroviario per avere, quando gli pareva, l'impressione di viaggiare. Nel parco c'è ancora la piscina annessa al serraglio dove l'emiro teneva le sue quaranta concubine. La donna che ci guida finisce per offrirmi, in gran segreto, delle vecchie buccole d'argento.

Un tempo Bukhara era un grande centro di artigianato, ma i comunisti, chiudendo il bazar, chiusero anche tutti i negozietti che in passato producevano di tutto, dai tappeti agli stivali di cuoio, ai piatti di rame, agli oggetti d'ottone, ai gioielli. Soliman ha un amico, abilissimo nel lavorare l'oro, che alcuni anni fa aveva ricominciato a fare alla vecchia maniera dei gioielli da vendere ai turisti. Fu arrestato e messo in prigione. Ora le autorità locali gli chiedono di riaprire un negozio e insegnare il mestiere ai giovani, ma lui non ne vuol sapere.

Rientro in albergo. Il « mio » portiere mi aspetta. Ha il visto per Čardžou: un semplice foglietto di carta a quadretti, senza nemmeno un timbro, con quattro righe in russo e una firma illeggibile. Non faccio storie. Pago i 40 dollari e chiedo una ricevuta. Il portiere non si dispera. Va nell'ufficio e torna poco dopo con un altro pezzetto di carta con altre quattro righe nella stessa calligrafia e la stessa firma. « Ecco la ricevuta! »

Soliman, che aveva detto di potermi fare da guida solo fi-

Per le vie di Bukhara

no a mezzogiorno, accetta di continuare fino a sera, ma a condizione che poi io lo accompagni alla casa dei suoi nipotini circoncisi. Anche il tassista è invitato. « Tutti i miei parenti son là riuniti e la presenza di uno straniero sarà come un gran regalo per tutti. » Accetto, anche perché sono stato a varie feste di battesimo e di altre iniziazioni, ma a una festa di circoncisione, mai.

Passiamo il pomeriggio a girare a piedi nel vecchio centro storico. Verso le cinque ci fermiamo a tirare il fiato in una delle tante case da tè sul bordo di un bacino d'acqua nel quartiere Labikaus. Il posto è piacevolissimo. Ci si siede su una sorta di grande letto di legno dipinto di blu – ce ne sono alcune decine all'ombra degli alberi – e da una ciotola che ognuno vuota, riempie e passa con un gesto di cortesia al suo vicino, si beve un tè amarognolo.

L'acqua ferma nel bacino, quella tazza sporca che passa di mano in mano e di bocca in bocca mi fanno ripensare alle terribili condizioni igieniche di questa città prima della Rivoluzione, quando metà della popolazione era affetta da strane febbri e quando una orribile malattia, conosciuta come « il bubbone di Bukhara », colpiva molti di quelli che, passando da qui, eran costretti a bere l'acqua del posto. I depositi contenevano una larva che, una volta entrata nel corpo umano, cresceva fino a diventare un verme a volte lungo fino a un metro e che nel giro di un anno cercava di uscire da qualche parte attraverso la pelle, creando un bubbone doloroso e purulento. Occorreva incidere il bubbone, andare a cercare la testa del verme ed estrarlo dalla carne pochi centimetri al giorno, facendo attenzione a che non si rompesse, perché questo portava all'avvelenamento e alla morte sicura del paziente. I barbieri di Bukhara erano diventati i grandi esperti di questa operazione.

« Dovrete ammettere che la Rivoluzione ha almeno eliminato questo malanno! » dico, tanto per provocare una reazione nei miei vicini sul letto da tè. Uno di loro è medico e sembra rispondere per tutti.

« Quel che i comunisti hanno portato qui è poco e l'avremmo prima o poi avuto comunque. Quel che ci hanno tolto invece è tanto e nessuno ce lo ridarà mai. »

È interessante come, anche fra gli intellettuali, la reazione contro il socialismo, la riscoperta del nazionalimso, la retori-

Soliman nel quartiere ebraico di Bukhara

ca sulla colonizzazione da parte dei russi e la riaccettazione delle proprie « radici » fanno apparire i settant'anni del regime rivoluzionario come un assoluto disastro, e tutto quel che c'era prima come qualcosa di più naturale e per questo più accettabile. Cominciano i dubbi sulla veridicità degli orrori del passato, si sviluppa il sospetto che tutte le storie di atrocità dell'emirato siano state parte del processo di russificazione e frutto della propaganda comunista che ha voluto dare legittimità al regime bolscevico.

In parte è anche vero. I cinesi a Lhasa hanno fatto la stessa cosa. Per giustificare il loro regime coloniale e la loro occupazione militare del Tibet hanno dovuto insistere sui misfatti del regime precedente e hanno fatto di tutto per rappresentare quelli del Dalai Lama come tempi di atrocità medievali. Uno dei più impressionanti « musei » in questo senso è appunto quello di Lhasa dove, in scene molto suggestive, con statue di cera in grandezza naturale, sono rappresentate le violenze e le pene inflitte dai lama alle povere popolazioni locali, prima dell'arrivo dei « liberatori » cinesi. Lo stesso è stato fatto a Bukhara.

Per decenni una delle maggiori attrazioni per i turisti sovietici che dalle altre repubbliche venivano in vacanza nell'Asia Centrale era il « museo degli orrori » nella fortezza di Bukhara, con la ricostruzione in grandezza naturale del « Buco Nero », con i suoi prigionieri e aguzzini di cera, e con i vermi carnivori tenuti vivi in barattoli di vetro per impressionare i visitatori. Ebbene, proprio quel « museo » è stato recentemente chiuso, come se i nazional-comunisti ora al potere in Uzbekistan volessero avviare una diversa interpretazione del passato e volessero in qualche modo riabilitare l'emirato. È ovvio perché: l'emiro era dopotutto uno di loro, un uzbeko, e questo è oggi quel che più conta.

Su un lato del bacino d'acqua si affaccia il vecchio quartiere degli ebrei ed è lì che, dopo il tè, Soliman e io ci inoltriamo. Le strade sono strette, le case dai muri lisci e storti sono di mattoni e fango. Da fuori la sinagoga pare una casa come le altre. Per caso, proprio quando ci passiamo davanti, una vecchia con una grande chiave apre la porta ed entriamo con lei. Il cortile è occupato da una sorta di tenda fatta di tappeti in cui nei giorni scorsi è stata celebrata una festa. La stanza per la lettura della Torà è spoglia: dei tavoli di legno, un piccolo pulpito. Tutto è molto semplice e misero.

Gli ebrei di Bukhara hanno una lunga storia. Secondo una versione, arrivarono qui nel ix secolo. Seconda un'altra, che loro stessi amano raccontare, gli ebrei di qui sarebbero i discendenti dei prigionieri fatti dai re assiro-babilonesi e portati in Asia Centrale sette secoli prima di Cristo. La comunità è sempre stata di alcune migliaia di individui. Agli inizi dell'Ottocento i viaggiatori occidentali raccontavano di 4000 ebrei che vivevano a Bukhara; i più lavoravano come tintori di stoffe. Alcuni erano ricchi. Gli ebrei erano riconoscibilissimi perché, al contrario dei mussulmani, non potevano portare attorno alla vita, a mo' di cintura, la tipica sciarpa colorata con cui le genti di qua tenevano chiusi i loro caftani. A loro era solo permesso usare una corda.

« Così, se per qualche trasgressione un ebreo doveva essere punito, la corda era sempre a portata di mano per impiccarlo », dice Soliman scherzando, ma non troppo. Ai mussulmani era anche permesso portare un'arma. Agli ebrei mai.

Gli ebrei, poi, potevano muoversi solo a piedi per le strade della città sacra dell'Islam e si racconta che un famoso, ricco mercante ebreo, che possedeva una delle prime auto di Bukhara, doveva sempre lasciarla fuori delle mura per usarla quando viaggiava. Gli ebrei non potevano portare il turbante, né possedere terra.

« Uno dei vantaggi della loro condizione », dice Suliman, « è che, essendo 'impuri', non potevano essere venduti come schiavi. »

Il sole sta per tramontare e con ciò arriva anche l'ora della mia promessa a Soliman: andare alla festa di circoncisione dei nipotini. Si viaggia verso un quartiere popolare di case povere e puzzolenti, con le scale di cemento e, a ogni piano, le aperture per la spazzatura.

Già salendo sento le urla. In una stanza tre bambini pallidi, magrissimi, nudi, coperti di sudore, sdraiati su stuoie buttate sul pavimento, singhiozzano e gridano disperati. Uno ha tre anni, l'altro cinque, il più grande sette. Ognuno stringe nella mano destra un pacchetto di rubli cui io, su istruzione di Soliman, aggiungo il mio regalo di un dollaro ciascuno.

Per un attimo la mia presenza e quella della insolita moneta attira l'attenzione di quei tre disgraziati e interrompe i loro lamenti, poi tutti e tre tornano a guardare con occhi terrorizzati il fagotto di cotone e di sangue che hanno all'inguine e riprendono a urlare e a singhiozzare. Sono stati operati al mattino, ma il dolore non sembra passato. È stato un barbiere a fare la bisogna e il principio è: non usare anestetici.

Il pavimento del corridoio è pieno di scarpe e nella stanza accanto una trentina di parenti, ognuno coi suoi vecchi, usatissimi calzini, sono seduti per terra appoggiati a tappeti e cuscini, tutti attorno a una distesa di pane, pesce secco, caramelle, zibibbo, frutta, e una mezza dozzina di bottiglie di vodka, di vino, di cognac. Contro la parete di fondo della stanza, appoggiata su una seggiola, c'è un televisore che, legato a un videoregistratore, trasmette un filmato in bianco e nero: la scena della circoncisione. A uno a uno si vedono i tre bambini scosciati e, come crocefissi, con le gambe e le braccia bloccate da un assistente del barbiere; a uno a uno si sentono le loro raccapriccianti urla. Raccapriccianti per me. I parenti mangiano, bevono, chiacchierano e le urla di stamani che escono dal video e quelle di ora che vengono dall'altra stanza sembrano solo aumentare il loro orgoglio per una cosa ben fatta. Per provare e riprovare che il fatto è davvero avvenuto, il padre dei tre, ogni volta che il film arriva alla fine, lo riavvolge e lo fa ripartire dall'inizio. Una scena allucinante. Tra la folla che aumenta dei parenti venuti a celebrare e a ubriacarsi, i soli a essere preoccupati sono due bimbetti che con terrore guardano sul video quel che presto capiterà anche a loro. Una barbarie.

Tutti bevono e forzano gli altri a fare lo stesso. Soliman, portando me, sembra davvero aver fatto ai parenti il più bel regalo, e ognuno di loro vuol mostrarsi riconoscente offrendomi da bere, ognuno vuole offrirmi la sua vecchia sciarpa colorata, la sua usatissima, unta calotta nera da mussulmano.

Convinco Soliman a restare e a lasciarmi partire da solo. Mi allontano da quell'urlio con sollievo; ma non sono ancora salvo. Ora è l'autista che, vivendo non lontano da lì, in un altro di questi casermoni popolari, vuole assolutamente portarmi a casa sua per mostrarmi alla sua moglie tartara.

Debbo trattenermi per non offenderlo quando, una volta nel suo appartamento, cerca di farmi bere un bicchierino da ognuna delle bottiglie di liquore che ha nella vetrina, quando mi vuol vestire con un suo vecchio caftano e il suo zucchetto mussulmano per vedere se posso passare per un tagiko, e quando alla fine mi abbraccia e mi bacia sulle guance e sul collo, rendendomi sempre più difficile il sopportare questa invadente ospitalità dell'Asia Centrale.

17. Ritorno a « Città Lunedì »

Martedì 24 settembre. Da Bukhara a Dušanbe

FACENDOMI la barba, sempre col sapone da bagno, ascolto Radio Mosca in inglese. Una delle notizie riguarda Dušanbe. Pare che « le autorità » – vuol dire i comunisti – abbiano ripreso la situazione in mano, che i dimostranti abbiano eretto delle barricate per le strade del centro. Si parla di un possibile intervento dell'esercito. Sono incerto sul da farsi. Il mio piano per oggi era di continuare il mio viaggio verso ovest e raggiungere Ašhabad, capitale della Turkmenia, ultima tappa in Asia Centrale prima di passare nel Caucaso. Con questo però mi allontanerei ulteriormente da Dušanbe e se lì la situazione dovesse diventare drammatica, mi morderei le mani per essere andato nella direzione sbagliata. Ho bisogno di avere più informazioni per decidere. Cerco di telefonare a Dušanbe, di raggiungere Sergej nell'ufficio del cadì, di parlare con la mezzo tedesca, « capa » dell'Hotel Intourist, ma tutti i numeri squillano senza risposta. Riesco solo ad avere Saša, a Mosca. È appena rientrato dall'aver passato la notte alla *Komsomolskaya Pravda* a occuparsi degli sviluppi di Dušanbe. La situazione è tesissima, dice Saša. Corrono voci secondo cui ci sarebbero stati degli scontri fra i dimostranti e le truppe speciali Omon. Alcune fonti parlano già di una decina di morti. Debbo assolutamente vedere la situazione con i miei occhi. Decido di tornare sui miei passi. Non ho problemi di visto: quello vecchio vale fino alla scadenza del permesso di soggiorno nell'Unione Sovietica.

Puntualissimo, alle 8 il tassista è davanti all'albergo, col serbatoio pieno di benzina per andare a Čardžou. Quando gli dico che deve invece portarmi all'aeroporto, mi guarda con ammirazione. Per lui questo improvviso cambiar programma, questa capacità di decidere di fare una cosa invece che un'altra, è un segno di grande potere, o forse di una grande, invidiata libertà.

L'aereo, dicono all'ufficio dell'Aeroflot, è già completo, ma il tassista mi aiuta. A forza di raccontare e riraccontare la storia della mia visita, del mio essere andato anche a casa sua, del mio essermi vestito da tagiko, riesce a procurarmi – per giunta pagando in rubli – un biglietto per Dušanbe.

L'aereo è pieno di donne tagike, belle e rumorose, che tornano da un matrimonio in compagnia di un nuovissimo mangiacassette che durante tutto il volo emette una straziante mistura di musica e urla. È la registrazione dei canti, delle danze e dei discorsi cui hanno assistito.

Prima del decollo avviene qualcosa di rivelatore sulla gestione di questa malfamatissima linea aerea sovietica, l'Aeroflot. Tutti i sedili sono già occupati, l'aereo ha già chiuso il portello e sta per decollare quando sulla pista compare una hostess seguita da due giovanotti del tipo « nuovi uomini d'affari », con la valigetta ventiquattrore e l'aria sicura di sé. I motori si spengono. Il portello si riapre, la hostess confabula con il capitano e i due tipi salgono a bordo andando a sistemarsi sul cumulo di valigie e di pacchi nel bagagliaio. Mi dicono che capita spesso: ogni aereo ha un numero massimo di persone che può trasportare, ma all'ultimo momento, senza che i loro nomi vengano registrati e senza che quel che pagano vada nelle casse della società, un paio di altri passeggeri vengono fatti salire a bordo e gli equipaggi rimpinguano così i loro comunque miseri salari.

Appena l'aereo si alza in volo, lasciandosi dietro Bukhara e i suoi vecchi quartieri color polvere, sfila sotto di noi la distesa verde dei campi in mezzo ai quali spiccano i cumuli del cotone che viene ora raccolto. Un tempo qui si coltivava solo la seta. La colonizzazione russa introdusse il cotone. Quella bolscevica lo impose come monocoltura a tutti.

Arrivare a Dušanbe è come tornare a casa. Mi pare già di conoscere tutti. Lascio il mio sacco in albergo e mi precipito sulla piazza per capire quel che è successo. Sergej, pallido, sempre con gli occhi arrossati e sorridente, è in mezzo alla folla. È vero: Rakhman Nabiyev, l'*apparaticiki* comunista, quello che ero andato a incontrare perché avrebbe potuto diventare il « dittatore del Tagikistan », ha fatto una sorta di mini-*putsch* e ha preso il potere; i mussulmani hanno giurato di non dargliela vinta, occupano il centro della città e non smettono di gridare: « *Osody* », libertà!, « *Isteto* », dimissioni! Per ora non ci sono stati scontri e non ci sono stati morti.

La mossa di Nabiyev è stata abile e, dal punto di vista legale, ineccepibile. Subito dopo l'abbattimento della statua di

Lenin, il vecchio segretario del partito ha convocato il Parlamento del Tagikistan, ancora tutto fatto di comunisti, e con il 93 per cento dei voti si è fatto eleggere presidente. Dopodiché ha revocato il diritto di sciopero, ha dichiarato illegali le manifestazioni e ha dato ordine che nelle fabbriche, dove le maestranze sono in maggioranza russe, vengano create delle milizie operaie di autodifesa. Il piano di Nabiyev e degli ex comunisti, ribattezzatisi qui socialisti, è chiaro ed è quello già messo in atto nella vicina repubblica dell'Uzbekistan, dove i comunisti, ribattezzatisi socialdemocratici, hanno mantenuto il controllo completo del potere e dove è ancora in funzione lo Stato di polizia tipico dell'Unione Sovietica prima di Gorbacëv. Il problema nel Tagikistan è che l'opposizione è evidentemente più forte di quella in Uzbekistan, e occupa ora il centro della capitale.

« Dobbiamo restare finché il Parlamento verrà sciolto e ci saranno nuove elezioni », dice uno dei *mullah* al microfono, incoraggiando la folla. « Se lasciamo la piazza ora, ci aspettano altri settant'anni di dittatura comunista! »

Per il momento nessuno ha fatto ricorso alla forza. I dimostranti, ordinatissimi, non hanno tirato una sola sassata contro i vetri dei palazzi del potere e Nabiyev ha finora lasciato nelle caserme sia la milizia sia gli Omon, le temute forze speciali. I comunisti fanno per ora solo della guerra psicologica. La televisione locale raccomanda alla gente di stare chiusa in casa per evitare incidenti, mentre la « fabbrica delle voci » ha oggi prodotto quella secondo cui i dimostranti mussulmani vogliono fare del Tagikistan una repubblica islamica e hanno già ordinato due milioni di *chador* da far indossare alle donne. Ovviamente questa è una fandonia, ma sta di fatto che il movimento per la democrazia va qui di pari passo con la rinascita mussulmana, che fra i dimostranti nel centro di Dušanbè spiccano i *mullah* e che il popolo che sfida i palazzi è fatto soprattutto da contadini venuti da ogni parte della repubblica a chiedere la morte del comunismo in nome di Allah.

Il Tagikistan ha sei milioni di abitanti. I più sono mussulmani e vivono nelle campagne. I rapporti sociali sono per molti versi ancora di stampo feudale, cosa che i comunisti hanno per decenni sfruttato riuscendo a controllare la popolazione attraverso il controllo dei capi tradizionali. Il Partito Comunista del Tagikistan, di per sé uno dei più conservatori dell'Unione Sovietica, non è mai stato neppure minimamente sfidato nel suo assoluto monopolio del potere. Nelle elezioni del 1989 per il Parlamento di questa repubblica, i comunisti hanno ottenuto il 96 per cento dei seggi. Questo è il fatto all'origine della crisi attuale. Visti gli enormi cambiamenti avvenuti nel paese nel corso degli ultimi due anni, quel Parlamento, che legalmente detiene il potere, non è più rappresentativo della popolazione. Da qui il confronto fra il popolo che bivacca sulla piazza, chiedendo le dimissioni di tutti i deputati, e i comunisti che, dai palazzi attorno, proclamano lo stato di emergenza e ordinano alla folla di sciogliersi.

Per il momento sulla piazza c'è quella stessa atmosfera di esaltata partecipazione che c'era in piazza Tien-An-Men a Pechino nei giorni che precedettero il massacro. La differenza è che qui la folla è fatta esclusivamente di uomini. Mancano gli studenti intimiditi dai rettori e dai presidi su ordine del governo, manca la metà russa della città che si sente più vittima che protagonista di questo movimento. Quasi tutti i 5-6000 dimostranti che occupano la piazza vengono infatti da fuori città. Ma anche questi non arrivano più: Nabiyev ha circondato la capitale con un cordone di sicurezza che impedisce il passaggio a tutti i potenziali dimostranti.

Il piedistallo di marmo, dove troneggiava la statua di Lenin giustiziata all'alba di domenica, è stato avvolto in un grande telone. Sul telone spicca un ritratto di Gorbacëv e il primo esemplare, fatto a mano, della bandiera bianco-verde con al centro un sole dai raggi gialli che i dimostranti vogliono diventi il nuovo simbolo del Tagikistan. Quella bandiera non è nuova. Era il vessillo dello Stato tagiko conquistato e distrutto dagli arabi più di mille anni fa. Questa riscoperta della propria storia è una importante componente sia del movimento democratico sia di quello per la rinascita mussulmana, ora uniti sulla piazza contro i comunisti.

Come durante la veglia di morte per la statua di Lenin, anche ora sono i *mullah* che dai microfoni danno ordini alla folla che alterna urla di « libertà » e « dimissioni » col mormorio delle preghiere. I dimostranti spazzano a turno la piazza. Nel parco dietro il monumento, in grandi calderoni neri viene cotto, a fuoco di legna, il piatto nazionale dei tagiki: riso, carote e carne di montone. Grosse ruote di pane vengono distribuite da sacchi di carta.

Mentre sono in camera a scrivere le mie note della giornata viene a trovarmi Sergej. Gli racconto che ho cercato di usare il telefono, ma non sono neppure riuscito a chiamare Mosca. Gli chiedo se è possibile che il KGB abbia messo sotto ascolto le chiamate dell'albergo e chiuso i circuiti con l'estero. Sergej fa cenno di sì con la testa, poi prende un foglio di carta e ci scrive sopra: « KGB al quinto piano ». Proprio sotto di me. Dormo tranquillo.

Mercoledì 25 settembre

Correndo nel parco dinanzi all'albergo, con gli slogan dei dimostranti che mi arrivano da lontano assieme allo scrosciare dell'acqua con cui le autobotti annaffiano le aiuole, sento che la storia di qui è diventata una questione di dettaglio e che non vale la pena restare. Quello fra i comunisti e i mussulmani è un conflitto che durerà ancora per qualche tempo, ma le prossime mosse sia degli uni sia degli altri non saranno di grande interesse.

Decido di partire. C'è un aereo fra due ore, ma l'ufficio dell'Aeroflot non risponde al telefono, e quando finalmente lo fa è per dire che non ci sono più posti sul volo per Ašhabad. Non desisto. Vado dalla mia protettrice, la « capa » mezzo russa e mezzo tedesca dell'albergo, e quella con una telefonata e la mia offerta di pagare in dollari risolve il problema. Sergej mi accompagna. Sulla via dell'aeroporto mi indica uno strano monumento, tutto di granito, con un gruppo di figure in catene che abbattono un muro. È dedicato a Sadridin Aini, un poeta tagiko morto nel 1954.

« Ha avuto diritto a un monumento così grande perché è stato quello che più di tutti ha aiutato la colonizzazione russa », dice Sergej. « È lui che condusse la campagna per eliminare dalla lingua tagika tutti gli arabismi e i riferimenti all'Islam. Temo che non resterà lì a lungo. Anche lui farà la fine di Lenin. »

Sergej è convinto che l'ondata islamica sia il futuro di questa regione e che non saranno certo gli uomini come Nabiyev a fermarla. Questa è ormai anche la mia impressione. Nell'Asia Centrale la fine del regime sovietico non vuol dire affatto l'inizio di un processo di democratizzazione; vuol dire la islamizzazione della società. La riscoperta della religione va di pari passo con la riscoperta della identità nazionale. L'influenza radicale sarà notevole perché quella che ora viene allo scoperto è la religione delle catacombe che è sopravvissuta alla repressione e ha per questo una notevole forza spirituale e una naturale disposizione al martirio.

L'Asia Centrale, non solo quella sovietica, ma anche quella ora sotto il controllo di Pechino, è semplicemente all'inizio di una nuova storia. La rinascita islamica nelle repubbliche sovietiche è destinata a estendersi alle minoranze mussulmane che vivono in Cina e a contribuire alla destabilizzazione di quel paese che, alla morte del suo vero « ultimo imperatore », Deng Xiaoping, entrerà in un periodo di instabilità e forse di smembramento.

Un fatto importantissimo, da non dimenticare mai, è che gran parte delle regioni di frontiera della Cina sono abitate da popoli non-cinesi che hanno tutte le ragioni per non amare gli uomini di Pechino. I mongoli, i manciù, i tibetani hanno alle spalle una esperienza storica dell'indipendenza e molti di loro non hanno rinunciato al sogno di riconquistarla. In questo la Cina è vulnerabilissima. I tibetani continuano, pur dopo quarant'anni di colonizzazione, a rivendicare un loro Stato indipendente, mentre altri popoli rivendicano semplicemente più autonomia di quanta gliene permetta Pechino. Per quanto tempo ancora la popolazione della Mongolia Interna cinese resterà indifferente alla rapida liberalizzazione e alla indipendenza della popolazione nella repubblica mongola di là dalla frontiera?

Il problema si pone oggi in maniera ancora più drammatica per i popoli mussulmani, come gli uzbeki, i kirghisi, i kazakhi, che vivono sudditi dei cinesi, mentre i loro connazionali di là dal confine riscoprono la loro identità religiosa e nazionale e diventano cittadini di loro Stati indipendenti, che presto si presenteranno come tali sulla scena politica internazionale. La resistenza dei popoli mussulmani di origine turca contro il dominio cinese non è mai venuta meno e anche in anni recenti le autorità di Pechino hanno dovuto affrontare sporadiche rivolte contro la loro presenza nella provincia del Xinjiang. Ora che i mussulmani cinesi potrebbero contare su appoggi oltre confine, una nuova rivolta potrebbe essere la scintilla che incendia la regione.

È una vecchia legge della storia cinese: quando l'impero è debole le province tendono a tagliare i loro legami con Pechino. La morte di Deng Xiaoping, lasciando un vuoto che nessuno della nuova generazione di *apparaticiki* è in grado di riempire, potrebbe essere l'inizio di questo indebolimento. Una situazione molto simile a quella degli inizi degli anni '30 potrebbe riprodursi nell'Asia Centrale cinese.

Allora un giovane bandito di nome Ma Chung Yin, noto come «il Grande Cavallo», si mise alla testa di una rivolta di cinesi mussulmani e per tre anni seminò il panico nel Xinjiang, sognando di mettere assieme uno Stato islamico per tutte le minoranze della regione. Non ci riuscì, perché alla fine fu Stalin a mettersi contro di lui. Il dittatore sovietico preferì aiutare il governo centrale cinese, a quel tempo in mano ai nazionalisti, piuttosto che avere un despota mussulmano nel cuore dell'Asia, uno che avrebbe potuto ispirare una rivolta anche fra i mussulmani sovietici. Un giorno di luglio del 1934, dopo vari incontri col console generale sovietico a Kashgar, Ma Chung Yin fu visto salire su un camion e partire verso il confine. Di lui non si seppe più nulla.

Significativamente sarebbe da quello stesso confine che ora i successori ideologici del Grande Cavallo potrebbero tornare a terrorizzare i comunisti cinesi che dal 1949 tentano con fatica di mantenere il controllo sulle loro minoranze mussulmane.

Ma Chung Yin non fu certo il primo a sognare la creazione di uno Stato islamico nell'Asia Centrale. Prima di lui un personaggio molto più affascinante, più preparato e con molto più carisma aveva combattuto ed era morto perseguendo quell'idea: Enver Pascià..

Enver Pascià era turco, nato a Istanbul ed educato all'Accademia Militare di lì. Nel 1908 era stato uno degli eroi della rivoluzione dei «Giovani Turchi», poi comandante in capo dell'esercito e membro del triumvirato che governò l'impero ottomano fino al 1918. Costretto ad andare in esilio dopo la sconfitta turca nella prima guerra mondiale, Enver Pascià, nel perseguimento di un suo grande piano per la creazione di un immenso impero panturco, che andasse da Costantinopoli al Turkestan, alla Mongolia e riunisse così tutti i popoli di origine turca, finì nel 1921 a Mosca. Era il tempo in cui Lenin si preoccupava della presenza inglese in India ed Enver Pascià gli propose un patto: lui avrebbe aiutato i bolscevichi a cacciare gli inglesi dall'India se i bolscevichi si fossero impegnati a riportare lui al potere in Turchia allora in mano al suo rivale, Kemal Ataturk. Lenin accettò ed Enver Pascià partì per l'Asia Centrale con credenziali bolsceviche e con l'intento dichiarato di conquistare il Turkestan cinese e di farne la base da cui lanciare la guerra santa contro il regime coloniale inglese in India.

La collaborazione fra questo Garibaldi panturco e gli uomini del Cremlino non durò a lungo. Presto Enver Pascià si rese conto che, nonostante la loro propaganda, i bolscevichi erano semplicemente gli eredi dei russi e che, in quanto tali, non avevano alcun interesse a «liberare» le popolazioni mussulmane. Anzi, le volevano soggiogare per rafforzare il loro controllo imperiale sulla regione. A Bukhara, Enver Pascià venne per la prima volta in contatto con i *bassmacci*, i partigiani islamici che combattevano contro i bolscevichi, e decise che quelli erano i soldati dell'esercito con cui avrebbe realizzato l'impero panturco. Il re dell'Afganistan decise di finanziarlo. Alla testa dei *bassmacci*, Enver Pascià inflisse alcune gravi sconfitte alle truppe di Mosca. Nel febbraio del 1922 con l'aiuto di appena 200 uomini arrivò a conquistare Dušanbe. Firmandosi: «comandante in capo degli eserciti dell'Islam e rappresentante del Profeta in terra», mandò a Mosca un ultimatum in cui chiedeva il completo ritiro delle truppe bolsceviche da tutta l'Asia Centrale.

Enver Pascià e il mito che si stava creando attorno a lui erano diventati una grossa minaccia per il Cremlino e Mosca incaricò un gruppo di agenti di eliminarlo. Il 4 agosto 1922 questi raggiunsero Enver Pascià sulle sponde del fiume Acsu, nelle montagne del Tagikistan a pochi chilometri dalla frontiera con l'Afganistan. Ci sono due versioni sulla sua fine. Una è che fu decapitato nel sonno da un agente della ČEKA; l'altra che, vistosi circondato, Enver Pascià salì a cavallo e con la spada sguainata si gettò in un'ultima, eroica carica contro una mitragliatrice. Fu sepolto sul posto in una fossa che i bolscevichi vollero restasse senza nome. Di lui non si parla nei loro libri di storia.

«Conosci Enver Pascià?» chiedo a Sergej che mi accompagna all'aeroporto. Mi guarda divertito, come se avessi scoperto un qualche suo segreto.

« Certo! » risponde.

Nelle specialissime scuole che, mi immagino, ha frequentato lui non ci sono tabù, e i nemici del potere sovietico, la loro storia, la loro ideologia son certo fra le più importanti materie di studio.

18. Turkmenia: scomparso senza traccia

« SE questo aereo casca, almeno saranno obbligati a chiedersi chi eravamo e ad avvisare le nostre famiglie », dico, poco rincuorante, al signore in giacca di lino verde, chiaramente straniero, che mi sta seduto accanto sul volo da Dušanbe verso Ašhabad.

Viaggiare in aereo nell'Unione Sovietica è sempre stato un rischio enorme. Ora, con lo sgretolarsi delle varie organizzazioni e l'allentarsi di tutti i controlli, mi pare ancor più pericoloso. Gli aerei sono vecchi, sovraccarichi, e quando cadono – almeno questa è stata la regola per tanti anni – il fatto non viene reso pubblico, ammenoché fra le vittime non ci siano degli stranieri. Be'! Su questo volo siamo in tre e la cosa mi pare rassicurante. Il mio vicino ride divertito per il modo insolito di attaccar discorso. Ho pensato che da uno che viaggia di questi tempi in queste parti del mondo ho certo qualcosa da imparare e non mi son sbagliato.

Lui è il ministro consigliere dell'ambasciata turca a Mosca, parla il russo ed è un esperto dell'Asia Centrale. Il suo compagno di viaggio è l'ex ambasciatore turco a Pechino, ora direttore generale degli Affari Economici ad Ankara. Sono in missione speciale nelle varie repubbliche di questa regione. Il loro obiettivo è ristabilire i rapporti della Turchia, « un paese che non è né qui né là, che non appartiene né all'Europa né all'Asia », come dice lui, con questa, che un tempo era la grande zona d'influenza turca.

« Finalmente possiamo ricominciare a muoverci », dice il ministro. Già tre anni fa Ankara ha riattivato la sua gente nell'Asia Centrale e ha dato il via ai suoi diplomatici per aprire canali di comunicazione con i governi locali. Ora che le varie repubbliche si staccano dall'Unione Sovietica e diventano indipendenti, i turchi si trovano in una posizione di vantaggio. La Turchia è stata infatti il primo paese a firmare trattati e accordi commerciali con i nuovi Stati dell'Asia Centrale.

« Siamo i soli a capirli e per questo i soli a poterli aiutare senza offenderli », dice il ministro. « Questi Stati contavano molto sul mondo occidentale, sugli aiuti internazionali, ma cominciano già ad accorgersi che le cose non vanno come se le immaginavano loro. Noi turchi non veniamo qui a scaricare su di loro gli avanzi della nostra industria, ma per aiutarli ad aiutarsi. Prenda invece i tedeschi! Hanno distribuito montagne di regali, ma su ogni pacco c'era la bandiera tedesca e la scritta 'Dono della Germania'. Costava più la scatola del contenuto! E dentro c'era del cioccolato che spesso è andato a vecchi diabetici. Noi turchi abbiamo mandato interi treni di roba senza che ci fosse la minima indicazione del paese da cui veniva. Le autorità lo sanno e se ne ricorderanno. Abbiamo a che fare con gente estremamente orgogliosa e che per questo si rifiuta di chiedere esplicitamente quello di cui ha bisogno.

« Le popolazioni locali odiano i russi, ma noi cerchiamo di convincere i loro dirigenti a essere estremamente responsabili, a non cedere al sentimento popolare e a proteggere i russi. Se i russi se ne vanno, l'economia delle repubbliche entrerà in crisi, visto che dappertutto la maggior parte dei tecnici, degli operai specializzati sono russi. E poi è importante che i rapporti economici con la Russia rimangano in piedi. Il mondo va verso l'integrazione; queste repubbliche sono già integrate in un certo sistema ed è bene che continuino a sfruttare questo rapporto. I russi, se lasciati in pace, sono interessati a restare nelle varie repubbliche: bene! Che le repubbliche si servano dei russi per svilupparsi! In ogni repubblica ci sono delle minoranze, a volte si tratta del trenta, quaranta per cento della popolazione, e non è mica possibile pensare di ammazzare o mettere alla porta tutta questa gente! Questa non è certo la soluzione del problema! L'unico modo è mettersi d'accordo sul come trattare queste minoranze. »

Mi sento come un dirigente di queste repubbliche cui il ministro turco va a fare il suo discorso di vendita, e lo trovo interessantissimo. La sola differenza è che a me lui parla in inglese, mentre agli altri parla nella sua lingua, il turco moderno, e che quelli lo capiscono perfettamente. Ecco un altro grande vantaggio per la Turchia che ora si rimette in moto per riprendere in mano in questa regione le fila di una sua presenza storica che secoli fa fu determinante.

« E sulla questione della lingua che cosa consigliate? » chiedo.

« Per quanto riguarda la scrittura diciamo loro che farebbero un grave errore a tornare alla trascrizione araba. Questo
li isolerebbe, li confinerebbe nel mondo arabo. E cos'è il
mondo arabo oggi? Se non fosse per il petrolio non esisterebbe-
be! Le repubbliche dell'Asia Centrale debbono tornare alla
trascrizione latina, come abbiamo fatto noi turchi, perché con
la scrittura latina entrano nel giro internazionale e hanno un
più facile accesso a tutte le altre lingue scritte allo stesso modo. Per giunta, solo il latino permette di esprimere tutti i suoni delle loro vocali. Con l'arabo è impossibile. »

Sulla mia ipotesi che un giorno nell'Asia Centrale si possa
ricreare una grande entità politica, tipo il vecchio Turkestan,
il ministro turco non ha dubbi. Il futuro di questa regione, secondo lui, non può che essere nell'unione delle cinque repubbliche. I tagiki dovranno prima o poi accettare di farne
parte e di essere in minoranza. Non hanno altra scelta. A
questa unione si aggiungerà anche l'Azerbaigian.

« A Baku si parla già della formula 5+1 », dice il ministro.
Secondo lui è la geografia a costringere questi popoli a mettersi assieme.

Strada facendo anch'io sono arrivato alle stesse conclusioni. Quelle del ministro turco sono ovviamente interessate e
pro domo sua, visto che una qualsiasi forma di integrazione,
purché non cada in preda all'integralismo islamico, finirà per
essere sotto l'influenza modernizzatrice e laica della Turchia.
Non è forse questo che c'è da augurarsi? Solo con l'unione si
possono evitare pericolosi conflitti. La regione per esempio
ha due grandi fiumi: l'Amudarya, un tempo chiamato Oxus, e
il Syrdarja, un tempo chiamato Jaxartes. Molte delle guerre
del passato furono fatte per il controllo di questi corsi d'acqua. Le repubbliche debbono accordarsi per una gestione comune di queste, come di altre risorse. La regione è ricca e
l'integrazione, almeno sulla carta, è la soluzione più ovvia.

Il problema è che al momento tutte queste repubbliche sono integrate nel sistema « coloniale » sovietico e che debbono passare attraverso una fase di transizione, diciamo « semi-
coloniale », prima di essere veramente indipendenti e potersi
reintegrare, questa volta fra di loro. Solo integrandosi riusciranno a uscire dalla schiavitù della monocoltura e a risolvere
problemi come quello, gravissimo, della disoccupazione che
aumenta col disgregarsi del sistema sovietico. Oggi queste

regioni producono cotone, ma non hanno un'industria tessile loro. I turchi, dice il ministro, sono pronti ad aiutare i popoli di qui a metterne in piedi una.

« Possiamo fornire loro quanto c'è di meglio al mondo, combinando tecnologie di vari paesi, macchinari tedeschi, italiani... » dice il ministro turco. « Quanto alla natura dei futuri regimi in questa regione non c'è da farsi troppe illusioni », continua. « Non potranno essere del tutto democratici, e questo è un fatto che dovremo accettare. »

Mi pare che abbia proprio ragione. Il totalitarismo di certe repubbliche come l'Uzbekistan non è dovuto soltanto al comunismo, ma alla vecchia struttura feudale che precedette il comunismo e che il comunismo non ha mutato.

« Questi regimi sono autoritari perché è nella tradizione di questi popoli avere un uomo forte, un regime che impone la sua volontà. Noi turchi questo lo capiamo bene. Abbiamo fatto la stessa esperienza », dice il ministro. « Il comunismo nell'Asia Centrale ha fatto da copertura ai regimi indigeni autoritari. Le lotte qui non sono ideologiche, sono fra clan. Voi giornalisti occidentali continuate a scrivere dei conflitti fra conservatori e liberali all'interno dei vari partiti comunisti dell'Asia Centrale, ma vi sbagliate. I conflitti non sono politici, sono fra tribù. In Turkmenia la divisione è fra gli Yamut e i Tekke. Nel Tagikistan, fra la gente della mafia di Leninabad e il resto del paese. »

Sono assolutamente d'accordo con lui e vorrei continuare su questo punto, ma il ministro torna a parlare del ruolo che la Turchia è destinata ad avere in questa regione. I recenti sviluppi politici, dice, hanno riportato all'attenzione delle varie repubbliche la vecchia Via della Seta che secoli fa, dall'Europa attraverso il Mar Nero e il Caspio, portava all'Asia Centrale e in Cina. L'interesse a riattivare almeno certi tratti di questa naturale via di comunicazione è ormai evidente: il Kazakhstan, per esempio, ha già riaperto la sua linea ferroviaria con la Cina. « Il turismo è un'industria facile da avviare e produce presto buoni profitti. La Turchia ha una vasta esperienza in questo settore e può dare un grande aiuto a metterla in piedi », dice il ministro.

Trovo interessante la sua analisi, ma ancor più interessante trovo l'orgoglio e la determinazione con cui questo signore turco lavora per ridare al suo paese un ruolo di protagonista in questa regione che un tempo gli apparteneva. Ho l'impressione di uno che si sente a casa sua, di uno che sta andando a un appuntamento mancato da decenni, sicuro però di trovare ancora qualcuno ad aspettarlo.

Infatti. Ad aspettare la delegazione turca all'aeroporto di Ašhabad ci sono due funzionari del ministero degli Esteri della repubblica turkmena e due macchine. Nessuno invece è ad aspettare me e mi debbo affidare a un taxi.

Arrivare ad Ašhabad, la Città dell'Amore, per me è una sfida. Non sono riuscito a chiamare Saša a Mosca per organizzare la mia visita e così non ho nessuno qui pronto ad aiutarmi, nessun nome di persone da vedere, nessun indirizzo, nessun numero di telefono da chiamare. La cosa mi diverte. In ogni città dell'Unione Sovietica c'è un albergo Intourist e chiedo all'autista di portarmici. Nella capitale di ogni repubblica c'è un Istituto Pedagogico dove si insegnano le lingue e conto di andarci a cercare qualcuno che mi faccia da interprete e magari da guida. Il resto verrà per caso e anche questo sarà divertente.

La Turkmenia è, delle cinque repubbliche dell'Asia Centrale, la più remota, la meno visitata, la più povera. Il reddito medio in Turkmenia è sui 40 rubli (circa 1500 lire) a testa al mese; la mortalità infantile è alta: 8000 all'anno. Ma il paese è stabile. Non ci sono state dimostrazioni di piazza, né grandi conflitti prima o dopo il *putsch*. I turkmeni, vecchi nomadi e vecchi guerrieri, sembrano aver messo da parte le loro tende e le loro scimitarre per vivere nei posti loro assegnati ad allevare pacificamente le loro greggi e a tessere i loro splendidi tappeti.

La Rivoluzione d'Ottobre ebbe qui un seguito di grande violenza. I turkmeni resistettero più accanitamente di tutti gli altri popoli dell'Asia Centrale all'arrivo dei bolscevichi e solo nel 1933 l'Armata Rossa riuscì a stabilire il pieno controllo sull'intera Asia Centrale. A quel punto la guerra civile aveva già fatto più di 50.000 morti in Turkmenia. Le patetiche cariche dei *bassmacci* locali, che in sella ai loro famosi cavalli Ahaltekin si lanciavano contro le mitragliatrici dei soldati di Stalin, furono gli ultimi esempi di resistenza ai nuovi colonizzatori.

Oggi la scena politica è dominata da un presidente della repubblica, Sapuramad Nyazov, al potere dal 1985, il solo dirigente regionale ad aver resistito a tutti gli scossoni della *perestrojka* e a essere stato rieletto nell'ottobre dell'anno scorso con una maggioranza del... 98 per cento dei voti. Era il solo candidato, ovviamente del Partito Comunista. Il partito qui ha 120.000 membri. Le sue attività sono state teoricamente congelate all'inizio del mese, ma anche qui il potere resta in mano ai suoi vecchi detentori: soprattutto in mano a Nyazov.

Più che un regime comunista, quello di Nyazov è un regime feudale del tipo tradizionale. Gli abitanti della Turkmenia sono circa quattro milioni. Secondo le statistiche ufficiali, il 68 per cento sono turkmeni, il 13 per cento russi, ma ricordo che Saša mi diceva di non fidarmi mai di queste statistiche: in passato venivano regolarmente falsificate per dimostrare che le popolazioni indigene restavano una maggioranza e che l'emigrazione russa nei loro territori era irrilevante. La verità, diceva Saša, è che i russi sono dovunque molti di più di quanto appaia dalle statistiche, ma nessuno ha ora interesse a verificare queste cifre, visto che la verità scatenerebbe terribili conflitti razziali, bagni di sangue e migrazioni in massa che, per il momento, tutti vogliono evitare.

Anche di questa città la prima impressione è deludente. Ricordo di aver letto che Ašhabad era come una copia della vecchia Kabul, ma la città che vedo è moderna, con vasti viali ed edifici di tipica architettura social-staliniana. M'ero scordato che nell'ottobre del 1948 qui ci fu un terribile terremoto, che la vecchia Ašhabad fu rasa completamente al suolo e che una nuova città, una città come tutte, venne costruita al suo posto.

Per le strade le donne turkmene sono anche vestite tutte uguali, con tuniche di velluto lunghe fino ai piedi come camicie da notte, marrone, rosse, azzurre. Tutte hanno in testa delle pezzole a fiori, stranamente *made in Japan*. Mi colpisce la loro mancanza di civetteria. Che non sia nella loro tradizione? E che l'uniformità sia dovuta al fatto che le donne, fino all'arrivo dei bolscevichi, stavano soprattutto chiuse in casa e venivano viste solo dai loro familiari?

L'Hotel Ašhabad, sul vialone principale della città, è il più sporco, il più puzzolente in cui sia stato in questo viaggio. Le stanze sono minuscole, il letto è fatto di tre sacconi pieni di paglia e di pulci. Al primo piano c'è l'ufficio dell'Intourist dove conto di trovare una cartina della città, un po' di informazioni turistiche e qualcuno che mi dica dove si trova l'Istituto Pedagogico, ma la porta è chiusa e un cartello dice che riaprirà alle due. Anche in Turkmenia l'ora del pranzo è ovviamente sacra. Deposito il mio sacco e vado subito a fare due passi per avere un'idea di dove sono.

Immediatamente ho l'impressione di fare una scoperta. A cinquanta metri dall'albergo, in quello che dovunque è il cuore di una città sovietica, la piazza Lenin, sul grande piedistallo di marmo, dove di solito troneggia una statua del Padre della Rivoluzione, non c'è nulla. Vuoto. Mi avvicino, guardo in alto e vedo solo le barbe di ferro di quello che certo dev'essere stato il monumento. Lui non c'è più.

« C'era ieri sera, ma è scomparso all'alba », mi dice un commerciante iraniano accanto al quale mi siedo nel ristorante dell'albergo. Ha sentito dire che degli operai della municipalità son venuti con le gru e che Lenin è stato portato via per ordine del partito. La gente pare sorpresissima, ma fa finta di nulla. Lui stesso non vuol dirmi di più. È qui per comprare macchine da portare oltre frontiera. Il ristorante al piano terra è oscuro e sporco. La sola cosa piacevole è una sorta di bar dove un giovane prepara caffè alla turca in pentolini di rame dai lunghi manici che tiene in caldo nella brace.

Alle due in punto sono davanti all'ufficio Intourist, ma le ragazze arrivano con mezz'ora di ritardo e, ignorandomi, si mettono a preparare il tè per poi bivaccare alle loro scrivanie sino alla fine della giornata. Da tempo non vengono turisti in Turkmenia e le ragazze sembrano aver perso l'abitudine a lavorare. Mi presento, dico quel che voglio, chiedo se sanno come mai è scomparso Lenin. Tutte sembrano cadere dalle nuvole. Lenin? Quale Lenin? Ah, sì, è scomparso, ma che vuol dire? Ce ne sono tanti altri in città e comunque c'è ancora il più vecchio monumento dell'Asia Centrale, uno dei primi nell'Unione Sovietica, il solo in stile mussulmano, con la base fatta di piastrelle che formano il motivo dei tappeti di qui.

Vengo affidato a una ragazza che ha il raffreddore, una incredibile difficoltà a sorridere e che, invece di rispondere alle mie domande, me ne pone una serie di sue: dov'è il mio visto, quanto intendo restare, qual è lo scopo della mia visita e così via. Tiro il fiato, conto fino a dieci, sorrido, ripeto che ho bisogno di aiuto per trovare alcuni indirizzi e alcune persone. La ragazza mi chiede se per quest'aiuto sono disposto a pagare. Naturalmente. La tariffa dell'Intourist di Ašhabad è di 17 dollari all'ora. Ritiro il fiato, conto fino a dieci, dico di sì.

« Ebbene », esordisce la raffreddata, arcigna, ma bella ragazza, mezzo turkmena, mezzo ucraina (forse questo è il suo problema). « Ad Ašhabad l'Istituto Pedagogico con la facoltà di lingue non esiste. L'unico istituto di questo tipo in Turkmenia si trova a Čardžou ». Se poi voglio una macchina, debbo prenotarla, ma l'avrò solo a partire da domani. Lo stesso vale per una interprete. Lei oggi ha il raffreddore. Per il resto, non esistono carte della città, non esiste una guida turistica. Comunque, in città posso andare dove voglio, non ci sono restrizioni, debbo solo fare attenzione a non uscire dal limite urbano, perché la frontiera iraniana è a pochi chilometri e tutta la zona è militare. Se poi voglio andare a visitare gli scavi fatti dagli italiani, debbo chiedere un permesso di viaggio o andarci con una macchina dell'Intourist.

« Italiani? Scavi? » chiedo io.

« Sì, a Nisa, trenta chilometri a ovest da qui... »

Faccio finta di niente e spero che non mi si legga in faccia quel che conto di fare. Esco dall'albergo. Col metodo del « biglietto magico » fermo una macchina, chiedo al guidatore se sa dov'è Nisa, gli offro 150 rubli, gli spiego a gesti che sono per portarmi là e riportarmi indietro, e l'affare è fatto.

Un'ora dopo si arriva in una valle di polvere, brulla e deserta. In una conca ci sono i resti di un'antica città partia del III secolo avanti Cristo. Da vedere c'è poco, e quel che si vede è ovviamente ricostruito – una mezza scala, un'ara, una sorta di magazzino, un meandro di vicoli –, ma lo spirito del luogo è forte. Sono solo in mezzo ai muri color ocra. Il silenzio è rotto da lunghe folate di vento e quelle mi paiono come i respiri della storia.

Tornando alla macchina che mi aspetta nel parcheggio vuoto, incontro « gli italiani »: un giovane archeologo e un giovane architetto. Sono del centro scavi dell'Università di Torino e son venuti a cercare le tracce della cultura greca in questa regione. Una ragazza, anche lei del gruppo, lavora in una baracca di legno poco lontana a ricostruire, sulla base di alcuni piccoli frammenti ritrovati, le grandi statue di creta che un tempo adornavano questi luoghi.

È affascinante sentirli parlare di com'era la vita qui duemila anni fa, dei soldati di Alessandro Magno che rimasero in giro per l'Asia a lavorare come artigiani, creando attorno a sé centri di ellenismo. L'architetto ha riconosciuto il tocco greco in alcune delle strutture di quella che doveva essere la sala del trono. In origine questa era una fortezza che i parti poi ampliarono per farne una città. Fra le rovine ci sono i resti dell'ara del fuoco – i parti erano zoroastriani – e i resti dei magazzini con i tesori, le statue e i boccali d'avorio.

Per secoli solo i ladri si sono interessati a scavare in questa valle. Gli archeologi sovietici cominciarono a lavorare in questa zona nel 1948. Tutta la regione qui attorno è un'immensa miniera di storia, di storia che da noi si studia alla scuola media senza certo rendersi conto che molti dei posti di cui si parla son qui, nell'Unione Sovietica. Antiochia, per esempio, era a pochi chilometri da qui, al posto di una città che i sovietici oggi chiamano Mary. È qui che 10.000 soldati romani delle legioni di Marco Licinio Crasso, presi prigionieri in battaglia nel 53 avanti Cristo, vennero portati come schiavi. La città divenne poi Merv, famosa nel Medioevo come uno dei grandi centri di cultura e di commercio.

Dagli archeologi apprendo che ci sono altri due italiani ad Ašhabad. Abitano nel mio stesso albergo; son qui a montare degli impianti industriali. Tornando ad Ašhabad non ho difficoltà a trovarli. In albergo sono ormai conosciutissimi, amici delle cameriere del ristorante che ogni sera mettono da parte per loro – e a volte anche in fresco – una bottiglia di champagne. Ceno con loro e le storie che hanno da raccontarmi sono quasi tutte storie di orrori. Uno di loro viene da una regione nel nord della Turkmenia dove una fabbrica di cemento ha coperto una intera cittadina di una coltre di polvere grigia alta venti, trenta centimetri, provocando un'epidemia di malattie respiratorie fra la popolazione. L'altro racconta d'aver lavorato in un posto dove i poliziotti, tutti di origine uzbeka, approfittano della loro posizione per derubare e violentare le donne turkmene. Le autorità non intervengono per non provocare scontri razziali. Quel che li ha colpiti di più nei mesi in cui hanno lavorato qui è l'assoluto disinteresse con cui la gente fa il proprio mestiere, l'incuria in cui tutto viene lasciato.

I due italiani, invece, si prendono una gran cura delle due simpatiche e carinissime « fidanzate » russe che hanno con sé. Prima di venire in Turkmenia, i due hanno lavorato a Ivanovo, la famosa « città delle donne » a nord di Mosca. La sola attività di Ivanovo sono le filande e quelle non impiegano che personale femminile. La popolazione della città è per questo assolutamente sbilanciata e per ogni uomo ci sono almeno tre donne. Siccome si erano « fidanzati » durante il loro soggiorno, partendo hanno chiesto alle ragazze di lasciare il lavoro e di venire qui con loro. Per tutti sembra essere una bella esperienza.

Ašhabad, giovedì 26 settembre

Faccio colazione con degli iraniani. Sono uomini d'affari. Vengono dalla città di Mashad, uno dei grandi centri sciiti dell'Iran ad appena un centinaio di chilometri da qui. Sono venuti a comprare soprattutto macchinari. La vecchia strada attraverso la frontiera è stata giusto riasfaltata e l'andare e venire è diventato facilissimo. Un visto lo si ottiene nel giro di un giorno e chi vive lungo il confine non ha bisogno nemmeno di quello. Ci sono autobus e macchine private che fanno la spola.

Ore 9. Visita alla fabbrica di tappeti. Non ho chiesto di andarci, ma la Ragazza col Raffreddore alla quale ho detto di organizzare una visita dei principali monumenti della città dice che la fabbrica è una della maggiori attrazioni turistiche di Ašhabad, che tutti gli stranieri ci vanno e che anch'io debbo cominciare da lì. Perché no? Le donne turkmene sono famose per la loro straordinaria abilità nell'annodare tappeti finissimi e sono curioso di vedere il risultato sul posto.

La fabbrica di Ašhabad, fondata nel 1968, è l'unica in cui tutto viene ancora fatto a mano. Purtroppo però i colori della lana adoperata non sono più quelli naturali di un tempo, ma chimici, e la differenza è notevole. Per giunta la produzione è stata « modernizzata » e adattata al gusto dei clienti stranieri. Il risultato è deludente. Tra le foto dei prodotti di cui la fabbrica è orgogliosa ci sono un tappeto con al centro il ritratto di Einstein e uno con la faccia di Garibaldi. In una piccola stanza che funziona da museo, mi mostrano – come fosse un altarino circondato da mazzi di fiori – un tappeto con il ritratto di Lenin. Alle pareti invece sono appesi alcuni dei più raffinati tappeti da preghiera prodotti dalla fabbrica: uno, particolarissimo, *double face*, ha più nodi per centimetro quadrato di qualsiasi altro tappeto al mondo. In un altro campeggiano la falce e il martello.

« Anche questo è da preghiera? » chiedo, cercando di fare una faccia seria.

« Non apprezzo affatto la sua ironia e non le permetto che si prenda beffe del partito », mi ribatte la Ragazza col Raffreddore.

Continuiamo la visita e presto ci fermiamo davanti a un tappeto dominato da due enormi draghi in rilievo sulla superficie. Sono la riproduzione di due famosi draghi di maiolica che un tempo adornavano il frontone della moschea di Anau a 18 chilometri da Ašhabad, ma la moschea crollò nel terremoto del 1948 e questi due draghi intessuti nel tappeto son la sola cosa che ne resta.

Il terremoto avvenne nel mezzo della notte. Durò dieci secondi, fu del nono grado e rase al suolo l'intera Ašhabad. In piedi rimasero soltanto il primo monumento a Lenin, del 1927, il monumento a Puškin, e il ginnasio delle donne... almeno così si racconta.

In alcuni dei tappeti esposti noto che, a parte i colori tradizionali, c'è del verde.

« Sì, questa è una novità introdotta da poco. Il verde prima non veniva mai usato, perché era il colore sacro all'Islam. »

« Non crede che presto verrà eliminato di nuovo? » chiedo.

« No », risponde secca la ragazza. « Nessuno qui è fanatico. »

Fino al secolo scorso i turkmeni erano nomadi e ogni tribù faceva i suoi tappeti secondo modelli tradizionali. Da quando la produzione è stata « razionalizzata », la grande varietà di modelli è ridotta a ventiquattro e questi sono ora i soli che vengono prodotti nella fabbrica. In una grande stanza ben illuminata le donne stanno sedute ai telai. Le loro mani scorrono tra i fili con una velocità sconcertante. Nessuna alza gli occhi dal lavoro. Le osservo a lungo, queste donne grasse, immobili per ore, vestite con lunghi abiti coloratissimi. Schiave.

« Quanto guadagnano? »

« Ah, voi stranieri sempre interessati ai soldi, sempre a fare questa domanda! » Insisto. « Duecentocinquanta rubli al mese », dice la ragazza. Duecentocinquanta rubli voglion dire uno stipendio di circa novemila lire al mese, cioè quattrocentocinquanta lire al giorno, poco più di cinquanta lire l'ora.

In passato ogni famiglia turkmena aveva vari tappeti in casa. Ora son diventati sempre più rari e anche nei negozi non se ne trovano più. Solo il 5 per cento dell'intera produzione della repubblica è venduto localmente, il resto viene esportato.

La prossima tappa è il museo di storia, appena riaperto dopo mesi di restauri e di « ristrutturazione ». Immagino che anche qui ristrutturazione voglia dire che la storia è stata riscritta e che certi episodi, un tempo raccontati in un modo, vengono ora presentati in un altro.

« Ci sono stati dei cambiamenti rispetto a prima? » chiedo alla truccatissima signora russa cui la Ragazza col Raffreddore mi ha affidato.

« Sì, sono state aggiunte due sale, le vedremo alla fine. »

Come tutti gli altri musei nell'URSS, anche questo è bello, suadente, evocativo, convincente. La storia, come viene raccontata qui, inizia con le rovine di Nisa e di Merv, ricostruite in bellissime *maquettes* di *papier mâché*. In alcune teche di vetro ci sono i resti del tesoro dei parti: alcuni boccali d'avorio intarsiati, due statuette greche di marmo trovate negli antichi magazzini di Nisa. Una in particolare mi colpisce. È la figura nuda d'una dea cui il tempo ha tolto le braccia, ma non quell'incredibile vita che è di ogni opera d'arte. Resto incantato a guardarla: una splendida figura umana che dal II secolo dopo Cristo si ostina a non morire. Fu fatta qui da un artigiano greco o venne portata dalla Grecia in dono a un re locale? I giovani archeologi di Torino non hanno ancora risolto il rebus.

Dalla sala con la ricostruzione in miniatura delle rovine di Merv e le famose tombe dei sultani dell'XI e del XII secolo, mi arriva una voce che conosco e che in inglese chiede:

« Ma chi erano gli abitanti di Merv a quel tempo? Di che razza erano? » È il ministro turco, portato anche lui in delegazione a vedere il museo. Lo raggiungo, lo saluto e lui, come rafforzato dalla mia presenza, ripone la sua domanda.

« Erano turchi. Certo, erano turchi », dice la guida. Il ministro mi strizza l'occhio, complice, come se lui, erede di quei turchi di mille anni fa, e io, ai suoi occhi forse erede dei

10.000 romani portati qui a lavorare, avessimo vinto assieme una storica scaramuccia, avendo estorto quell'affermazione da una russa, erede di colonizzatori *parvenus*, arrivati qui solo un secolo fa.

Finalmente arriviamo alle due sale nuove, quelle, come dice la mia guida, « aggiunte per spiegare la verità sulla battaglia di Giok-Tepè e sul massacro relativo ». Per decenni qui come altrove nell'Asia Centrale, i comunisti hanno fatto raccontare nelle scuole e nei musei la fandonia della « pacifica annessione » del Turkestan all'impero russo. Secondo quella versione, erano state le popolazioni locali stesse a chiedere l'intervento dello zar e tutto si era svolto senza alcuna resistenza da parte loro. La verità ovviamente è ben altra, ma fino a pochi mesi fa è stata tenuta ben nascosta.

La verità è che i turkmeni – tradizionalmente grandi guerrieri – opposero una ostinatissima resistenza all'invasione russa dei loro territori e che solo dopo la loro definitiva sconfitta, appunto a Giok-Tepè, il 20 gennaio 1881, i russi furono liberi di muoversi a loro piacimento nell'Asia Centrale. La battaglia fu storica in quanto segnò la fine di ogni resistenza alla colonizzazione russa nell'intera regione.

Giok-Tepè era un forte in un'oasi a quaranta chilometri da Ašhabad. I russi avevano cominciato da poco la costruzione della loro ferrovia transcaspica che doveva legare il porto di Krasnovodsk a Taškent e volevano farla finita con i sabotaggi e le continue incursioni dei guerriglieri turkmeni. I turkmeni dal canto loro credevano di aver messo assieme forze sufficienti a sconfiggere una volta per tutte gli invasori russi e a ricacciarli di là dal Mar Caspio. Per mesi avevano lavorato a rafforzare le difese di una delle più grandi fortezze mai costruite in questa regione. Le sue mura di terra, alte cinque metri e spesse dieci, parevano indistruttibili e Giok-Tepè, con i suoi 35.000 abitanti, 10.000 cavalieri con altrettanti cavalli e 8000 cammelli, pareva inespugnabile.

L'esercito russo, che prese posizione attorno all'oasi di Giok-Tepè, consisteva di 7000 soldati e 60 cannoni. Li comandava un generale di appena trent'anni, ma già di grande fama militare, Scobelev. Uno dei suoi vanti era d'aver scoperto quel che chiamava un principio storico: « In Asia la durata della pace è direttamente proporzionale al numero degli indigeni che si massacrano ». La battaglia vera e propria durò appena tre ore. Il massacro tutta la giornata. L'artiglieria russa aprì enormi brecce nelle mura di Giok-Tepè. La cavalleria turkmena cercò di uscire nella piana, ma non aveva scampo e fu falciata dalla mitraglia russa. Scobelev ordinò ai suoi cosacchi di non dar tregua e di mettere a sacco la città. Alla fine della giornata i morti turkmeni erano 20.000. I russi avevano perso solo 60 uomini. Quest'anno è ricorso il centodecimo anniversario della battaglia e, per decreto firmato dal presidente Nyazov, quel giorno è stato dichiarato festa nazionale.

Quando entro nelle due sale appena allestite con la ricostruzione della battaglia e del massacro, un gruppo di giovani ragazze turkmene in lunghi abiti blu e rossi si aggira in silenzio sotto i grandi e molto suggestivi quadri a olio della battaglia e fra le teche con i resti di spade e vessilli. Sono tutte maestre delle scuole elementari. Presto queste ragazze porteranno qui le loro scolaresche e migliaia di giovani turkmeni avranno una ragione in più per odiare i russi. La cosa strana è che la guida delle giovani maestre turkmene è, come avviene in tutti gli uffici pubblici, russa.

« Ci hanno già detto che saremo sostituite, ma le turkmene che debbono prendere il nostro posto non sono ancora pronte », dice la mia guida. Lei e il marito, un ingegnere, contano di tornare presto in Russia.

Usciamo. Il ministro turco mi presenta al funzionario turkmeno del locale ministero degli Esteri venuto a prenderlo per portarlo a incontrare il presidente Nyazov.

« C'è un monumento a Scobelev ad Ašhabad? » gli chiedo.

« No. Quello che gli era stato eretto nel centro della città al tempo dello zar venne abbattuto negli anni '30 per rispetto alla sensibilità delle popolazioni locali », mi risponde.

« O forse per far meglio dimenticare la storia a tutti? » aggiungo io.

« Venga a trovarci oggi pomeriggio al ministero », dice il turkmeno.

Rientriamo in albergo e la Ragazza col Raffreddore mi chiede di pagarla per i suoi servigi della mattinata. Mentre quella prepara la ricevuta, alla porta dell'ufficio Intourist si affaccia un uomo dalla faccia asiatica che chiede di confermare un volo per Taškent. È un giornalista dell'*Asahi Shimbun*, uno dei più grandi quotidiani giapponesi. È arrivato da Tokio alcuni giorni fa. Gli chiedo se possiamo parlare un momento da soli. Sembra irritato, ma accetta. Gli spiego chi sono, che non ho contatti qui e gli chiedo se per caso ha un numero di telefono o un indirizzo ove rintracciare il presidente di Azirbirlik, il Movimento Democratico locale. Mi guarda come se avessi fatto il nome del diavolo. Lui è venuto qui per intervistare il presidente della repubblica e non vuole avere niente a che fare con tutto il resto. Mi saluta e se ne va. I giornalisti giapponesi sono straordinari colleghi, si sa, ma solo fra di loro.

Non mi resta che fare un tentativo con la Ragazza col Raffreddore.

« Ha sentito parlare di Azirbirlik? »

« Certo. »

« Può cercare di fissarmi un appuntamento con il presidente di questo gruppo? » Promette che ci proverà.

Seduta in un angolo dell'ufficio, una giovane donna bionda sta leggendo un giornale, come se non capisse la conversazione. Scendo al bar a farmi fare dal giovane turkmeno un caffè in uno dei suoi pentolini di rame dai lunghi manici, e un attimo dopo ecco che quella donna mi avvicina, mi parla in tedesco e mi chiede di sedermi a un tavolo con lei.

Lei e suo marito, un ingegnere, sono russi. Sono qui da otto anni e lei « non ha paura », come ripete, ad aiutarmi a capire come stanno le cose qui. « La Turkmenia è l'ultima fermata del comunismo », dice. Il problema sta nella mentalità della gente che non ha nessun senso delle libertà individuali e dei diritti umani. La situazione della repubblica è pessima perché, diversamente da quel che dicono le statistiche ufficiali, la popolazione non è composta dal 68 per cento di turkmeni e dal 13 per cento di russi. La verità è che i turkmeni sono appena la metà della popolazione, che gli slavi sono almeno il 40 per cento e che sono loro a mandare avanti i centri urbani e le industrie del paese. Negli uffici non ci sono che donne russe, nelle fabbriche non ci sono che operai e tecnici russi: tranne nella fabbrica di tappeti. « È per questo », dice la donna, « che portano gli stranieri a visitarla. » Il problema è che ora gli slavi non vedono più un futuro sicuro dinanzi a sé e cominciano ad andarsene.

Da un anno lo studio della lingua turkmena è materia d'obbligo nelle scuole e dal 1995 sarà obbligatorio che gli esami, come quello di maturità, vengano fatti in turkmeno. I russi non vedono perché debbono costringere i loro figli a imparare una lingua così marginale a scapito della propria. Inoltre la repubblica non potrà essere indipendente, dice la donna, perché l'economia è integrata in quella dell'URSS. Questa era una zona di pastori che allevavano bestiame, ma ora non ci si trova più né carne, né burro. Quel poco che c'è ancora nei negozi viene dal Kazakhstan e dall'Ungheria.

La donna mi dice di aver un amico « democratico » che lavora in un quotidiano locale e che potrei andare a trovarlo. Su un foglietto mi disegna una cartina. Il posto è facile da trovare. Le sedi dei vari giornali son tutte in uno stesso edificio. Conto di andarci stasera.

Nel pomeriggio vado a trovare l'accompagnatore del ministro turco. Il ministero degli Esteri della Turkmenia è sul viale Lenin, in una palazzina che una squadra di imbianchini sta giusto dipingendo di color crema. Nei vari uffici tutti sembrano indaffarati ad appendere alle pareti le nuove carte della repubblica appena consegnate. Per il momento la Turkmenia ha solo dichiarato la propria sovranità, ma la formale dichiarazione d'indipendenza è prevista per il 27 ottobre con grandi celebrazioni popolari. Il presidente Nyazov, che fu uno dei primi a schierarsi a favore dei golpisti, vuole ora essere più cauto con le sue mosse e vuole esser sicuro di ogni dettaglio, comprese le nuove carte geografiche negli uffici, prima di portare a battesimo il nuovo Stato.

« Stiamo ancora discutendo sul nome da dare alla repubblica, sui simboli, sull'inno nazionale », dice uno dei funzionari che sono stati riuniti per farmi il punto ufficiale della situazione. Passo tre ore con questi personaggi, ma, come spesso avviene, non imparo granché. Il succo dei loro discorsi è il solito cui sono ormai abituato: « Siamo stati colonizzati; il compito di questa repubblica era di consegnare a Mosca gas, cotone, petrolio, sale, astrakan e tappeti, e così siamo diventati completamente dipendenti per tutti i nostri bisogni. Ora vogliamo diversificare la nostra economia e rafforzare la nostra identità nazionale. Un primo modo è quello di imporre l'uso della lingua turkmena che è già ora d'obbligo per tutti i documenti ufficiali. Qui l'Islam ha messo le sue radici, ma senza alcun estremismo ».

Me ne vado con la sensazione di aver perso il mio tempo. Mi capita spesso quando incontro dei funzionari.

« Cattive notizie! » mi dice l'orribile ma bella Ragazza col Raffreddore quando entro nell'ufficio Intourist per aver un responso sulle mie varie richieste. Se voglio davvero incontrare quel « signore di Azirbirlik », bisogna che prenda un appuntamento attraverso il ministero degli Esteri. Quanto alla estensione del mio visto, è assolutamente impossibile. Anche partire per Baku è molto difficile, ma se sono disposto a pagare in dollari forse ho una possibilità.

« Che debbo fare? » mi chiede con aria provocatoria.

Le dico di non far nulla e vado a cercare il giornalista amico della russa.

La Casa della Stampa è un palazzotto modesto che ospita tutti i quotidiani e i settimanali che escono in questa repubblica. Ci arrivo all'ora della chiusura degli uffici. Qui anche i quotidiani alle sei del pomeriggio vanno a dormire e il fatto che nei giornali del mattino le notizie siano quelle di giorni, a volte di settimane, fa, non sembra turbare nessuno.

Fra la gente che esce scelgo un giovane che scende le scale con la sua bicicletta in spalla. Ha l'aria dell'intellettuale e forse parla una qualche lingua straniera con cui ci possiamo intendere. Ho fortuna: l'inglese! Mi dice che il giornalista che cerco è suo collega, ma che è andato a Mosca, e finisce per invitarmi a casa sua.

Konstantin, giornalista, ventotto anni, moglie armena, due figlie, 450 rubli al mese, è una mistura di polacco, russo, turkmeno e armeno. Vive in una casuccia di legno a un piano in mezzo a un cortile in terra battuta. Il sogno di Konstantin è di trovare una serie di cose con cui mettere a posto quel cortile. Gli mancano dei pali di ferro o di legno con cui sistemare la pergola, della rete metallica con cui allargare il pollaio, un tubo di plastica con cui portare l'acqua da una pompa fino in casa. Anche ad avere i soldi necessari, nei negozi non si trova niente di tutto questo.

È strano. Sono storie, queste, che si son lette sui giornali, eppure uno riesce difficilmente a immaginarsi cosa vuol dire non avere tutto quello che per noi è così scontato. In molti quartieri della città, specie quelli nuovi, l'acqua viene razionata dalle 8 alle 11 e dalle 17 alle 21. La città puzza terribilmente di gas perché moltissime auto, specie quelle della municipalità, funzionano a gas e i motori non hanno un sistema di depurazione degli scarichi.

La cena è splendida, con tante verdure sott'olio e sotto aceto e una piacevole compagnia. Konstantin promette di mettermi in contatto con quelli del Movimento Democratico e conferma molte delle prime impressioni che mi sono fatto qui. Da lui imparo che gli emigranti russi sono al momento fra i più tenaci sostenitori di Nyazov. Quello che i russi più temono è l'instabilità, i conflitti razziali, e Nyazov è fonte di sicurezza. Dalle figlie di Konstantin imparo che la moglie di Nyazov è russa. È una delle cose che qui vengono insegnate a scuola.

Secondo Konstantin, il governo sa che alla lunga i russi se ne andranno e si sta preparando alla turkmenizzazione della repubblica. Quando recentemente s'è trattato di mettere assieme una delegazione di specialisti da mandare in Italia per fare degli studi sull'industria tessile, su ordine del presidente sono stati scelti solo dei turkmeni. Non è stato facile trovarli, perché in tutte le fabbriche la maggioranza dei tecnici è ancora russa.

Avrei voglia di incontrare Nyazov. Questo è un presidente che mi interessa. Pare che all'inizio fosse un esperto di frigoriferi! Ha fatto tutta la sua carriera nel partito grazie alla sua popolarità fra la popolazione turkmena. Quando quel suo prestigio pareva un po' scalfito dal fatto d'essersi messo dalla parte dei golpisti, ha subito rimediato, presentandosi alla televisione e annunciando che fra tre anni lo stipendio medio nella repubblica sarà di almeno mille rubli al mese. È tornato a essere popolarissimo.

Mi pare che la giornata sia stata interminabile. Vado a letto con la testa piena di impressioni e di cose sentite; ma sul confuso marasma dei resti di tante conversazioni, resta dominante la figura perfetta, silenziosa, di quella statua di donna del II secolo nel museo. Un piccolo pezzo di marmo, eppure così grande! Il lavoro di un solo uomo di tanti secoli fa stasera mi commuove più di tutte le storie di battaglie e di massacri che ho sentito durante la giornata.

Sto cercando di radermi in un bagno senza luce e senza specchio – e sempre senza sapone da barba – quando la donna addetta al piano mi viene a chiamare. Qualcuno mi cerca al telefono. È il presidente di Azirbirlik. Ha sentito che lo cerco. È libero stamani. Che lo venga a trovare.

Prima di uscire passo dall'ufficio Intourist a ritirare il mio biglietto per Baku e a riprendere il mio passaporto che l'albergo ha trattenuto – come al solito – al momento del mio arrivo.

« Ora so perché la statua di Lenin è stata portata via l'altra mattina. Era una di scarsa qualità artistica e non è giusto che stesse lì, nel centro della città », mi dice la Ragazza col Raffreddore. La spiegazione è stamani su tutti i giornali locali. La ragazza, sempre a soffiarsi il naso e sempre di cattivo umore, me la riassume con tono saccente, come mi dicesse cose che io ovviamente non posso capire, ma anche con l'aria provocatoria, come dire: « e ora vediamo se bevi questa! »

La versione ufficiale è la seguente: quando Lenin morì volle che il suo cadavere fosse sepolto normalmente e che non si erigessero statue alla sua memoria. Fu Stalin a tradire questa consegna e a creare il culto di Lenin. Da allora ogni città e ogni villaggio dell'Unione Sovietica fecero a gara per avere almeno una immagine del Padre della Rivoluzione. Ad Ašhabad – proseguono i giornali – la faccenda raggiunse proporzioni ridicole: c'era una statua di Lenin per chilometro quadrato! Alcune erano vere opere d'arte, come la statua di Lenin coi motivi mussulmani nei giardini pubblici, ma molte erano davvero di pessima qualità, *kitsch*, e come tali oggetto di ridicolo per la gente. La statua di Lenin davanti alla stazione veniva chiamata: « due metri di bronzo con un berretto ». Ebbene, ora il partito ha deciso di eliminare tutte le statue di Lenin che sono di scarsa qualità e di lasciare solo quelle che sono vere opere d'arte.

« Chiaro? » mi chiede la Raffreddata.

Chiarissimo. Mi fido sempre meno di lei e son contento di andare a vedere il capo dei democratici da solo.

L'appuntamento è alla fermata dell'autobus dinanzi a una distesa di case popolari in un quartiere nuovo e squallido della città. Scendo e mi guardo intorno per vedere se da qualche parte non escano un paio di energumeni a chiedermi che cosa ci faccio. Invece un uomo piccolo dai capelli neri e riccioluti mi viene incontro, sorridendo: Ak Muhammed Velsapar, poeta, scrittore, presidente di Azirbirlik, il Movimento Democratico della Turkmenia. Ha poco più di trent'anni, e un'aria ancora più giovane e ingenua. Nel suo sguardo c'è tutta la tristezza del dissidente battuto.

Il suo appartamento – tre stanze dai pavimenti di cemento coperti di stuoie – è pieno di libri. Sulla sua scrivania c'è la foto di un figlio morto misteriosamente a undici anni, nel mese di luglio. I medici han parlato di crisi cardiaca, lui invece pensa che il figlio sia stato vittima dei fertilizzanti usati nei campi di cotone. Ha sentito di molti altri bambini che muoiono così, ma nessuno tiene il conto di queste strane morti e le autorità non vogliono ammettere che c'è un problema.

L'ultimo romanzo di Velsapar è intitolato *Vicino ad Aktal* ed è un tentativo di pensare alla società del futuro.

« Non sono ottimista per la Turkmenia. Dalle rovine del comunismo vedo sorgere uno Stato islamico. Il fondamentalismo qui è già una corrente forte e c'è il pericolo che quella s'innesti sulla struttura totalitaria dell'attuale regime », dice.

Ma i democratici?

« Siamo pochi e disorganizzati. Azirbirlik ha appena 2000 membri, e neppure di quelli possiamo tenere delle liste. Il KGB sarebbe interessatissimo ad avere i nomi di tutti », dice Velsapar. Secondo lui i sistemi di polizia qui sono rimasti quelli dell'Unione Sovietica negli anni duri. Lui stesso recentemente è stato arrestato in piena notte per nessuna ragione. Poi, dopo essere stato rilasciato, è stato aggredito per strada, spinto in una macchina, picchiato e abbandonato per terra ferito. Gli autori di questo attacco? I « soliti ignoti ». Il KGB qui ha una sezione speciale, « il dipartimento 6 », il cui compito è quello di combattere il terrorismo. In Turkmenia questo vuol dire occuparsi dei democratici.

« Il presidente Nyazov ci ributta indietro di anni. Quel che vuole fare è una repubblica indipendente con un sistema politico medievale. Lui stesso si vede come un capo tradizionale. Il 16 agosto, poco prima del *putsch*, come se già ne sapes-

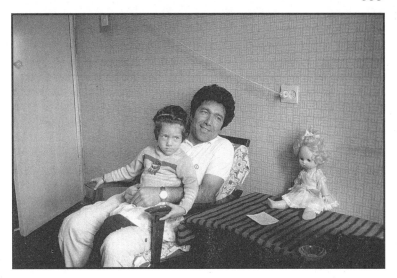

Ak Muhammed Velsapar, capo dei democratici della Turkmenia

se qualcosa, si è recato nella città di Mary per incontrarsi con gli *aksakal*, gli anziani delle tribù turkmene, e garantirsi il loro appoggio. Quelli, come usava ai tempi feudali, gli hanno portato in tributo un cavallo, una tunica regale di seta e una pelliccia di astrakan. E lui ha accettato. Il suo sogno è di diventare uno sceicco. Fino a qualche tempo fa, i funzionari del partito dovevano rifiutare ogni regalo per evitare qualsiasi sospetto di corruzione, ma anche questo è cambiato. La gente non reagisce. È sempre indifferente alla politica e tale resta. Il regime non ha difficoltà a tenerla sotto controllo. I negozi son vuoti, ma tutte le sere alla televisione si vedono storie di matrimoni con tavole colme di cibi e scene di gente che balla e canta, così che molti finiscono per credere che questa è la vera vita del paese. »

Secondo Velsapar la *perestrojka* qui non ha cambiato granché. La stampa non è affatto libera.« Abbiamo voluto fare un nuovo giornale, ma ci hanno impedito di stamparlo. Siamo andati a stamparlo a Baku, ma il KGB ci ha confiscato tutte le copie quando siamo arrivati all'aeroporto », dice Velsapar. Un suo amico scrittore si è visto rifiutare la pubblicazione di un romanzo semplicemente perché il titolo era *Scia-*

callo e la gente avrebbe potuto vederci un'allusione al presidente Nyazov.

Le elezioni per la presidenza sono state una farsa. Nyazov ha sì avuto il 98 per cento dei voti, ma solo il 25 per cento degli elettori ha votato. Nelle cabine c'erano solo matite spuntate per cui i soldati del KGB avevano una scusa per dover «aiutare» i votanti. La popolazione russa qui ha ancora vari privilegi, mentre i turkmeni restano «schiavi dell'agricoltura». La partenza dei russi è la tragedia della Turkmenia, perché con loro se ne va l'elemento intellettuale, tecnico. Alla fine non resterà che una società di schiavi su cui Nyazov e i suoi successori non avranno difficoltà a regnare. Lo sviluppo economico si arresterà.

Chiedo a Velsapar perché Nyazov ha fatto togliere il Lenin dalla piazza centrale.

«Per il grano.»

Il grano?

«Sì», dice, «l'agricoltura turkmena non produce che cotone. Abbiamo perciò bisogno di importare il grano, specie dalla Russia e dal Kazakhstan. Questi oggi però sono i due Stati più aperti e più liberali dell'Unione e Nyazov deve mettersi al passo, deve far vedere che anche lui segue la corrente, che democratizza, che politicamente è dalla parte di Mosca e di Alma Ata, altrimenti quelli, magari, non gli danno più il grano. Nyazov fa la corte alla Russia e al Kazakhstan, quando in verità i suoi alleati naturali sono l'Afganistan, l'Iran, l'Uzbekistan: gli ultimi regimi totalitari della regione.»

«E la Turchia?» chiedo.

«Per noi la Turchia è un modello di modernizzazione, l'esempio di un paese che ha saputo tener separata la Chiesa dallo Stato. Quel che Nyazov teme è che si stabiliscano rapporti diretti fra la gente di qui e i turchi. Io, per esempio, ero stato invitato a partecipare a un congresso di scrittori ad Ankara, ma il presidente è intervenuto personalmente perché non mi fosse dato un passaporto.»

Ci sediamo per terra su una delle stuoie a mangiare da una grande zuppiera comune il piatto nazionale turkmeno: riso con ceci e carne di agnello. Poi Velsapar mi riaccompagna alla fermata dell'autobus. Appena siamo in strada, mi prende per un braccio:

«Tutta la nostra conversazione è stata registrata. È così da

Un vecchio turkmeno in un quartiere popolare di Ašhabad

tre anni. Ho microfoni in casa. Il telefono è sotto controllo e ogni volta che vado in città vengo seguito, ma non mi preoccupo. Se a me o ai miei compagni succedesse qualcosa, ricordatevi di noi, all'estero. Senza aiuto esterno, la democrazia qui non ce la farà. I primi a doverci dare una mano sono i russi. Son loro che ci hanno messo il comunismo e la dittatura in casa, e ora che loro si son dati la democrazia, hanno il dovere morale di aiutare noi. Ma anche voi in Europa... ricordatevi dei turkmeni. Da soli non riusciremo a far granché. Come volete che facciamo qualcosa? Prima ci ha massacrato l'esercito zarista con 20.000 morti a Giok-Tepè; poi ci hanno massacrato i bolscevichi – i soldati di Frunze prendevano per un *bassmacci* chiunque avesse in testa il *talpek*, il cappello di pelliccia tipico di ogni turkmeno, e altri 20.000 uomini furono massacrati nella guerra civile; poi durante la seconda guerra mondiale altri 55.000 turkmeni sono morti al fronte. Il terremoto ha fatto altri 110.000 morti. Non c'è da meravigliarsi se la massa dei turkmeni ora tace. Senza l'aiuto dell'Occidente finiremo per vivere sotto un regime totalitario sino alla fine dei nostri giorni ».

Vado al mercato. Compro qualche taglio di stoffa da vecchie accucciate per terra. Sono strette strisce di seta, tessute a mano, dai forti colori naturali, rosso scuro e giallo brillante. Rientrato in albergo, la misera vecchietta del piano, guardiana delle chiavi, sempre mal vestita nella sua spolverina corta a fiori, guarda curiosa i miei acquisti.

« Seta turkmena! » dico. « Bella! »

« Bella per i turkmeni », risponde lei facendo una smorfia schifata. È nata qui ed è vissuta qui tutta la vita, ma lei è russa, è una colonizzatrice, e per gli « indigeni » e le loro cose non sembra avere alcuna simpatia.

Aeroporto. Il volo per Baku è in ritardo. Mi metto da una parte a scrivere qualche nota nel mio computer. Mi si avvicina una bella donna, curiosa di questo mio strano, luminescente strumento di lavoro. È professoressa di lingue e parla un inglese perfetto.

« Avrei dovuto incontrarla due giorni fa », dico io.

« Bastava cercarmi dove insegno. »

« E dove? »

« All'Istituto Pedagogico, poco lontano dall'Hotel Ašhabad. »

Mi vergogno a dirle come sono stato giocato dalla bella Ragazza col Raffreddore... o dal KGB?

L'aereo è pieno zeppo di turkmeni e azeri, pacchi e bambini. Gli uomini, magrissimi, dalle pelli scure, hanno le barbe non fatte; le donne sono intabarrate in coloratissimi, puzzolentissimi scialli. Quando monta l'equipaggio, anche qui fatto esclusivamente di bianchi, biondi, grassi russi, ho fisicamente dinanzi a me l'immagine simbolica di due mondi estremamente lontani l'uno dall'altro, ma costretti a stare, ancora per qualche tempo, assieme in nome dei reciproci vantaggi.

19. Azerbaigian: una spia d'altri tempi

IL mare! Il mare! Il Mar Caspio. Blu come il Mediterraneo. Vecchio come quello. Come quello, carico di storia. La vista del mare mi rallegra. Quella delle grandi navi, attraccate lungo il molo, mi dà un senso di libertà, mi fa pensare a scappare... anche da qui.

Baku, capitale dell'Azerbaigian, è una vecchia città affacciata su una baia che a prima vista pare come quella di Napoli. Qui l'Asia è finita e ho la sensazione di essere già vicinissimo a casa, ma anche qui vengo presto sopraffatto da tutto ciò che è ancora sovietico. Comincio davvero a essere stanco della miseria, dello squallore che mi ritrovo sempre attorno, dei sotterfugi, dei piccoli traffici con cui la gente mi sembra costretta a sopravvivere.

Un mese fa, all'inizio di questa rivoluzione che metteva fine al comunismo, m'era parso logico che un'ondata di speranza avrebbe travolto il paese, che in qualche modo ci sarebbe stata un'esplosione di energie, un ritorno alla fantasia, uno sbocciare di nuove idee, un mutare nei rapporti umani. Invece, dovunque vado, tutto mi pare come prima, anzi peggio, e al fondo non incontro che il vecchio grigiore su cui ora, per giunta, non sventola neppure più l'assai decorativa e in qualche modo luminosa bandiera rossa.

Sono arrivato a Baku, pensando che qui l'abbondanza del petrolio avesse almeno lasciato qualche traccia di ricchezza, ma la prima impressione è quella di essere atterrato in un'altra, sporca, svogliata, triste città dell'Unione Sovietica, solo con più macchine, più inquinamento, più umanità. L'aeroporto di Baku sembra un deposito di immondizie. I primi uomini che vedo han più l'aria dei fuorusciti che dei tassisti. Mi affido al primo che mi toglie con determinazione il sacco dalle spalle. Non discuto neppure del prezzo. Mi preoccupo solo quando un altro brutto ceffo si siede anche lui nella macchina e dice di andare, anche lui, a Baku. È un amico dell'autista e per tutto il tragitto cerca di comprarmi i pantaloni che ho addosso, l'orologio, la macchina fotografica, la camicia che porto o qualsiasi altra cosa io gli voglia vendere. Gli fac-

cio credere che alla fine un qualche affare lo faremo e spero
così di evitare che lui e il suo amico mi diano un colpo in testa e si prendano comunque tutto quel che vogliono.

La strada per Baku corre attraverso un paesaggio inondato
da una luce mediterranea. Le foreste che vedo in lontananza
non sono di alberi, ma di tralicci di ferro, di pompe, di pozzi
di petrolio che spiccano sulla terra gialla e nera. Tutta questa
regione è come imbevuta di petrolio e già nell'antichità era
considerata sacra dai suoi abitanti zoroastriani, adoratori del
fuoco, per le straordinarie, possenti fiamme che dal suolo si
alzavano verso il cielo. Azerbaigian vuol dire, appunto, « posto dei grandi fuochi ».

I russi arrivarono qui nel 1806 togliendo Baku al controllo
dello scià di Persia. Verso la fine della prima guerra mondiale questa città fu al centro di grandi manovre e un covo di
spie. Con lo sfasciarsi dell'esercito zarista e con intere unità
russe che passavano ai bolscevichi, Londra temette che l'intera regione potesse cadere in mano a una forza turco-tede-
sca e che questa, sfruttando i giacimenti di petrolio attorno a
Baku, potesse marciare verso oriente e minacciare il controllo inglese sull'India. Per sventare questa minaccia, Londra
decise di intervenire nella guerra civile russa a fianco dei
« bianchi » e di mandare qui alcuni dei suoi migliori ufficiali
e alcune delle sue più abili spie a organizzare i controrivoluzionari che cercavano di fermare i bolscevichi. Fu nel corso
di questa lotta che 26 commissari politici di Lenin, fra cui alcuni suoi amici personali, nel 1918 vennero catturati dai
« bianchi » e passati per le armi in un posto del deserto sul-
l'altra sponda del Caspio.

Mosca denunciò violentemente queste esecuzioni, accusò
gli inglesi di averle ordinate e Trotzkij indicò un ufficiale inglese, Reginald Teague-Jones, come esecutore dell'eccidio.
Da allora i « Ventisei commissari di Baku », come i « Ventotto Gladiatori di Alma Ata », sono entrati nell'Olimpo dei
martiri socialisti. I loro nomi sono stati dati a strade, piazze,
stazioni ferroviarie e scuole. Il più grande monumento di Baku è dedicato alla loro memoria.

Il taxi mi deposita, ancora con tutti i miei vestiti addosso,
dinanzi all'albergo sbagliato, perché – lo scopro dopo – non
vuole fare il giro della piazza dove si sta svolgendo una
oceanica manifestazione politica. La traverso a piedi. Arrivo

all'Hotel Baku, mi faccio dare una camera ai piani alti con vista, e dalle finestre aperte mi godo l'odore del mare misto a quello del petrolio che qui sembra parte della naturale miscela da respirare.

La piazza sottostante è immensa. Riesco à malapena a vederne l'asfalto, gremita com'è da una folla di uomini, tutti rivolti verso un grande palazzo finto-gotico che sembra essere la sede del potere locale. Qualcuno da un podio fa un discorso che rimbomba negli altoparlanti.

Nuova repubblica, nuovo problema. Quello di qui fino a poco tempo fa era il seguente: la popolazione era di sette milioni; la stragrande maggioranza, il 78 per cento, era composta di azerbaigiani, cioè gente di ceppo turco e di fede mussulmana sciita. Accanto a questi viveva una minoranza, l'8 per cento, di armeni, cioè gente di razza indoeuropea e di religione cristiana. Il vecchio, storico antagonismo fra questi due gruppi scoppia in maniera drammatica nel 1988 e la conclusione è radicale: dopo i primi scontri e i primi massacri, tutti i 300.000 armeni dell'Azarbaigian hanno fatto fagotto e sono scappati in Armenia (la repubblica confinante dove gli armeni sono la maggioranza), mentre dall'Armenia sono scappati e venuti qui tutti i 200.000 azerbaigiani che vivevano come minoranza là.

Tutto risolto, allora? Niente affatto. Fra le due repubbliche resta lo spinosissimo problema del Nagorno-Karabah, un grande e fertile territorio che è parte dell'Azerbaigian, ma i cui 130.000 abitanti sono quasi tutti armeni. Insomma, una *enclave* di « nemici » nel corpo di questa repubblica, un'altra di quelle bombe a tempo lasciate in eredità dalla politica di Stalin che sapeva benissimo quel che faceva quando nel 1921, aggiudicò il Nagorno-Karabah, una regione storicamente armena e cristiana, alla fortemente mussulmana Repubblica Socialista Sovietica dell'Azerbaigian.

Ora, appoggiati dal governo dell'Armenia, gli armeni del Nagorno-Karabah chiedono la secessione e conducono azioni di guerriglia contro le forze dell'Azerbaigian. Ho un gran desiderio di andare a vedere sul posto come stanno le cose, ma pare sia assolutamente impossibile. Domani mi informerò. Per ora ho da rendermi conto di dove sono. Voglio annusare la città.

La hall dell'albergo è come la piazza di un mercato mediorientale. La gente più strana va e viene da una porta a vetri controllata dal solito anziano cerbero locale. Lungo le pareti della grandissima hall ci sono banchi ove si comprano giornali, medicine, pettini, sigarette; si fanno telefonate nelle altre città dell'Unione Sovietica o si spediscono telegrammi nel resto del mondo.

Il bar dell'albergo con i tavoli alti fatti per starci davanti in piedi a bere il caffè espresso che esce da una macchina italiana è il punto di incontro di un gruppo di cosiddetti studenti libanesi, algerini e marocchini che sembrano avere le mani in varie paste e vari traffici, da quello dei dollari a quello dei biglietti aerei per Mosca passando per altri, meno espliciti. Il capo di questa piccola mafia è un tale che sembra godere del rispetto di portieri, camerieri e poliziotti: Gemael, un piccolo, corposo algerino, mandato qui sette anni fa a studiare architettura, ma persosi a quanto pare in altre faccende. Sta davanti a un bicchiere di cognac che si riempie in continuazione e dà ordini a una serie di suoi devotissimi assistenti che vanno e vengono a svolgere le bisogne. Gemael indossa una giacca di seta. Nella tasca interna ha un grosso pacco di biglietti da dieci rubli che distribuisce generosamente come mancia al cameriere, alla *digiurnaja* del mio piano, al custode della porta a vetri, al poliziotto con pistola appostato all'ingresso del casinò in un angolo dell'albergo.

« Qui tutto si compra, anche un presidente », mi spiega. È stato lui, in francese, ad attaccar discorso e, avendo indovinato la ragione della mia visita (« qui non vengono certo i turisti! »), a offrirsi di farmi da guida, di presentarmi quelli che contano, di farmi avere le notizie « vere ». Se poi mi interessassi ai vecchi tappeti, lui ha un modo di farmene vedere di bellissimi.

Trovo il personaggio, con tutta la sua untuosa prosopopea, insopportabile. Più gli parlo, più mi viene una grande nostalgia degli asiatici, tanto più puliti anche nei loro traffici sporchi, ma mi pare un ottimo modo per fare una prima conoscenza con la città. Invito lui e due suoi scherani a cena, e già la ricerca del ristorante mi fa fare il primo giro di Baku. All'Hotel Mosca, sulla collina, non ci sono tavoli liberi. Un altro gran posto da banchetti nuziali, tutto lampadari, è chiuso. Finalmente finiamo nella cittadella, la parte più vecchia di Baku, in un ristorante insediatosi in quello che un tempo era un caravanserraglio. Si mangia in quelle che erano le vecchie stanze degli ospiti, tappezzate ora di moderni *kilim*.

Dovunque si vada Gemael viene ossequiato e riverito e lui incede ora più orgoglioso che mai per il fatto d'avere uno straniero vestito di bianco al guinzaglio. Alla fine di una cena di ottimo cibo e di pessima conversazione, perché Gemael è sempre più ubriaco, cerco di avere il conto, ma è ovviamente già stato pagato da uno della banda. Sono irritato da questa forma di generosità che cerca di indebitarmi. L'albergo non è lontano e dico di volerci andare a piedi. Gemael parte in taxi, ma mi dà per scorta un giovane libanese druso, anche lui qui da quasi dieci anni, senza più contatti con la sua famiglia e con un passaporto ormai scaduto, a vivere di traffici.

La passeggiata per le viuzze della vecchia città mi acquieta con l'eleganza di alcuni vecchi palazzi moreschi nell'ombra di una strana fortezza senza finestre. Il libanese mi racconta che in città ci sono ancora degli armeni che rischiano la vita pur di restare qui. Hanno assunto nomi azerbaigiani e si comportano in tutto e per tutto come fossero autentici azerbaigiani. Molti son rimasti perché, avendo sposato donne azere, avrebbero dovuto separarsi da loro e dai figli se volevano, come gli altri, rifugiarsi in Armenia.

Per strada incrociamo un gruppo di giovani che picchiano un uomo e poi lo lasciano insanguinato per terra. Il libanese mi prega di non intervenire. È buio pesto e rischiamo di farci accoltellare. «Non è affar nostro», dice. «È una storia fra azerbaigiani e armeni».

Vado a letto pieno di rabbia e di stanchezza. Non mi alzo neppure per andare alla finestra a vedere cosa succede quando sento delle terribili urla venire dalla piazza.

«Saranno degli azerbaigiani che hanno scovato un armeno», mi dico nel dormiveglia, come se anche per me questo fosse un fatto normale e potessi così darmi pace.

Baku, sabato 28 settembre

Prenoto una telefonata a Mosca e nell'attesa chiacchiero con la donna dietro il bancone dei giornali. Fra i soliti quotidiani sovietici, ne noto anche due turchi.

«Arrivano regolarmente e non ne resta mai una copia invenduta », dice la donna. È georgiana, venuta qui da bambina con i genitori, parla il francese abbastanza da intendersi.

« Per uno che viene da Ašhabad, Baku è come Parigi », dico io.

Sì, anche lei trova Baku una grande città. Il guaio è che ci sono gli armeni. Son loro che creano problemi e che ora vogliono distruggere Baku. Lei rimpiange il comunismo. Quello sì che era buono! Stalin era il meglio di tutti. Non lo dice certo perché anche lui era georgiano, ma perché ai suoi tempi c'era ordine, la gente non si sparava addosso e nei negozi c'era sempre roba da mangiare. Stalin è stato un grande capo. Lei ora non legge più i giornali, non ascolta la radio e non guarda più la televisione, perché fra tutti non fanno che raccontare delle gran bugie su Stalin e questo lei non lo sopporta. I giovani ci credono, ma lei c'era e sa qual è la verità. La verità è che, sotto Stalin, la gente si vestiva bene e mangiava a volontà. Lo stesso è avvenuto sotto Brežnev. Ora va di moda parlare male del comunismo, ma la democrazia che cos'è? È solo e semplicemente anarchia. È stato Gorbacëv a rovinare tutto. Da quando c'è lui al potere, non c'è più l'Unione Sovietica, non c'è più cibo nei negozi... Un altro bravo invece è Shevardnadze. Ah, lui sì che è bravo!

Ovviamente la donna trova Shevardnadze così splendido perché è georgiano e, siccome lei i giornali non li legge e la TV non la guarda, non sa che Shevardnadze è per la democrazia. Ma che importa? Quel che trovo interessante è che questo modo di vedere le cose esiste e che debbono esserci milioni di persone confuse e disorientate come lei, in questo immenso paese che va a pezzi. E i pezzi vanno alla deriva.

Finalmente riesco ad avere Saša al telefono. Ha già tutto organizzato. Un suo amico, giornalista locale, mi verrà a trovare nel pomeriggio. Mi resta qualche ora da solo per fare una lunga camminata senza interprete, senza guida. Mi lascio affascinare dalla città di cui vedo sempre più la grandiosa cornice, l'antica bellezza ora coperta di miseria e di sporcizia. Continuo a pensare che è come una città fatta da qualcuno che se ne è andato e che la gente rimastaci non sa bene come usare.

Poco lontano dall'albergo, in collina, c'è il Palazzo dei Khan di Shirwan, un complesso di pietra che secoli fa era un centro religioso e di potere. La sua grande eleganza contrasta

Il vecchio quartiere di Baku

ora con la misera gente che ci si aggira. All'ingresso c'è un turco di Istanbul che vende a dei turisti siriani delle giacche di seta fatte in Arabia Saudita. Le compra per 10 dollari e le rivende qui per 25.

Il quartiere della città alta è più o meno abbandonato. La maggior parte delle case, un tempo belle, coi balconi di legno per stendere i tappeti al sole, sono gusci vuoti e silenziosi. Tutto è in rovina. Gli azerbaigiani dicono che i russi odiavano questa parte della città perché era prova del grande passato azero e per questo la lasciarono decadere. Ora il governo azero vuol riportarla al suo vecchio splendore e farne una zona turistica. Dovrà passar del tempo prima che il progetto sia realizzato. Mancano per esempio i tagliapietre. Erano tutti armeni e son scappati. Impossibile fare il restauro senza di loro.

Sul lungomare si alza la Torre Devichya, una strana, robusta costruzione in pietra del XII secolo, alta trenta metri, conosciuta come «il rifugio delle vergini». Gli abitanti ci chiudevano fino a 300 ragazze ogni volta che la città temeva un attacco dei turchi.

Sulla via principale la gente si strascica in silenzio da un negozio a un altro. Nei grandi magazzini di Stato gli scaffali sono pressoché vuoti. Lungo i marciapiedi invece fiorisce il commercio privato. Per un po' a Baku, dopo l'esodo in massa degli armeni, son venute a mancare le scarpe, ma ora molti banchetti hanno ripreso a offrire a ottimi prezzi (90 rubli) i mocassini fatti dai calzolai rifugiatisi dall'altra parte della frontiera.

Le statistiche dicono che in Azerbaigian la disoccupazione è attorno al 15 per cento della forza lavoro, ma a vedere le file di giovani che con una sigaretta in bocca, accucciati per terra o seduti dietro una bancarella, aspettano di vendere un unico paio di jeans o una bomboletta di spray deodorante, l'impressione è che la gente senza lavoro sia tantissima. La strada finisce in un grande slargo, una sorta di piazza Navona con cipressi e pini, dove un tempo stavano, e certo potrebbero stare di nuovo, i tavoli di vari caffè e ristoranti. Ora c'è solo immondizia.

Guardo la folla per le strade e mi par di vedere solo delle brutte donne grasse dai capelli tinti di un rosso ripugnante, solo degli uomini dalle barbe mal fatte, solo dei giovani russi che già a vent'anni hanno alcuni denti d'oro e gli altri mancanti o marci. Ho l'impressione di una umanità decaduta, di una società guidata da nient'altro che l'istinto a sopravvivere.

Possibile che da tutto quel che sull'Unione Sovietica avevo letto sui giornali negli ultimi anni non avessi capito quanto disperante fosse lo stato di questo paese? Possibile che per decenni abbiamo avuto paura di questo paese, di questa gente? Se Mosca avesse mai deciso di lanciare un attacco contro l'Occidente, all'ultimo momento sarebbe caduta la linea telefonica con cui dare l'ordine, sarebbe mancato il generale con la chiave degli arsenali e il primo missile sarebbe ricaduto sulla testa di quelli che lo avessero lanciato! I sovietici, a vederli ora, fanno più pena che paura!

Attraverso la piazza. Mi sorpassa un autobus. Anche qui, per raffreddare il motore, l'autista tiene aperto con un'asta uno sportello che finisce per sporgere pericolosamente su un lato del veicolo. In tutti i posti in cui sono finora stato, gli autobus, ora che fa caldo, viaggiano così. Ma è mai possibile che gli ingegneri che hanno mandato Gagarin nello spazio non siano stati capaci di trovare un modo più funzionale di raffreddare i motori dei loro autobus? Mi diverte comunque constatare che la soluzione è uguale in tutta l'Unione Sovietica, dalla Siberia all'Asia Centrale, al Caucaso. Come il sapore del gelato, identico in ogni angolo dell'Unione.

Vado all'Aeroflot a vedere se da qui c'è un modo per andare in Armenia. Debbo aspettare per mezz'ora il mio turno dinanzi a uno sportello affollato e faccio un gioco con me stesso. Chiudo gli occhi. Mi volto in una direzione e guardo. C'è un dettaglio piacevole? Una faccia sorridente? Mai. Ogni volta che riapro gli occhi non vedo che tende piene di patacche, buche nel pavimento, muri sbrecciati, cartelli mezzo rotti, cumuli di sporcizia e gente affaticata, mal vestita, sporca, adombrata.

A volte nella folla spicca la figura di qualcuno di diverso e... di più patetico. Per lo più son dei giovani, quelli che si vestono in modo da poter apparire stranieri: una cintura a marsupio alla vita, un gilet con tante tasche da fotoreporter e, chi può permetters.elo, una vera giacca straniera, ampia, lunga, con le spalle imbottite, assolutamente distinguibile da quelle striminzite, corte, con lo spacco ridicolo sul sedere. Il travestimento per alcuni è importantissimo. Essere presi per stranieri dà enormi privilegi, è un lavoro a volte anche redditizio perché da stranieri si entra negli alberghi « di lusso », nei negozi speciali, si comprano i prodotti di qualità, fatti solo per l'esportazione.

Anche in Cina era così. Lì i giovani si travestivano da turisti di Hong Kong o da cinesi d'oltremare per poter entrare nel Peking Hotel e nel Negozio dell'Amicizia a comprare tutto quello che era altrimenti introvabile nei grandi magazzini per comuni mortali. Il socialismo ha certo cominciato a perdere la faccia – e probabilmente anche la fiducia in se stesso – il giorno in cui ha deciso di garantire dei privilegi ai non-socialisti e, invece di dare orgoglio e dignità ai suoi cittadini, ha dato loro il complesso di inferiorità dinanzi agli stranieri.

Attraverso i vetri mai lavati dell'ufficio Aeroflot osservo la folla sulla strada, quella che entra ed esce, quella impegnata come sempre nelle interminabili attese socialiste. Tanta gente di tante razze diverse: slavi, mongoli, tartari, turchi, persiani, tutti cittadini di questo immenso calderone sovietico che in settant'anni di spaventosi drammi e sforzi non è riuscito ad amalgamare nulla, non è riuscito a creare un sen-

so del comune e che ora, proprio come un calderone in ebol-
lizione, si scoperchia e trabocca.

Diverse generazioni di queste varie razze sono vissute l'u-
na accanto all'altra, hanno servito nello stesso esercito, sono
state ingozzate della stessa propaganda, eppure non si sono
amalgamate, non si sono integrate. Anzi. È come se ora
ognuno scoprisse più che mai il suo appartenere a una razza
e per questo volesse sempre di meno avere a che fare con le
altre. Quel che colpisce qui è la vitalità del parrocchialismo,
la forza del separatismo e la miopissima visione che tutti
sembrano avere della propria situazione e del proprio futuro.
È possibile mettersi l'animo in pace dicendosi che tutto questo è il risultato del fallimento comunista? O è forse altrettanto vero che questa tendenza della gente a voler tornare a
essere solo fra simili è il frutto dell'assurdo tentativo di mi-
schiare troppo alla svelta tutti e tutto?

La ragazza dell'Aeroflot, di nuovo una russa, al cui sportello sono finalmente arrivato, mi guarda come se mi infor-
massi della possibilità di volare all'inferno. No. Non ci sono
aerei che da qui vanno in Armenia. Non ci sono treni e anche
le comunicazioni stradali sono chiuse. L'unico modo per raggiungere Erevan è di passare per Tbilisi, in Georgia.

Esco per cercare un taxi che mi porti a vedere un monumento che so essere in questa città, ma non so dove: il monumento a Richard Sorge, una delle più grandi spie del nostro
tempo, un uomo la cui vita mi ha sempre affascinato.

Ho fortuna. Faccio appena in tempo a tirar fuori di tasca
un « biglietto magico », che una scassatissima Fiat-Lada blu
mi si ferma davanti. Al volante c'è un uomo con dei bei baffi
neri che, in passabile inglese, mi chiede dove voglio andare.
È un medico-pediatra in uno degli ospedali della città, che
nelle ore libere, e a volte anche quando dovrebbe essere di
servizio, mi spiega, prende la sua macchina e fa il tassista per
poter mantenere la moglie e i due figli. Studia l'inglese perché sogna, con tutta la famiglia, di emigrare in America. Lui,
dove sia il monumento a Sorge non lo sa, ma a forza di girare, di chiedere ai poliziotti, di sbagliarsi e ricominciare da capo riusciamo a trovarlo. Impressionante. Un grande pezzo di
bronzo scuro, appena incurvato, da cui escono gli occhi vuoti

L'autore dinanzi al monumento alla spia Richard Sorge a Baku

di un uomo. Sulla sinistra quattro buchi, come i segni delle pallottole su un muro, sono l'allusione a una morte violenta. L'allusione è inesatta, perché Sorge venne impiccato e non fucilato, ma è una commovente allusione.

Avevo già visto questo monumento in miniatura, come un soprammobile, in una minuscola, ordinatissima casa dalle pareti di legno e le finestre di carta di riso in un sobborgo di Tokio, cinque anni fa. Fin da ragazzo la storia di quest'uomo di padre tedesco e madre russa, apparentemente membro del Partito Nazista, ma in verità un comunista fedele alla Rivoluzione, giornalista in Asia negli anni più romantici e drammatici, gli anni '30, mi aveva acceso la fantasia e una volta andato a vivere in Giappone, dove lui nel 1944 era stato giustiziato, avevo voluto rintracciare la sua vecchia amante giapponese, l'unica che lo aveva conosciuto bene, l'unica che poteva testimoniare che le ossa, trovate dopo la guerra in un cimitero vicino alla prigione di Sugamo, erano davvero quelle della grande spia e non di un qualche altro disgraziato senza nome.

L'avevo ritrovata, Ishii Hanako, una donna ormai quasi ottantenne, ma ancora vivacissima e ancora tutta immersa negli avvenimenti di mezzo secolo fa come se fossero d'oggi, in una casa tutta piena di foto, di libri, di ricordi di Richard Sorge. Con lei ero andato a trovare altri sopravvissuti di quel tempo, come la vedova di Branko Vukelic, il giornalista jugoslavo amico di Sorge, catturato con lui e morto in una prigione nell'isola di Hokkaido. Con lei avevo passato lunghi pomeriggi a farmi riraccontare la storia del loro incontro in una birreria di Tokio e poi della loro vita in comune in un piccolo appartamento di Azabu, il vecchio quartiere ancora oggi abitato soprattutto da stranieri.

La vita di Sorge è una miniera di avventure e di misteri, il soggetto per un grande film che non è mai stato fatto. Sorge era a Sciangai al tempo in cui i comunisti cinesi dopo una incerta alleanza coi nazionalisti venivano braccati e massacrati dagli uomini di Chiang Kai-shek e forse fu Sorge a salvare la vita di Mao Tse-tung quando, attraverso un ufficiale tedesco nel comando nazionalista, venne a sapere che i nazionalisti stavano per lanciare un attacco contro i guerriglieri e lui riuscì in tempo ad avvisarli.

Trasferitosi a Tokio, ufficialmente come corrispondente del giornale hitleriano *Frankfurter Zeitung* e grande amico dell'ambasciatore tedesco in Giappone, Sorge riuscì a passare a Mosca alcune preziosissime informazioni. Fu Sorge a far sapere ai sovietici la data in cui i tedeschi avrebbero attaccato l'URSS e marciato su Mosca con 170 divisioni. Fu lui a comunicare al Cremlino che gli alti comandi giapponesi, optando per la «strategia del Sud», avevano deciso di attaccare gli americani a Pearl Harbor e gli inglesi in Malesia e a Singapore, anziché l'Unione Sovietica in Siberia e a Sakhalin.

Tutto per nulla. Stalin non credette a nessuna di quelle informazioni. Gli pareva impossibile che qualcuno riuscisse a venire a conoscenza di tali segreti e sospettò che Sorge facesse il doppio gioco. I giapponesi invece finirono per incuriosirsi di questo strano tedesco nazista, donnaiolo e beone, che ogni tanto spariva su una barca nella baia di Tokio, apparentemente a pescare, ma in verità a trasmettere via radio i preziosissimi segreti che a Mosca venivano cestinati.

Nell'ottobre 1941 i giapponesi arrestarono Sorge e dopo una serie di interrogatori, di cui poco ci resta, all'alba del 7 novembre 1944 lo impiccarono. Per anni, dopo la guerra, la leggenda di Sorge continuò a circolare con ricorrenti segnalazioni che era stato visto, vivo e vegeto, da qualche parte del mondo, perché – si diceva – i giapponesi non l'avevano ucciso, ma all'ultimo momento l'avevano trasferito a Macao e lì l'avevano segretamente scambiato con dei generali di Tokio che i sovietici avevano catturato in Siberia.

Ishii Hanako non si era fatta di queste illusioni. All'inizio dell'occupazione americana, mi raccontò, aveva ritrovato il becchino della prigione e con lui era andata a riaprire la tomba. Fra i resti che vennero fuori lei riconobbe la borchia della cintura che Sorge portava, e la dentiera che lei gli aveva visto tante volte togliersi la sera, prima di andare a letto.

Con lei andai al cimitero di Tama a visitare la tomba in cui lei aveva fatto poi mettere le ceneri del suo compagno, e venni a sapere come i sovietici, attraverso un fattorino della loro ambasciata a Tokio, continuavano a pagare regolarmente a questa vecchia signora una sorta di pensione per mantenerla in vita e per convincerla, scoprii, a cedere una parte delle ceneri di Sorge all'Unione Sovietica.

Erano i tempi in cui il KGB cercava di rifarsi una immagine internazionale e qualcuno a Mosca aveva avuto la brillante idea di contrapporre, alle spie-eroi occidentali, un James Bond socialista, un personaggio più vero, più umano e per giunta più internazionalista dell'eroe da fumetto di Ian Fleming. Siccome in tutti i paesi del blocco socialista il mito di Sorge esisteva già, il trasferimento di parte delle sue ceneri nell'Unione Sovietica sarebbe stato l'occasione di un suo grande rilancio.

Neppure nella tomba le spie hanno pace, mi dicevo. E poi mi colpiva come un sistema riuscisse a sfruttare i suoi uomini e la loro memoria. Più mi addentravo nella storia delle sue avventure, più mi interessava l'uomo. Perché, dietro tutti i messaggi segreti, gli interrogatori, le impiccagioni, le ceneri, le onorificenze, c'era un uomo Sorge, in carne e ossa, un uomo coi suoi entusiasmi e le sue paure, con grandi convinzioni e forse dubbi, uno che aveva creduto in una causa e che per quella aveva lavorato, trepidato, combattuto. E tutto per nulla, tutto per ritrovarsi con una corda al collo in una buia prigione giapponese e poi con la propria memoria sfruttata per dare lustro a un regime di disumanità e di menzogne.

Già allora, a Tokio, avevo visto Sorge come il simbolo degli assurdi, immensi sprechi umani del comunismo, delle contraddizioni fra il coraggio individuale di certi comunisti, e la vigliaccheria, l'orrore del sistema. E ora eccomi qua, davanti al suo monumento.

« Non posso fare il tuo nome senza commuovermi per te, figlio della patria sovietica, figlio di Baku, soldato del grande Partito », dice la scritta dietro la grande lastra di bronzo. Un'altra non-verità. A Baku stessa, dove Sorge è nato, la gente ha dimenticato chi era e ora son solo io a commuovermi davanti al ricordo di questa vita spesa per nulla e di cui restano solo due occhi vuoti a guardare una città lisa e affaticata. Due giovani sporchi seduti sulla panchina ai suoi piedi non sanno certo con chi, fra me e me, parlo.

Il Tassista-Pediatra crede che io abbia un debole per i monumenti e così mi fa fare un giro della città a vedere tutti i monumenti socialisti: quelli ancora in piedi e i luoghi di quelli che ora non ci sono più. Nel giro dell'ultimo anno a Baku ci sono stati vari cambiamenti.

Il monumento principale della città, a parte la solita statua a Lenin, è un grande complesso di marmo, dedicato ai « Ventisei Commissari », martiri della rivoluzione bolscevica. Il monumento è costituito da un anfiteatro di marmo con al centro la testa reclina di un uomo che esce dalla terra e che con le mani tiene alta la fiamma eterna del ricordo.

I « Ventisei Commissari » furono uccisi il 20 settembre 1918 dai russi « bianchi » e sepolti in una fossa comune nel deserto turkmeno sulla sponda orientale del Mar Caspio, ma i comunisti, una volta presa Baku, riesumarono le salme dei loro compagni e diedero loro una sepoltura d'onore al centro della capitale. Da allora i « Ventisei Commissari » vennero trattati come i santi – socialisti – protettori di Baku. I loro busti erano collocati a intervalli regolari attorno all'anfiteatro, la loro saga era descritta in un grande bassorilievo che girava tutto attorno alla piazza e per decenni le scolaresche della repubblica sono state portate in questo mausoleo all'aperto a sentirsi raccontare la tragica storia del loro martirio.

« La storia era falsa », dice il mio Tassista-Pediatra. « Quel numero 26 è una pura invenzione comunista. I veri commissari di Baku erano solo tre o quattro, il resto erano dei semplici civili ammazzati per caso. » Incredibile!

Mi guardo intorno e mi accorgo che il monumento non è più quello rappresentato nelle cartoline illustrate. I busti sono scomparsi, il bassorilievo è a pezzi. Il monumento, mi spiega il Tassista-Pediatra, è stato una delle prime vittime del nazionalismo azero. Al momento delle grandi dimostrazioni antiarmene i manifestanti sono venuti qui a cancellare le tracce dei commissari che riconoscevano come armeni (facile perché i nomi armeni finiscono quasi tutti in « yan »); al momento delle manifestazioni per l'indipendenza dell'Azerbaigian, i dimostranti sono tornati con picche e martelli a far piazza pulita di quel che era rimasto, dicendo che i commissari erano comunque tutti spie di Mosca, mandati qui dal Cremlino come strumenti del potere coloniale sovietico.

L'anfiteatro di marmo c'è ancora. La fiaccola, tenuta dalle mani dell'uomo con la testa piegata in segno di lutto, è ancora accesa, ma nessuno sa più bene per chi.

Negli ultimi mesi anche tutte le strade, le piazze, le scuole, le fabbriche e gli asili che portavano il nome di uno di quei commissari sono stati ribattezzati.

« Chi sono qui i nuovi santi? » chiedo. Il mio Tassista-Pediatra si guarda attorno e sorridendo indica un bel palazzo con una facciata ottocentesca e una statua che sovrasta il frontone.

« Il nuovo santo sta lì », dice. Fino a poco tempo fa quella era la sede dell'Associazione dei Musicisti. Ora è diventata l'edificio della Borsa.

Saliamo sulla collina più alta di Baku, quella da cui si dominano la città e l'orizzonte del mare. Fino a due settimane fa sulla cima c'era una delle più grandi statue di granito dell'Unione Sovietica. Era la statua a Sergej Kirov, un rivoluzionario della prima ora, il primo amministratore bolscevico dell'Azerbaigian. Kirov fu assassinato nel 1934 e Stalin usò di quell'attentato per lanciare l'epurazione che fece milioni di vittime, specie all'interno del partito.

La statua di Kirov a Baku era una sorta di faro con una scala interna che permetteva di arrivare fin dentro la sua testa. Ora non c'è più. La mattina del 2 settembre delle gru mandate dal governo in pochi minuti hanno fatto a pezzi il Kirov di granito rosso e l'han portato via. La stessa fine hanno fatto altri sei monumenti ad altrettanti eroi della Rivolu-

Il mausoleo dei martiri sulla collina più alta di Baku

zione. Quella presenza « russa » era diventata imbarazzante per la città, mi spiega il Tassista-Pediatra.

In passato il monumento di Kirov era usato dalle coppie di sposi che ci venivano in pellegrinaggio subito dopo la cerimonia in comune, per farsi la foto ricordo. La sposa lasciava poi ai piedi del « santo » rivoluzionario il mazzetto di fiori delle nozze.

Ora che Kirov, eroe sovietico, è scomparso, le coppie di sposi continuano ugualmente a salire sulla collina, ma per andare al nuovo luogo di culto: il mausoleo dei martiri. I nuovi eroi sono i cittadini azerbaigiani uccisi dai soldati sovietici durante gli scontri del 19 e 20 gennaio 1990 nel centro di Baku.

Si cammina lungo una interminabile fila di tombe su una balaustrata di marmo bianco. Ai piedi di ognuna, mazzi di garofani rossi. Alla testa, intarsiati in grandi riquadri di marmo nero, i ritratti delle vittime: 138, più una trentina di riquadri vuoti di gente non identificata. Le coppie di sposi col seguito di parenti e amici sfilano in silenzio. Si sentono solo lo scalpiccio dei passi sull'impiantito di granito e la nenia di un vecchio che, all'inizio di questo percorso della morte e della rimembranza, legge dei versetti del Corano.

Il Tassista-Pediatra vuole assolutamente farmi vedere l'ex palazzo del governatore di Baku, quello in cui ora ha sede l'amministrazione della capitale. Non capisco perché. Parcheggia la macchina, convince la guardia a farmi entrare, saliamo al primo pianerottolo di una elegante scalinata ottocentesca e lì per terra, scritto in tassellini neri, al centro di un mosaico bianco e verde, spiccano un nome, « A. Franzi », e una data, « 1870 ». Il palazzo fu fatto da un architetto italiano e il mio Tassista-Pediatra è fierissimo di mostrarmi questo dettaglio dimenticato. Anch'io, di vederlo.

Rientro in albergo per incontrare il mio « contatto » di qui, Famil, un azero di trentacinque anni, piccolo, vivacissimo, forbito, giornalista.

« Andare nel Nagorno-Karabah? Impensabile. Non ci sono mezzi di trasporto e fra le linee azere e quelle armene c'è una terra di nessuno che è assolutamente impossibile attraversare », dice Famil.

Gli chiedo di spiegarmi la situazione politica.

« Lenin non c'è più, ma è rimasto il suo berretto », esordisce puntando il dito giù sulla piazza che dalla mia finestra pare immensa e dove ora, al posto della grande statua del Padre della Rivoluzione, sventola la nuova bandiera tricolore della repubblica dell'Azerbaigian. Anche qui è successo quel che è successo altrove. Prima al potere c'erano i comunisti. Ora ci sono i nazionalisti, ma le persone sono esattamente le stesse. L'uomo forte è il presidente Ayaz Mutalibov. Al momento del *putsch* s'era immediatamente dichiarato in favore, una volta che quello è fallito non ha avuto problemi a smentirsi e, due settimane fa, a dirigere l'operazione di riconversione del Partito Comunista locale, della riassegnazione dei suoi beni, formalmente cambiando tutto, ma in verità lasciando tutto com'era. Insomma la stessa storia che ho sentito ormai in tutte le repubbliche.

Mutalibov non ha neppure cambiato d'ufficio. Prima, da segretario del partito, occupava il Palazzo del Comitato Centrale. Ora la proprietà di quello è stata trasferita alla Presidenza della Repubblica e lui lo occupa da presidente. L'8 settembre ci sono state nell'Azerbaigian le elezioni presidenziali. Alla vecchia maniera comunista, Mutalibov era il solo candidato e ha ottenuto così il 96 per cento dei voti. Nonostante questo suo successo, Mutalibov deve ora far fronte a una crescente opposizione di militanti islamici che lo accusano di non essere abbastanza nazionalista, di essere rimasto uno strumento di Mosca, e di svendere le risorse naturali dell'Azerbaigian alle altre repubbliche, soprattutto alla Russia.

L'Azerbaigian ha dichiarato la propria indipendenza ad agosto, ma per ora, qui come altrove, questa indipendenza rimane teorica. La moneta resta il rublo e l'Armata Rossa rimane qui, pur essendo ormai vista come una forza di occupazione. C'è da aspettarsi che rimanga, se non altro a proteggere la presenza di un mezzo milione di russi – molti di loro tecnici – per ora indispensabili al funzionamento di alcune industrie locali, prima tra tutte quella petrolifera. Per ora sono cambiate solo le scritte fuori degli edifici pubblici: sono tutte in lingua azera.

Mi accorgo che Famil, parlandomi, guarda continuamente l'orologio. Avrà fame? Ho quasi indovinato. Per venire all'appuntamento con me, Famil ha lasciato una grande cena organizzata per il compleanno di un amico e ha promesso a tutti che sarebbe tornato portando anche me. La macchina, con un altro degli invitati sottratto alla cena per fare da autista, è giù che ci aspetta.

Mi ritrovo così in un bel cortile di pietre antiche, a una grande tavola imbandita in mezzo a tanti notabili locali – membri del Parlamento, ufficiali di polizia, ma nessuna donna – con cui sarebbe interessante parlare di politica, ma che invece fanno a gara nel darmi prova della loro generosa, aggressiva ospitalità, costringendomi a mandar giù spiedini di fegato di pecora con sorsi di latte rancido pieno di foglie di menta e pezzi di cetriolo. A turno tutti si alzano in piedi a fare varie volte discorsi inutili sull'amicizia o altro, tanto per giustificare un altro brindisi di vodka. Per cortesia anch'io son costretto a fare i miei.

Imparo che in azero « grazie » si dice *choksau* e che nell'Azerbaigian è vissuto l'uomo più vecchio del mondo: 162 anni. È vissuto fino al 1978. Non certo mangiando e bevendo così!

L'uomo che ho dinanzi a me è il direttore del più influente giornale locale, *Zerkalo*.

« Certo, anch'io sono stato comunista. Perché? Perché, se si deve fare la pipì, bisogna farla al gabinetto e non per strada. La differenza fra il capitalismo e il comunismo? » continua. « Nel capitalismo ci sono due persone che producono ognuna una cosa e che si mettono d'accordo per scambiarsela. Nel comunismo invece le persone sono tre, due che producono una cosa e la consegnano a una terza, la quale decide cosa farne. E che altro ha fatto il partito, se non prendere decisioni inutili e ingiuste senza produrre mai nulla? »

« C'è una soluzione al problema del Nagorno-Karabah? » gli chiedo.

« No. Non ce n'è nessuna. Nessuna giusta », dice. « L'assurdo è che sia gli armeni sia gli azeri hanno un diritto storico da vantare su quella regione. Anticamente il Nagorno-Karabah era abitato da entrambi. Oggi è vero che ci stanno solo gli armeni, ma quelli sono neoimmigrati. Furon trasferiti lì, nel secolo scorso, dall'est della Turchia e dalla Persia. Dopo le varie guerre russo-turche e russo-persiane, lo zar voleva una zona cuscinetto lungo i confini meridionali dell'impero e pensò di crearsela mettendo dei cristiani a bloccare l'espansione dei mussulmani. Dal punto di vista di Mosca fu allora una mossa abile. Ma perché il prezzo di quella mossa deve essere pagato oggi da noi azerbaigiani? Quella terra è nostra e perché dovremmo cederla agli armeni? Se vogliono andarsene, che partano! »

Tornando in albergo incontro un giornalista norvegese che sta attraversando l'Unione Sovietica come me, ma da ovest a est, nella direzione opposta alla mia. Lo invidio perché viaggia con due « amici » che anch'io ora vorrei tanto avere con me, ma che ho lasciato a casa non sapendo, quando sono partito, che sarei finito qua. Uno è Gustav Krist, austriaco, che nel 1922 torna nell'Asia Centrale dove i russi l'avevan rinchiuso in un campo di lavoro, dopo averlo fatto prigioniero durante la prima guerra mondiale. L'altro è Fitzroy Maclean, un diplomatico inglese che nel 1937 viaggia in queste stesse regioni, allora proibitissime agli stranieri. Tutti e due debbon esser morti da tempo, ma attraverso i resoconti dei loro viaggi (Krist: *Durch Verbotenes Land*; Maclean: *Eastern Approaches*) restano vivi come persone in carne e ossa. Viaggiando per il mondo a cercar di capirlo non ci sono migliori compagni di quelli che con lo stesso spirito han fatto la stessa strada e ne hanno scritto. Il semplice confronto fra com'era e com'è aiuta a capire. Peccato che tutti i miei « amici » siano rimasti nella mia biblioteca così lontana da qui! Stasera mi mancano.

Il norvegese mi racconta di aver viaggiato nella cabina di pilotaggio di un jet dell'Aeroflot. Per i primi trenta minuti nessuno parlava, poi ognuno ha cominciato a dire quel che gli pareva. La spiegazione gliel'han data i piloti stessi. Nelle cabine degli aerei ci sono ancora due microfoni del KGB che però funzionano solo finché l'aereo ha raggiunto la sua quota. I microfoni rientrano in funzione quando l'aereo si avvicina al prossimo aeroporto, allora i piloti si zittiscono di nuovo.

Domenica 29 settembre

Corro lungo il mare. La strada è tutta sconquassata. Corro sino in fondo al molo. La struttura di cemento armato in certi punti ha ceduto. Nel corso degli ultimi decenni il Mar Caspio è salito notevolmente di livello, danneggiando moltissime delle costruzioni lungo la costa. Pare che ogni anno continui a salire di qualche centimetro. Uno strano fenomeno che produce effetti come di un terremoto, ma lentissimamente. Alcuni sostengono che anche questo avviene a causa dell'inquinamento.

Famil viene a prendermi con la sua macchina per portarmi a Sumgait, la città satellite a trenta chilometri da Baku dove tutto il problema con gli armeni cominciò con un massacro.

Sumgait è una città-orrore con un alto tasso di disoccupazione e di criminalità e dove l'uso della marijuana che viene dall'Asia Centrale – qui la chiamano *ashan* – è diffusissimo fra i giovani. Sumgait fu costruita dal nulla alla fine della seconda guerra mondiale e popolata all'inizio con ex deportati e criminali comuni appena rilasciati. Fu pensata come uno dei centri più importanti dell'industria chimica dell'Unione Sovietica e lo è rimasta. I grandi complessi ancora in funzione sono sei. In uno di questi fino a poco tempo fa si producevano i componenti delle armi chimiche. Gli impianti sono praticamente l'uno accanto all'altro, lungo il mare, ma nemmeno il vento che soffia dal Caspio basta a spazzare via la caligine giallognola che grava su tutta la città, il puzzo soffocante e lo strato di polvere bianca che, come una coltre di neve, copre i tetti delle case e resta attaccata alle ciminiere.

Nel 1988 la popolazione di Sumgait era composta da 150.000 azerbaigiani e circa 16.000 armeni e qualche migliaio di russi. I due gruppi erano vissuti l'uno accanto all'altro per decenni senza grandi problemi. La tensione salì alla fine di febbraio. Il consiglio regionale del Nagorno-Karabah aveva appena passato una risoluzione che trasferiva la sovranità sul territorio dall'Azerbaigian all'Armenia, e a Erevan, capitale dell'Armenia, erano cominciate le prime dimostrazioni in appoggio a quella decisione. A Sumgait ci furono contro-dimostrazioni di azerbaigiani e queste presto si trasformarono in un *pogrom* di armeni.

Per tre giorni e tre notti, a fine febbraio del 1988, a Sumgait regnò la più completa anarchia. Quando l'esercito sovietico decise finalmente di intervenire (anche qui, come a Uzghen in Kirghisia, con un sospetto ritardo!), più di 300 armeni erano stati uccisi a bastonate, buttati giù dalle finestre, fatti a pezzi con asce o accoltellati a freddo per strada da bande scatenate di giovani azerbaigiani.

Nessuno ha ancora ricostruito esattamente i fatti, ma vari dettagli stanno a indicare che il massacro fu organizzato e che probabilmente, come nel caso di Uzghen, fu organizzato proprio da elementi all'interno del Partito Comunista. Pensavano che, creando delle tensioni razziali e poi imponendo una soluzione di forza, sarebbero riusciti a riprendere il potere che si sentivano sfuggire di mano.

« Erano tempi strani », ricorda Famil che sin dall'infanzia ha abitato a Sumgait. « Ci si chiedeva perché le nostre vite fossero così misere e il partito aveva un suo modo di bisbigliarci all'orecchio: 'La colpa non è del sistema, è del tuo vicino. La colpa è degli armeni'. Alla fine molti di noi ci hanno creduto. »

Non mi meraviglio. È successo lo stesso in Kirghisia e nell'Uzbekistan. I comunisti – o gli elementi più conservatori nel partito – hanno cercato di fare una parte che i russi avevano già fatto altre volte con successo: quella di istigatori e poi di pacificatori dei conflitti razziali. Questa volta la bomba che avevano innescato è scoppiata loro in mano.

Di questo lavoro di sobillazione comunista resta ora l'odio razziale. A Sumgait ha raggiunto livelli di paranoia, per cui persino l'inquinamento della città viene attribuito a una «congiura armena». Non fu forse la «mafia armena» attorno a Stalin a decidere di installare qui le fabbriche chimiche per poter così appestare l'Azerbaigian e ridurlo a una pattumiera? Non era forse l'armeno Mikoyan uno dei più importanti ministri di Stalin? A Baku è appena uscito un libro su questa «congiura».

Il massacro di Sumgait provocò l'esodo degli armeni dall'Azerbaigian e di conseguenza quello degli azerbaigiani dall'Armenia. All'inizio questa reciproca migrazione fu quasi organizzata. A Baku c'erano tre *armenikent*, tre quartieri abitati dagli armeni, e molti di questi armeni riuscirono a partire, scambiando le loro case con quelle degli azerbaigiani che lasciavano l'Armenia. Presto, però, in seguito a nuovi massacri, l'esodo divenne una fuga disperata e disorganizzata.

Baku, pur «purificata» dalla partenza di questi «nemici» etnici, non si è ancora ripresa dalla loro scomparsa. Gli armeni di Baku erano soprattutto artigiani e la capitale non ha ora abbastanza calzolai, gioiellieri, vetrai, falegnami. Non ha più neppure abbastanza artisti, musicisti e programmatori di computer. Gli azerbaigiani venuti a stare qui dall'Armenia non sono certo in grado di rimpiazzare gli armeni partiti, visto che la stragrande maggioranza eran contadini. «Nello scambio ci abbiamo perso enormemente», dice Famil.

Armenia e Azerbaigian per giunta erano integrati nel sistema economico sovietico e la divisione del lavoro prevista da quello ha creato enormi e a volte strani problemi, ora che le due repubbliche fanno vita separata e che hanno rotto tutti i legami fra di loro. L'Azerbaigian per esempio può farsi le sue sigarette, ma non quelle col filtro. I filtri venivano tutti dall'Armenia. Gli armeni dal canto loro non hanno più verdura perché gran parte dei loro contadini erano azerbaigiani e, ora che quelli son partiti, nessun armeno vuole andare a coltivare i loro campi.

Quando sul conflitto razziale azerbaigiani-armeni si inserì il movimento nazionalista azero con le dimostrazioni di massa a favore dell'indipendenza dall'URSS, ci fu il massacro di Baku le cui vittime sono state sepolte sulla collina dove vanno gli sposi.

La strada corre lungo il mare. Il cielo è sempre giallastro. L'aria puzzolente. La spiaggia è coperta di pompe in disuso, di ferraglia, di tubi rotti. In mezzo a questo squallore inquinato, una fabbrica di Leningrado ha da poco finito di costruire un sanatorio per i suoi operai. Assurdità del socialismo: i poveretti mandati qui credevano di andare al mare!

Passo alla posta per spedire a casa un po' delle carte geografiche, dei giornali, dei libri d'arte che ho comprato negli ultimi giorni. I libri d'arte sono belli e costano poco. Ho trovato per esempio due volumi sui tappeti dell'Azerbaigian per quattro dollari. Pesano troppo e non voglio portarmeli dietro. Al banco delle spedizioni non sono il solo. C'è un uomo che ne ha comprati alcune decine e li manda a un suo « amico » in America. Non c'è nessun regolamento che gli impedisce di farlo, ma anche questo è un esempio di come il sistema funziona, o meglio non funziona. I libri in Unione Sovietica vengono socialisticamente sovvenzionati per permettere alla gente di comprarli e qualcuno intraprendente ne approfitta per fare degli enormi guadagni senza colpo ferire. Il guaio è che poi i libri non si trovano più e certo non vengono ristampati.

Ho chiesto a Famil di farmi incontrare l'ideologo dei nazionalisti azerbaigiani, il capo dell'opposizione anti-comunista. L'appuntamento è alle tre del pomeriggio in un palazzotto poco lontano dal mare e dalla vecchia cittadella con capannelli di simpatizzanti che sostano all'ingresso e un gruppo di fedelissimi accampati davanti alla porta del capo.

Mentre aspetto di entrare, dalla stanza del « presidente » esce uno strano occidentale, alto, biondo, sui quarant'anni, coi blue jeans e le scarpe da ginnastica. Tutti lo salutano come fosse di casa, come fosse qui tutti i giorni. Se ne andrebbe senza rivolgermi la parola se non fossi io a bloccarlo.

« Giornalista? » gli chiedo.

« Sì. *New York Times* », dice quello.

« *New York Times*? Ho giusto incontrato Ed Gargan a Taškent », faccio io. « O quanti siete in giro da queste parti? »

L'uomo è imbarazzato. « Io sono solo uno *stringer* », dice.

Anche questa è ovviamente una balla e il mio primo pensiero era forse quello giusto: un uomo dei servizi. Di quali non so, ma so che spacciarsi per giornalista è sempre una buona copertura e che per i giornalisti è sempre un gran rischio quello di esser presi per delle spie. Quante volte l'ho sentito dire anche di me! A volte agente della CIA, a volte del KGB a seconda delle situazioni!

Abulfaz Ali Elchibey mi riceve in piedi al centro della solita stanza con la moquette rossa e il lungo tavolo delle conferenze. Vestito di nero, scarnissimo, con la barba grigia e una testa di capelli grigi e riccioluti come un Ailé Selassié asiatico dal sorriso difficile, ma caldo, quando finalmente si apre. Elchibey è il presidente del Fronte Popolare dell'Azerbaigian e il direttore del giornale *Azadlyg*, libertà.

I primi minuti sono tesi. È il solito problema di tante interviste. L'intervistato non sa nulla dell'intervistatore e, presumendo che quello sappia poco o nulla delle cose di cui vuol parlare, comincia con qualche banalità di circostanza, dice quel che ha da dire, e se ne va.

« Noi azerbaigiani e gli italiani, i greci e gli spagnoli siamo simili: amiamo la musica e il tipo di musica che facciamo è simile. »

Mi secco immediatamente. Ne ho abbastanza di queste banalità sulle somiglianze. Siamo diversi, diversissimi, e secondo me sarebbe proprio una bella cosa che rimanessimo tali. Eppure l'uomo ha un'aria intelligente e voglio che si impegni. Così lo provoco. Gli dico che non sono venuto da lontano per farmi dire queste sciocchezze e che voglio invece sapere come vede l'Asia Centrale oggi, voglio sapere che cosa pensa della rinascita dell'Islam, del suo ruolo nella derussificazione, della possibilità di un federazione panturca, eccetera. Più che offeso, si sente preso sul serio e, sul serio, come avesse cambiato registro, si mette a fare la sua analisi:

« Con la fine dell'impero sovietico finisce un sistema coloniale di governo che, rispetto a quelli classici, è stato relativamente moderno e privo di strutture medievali che invece sopravvivono negli ultimi imperi del nostro tempo: in Cina, in India, in Iran. Grazie alla modernità del sistema coloniale sovietico, l'elemento religioso che ora sorge dalle sue rovine ed è alla base delle varie, nuove identità nazionali, non è ra-

Abulfaz Ali Elchibey, capo dei nazionalisti dell'Azerbaigian.
Ora presidente della repubblica

dicale, né fanatico come quello dei nazionalisti tamil nello
Sri Lanka o kashimiri in India. Questi popoli cercano di creare dei loro Stati indipendenti e il fattore religioso gioca un
grande ruolo. Anche in Cina, dove la coscienza nazionale dei
vari gruppi etnici è in via di sviluppo, il giorno in cui anche
quell'impero si sfascerà ci saranno probabilmente fenomeni
di fanatismo religioso.

«In Europa invece gli Stati si sono formati dopo la Rivoluzione Francese e con questo la coscienza nazionale è stata
da allora molto più forte di quella religiosa. Il fenomeno cui
assistiamo nell'Asia Centrale oggi è molto simile. L'Islam è
d'aiuto alla formazione della coscienza nazionale, ma non è
il fattore determinante. Questo processo è cominciato all'inizio del secolo, ma è stato interrotto dal fatto che la Russia col
bolscevismo scelse di diventare il poliziotto dell'Asia e di reprimere da allora la libertà su un vastissimo territorio che andava dall'Asia all'Europa dell'Est. Ora che la Russia ha
smesso di svolgere questo ruolo, il processo di formazione
dei vari Stati riprende e nel caso dell'Azerbaigian è chiaro

come in questo processo il fattore nazionale è molto più importante di quello religioso.

« Il movimento indipendentista qui nacque fra il 1906 e il 1911. Già allora la gente non si batteva per la religione, ma per la Costituzione. L'obiettivo era l'instaurazione di una monarchia costituzionale. Fra il 1918 e il 1920 ci fu un forte movimento democratico e nel nord del paese si costituì la prima repubblica democratica dell'Azerbaigian. La sua bandiera era quella che ora abbiamo adottato noi. I colori di quella bandiera dicono tutto: il blu sta per la coscienza nazionale, il rosso per la modernità e i princìpi democratici, il verde per la religione e la cultura islamiche, la stella a otto punte e la mezza luna sono vecchi simboli che si ritrovano negli oggetti azeri del III secolo avanti Cristo e che sono parte della nostra tradizione. All'inizio noi azeri non eravamo né cristiani né mussulmani. Le otto punte sono i vari strati dell'universo così come li concepivano gli sciamani i quali credevano che, una volta superati gli otti strati, l'uomo poteva avere un contatto diretto con Dio. In altre parole la stella e la mezza luna sono il segno dell'universo ».

Chiedo a Elchibey come valuta l'influenza fondamentalista sul movimento di rinascita islamica.

« Non mi preoccupa », risponde. « Se i fondamentalisti riuscissero mai a prendere il potere nell'Asia Centrale, non sarebbe che per poco. La situazione sta cambiando anche in Iran. I fondamentalisti là stanno lentamente perdendo il potere. La ragione è semplicissima: lo Stato è come una macchina; può funzionare solo in mano agli ingegneri, non ai *mullah*. Quando la religione diventa un grande potere all'interno dello Stato, lo Stato di per sé perde potere nei confronti dei suoi cittadini. Questa è la ragione di fondo per cui il comunismo è stato sconfitto nell'Unione Sovietica: aveva avocato a sé tutto il potere dello Stato e con questo ha finito per screditarsi. Quando un poliziotto francese arresta qualcuno a Parigi lo fa in nome della repubblica; in Iran lo fa in nome dell'Islam, nell'Unione Sovietica lo faceva in nome del comunismo e con questo è l'idea che finisce per essere considerata responsabile di tutto. »

« E una unione dei vari Stati dell'Asia Centrale, la ritiene possibile? » gli chiedo.

« Un nuovo Turkestan? No. Storicamente siamo nati separati e tali dobbiamo restare. Nonostante la lingua e la religione comuni, siamo gente di razze diverse e la razza conta, è qualcosa di atavico, qualcosa che si mantiene attraverso i secoli, a dispetto di ogni sforzo di integrazione. Noi azeri abbiamo sempre avuto più contatti con le genti del Caucaso, con i turchi che con i popoli dell'Asia Centrale. Il Mar Caspio ci ha tenuti separati dall'Asia. Noi ci sentiamo più europei che asiatici.

« Provi a chiedere a un azero se conosce dei filosofi asiatici. Gliene citerà uno o due, ma con quelli europei è di casa. Li ha studiati a scuola. La nostra gente conosce la letteratura di Roma e della Grecia molto meglio di quella araba, di quella indiana o di quella cinese. Aristotele e Platone sono per noi nomi comuni. Li abbiamo anche azerbaigianizzati come Arastù e Aplatù e li diamo ai nostri figli come nomi propri. »

Elchibey parla, Famil traduce e io prendo appunti. Mi accorgo solo che quando incomincia a parlare di Aristotele automaticamente si mette a parlare in russo e non più in azero. La filosofia anche lui l'ha studiata nelle università dell'impero!

« Per noi azeri questo è un complicato, ma importantissimo momento storico », continua, ora ancor più calmo e convincente, Elchibey. « Noi siamo convinti che, in seguito alla caduta del grande impero sovietico, anche il piccolo impero iraniano cadrà e che questo permetterà la riunificazione del nostro popolo. »

« Che riunificazione? » chiedo io per esser sicuro che Elchibey si riferisca al fatto che, a sud dell'Azerbaigian, la grande regione oltre confine e che appartiene all'Iran è abitata quasi esclusivamente da azerbaigiani. E infatti:

« La riunificazione fra l'Azerbaigian del Nord e quello del Sud », risponde Elchibey. « Noi azeri siamo un'unica nazione, siamo 23 milioni in tutto, ma viviamo ancora separati da una frontiera, la frontiera fra Unione Sovietica e Iran. È una situazione che non può durare. La riunificazione di un popolo è una legge della storia. Dallo sfasciarsi di questi due imperi, ora quello sovietico e presto quello iraniano, nasceranno degli Stati completamente nuovi e con ciò cambieranno i rapporti di questa regione col mondo. Presto cambieranno anche i rapporti del Medio Oriente col resto del mondo.

« Finora voi europei avete considerato l'Azerbaigian del Nord come parte dell'URSS e l'Azerbaigian del Sud come parte dell'Iran, ma questo è un atteggiamento che dovrà cambiare e, se il processo di evoluzione non conduce a una soluzione pacifica del problema azero, allora ci dovrà essere una guerra di liberazione nazionale per ricongiungere l'Azerbaigian del Sud con quello del Nord », dice Elchibey.

Un'altra guerra? Davvero, a questo non avevo pensato e interrompo l'*exposé* di Elchibey.

« Volete fare la guerra contro Teheran? » chiedo.

« E perché no? Voi europei avete fatto le vostre guerre di liberazione e, se sarà necessario, ne faremo una anche noi per liberare l'Azerbaigian del Sud », risponde. « Quello che vogliamo non è né più né meno quel che voi europei avete: una nazione unita, indipendente e democratica. Non vogliamo la rivoluzione se ne possiamo fare a meno. La rivoluzione costa cara in vite umane e lascia pesanti strascichi nella storia. Dopo una rivoluzione o una guerra le nazioni continuano a considerarsi nemiche per lungo tempo e gli Stati perdono potere e cittadini. Per questo cercheremo di raggiungere l'obiettivo della riunificazione per vie pacifiche... » Elchibey si interrompe, ha come un ripensamento, poi continua: « ... certo che la via della rivoluzione potrebbe essere molto più efficace e la vittoria più veloce ».

« Lei dunque ritiene possibile una guerra di guerriglia fatta contro l'Iran da basi nell'Azerbaigian di oggi? » chiedo.

« Sì. Noi consideriamo la repubblica dell'Azerbaigian alla stregua di un territorio liberato da utilizzare come santuario per la liberazione del nostro paese. Questa non è una idea nuova. È la legge della storia. L'impero sovietico cade, cade quello iraniano e dalle rovine nasce qualcosa di nuovo. I curdi potranno finalmente avere un paese loro, i farsi pure. Questa tendenza può essere frenata solo se l'Iran fa concessioni e cerca alla svelta di trasformarsi in una confederazione. Io credo che la riunificazione del popolo azero sia inevitabile come lo è stata quella del popolo tedesco. »

« Ma il presidente Mutalibov che pensa di queste sue idee? » gli chiedo.

« Il presidente di ora non è un presidente, è un povero dilettante senza alcun vero potere », risponde senza alcuna esitazione.

Gli chiedo di sé.

« Sono nato nelle montagne nella regione di Ordubad. Mio

Il Palazzo del Governo a Baku

padre era un pastore e morì al fronte nella seconda guerra mondiale. Ho studiato prima alle scuole locali, poi all'Università di Baku presso l'Istituto di Lingue Orientali (arabo, turco e farsi). Per due anni fui mandato come interprete alla diga di Assuan in Egitto. Tornato, presi un dottorato in Storia, ma all'università mi dissero che, se non fossi entrato nel partito, non avrei potuto continuare le mie ricerche. Diventai membro nel 1972. Nel 1975 venni arrestato per 'agitazione contro il potere sovietico'. Facendo lezione, avevo semplicemente parlato dell'impero russo e di quello sovietico e avevo spiegato agli studenti che a noi azeri questi due imperi non avevano dato nulla. Fui condannato a un anno e mezzo di lavori forzati e fui messo a trasportare sassi in una cava. Ogni sasso pesava 35 chili. Quando uscii non avevo diritti, tanto meno quello di insegnare. Mi misero a lavorare sui vecchi manoscritti all'Accademia delle Scienze. È lì che lavoro ancora. »

« E la storia del Fronte? » chiedo.

« Il Fronte Popolare dell'Azerbaigian esisteva già sotto forma di vari organismi separati. Nel luglio 1989 ci fu il primo congresso e il Fronte divenne un'organizzazione legale.

Non abbiamo alcuna intenzione di diventare un partito, almeno non fino alla completa liberazione dell'Azerbaigian. Fino
allora resteremo un Fronte. »

Lascio Elchibey con la forte impressione d'aver incontrato un uomo preso da una missione e di cui certo sentirò ri-
parlare.

Ho chiesto al mio Tassista-Pediatra di portarmi all'aeroporto e lui, puntualissimo, mi aspetta fuori dell'albergo. Lungo il
percorso vedo un grande fuoco alzarsi dalla terra e una folla di
curiosi fare largo a due autobotti dei pompieri. Pare che sia
esploso del gas in uno dei pozzi di petrolio abbandonati.

« Il petrolio? » dice il mio pediatra. « I russi ce lo pagano
solo 3 dollari alla tonnellata, ma sul mercato internazionale
varrebbe almeno cinquanta volte di più. »

« Ma anche volare da qui a Mosca con una linea aerea internazionale vi costerebbe cinquanta volte più dei trenta rubli
che pagate! » dico, sicuro, però, di non convincerlo. Tutti
hanno scoperto d'essere stati orribilmente sfruttati e questa è
anche una buona consolazione per tutto quello che non va.

In mezzo a una rotonda poco lontano dall'aeroporto troneggia ancora una grande statua di Lenin. Si son dimenticati
di buttarla giù o la tengono di riserva, in caso ci sia una con-
trorivoluzione?

Di nuovo l'aereo è in ritardo. Vengo sottratto al caos della
sala d'attesa comune e messo in quella per gli stranieri che
pagano i loro biglietti in dollari. Passo due ore a chiacchiera-
re con quattro impiegati dell'ambasciata americana a Mosca
che trascorrono i loro fine settimana in giro per l'Unione Sovietica in cerca di cose a buon mercato da comprare. A Baku,
dicono, si trovano dei bellissimi tappeti nei « negozi su commissione » dove la gente, per far fronte all'aumento del costo
della vita, è ora costretta a mettere in vendita le cose di famiglia. Ognuno di loro si trascina dietro un grosso, pesantissi-
mo sacco pieno.

20. *Georgia: giocando alla guerra*

« Viaggiavo col postale da Tbilisi. Il solo bagaglio che avevo era un piccolo portamantello con le note di viaggio sulla Georgia... »

Mi viene in mente Lermontov e vorrei tanto anch'io viaggiare su un postale come il protagonista di *Un eroe del nostro tempo*. Invece, eccomi in un solito, pericolante aereo sovietico diretto a Tbilisi. Si vola al buio e non vedo nulla. Si atterra che è già notte inoltrata e la Georgia mi si presenta come uno dei tanti altri posti da cui vengo: la gente sporca e senza espressione dietro i cancelli col lucchetto ad aspettare i passaggeri, le offerte di un passaggio fatte da ceffi male in arnese, e per terra le cicche, le cartacce, le buche, i resti di tante mancate costruzioni. Entro nel primo taxi che capita, do all'autista, in anticipo, la cifra che mi chiede e quando lui dice: « Hotel? Hotel? » io faccio solo di sì con la testa. Non conosco il nome di nessun albergo a Tbilisi, ma ci sarà pure anche qui il solito Hotel Intourist dove vengono messi gli stranieri, mi dico. Sono stanco e mi addormento.

Non so per quanto tempo si viaggia, ma, quando mi risveglio, mi ritrovo... in un miraggio: ascensori, come bolle di sapone illuminate, scivolano silenziosi lungo altissime colonne bianche, uno straordinario lampadario con mille e una luce scende dal cielo in un vasto spazio aperto, punteggiato di piante e fiori. Sul pavimento lucidissimo di granito mi vengono incontro due giovani ben vestiti in livrea nera e verde che, prima in una lingua, poi in un'altra – io, ammutolito, non reagisco a nessuna – e ancora in una terza, mi invitano a cedere loro i miei due preziosi bagagli. Una elegante ragazza alla *reception* mi chiede se preferisco una camera con vista sul fiume o sulle montagne, se voglio pagare con una carta di credito.... L'Unione Sovietica, questa?

Per un attimo mi prende una sorta di euforia. Poi la depressione. D'un tratto mi mancano i puzzi cui sono abituato, i banconi polverosi, le donnone malamente incipriate e disattente dell'Intourist, le piccole congiure delle cameriere, i sorrisi d'oro delle *digiurnaje*. Quasi ho voglia di riprendere le mie carabattole e uscire. Ho sbagliato paese! « Benvenuto al Metechi Hotel di Tbilisi, signore », dice la ragazza della *reception* consegnandomi la chiave. « Le auguriamo un piacevole soggiorno. »

Il Metechi mi appare come un'astronave atterrata qui per caso, ma presto scopro – con piacere – che i marziani a bordo hanno ancora la testa dei sovietici. Vado al ristorante, ordino qualcosa da mangiare e una birra, ma quella non arriva. Passa un quarto d'ora e il cameriere, scusandosi, viene a chiedermi tre dollari. Senza di quelli i suoi colleghi del bar la birra a lui non gliela danno. Entra, con passo da padrone e la barba non fatta, un ufficiale della polizia locale. Si dirige al banco dei camerieri e con fare autoritario chiede loro qualcosa indicando un cassetto chiuso. Tutti sembrano preoccuparsi. Due *maîtres d'hôtel* austriaci scivolano premurosi sulla moquette verso di lui, gli parlano attraverso un interprete, con grande cortesia, come a un buon cliente che protesta per la carne troppo dura. Il poliziotto ribatte, poi, a passi lenti, come si aspettasse gli applausi di qualcuno, si dirige, seguito da un codazzo di camerieri, verso le cucine. Va a prendersi una fetta di questo benessere proibito? Un assaggio di questa torta che ormai avvelena di eccessive aspettative i sogni di tanti popoli poveri?

Ho visto questo fenomeno avvenire in Cina. Dopo anni di isolamento, di austerità e di miseria, il paese si apre e la prima cosa che la gente vede spuntare dinanzi a sé sono questi strani funghi in cemento e vetro, tutti luci e colori, degli alberghi moderni; isole di ricchezza e di modernità attorno alle quali la gente locale può aggirarsi a bocca aperta, ma in cui non può entrare se non come servitori o prostitute. Solo alcuni eletti posson varcare quelle soglie da ospiti e fare come fossero dei « bianchi » onorari. Di queste bolle di sapone ad aria condizionata ce ne sono ormai in ogni angolo dell'Asia, dal Vietnam al Tibet. Sì, uno di questi fungacci, senza nessun rispetto, nemmeno nello stile della sua apparenza, è spuntato persino nel centro della città sacra di Lhasa.

Possibile che tutti questi popoli di vecchie e diverse culture non sappiano inventarsi qualcosa di proprio per offrire un tetto ai loro ospiti? Possibile che questa dell'asetticità cosiddetta « internazionale » sia l'unica alternativa allo sporco?

Il Metechi Hotel di Tbilisi è una operazione tutta austriaca e, al momento, di grande successo. Le notizie di barricate e scontri nel centro di Tbilisi hanno fatto accorrere un esercito di corrispondenti, fotografi e troupe televisive da tutto il mondo e l'albergo, aperto da poco, ha preso vita. A parte questo, l'albergo sembra sia diventato il luogo di raccolta dei giovani rampanti della città. Molti tavoli al ristorante sono occupati da rumorosissimi ragazzi georgiani, del genere di quelli che ho visto ad Alma Ata, da « uomini d'affari » come quelli di Habarovsk: i mafiosi, la nuova classe che ora emerge dallo sfacelo della società senza classi.

Mi perdo a guardarli. Tutte le grandi fortune all'origine sono sporche, mi dico sovrappensiero. Anche i Kennedy fecero la loro così! Ora che l'impero si sfascia, che non c'è più un'autorità che terrorizza, che punisce, che tiene tutti in riga, le occasioni per sfruttare la situazione e far fortuna sono enormi. Anche gli sciacalli, pronti a buttarsi su questo immenso cadavere che era l'urss, sono tantissimi. Guardo questi giovani georgiani che già possono permettersi una cena in un ristorante dove, in dollari, finiranno per pagare l'equivalente dello stipendio di molti mesi d'un normale cittadino sovietico e mi chiedo se fra loro non c'è un futuro papà Kennedy di qua.

Ho una camera bellissima, un letto immacolato, un bagno di quelli con tutte le boccettine, il pacco dei Kleenex e asciugamani di ogni formato, ma l'idea di andare a dormire mi pare assurda, uno spreco. A Tbilisi – lo dicono in continuazione tutte le radio – ci sono barricate per le strade, scontri a fuoco, e voglio proprio vederli coi miei occhi.

Esco in strada. Fermo una macchina e mi faccio portare al Palazzo del Governo. Le strade sono deserte. La città è bella, europeissima, appunto come la volle il generale russo Ermolov, eroe della battaglia di Borodino, mandato qui dallo zar nel 1816 ad amministrare questo nuovo territorio messo sotto la protezione di Mosca. Nel 1958 Tbilisi ha celebrato il millecinquecentesimo anniversario della sua nascita, ma della città antica resta poco o nulla, saccheggiata e distrutta come è stata dagli invasori di tutti i secoli. Nel 1795 Tbilisi era stata messa a ferro e fuoco dallo scià di Persia, i georgiani parevano una razza in via di estinzione, e l'intervento russo finì per essere davvero una salvezza.

Anche oggi i georgiani non sono molti. La repubblica ha

una popolazione di appena 5 milioni. Di questi, un milione sono russi o armeni. I georgiani stessi sono solo 4 milioni. Uniti? Niente affatto. Da alcune settimane i georgiani sono divisi in due campi e si fanno la guerra per il controllo del potere. Ogni campo ha i suoi soldati, i suoi carri armati e la sua folla di sostenitori. Ogni campo ha la sua roccaforte. Quella dei « democratici » – almeno così si definiscono – è nella sede della televisione. Quella dei « legittimisti », in quanto difendono il legittimo presidente della repubblica Zviad Gamsakhurdia, eletto democraticamente a stragrande maggioranza pochi mesi fa, è nel Palazzo del Governo, nel cuore della città.

Alla vista delle prime barricate, da cui spuntano i fucili degli uomini di guardia, il taxi si ferma e debbo fare il resto della strada a piedi. Cammino per una viuzza in salita dal selciato in pietra, come in una vecchia città dell'Europa del Nord. Persino l'odore delle case mi pare lo stesso. La viuzza sbuca sulla piazza principale di Tbilisi e davanti mi si para l'imponente, fascistoide sede del potere georgiano. Berija, il boia di Stalin, è passato da qui, Eduard Shevardnadze è stato qui per anni ministro degli Interni nel governo della repubblica e poi segretario del partito locale, prima di diventare ministro degli Esteri di Gorbacëv nel governo dell'Unione Sovietica. Il palazzo è ora il bunker di Gamsakhurdia, uno strano, enigmatico personaggio, professore di letteratura inglese, traduttore di Shakespeare, grande dissidente, ex prigioniero politico, simbolo di tutta l'opposizione anticomunista e ora accusato dai « democratici » di aver perso la testa, di essere divenuto un dittatore, un torturatore del popolo georgiano, come molti dei suoi predecessori comunisti.

Gamsakhurdia è comunque ancora popolarissimo e centinaia di normali georgiani bivaccano, chiacchierano, dormono sulle scalinate del palazzo, barriera umana a difesa del presidente. La loro determinazione è scritta su grandi striscioni bianchi che tremolano in aria. I fedelissimi di Gamsakhurdia sembrano essere persone semplici, vecchie portinaie, operai in pensione. Su di loro vegliano bande di giovani armati, alcuni nelle uniformi della milizia. In cima alla scalinata, dietro muretti di sacchi di sabbia ci sono due mitragliatrici pesanti. Il cortile del palazzo è un grande parcheggio di macchine da guerra, blindati leggeri e cannoncini.

Impossibile vedere il presidente: si trova negli scantinati a prova di bomba del palazzo con il suo stato maggiore. Corre voce che i « democratici » intendono attaccare stanotte e altri giovani, armati fino ai denti, vengono mandati a rinforzare le barricate.

Passo una mezz'ora fra questa gente, poi vado dai loro « nemici ». Il viaggio in macchina fino alla sede della televisione, roccaforte dei democratici, dura non più di dieci minuti. Anche qui le barricate son fatte con camion messi di traverso sulla strada. Anche qui la stessa folla di civili e le stesse bande di armati. Un paio d'ore fa è scoppiato un ordigno che ha mandato in frantumi i vetri di un autobus e la gente sta in guardia contro altre possibili bombe carta nascoste. Anche qui corre voce che « gli altri » attaccheranno stanotte.

Non so perché, ma non riesco a prendere sul serio la situazione. Sono distratto dalla sciocca ostentazione con cui molti portano le armi, dal modo con cui l'uno controlla, soppesa e ammira il fucile dell'altro, dalle pistole infilate semplicemente nelle cinture, dagli inutili pugnali che alcuni si fanno penzolare sulla coscia, dalla appariscenza dei nastri di plastica con cui alcuni attaccano un secondo caricatore ai loro mitra. Dall'una e dall'altra parte di questo fronte cittadino, mi pare che si giochi alla guerra e che per tanti uomini frustrati questa sia soprattutto un'occasione per dare uno spettacolo di machismo. Alcuni, sopra la camicia di tutti i giorni, si son messi una giacca da guerrigliero e già si muovono come fossero dei Che Guevara.

In quella che era la sala di registrazione della televisione, i ribelli hanno allestito una infermeria di emergenza. Il capo è un medico. Gli altri « chirurghi » sono studenti del primo e del secondo anno di medicina, già pronti coi loro camici e i bisturi ad accogliere i feriti. Anche loro giocano: ai dottori. Fra tutta la gente che vedo, solo dei giovanotti in blue jeans, blusotto nero, scarpe da ginnastica e facce impenetrabili da tagliagola, hanno l'aria di sapere quel che fanno. Sono dei veterani delle truppe speciali sovietiche in Afganistan e godono qui di gran prestigio. Ne ho notati vari, sia fra i « governativi » sia fra i « ribelli ».

Torno all'Astronave, rendendomi conto che se incontrassi ora un gruppo di questi armati non saprei assolutamente distinguere gli uni dagli altri. Forse questo è proprio il punto di

Tbilisi all'alba

tutta la faccenda: fra i due non c'è nessuna differenza, non solo nell'apparenza, ma neppure nella causa per cui dicono di battersi. Non è che gli uni hanno più ragione o più moralità degli altri. Sono semplicemente come la squadra A e la squadra B in un gioco a rischio che può anche diventare quello del massacro. Ma non mi pare.

Tbilisi, lunedì 30 settembre

Mi piace esser sorpreso dall'alba. Quella di oggi arriva appena due ore dopo che sono andato a letto, ma sorprendentissima. Dalla finestra spalancata sul fiume, Tbilisi, nella caligine della prima luce, è come il sogno di una città: le rovine di un antico castello, la guglia di vecchio campanile, le case attaccate alla roccia come fossero nidi di aquile giganti, gli intarsi di legno, come merletti che ornano i balconi delle eleganti residenze lungo il fiume. Una gioia trovarsi dinanzi alla diversità della fantasia, dinanzi a una città che ogni volta ha saputo rinnovarsi sulle rovine della precedente!

Vado a correre sulla collina dietro l'albergo e subito ritrovo l'umanità che ormai conosco. La gente arruffata che esce dai cortili immondi a scaldarsi al primo sole, a far la coda per il primo pane. Le donne con le pezzole in testa che, con le scope, spostano un po' di polvere da una parte all'altra della strada e gettano secchiate d'acqua davanti ai loro usci sgangherati, uomini che armeggiano sotto le loro vecchie auto moribonde. Cani, gatti, cumuli di spazzatura, tombini aperti sui vecchi acciottolati di una città che certo ha avuto un passato migliore del suo presente. Questa gente è per Gamsakhurdia o per l'opposizione? Forse per nessuno. Le barricate sono solo a un paio di chilometri, ma da qui paiono lontanissime.

Fra i giornalisti occidentali calati da Mosca che vedo far colazione nell'Astronave, ce n'è uno che viaggia con una splendida, elegante ragazza russa dall'aria annoiata. « È una vecchia regola: per lavorare in Russia bisogna avere una bella interprete e tutte le porte ti si aprono », mi dice, offrendomi un passaggio sul suo taxi diretto al fronte.

Non ha torto. Arrivati alla roccaforte dei « democratici », chiediamo di vedere un responsabile e pochi minuti dopo è la porta del capo stesso dei militari ribelli che si spalanca per noi: Tenguiz Kitovani, ex scultore.

« Abbiamo deciso di non deporre le armi fino alla vittoria finale », dice, sprofondato in una poltrona dietro una grande scrivania vuota. Sulla moquette rossa, i signori di mezza età in piedi nelle loro tute mimetiche un po' troppo piccole per le loro pance di sedentari, annuiscono. Tutti hanno delle armi in mano. Un messaggero, anche lui sulla quarantina, brandendo un mitra, arriva affannatissimo per avere semplicemente fatto di corsa due piani di scale.

« Le forze democratiche sono in pericolo. Se cediamo dovremo subire una terribile repressione », dice Kitovani. « Stamani abbiamo catturato due spie, mandate qui col compito di uccidermi. Gamsakhurdia aveva promesso loro una grossa somma di denaro. »

Gli attempati guerriglieri del suo comando annuiscono. Altri « democratici » vanno e vengono. Alcuni, a giudicare dagli abbracci accompagnati dal rumore metallico delle bandoliere e delle armi, sembra non si siano visti da tempo.

Ripasso per un attimo dall'infermeria dei ribelli per vedere se nella notte hanno avuto dei feriti da medicare. Nessuno. Ma infermieri e « chirurghi » sono eccitatissimi perché le due

Il Palazzo del Governo a Tbilisi

spie ammanettate sono state messe nelle brande e loro sono incaricati di fare la guardia a questi « prigionieri di guerra ».

Andiamo al Palazzo del Governo. Anche lì la presenza della bella interprete ci apre la porta del ministro degli Interni, ma non quella blindata del presidente. Niente è mutato da ieri notte. Non c'è stato nessun attacco. Posso immaginarmi questa situazione andare avanti così, inconcludentemente per settimane, magari per mesi. Il collega con la bella interprete è della stessa idea e decide di riprendere l'aereo per Mosca.

Io vado a fare una passeggiata lungo la strada principale della città che porta il nome del più grande poeta georgiano, Šota Rustalevi, contemporaneo di Dante, autore del *Cavaliere dalla pelle di leopardo*, un poema epico di cui ogni georgiano conosce almeno qualche verso a memoria. I poeti hanno nella tradizione di questo paese un grandissimo ruolo. Da vivi son temuti dal potere: Stalin ne fece uccidere molti. Da morti vengono sepolti nei cortili delle grandi chiese e vengono venerati come santi. Parte della popolarità di Gamsakhurdia e del suo successo elettorale è certo dovuta al fatto che suo padre era un grande poeta e scrittore e che il suo nome bastava a trascinare le folle.

Gamsakhurdia stesso era un semplice professore di letteratura all'università quando nel 1972 si fece notare per aver scritto al partito una lettera di protesta contro il decadimento dei monumenti storici georgiani e i furti di opere religiose dalle chiese di Tbilisi. Shevardnadze, allora ministro degli Interni della Georgia, ordinò un'inchiesta. Questa stabilì che responsabile dei furti era la moglie dell'allora segretario del partito e la cosa fu messa a tacere. Due anni dopo Gamsakhurdia fondò un gruppo per la difesa dei diritti umani e, diventato ufficialmente il capo dei dissidenti georgiani, organizzò varie campagne a favore dei prigionieri politici e contro la deportazione dei mussulmani della Georgia nell'Asia Centrale. Nel 1977 venne arrestato e condannato a tre anni di prigione e due di esilio. Nel 1978 fu tra i candidati per il premio Nobel per la Pace. La sua posizione divenne sempre più quella nazionalista-georgiana. Quando a maggio, dopo la dichiarazione di indipendenza della Georgia, ci furono le prime elezioni libere della repubblica, Gamsakhurdia emerse come il grande eroe. I risultati del voto sono la riprova della sua popolarità: 87 per cento. I georgiani erano entusiasti. Volevano un presidente forte, uno che li difendesse contro le imposizioni di Mosca, che affermasse l'indipendenza della Georgia nei confronti del Cremlino, e credevano di averlo trovato. Un uomo forte. Anche troppo.

I guai sono cominciati appena Gamsakhurdia, il dissidente, ha preso il potere. Gamsakhurdia, il presidente, ha imbavagliato la stampa libera, chiuso il canale della televisione russa e cominciato a usare la televisione locale per fare la sua propaganda. Fra le persone che ha scelto per il suo gabinetto alcune si sono rivelate corrotte, altre assolutamente incapaci. Il ministro del Commercio per esempio ha, con una decisione intesa a rendere popolare il regime, abbassato il prezzo della farina. Il risultato è stato che la mafia dei nuovi «uomini d'affari» ha fatto incetta di tutta la farina che trovava per portarla ai mercati delle altre repubbliche e che la Georgia è rimasta senza pane. Invece di licenziarlo, Gamsakhurdia ha difeso il suo ministro. Nel giro di qualche mese sulla stampa governativa si è cominciato a parlare di lui come del «grande capo dagli occhi forti e luminosi sotto la fronte alta». Alcuni dei suoi oppositori dicono che già al tempo del suo arresto Gamsakhurdia soffriva di una qualche malattia mentale e che il diventare presidente l'ha reso completamente matto.

E gli oppositori « democratici »? Di democratico loro stessi sembrano aver poco. Kitovani si dice un ammiratore di Francisco Franco e di volere per la Georgia un regime simile a quello spagnolo di allora, magari con la restaurazione della vecchia monarchia. Matto anche lui?

Camminando, sono attratto dall'odore di incenso che viene da una piccola chiesa. Si sta celebrando una messa e la gente, devotissima, prende con le due mani vuote il fumo e se lo porta alla faccia, se lo passa nei capelli con grande concentrazione. Un uomo mi si avvicina.

« Lei conosce la Bibbia? »

« Sì... No... »

Si mette a recitarmi dei versetti. « Nella Bibbia ci sono le risposte a tutto, a tutto... A leggerla bene ci si trova scritto che i problemi della Georgia si risolveranno nel giro dei prossimi tre anni. »

È sulla cinquantina. Fin da ragazzo è stato membro del partito. Ora che quello non ha più risposte a nulla, lui non ne vuol più sapere, non vuol più sentir parlare di politica. Viene qui tutti i giorni e, diligentissimo, studia a memoria la Bibbia. Anche lui folle?

Forse c'è una generale « follia georgiana ». Forse c'è che per un popolo così fantasioso, così ribelle, in cui ogni individuo ha da sentirsi grande – grande ballerino, grande combattente, grande bevitore, grande amante – questi decenni di comunismo hanno messo le radici di una qualche distorsione che ora viene fuori in questa « follia ». I georgiani sono famosi per vantarsi in continuazione della loro forza fisica. Per decenni sono stati repressi. E ora, eccoli tornati liberi, a provarla, la loro forza, carichi di mitra, con grandi bandoliere di pallottole a tracolla, in una società dove non esiste più alcuna cultura politica, dove la gente da generazioni ha perso la capacità di discutere, di ascoltare gli altri, dove la parola « democrazia » ha perso ogni suo senso, dopo essere stata tanto in bocca ai dittatori. Passerà, tutto questo, in tre anni, come dice il mio neofita cristiano? Ne dubito.

Saša, da Mosca, mi ha dato anche per Tbilisi il numero di telefono di un suo uomo da contattare. Faccio quel numero, ma il tipo che cerco non c'è. Mi viene dato un altro numero e dopo varie altre telefonate e peripezie mi ritrovo al primo piano di un vecchio palazzo, proprio davanti alla sede della televisione, roccaforte dei ribelli, nell'ufficio di Nika.

Nika parla abbastanza bene l'inglese, è georgiano, quarantenne, già calvo, ma con dei grandi baffi neri, un calorosissimo sorriso e due enormi spalle da lottatore di greco-romana. Nika è nato a Gori, la città in cui nacque anche Stalin, a ottanta chilometri da Tbilisi, l'unico posto in tutta l'Unione Sovietica in cui esiste ancora una grande statua del dittatore. L'ultima.

L'ufficio di Nika consiste di una semplice scrivania, un telefono che squilla in continuazione, una pila di giornali per terra e una telescrivente collegata solo con Mosca. Il lavoro di Nika consiste nel trasmettere a una serie di giornali minori della capitale le notizie di qui.

Passo tutto il pomeriggio con lui a osservare dalla sua terrazza i giochi di guerra fra i governativi e i ribelli. A un certo punto corre voce che Gamsakhurdia è apparso sulla scalinata del suo palazzo e ha detto ai suoi fedelissimi di prendere dei mazzi di fiori e di marciare con quelli verso la roccaforte dei nemici. I ribelli corrono a rafforzare le barricate. Una grossa mitragliatrice viene spostata sotto la nostra terrazza. Un amico di Nika, un fotografo locale, entra di corsa nell'ufficio dicendo che... 60.000 sostenitori di Gamsakhurdia sono partiti dal viale Rustaveli e stanno venendo in qua. Nika si mette alla telescrivente e trasmette « la notizia » a Mosca. Passano delle ore e non arriva nessuno. Non succede assolutamente niente, ma presto dalla radiolina che porto sempre con me sento, ritrasmessa in inglese in tutto il mondo, la « notizia » che 60.000 fedeli del governo stanno marciando sul quartier generale dei ribelli.

Chiedo a Nika se domani vuole venire con me in Armenia. Non ha un momento di esitazione.

« Sì, alle sei davanti all'albergo. Vengo con la mia macchina. »

Mi pare improbabile che Nika venga davvero e mi addormento pensando a un altro modo per raggiungere Erevan.

Martedì 1° ottobre. Da Tbilisi a Erevan

Mi alzo prestissimo per godermi di nuovo la vista della città dal balcone, prima che l'Astronave si svegli e si metta in marcia, inquinando le mie impressioni di Tbilisi. Odio stare in questi alberghi che non hanno nulla a che fare col posto in cui sono, tutti più o meno uguali, che si trovino al Polo Nord o a Timbuctu, tutti con le stesse saponette, con la stessa musichetta del povero Chopin negli ascensori. La rabbia per esserci venuto mi sale alla gola quando mi viene presentato il conto: 753 dollari per due notti! Ogni volta che ho preso il telefono in mano per tentare di chiamare l'Europa, è scattata la tariffa: 50 dollari, anche se il numero non rispondeva, semplicemente per aver toccato il telefono! « Il satellite, signore, il satellite! » spiega, gentile, la ragazza della *reception*. Il furto! dico io, e in cuor mio maledico i furbissimi austriaci.

Austriaci?

« Sì, siamo austriaci », dice una giovane, carina, sui trent'anni, indicandomi il suo *cameraman* che, come lei, sta riempiendo la scheda degli ospiti alla *reception*. Sono della televisione di Vienna, appena arrivati per coprire gli avvenimenti di qui.

« Ah », dico io. « Qui avete una storia straordinaria! »

« Quale? »

« Ma come, non avete sentito?... Sono gli austriaci che finanziano questa guerra. Hanno investito miliardi in questo albergo e ora pagano qualcuno perché spari in aria nel centro della città, così che i giornalisti vengono qui, occupano delle camere e soprattutto vanno poi in giro per il mondo a dire che questo è l'unico albergo in cui si può ormai stare a Tbilisi. Una grande pubblicità a poco prezzo! » dico io. « Avete fatto bene a venire. Specie per voi austriaci, questa è la storia! »

Ora spero solo che se la beva!

Una équipe della televisione francese, appena rientrata da una notte al fronte, aspetta che si apra il *coffee shop*. Raccontano che da ieri sera hanno sentito solo due raffiche di mitra. Probabilmente una dei governativi e una dei ribelli. Ce n'è abbastanza, oggi, per far correre la giovane austriaca.

Alle sei in punto Nika, col suo calorosissimo sorriso, arriva al volante di una Fiat bianca che odora ancora di nuovo.

L'ha comprata per soli 500 dollari! Ha convinto un ministro che ne aveva assolutamente bisogno per il suo lavoro di giornalista, e quello ha firmato un ordine di consegna come se fosse a uso dello Stato.

Un sole straordinario, rossissimo, sanguinolento, ci si para dinanzi appena ci mettiamo in direzione dell'Armenia. All'uscita della città c'è un posto di blocco della polizia georgiana. Nika spiega che siamo giornalisti e che vogliamo andare a Erevan. Ci sono due strade, dice l'ufficiale. Una è perfettamente sicura: è di più o meno 400 chilometri e passa tutta in territorio georgiano e armeno. L'altra è di soli 262 chilometri, ma attraversa l'Azerbaigian.

« Rischiosa? » chiede Nika.

« No, se potete dimostrare che non siete armeni! » risponde l'ufficiale. « Comunque viaggiate solo di giorno perché appena fa buio ci sono dei cecchini che si divertono a tirare su chiunque passa, senza chiedere la nazionalità. »

Decidiamo per la corta.

Passiamo Rustavi, il quartiere industriale di Tbilisi, con la sua distesa di « case Hitchcock », come Nika chiama i blocchi delle case popolari, tutte uguali, tutte grigie, con le antenne della televisione sui tetti. Passiamo alcuni vecchi pozzi di petrolio, poi il paesaggio diventa bellissimo, con una distesa appena ondulata di colline dolcissime gialle e oro.

Siamo l'unica macchina sulla strada. Il traffico che incrociamo è solo quello delle greggi di pecore guidati da pastori a cavallo e da bei cani polverosissimi. Anche le pecore non mi paiono bentenute. Il confine è a quaranta chilometri da Tbilisi. Un fiumiciattolo scorre sotto un bel vecchio ponte di mattoni rossi. Di qua è la Georgia, di là è l'Azerbaigian, zona di vera guerra. In alto sulla collina c'è un brutto monumento di ferro, come un grande mazzo di fiori arrugginito. È dedicato « All'amicizia indistruttibile dei tre popoli », il georgiano, l'armeno e l'azero. I monumenti sorpassati dalla storia hanno un loro speciale modo di essere ironici.

I poliziotti azeri al posto di blocco di là dal fiume ci guardano come fossimo dei ladri. Sorridiamo e tiriamo dritti. La prima cittadina è Kazah. Nessuno dei due ha fatto colazione, così andiamo a comprarci due ruote di bel pane caldo e profumato. Nella ricerca della panetteria abbiamo perso la nostra direzione di marcia. Quando chiediamo a un gruppo di uomini dov'è la strada per Erevan è come se chiedessimo quella per l'inferno e non ci rispondono. Erevan, la capitale dell'Armenia, per gli azeri è stata cancellata dalla carta del mondo. Quella parola è scomparsa dai cartelli stradali, è scomparsa dalla lingua.

Viaggiamo ancora per qualche chilometro, poi arriviamo all'ultimo posto di blocco azero. I poliziotti, mitra alla mano, ci fanno scendere dalla macchina, controllano i documenti, guardano e riguardano Nika per essere sicuri che davvero non è un armeno che finge di essere georgiano, e perquisiscono il bagagliaio. Seguono due chilometri di terra di nessuno, assolutamente deserta. Il fondo stradale è sconnesso, i pali della luce sono buttati di traverso per rallentare il passaggio: quel che separa l'Armenia dall'Azerbaigian ormai è una frontiera di silenzio. La attraversiamo, ammutoliti anche noi, senza far troppo rumore. Poi un poliziotto da una garitta in cemento ci fa un cenno di saluto, su un cartello ricompare la scritta: « Erevan 152 chilometri ». Siamo in Armenia.

Presto il paesaggio cambia. La strada corre fra altissime rocce. Saliamo sempre più su per una montagna. I boschi si colorano delle soffici macchie d'oro delle foglie che cadono. Siamo per chilometri e chilometri la sola macchina in circolazione. Passiamo attraverso alcuni villaggi dove sul bordo della strada file di gente muta aspettano un qualsiasi mezzo di trasporto. Manca la benzina. I convogli mandati dalla Russia sono stati bloccati alla frontiera azera.

Ci avviciniamo al lago Sevan, il più alto nelle montagne, il più grande, l'orgoglio dell'Armenia. Dei giovani sul bordo della strada ci fanno cenno di fermarci. Vendono dei pesci. Un pesce: tre rubli. Per me che sono straniero, prezzo speciale: due rubli. Nika si mette a parlare. Chiede se sanno dove si possono comprare delle lampadine. Lampadine? Nika mi spiega che da mesi in tutta la Georgia non si trova più una lampadina neanche a pagarla oro. Nella sovietica divisione del lavoro la produzione delle lampadine era affidata all'Armenia la quale faceva le consegne alle altre repubbliche, compresa la Georgia. Ora però, per qualche ragione, le lampadine non arrivano più e Nika, essendo arrivato alla fonte di tutte le lampadine, spera di poterne comprare abbastanza da

Due vecchie chiese in Armenia

farsi una riserva e magari anche qualche affare. No. I venditori di pesce non sanno dove si possono trovare le lampadine.

Arriviamo al lago piatto, silenzioso, triste come mi pare sia tutta questa repubblica dall'aria disabitata, con i villaggi che paiono deserti, con poche figure umane che, solitarie, si muovono all'orizzonte. Lungo la riva corre una interminabile fila di tralicci elettrici. Ci corre anche la rotaia di una ferrovia. Giusto lungo la riva! Giriamo per un'ora in cerca d'un posto dove prendere un caffè. Quello non lo troviamo, ma Nika vede un negozio e va a chiedere delle lampadine. No. Nemmeno qui ce ne sono.

Il lago è una grande presenza. Potrebbe essere bello come uno di quelli da cartolina svizzera, invece, segnato com'è da barriere di filo spinato, da scheletri di costruzioni lasciate a mezzo, fa sgomento. Solo le sagome di due piccole chiese controluce in cima a una collina, come ritagli di carta nera nel cielo azzurrissimo, mi danno una sensazione di pace e di serenità. Da lontano vedo anche le sagome delle pietre tombali nel cimitero. Ho una gran voglia di andare fin lassù, ma ho paura di scoprire che anche lì un qualche orrore deturpa la purezza che, da lontano, mi pare indimenticabile.

Facciamo altra strada e Nika entra in un altro negozio. Questa volta esce divertito: « Gli armeni sono davvero degli uomini d'affari! » dice ridendo. In quel negozio le lampadine le vendono, ma all'ingrosso. Se Nika le vuole, ne deve almeno comprare un camion intero. Evidentemente, invece che entrare nel vecchio sistema di distribuzione ed essere consegnate ai negozi di Stato, le lampadine, appena escono dalle fabbriche, finiscono in mano a intraprendenti incettatori che, rivendendole poi ai prezzi loro, diventano facilmente milionari.

Restiamo per qualche minuto in macchina a considerare la possibilità di pagare coi miei dollari e comprare davvero tutto il camion, ma alla fine il mio principio di viaggiar leggero prevale e ripartiamo senza una sola lampadina.

21. Armenia: buone notizie, cicogna?

IL cartello sulla destra della strada dice «Erevan», ma è guardando il cielo che sento d'essere arrivato. È blu e limpido, eppure mi mette addosso una grande tristezza. La tristezza dell'Armenia.

Come sospesa nell'aria, aleggia in lontananza, imponente, la sagoma triangolare dell'Ararat, il monte sacro, quello sulla cui cima toccò terra Noè. L'Arca, secondo la leggenda, è ancora lassù, ma il monte non è più degli armeni, cristiani. Oggi appartiene alla Turchia, mussulmana.

Dall'alto di una collina che domina la capitale, un'enorme statua di Madre Armenia veglia sulla distesa di case, la spada di bronzo nera nel cielo, sempre pronta a difendere i suoi figli. Storicamente non è servita a granché.

«Porti buone notizie da casa?» chiede l'esule armeno di una vecchia canzone, vedendo nel cielo volare una cicogna. E già è triste, sapendo che da secoli, immancabilmente, le notizie son solo di soprusi, guerre, deportazioni e massacri.

Nika parcheggia la macchina dinanzi all'università e va a cercare un telefono per mettersi in contatto con qualcuno dei suoi amici qui e chieder consigli. Per quasi un'ora resto a guardare le frotte di studenti che vanno e vengono dall'Istituto di Belle Arti. I ragazzi sono piccoli, magri, di corporatura minuta. Le ragazze mi paiono quelle italiane degli anni '50, senza l'esuberanza, la corposità delle mediterranee, ma con tutta l'affettata femminilità di allora. Son piene del loro ruolo di donne e fanno di tutto per sottolinearlo. Hanno gli occhi nerissimi e se li tingono ancora di più. Hanno le guance olivastre e ci aggiungono altri tocchi di verde. La moda del momento sembra essere quella di indossare larghe gonne di stampo occidentale, coprirsi di rumorose chincaglierie e velare di cipria la peluria nera sotto i nasi aquilini.

Ripenso ai vari armeni che ho conosciuto nel mondo, tutti con quell'inspiegabile velo di tristezza, tutti sempre come sotto il peso di una qualche immensa ingiustizia. Come gli ebrei, ma senza la forza, l'arroganza di quelli. Gli ebrei, grazie al fatto che la loro tragedia è parte della coscienza di questo secolo, son come riusciti a creare un sentimento che il mondo deve loro qualcosa. Gli armeni no. La loro sofferenza è stata per molti versi simile a quella degli ebrei, ma il mondo non gliela riconosce, non è stata fatta nessuna giustizia e a loro non è stata data nessuna Israele.

La terra in cui oggi vivono gli armeni è un decimo di quella che storicamente era loro e la maggioranza degli armeni oggi nel mondo – 8 milioni in tutto – vive lontana da quella terra. L'Armenia è la più piccola delle quindici repubbliche che formavano l'URSS. La popolazione qui è di solo 3 milioni e mezzo. Un altro milione di armeni vive nelle altre repubbliche. Altri 3 milioni e mezzo vivono sparsi nei vari continenti.

Contrariamente ai popoli delle altre repubbliche che oggi, con lo sfasciarsi dell'impero sovietico, riscoprono la loro identità nazionale e, come prima reazione, diventano antirussi, gli armeni non hanno grandi risentimenti contro Mosca. Anzi, gli armeni sanno che se oggi esiste al mondo una terra che si chiama ancora Armenia, se la cultura e la lingua armene sono ancora cose vive, questo è dovuto alla protezione degli uomini del Cremlino, prima e dopo la Rivoluzione d'Ottobre.

Certo che i bolscevichi hanno commesso, qui come altrove, i loro errori e i loro crimini, ma agli occhi degli armeni i loro boia storicamente non sono stati i bolscevichi, bensì i turchi. Furon loro i responsabili dei massacri della fine dell'Ottocento e furon loro nel 1915 a impegnarsi in una vera e propria politica di genocidio nei confronti degli armeni: nel giro di pochi mesi più di un milione di persone – vale a dire la metà dell'intera nazione armena di allora – vennero massacrate o fatte morire di fame per ordine di Ankara.

Gli armeni, cristiani della prima ora – furono la prima nazione a convertirsi in massa nell'anno 301 –, avevano già perso la loro indipendenza nel XIV secolo ed erano finiti, divisi fra Turchia e Persia, a vivere come minoranza religiosa sotto i mussulmani. Poi, nel 1828, la lora terra, sempre campo di battaglia di diversi nemici, venne divisa di nuovo: questa volta fra l'impero russo e quello ottomano. Parte degli armeni si ritrovarono così sudditi del sultano e perciò vittime di ricorrenti esplosioni di fanatismo mussulmano.

Lo scoppio della prima guerra mondiale segnò la tragedia degli armeni. Essendo entrati in guerra contro la Russia, i turchi non si fidavano di questa loro minoranza cristiana proprio ai confini col nemico e decisero di intervenire radicalmente contro quel « pericolo ». Le prime mosse furono caute ma, alla luce di poi, particolarmente accorte per evitare una qualsiasi resistenza da parte degli armeni.

Tutti gli ufficiali armeni che servivano nell'esercito turco furono messi a riposo, tutti i soldati armeni tolti dalle loro unità e mandati in speciali squadre di lavoro. La popolazione civile venne invitata prima, e costretta poi attraverso la cattura di ostaggi, a consegnare tutte le armi che in precedenza il governo stesso aveva distribuito per la loro difesa. Una volta disarmati e privati di tutti i loro possibili capi, gli armeni poterono essere tranquillamente massacrati. I turchi entravano in un villaggio, arrestavano tutti gli uomini validi, li tenevano in prigione per alcuni giorni, poi, con la scusa di trasferirli altrove, li facevano partire e, strada facendo, li fucilavano. Dopo un po' i turchi tornavano nei villaggi a occuparsi degli abitanti rimasti. Per risparmiare piombo, le donne, i vecchi e i bambini venivano fatti marciare nel deserto senza cibo e senz'acqua finché non cadevano morti. I villaggi deserti venivano poi ripopolati con famiglie turche fatte arrivare dalla Tracia.

Sulle spaventose atrocità commesse dai turchi contro gli armeni ci furono già all'epoca infinite testimonianze, a volte dettagliatissime. Quando 15.000 soldati dell'esercito regolare turco, in pieno assetto di guerra, seguiti da volontari mussulmani entrarono nella città di Trebisonda, sulla costa del Mar Nero, e si misero a dare la caccia agli armeni, uno degli stranieri rimasti lì era il console italiano Gorrini il quale raccontò poi con grande precisione di dettagli come vide pile di cadaveri accumularsi lungo la strada, come centinaia di bambini, presi nelle scuole, vennero imbarcati su vecchie navi che furon fatte colare a picco nel mare. All'inizio del massacro, secondo Gorrini, c'erano a Trebisonda 17.000 armeni; alla fine ne restavano non più di un centinaio. « Da allora non riesco né a mangiare, né a dormire. Sono costantemente in preda ai nervi e alla nausea, tanto orribile è stato il tormento di assistere a tutto questo », diceva Gorrini ancora un mese dopo.

Al contrario dell'olocausto degli ebrei, che è entrato nella coscienza del mondo e ha per molti versi determinato gran parte della politica occidentale dal 1945 in poi, non solo in Medio Oriente, il genocidio armeno non fu mai recepito dall'opinione pubblica internazionale e il peso della sua colpa non è stato messo là dove doveva andare. Contrariamente ai tedeschi che, generazione dopo generazione, hanno dovuto, giustamente, affrontare il problema della responsabilità collettiva dell'olocausto, nessuno ha obbligato i turchi a portare il peso della colpa per il genocidio armeno. Il problema degli armeni è che non hanno avuto una loro *lobby* potente ed efficace come quella ebraica che, dal 1945 in poi, non ha perso occasione di intervenire, dovunque fosse necessario, a ricordare il passato. Sull'olocausto ebraico ci sono stati decine di film, centinaia di libri e alcuni spettacolari processi, a cominciare da quello di Norimberga contro alcuni dei responsabili. Sul genocidio degli armeni, poco o nulla. La letteratura è stata limitatissima, la propaganda anche, e il fatto è stato praticamente dimenticato, al punto che la diplomazia turca può ancora oggi permettersi di ignorare o di negare i fatti del 1915; al punto che i documenti storici sul genocidio armeno sono ancora oggi sotto chiave e inaccessibili negli archivi di Ankara.

Guardo gli studenti che vanno e vengono con sottobraccio gli album dei loro disegni e penso a come quel 1915, per noi europei ormai così lontano, remoto, per loro è ancora l'ieri, ancora un fatto bruciante, proprio perché non concluso con una catarsi. È forse anche questo parte della pesante tristezza che sento nell'aria.

Torna Nika. È dovuto andare da un telefono all'altro – i più sono rotti –, ma non è riuscito a raggiungere nessuno dei suoi amici. Decidiamo di andare innanzitutto in un albergo per riprovare da lì. Ci dirigiamo verso un grattacielo che da lontano ha tutta l'aria di essere il Grand Hôtel della città, ma che invece risulta essere il Palazzo dei Pionieri. L'errore ci costa. Quando entriamo nella costruzione dall'aria modernissima, restiamo quasi soffocati dal puzzo di spazzatura e di cloache intasate. Le colonne di cemento dell'ingresso sono coperte di muffa, le pareti hanno grandi chiazze di umidità. Nika si ricorda che sulla piazza Lenin c'è un vecchio albergo di stile europeo che certo mi piacerà. Ci andiamo, ma solo per scoprire che l'Hotel Armenia è chiuso per restauro e che i lavori sono sospesi perché erano stati affidati a degli jugoslavi e quelli, a causa dei guai a casa loro, non ricevevano più soldi attraverso le loro banche e son partiti.

Qualcuno ci dirige all'unico albergo « per stranieri » ancora aperto, l'Hotel Ani. La prima cosa che noto entrando nella hall completamente al buio è un cartello nel quale il direttore dell'albergo si scusa con i clienti per la mancanza d'acqua calda... « dovuta all'esplosione del boiler ». Il personale sembra contento di avere finalmente degli ospiti. Il portiere – fatto eccezionale – fa il gesto di volermi prendere il sacco, il barista mi offre un bicchiere di succo di frutta. Quando tiro fuori i miei rubli li rifiuta. Non vuole essere pagato. E perché? Lo capisco dieci minuti dopo, quando sento qualcuno bussare alla porta della mia camera, apro e il barista è lì che vuole presentarmi una « buona donna » con un grande, timido sorriso sulle labbra. Al quarto piano dell'albergo sono accampate una trentina di famiglie armene, scappate recentemente da Baku, e il barista evidentemente cerca di aiutare alcune delle ragazze più carine a sopravvivere, avviandole alla vecchia professione. Gli stranieri sono rari di questi tempi in Armenia e io ho tutta l'aria di poter essere un buon cliente. Non mi è facile deludere le loro aspettative restando cortese e mostrando un po' di comprensione per il timido sorriso della ragazza e per l'« investimento » fatto dal barista con il suo succo di frutta gratuito.

Nika ha finalmente parlato al telefono con un suo amico, il corrispondente locale del giornale *Trud*, che subito ci raggiunge per farci da guida.

« Erevan è antica quanto Babilonia e Roma », dice, mostrandoci quel che resta delle recenti celebrazioni del duemilasettecentocinquantesimo anniversario della nascita della città. Nonostante questi vanti, Erevan ha un'aria moderna e fascistoide con i suoi retoricissimi palazzi in tufo rosso che si affacciano sulla piazza Lenin. Qui la statua del Padre della Rivoluzione era opera di uno dei più famosi scultori armeni, allievo di Rodin, ma anche questo non è bastato a lasciarla al suo posto. Il piedistallo è vuoto. La rimozione anche qui è avvenuta per ordine del governo e non a furor di popolo. Ancora in piedi, invece, poco lontano da lì è la statua di un grande amico di Lenin, il rivoluzionario Aleksandr Miasnikyan, morto anche lui nel 1925, anche lui come Frunze in una maniera misteriosa, in un incidente aereo nel quale molti ora vedono la mano di Stalin.

« Possibile che ce l'avete lasciato perché, pur comunista, Miasnikyan era pur sempre un armeno? » chiedo all'amico di Nika. « Se, di questo disastroso passato, riusciamo a salvare qualcosa, tanto meglio! » risponde lui. Non gli do torto.

Dal 23 settembre 1991 anche l'Armenia si è dichiarata indipendente (due giorni prima, il 99,34 per cento degli elettori aveva votato a favore) e la nuova bandiera della repubblica sventola sul palazzo che era del Comitato Centrale. La bandiera è esattamente come quella di prima, a strisce nere e rosse. Le mancano solo la falce e il martello.

Erevan è una città sopraffatta dai problemi. Non aveva ancora digerito il mezzo milione di senza tetto lasciati dal terremoto del dicembre 1988, che ha dovuto sistemare i 300.000 rifugiati dell'Azerbaigian. Questa è gente che viene in gran parte da Baku e vuole vivere in una grande città.

« C'è qualcuno qui che vuol salvare anche il ruolo del Partito Comunista? » chiedo vedendo che altri grandi monumenti a eroi socialisti sono rimasti in piedi.

L'amico di Nika dice di no. Gli armeni hanno un vecchio detto: « Cinque armeni, sei partiti ». Secondo lui la fine del comunismo ha fornito la riprova che questo detto è vero. Appena il Partito Comunista è stato messo al bando e la scena politica si è liberalizzata, più di venti partiti sono corsi a registrarsi, tra cui due che si pretendono ugualmente eredi del vecchio Partito Comunista, ma che non hanno alcun seguito. « Il comunismo è fuori gioco », dice l'amico di Nika. « Non se ne sente più parlare e non c'è alcun pericolo di un ritorno di fiamma comunista. Il pericolo è altrove. » Secondo lui viene da alcuni piccoli partiti di ideologia ultranazionalista e che contano sull'appoggio economico degli armeni della diaspora.

Il futuro dell'Armenia, secondo lui, si giocherà fra due vecchi amici, ora diventati acerrimi nemici politici: Levon Ter-Petrosyan, il nuovo, moderato presidente della repubblica, e Paruir Airikyan, capo dell'opposizione e ideologo degli ultranazionalisti.

Ter-Petrosyan ha quarantacinque anni e appartiene a quella classe di nuovi dirigenti che è cresciuta negli istituti di ricerca più che nelle scuole del partito. È un filologo esperto di papiri assiri, conosce dieci lingue ed è arrivato alla politica solo di recente, con a suo merito solo quindici giorni di prigione fatti da studente per aver distribuito propaganda antisovietica: fotocopie degli scritti di Solženicyn e Pasternak.

Airikyan invece è un vecchio dissidente che ha sprecato diciassette anni della sua vita nel GULAG, che vuole tagliare tutti i legami dell'Armenia con la Russia e conta sui capitali degli esuli armeni sparsi per il mondo per rilanciare lo sviluppo del paese.

« Molti di quelli sono semplicemente degli avventurieri internazionali e non ce ne possiamo fidare », dice l'amico di Nika.

Anche per l'Armenia il passaggio da una economia integrata nel sistema sovietico a una di Stato autonomo e indipendente non è facile. L'Armenia dipende completamente dal resto dell'Unione Sovietica per i suoi rifornimenti di gas e benzina per i quali finora pagava sia in oro sia con i prodotti della propria industria. Grazie al livello di educazione e all'attitudine tecnica della sua popolazione, l'Armenia è sempre stata considerata un centro di tecnologia avanzata e alcune delle più sofisticate fabbriche sovietiche di elettronica militare sono qui.

« Stanno già cercando di convertirsi e di produrre elettrodomestici », dice l'amico di Nika. La priorità dell'Armenia è oggi di essere riconosciuta nel mondo come indipendente e di essere ammessa alle Nazioni Unite, così da poter ricevere direttamente gli aiuti internazionali.

Al momento la più grossa disputa territoriale che l'Armenia ha è quella con l'Azerbaigian a proposito della *enclave* del Nagorno-Karabah, ma, pur non ufficialmente, resta anche il problema di quella che la gente qui chiama l'Armenia Occidentale, cioè la regione, ora turca, che i turchi chiamano Anatolia Orientale.

Passiamo il pomeriggio in giro per il centro – Nika cerca sempre le lampadine –, poi al museo Matenadaran, che ha la più grande collezione di manoscritti antichi del mondo. La facciata è decorata con le statue dei grandi saggi armeni e con quella dell'uomo che, nel 405 dopo Cristo, inventò l'alfabeto armeno ancor oggi in uso.

Torniamo in albergo attraverso la città. Verso le cinque del pomeriggio, che nell'Unione Sovietica è l'ora del pane e non

Al mercato « libero » di Erevan

del tè, si formano davanti ai negozi le code della gente che aspetta. Lungo i marciapiedi decine di bancarelle vendono pacchetti di sigarette straniere, buste di spaghetti, stecche di cioccolato che deve essersi già fuso cento volte al sole.

« È roba mandata dai parenti all'estero e che può essere comprata solo da quelli che pure hanno parenti all'estero », dice l'amico di Nika. Più volte vengo avvicinato da qualcuno che vuol comprarmi i pantaloni. Fortunatamente ho imparato a dire *shnoracalutzun*, « grazie » in armeno.

Il direttore dell'Hotel Ani, un cordialissimo personaggio, ha preparato una sorpresa: una cena in una saletta privata di un ristorante di Stato, gestito da un suo amico. Ha ordinato tutto con alcune ore di anticipo e la tavola è perfetta, il cibo particolarissimo. La situazione è tipica di questo periodo di transizione. Il ristorante appartiene allo Stato, ma il direttore lo gestisce come fosse suo e certo suoi restano i profitti, almeno a giudicare dal pacco di « biglietti magici » che gli sbuzzano dalla tasca posteriore dei pantaloni e che certo ammontano a più del suo stipendio annuo di impiegato statale.

Mentre si mangia continuano a entrare dei giovani ceffi che gli bisbigliano qualcosa all'orecchio, ricevono una lapidaria risposta e se ne vanno. Dopo esserci scolati, a parte un cumulo di lattine di birra, anche una bottiglia di vodka e una di cognac fatto con l'uva di qui, il direttore dell'albergo si lascia andare a un'affascinante descrizione del piatto nazionale armeno che promette di farmi preparare alla mia prossima visita. Si chiama *hash* ed è fatto esclusivamente con i piedini di mucca. La ragione è che nell'antichità i ricchi buttavano via le zampe e i poveri impararono a fare di quegli scarti una leccornia. Il piedino viene pulito e fatto bollire per tutta una notte. All'alba, quando si leva il sole, si butta via l'osso e si incomincia a mangiare quella sostanza collosa che rimane.

« Ma con l'aglio! » dicono gli altri commensali armeni cui, nonostante la cena appena terminata, la descrizione dell'*hash* sembra riaccendere l'appetito.

« Sì, certo, con l'aglio, l'aglio crudo! » spiega il mio direttore. « Per tutto il giorno poi non si ha più bisogno di toccare cibo », aggiunge.

Lo credo bene!

Erevan, mercoledì 2 ottobre

Esco per correre e mi colpisce anche qui il solito rito mattutino delle *digiurnaje* che, con dei cenci sporchissimi, inzuppati in una brodaglia nera, « puliscono » i pavimenti con fatica e disattenzione. Mi fan pensare agli apprendisti gesuiti che, fra i vari esercizi spirituali, avevano anche quello di annaffiare ogni giorno un palo. Per loro era un modo d'abituarsi all'obbedienza. E per queste *digiurnaje*, veterane del socialismo?

Stamani non sono usciti i giornali in russo. Manca la carta, dicono, ma è comunque una buona occasione per smetterla con questa presenza. Le trasmissioni della televisione di Mosca sono già cessate alcune settimane fa. Non ci sono abbastanza russi da giustificare un canale speciale e gli armeni preferiscono comunque sentire le notizie nella loro lingua.

Se c'è un principio che da viaggiatore tento di rispettare è quello di non mangiare mai nell'albergo in cui abito. Andando altrove si conoscono posti nuovi e non si fa l'abitudine alle comodità. Ma qui a Erevan è difficile. Le scelte sono limitatissime; soccombo e faccio colazione all'Hotel Ani. Al tavolo dove vengo diretto ci sono già seduti altri ospiti. Son tutti armeni, ma basta osservarli un attimo per capire che sono armeni di due razze diverse: gli armeni della diaspora, ricchi, arroganti, le donne con le mani piene di anelli e la sigaretta costantemente in bocca; e gli armeni di qui, i parenti poveri, malmessi, insicuri, a disagio, ma anche entusiasti d'esser invitati a mangiare al ristorante « per stranieri ».

Questo rapporto fra gli « zii d'America » che tornano a sfoggiare il successo dell'essere emigrati in tempo e i parenti rimasti a casa a sorbirsi tutti gli alti e bassi della politica, le epurazioni e le quotidiane difficoltà del sopravvivere, lo conosco. L'ho visto decine di volte in Cina, l'ho rivisto in Vietnam ed è sempre lo stesso. Gli emigrati che tornano si sentono dei piccoli re; l'aver messo da parte qualche soldo gestendo magari una friggitoria in California li fa sentire superiori, li fa sentire maestri dinanzi ai parenti poveri che, dopo anni di miseria e di pene, debbono ora accettare anche l'umiliazione della loro elemosina e della loro compiacenza di ricchi.

Fa pena vedere questo rapporto, ma anche questo è una croce prodotta dal fallimento del socialismo. Finché quelli che erano rimasti in Cina, in Vietnam o anche qui in Armenia potevano illudersi di lavorare e di sacrificarsi per qualcosa di più alto della propria pancia – magari per « la rivoluzione » – potevano anche ignorare i successi materiali di chi se n'era andato. Ora non più. Col fallimento del progetto di una società alternativa al capitalismo, gli emigrati che tornano a spiegare a chi è rimasto che la sua vita è stata uno spreco, che tutto quel che ha fatto è sbagliato e va cambiato, mentre, dove stanno loro, in America, in Francia, o chi sa dove, tutto è perfetto e va copiato, sembrano davvero aver ragione. Loro hanno vinto, gli altri sono gli sconfitti. È triste, ma è così.

Per l'Armenia, isolata fra turchi e azeri, senza accesso al Mar Caspio né al Mar Nero, con solo una qualche affinità, anche cristiana, con la Georgia e con a sua disposizone la rete degli emigrati armeni nel mondo, molti dei quali diventati ricchissimi e influenti, gran parte del futuro starà in questo difficile rapporto fra parenti ricchi e parenti poveri: tutti armeni, sì, ma di due razze diverse, ormai, come quelle che vedo far colazione dinanzi a me nell'Hotel Ani.

Dalla finestra della mia camera avevo visto che una delle colline attorno alla città è come squarciata da una grande scalinata bianca e da varie colate di cemento che scendono a valle.

« Incominciò come il monumento per commemorare mezzo secolo di potere sovietico in Armenia, ma da alcuni anni i lavori son fermi », mi aveva spiegato l'amico di Nika. Son voluto andare a dare un'occhiata.

La cima della collina dovrebbe essere il belvedere della città, ma quando ci arrivo, non s'è ancora alzato un filo di vento ed Erevan appare sporca, polverosa, misera e soffocata da una coltre rossastra di smog. La grande scalinata di travertino è parte di un gigantesco complesso monumentale.

Due studentesse che hanno fatto forca a scuola contano gli scalini: « 633 », mi dicono scrivendosi il numero sul palmo della mano.

La prima impressione è quella di un grande spreco. Fra i cumuli di pietre tagliate, ma non ancora a posto, vedo un elegante signore sulla sessantina con una maglietta nera e capelli bianchissimi che misura il piede di una colonna.

« Forse lei mi può aiutare. Conosce la storia di questo monumento? » gli chiedo in inglese.

« Certo. L'ho fatto io. » Jim Torosian, uno dei più prestigiosi architetti armeni, noto anche all'estero, è entusiasta del suo progetto. « È il monumento all'Armenia, alla forza della vita che trionfa su tutto », dice. « L'idea è di rappresentare il cammino di un popolo. Si incomincia dal basso, ai piedi della collina, e lentamente si sale verso la cima. Ci sono sei piani e sei cortili. Uno per ogni tappa della nostra storia. In ogni cortile ci sono delle sale in cui verranno organizzate mostre ed esposizioni. Il tutto culmina nella stele, piantata sul punto più alto della collina. In cima alla stele ci sono due mani giunte da cui esce una sorta di fiamma-foglia, simbolo della vita che esce dalla forza. » Il tutto è fatto di travertino armeno. Quando il 7 dicembre 1988 l'ultimo dei tanti terremoti colpì l'Armenia, facendo almeno 100.000 morti, la costruzione del monumento venne interrotta. Il governo, interessato ora a dar prova di nazionalismo, ha appena ordinato di riprendere i lavori.

I monumenti hanno un grande valore nella psiche della gente. Mi basta pensare a quanto sono diventato fiorentino

I resti del grande Lenin a Erevan

io, solo a passare sotto certe statue e le facciate dei vecchi palazzi sulla via di scuola. Eppure i monumenti di regime, forse proprio perché son solo grandi, mi paiono mancare di quell'altra grandezza che marca, per osmosi, anche chi ci passa solo accanto. Questo mastodontico parco di pietre bianche mi par di quelli, anche se l'ho solo visto ancora da finire.

Certo che oggi è più facile essere fiorentino che armeno! Fra i popoli che ho incontrato in questo viaggio, gli armeni mi paiono soffrire più di tutti gli altri per la disparità fra il loro passato, la cui grandezza è solo nei musei e nelle cose tenute sotto chiave, e la miseria del presente in cui mancano la benzina, il burro, il riso, lo zucchero. Da qui forse questa penetrante tristezza armena che mi sento sempre addosso.

Avevo bisogno di ricaricarmi con un po' di passato e sono andato per un'ora al museo di storia, anche quello splendido come gli altri, con le sue collezioni di tappeti, di vasi e le ricostruzioni delle gesta di questo popolo qui rappresentato al suo meglio in suggestive battaglie contro i turchi, contro i persiani, contro i russi. Le stanze son tenute al buio per proteggere gli oggetti. Dallo spiraglio di una finestra, giù per terra nel cortile, fra le casse di spazzatura, vedo disteso, come fosse un ammalato, il corpo di bronzo di Lenin. L'han messo lì, dopo averlo tolto dal suo piedistallo. Scendo, faccio il giro del palazzo per cercare l'entrata di servizio e, come se fossi inviato da una persona molto influente, sorpasso le guardie, entro nel cortile e vado a fotografare la statua. Povero Lenin! Gli manca la testa. Chiedo dove sia a un poliziotto che m'ha seguito, ma gli vien solo da ridere. La testa? Nessuno sa dove sia andata a finire.

All'ufficio Aeroflot dicono che da tre giorni non c'è stato un volo per Mosca, ma che « prima o poi uno ci dovrà essere ». L'aereo è sulla pista. Quel che manca è la benzina. Da tempo le autorità dell'Azerbaigian si rifiutano di vendere ai loro « nemici » armeni il petrolio che hanno in abbondanza, ma ora si rifiutano anche di far passare dal loro territorio la benzina che la Russia ha venduto all'Armenia. Quest'ultima decisione è all'origine della crisi del momento. Sembra che Gorbacëv stesso sia intervenuto nella faccenda e che un convoglio di camion carichi di combustibile per aerei sia appena arrivato alla frontiera e che, dopo tanti tira e molla, avrà il permesso di passare. Almeno così mi dicono all'Aeroflot.

Decido di rischiare. Chiedo a Nika di portarmi all'aeroporto, di depositarmi lì e di rimettersi in cammino per Tbilisi, in modo di fare il tratto di strada nell'Azerbaigian prima del buio.

« Ah, no, da lì non ci passo più », dice Nika.

Si è consultato sia col suo amico giornalista, sia col direttore dell'albergo e tutti e due gli hanno assolutamente sconsigliato di rifare da solo la strada che abbiamo fatto assieme. Senza la mia presenza di straniero gli azeri potrebbero prenderlo per un armeno e fargli passare un brutto quarto d'ora. Nika ha quindi deciso di tornare a Tbilisi attraverso le montagne occidentali. La strada gli si allunga di centocinquanta chilometri, ma in compenso è tutta in territorio prima armeno e poi georgiano. Ci salutiamo con fortissimi abbracci e un'ultima grande risata. Avremmo potuto averne un intero camion, ma alla fine Nika riparte senza una sola lampadina. Buon viaggio, Nika!

All'aeroporto vengo affidato alla « capa » delle hostess di terra che promette di mettermi sul primo volo diretto a Mosca. Intanto mi sistema ad aspettare nell'ufficio di qualcuno che non c'è e sulla cui scrivania posso aprire il mio computer e mettermi a scrivere delle note. Non ho mangiato e una delle hostess, che comunque sta andando a fare la spesa al mercato a un paio di chilometri da qui, mi compra un chilo di belle mele mature e dolcissime.

L'aeroporto è zeppo di gente che, come me, aspetta la partenza di aerei che non partono. Ogni tanto qualcuno dice d'aver sentito dire che il convoglio dei camion con la benzina è arrivato, ma poi niente succede.

Passano le ore. Ogni tanto esco a fare due chiacchiere con qualcuno. Incontro un giovane indiano che è qui con una borsa di studio del suo governo per studiare chimica. Dice che dall'inizio di quest'anno nessuno a Erevan fa più nulla, nessuno lavora, nessuno studia. La sola cosa cui tutti pensano sono i « contratti », contratti con l'estero, contratti per comprare, per vendere delle cose. Anche a lui è stato chiesto se, tornando in vacanza nel suo paese, non può vedere di mettere assieme un qualche contratto con l'India. Incontro un ingegnere americano dell'AT&T venuto qui a installare un nuovissimo sistema telefonico a fibre ottiche, che finalmente, via satellite, permetterà all'Armenia di comunicare direttamente col resto del mondo. Prima, tutto doveva passare per Mosca. Anche questa dipendenza è finita. Il sistema, finanziato con aiuti del governo di Washington, entrerà in funzione fra due settimane. Il prefisso per l'Armenia sarà: 7885.

Parlo con la hostess che mi ha comprato le mele. Il marito è pilota. Tutti e due sono russi, venuti qui più di quarant'anni fa come figli di ufficiali dell'Armata Rossa. Lei è sorpresa e delusissima di quel che sta succedendo nell'Unione Sovietica. Secondo lei tutti i problemi sono cominciati con la *perestrojka*. Fino ad allora c'era ordine, ognuno faceva il suo lavoro e nessuno pensava a reclamare terre altrui o a voler ritoccare i confini delle varie repubbliche. Qui in Armenia la situazione è precipitata con il terremoto. Forse è stato a causa di tutta quella gente rimasta allora senza tetto, ma lei si ricorda che subito dopo il terremoto cominciò a circolare l'idea di «una nazione, un territorio», e che la gente prese a parlare del Nagorno-Karabah come di una regione fertile, con tanti alberi da frutta, e con posto per tanti più armeni di quanti ce ne stavano, se solo quella terra non fosse appartenuta all'Azerbaigian. Fu allora, dice la donna, che cominciarono a riapparire le vecchie carte geografiche con la descrizione dei territori tradizionalmente abitati dagli armeni, e l'idea che andavano recuperati. Il futuro? Lei e il marito non sanno che cosa fare. Sono russi, ma sono sempre vissuti qui. Hanno due figli, nati qui. Uno dice di essere russo, l'altro armeno.

«Tutto era molto semplice quando tutti e due potevano dire d'essere sovietici... ma ora?» si chiede la donna.

Passano altre ore. Poi, attorno al nostro aereo, parcheggiato dinanzi alle vetrate della sala d'aspetto, cominciano ad agitarsi degli operai. Arriva un camion-cisterna. Mi domando quali controlli siano stati fatti sulla qualità della benzina che viene messa nei serbatoi. Finalmente i passeggeri vengono chiamati, ma solo per aspettare un'altra ora. Questa volta sulla pista, attorno all'aereo.

Quel che mi meraviglia sempre in queste occasioni è la pazienza dei sovietici. Nessuno protesta, nessuno dà in escandescenze, nessuno ha un appuntamento importantissimo, nessuno urla: « Lei non sa chi sono io... » Donne di casa, colonnelli dell'Armata Rossa, funzionari del partito e vecchi in pensione, tutti aspettano tranquilli, tutti allo stesso modo, tutti fiduciosi che, da qualche parte, qualcuno si sta occupando del problema. Se c'è una cosa che il socialismo ha insegnato, è certo ad aspettare. Molti si siedono per terra, alcuni tirano fuori le loro provviste e mangiano.

Osservo un operaio che va a piazzare il suo scaleo sotto la coda dell'aereo e poi da un camion parcheggiato lì vicino tira su un grosso tubo. L'operaio cerca di svitare un bocchettone nella pancia dell'aereo e di avvitarci il suo tubo, ovviamente per pompar via i depositi delle toilette. L'uomo fa uno sforzo, un gesto sbagliato, il bocchettone si apre, il tubo cade per terra e dalla coda dell'aereo scroscia giù un fiotto di liquame blu pieno di feci. All'operaio in bilico in cima alla scala non resta che chinare la testa per impedire almeno che quel troiaio che gli si rovescia addosso gli entri anche negli occhi.

Un insopportabile puzzo di merda si spande fra la gente che campeggia sulla pista. Tutti guardano. Qualcuno sorride. Dopo un po' ci imbarchiamo e l'aereo parte, ma l'immagine di quel poveretto, solo, sotto quella pioggia di cloaca, mi resta in testa per tutto il viaggio.

Avrà trovato un posto dove fare una doccia?

22. *Mosca: sulla Piazza non più Rossa*

LA pioggia. Solo quella dei tropici, improvvisa, calda, generosa, breve, mi mette gioia addosso, mi fa venir voglia di correrci dentro, di saltare. Quella che mi accoglie a Mosca è fredda, leggera, insidiosa, e aggiunge solo un altro tocco di infelicità a tutto quello che vedo dal finestrino appannato di un taxi: un fradicio Lenin ancora sul suo piedistallo, il palazzo buio e muto del KGB, le stelle rosse accese sulle torri del Cremlino, come prosaiche decorazioni di un albero di Natale da poco.

Quando entro nell'Hotel Metropole per chiedere una camera « solo per una notte », Mosca è già vuota e addormentata, ma l'albergo è ancora pieno di quella vita ovattata e fasulla che, alla sera, nei paesi socialisti fa dimenticare agli ospiti stranieri l'inutilità delle giornate spese, nella maggior parte dei casi, alla ricerca di un affare.

Appollaiati sugli sgabelli attorno al bar, venditori e banchieri occidentali si raccontano l'un l'altro storie di disperazione sovietica, mentre tutt'attorno l'odiato sistema tende loro le sue ultime trappole: quella delle belle ragazze locali autorizzate a salire in camera, quella del menu dove i prezzi sono scritti senza l'indicazione della moneta per cui uno presume si tratti di rubli e solo alla fine capisce che è questione di dollari; cioè trenta volte di più. Ogni conto consegnato ai clienti neoarrivati è motivo di enormi sorprese e discussioni, ma il gioco si conclude regolarmente con la vittoria dei locali. Il bar del Metropole sembra avere un cameriere, più grosso e più impassibile degli altri, addetto ad ascoltare le lamentele e poi a incassare.

Di solito adoro essere spettatore di questo tipo di teatro, ma qui, oggi, non voglio essere distratto, non voglio farmi coinvolgere in nulla, e, quando un ingegnere elettronico di Atlanta comincia a raccontarmi delle migliaia di nuovi telefoni che la sua società intende installare a Mosca, senza tante scuse mi alzo e me ne vado.

Son venuto a Mosca solo per un rito: andare a vedere Lenin e concludere così, davanti al suo corpo imbalsamato, la ricerca dello sfuggente cadavere del comunismo che mi ha portato attraverso tutto quest'immenso mondo a sé che, per un po', è stato l'Unione Sovietica. Aspetto che sia mezzanotte per fare i pochi passi che separano il Metropole dalla Piazza Rossa, e mi incammino.

La piazza è assolutamente deserta e la prima impressione è di trovarmi davanti a un palcoscenico e d'essere io l'unico in platea. Davanti al mausoleo di Lenin, degli splendidi soldati si danno il cambio della guardia, come fossero degli automi, in un elaborato cerimoniale, tanto più assurdo ora in quanto fatto esclusivamente per il vuoto. Dietro di loro si alzano le mura del Cremlino. Strane. Anche queste color del sangue, come le mura della Città Proibita, solo di una diversa tonalità. A Pechino è sangue di bue. C'è una logica in questo proteggere le sedi del potere con possenti recinti color del sangue? Alta nel cielo nero, aleggia la grande bandiera ancora simbolo dell'Unione Sovietica: il suo rosso è reso brillante da un faro di luce.

Piove. Il vento fa ruzzolare dei barattoli sul selciato della piazza. Per un po' è l'unico suono che sento. Poi si aggiunge il gracchiare di uno stormo di corvi neri col collo grigio che si accomodano nelle fronde degli alberi attorno a Lenin. Ho l'impressione d'essere davvero solo, d'avere la piazza tutta per me, ma lentamente anche questa bagnata oscurità si anima.

Dall'androne dell'ingresso principale dei grandi magazzini GUM, due omosessuali fanno gesti osceni, cercando di attirarmi nel loro buio. Lì, giusto dinanzi a Lenin! Dal riparo d'un albero una patetica bionda mi sorride e si mette a seguirmi. Vorrei semplicemente restare a guardarmi attorno, a respirare l'aria di storia, a bagnarmi, ma sono costretto ad affrettare il passo e ad andarmene per non darle l'illusione d'aver trovato un cliente.

Continua a cadere una pioggia finissima. La piazza appare sempre più lugubre. L'unica nota di sollievo sono le cupole di San Basilio: straordinarie, gioiose, ognuna d'una forma diversa, ognuna d'una diversa combinazione di colori. Che fantasia! Che libertà in quella chiesa! E che monotonia, invece, nel rigido mausoleo di Lenin! Lo fecero come un grande cubo perché pensavano che la perfezione di quella forma avrebbe contribuito all'immortalità del suo contenuto, così come le piramidi avevano fatto con i faraoni.

Quando Lenin morì nel 1924, eran passati appena due anni dalla sensazionale scoperta in Egitto della tomba di Tutankhamon e a qualcuno del Cremlino, forse a Stalin stesso, quella mummia, sopravvissuta per trentatré secoli, dette l'idea di tentare qualcosa di simile col Padre della Patria sovietica.

Che perversione, quella di ridurre un rivoluzionario modernista e innovatore a una mummia antica! Di trasformare la vita di un uomo, le sue idee, in un aggeggio, una cosa da tenere sotto vetro. Una volta, a Pechino, quando erano ancora piccoli, portai i miei figli a vedere Mao nel suo sarcofago trasparente sulla piazza Tien-An-Men. Saskia, che allora aveva solo nove anni, uscì dal mausoleo in lacrime. « Quello non è Mao. È una bambola », continuava a dire, tutta delusa. Nella scuola cinese la prima frase che aveva imparato a scrivere era una frase sull'amore per Mao, la prima poesia che aveva studiato a memoria era su Mao e lei del Beneamato Presidente aveva finito per farsi un'immagine molto più bella di quanto fosse quella « bambola ».

Anche Lenin ormai non è nient'altro che una bambola. Già la prima imbalsamazione non fu fatta bene; e poi venne la guerra. Alla fine del 1941, quando i tedeschi erano già alle porte di Mosca e pareva che avrebbero potuto entrare da un momento all'altro nella capitale, Lenin venne impacchettato e spedito a Tjumen in Siberia dove rimase in gran segreto fino al 1945. In questo vai e vieni la salma prese la muffa e uno dei custodi ebbe la brutta idea di usar dell'acqua calda per lavarla. La mummia si coprì allora di orribili bolle.

Una sera, durante una delle nostre tante chiacchierate a bordo della *Propagandist*, Saša raccontò che lui al mausoleo non c'era mai stato. Una volta, da ragazzo, aveva sentito dire da un parente che il vero cadavere di Lenin era marcito, che era stato buttato via e che al suo posto era stato messo quello d'un contadino siberiano. E lui per questo non aveva mai voluto andare a vederlo.

Ma non è così in tutte le religioni? Quante ossa di san Francesco Saverio ho già visto in giro per l'Asia! E quanti denti e capelli di Budda attorno ai quali sono state costruite stupa e pagode, dalla Birmania alla Cambogia, allo Sri Lanka, alla Cina! Il culto macabro delle reliquie sembra un ingrediente indispensabile di ogni fede. Nel caso di Lenin, l'ironia è che questo nemico di ogni religione, che aveva fede solo nella scienza, è stato ridotto al simbolo d'una superstizione medievale.

Mi torna in mente una frase di Lenin scritta sull'ingresso di uno dei palazzi del governo a Habarovsk: « Senza libri non c'è conoscenza. Senza conoscenza non c'è comunismo ». A questo il Lenin vero credeva. Era convinto che bastasse conoscere le leggi secondo cui il mondo funziona per poterlo cambiare; e lui quelle leggi pensava di averle scoperte negli scritti di Marx ed Engels. Si trattava solo di applicarle alla realtà per fare la storia del futuro così come un ingegnere fa i ponti, applicando le leggi della fisica e della geometria. Lenin, come Mao dopo di lui, era soprattutto un ingegnere sociale e aveva un'assoluta fede nella Scienza.

Non erano ancora scoppiate le bombe di Hiroshima e Nagasaki, la Scienza non aveva ancora mostrato l'altra sua terrificante faccia e, secondo lui, la Scienza avrebbe fatto i « miracoli » dell'era moderna, avrebbe raddoppiato i pesci, fatto camminare gli zoppi, resuscitato i morti. La Scienza avrebbe risolto i problemi della società e avrebbe migliorato l'uomo.

Fu preso alla lettera e, appena morto, fu costretto a essere la prima prova di questo miglioramento. I suoi erano i tempi in cui gli scienziati cercavano nel cervello della gente le tracce della pazzia. Nel suo caso gli scienziati bolscevichi andarono a cercare le tracce del genio. Aveva appena esalato l'ultimo respiro che vennero a segargli la calotta cranica per portargli via il cervello e tagliarlo in finissime fette, teoricamente da studiare, ma in pratica da adorare come reliquie.

Col tempo Lenin, il rivoluzionario, l'iconoclasta, è stato egli stesso trasformato in una icona, è stato fatto dio e, come tale, usato a seconda delle necessità: dio del progresso, dio della guerra, dio della fertilità. Per più di mezzo secolo la tradizione ha voluto che un matrimonio sovietico non fosse veramente consumato senza che, alla fine della cerimonia in Comune, gli sposi andassero a rendere omaggio a Lenin e a posare per la foto ricordo ai suoi piedi. E questo non perché la sua statua era sempre il monumento principale di ogni città e di ogni villaggio, ma perché inconsciamente, dal suo benefico influsso, le donne sovietiche si aspettavano lo stesso

risultato che le donne mussulmane di Samarcanda si aspettavano coscientemente dal passare sotto il grande leggìo di pietra del Corano più vecchio del mondo.

Così, nel corso dei sessantotto anni trascorsi dalla sua
morte, Lenin è diventato il simbolo della religione nazionale
sovietica e come tale è stato presente in ogni casa, in ogni ufficio, in ogni aula, in ogni preghiera. Presto questa sua presenza verrà cancellata. Ma che effetti avrà questa rimozione?
Che cosa succederebbe se un giorno, d'un tratto, scomparis-
sero dall'Europa tutte le chiese e tutti i crocefissi?

Un qualche orologio in cima a una torre del Cremlino batte le due del mattino. « Ora di Mosca », mi viene da pensare,
l'ora indicata sui biglietti aerei, la stessa ora in ogni angolo
dell'impero. Ora di rientrare.

Ho perso di vista la bionda, ma quando passo dinanzi al-
l'ingresso del Museo Lenin è un intero gruppetto di persone
a interessarsi della mia solitaria presenza: sono una decina, si
dicono comunisti e, con dei cartelli le cui scritte si sciolgono
alla pioggia, stanno lì a fare la guardia per protestare contro
il sindaco che vuole recuperare quell'edificio per il comune
di Mosca e spostare il museo da qualche altra parte. « Popov!
Lenin non è tuo. Appartiene al popolo e deve restare qui! »
dice uno dei loro slogan. Son tutti mal vestiti, sporchi e infreddoliti, con la stessa aria degli straccioni che si vedono a
mendicare nelle stazioni della metropolitana di Londra. Una
donna anziana, per proteggersi dalla pioggia, s'è infilata in
testa una borsa di plastica trasparente. Strana situazione: la
memoria del dio socialista difesa da dei poveracci, da dai
mendicanti prodotti dal sistema che lui stesso ha messo in
piedi.

Il comunismo finito! Mi addormento pensando a un vecchio amico, fisico, Remo Ruffini, che un giorno mi diceva
quanto secondo lui è pericolosa l'attuale tendenza della
scienza a usare della sua capacità di manipolazione genetica
per eliminare dalla natura la diversità delle varie specie e
produrne una che si pretende « perfetta ». Diceva che ormai
lo si fa con certi animali e con la frutta, e mi portava l'esempio delle mele. La scienza è ormai in grado di produrre un tipo di mela che ha le migliori qualità di tutti i vari tipi di mele

e nessuno dei loro difetti. Tranne uno: che anche quella superspecie di mela, come tutte le specie, ha un suo arco vitale e che un giorno però arriverà anche la sua fine. A differenza del passato, avendo noi nel frattempo eliminato tutte le altre specie, quando la supermela morirà, non ci sarà un altro tipo di mela, cresciuta in concorrenza, a prendere il suo posto e a far continuare la specie. Dopo la mela « perfetta » non ci saranno semplicemente più mele. Per questo, diceva quel mio amico, « bisogna fare attenzione a non eliminare la concorrenza nella natura e a mantenere le differenze ».

Se è vero delle mele, sarà vero anche delle idee! Il comunismo, con la sua sacrilega aspirazione a cambiare l'uomo, ha ucciso milioni di uomini e ha, come un moderno Gengis Khan, seminato vittime di ogni tipo lungo il percorso della sua conquista. Eppure è anche vero che là dove non era al potere, ma restava come un'alternativa d'opposizione – nei paesi dell'Europa Occidentale, per esempio –, il comunismo non è stato solo distruttivo, ma anzi ha contribuito al progresso sociale della gente. Come sistema di potere, fondato sull'intolleranza e sul terrore, il comunismo doveva finire. Ma come idea di sfida all'ordine costituito? Come grido di battaglia di una diversa moralità, di una maggiore giustizia sociale? Che succederà ora che il mondo capitalista resta l'unica « specie » del suo genere? Che cosa succederà ora che tanti potenti, tronfi di vanagloria per aver vinto la guerra contro il comunismo, restano senza concorrenza, senza sfida, senza stimolo?

Mosca, 3 ottobre 1991

Mi alzo con la prima luce per tornare da Lenin; a correre sulla piazza. Piove ancora e, con la maglietta e i calzoncini inzuppati d'acqua, vengo certo preso per un matto dalla gente che entra ed esce imbacuccata dalla stazione della metropolitana. L'alba non cambia col suo candore l'aria lugubre della piazza. In lontananza non vedo che sagome nere di ombrelli e di gente che striscia via.

Ho telefonato a Saša e gli ho chiesto di venir a fare colazione con me al Metropole. L'appuntamento è per le otto e mezzo, ma alle nove e mezzo Saša non è ancora arrivato e io mi siedo da solo a uno dei bei tavoli con la tovaglia bianca e inamidata, circondato da uomini d'affari occidentali in abiti scuri e cravatta, con le loro belle, giovani interpreti russe, tintinnanti di ori finti.

Ho appena cominciato a mangiare (prezzo: 28... dollari naturalmente!), quando in direzione della porta sento un gran trambusto. È Saša, con un maglione nero girocollo e l'impermeabile al braccio, che cerca di entrare nel ristorante, ma è bloccato da due camerieri buttafuori che lo spingono via. I nostri sguardi si incontrano, lui mi guarda imbarazzato. Vado a prenderlo e lo abbraccio ancora più forte di quel che avrei fatto comunque, felicissimo di rivederlo.

« L'inverno sarà terribile. Mancano il cibo, la benzina, il latte, il burro. La gente è stanca, delusa. Dopo l'euforia delle prime settimane, ora tutti siamo presi da un senso d'abbandono che non si riesce a scrollarsi di dosso. Molti diventano semplicemente matti », dice Saša.

È in ritardo perché ha dovuto occuparsi della moglie che non si è ripresa da quel che le è capitato ieri. Aveva un dolore a un fianco ed è andata all'ospedale di Stato vicino a casa loro per farsi vedere. Il medico di turno era una donna.

« Che cosa vuole? »

« Ho un dolore al fianco. »

« E perché è venuta qui per un dolore? Doveva andare in chiesa », ha detto la donna-medico serissima, con gli occhi sbarrati.

« Ma io non sono cristiana, non sono credente e poi meglio un medico... pensavo che... »

« Non è cristiana? Ecco il perché. Lei è posseduta da esseri extraterrestri e questo mese succederà qualcosa di terribile, non solo a lei, ma anche a suo figlio. Sì, anche a suo figlio, perché gli extraterrestri sono entrati nei corpi di tutti e due e ora vi possiedono. Il suo dolore viene da questo. Non c'è nulla da fare. »

Quando è tornata a casa, la moglie di Saša tremava tutta e ora anche lei, che non è mai stata superstiziosa, ha paura per il figlio che ha appena sei anni.

« Quelli che fanno più pena di tutti », dice Saša, « sono gli intellettuali. Non hanno più nulla in cui credere. Molti si son dati semplicemente al bere. » Saša dice che la gente si pone in continuazione delle domande, ma non trova più nessuno capace di dare loro una risposta. Un suo amico è appena tornato dalla regione indipendente di Iacuzia in Siberia. È una delle zone più ricche del paese. Ci sono miniere d'oro, ma non c'è elettricità per far funzionare i macchinari e non c'è da mangiare per chi ci lavora. Che fare? « Alcuni sostengono che l'unico modo per sopravvivere è di vendere il tutto ai giapponesi », dice Saša. « È terribile, ma noi russi reagiamo solo se ci sentiamo minacciati. Ci vorrebbe che qualcuno ci invadesse, ci mettesse contro il muro, allora forse ritroveremmo la nostra forza. »

Saša propone di accompagnarmi all'aeroporto. Rifiuto dicendo che è un enorme spreco di tempo. L'aeroporto è molto lontano e posso benissimo andarci in taxi. Gli chiedo invece di accompagnarmi a vedere Lenin nel mausoleo. « Può essere l'ultima occasione che hai », dico. Di tutti gli eroi prodotti e fagocitati dalla Rivoluzione, non è rimasto che lui, l'unico in cui è stato finora possibile credere; lui morto in tempo per non essere stato responsabile dei massacri, Lenin, il Padre di una rivoluzione che poteva ancora dirsi santa, perché dissacrata solo dai suoi successori. Ora anche lui viene tirato giù dal piedistallo della Storia.

« Se non vieni a vederlo ora, potresti non vederlo mai più », dico, cercando di convincerlo.

« Hai ragione. Lenin in quel mausoleo non ci rimarrà molto a lungo », e racconta che circolano ormai dei vecchi documenti del Comitato Centrale da cui risulta che i campi di concentramento funzionavano già al tempo di Lenin, che fu Lenin a ordinare operazioni terroristiche all'estero, che fu lui già nel 1917 a dire che gli Stati baltici, appena creati, dovevano essere destabilizzati e che bisognava punire i reazionari della Lettonia e dell'Estonia andando a impiccare i loro funzionari, i preti e i latifondisti.

Ci avviamo a piedi. La piazza non è più la « mia ». Tutti gli accessi sono bloccati da transenne, decine di poliziotti hanno preso posizione sul selciato, pronti a dirigere la folla, per ora inesistente, dei pellegrini. Nell'androne del GUM, il posto dei due omosessuali è stato preso da un « matto » – dice Saša – che ha iniziato uno sciopero della fame perché vuole che venga arrestato il governatore della Crimea. « È responsabile della morte di 25 persone », c'è scritto sul cartello che tiene sul petto. Nessuno ci fa caso.

Entrare nel mausoleo è semplice: in coda non c'è nessuno. Al primo controllo debbo lasciare la mia Leica, al secondo debbo vuotare le tasche e poi in un attimo, quasi senza essere ancora pronti, con una decina di giovanotti alti e robusti, guardie del KGB coi loro berretti a padella che ci intimano di fare silenzio, Saša e io entriamo nella cella del santo. Il marmo nero e grigio è lucido come uno specchio. Le bandiere rosse lungo le pareti mi fanno pensare a dei papaveri appassiti. Nel centro, dentro una bara di vetro, lui, Lenin, non un cadavere, una mummia, ma solo una testa calva, incipriata, con dei baffi e un pizzo posticci e due mani paffute, arancione, che lievitano, come sospese per aria.

Scenicamente l'impressione è forte. I poliziotti che ti stanno a un passo e ti scrutano come tu fossi lì lì per tirare una sassata contro quel vetro, l'intera cella nella penombra, e solo quei tre pezzi di corpo sospesi in un'aureola di luce, ti fanno sentire come arrivato a una meta proibita, partecipe di un mistero dinanzi al quale però non è permesso stare troppo a lungo. Ma io voglio stare! Presto tutto questo sarà spazzato via, cancellato, e non voglio, ora che sono qui, perdere un dettaglio, non godere di questa, presto irripetibile, apparizione. Lascio che Saša vada avanti e mi muovo il più lentamente possibile attorno alla bara.

Sento di essere arrivato alla fine del mio viaggio e, come a ogni fine, mi sento perso. Per decenni l'Occidente ha avuto paura di tutto quello che quel cadavere rappresentava e ispirava. Ora mi viene come una gran paura per quello che avverrà nel vuoto lasciato da quel cadavere.

Come è possibile che tutti i sogni e le sofferenze cominciati nel 1917 coi « dieci giorni che scossero il mondo » siano finiti così in tre giorni d'agosto che non hanno scosso granché? Possibile che la « Grande Rivoluzione d'Ottobre » sia morta così, nel suo letto, a settantaquattro anni, semplicemente di vecchiaia? Finita senza catarsi? Senza resa dei conti? Sgonfiata come un pallone? Mi pare impossibile che la fine di quella lunga storia di illusioni e di assassinii, di speranze e di orrori sia tutta qui, in questo spegnersi come di un fuoco. Forse che il peggio ha ancora da venire?

Non ho dubbi: il comunismo è morto, ucciso dal suo stesso carattere e ancor più dai suoi amministratori-sacerdoti-burocrati che l'hanno avvilito e disumanizzato. Ma all'origine era una grande forza, una ispirazione. Il sistema è stato terribile, ma terribili non erano i princìpi in base ai quali il sistema era pensato e soprattutto terribile non era tanta della gente che ci ha creduto. Tutto finito così, senza una qualche giustizia?

Si esce dalla porta posteriore del mausoleo e il tornare alla luce mi dà un senso di sollievo. Non a Saša. « Ci sono strane vibrazioni qui. Meglio andar via. » Il percorso ci obbliga a passare sotto le mura del Cremlino e sotto le lapidi dedicate agli eroi della Rivoluzione, i più uccisi poi dalla Rivoluzione stessa, ma consolati dall'onore di finir seppelliti lì, dentro la massa di mattoni color sangue. La storia dell'orrore sovietico è in tutti quei nomi che Saša mi legge, camminando sempre più in fretta fra le stele e le teste di pietra e di bronzo.

Eccoli di nuovo: belli, forti, decisi. In tutto questo viaggio i soli uomini che ho incontrato felici, sereni, con una sicura visione della vita, erano quelli dei monumenti. L'Unione Sovietica ne ha prodotti a centinaia di migliaia. Erigere monumenti è stato parte della cultura socialista, è stato un suo patetico tentativo di compensare con un mondo di fantasia la miseria del mondo reale; un modo per dare almeno una immagine di quel che non è stato possibile. Il socialismo è nato pieno di sogni. Non li ha realizzati, ma li ha almeno messi nei bronzi e nelle pietre. I monumenti restano fra le cose più belle, più positive, più creative prodotte da questo sistema. Peccato che ora anche loro vengano abbattuti col resto di quel mondo che va a pezzi!

Purtroppo tutte le rivoluzioni e controrivoluzioni trovano facile, come prima affermazione del loro potere, distruggere la memoria storica dei loro predecessori e abbattere ogni loro tentativo di immortalarsi. Se la rivoluzione che ha luogo ora in questo immenso paese volesse davvero fare qualcosa di nuovo potrebbe impegnarsi a non distruggere i monumenti del socialismo. Servirebbero, se non altro, a ricordare quali erano le sue aspirazioni.

Non mi resta più molto tempo. Saša propone di nuovo di portarmi all'aeroporto. Insiste, e alla fine capisco che ha una qualche ragione per volerlo fare. Me la dice soltanto quando siamo arrivati e io, con la mia carta d'imbarco già in mano, debbo lasciarlo per andare al controllo passaporti e alla dogana. « Tu volevi prendere un taxi? Ma sai? Qui ormai non ci si

Sulla Piazza Rossa

può più fidare di nessuno. Alcuni tassisti sono semplicemente dei banditi e, specie se sei straniero e solo, non ci pensano due volte a far sparire te e tutti i tuoi bagagli sulla via dell'aeroporto. Capita spesso, e volevo esser sicuro che non succedesse anche a te! »

L'immagine di Saša con la mano alzata a salutarmi è l'ultima che mi resta negli occhi, l'ultima di una serie di personaggi che uno, partendo da questo paese dall'incertissimo futuro, si lascia dietro con inquietudine e con un immenso umano imbarazzo. Personaggi veri, in carne e ossa, come il portiere ebreo di un palazzo di Alma Ata che recita in tedesco i versi della *Lorelei* senza saperne più il significato o la vecchia operaia d'una fabbrica di munizioni in Siberia che per trent'anni ha aspettato invano d'avere un appartamento; personaggi fittizi, ma ugualmente veri nei sogni d'un socialismo che non s'è realizzato, come l'ingegnere di bronzo, coi capelli al vento e lo sguardo determinato, nel monumento ai pionieri in riva al fiume, a Komsomol sull'Amur; personaggi manipolati, mistificati come lui, Lenin, certo una delle grandi figure del nostro tempo, ma messo, a pezzi, in mostra per decenni a gravitare in un sarcofago di vetro e ora ad aspettare il momento in cui morire davvero ed essere relegato tra i falliti della Storia.

Alla fine m'ha fatto pena anche lui, così com'era nel mausoleo, ridotto a una testa vuota e a due mani color di un'arancia: non più dio, non più santo, neppure più « compagno ». Per questo, voltandomi a guardarlo per un'ultima volta, con addosso gli occhi cattivi delle guardie del KGB, m'è venuto spontaneo sorridergli e bisbigliargli:

« Buonanotte, Signor Lenin! »

Indice dei nomi

Abu Ali Ibn Sina *v.* Avicenna
Accademia delle Scienze 174, 180, 368
Acsu (fiume) 313
Aeroflot 126, 238, 306-307, 310, 348-349, 359, 398-399
Afganistan 78, 121, 206, 213, 214, 225, 248, 261, 262, 265, 266, 270, 281, 286, 295, 313, 336, 374
Afshana 286
Ahtanov, Tahavi 142-144
Aigun, trattato di 25
Aini, Sadridin 310
Airikyan, Paruir 391-392
Aitmatov, Cinghiz 169, 194-195
Akaev, Askar 165, 169, 174-178
Akmatov, Kazat 169-172
Aksu 160
Alaska 26
Albania 208
Albazino 28-30, 32, 57, 131
Alessandria d'Egitto 131
Alessandro II Romanov (zar) 107
Alessandro Magno (Iskander Khan) 166, 194, 225, 229, 285-286, 292, 322
Alì (cugino di Maometto) 213
Allah 13, 191, 195, 244-264, 272, 274, 276, 294, 308
Alma Ata (Vernyj) 125, 127-147, 148-159, 161, 163, 336, 372, 412
Amburgo 96
America 44, 98, 207, 349, 362, 395
Amudarya (Oxus, fiume) 317
Amur (Heilongjiang) 9-12, 16-48, 49-50, 52-57, 61, 62, 66-73, 78, 81, 84-91, 98, 101, 104, 108-109, 111-112, 114-115, 120, 131
Anatolia Orientale 392
Anau, moschea di 325
Andižan 180
Ankara 315, 336, 387, 389
Antiochia 323

Aplatù *v.* Platone
Arabia Saudita 191, 213, 231, 255, 346
Aral, lago di 233
Ararat (monte) 386
Arastù *v.* Aristotele
Arca di Noè 386
Argentina 74
Argun (fiume) 27
Aristotele (Arastù) 366
Ark (cittadella) 282, 285, 291-292, 294
Armenia 118, 342, 344, 348-349, 360-361, 380, 382-385, 386-401
Arsen'ev, Vladimir 68-69
Asahi Shimbun 328
Ašhabad 13, 280, 306, 310, 315-339, 345
Asia, Asia Centrale 9, 11, 13, 26, 34, 89, 98, 110, 114, 118, 125, 147, 160-161, 165-167, 171-172, 176, 179-183, 190, 192, 196, 197, 200, 202, 209-214, 216, 220, 222, 226, 228, 234-236, 240, 242, 244, 245, 247-248, 252, 253, 257, 268, 274, 276, 277, 282, 286, 289, 290, 292, 293, 302, 303, 305, 306, 310-313, 315-319, 321, 323, 327, 340, 348, 350, 358, 359, 363-366, 371, 378, 404
Askarbek, Muhamad 188-194, 200-201
Assuan, diga di 368
Ataturk, Kemal 313
Atlanta 402
Atlantico, Oceano 108
AT&T 400
Australia 116, 151
Avicenna (Abu Ali Ibn Sina) 247, 281, 286
Azadlyg 363
Azat (movimento) 139-140, 143-144
Azerbaigian 107, 118, 213, 317,

340-369, 382-383, 391, 392, 398-400
Azirbirlik (movimento) 329, 331-334

Babahan (clan) 210
Babilonia 390
Babur 192
Bactria 161
Bagdad 234, 281
Bagoud-din-Nachshbandi 297-298
Bajkal (lago) 44, 111
Baku 31, 331, 333, 335, 338, 340-369, 390, 391
BAM (Bajkal-Amur Magistral) 21, 90
Bangkok 10, 62
Barnavo 124
Basilio, chiesa di San 403
Batumi 169
Baum, Eduard 158
BBC 48, 62, 71, 76, 82, 86, 179
Belgio 194
Belinkev, Vladimir 75
Benetton 117
Berija, Lavrentij 373
Berlino 44, 186
Bibbia 122, 124-125, 191, 294, 379
Bibi-Khanum 226-228
Bielorussia 73, 103
Bikhara v. Bukhara
Birlik (movimento) 202, 206, 215-216
Birmania 24, 404
Birobidžan 73-76
Bisanzio 26
Biškek (Frunze) 160-178, 179-188, 200
Blagoveščensk 47-48, 49-61, 62-70, 72, 88, 117
Blucher, Vasilij 116
Bobelev, Jugen 151-154
Bond, James 352
Bonn 185
Bonner, Elena v. Sacharova Bonner, Elena
Borodino, battaglia di 372
Borodulin, Nikolaj 76
Bosforo 161
Bregin, Grigorij 136-139

Brežnev, Leonid 48, 132, 138, 168, 345
Brigate Rosse (movimento) 178
Bruxelles 169
« Buco Nero » 292, 294, 302
Budda 404
Bukhara (Bikhara) 11, 209-210, 212, 214, 239, 240, 246-250, 262, 263, 268, 277-305, 306-307, 313
Bush, George 60

California 395
Cambogia 404
Campanella, Tommaso 92
Canada 74, 116
Čardžou 280-281, 284, 298, 306, 322
Caspio, Mar 26, 166, 318, 327, 340, 341, 353, 359-360, 366, 395
Caterina II la Grande (imperatrice di Russia) 50
Caucaso 11, 114, 213, 248, 306, 348, 366
Čechov, Anton 9, 34, 49, 61, 110
Cecoslovacchia 266
ČEKA 313
Celeste Impero v. Cina
Centro per lo Studio degli Effetti Nucleari 155
Černaev (generale) 212-213
Černaievo 34
chador 183, 227, 235, 261, 267, 308
Chen Pao (isola) v. Damanski
Chiang Kai-shek 351
Chodžent v. Leninabad
Chopin, Fryderyk 381
Chruščëv, Nikita 104
CIA 363
Cina, Celeste Impero 9-10, 14, 18, 21, 23, 25, 29, 30, 32, 34, 35, 37, 45-47, 50, 51, 59, 60, 62, 64-72, 78, 88-89, 92, 98, 106, 115, 116, 121, 127, 151, 156, 160-161, 181, 195, 206, 211, 214, 240, 242-243, 254, 257, 265, 289, 311, 318, 348, 363-364, 371, 395, 404
Ciro (re di Persia) 285

Čita 89, 121-126
Città Proibita 52, 403
Ciù (fiume) 146, 161, 169
Clito 229
Commissione Affari Religiosi 154, 257
Comunismo, picco del 244, 277
Confucio 289
Corano 191, 212-214, 222, 227-228, 255, 267, 282, 298, 356, 406
Corea 88
Corea del Nord 14, 17, 95, 116, 128, 184, 243
Corea del Sud 116, 128, 175
Corriere dell'Amur, Il 56, 59
Costantinopoli 312
Crasso, Marco Licinio 323
Cremlino 53, 121, 167, 182, 219-220, 282-283, 313, 351, 354, 378, 387, 402-404, 406, 411
Crimea 107, 409
Cuba 243
Curili (isole) 9, 22, 53, 54, 74, 111, 116, 121, 278
Custine, marchese de 47

DALAG 90
Dalai Lama 302
Dalí, Salvador 242
Damanski (Chen Pao, isola) 36-37, 66, 84
Damasco 231
Daniele (profeta) 230
Daniele (*khan*) 230
Dante Alighieri 377
Dario (re di Persia) 285
Delteil, Joseph 43-44
Deng Xiaoping 51-52, 311-312
Dilarov, Ishahovar 207
Dili 206
Dnepr (fiume) 26, 55
Don (fiume) 26, 55
Dongjiang 59, 72
Doroscina, Agrippina 30
Dostoevskij, Fëdor 155
Dubosekovo 148
Dudi 99-101
Duè 122

Dušanbe (Stalinabad) 13, 244-264, 265-276, 277-278, 285, 296, 306-314, 315
Dušanbe (fiume) 277
Dzeržinskij, Feliks 159

Eftaliti (Sette Stati) 286
Egitto 368, 404
Einstein, Albert 324
Ekaterinburg 44
Elchibey, Abulfaz Ali 363-369
Eltsin, Boris 49, 54, 56, 61, 82, 83, 96, 107, 138
Engels, Friedrich 405
Enver Pascià 181-182, 312-314
Erevan 349, 360, 380, 381-385, 386-401
Erk (partito) 207
Ermolov (generale) 372
Estonia 409
Estremo Oriente, Estremo Oriente Sovietico 16, 17, 26, 29, 38, 47, 54, 63, 81, 83, 89-90, 114-116, 122
Europa 79, 89, 105, 108, 118, 121, 127, 169, 185, 222, 225, 256, 257, 290, 315, 318, 338, 364, 381, 406, 407
Evenki (tribù) 69, 100
Evenni (tribù) 69, 100

Fergana, valle di 196, 212, 240
Figli di Sogdian (movimento) 263, 285
Filadelfia 74
Financial Times, The 239-240
Firdusi 247
Firenze 13, 124, 291
Fiume che Porta l'Oro 236
Fiume Nero 59
Fleming, Ian 352
Fondo Slavo (associazione) 165-166
Francia 290, 395
Francesco Saverio (santo) 404
Franco, Francisco 379
Frankfurter Zeitung 351
Franzi, A. (architetto) 356
Freud, Sigmund 230
Fronte Popolare 82, 363, 368-369
Frunze *v.* Biškek

418

Frunze, Michail 167-168, 183-184, 262, 295, 338, 390-391
Fukuyama, Francis 71
Fuženko (generale) 176-177

Gagarin, Jurij 347
Gamsakhurdia, Zviad 373-374, 376-380
Gargan, Ed 239, 242, 362
Garibaldi, Giuseppe 324
Gavazzi, Modesto 292-293
Gengis Khan 129, 166, 225, 229, 288, 296, 407
Georgia 11, 12, 349, 370-385, 395
Geova, testimoni di 122-125, 191
Gerasimov (professore) 232
Germania 134, 143, 147, 185, 253, 316
Gheddafi, Muammar 210
Ghiliaki (tribù) 101
Gialinda 21-24, 27, 28, 32, 67
Giappone 9, 10, 12, 16, 20, 50, 64, 88-89, 92, 111, 116, 118, 175, 240, 350-351
Giok-Tepè 327-328, 338
Giordania 256
Giovanni Paolo II (papa) 58
Gioventù 36
Giotto 124
Gobi, deserto del 44
Golfo, guerra del 21
Gorbacëv, Michail 10, 35, 37, 45-46, 48, 51-52, 54, 59, 61, 62-63, 69, 71, 76, 84, 95, 104, 116, 130, 135, 206, 221, 248, 260, 308, 309, 345, 373, 399
Gori 380
Gor'kij, Maksim 231
Gorrini (console) 388
Grande, il (Torre della Morte) 288-289
Grecia 326, 366
Guardie Rosse 36, 167
Gucci 117
Guevara, Ernesto detto il Che 181, 374
GULAG 57, 74, 84, 88, 115, 137, 143, 164, 392
GUM 403, 409

Habarov (capo dei cosacchi) 17, 30
Habarovsk 16-20, 37, 68, 70-80, 81-88, 105, 109, 111, 112, 114-120, 125, 278, 291, 372, 405
Hanako, Ishii 350-352
Hanoi 14, 117, 172
Harbin 54, 72, 117
Hazret, moschea di 220
Heihe 4, 59, 62-63, 65, 67, 68
Heilongjiang (fiume) *v.* Amur
Himalaia 166
Hiroshima 154, 405
Hissar, fortezza di 261-263, 295
Hitchcock, Alfred 382
Hitler, Adolf 147, 232
Hiva 284
Ho Chi Minh 14, 172
Hodus, Sergej 41-42
Hokkaido (isola) 351
Hollywood 242
Hong Kong 25, 129, 206, 348
Honshu (isola) 118
Hugo Boss 134

Iacuzia 409
Ibn Abbas, Kasim 228
Idara 210-211, 257
Ili (fiume) 127.
Independent, The 239-240, 243
India 192, 225, 292, 312-313, 341, 363-364, 400
Indocina 24-25
Inghilterra 25, 208, 292
Iran 121, 208, 213, 248, 255, 281, 286, 290, 324, 336, 363, 365-367
Iraq 213
Irrawaddy (fiume) 24
Isabaev, Ali 190-191
Isimalev, Michail 140-141
Iskander Khan *v.* Alessandro Magno
Islam 11, 129, 144, 167, 183, 192, 208-214, 220, 225, 227, 230, 231, 234, 240, 248, 250, 257, 263, 267-268, 270, 272, 275, 288, 290, 292, 293, 303, 310, 313, 325, 330, 363-365
Israele 75-76, 158, 387
Issyk-Kul (lago) 168, 169

Istanbul 312, 346
Italia 178, 281, 290, 332
Ivan iv il Terribile (zar) 55
Ivanovo 323-324

Jakutsk 30, 89
Jambul 146
Janaev, Gennadi 45
Jaxartes (fiume) v. Syrdarja
Jažov, Dimitrij 116
Jussuf, Shadman 250-252

Kabul 286, 295, 320
Kadeat 256
Kagan 294-295
Kalian (moschea) 282
Kamciatka, penisola di 54
Kang Xi (imperatore cinese) 109
Kanoat, Mumin 249-250
Karakhanidi (dinastia) 194
Karavan 136
Karfinigan (fiume) 277
Karimov, Islam 206-207, 208,
    210-211, 239, 242-243, 257,
    280
Kashgar 127, 160, 254, 312
Kazah 382-382
Kazakhstan 125-126, 127-147,
    148-159, 161, 167, 177, 179,
    186-187, 246, 318, 330, 336
Kennedy (famiglia) 112, 372
KGB 17, 23, 41, 54, 76, 82-84, 91,
    106, 114, 116, 133, 140, 155,
    159, 177, 179, 202, 216-217,
    257, 258, 280, 310, 334-339,
    352, 359, 363, 402, 410, 413
Khidoyatov, Goga 208, 239-240
Khojayev, Faisullah 295
Khomeini, Ruhollah (ayatollah)
    208, 213, 216, 227, 255, 290
Kiev 232
Kim Il Sung 14, 128, 184
Kirghisia 127, 146, 159, 160-178,
    179-201, 360-361
Kirov, Sergej 148, 354-355
Kitane (monti) 70, 72
Kitovani, Tenguiz 376, 379
Kofman, Boris 76
Kolbasko, Michail 81
Kolčak, Aleksandr 111
Kolyma (fiume) 89

Komsomol sull'Amur 83, 87-98,
    105, 412
Komsomolskaya Pravda 9, 17, 23,
    41, 48, 62, 105, 125, 130, 136,
    162, 174, 183, 202-204, 246,
    306
Krasnovodsk 327
Krist, Gustav 358-359
Kufu 289
Kunabaev, Abai 141
Kunaev, Muhamed 156-157
Kunašir (isole) 9
Kupperman, Feliks 117
Kurgan-Tjube 270
Kyzylkum (deserto) 288

Ladany, Laszlo 206
Lattimore, Owen 72, 98
Lazo, Sergej 116-117
Lenin 12-14, 22, 50, 52, 54, 81,
    84, 102, 104, 129, 132, 134,
    160, 162, 167, 169, 170, 172,
    174, 178, 179, 181-182, 194,
    200, 244, 248, 252, 258, 267,
    270, 273-276, 286, 295, 308,
    309, 310, 312-313, 321, 324,
    325, 330, 333, 336, 341, 353,
    356, 369, 389-390, 398, 402-
    413
Leninabad (Chodžent) 260, 318
Leningrado (San Pietroburgo)
    125, 227-228, 232, 362
Lermontov, Michail 370
Lettonia 409
Lhasa 302, 371
Ligacëv, Igor 196
Lisbona 112
Londra 106, 272, 294, 341, 406

Macao 223, 352
MacArthur, Douglas Arthur 240
Ma Chung Yin 312
Maclean, Fitzroy 358-359
Madamin Beck 182, 200-201
Madonna 60
Magadan 119
Maillat, Ella 283
Makhkamov (presidente del Tagi-
    kistan) 247
Malesia 351
Malievanij, Aleksandr 186-187

420

Malinovskij, Roman 116
Manciukuo 50
Manciuria 38, 50, 54, 72, 88-90
Mandalay 24
Mao Tse-tung 14, 42, 50, 67, 138, 160, 211, 351, 404, 405
Maometto (il Profeta) 167, 192, 213, 227-229, 231, 274, 276, 313
Maracandra 229
Markovo 46-47
Marx, Karl 18, 81, 84, 175, 176, 215, 244, 405
Mary v. Merv
Mashad 226-227, 324
Matenadaran (museo) 392
Mecca, La 191, 212, 229, 234, 256, 272, 276, 281, 282, 298
Mediterraneo, Mar 340
medressa 218, 222, 226, 262, 281-283, 286, 289-291, 297
Mekong (fiume) 25
Memorial (associazione) 90
Mencio (Meng Tsu) 65
Merv (Mary) 323, 326, 335
Mesopotamia 161
Miasnikyan, Aleksandr 390-391
Mikoyan, Anastas 361
Mir Arab (*medressa*) 289-290
Mirdjalilov, Tokhir 240-242
Moghul (dinastia) 192
Moldebaev, Imel 180-182
Monde Illustré, Le 110
Mongolia 44, 311, 312
Montagne del Cielo v. Tien Shan
Montagne di Fuoco 39-40
Mosca 9, 10, 11, 14, 16, 18, 21, 25, 26, 30, 34-36, 44, 45-48, 49-61, 62, 66-71, 81-84, 86, 89, 91, 95, 96, 105, 107, 110, 115, 116, 121, 133, 135, 137, 139-141, 143, 146, 148, 152, 159, 165, 167, 174, 177, 179-183, 186, 196, 200, 202, 203, 207-208, 210, 214-217, 219-220, 232, 235, 238, 243, 246, 249-252, 260, 266, 268, 272, 278, 306, 310, 312-313, 315, 319, 324, 330, 331, 336, 341, 343, 344, 347, 351-352, 354, 357, 358, 369, 372, 376-380, 387, 394, 398-400, 402-413
Movimento per la Democrazia, Movimento Democratico 51, 78, 169-170, 188, 202, 204, 215, 329, 334
Mutalibov, Ayaz 356-357, 367

Nabiyev, Rakhman 257-261, 267, 307-310
Nagasaki 154, 405
Nagorno-Karabah 248, 342, 356, 358, 360, 392, 400
Nanai (tribù) 68-69, 98, 100
Napoli 340
Nazarbaev, Nursultan 130, 135, 152, 156, 177
Nazioni Unite 168, 392
Nerchinsk 25, 30
Nero, Mar 318, 388, 395
Nevada (movimento) 155-156
Nevelskoj (ammiraglio) 107, 112
New York Times, The 239, 362
Niasbayava, Clara 149-150
Niazov, Farid 162-163, 169, 174, 178, 183, 185-188, 190, 193-194, 200
Nicola II Romanov (zar) 49
Nifki (tribù) 69, 100, 103
Niigata 16, 20, 118-119
Nikolajevsk 11, 12, 60, 105, 107-114, 131
Nisa 322-323, 326
Noè 386
Norimberga 389
Novosibirsk 124
Novosti (agenzia) 17
Novožilov, Victor 83, 115-116, 120
Nyazov, Sapuramad 319-320, 328, 330, 332, 334-336

Oblai Khan 141
Odessa 169
Oha 90
Omar, Khayyam 247, 275
Ordubad 367
Orlandi, Giovanni 293-294, 296
Osbach (capo) 108
Osh 164, 172, 185-193, 195-201

Osman 227
Otrar 131
Oxford 234
Oxus (fiume) v. Amudarya

Pacifico, Oceano 9, 12, 25, 26, 68, 108, 121
Pagan 24
Pakistan 213, 256
Pamir, montagne del 225, 236, 244, 252, 265, 277, 285-286
Panfilov, Ivan 148
Parigi 44, 110, 345, 365
Parma 293, 296
Partito Democratico 250-251, 258
Partito per la Rinascita Islamica 267-268
Pasternak, Boris 392
Pearl Harbor 351
Pechino 10, 18, 25, 29, 30, 33, 34, 35, 36, 43, 44, 51, 62, 67, 68, 78, 88, 106, 109, 115, 243, 292, 309, 311-312, 315, 403, 404
Pendgikent 236
perestrojka 155-156, 198, 207-208, 210, 212, 248, 260, 270, 272, 320, 335, 400
Persia 230, 247, 341, 358, 372, 387
Piazza Rossa di Mosca 14, 402-413
Pietro I il Grande (zar) 76
Pisa 222
Platone (Aplatù) 366
« Poligono, Il » 155-156
Politburo 167
Polo, Marco 190, 292
Polonia 146
Popov, Vladimir 82
Potëmkin, Grigorij 50
Presley, Elvis 60
Pulatov, Abdul Rahim 202, 215-216
Punta do Inferno 108
Puščinov 46
Puškin, Aleksandr 325
Putovskij, Ceslav 247
Pyeongyang 17, 33, 128

Quotidiano della gioventù 62
Quotidiano delle Forze Armate 22

Radio Mosca 52, 82, 306
Ravat Abdulla Khan (moschea) 192
Regione Autonoma Ebraica 73-76
Repubblica Indipendente Ebraica v. Regione Autonoma Ebraica
Repubblica Indipendente Siberiana 111
« Resurrezione » (villaggio) 40-43
Re Vivente, Moschea del v. Sah-i-Zinda
Rhode Island 120
Rimhanov, Oraz 156
Rinascimento (movimento) 220, 238, 263
Rivoluzione Culturale 67
Rivoluzione Francese 364
Rivoluzione d'Ottobre 13, 27, 55, 63, 69, 105, 107, 117, 121, 125, 132, 181, 186, 197, 213, 222, 235, 247, 260, 261, 274, 282, 295, 296, 300, 319, 350, 354, 387, 409-411
Rivoluzione Islamica 255
Rodin, François-Auguste-René 390
Roma 366, 390
Romanov (dinastia) 44
Romanov, Anastasia 44
Rossane 229
Rudaki 236, 247, 258, 275
Ruffini, Remo 406-407
Russia 9, 10, 25, 27, 30, 32, 35, 37, 47, 54, 56, 59, 60, 61, 71, 73, 82, 86, 89, 92, 107, 118, 127, 128, 131, 138, 144, 151, 167, 182, 186-187, 214, 264, 268, 277, 292, 316, 328, 336, 357, 364-365, 376, 383, 387, 392, 398
Rustalevi, Šota 377, 380

Sacharov, Andrej 90
Sacharova Bonner, Elena 90
Sah-i-Zinda (Moschea del Re Vivente) 228-230
Saigon 10, 179
Sakhalin 9, 22, 29, 32, 34, 54, 83, 90, 107, 109-111, 116, 122, 351
Samanidi (dinastia) 286
Samarcanda 11, 205, 209-210,

212, 214, 218-243, 248-249, 263, 281, 284, 285, 290, 295, 406
San Pietroburgo v. Leningrado
Sargeal 156
Sasid Alim Khan 295
Sciangai 47, 51, 351
Scitia 161
Scobelev (generale) 327-328
Semipalatinsk 155-156
Seta, Via della 11, 26, 160, 190, 196, 318
Seul 64, 175
Sevan (lago) 383-384
Shakespeare, William 373
Shakir, Yussuf Khan (Gran Muftì) 210
Shantung 65
Sharif, Muhamad 267-268
Shevardnadze, Eduard 345, 373, 378
Siberia 9, 11, 21, 26, 44, 47-48, 54-57, 68, 73, 81, 84, 88-89, 91, 93, 108-110, 115, 119, 121-126, 128, 137, 191, 292, 348, 351-352, 404, 409, 412
Silka (fiume) 27
Simenon, Georges 96
Singapore 240, 351
Sionil, Frankie 119
Skovorodino 22
Slavjanka 86
Smith, Adam 175, 176
Solechny 92-95, 98
Solonsi 102
Solženicyn, Aleksandr 392
Somoni, Ismail (emiro) 247, 296-298
Sorge, Richard 349-353
Sri Lanka 253, 364, 404
Stalin 42, 50, 57, 67, 73-74, 84, 88-90, 103-104, 122, 125, 137 138, 143, 147, 155, 164-165, 167, 168, 182, 184, 198, 212, 220, 244, 247, 248, 295, 312, 319, 333, 342, 345, 351, 354, 361, 373, 377, 380, 391, 404
Stalinabad v. Dušanbe
Stati Uniti, USA 116, 154, 158, 256
Stella di Birobidžan, La 74-75
Suleimanov, Olzhas 156

Sumgait 359-361
Sungari (Sunghuajiang, fiume) 72
Susa 230
Syrdarja (Jaxartes, fiume) 317

Taragai, Mohamed 234
Tagikistan 13, 167, 181, 220, 233, 236, 238, 242, 244-264, 265-276, 277-278, 281, 285, 295, 306-314, 218
Taiwan (isola) 88
Taklamakan (deserto) 160
Talas (fiume) 166
Tamerlano 214, 218, 225-228, 230-232, 262, 292
Tang (dinastia) 72
Tartari, stretto dei 72, 107
Tartaria 161
Taškent 176-177, 200, 202-217, 218-219, 223, 228, 238-243, 244, 256-257, 278, 280-281, 284, 327, 328, 362
Tass (agenzia) 45, 52
Tatarov, Valerij 94-95
Tbilisi 349, 370-382, 399
Teague-Jones, Reginald 341
Teheran 367
Tekke (tribù) 318
Termez 225
Ter-Petrosyan, Levon 391-392
Thailandia 22, 117
Tibet 221, 249, 302, 371
Tien-An-Men (piazza) 51, 115, 309, 404
Tien Shan (Montagne del Cielo) 127, 161, 173
Tientsin 44
Timor 206
Tjumen 404
Tokio 50, 88-89, 93, 110-111, 118, 145, 328, 350-352
Toktogul 174
Torà 76, 303
Torino 322, 326
Torosian, Jim 396
Torre della Morte v. Grande, il
Tracia 388
Transiberiana 21-22, 47, 49, 57, 73, 86, 89-90

Trebisonda 388
Trotzkij, Lev 341
Trud 390
Tuchačevskij, Michail 165
Turadzhon-zoda, Akbar (cadì) 255-258, 260, 268, 270, 272, 276, 306
Turchia 121, 161, 234, 297, 313, 315-318, 336, 358, 386-387
Turkestan 161, 166, 171-172, 181-182, 200, 212, 216, 257, 312-313, 317, 327, 365-366
Turkmenia 166, 280, 284, 295, 306, 315-339
Tutankhamon, tomba di 404

Ucraina 73, 103, 150-151, 164, 186-187
Ulci (tribù) 69, 100-103
Ulug-Beg 225, 231-232, 234
UNESCO 226
Ungheria 146, 266, 330
Unione Sovietica, URSS *passim*
Urali 26
Urgut 286
Urumqi 127
USA *v.* Stati Uniti
Ussuri (fiume) 17, 25, 33, 36-37, 66, 78, 84
Ustinov («banchiere privato») 134-136, 141, 157
Uzbekistan 12, 167, 172, 200, 202-217, 218-243, 245-249, 257, 260, 263, 273, 277-305, 308, 318, 336, 360-361
Uzghen 188, 193-201, 360

Vaksh (fiume) 252
Vapereau, Charles 44, 63, 110
Velsapar, Ak Muhammed 334-338
Venezia 222
«Ventisei Commissari di Baku» 341, 353-354
«Ventotto Gladiatori di Alma Ata» 148-149, 341
Vernyj *v.* Alma Ata
Viatkin, Vasilij 234
Vienna 166, 381
Vietnam 64, 243, 371, 395
Vladivostok 25, 35, 37, 49, 86, 89, 105, 111, 116, 118
Voce della Kirghisia, La 186
Voice of America, The 179
Volga (fiume) 26, 55, 138, 147, 185, 253
Vukelic, Branko 351

Washington 168, 400
Windt, Harry de 47
Wolff, Joseph 294

Xin Hua (agenzia) 52
Xinjiang 127, 160, 210, 311-312

Yamut (tribù) 318

Zaaman, Akhmed 228, 230
Zerkalo 358
Žetinëv, Mark 183-185
Zhanov, Mamarasul Abak 194-197
Zhong Guo Nian Qin Ri Bao 18
Žukov, Georgij 116
Zyr 20

**Visita il sito internet
della TEA
www.tealibri.it
potrai:**

SCOPRIRE SUBITO LE NOVITÀ DEI TUOI AUTORI
E DEI TUOI GENERI PREFERITI

ESPLORARE IL CATALOGO ON LINE
TROVANDO DESCRIZIONI COMPLETE
PER OGNI TITOLO

FARE RICERCHE NEL CATALOGO
PER ARGOMENTO, GENERE,
AMBIENTAZIONE, PERSONAGGI...
E TROVARE IL LIBRO CHE FA PER TE

CONOSCERE I TUOI PROSSIMI
AUTORI PREFERITI

VOTARE I LIBRI CHE TI SONO PIACIUTI DI PIÙ

SEGNALARE AGLI AMICI I LIBRI
CHE TI HANNO COLPITO

E MOLTO ALTRO ANCORA...

**Vieni a scoprire il catalogo TEA su
www.tealibri.it**

TIZIANO TERZANI
*LA FINE
È IL MIO INIZIO*

Tiziano Terzani, sapendo di essere arrivato alla fine
del suo percorso, parla al figlio Folco di cos'è stata la
sua vita e di cos'è la vita: « Se hai capito qualcosa la
vuoi lasciare lì in un pacchetto », dice. Così,
all'Orsigna, sotto un albero a due passi dalla gompa,
la sua casetta in stile tibetano, in uno stato d'animo
meraviglioso, racconta di tutta una vita trascorsa
a viaggiare per il mondo alla ricerca della verità.
E cercando il senso delle tante cose che ha fatto
e delle tante persone che è stato, delinea un affresco
delle grandi passioni del proprio tempo. Ai giovani
in particolare ricorda l'importanza della fantasia,
della curiosità per il diverso e il coraggio di una vita
libera, vera, in cui riconoscersi. Questo libro
è un testo unico che racchiude tutti i suoi libri
precedenti, ma anche li precede e li supera. « Se mi
chiedi alla fine cosa lascio, lascio un libro che forse
potrà aiutare qualcuno a vedere il mondo in modo
migliore, a godere di più della propria vita, a vederla
in un contesto più grande, come quello che io sento
così forte. » Un testo che è il suo ultimo regalo:
il nuovo libro di Tiziano Terzani.

NOVITÀ 2006

LONGANESI

TIZIANO TERZANI
UN ALTRO GIRO DI GIOSTRA

Viaggiare è sempre stato per Tiziano Terzani
un modo di vivere e così, quando gli viene
annunciato che la sua salute e la sua stessa vita sono
in pericolo, mettersi in viaggio alla ricerca di una
soluzione è la sua risposta istintiva. Solo che questo
è un viaggio diverso da tutti gli altri, e anche il più
difficile perché ogni passo, ogni scelta – a volte fra
ragione e follia, fra scienza e magia – ha a che fare
con la sua sopravvivenza. Strada facendo prende
appunti: così nasce *Un altro giro di giostra.*
Un libro sull'America, un libro sull'India, un libro
sulla medicina classica e quella alternativa,
un libro sulla ricerca della propria identità.
Tanti libri in uno: un libro leggero e sorridente,
su quel che non va nelle nostre vite di donne
e uomini moderni e su quel che è ancora
splendido nell'universo fuori e dentro tutti noi.

LONGANESI

Finito di stampare
nel mese di aprile 2006
per conto della TEA S.p.A.
dalla S.A.T.E. s.r.l.
di Zingonia (Bergamo)
Printed in Italy